Saleebain Apni Apni

(Urdu Novel)

صلیبیں اپنی اپنی

(ناول)

رفیع مصطفیٰ

WHIMSY PUBLICATIONS
19 Legacy Drive,
Markham, ON L3S 4C4
Canada

www.rafimustafa.org
rafimustafa94@gmail.com

Saleebain Apni Apni
January2026

ISBN: 978-1-9995631-6-5
1. FICTION, GENERAL

Preface

After Pakistan came into being, the first twenty years feel to me like its golden age. You may attribute that to the glow of nostalgia and my deep attachment to the past, because those were the days of my childhood and youth when, as the saying goes, you could stamp your foot on the ground and water would spring forth. College boys sat in Iranians' restaurants talking about films, girls, and the revolution that had already reached the street corner. The divide between rich and poor was about to vanish; everyone would soon have bread in their belly, clothes on their back, and a roof over their head. It was an era of hope, high spirits, and freedom, when no one asked another person's religion or domicile. Friends were simply friends. No one was Shia or Sunni, no one Qadiani or atheist, and no one Christian or Hindu - only friends.

And then, who knows whose evil eye fell upon Pakistan, that we drew a cordon of hatred, injustice, and cruelty around ourselves. People began to be known as Sindhi or Punjabi, black or white, majority or minority. Now they have neither their own names nor a personal identity; there are neither friendships nor enmities - only labels. Everyone lives behind the walls of their own enclosure.

This story belongs to that same golden era of Pakistan, an era that still overflows from my past. Although most of its characters are Christians, they are individuals in their own right. Among them are the good and the bad. Their joys and their troubles are like ours, and their hearts beat as ours do. They have stepped out of their enclosures and settled on these pages.

According to the Gospel, when Jesus Christ was led away to be crucified, he was told to carry his own cross - so that he might be humiliated further and the people made to feel the power of Rome. *Saleebain Apni Apni* ("Crosses, Each One's Own") is a metaphor: each person must carry the burden of their own sorrows.

This novel is a distinctive, reflective, and emotional journey. It does not merely narrate the lives of its characters; it urges the reader to look inward. On one level, it is a story of personal love, religious identity, and social struggle; on another, it is an honest search for interfaith harmony.

Some parts of this novel were published in the online magazine *Hum Sub* between April 2024 and January 2026. Although the magazine's policy allows serialized pieces only when they do not exceed a few installments, I remain grateful to the Editor-in-Chief, Mr. Wajahat Masood, for accepting more than sixty-five. I am equally indebted to my dear friend Mr. Abdus Salam Salami for his guidance in organizing the manuscript and preparing its layout.

On my last visit to Pakistan, I met His Grace Kaleem John, Bishop of the Hyderabad Diocese of the Church of Pakistan. He introduced me to the history of his cathedral, which appears in this novel as St. Thomas Church. With great kindness, Bishop Kaleem John read several chapters and continued to share his reflections.

Most of the Bible verses quoted at the beginning of each chapter have been taken from the 1976 edition published by the Pakistan Bible Society, Lahore. In the introduction, the story of Adam and Eve has been drawn from Genesis, the first book of the Torah, and given a fictional coloring. Care has been taken, however, not to compromise the integrity of the story or its narrative voice - though some details may differ.

Rafi Mustafa
Markham, Ontario, Canada
5 January 2026

rafimustafa94@gmail.com
www.rafimustafa.org

www.ingramcontent.com/pod-product-compliance
Lightning Source LLC
LaVergne TN
LVHW021149061026
849535LV00002B/397
* 9 7 8 1 9 9 9 5 6 3 1 6 5 *

صلیبیں اپنی اپنی

(ناول)

رفیع مصطفیٰ

WHIMSY PUBLICATIONS
19 Legacy Drive,
Markham, ON L3S 4C4
Canada

www.rafimustafa.org
rafimustafa94@gmail.com

Saleebain Apni Apni
January2026

ISBN: 978-1-9995631-6-5

1. *FICTION, GENERAL*

ابّا اور امّی کے نام

جو زندگی بھر اپنی اپنی صلیبیں اٹھائے پھرتے رہے

رات کی تلچھٹیں ہیں اندھیرا بھی ہے
صبح کا کچھ اجالا بھی ہے
ہمدمو!
ہاتھ میں ہاتھ دو
سوئے منزل چلو
منزلیں پیار کی
منزلیں دار کی
کوئے دل دار کی منزلیں
دوش پر اپنی اپنی صلیبیں اٹھائے چلو

مخدوم محی الدین

دیباچہ

پاکستان بننے کے بعد پہلے بیس برس مجھے پاکستان کا سنہری دور لگتے ہیں۔ ممکن ہے کہ آپ اسے میری یادِ ماضی کی رنگینی اور اُس سے والہانہ وابستگی قرار دیں، کیونکہ یہ میرے بچپن اور نوجوانی کا دور تھا جب بقول شخصے، زمین پر پاؤں مارو تو پانی نکل آئے۔ کالج کے لڑکے ایرانیوں کی ریستورانوں میں بیٹھ کر فلموں، لڑکیوں اور اُس انقلاب کی باتیں کرتے تھے جو پچھلے نکڑّ تک پہنچ چکا تھا۔ امیر اور غریب کا فرق مٹنے والا تھا، اور ہر شخص کے پیٹ میں روٹی، جسم پہ کپڑا اور سر پر چھت پڑنے والی تھی۔ وہ امیدوں، ولولوں اور آزادی کا دور تھا جب کوئی کسی سے اُس کا مذہب اور ڈومیسائل نہیں پوچھتا تھا۔ دوست دوست ہوتے تھے۔ نہ کوئی شیعہ تھا نہ سُنّی، نہ قادیانی تھا نہ ملحد، اور نہ عیسائی تھا نہ ہندو۔ بس صرف دوست تھے۔

پھر نہ جانے پاکستان کو کس کی نظر لگ گئی کہ ہم نے اپنے گرد نفرت، ناانصافیوں اور بے رحمی کے حصار کھینچ لیے، اور لوگ سندھی، پنجابی، کالے، گورے، اکثریت اور اقلیت کی حیثیت سے پہچانے جانے لگے۔ اب نہ ان کے اپنے نام ہیں اور نہ ذاتی پہچان، نہ ان سے دوستیاں ہیں اور نہ دشمنیاں۔ سب اپنے اپنے حصار میں رہتے ہیں۔

یہ کہانی پاکستان کے اُسی سنہری دور کی ہے جو میرے ماضی سے چھلکتا رہتا ہے۔ اگرچہ اس کہانی کے بیشتر کردار مسیحی ہیں، مگر اُن کی انفرادی حیثیت بھی ہے۔ ان میں اچھے لوگ بھی ہیں اور برے لوگ بھی۔ ان کی خوشیاں اور پریشانیاں بھی ویسی ہی ہیں جیسی ہم سب کی، اور اُن کا دل اُسی طرح دھڑکتا ہے جس طرح ہم سب کا۔ وہ اپنے حصار سے نکل کر اس

کہانی کے صفحات پر آ بسے ہیں۔

انجیل کے مطابق جب یسوع مسیح کو مصلوب کرنے کے لیے لے چلے تو اُسے اپنی صلیب خود اٹھانے کو کہا گیا تا کہ اُس کی مزید تذلیل کی جائے اور لوگوں کو روم کی طاقت کا احساس دلایا جائے۔ ”صلیبیں اپنی اپنی“ ایک استعارہ ہے جس کا مطلب ہے کہ ہر ایک کو اپنے دکھوں کا بوجھ خود ہی اٹھانا پڑتا ہے۔

یہ ناول ایک منفرد، فکری اور جذباتی سفر ہے جو قاری کو محض کرداروں کی کہانی نہیں سناتا، بلکہ اُس کی اپنی ذات کے اندر جھانکنے پر مجبور کرتا ہے۔ یہ ایک طرف ذاتی محبت، مذہبی شناخت، اور معاشرتی کشمکش کی کہانی ہے، تو دوسری طرف بین المذاہب ہم آہنگی کی ایک سچی جستجو ہے۔

اس ناول کے کچھ حصّے آن لائن میگزین، ہم سب میں اپریل 2024 اور جنوری 2026 کے درمیان شائع ہوئے۔ اگرچہ میگزین کی پالیسی کے مطابق قسط وار مضامین صرف اُس صورت میں قبول کیے جاتے ہیں جب چند قسطوں سے زیادہ نہ ہوں مگر میں مدیر اعلیٰ جناب وجاہت مسعود کا شکر گزار ہوں کہ انہوں نے 65 سے زیادہ قسطیں قبول کیں۔ عزیز دوست جناب عبد السلام سلامی کا بھی مرہون منت ہوں کہ انہوں نے مسودے کی ترتیب اور لے آؤٹ تیار کرنے میں میری رہنمائی کی۔

جب میں پچھلی مرتبہ پاکستان گیا تو چرچ آف پاکستان کی حیدرآباد ڈایوسس کے بشپ عالی مرتبت کلیم جان سے ملاقات ہوئی۔ انہوں نے مجھے اپنے کیتھیڈرل کی تاریخ سے روشناس کرایا۔ اس ناول میں اسے سینٹ تھامس چرچ کے نام سے بیان کیا گیا ہے۔ بشپ کلیم جان نے بڑی محبت سے اس ناول کے کچھ ابواب کا مطالعہ کیا اور اظہار خیال سے بھی نوازتے رہے۔

ہر باب کی ابتدا میں بائبل مقدس سے جو آیات نقل کی گئی ہیں ان میں سے بیشتر

پاکستان بائبل سوسائٹی، لاہور کے 1976 کے ایڈیشن سے لی گئی ہیں۔ ابتدائیہ میں آدم و حوّا کی کہانی توریت کی پہلی کتاب پیدائش سے اخذ کر کے اُسے افسانوی رنگ دیا گیا ہے، مگر کوشش کی گئی ہے کہ کہانی کی صحت اور اُس کا انداز بیاں متاثر نہ ہو، البتہ جزویات میں فرق ہو سکتا ہے۔

رفیع مصطفیٰ

مارکھم، اونٹاریو، کینیڈا

5 جنوری 2026

rafimustafa94@gmail.com

www.rafimustafa.org

ابتدائیہ

"خدا نے ابتدا میں زمین اور آسمان کو پیدا کیا اور زمین ویران اور سنسان تھی۔
اور گہراؤ کے اوپر اندھیرا تھا اور خدا کی روح پانی کی سطح پر جنبش کرتی تھی۔ اور
خدا نے کہا کہ روشنی ہو جا اور روشنی ہو گئی۔" پیدائش 3-1:1

کہتے ہیں کہ یہودیوں سے بڑھ کر شاید ہی کوئی داستان گو ہو۔ ان کے مطابق خدا ان کا اور صرف ان کا خدا ہے۔ وہ ان سے باتیں کرتا تھا، انہیں من وسلویٰ عطا کرتا تھا، انہیں زمینیں عنایت کرتا تھا اور نبوتوں سے نوازتا تھا، بلکہ توریت کے مطابق وہ حضرت ابراہیم کے پاس انسانی روپ میں آیا تھا اور ان کے ساتھ کھانا بھی کھایا تھا۔ یہودی اپنے بزرگوں اور نبیوں کے قصّے بڑے فخر سے نسل در نسل، سینہ بسینہ منتقل کرتے رہے یہاں تک کہ حضرت عیسیٰ کی پیدائش سے چھ سو سال پہلے اس دور کے علما نے اپنی تاریخ اور شریعت موسوی کو محفوظ کرنے کی غرض سے توریت کی پہلی دو کتابیں لکھیں تاکہ اگلی نسلیں بزرگوں کی روایات سے محروم نہ رہ جائیں۔

موجودہ بائبل کے پرانے عہد نامے کی پہلی پانچ کتابوں، یعنی پیدائش، خروج، احبار، گنتی اور استثناء کو توریت کہا جاتا ہے اور اس کے متعلق یہودیوں میں مختلف روایات ہیں۔ اُن کا عقیدہ ہے کہ یہ اصل توریت ہے جو کوہ سینا پر خدا کی طرف سے حضرت موسیٰ پر نازل ہوئی تھی مگر کچھ محققین کی رائے کے مطابق، ممکن ہے کہ اصل توریت زمانے کی گردش

سے ناپید ہو گئی، اور جو توریت ہم تک پہنچی ہے وہ اس وقت کے علما نے لکھی تھی۔ یہ کہنا مشکل ہے کہ بائبل کی کون کون سی کتابیں الہامی ہیں مگر سب کی سب مقدس ہیں کیونکہ وہ نبیوں اور ان پر ایمان لانے والے برگزیدہ لوگوں کی لکھی ہوئی ہیں۔

کتابِ پیدائش میں لکھا ہے کہ خداوند خدا نے اس دنیا کو چھ دن میں بنایا اور ساتویں دن آرام کیا۔ جب وہ چرند، پرند، کیڑے، مکوڑے، درخت اور پودے بنا چکا تو اس نے اپنی شکل پر انسان کو بنایا جس کا نام اس نے آدم رکھا۔ پھر اس نے آدم سے کہا کہ وہ ساری مخلوق کے نام رکھے۔ آدم نے ایسا ہی کیا اور اس نے جس مخلوق کا جو نام رکھا وہی اس کا نام قرار پایا، مگر اس نے کسی مخلوق کو اپنے ساتھی کی حیثیت سے قبول کرنے کے قابل نہیں پایا۔ چنانچہ خدا نے اُس پر نیند طاری کر دی اور اُس کی ایک پسلی نکال کر وہاں گوشت بھر دیا۔ اُس پسلی سے خدا نے عورت بنائی جو آدم کی مانند تھی۔ جب آدم نیند سے جاگا تو اسے دیکھ کر حیران رہ گیا۔

"یہ کون ہے؟" آدم نے پوچھا۔

"اسے ناری کہتے ہیں کیونکہ یہ نر سے پیدا ہوئی ہے،" خدا نے جواب دیا، "یہ تیری ساتھی اور مددگار ہو گی۔"

"بے شک، یہ میری ہڈیوں میں سے ایک ہڈی اور میرے گوشت کا حصہ ہے،" آدم نے اسے پسند کیا اور اس کا نام حوّا رکھا۔ خدا نے ان کے رہنے کے لیے عدن میں ایک خوب صورت باغ لگایا اور دونوں کو اس باغ کی سیر کرائی جہاں انواع و اقسام کے پھل اور پھول تھے۔ جب وہ باغ کے مرکز میں پہنچے تو خدا نے انہیں دو درخت دکھائے جو بے حد خوب صورت اور یکتا تھے۔

"یہ درخت میرے ہیں،" خدا نے کہا، "تم اس باغ سے جو پھل چاہو کھاؤ، مگر ان دونوں درختوں کو ہاتھ بھی نہ لگانا۔"

"مگر کیوں؟" حوّا نے سوال کیا۔

خدا نے ان میں سے ایک درخت کی طرف اشارہ کر کے کہا، "یہ درخت نیک و بد کی پہچان کا درخت ہے۔"

"اور وہ درخت؟" آدم نے دوسرے درخت کی جانب انگلی اٹھا کر پوچھا۔

"وہ حیات دائمی کا درخت ہے،" خدا نے جواب دیا، "اگر تم نے ان میں سے کسی کا پھل چکھا تو مر جاؤ گے کیونکہ یہ دونوں صفات میں نے صرف اپنے لیے رکھی ہیں۔"

نزدیک ہی جھاڑیوں میں سانپ یہ گفتگو سن رہا تھا۔ اس نے فیصلہ کیا کہ وہ آدم کو خدا کی نافرمانی کرنے پر اکسائے گا۔ آدم اور حوّا باغ میں گھومتے پھرتے تھے اور ہر قسم کے پھل کھاتے تھے مگر وہ ان دونوں درختوں کو چھوتے تک نہیں تھے جن کے لیے خدا نے انہیں منع کیا تھا۔ سانپ موقع کی تلاش میں تھا اور مستقل ان کا تعاقب کرتا تھا۔ ایک روز جب اس نے حوّا کو نیک و بد کی پہچان کے درخت کے پاس اکیلا کھڑا پایا تو سامنے آ کر اس سے مخاطب ہوا، "تُو یہ پھل کیوں نہیں چکھتی؟"

"اس لئے کہ خدا نے منع کیا ہے،" حوّا نے جواب دیا۔

"تجھے معلوم ہے کہ خدا نے کس لیے منع کیا ہے؟"

"اس لیے کہ ہم یہ پھل کھاتے ہی مر جائیں گے۔"

"یہ غلط ہے،" سانپ نے کہا، "تُو یہ پھل کھا کر مرے گی نہیں۔"

"پھر خدا نے کیوں منع کیا ہے؟"

"اس لیے کہ اگر تجھے نیک و بد کی پہچان ہو گئی تو تُو بھی خدا کی طرح ہو جائے گی اور وہ یہ برداشت نہیں کر سکتا کہ کوئی اور اس کی طرح ہو۔"

غرض سانپ نے حوّا کو بہلا پھسلا کر نیک و بد کی پہچان کا پھل کھلا دیا اور خود جھاڑیوں میں گم ہو گیا۔ حوّا کو وہ پھل پسند آیا اور اس نے آدم کو بھی کھلایا۔ اچانک پھل کھاتے ہی

دونوں کو احساس ہوا جیسے ان کی آنکھیں کھل گئی ہیں۔ انہوں نے دیکھا کہ وہ دونوں ننگے ہیں اور احساس شرم سے دونوں نے انجیر کے پتوں سے اپنا جسم ڈھانپنے کی کوشش کی۔

اتنے میں انہوں نے خدا کی آواز سنی جو شام کو گرمی کی شدت کم ہونے کے بعد باغ کی سیر کو نکلتا تھا۔ دونوں خدا کی آواز سن کر درختوں کے پیچھے جا چھپے۔

"آدم، تُو کہاں ہے؟" خدا نے پکارا۔

"میں یہاں درختوں کے پیچھے چھپا ہوں،" آدم نے جواب دیا، "میں تیری آواز سن کر ڈر گیا تھا۔"

"کیوں، مجھ سے ڈرنے کی کیا بات ہے؟"

"کیونکہ میں ننگا ہوں اور مجھے تیرے سامنے آتے ہوئے شرم آتی ہے۔"

"تجھے کس طرح احساس ہوا کہ تُو ننگا ہے؟" خدا نے پوچھا، "کیا تُو نے وہ پھل کھالیا ہے جسے کھانے کے لیے میں نے منع کیا تھا؟"

"ہاں، میں نے وہ پھل کھالیا ہے۔"

"تم دونوں میرے سامنے آکر بات کرو،" خدا نے حکم دیا۔

آدم اور حوّا اپنے جسم کو انجیر کے پتوں سے چھپائے ہوئے خدا کے سامنے آگئے۔

"تُو نے وہ پھل کیوں کھایا جب کہ میں نے منع کیا تھا؟" خدا نے آدم سے پوچھا۔

"مجھے اِس ناری نے ورغلایا جسے تُو نے میرا ساتھی بنایا ہے،" آدم نے حوّا کی طرف اشارہ کر کے کہا۔

"اور مجھے اُس سانپ نے بہکایا جو جھاڑیوں میں چھپا ہوا ہے،" حوّا نے اپنی صفائی پیش کی۔

خدا نے سانپ کو حکم دیا کہ وہ سامنے آئے اور اسے ڈانٹ کر کہا، "تُو نے اس عورت کو بہکایا۔ اس کی سزا میں تجھے اس طرح دوں گا کہ تُو اس کی اولادوں کی ایڑیوں کو ڈسے گا اور

اس کی اولادیں تیرا سر کچلیں گی۔ میں تجھے زمین سے اٹھنے نہیں دوں گا اور تُو زندگی بھر زمین پر ہی رینگتا رہے گا۔"

پھر خدا حوّا سے مخاطب ہوا، "تیری سزا یہ ہے کہ تُو بچے جنے گی اور تیرا درد دنیا بھر کے دردوں سے زیادہ شدید ہو گا۔"

آخر میں خدا نے آدم کی سزا سنائی، "تیری سزا یہ ہے کہ تُو اپنی بیوی اور اس کے بچوں کی نگہ داشت کے لئے زندگی بھر مشقت کرے گا اور تیرے بیٹے اپنے ماں باپ کو چھوڑ کر اپنی بیوی کے پیچھے بھاگتے رہیں گے۔"

خدا نے آدم اور حوّا کو نیک و بد کی پہچان دے کر باغ عدن سے نکال دیا، قبل اس کے کہ وہ حیات دائمی کا پھل کھا کر اس کے مقابلے پر اتر آئیں۔ اب صرف خدا ہی ہے جو ازل سے ہے اور ابد تک رہے گا۔ باقی سب فانی ہے۔

ا

"اور ان کی ساری جماعت اُٹھ کر یسوع کو پیلاطس کے پاس لے گئی اور یسوع پر الزام لگانے لگے کہ ہم نے اسے اپنی قوم کو گمراہ کرتے اور قیصر کو خراج دینے سے منع کرتے اور اپنے آپ کو مسیح بادشاہ کہہ کر ظاہر کرتے پایا۔ پیلاطس نے اُس سے پوچھا کہ کیا تُو یہودیوں کا بادشاہ ہے؟ اُس نے جواب دیا، تُو آپ کہتا ہے۔" لوقا 3-23:1

"یہ گرجے، یہ مسجدیں، یہ مندر تو صرف کچھ لوگوں کی روزی چلاتے ہیں ورنہ خدا کو کیا پڑی کہ وہ اس کا حساب رکھے کہ کون گرجا میں جاتا ہے، کون مسجد میں، اور کون مندر میں،" جمعدار بشیر دین کہتے، "میرا مذہب تو بس میرے اور خدا کے درمیان ہے۔ میں پچھلے بیس سال سے کسی چرچ میں نہیں گیا مگر میرا ایمان خداوند خدا اور یسوع مسیح پر لوہے کی طرح مضبوط ہے۔ کون مائی کا لال ہے جو مجھے خداوند کی بادشاہی میں داخل ہونے سے روکے گا؟"

اگرچہ وہ کافی مذہبی تھے مگر انہیں چرچ سے خدا واسطے کا بیر تھا۔ کہتے تھے کہ وہ جیسے جیسے خدا کے نزدیک ہوتے جا رہے ہیں ویسے ویسے چرچ سے دور ہوتے جا رہے ہیں۔ ان کا کہنا تھا کہ بائبل ایک مکمل کتاب ہے جس میں ہر مسئلے کا حل ہے، لہٰذا انہیں کسی پادری، کسی پنڈت، کسی مولوی کی ضرورت نہیں ہے۔

"آخر یسوع بھی تو باغی تھا،" وہ ہوا میں مُکّا تان کر کہتے، "اُس نے بھی کلیسیا کو چیلنج کیا تھا

اور اس کا حشر ہم نے دیکھ ہی لیا۔"

ان کی بائبل سبز رنگ کے ایک ریشمی جزدان میں رہتی تھی جو سنہری گوٹا کناری سے مزیّن تھا اور اُس کے گرد ایک لمبی سی سرخ ڈوری لپٹی رہتی تھی۔ ایک روز لانس نائیک اللہ دتّہ نے ان سے جزدان کے متعلق پوچھا تو انہوں نے بتایا کہ ایک مرتبہ انہوں نے ایک صوبے دار کی والدہ کو جزدان سیتے ہوئے دیکھا تھا۔ جزدان سینا ان کا مشغلہ تھا، اور ساری پڑوسنیں ان سے قرآن شریف کے لیے جزدان سلواتی تھیں، چنانچہ انہوں نے اپنی بائبل کے لیے بھی سلوا لیا۔

"پوری دنیا میں صرف میری بائبل ہے جو ریشمی جزدان میں رکھی جاتی ہے،" وہ مسکرا کر کہتے، "فرق صرف اتنا ہے کہ تمہارا قرآن تو جزدان سے باہر نہیں نکلتا مگر میری بائبل روزانہ پڑھی جاتی ہے۔"

جمعدار بشیر دین پوری چھاؤنی میں اپنی شان اور دبدبے کے لیے مشہور تھے۔ کچھ نہیں تو ساڑھے چھ فٹ کے تو رہے ہونگے۔ بھاری بھرکم، تنی ہوئی مونچھیں، نسواری رنگ کی شلوار، اسی رنگ کی قمیص اور سر پر سفید رنگ کا کلاہ جس میں سے نسواری رنگ کی ٹوپی اوپر سے جھانکتی تھی۔ کلاہ کا ڈیڑھ بالشت کا کلف سے اکڑا ہوا طرّہ مور کی کلغی کی مانند ہمیشہ ایستادہ رہتا تھا۔ دھوپ سے بچنے کے لیے سیاہ شیشوں کا چشمہ پہنتے تھے۔ اُس زمانے میں مغربی پاکستان کے گورنر نواب آف کالاباغ تھے جو بڑی دبنگ شخصیت کے مالک تھے۔ لوگ کہتے تھے کہ اگر نواب آف کالاباغ اور جمعدار بشیر دین کو ساتھ ساتھ کھڑا کر دیا جائے تو مجال ہے کہ کوئی پہچان سکے۔ دونوں میں سرِ مو فرق نہیں تھا۔

یونٹ کے کمانڈنٹ، کرنل شیر دِل خان، بھی جمعدار بشیر دین کی بڑی عزت کرتے تھے اور ہمیشہ انہیں جمعدار صاحب کہہ کر مخاطب کرتے تھے۔ فوج میں مہتروں یا

خاکروبوں کو جمعدار کہتے ہیں۔ یہاں یہ بتانا بے محل نہ ہو گا کہ فوج میں جمعدار کا لفظ مختلف ادوار میں مختلف معنوں میں استعمال ہوتا رہا ہے۔ مغلوں کے دور میں جمعدار فوج میں بہت بڑا منصب ہوتا تھا اور اس کا کام جنگ میں دس ہزار سوار سپاہیوں کو جمع کرنا ہوتا تھا۔ انگریزوں نے تضحیک کے طور پر مہتروں کو جمعدار کہنا شروع کیا۔ اِس کے علاوہ حوالدار اور صوبے دار کے درمیان بھی ایک منصب ہوتا تھا جو جمعدار کہلاتا تھا۔ پاکستان بننے کے بعد اُسے نائب صوبے دار کہا جانے لگا۔ خیر یہ تو جملہ ٔمعترضہ تھا لیکن جمعدار بشیر دین عام مہتر نہیں تھے۔ وہ مہتروں کے کمانڈر انچیف کہلاتے تھے اور ان کا کام یونٹ کے تمام مہتروں کو سپر وائز کرنا تھا۔

جب وہ اپنی بائیسکل پر راؤنڈ کے لیے نکلتے تو چھاؤنی میں پھیلے ہوئے مہتر چوکنّے ہو جاتے اور جھاڑوئیں کچھ تیز ہو جاتیں۔ وہ پوری چھاؤنی کے ٹوائلیٹ جھانکتے پھرتے تھے اور جہاں ذرا سی گندگی دیکھی، فوراً اپنی نوٹ بُک نکال کر چیک کیا کہ وہاں کس کی ڈیوٹی تھی۔ وہیں نزدیک ہی کام کرنے والے کسی مہتر کو صفائی کرنے کے لیے بھیج دیتے اور شام کو اس مہتر کی پیشی ہوتی جس کی کوتاہی تھی۔

ان کی راؤنڈ کے دوران اگر کوئی راستے میں مل جاتا تو اپنی سائیکل سے اتر کر اس کے ساتھ چلتے ہوئے خیریت پوچھتے۔ مجھے راستے میں دیکھ کر ہمیشہ سائیکل سے اتر جاتے، کچھ دور میرے ساتھ چلتے اور بڑی دل چسپی سے میری پڑھائی کے متعلق پوچھتے۔ اس زمانے میں مچھروں سے بچنے کے لیے ڈی ڈی ٹی استعمال کی جاتی تھی۔ جہاں گندہ پانی جمع ہوتا وہاں فوراً ڈی ڈی ٹی چھڑک دی جاتی۔ ایک بار انہوں نے گندے پانی کے گڑھے پر رک کر مجھے ملیریا پر پورا لیکچر دیا۔ مجھے ان ہی سے پتا چلا کہ دنیا میں مچھروں کی ساڑھے تین ہزار قسمیں ہوتی ہیں اور جس مچھر سے ملیریا ہوتا ہے اسے اینو فیلیز کہتے ہیں۔

جمعدار بشیر دین بھرتی تو مہتر کی حیثیت ہی سے ہوئے تھے مگر تھے بڑے ذہین اور محنتی۔ انہیں پڑھنے کا شوق تھا اور فارغ وقت میں پڑھتے رہتے تھے۔ کرتے کرتے انہوں نے میٹرک پاس کر لیا۔ اگرچہ فوج میں مہتر عموماً سویلین ہوتے ہیں مگر ان کے افسروں نے ان کی ہمت افزائی کی اور ان کی مراعات میں اضافہ ہوتا رہا۔ حال آنکہ وہ صرف میٹرک پاس تھے مگر کثرت سے مطالعہ کرتے تھے۔ لوگوں کا کہنا تھا کہ وہ کتابوں کو نچوڑ کر پیتے ہیں اور کوئی ایسا موضوع نہیں جس پر دانش مندانہ اظہار خیال نہ کر سکتے ہوں۔ یہی وجہ تھی کہ سپاہیوں سے لے کر افسر تک، سب ہی ان کی عزت کرتے تھے۔

رات کے کھانے کے بعد وہ بلاناغہ اپنے کوارٹر کے سامنے میدان میں چارپائیاں بچھا کر دوستوں کو جمع کر لیتے تھے۔ حیدرآباد سندھ اگرچہ دن میں تپتا ہے مگر شام کو ٹھنڈی ہوا چلنی شروع ہو جاتی ہے اور رات کے کھانے کے بعد پوری پوری فیمیلیاں چہل قدمی کے لیے نکلتی ہیں۔ اس زمانے میں تو ٹریفک بھی خال خال ہی ہوتا تھا۔ کنٹونمنٹ کے علاقے میں شاذونادر ہی کوئی کار سڑک پر نظر آ جاتی لہٰذا لوگ سڑکوں پر بھی ٹہلتے تھے۔

جمعدار بشیر دین کی محفل کے ارد گرد ہوا میں کنگ اسٹارک سگریٹ کے دھوئیں کی بُو شامل ہوتی تھی۔ کے ٹو سگریٹ سے پہلے کنگ اسٹارک سب سے تیز سگریٹ ہوتا تھا اور سپاہیوں میں سب سے زیادہ پسندیدہ سگریٹ تھا۔ جب سپاہی ترقی کرتے کرتے نائب صوبے دار کے عہدے پر پہنچتا تھا تو اس کا سگریٹ کا برانڈ بھی تبدیل ہو جاتا تھا اور وہ قینچی پینا شروع کر دیتا تھا۔ فوج میں جو کمیشن لے کر آتا تھا وہ پاسنگ آؤٹ کے بعد سیکنڈ لفٹیننٹ کے عہدے پر تعینات ہوتے ہی کیپسٹن سے شروع کرتا تھا اور ریٹائر ہونے تک وہی پیتا تھا۔

بشیر دین کا محبوب موضوع علامہ مشرقی کی خاکسار تحریک تھا۔ کہتے تھے کہ جب وہ خاکساروں کو کندھوں پر بیلچے رکھے پریڈ کرتے دیکھتے تھے تو ان کا بس نہیں چلتا تھا کہ وہ بھی

کلمہ پڑھ کر بیلچہ سنبھالیں اور ان میں شامل ہو جائیں۔

"تو جمعدار صاحب آپ کو روکا کس نے تھا؟" کسی نے پوچھا۔

"بھائی، میں صرف سوچ کر رہ جاتا تھا۔ اگر تم میرے باپ کی سرخ سرخ آنکھیں اور گز بھر لمبی مونچھیں دیکھ لیتے تو تمہیں تو سوچنے کی ہمت بھی نہ ہوتی۔ ان کی آنکھوں میں ہر وقت خون بھرا رہتا تھا اور ان کی ایک ڈانٹ پر میرا پیشاب خطا ہو جاتا تھا۔"

پوری چھاؤنی میں وہ جمعدار بشیر دین کہلاتے تھے مگر میں انہیں بشیر چاچا کہتا تھا کیونکہ ان کا بیٹا دانی ایل میرا کلاس فیلو تھا اور میں اکثر اسکول جاتے ہوئے راستے میں اس کے کوارٹر پر رُک جاتا تھا تاکہ اسے ساتھ لے لوں۔ دانی ایل اور میں ساتویں جماعت سے ساتھ تھے۔ جب ہماری کلاس میں اُس کا داخلہ ہوا تو اسے میری ڈیسک پر ہی بٹھایا گیا۔ ہر ڈیسک پر دو لڑکے بیٹھتے تھے اور میں سب سے اگلی صف میں اپنی ڈیسک پر اکیلا ہی تھا۔ چنانچہ کلاس ٹیچر نے اسے میرے ساتھ بٹھا دیا اور اسی دن سے ہم دونوں کی دوستی ہو گئی۔

***

جیسے جیسے میں اور دانی ایل اگلی کلاسوں میں گئے، ہمیں احساس ہوا کہ ہمارے خیالات میں کافی یکسانیت ہے۔ ہم دونوں، گھنٹوں بیٹھے ان موضوعات پر گفتگو کرتے تھے جن پر اس عمر کے بہت کم بچے باتیں کرتے ہیں۔ زندگی کیا ہے؟ کیوں کچھ لوگ امیر ہوتے ہیں اور باقی سب غریب ہوتے ہیں؟ تکلیف، بیماری، موت، یہ سب کیا ہے؟ کیا خدا لاپرواہ ہے جو معصوم لوگوں کو آفات میں مبتلا کرتا ہے؟ اسی قسم کی اوٹ پٹانگ باتیں کیا کرتے اور ہر قسم کی کتابیں پڑھتے تھے۔ پھر وہ زمانہ آیا جب ہم دونوں نے ایک دوسرے کے مذہب کا مطالعہ کرنا شروع کیا۔ دانی ایل ابوالاعلیٰ مودودی کی تفہیم القرآن پڑھنے لگا اور میں نے لاہور کے ایک بائبل اسکول میں داخلہ لے لیا جو بذریعہ ڈاک بائبل پڑھاتا تھا۔ دو سال کے عرصے میں مجھے پرانے اور نئے عہد ناموں کی اچھی خاصی سوجھ بوجھ ہو گئی اور دانی ایل قرآنی آیات میں محکمات اور متشابہات کے فرق کو سمجھنے لگا۔

میں دانی ایل کو اکثر اپنے ساتھ جمعہ کی نماز کے لیے لے جاتا۔ اس نے سورہ فاتحہ سیکھ لی تھی، باقی میرے برابر کھڑا ہوا ہونٹ ہلاتا رہتا اور باقاعدہ سب کی طرح رکوع و سجود کرتا۔ پہلی بار جب وہ مسجد میں گیا تو داخل ہوتے وقت میں نے اپنے رومال کے چاروں کونوں میں گانٹھیں لگا کر اس کے سر پر منڈھ دیا اور اسے بتایا کہ مسجد میں سر ڈھانپنا آداب میں شامل ہے۔"

جب میں اس کے ساتھ پہلی مرتبہ چرچ گیا تو نشست پر بیٹھتے وقت حسب عادت جیب سے رومال نکالا اور چاروں کونوں میں گانٹھیں باندھ کر سر ڈھک لیا۔ اس نے رومال اتار کر میرے ہاتھ میں دے دیا۔

"چرچ میں ننگے سر ہی بیٹھتے ہیں۔ صرف خواتین سر ڈھانپتی ہیں،" اس نے میرے کان میں کہا۔

"کمال ہے۔ مسجد میں سر ڈھانپنا آداب میں شامل ہے اور چرچ میں ننگے سر جانا،" میں نے بھی جواباً سرگوشی کی۔

"پتا نہیں خدا کے نزدیک کوئی فرق پڑتا ہے یا نہیں،" اس نے کہا۔

"پتا نہیں۔ یہ تو اللہ میاں سے پوچھ کر ہی بتایا جا سکتا ہے،" میں نے کندھے اچکا کر جواب دیا۔

میں اکثر دانی ایل کے ساتھ اس کے چرچ جاتا تھا۔ جب چندے کی پلیٹ جماعت میں گھمائی جاتی تو میں بھی دوسروں کی طرح اس میں چوّنی یا اٹھنّی کا سِکّہ ڈال دیتا اور کھڑے ہو کر سب کے ساتھ آواز ملا کر حمدیہ گیت گاتا

بخش اپنے فضل سے خدایا
مجھ کو دولت تُو ایمان کی
لحن داؤد مجھ کو عطا ہو
اور حکمت سلیمان کی

۲

> تو یوحنا نے اُن سے جواب میں کہا، ”میں تو تمہیں پانی سے بپتسمہ دیتا ہوں مگر جو مجھ سے زور آور ہے وہ آنے والا ہے۔ میں اُس کی جوتی کا تسمہ کھولنے کے لائق نہیں۔ وہ تمہیں روح القدس اور آگ سے بپتسمہ دے گا۔“ لُوقا 3:16

یہ اُس دور کی کہانی ہے جب پاکستان کو بنے ہوئے چودہ پندرہ برس ہی ہوئے تھے۔ زندگی بڑی سادہ تھی۔ کلوگرام کی جگہ سیر اور چھٹانک ہوتے تھے۔ اسی زمانے میں میری دوستی پادری پال سے ہو گئی جو کنٹونمنٹ کے سینٹ تھامس چرچ کے پاسٹر یا پادری تھے اور جہاں میں کبھی کبھار دانی ایل کے ساتھ جاتا تھا۔ سب لوگ انہیں پاسٹر یا ریورنڈ کہہ کر مخاطب کرتے تھے جس سے ادب اور عزت کا اظہار ہوتا تھا، مگر میں انہیں پادری پال ہی کہتا تھا۔ جب میں نے ایک مرتبہ انہیں ریورنڈ کہہ کر مخاطب کیا، تو بولے، ”تم مجھے پادری پال ہی کہا کرو کیونکہ تمہارے منہ سے اچھا لگتا ہے۔“ چنانچہ وہ میرے لیے پادری پال ہی ہو گئے۔ جوانی میں اچھے خاصے جاذب نظر رہے ہوں گے مگر بڑھاپے میں قدم رکھتے ہی ڈھلنا شروع ہو گئے تھے۔ سر کے بالوں کی سیاہی برائے نام رہ گئی تھی اور درمیان سے چندیا صاف ہو گئی تھی۔ مسکراتے وقت رخساروں کی سلوٹیں مزید گہری ہو جاتیں اور ہونٹ ہلکے سے وا ہو جاتے جن سے سامنے کے نچلے دانتوں کے درمیان دراڑ نظر آتی تھی۔ آگے کے چار دانت

اکھڑوادیے تھے کیونکہ ان کے نیچے کا مسوڑھا بالکل ختم ہو چکا تھا۔

پادری پال کو جلدی پڑی تھی کہ میں بپتسمہ لے کر مسیحیت قبول کرلوں، اور میں ان کی بدصبری سے لطف اندوز ہوتا تھا۔ مجھ کو انہیں چھیڑنے میں مزا آتا تھا۔ وہ اکثر میرے مذاق کو سنجیدگی سے سنتے تھے اور جب انہیں اندازہ ہو جاتا کہ میں صرف مذاق کر رہا ہوں تو مسکرا کر کہتے، "اچھا، اب میں سمجھا۔ تم مجھے گھِس رہے ہو۔" چھیڑ چھاڑ اپنی جگہ مگر میں پادری پال کی بے حد عزت کرتا تھا اور انہیں اپنا بزرگ سمجھتا تھا۔ کبھی میں نے انہیں غصّے میں نہیں دیکھا، حال آنکہ میں اکثر ان کے عقائد کو چیلنج کیا کرتا تھا۔ اگرچہ وہ عمر میں میرے والد کے برابر تھے مگر میرے ساتھ ہمیشہ برابری کا سلوک کرتے تھے۔

بپتِسمہ کی رسم نومولود یا غیر مسیحیوں کو مسیحیت میں داخل کرنے کے لیے ادا کی جاتی ہے۔ ہر فرقے میں اس کی رسومات مختلف ہوتی ہیں۔ کسی چرچ میں صرف پیشانی پر پانی بہایا جاتا ہے، کہیں پانی چھڑکنے پر اکتفا کیا جاتا ہے، اور کچھ فرقوں میں بپتسمہ کے لیے پانی کے حوض یا آبِ رواں میں ڈبکی دی جاتی ہے۔

انجیل کے مطابق حضرت عیسیٰؑ کو حضرت یحییٰؑ نے دریائے اردن میں بپتِسمہ دیا تھا۔ حضرت یحییٰؑ لوگوں کو تاکید کرتے تھے کہ خود کو جسمانی اور روحانی طور پر شفاف رکھنے کے لیے، بپتِسمہ لیتے رہا کریں۔ انجیل مقدس میں انہیں یوحنّا اصطباغی (John The Baptist) کا نام دیا گیا ہے۔ کہتے ہیں کہ پانی میں شفا بخش خصوصیات ہوتی ہیں۔ ہمارے یہاں وضو بھی غالباً بپتِسمہ کی ایک شکل ہے جو پرانے نبیوں کے زمانے سے چلی آ رہی ہے۔ نماز سے پہلے تو خیر وضو کیا ہی جاتا ہے مگر کہا جاتا ہے کہ جب کوئی شدید غم یا غصے میں مبتلا ہو یا کسی اور جذباتی تناؤ کا شکار ہو تو وضو کرنے سے سکون ملتا ہے۔

حضرت یحییٰؑ کے اُمّتی جو خود کو مندائی کہتے ہیں، اب بھی عراق میں دریائے فرات

کے کنارے بستے ہیں۔ ابتدا میں انہیں مسیحیوں کا ہی ایک فرقہ سمجھا جاتا تھا مگر ان کے اپنے عقائد ہیں۔ قرآن میں انہیں صائبین کہا گیا ہے اور اسلام میں انہیں اہل کتاب کا درجہ حاصل ہے۔ وہ دریائے فرات میں ہر اتوار کو ڈبکی لگا کر بپتِسمہ لیتے ہیں اور یہ ان کی عبادت کا حصّہ ہوتا ہے۔ کربلا کا واقعہ بھی دریائے فرات کے کنارے پر پیش آیا تھا لہٰذا بعض شیعہ روایات کے مطابق فرات ایک مقدس اور بافضیلت دریا ہے جس میں بہشت کا پانی گرتا ہے۔ 2003 میں عراق پر امریکی حملے سے پہلے مندائی برادری جو ساٹھ سے ستر ہزار افراد پر مشتمل تھی، شدید متاثر ہوئی۔ دریائے فرات کے خشک ہو جانے اور بڑھتی ہوئی مذہبی انتہا پسندی کی بنا پر انہیں وہاں سے نکلنا پڑا۔

پادری پال کے پاس ایک بوتل میں دریائے اردن کا مقدس پانی تھا۔ جب وہ بچوں کو بپتِسمہ دینے کے لیے ایک طشت میں پانی ڈالتے تو اس میں تھوڑی سی مقدار اس پانی کی بھی ڈال دیتے تھے۔ میں نے ان کی توجہ اس بوتل کی طرف دلائی جس میں بہت تھوڑی مقدار میں پانی رہ گیا تھا۔

"پادری پال، آپ جب اس بوتل سے پانی نکالا کریں تو اتنا ہی پانی اور ڈال دیا کریں۔ اس طرح بوتل بھری رہے گی۔"

"نہیں بھئی یہ مقدس پانی ہے،" انہوں نے جواب دیا۔

"ہمارے یہاں تو یہی کرتے ہیں۔ حج سے آبِ زمزم لے کر آتے ہیں اور برکت کے لیے جتنا پیتے ہیں اتنا ہی پانی اس میں ڈال دیتے ہیں۔ اس طرح بوتل ہمیشہ بھری رہتی ہے۔"

"مگر اس طرح وہ پانی مقدس تو نہیں رہے گا،" انہوں نے پیشانی سکیڑ کر سوچتے ہوئے کہا۔

"نہیں، اس کے تقدس میں کوئی فرق نہیں پڑے گا"، میں نے سمجھانے کی کوشش کی، "یوں سمجھیں کہ پانی کے ایک مولیکیول یا سالمے میں دو ایٹم ہائیڈروجن کے اور ایک ایٹم آکسیجن کا ہوتا ہے۔ جب مقدس سالمے غیر مقدس سالموں سے ملتے ہیں تو وہ غیر مقدس سالموں کو اپنے تقدس میں شریک کر لیتے ہیں لہٰذا سارا پانی مقدس ہو جاتا ہے۔"

"تم مجھے گِھس تو نہیں رہے؟" انہوں نے انگلی اٹھا کر بڑی معصومیت سے پوچھا۔

"ارے توبہ کریں پادری پال،" میں نے جواب دیا، "اچھا ایسا کریں کہ میں آپ کو آبِ زمزم کی ایک بوتل لا دوں گا۔ اسی سے بپتسمہ کرا دیا کریں اور جب پانی کم ہونے لگے تو اس میں مزید پانی ڈال دیا کریں۔" آخر انہیں اندازہ ہو گیا کہ بقول ان کے میں انہیں گھس رہا تھا۔

"دیکھو پرویز میاں، میں نے تم سے کہیں زیادہ مہ و سال صحرا نوردی میں گزارے ہیں۔ یہ معدودے چند بال جو تم میرے سر پر دیکھ رہے ہو، ان کی سفیدی کا سبب یہ نہیں ہے کہ مجھے سایہ میسر نہیں تھا،" انہوں نے اپنے کچھ بالوں کو چٹکی میں دبا کر کہا۔

میں صرف مسکرا کر رہ گیا مگر کوئی جواب بن نہیں پڑا۔ اگرچہ پادری پال کی مادری زبان پنجابی تھی مگر بڑی نفیس اردو بولتے تھے۔ ان ہی کے انداز میں گفتگو کرنے کے لیے الفاظ تلاش کرنے پڑتے تھے۔

"اچھا آپ کسی ہومیوپیتھک ڈاکٹر سے پوچھ لیں۔ وہ آپ کو بتائے گا کہ دوا میں جیسے جیسے پانی ڈالتے جائیں، اس کی طاقت میں اضافہ ہوتا جاتا ہے،" میں نے کہا۔

"میں خوب سمجھتا ہوں کہ تم کب سنجیدہ ہو اور کب مجھے بے وقوف بنا رہے ہو۔"

"توبہ توبہ، آپ میرے بزرگ ہیں۔ میں آپ کو بے وقوف بنانے کی جرأت بھی کروں تو جو سزا چور کی وہ میری،" میں نے اپنے دونوں کان پکڑ کر کہا۔

"میں خوب سمجھتا ہوں،" انہوں نے حسب معمول اپنا ہاتھ جھٹکا جیسے مکھی اڑا دی ہو۔ پھر آگے جھک کر میرے کان میں بولے، "میاں، اب تم بھی بپتسمہ لے کر نجات پا لو۔"

"پادری پال، نجات پانے کے لیے بپتِسمہ لینا ضروری تو نہیں۔ آپ دائرہ اسلام میں داخل ہو جائیں تو بپتِسمہ کے بغیر ہی آپ کی نجات ہو جائے گی،" میں نے ہنس کر جواب دیا۔

وہ مسکرائے اور میرے بازو پر ہلکے سے ایک تھپڑ مار دیا۔

۳

پھر اُس نے اپنے شاگردوں کی طرف نظر کر کے کہا، "مبارک ہو تم جو غریب ہو کیونکہ خدا کی بادشاہی تمہاری ہی ہے۔ مبارک ہو تم جو اب بھوکے ہو، کیونکہ آسودہ ہو گے۔ مبارک ہو تم جو اب روتے ہو، کیونکہ ہنسو گے۔" لُوقا 6:20-21

مجھے دانی ایل نے صرف اتنا بتایا تھا کہ روزانہ شام کو ایک گھنٹہ ہوم ورک کرنے میں بہت سے بچوں کی مدد کرنی ہے کیونکہ وہ ماں باپ کے قابو میں نہیں آتے۔ میں نے پوچھا کہ کتنے بچے ہیں، کون کون سی کلاسوں میں ہیں اور کتنے پیسے ملنے کی توقع ہے تو اس نے کہا کہ میں بچے وہیں جا کر گن لوں اور اپنی فیس بھی ان ہی سے طے کر لوں۔

"یار، کچھ تو تفصیل بتا۔ آخر کیسی فیملی ہے، والد کیا کام کرتے ہیں؟" میں نے پوچھا۔

"ان کا نام شاہد ہے،" دانی ایل نے جواب دیا، "وہ انکم ٹیکس ڈپارٹمنٹ سے ریٹائر ہوئے ہیں۔"

"تب تو وارے نیارے ہوں گے۔"

"نہیں یار بہت ایمان دار آدمی ہیں، اس لیے غریب ہیں۔"

دانی ایل نے مجھے سڑک اور گلی کا پتہ بتا دیا۔ گھر کی نشانی یہ تھی کہ دروازے پر سبز

پینٹ تھا۔ میں نے دانی ایل سے وعدہ کر لیا کہ میں اگلے دن یونیورسٹی سے فارغ ہونے کے بعد شاہد صاحب کے گھر جاؤں گا۔ جب میں اس سے ہاتھ ملا کر وہاں سے چلا تو اس نے مجھے آواز دی اور میں رک کر پیچھے مڑا۔

"دیکھ یار، ان کی بھتیجی پر غلط نظر ڈالنے کی ہمت نہ کرنا۔ اس پر میری نظر ہے،" اس نے گھونسا دکھاتے ہوئے کہا۔

"یار تُو فکر کیوں کرتا ہے۔ مجھ پر بھروسہ نہیں ہے؟" میں نے پوچھا۔

"تجھ پر تو بھروسہ ہے مگر شیطان پر بھروسہ نہیں ہے۔"

"تُو شیطان کی فکر مت کر، میں اسے بھی سنبھال لوں گا،" میں نے مسکرا کر اس کی طرف ہاتھ بڑھا دیا، "اچھا یہ بتا کہ لڑکی کیسی ہے؟"

"دیکھ تیری نیت ابھی سے خراب ہونے لگی نا؟" اس نے روہانسا ہو کر کہا۔

"یار میں تو صرف پوچھ رہا ہوں، تُو خواہ مخواہ گرم ہو رہا ہے۔"

"وہ پنجاب یونیورسٹی میں پڑھتی ہے، ہر سال چھٹیوں میں آتی ہے۔ اب آنے والی ہو گی۔"

"نام کیا ہے؟" میں نے مسکرا کر بھوئیں اچکائیں۔

"مریم۔"

"ابے چھوڑ یار۔ سارا مزا کرکرا کر دیا،" میں نے ایک قہقہہ لگایا، "جس لڑکی کا نام مریم ہو اس پر کوئی غلط نگاہ کیسے ڈال سکتا ہے۔ وہ تو جب بھی میرے سامنے آئے گی مجھے بی بی مریم یاد آ جائیں گی،" میں نے ہاتھ کے اشارے سے دانی ایل کو خدا حافظ کہا اور چل دیا۔

***

اگلے روز مجھے یونیورسٹی سے واپس آتے آتے شام ہو گئی۔ میں بس سے اتر کر سیدھا دانی ایل کے بتائے ہوئے پتے پر چل دیا۔ سڑک اور گلی تو آسانی سے مل گئی مگر اس گھر کی تلاش میں

کچھ وقت لگا جس کے دروازے پر سبز پینٹ تھا۔ آخر کار وہ گھر بھی نظر آ گیا۔ دروازہ کھلا ہوا تھا اور اس کے پیچھے سندھی رلّی کا ایک پردہ پڑا تھا۔ کواڑ کے اوپر ایک زنگ آلود زنجیر لٹک رہی تھی۔ میں نے آگے بڑھ کر زنجیر بجائی اور ایک طرف ہٹ کر کھڑا ہو گیا۔

اگلے لمحے شاہد صاحب خود نکل کر آئے اور بڑے گہک کر ہاتھ آگے بڑھا دیا۔

"میرا نام پرویز ہے،" میں نے ہاتھ ملاتے ہوئے اپنا تعارف کرایا۔

"آیئے آیئے سر، ہم آپ ہی کا انتظار کر رہے تھے۔"

"شاہد صاحب؟" میں نے پوچھا۔

"جی۔"

"مجھے دانی ایل بشیر نے آپ کا پتہ دیا تھا۔"

"مجھے معلوم ہے، تشریف لایئے،" انھوں نے پردہ ایک جانب ہٹاتے ہوئے کہا۔

میں ان کے پیچھے پیچھے گھر میں داخل ہو گیا۔ شام کا وقت ہو چلا تھا اور دھوپ ڈھل گئی تھی۔ صحن میں چار پانچ کرسیاں بچھی ہوئی تھیں۔ اینٹوں کا فرش کچھ گیلا گیلا سا لگ رہا تھا اور اس میں سے سوندھی سوندھی خوشبو اٹھ رہی تھی۔ شاید کچھ دیر پہلے گرمی کی شدت کو کم کرنے کے لیے فرش پر چھڑکاؤ کیا گیا تھا۔ شاہد صاحب نے ایک کرسی کی طرف اشارہ کیا اور میں بیٹھ گیا۔ گھر کی حالت خاصی ناگفتہ بہ تھی۔ دیواروں کا پلاسٹر جگہ جگہ سے ادھڑ گیا تھا۔ اور دروازوں کے کواڑوں میں بھی کہیں کہیں دیمک کے آثار تھے۔ شاہد صاحب غالباً ساٹھ سال سے اوپر تو رہے ہوں گے۔ بال مکمل طور پر تو سفید نہیں ہوئے تھے مگر جڑوں اور قلموں میں سفیدی آ گئی تھی۔

"آپ کو گھر تلاش کرنے میں دقّت تو نہیں ہوئی؟" انھوں نے پوچھا۔

"نہیں انکل، بڑا آسان پتہ تھا،" میں نے جواب دیا۔

اس دوران ان کی بیوی کمرے سے نکل کر آئیں۔ میں اٹھ کر کھڑا ہو گیا۔ انہوں نے کرسی کی طرف اشارہ کر کے کہا، "ارے بیٹھیے سر۔" جب وہ میرے سامنے والی کرسی پر بیٹھ گئیں تو میں بھی بیٹھ گیا۔ انہوں نے سفید ساڑھی پہن رکھی تھی جس پر جگہ جگہ سلوٹیں پڑی ہوئی تھیں۔ جسم کافی فربہ تھا اور چہرے پر جھریاں تھیں۔ وہ شاہد صاحب کے مقابلے میں زیادہ بوڑھی لگتی تھیں۔ ان کے سر کے بال کھلے ہوئے تھے اور زیادہ تر سفید تھے۔ میری نظر برآمدے کی پچھلی دیوار پر پڑی جس پر ایک چھوٹی سی صلیب لٹک رہی تھی اور اس پر حضرت عیسیٰ کی شبیہ تھی۔

"سر، ہمارے نو بچے ہیں مگر آپ کو صرف پانچ کو پڑھانا ہے،" شاہد صاحب نے کہا۔

ایک ننگ دھڑنگ، چھوٹی سی بچی، ڈائپر پہنے ہوئے، دودھ کی خالی بوتل کا نپل دانتوں میں دبائے پورے صحن میں بھاگی پھر رہی تھی اور جھوم جھوم کر بوتل کو ہاتھی کی سونڈ کی طرح گھما رہی تھی۔

"اس بچی کو تو نہیں پڑھانا؟" میں نے مسکرا کر پوچھا۔

"نہیں، یہ فیروزہ ہے،" انہوں نے ہنس کر کہا، "اس سے بڑی دو اور ہیں وہ بھی ابھی چھوٹی ہیں۔ میری ایک بھتیجی بھی ہے جس کی والدہ کا انتقال ہو گیا تھا اور اسے ہم نے ہی پالا تھا۔ وہ پنجاب یونیورسٹی میں پڑھتی ہے۔ بس آپ روزانہ ایک گھنٹہ باقی بچوں کو ہوم ورک کرنے میں مدد کر دیا کریں۔"

انہوں نے سب بچوں کو باری باری بلا کر تعارف کرایا۔ ایک بچے کا نام بالا تھا، دوسرا جمّی تھا۔ لڑکیوں میں پنکی اور جینی تھیں۔ سب سے بڑا لڑکا خاموشی سے کھڑا ہوا اپنی باری کا انتظار کر رہا تھا۔ میری توجہ خاص طور پر اس کی طرف تھی۔ دیکھنے میں کافی بردبار اور باوقار تھا، آنکھوں میں ذہانت کی چمک تھی اور تیرہ چودہ سال کی عمر میں بھی اس کے چہرے پر بڑی

سنجید گی تھی۔

"اور آپ کیانام ہے ؟"میں نے اس سے پوچھا۔

"میرانام وکٹر ہے،"اس نے جواب دیا۔

"اور آپ کو معلوم ہے کہ وکٹر کا کیا مطلب ہوتا ہے ؟"

"وکٹر کے معنی ہیں فاتح۔"

"اور فاتح کس کو کہتے ہیں ؟"

"جو گر کر فوراً اٹھ کھڑا ہو۔"

مجھے جھٹکا سالگا کیونکہ مجھے اتنے فلسفیانہ جواب کی توقع نہیں تھی۔ میں نے باری باری شاہد صاحب اور ان کی بیوی کی طرف دیکھا جو بڑے فخریہ انداز میں بیٹے کو دیکھ رہے تھے۔

"سر آپ کی فیس کیا ہو گی ؟"شاہد صاحب نے پوچھا۔

"روزانہ ایک گھنٹہ پڑھانے کے میں سو روپے مہینہ لیتا ہوں،"میں نے جواب دیا۔

"سو روپے مہینہ تو ہمارے لیے بہت مشکل ہو جائیں گے۔ اگر آپ کچھ کم کر دیں تو بڑی مہربانی ہو گی۔"

"دیکھیں، پانچ بچوں کو بیک وقت توجہ دینا آسان نہیں ہے۔"

"آپ نے صحیح فرمایا لیکن ہمارے لیے سو روپے نکالنا بڑا مشکل ہو گا کیونکہ ہم اتنے امیر نہیں ہیں۔"

"سر، اگر آپ پچھتر روپے پر راضی ہو جائیں تو عنایت ہو گی کیونکہ ہم پچھتر روپے تو ادا کر سکیں گے،"مسز شاہد نے کہا۔

"ٹھیک ہے آنٹی مگر ایک شرط ہے،"میں نے جواب دیا۔

"وہ کیا؟"شاہد صاحب بولے۔

سب بچے جا چکے تھے مگر وکٹر میرے سامنے ہی کھڑا ہوا تھا۔ میں نے اسے اپنے پاس بلایا اور اس کی پیٹھ تھپتھپا کر شاہد صاحب سے کہا، ''فیس تو میں سو روپے ہی لوں گا۔ آپ پچھتر روپے دے دیا کریں اور باقی پچیس روپے آپ پر قرض ہوں گے۔ آپ ان کا حساب رکھیں۔ اگر وکٹر کسی دن بڑا آدمی بن جائے تو سمجھیے گا کہ آپ نے میرا قرض ادا کر دیا۔''

شاہد صاحب نے اٹھ کر مجھ سے ہاتھ ملایا اور بولے کہ انہیں سودا منظور ہے۔ اس دن سے وہ اور ان کی بیوی میرے لیے انکل اور آنٹی ہو گئے اور میں اس گھر میں ہر چھوٹے بڑے کے لیے ''سر'' ہو گیا۔

۴

"اور میں تجھ سے کہتا ہوں، تُو پطرس ہے، اور اس چٹان پر میں اپنی کلیسیا بناؤں گا، اور موت کے دروازے اس پر غالب نہ آئیں گے۔" متی 16:18

سینٹ تھامس چرچ جس میں پادری پال امامت کرتے تھے، کنٹونمنٹ کے علاقے میں ایک پہاڑی پر واقع تھا۔ اس کی 1860 میں تعمیر شدہ عظیم الشان مگر سال خوردہ عمارت عہد رفتہ کی طرف انگلی اٹھاتی تھی۔ اب تو خیر اس کے گرد مکانات بن گئے ہیں مگر ایک زمانے میں شام کو ٹھنڈی سڑک پر چہل قدمی کرتے ہوئے سر اٹھا کر پہاڑی پر دیکھتے تو اس کا کلس آسمان سے باتیں کرتا نظر آتا تھا۔ قیام پاکستان سے قبل یہ آرمی کا چرچ تھا اور اس میں انڈین آرمی کے انگریز افسروں کی فیمیلیاں عبادت کے لیے آتی تھیں۔ چرچ کے بیچوں بیچ وسیع و عریض ہال میں سوڈیڑھ سو افراد کے لیے نشستیں ہیں اور اب یہ کیتھیڈرل بن گیا ہے جہاں بشپ کی کرسی ہوتی ہے۔

پاکستان بننے کے بعد یہ چرچ عرصے تک ویران پڑا رہا۔ آخر حکومت نے اسے ایک پروٹسٹنٹ کمیونٹی کے حوالے کر دیا جس میں دانی ایل بھی شامل تھا۔ یہ کمیونٹی پہلے ہی غریب تھی اور اتنے بڑے چرچ کو سنبھالنا ان کے بس کی بات نہیں تھی۔ پرانے زمانے میں اگر بادشاہ کسی سے ناراض ہو جاتا تھا تو اسے تحفے میں ہاتھی دے دیتا تھا۔ وہ بے چارہ ہاتھی کو

کھلانے کے چکر میں خود بھوکا مرتا تھا۔ یہی حال اس چھوٹی سی کمیونٹی کا ہوا۔ سب سے پہلا کام تو اس کی صفائی کرنا تھا۔ لوگ اپنے اپنے کاموں سے فارغ ہو کر چرچ آ جاتے اور سیڑھیاں لگا کر چھت سے مکڑی کے جالے صاف کرتے۔ بلند و بالا چھت شہتیروں کے ایک جال پر رکھی تھی جو سال ہا سال غیر آباد ہونے کی وجہ سے چمگادڑوں کا مسکن بن گئی تھی اور ان کی بیٹ سے وہ شہتیر ڈھک گئے تھے۔ اتنی بڑی عمارت کے بجلی کے بل کی ادائیگی بھی کمیونٹی کی گنجائش سے بالاتر تھی۔ چنانچہ جو بلب فیوز ہو گئے تھے وہ فیوز ہی رہے۔ جب لوگ ہال میں جمع ہوتے تو کھڑکیاں کھول دی جاتیں تاکہ باہر سے روشنی آ سکے۔

سامنے بائیں جانب کونے پر ایک پُرانا آرگن رکھا تھا جس پر مٹی کی دبیز تہہ چڑھی ہوئی تھی۔ آرگن چرچ کی موسیقی میں بڑی اہمیت رکھتا ہے۔ حمدیہ گیتوں کے ساتھ اگر موسیقی ہو تو وہ گیت روح میں سرایت کر جاتے ہیں۔ آرگن ایک بڑا سا ہارمونیم ہوتا ہے جس میں پیڈل لگے ہوتے ہیں اور اس کے پردے کو بجائے ہاتھ سے دبانے کے پیروں سے پیڈل مار کر دبایا جاتا ہے۔ ہارمونیم کی ایجاد سے قبل چرچ میں آرگن ہی ہوتا تھا مگر اس میں دو خامیاں ہیں۔ اول تو یہ اتنا بڑا اور بھاری ہوتا ہے کہ جگہ جگہ اٹھائے نہیں پھر سکتے۔ دوسری بات یہ کہ یہ اتنا قیمتی ہوتا ہے کہ غریب چرچ اسے نہیں خرید سکتے۔ چنانچہ جب انیسویں صدی میں فرانس میں ہارمونیم ایجاد ہوا تو چرچ نے ہاتھوں ہاتھ لیا۔ ہندوستان میں مسیحی مبلغین گلے میں ہارمونیم لٹکائے سڑکوں کے کنارے کھڑے ہو کر یسوع مسیح کی شان میں گیت گاتے تھے۔ مغربی موسیقاروں نے ہارمونیم کو کبھی قبول نہیں کیا اور ہندوستانی موسیقار بھی ابتدا میں اسے چھوتے ہوئے بھی کراہیت محسوس کرتے تھے مگر آہستہ آہستہ وہ ہندوستانی موسیقی کا جزلاینفک بن گیا۔

دانی ایل پہلی بار اسٹول بچھا کر آرگن کے سامنے بیٹھا تو اس نے پھونکیں مار مار کر مٹی

کو ہٹایا اور جب اس نے پیڈل چلائے تو معلوم ہوا کہ پردے میں کہیں سوراخ تھے۔ پیڈل مارنے سے جو ہوا بھرتی تھی اس میں سے بہت کم ہی آرگن کے پائپوں تک پہنچ پاتی تھی ورنہ زیادہ تر رِس کر نکل جاتی تھی، چنانچہ دانی ایل کو پیڈل تیزی سے چلانے پڑتے تھے اور وہ پسینے میں شرابور ہو جاتا تھا۔

موسیقی میں دانی ایل کی صلاحیت خداداد تھی۔ اگر کوئی دھن ایک مرتبہ سن لیتا تو اسے حفظ ہو جاتی تھی خواہ وہ کتنی ہی مشکل کیوں نہ رہی ہو۔ وہ پوری دھن اس طرح بجاتا کہ مجال ہے کہ کوئی سُر بھول جائے۔ دوستوں کی محفلوں میں وہ اپنا ہارمونیم لے کر بیٹھ جاتا اور گھنٹوں فرمائشی دھنیں بجاتا رہتا۔ ایک بار اس نے کہیں بیتھوون کی سمفنی نمبر 9 سن لی تھی جو وہ ہارمونیم پر اس طرح ڈوب کر بجاتا تھا جیسے اس کے کان پورا آرکیسٹرا سن رہے ہوں۔ جب اس نے پُرانے آرگن کی صفائی کرکے اسے قابل استعمال بنا لیا تو حمدیہ گیتوں کے دوران وہی اسے بجاتا تھا۔

***

اُس دن پیٹر اور ان کی بیگم نیلوفر کا پورا خاندان چرچ میں جمع تھا کیونکہ ان کی بچی کے بپتسمہ کی رسم تھی۔ یہ ان کی پہلی بچی تھی جو ان کی شادی کے پندرہ سال کے بعد پیدا ہوئی تھی۔ پورے خاندان نے ان کی خوشی میں شرکت کی تھی اور نیلوفر کے کچھ عزیز پنجاب سے بھی آئے تھے۔ پیٹر کی عمر چالیس پینتالیس تو رہی ہو گی۔ خاصی سنجیدہ شخصیت کے مالک تھے اور ان کی کمیونٹی میں کافی عزت تھی۔ لوگ ان کے پاس مشوروں کے لیے آتے تھے۔ اس روز قربان گاہ کو خاص طور پر سجایا گیا تھا۔ پتھر کی میز پر نیا غلاف ڈالا گیا تھا اور دونوں جانب تازہ پھولوں کے بڑے بڑے گل دستے رکھے ہوئے تھے جو پیٹر نے اپنی فیملی کی جانب سے پیش کیے تھے۔ پشت پر ایک صلیب ایستادہ تھی اور دونوں سروں پر رکھے ہوئے شمع دانوں میں

موم بتیاں روشن تھیں جن کے برابر چاندی کے دو بڑے بڑے ساغر رکھے ہوئے تھے اور ان کے برابر چاندی کی دور کابیاں رکھی تھیں۔ یہ اس رسم میں استعمال ہوتی ہیں جو حواریوں کے ساتھ حضرت عیسیٰ کی آخری رات کے کھانے کی یاد میں ادا کی جاتی ہے۔ چرچ میں قربان گاہ ایک مرکزی حیثیت رکھتی ہے اور یہ خدا کے حضور میں اس قربانی کو ظاہر کرتی ہے جو بندہ عبادت کی شکل میں پیش کرتا ہے۔ حضرت ابراہیم بھی جہاں قیام کرتے تھے وہاں ایک قربان گاہ بناتے تھے۔ غالباً کعبہ ان میں سے ایک تھا۔ اسلام میں قربان گاہ کا تصور نہیں ہے۔ اس کے بجائے سجدہ گاہ یا مسجد ہے جس کا نقطۂ ارتکاز ممبر اور محراب ہوتے ہیں جہاں سے امام جماعت کو مخاطب کرتا ہے اور عبادت کی قیادت کرتا ہے۔

پیٹر اور نیلوفر، اپنی نو زائیدہ بیٹی، للی کو تھامے، آہستہ آہستہ قربان گاہ کی طرف بڑھے۔ ان کے چہروں پر خوشی اور سنجیدگی کی ملی جلی کیفیت تھی۔ ان کے ساتھ جاوید اور نسرین چل رہے تھے۔ جاوید پیٹر کا بچپن کا دوست تھا اور اس کی بیوی، نسرین کی بھی نیلوفر سے کالج کے زمانے کی دوستی تھی۔ پیٹر اور نیلوفر نے ان دونوں کو اپنی بچی کے دینی والدین مقرر کیا تھا جو بچی کی روحانی تربیت کی ذمہ داری کو اٹھانے کے لئے تیار تھے۔

پادری پال نے مسکرا کر ان کا استقبال کیا، "ہم یہاں نہ صرف للی کے روحانی سفر میں شریک ہونے کے لیے جمع ہوئے ہیں بلکہ بطور گواہ بھی یہاں موجود ہیں۔ یہ نہ صرف للی کے دینی والدین کی ذمہ داری ہے، بلکہ ہم سب کی ذمہ داری ہے کہ خداوند کی روشنی کی جانب بچوں کی رہنمائی کرتے رہیں۔"

وہ پانی کے اس طشت کی جانب بڑھے جو ایک اسٹینڈ پر رکھا تھا اور دعا مانگی، "اے خداوند، ہم تجھ سے درخواست کرتے ہیں کہ تُو اس پانی کو برکت دے۔ اسے اپنے روح پاک کے ذریعہ مقدس بنا، تاکہ جو بھی اس پانی سے بپتسمہ لے، اسے تیری محبت، تحفظ، اور

نجات حاصل ہو۔ ہم یہ دعا اپنے خداوند، یسوع مسیح کے نام سے کرتے ہیں، جو تجھ سے ہمیشہ کے لئے محبت کرتا ہے۔ آمین۔"

پھر پادری پال نے نیلوفر کو اشارہ کیا کہ للی کو پانی کے طشت پر جھکا دے اور بہت احتیاط سے چلّو میں پانی لے کر للی کی پیشانی پر بہاتے ہوئے کہا، "للی، میں تجھے باپ، بیٹے اور روح پاک کے نام پر بپتسمہ دیتا ہوں۔" للی بے خبر سو رہی تھی مگر پیشانی پر پانی پڑتے ہی کچھ کلبلائی اور پھر سو گئی۔

پادری پال نے للی کی پیشانی پر مقدس تیل سے صلیب کا نشان بنایا اور کہا، "اب تُو ہمیشہ کے لیے مسیح کی اپنی ہے۔" پھر قربان گاہ پر شمع دان میں لگی ہوئی موم بتی سے ایک موم بتی سلگا کر نسرین کو دیتے ہوئے کہا کہ مذہبی ماں کی حیثیت اسے یہ ذمہ داری دی گئی کہ وہ للی کو مسیح کی روشنی لے کر دنیا میں لے جائے۔

تقریب کے اختتام پر پادری پال نے للی کو مجمع کے سامنے پیش کیا اور تالیوں کی گونج میں حاضرین اٹھ اٹھ کر پیٹر اور نیلوفر کو مبارک باد دینے کے لیے ان کے گرد جمع ہونے لگے۔

۵

”مبارک ہیں وہ جو حلیم ہیں کیونکہ وہ زمین ورثے میں پائیں گے۔ مبارک ہیں وہ جو راستبازی کی بھوک اور پیاس رکھتے ہیں، کیونکہ وہ سیر ہوں گے۔“ متی 5:5-6

میرا روزانہ کا معمول تھا کہ یونیورسٹی سے فارغ ہونے کے بعد انکل شاہد کے گھر جاتا تھا۔ جیسے ہی دروازے میں لگی ہوئی زنجیر کھٹکھٹاتا، کسی بچے کی آواز آتی، ”سر آ گئے۔“ حال آنکہ دروازہ کھلا رہتا تھا مگر میں انتظار کرتا کہ کوئی بچہ آکر دروازے میں ٹنگا ہوا پردہ ایک طرف ہٹائے۔ میں ہفتے میں چھ دن بلا ناغہ شام کو جاتا تھا۔ بچے بھی بڑے شوق سے پڑھتے تھے۔ وکٹر آٹھویں کلاس میں تھا، بالا ساتویں میں، پنکی چھٹی میں اور جمی اور جینی پانچویں میں۔ میں جیسے ہی گھر میں داخل ہوتا، بچے اپنی اپنی کتابیں لے کر ڈائننگ ٹیبل کے گرد بیٹھ جاتے۔ سیاہ آبنوس کی بنی ہوئی اس ٹیبل کو اٹھانے کے لیے کم از کم سات آٹھ آدمیوں کی ضرورت پڑتی کیونکہ اس کی لکڑی کافی موٹی اور بھاری تھی۔ مجھے معلوم تھا کہ آبنوس کا شمار دنیا کی مہنگی ترین لکڑیوں میں ہوتا ہے۔ میرے دماغ میں یہ سوال گردش کرتا رہتا کہ انکل شاہد اس غربت میں آبنوس کا فرنیچر خریدنے کے کس طرح متحمل ہوسکتے ہیں۔ آخر ایک دن میں نے پوچھ ہی لیا۔ سن کر بہت ہنسے اور کہا کہ قیام پاکستان کے موقع پر ان کے والد نے وہ سارا

فرنیچر ایک انگریز سے خریدا تھا جو واپس انگلستان جا رہا تھا اور انہوں نے سارے فرنیچر کے سو روپے ادا کیئے تھے۔

بالا جو ساتویں جماعت میں تھا، ریاضی میں ذرا سا کمزور تھا اور میں گھنٹہ بھر اسی کو پڑھاتا رہتا تھا۔ باقی بچے عموماً اپنا ہوم ورک کرتے رہتے اور انہیں میری توجہ کی ضرورت کبھی کبھار ہی پڑتی۔ جب بچے ہوم ورک ختم کر لیتے تو میں ہر ایک کا کام چیک کرتا جو عام طور پر ٹھیک ہی ہوتا تھا۔ پڑھائی ختم ہونے کے بعد میں کچھ دیر انکل شاہد کے ساتھ بیٹھتا۔ وہ باہر صحن میں میرا انتظار کرتے تھے۔ میں عرصے سے متجسس تھا کہ وہ انکم ٹیکس ڈیپارٹمنٹ میں ملازم تھے، جو اس زمانے میں کرپشن کے لیے کافی بدنام تھا مگر پھر بھی وہ غربت کی زندگی گزارنے کو ترجیح دیتے تھے۔ آخر ایک دن ہمت کر کے میں نے کہہ ہی دیا، ''انکل، جب مجھے پتا چلا کہ آپ انکم ٹیکس ڈیپارٹمنٹ میں ہیں تو اس گھر کی حالت دیکھ کر آپ کی عزت میری نظروں میں بڑھ گئی ۔''

''سر، اس کی وجہ یہ ہے کہ میں غریب اور مسکین ہی رہنا چاہتا ہوں،'' انہوں نے مسکرا کر کہا۔

''آپ جیسے لوگ بہت کم ملتے ہیں۔''

''میں کوشش کرتا ہوں کہ مسیح کے بتائے ہوئے راستے پر چلتا رہوں،'' انہوں نے جواب دیا۔ ''وہ بھی غریب تھا اور اسی نے کہا تھا کہ مبارک ہیں وہ جو حلیم ہیں، کیونکہ وہ زمین ورثے میں پائیں گے۔''

''متی کے پانچویں باب کی پانچویں آیت،'' میں نے انہیں متاثر کرنے کے لیے کہا۔

وہ اس طرح چونکے جیسے کرنٹ لگا ہو۔

''معلوم ہوتا ہے کہ آپ نے بائبل کا بڑا گہرا مطالعہ کیا ہے۔''

”جی، اور یہی بات فیضؔ نے اس طرح کہی ہے۔

اور راج کرے گی خلقِ خدا

جو میں بھی ہوں اور تم بھی ہو“

”سر، کیا بات کہی ہے آپ نے،“ انکل شاہد نے اٹھ کر بڑے پرجوش انداز میں مجھ سے ہاتھ ملایا، ”میں تو جب بھی فیض کی وہ نظم پڑھتا ہوں تو ایسا لگتا ہے کہ وہ مسیح کی آمدِ ثانی کا نقشہ کھینچ رہے ہیں۔

ہم محکوموں کے پاؤں تلے

یہ دھرتی دھڑ دھڑ دھڑکے گی

اور اہلِ حکم کے سر اوپر

جب بجلی کڑ کڑ کڑکے گی

ہم دیکھیں گے۔۔۔“

انکل شاہد بڑے انہماک سے اقبال بانو کے انداز میں آنکھیں بند کئے وہ نظم گا رہے تھے۔ معلوم ہوتا تھا کہ ان پر وجد کی سی کیفیت طاری تھی۔ جب آخری لائن پر پہنچے تو آنکھیں کھول کر میری طرف اشارہ کیا، ”لازم ہے کہ ہم بھی دیکھیں گے۔“ میں سوچ رہا تھا کہ محرومی خواہ حالات کا نتیجہ ہو یا خود عائد کردہ ہو، امید اس کے لیے مرہم کا کام کرتی ہے۔

جیسے جیسے وقت گزرا، انکل شاہد کے گھر میں میرا عمل دخل بڑھتا گیا۔ دونوں میاں بیوی میرا بہت خیال رکھتے تھے اور بچے بھی میری عزت کرتے تھے۔ آنٹی سے بہت کم ہی ملاقات ہوتی تھی کیونکہ وہ بھی محلے میں کسی کے بچوں کو اسی وقت ٹیوشن پڑھایا کرتی تھیں جس وقت میں ان کے بچوں کو پڑھانے کے لیے جاتا تھا۔ میں نے ابتدا ہی سے محسوس کیا تھا کہ جب بھی ان سے ملاقات ہوتی وہ ہمیشہ تھکی تھکی سی لگتی تھیں اور چہرے پر مستقل کرب

نظر آتا تھا۔ اگرچہ مسکراتی بھی تھیں مگر بڑی بے جان مسکراہٹ، جیسے صرف دوسروں کی خاطر مسکرا رہی ہوں۔ بعد میں معلوم ہوا کہ وہ بیماریوں کا پلندہ ہیں۔ اول تو ان کا وزن بہت زیادہ تھا اور پھر ذیابیطس انہیں تھی، دمہ انہیں تھا، بلڈ پریشر آسمان سے باتیں کرتا تھا۔ کہتی تھیں کہ اگر ماؤنٹ ایورسٹ کو ان کا بلڈ پریشر بتا دیا جائے تو وہ شرم سے زمین میں دھنس جائے گا۔ جب وہ اپنی ٹیوشن سے واپس آتیں تو ان کا سانس لوہار کی دھونکنی کی طرح چلتا سنائی دیتا تھا اور وہ سیدھی کمرے میں جا کر چارپائی پر لیٹ جاتی تھیں۔ میں بچوں سے کہتا کہ وہ جا کر اپنی ماں کو دیکھیں۔ ان میں سے کوئی پنکھا جھلتا، کوئی پانی پلاتا اور کوئی سر دباتا۔

ہر ماہ پہلی تاریخ کو جب وہ ٹیوشن پڑھا کر لوٹتیں تو میرے ہاتھ میں ایک لفافہ دے دیتیں جس میں پچھتر روپے ہوتے تھے۔ ایک مرتبہ جب وہ ہانپتی کانپتی آئیں تو میں نے کہا، ”آنٹی، آپ کی طبیعت ٹھیک نہیں رہتی۔ آپ اپنی ٹیوشن چھوڑ کیوں نہیں دیتیں؟“

بولیں، ”سر، میں آپ کی فیس کمانے کے لیے جاتی ہوں۔ مجھے وہاں سے پچھتر روپے ملتے ہیں وہ آپ کو دے دیتی ہوں۔“

مجھے ایک جھٹکا سا لگا۔ میں نے کچھ کہنا چاہا مگر منہ سے کچھ نہ نکلا۔ اگلے روز میں نے اُنہیں اپنا فیصلہ سنا دیا۔

”آنٹی، آپ اپنی ٹیوشن چھوڑ دیں، میں آپ سے بچوں کو پڑھانے کے پیسے نہیں لوں گا،“ میں نے کہا۔

”نہیں سر، یہ آپ کیا کہہ رہے ہیں۔ ظاہر ہے کہ آپ یہاں شوقیہ تو پڑھانے کے لیے نہیں آتے۔“

”آنٹی، آپ اس کی فکر نہ کریں۔“

”فکر کیسے نہ کروں، سر؟“

''میں آپ کے بچوں کو اپنے بھائی بہن سمجھ کر پڑھاتا رہوں گا۔ گزارہ تو اللہ تعالےٰ کرا ہی دیتا ہے۔"

''سر، یہ خدا کا قانون ہے کہ ہر ایک کو اپنی اپنی صلیب خود ہی اٹھانی ہے۔ ہمارے اور آپ کے لیے اس کے سوا کوئی چارہ نہیں کہ ہم خدا کے قانون کی پابندی کرتے رہیں۔"

''نہیں آنٹی، آپ میری فکر نہ کریں۔ مجھ میں اتنی طاقت ہے کہ اپنی صلیب کے ساتھ آپ کی صلیب بھی اٹھا سکوں گا۔"

میں نے انہیں سمجھانے کی بہت کوشش کی مگر وہ نہ مانیں۔ ہر ماہ جب وہ مجھے لفافہ دیتیں تو میرا ضمیر ملامت کرتا مگر میں چارو ناچار لفافہ ان کے ہاتھ سے لے لیتا۔

۶

"اپنے پڑوسی کے خلاف بُرائی نہ سوچو، جو تمہارے پاس اعتماد سے رہتا ہے۔"

امثال 3:29

غریب آباد کی بستی اسم بامسمیٰ تھی۔ جھگیوں کی اس بستی میں کچھ کچّے پکّے مکانات بھی تھے۔ ایک روز شام کو میں وہاں سے گزر رہا تھا کہ اچانک پادری پال سے مڈ بھیڑ ہو گئی۔ سامنے سے سائیکل پر آ رہے تھے۔ مجھے دیکھا تو اُتر گئے۔

"آؤ میرے ساتھ، میں نے تمہارے لیے ایک کتاب رکھی ہے،" وہ میرے کندھے پر ہاتھ رکھ کر بولے۔

"مگر کہاں؟"

"میرے گھر تک، وہ سامنے گلی میں ہے۔"

"مجھے نہیں معلوم تھا کہ آپ غریب آباد میں رہتے ہیں۔"

"تو تم سمجھتے ہو کہ مجھے امیر آباد میں رہنا چاہیے؟" انہوں نے ہنستے ہوئے کہا۔

وہ میرے ساتھ ساتھ سائیکل کا ہینڈل پکڑے ہوئے چلتے رہے۔ اگلی گلی میں بائیں جانب چوتھا مکان ان کا تھا بلکہ آخری مکان تھا کیونکہ اس گلی میں دونوں جانب چار چار مکان تھے۔ آگے گلی بند تھی اور نکڑ پر ایک صاحب کرسی بچھائے بیٹھے اخبار پڑھ رہے تھے۔ ان

کے برابر ایک خالی کرسی تھی اور سامنے ایک چھوٹی سی میز تھی جس پر چائے کی پیالی رکھی ہوئی تھی۔ پیالی کی تہہ میں تھوڑی سی بچی ہوئی چائے تھی اور شاید اس لیے چھوڑ دی گئی تھی کہ نیچے بیٹھی ہوئی چائے کی پتّی منہ میں نہ آجائے۔ چوں کہ ان کے چہرے کے سامنے اخبار تھا لٰہذا میں ان کی شکل نہ دیکھ سکا۔

"آداب، صدیقی صاحب،" پادری پال نے انہیں سلام کیا۔

"اخّاہ، آداب عرض ریورنڈ،" انہوں نے اخبار ایک طرف رکھا اور بھوئیں اُچکا کر اپنی ناک کے سرے پر رکھے ہوئے چشمے کے اوپر سے دیکھ کر کہا۔

میری نظر سب سے پہلے ان کی داڑھی پر پڑی جس کی لمبائی سر سید کی داڑھی سے دو ایک اُنگل اگلی ہی ہوگی۔ موٹاپے میں البتہ سر سید سے کہیں آگے تھے۔ سرخ سفید رنگ تھا اور سر پر ایک بال بھی نہیں تھا۔ معلوم ہوتا تھا کہ سر کے سارے بال نیچے بھوؤں پر جمع ہو گئے تھے۔ ان کے چہرے کی سب سے نمایاں خصوصیت ان کی گھنی بھوئیں تھیں۔ چوں کہ پستہ قد تھے لٰہذا کرسی پر بیٹھے ہوئے گول مٹول ہمپٹی ڈمپٹی لگتے تھے۔

پادری پال نے ان سے میرا تعارف اپنے ایک دوست کی حیثیت سے کرایا۔ صدیقی صاحب ان کے سامنے والے مکان میں رہتے تھے۔

"میرا نام نعیم صدیقی ہے اور آپ مجھے ریورنڈ پال کا چوکی دار سمجھ لیں،" انہوں نے منہ کھول کر قہقہہ لگایا تو پتا چلا کہ ان کا منہ دانتوں سے خالی تھا۔ وہ منہ پھاڑ کر خاموش ہنسی ہنسے تھے اور پورا جسم تھلتھلا رہا تھا۔ ایسا لگتا تھا کہ کسی ربڑ کے گُڈّے کو گدگدی کر دی ہو۔ مجھے یقین ہے کہ اگر ان کے ہلتے ہوئے پیٹ پر انگلی رکھ کر دبائی جاتی تو پوری انگلی گڑ جاتی۔

صدیقی صاحب اگر اسّی کے نہیں تو ستّر پچھتر کے تو ضرور رہے ہوں گے۔ پیشانی پر بے شمار جھرّیاں تھیں جو ان کی مسکراہٹ اور آنکھوں کی چمک سے چھپ جاتی تھیں۔

معلوم ہوا کہ وہ پادری پال کے بہت پرانے پڑوسی ہیں۔ نیشنل بینک میں کافی سینیئر پوسٹ پر تھے مگر جب تبلیغی جماعت میں شمولیت اختیار کی تو سود کی حرمت کے پیش نظر ملازمت سے استعفیٰ دے دیا۔ ان کے منیجر نے بہتیرا سمجھایا کہ ان کی ریٹائرمنٹ میں صرف دو سال رہ گئے ہیں مگر انہوں نے یہ کہہ کر اپنا فیصلہ سنا دیا کہ ان کے نزدیک بینک کی پنشن بھی اتنی ہی حرام ہے جتنی بینک کی تنخواہ۔ پانچ سال پہلے فالج کا ہلکا سا دورہ پڑا تھا جس سے ایک پیر میں لنگڑاہٹ آگئی تھی مگر چھڑی کے سہارے چل لیتے تھے۔ صبح ناشتے کے بعد ان کا بیٹا باہر ایک میز اور دو کرسیاں بچھا دیتا تھا اور وہ صبح شام وہاں بیٹھ کر اخبار پڑھتے تھے۔ کوئی گزرتے ہوئے ان کا حال چال پوچھنے کے لیے رک جاتا تو اسے خالی کرسی پیش کر دیتے۔

”صدیقی صاحب بڑے اچھے شاعر ہیں،“ پادری پال نے کہا۔

”ارے نہیں ریورنڈ، بس کچھ تک بندی کر لیتا ہوں۔“

”لیکن تمہیں ادھر سے گزرتے ہوئے پریشان ہونے کی ضرورت نہیں کیونکہ صدیقی صاحب صرف ان لوگوں کو اپنا کلام سناتے ہیں جو فرمائش کرتے ہیں،“ صدیقی صاحب صرف سر ہلا کر رہ گئے۔

”میں بڑی دیر سے دیکھ رہا ہوں کہ تم مستقل مسکرائے جا رہے ہو،“ پادری پال نے میری طرف انگلی اٹھا کر کہا۔

”میں سوچ رہا ہوں کہ ایک پادری اور ایک تبلیغی جماعت کا ممبر آمنے سامنے رہ رہے ہیں۔ اصولاً تو انہیں ایک دوسرے کی زندگی اجیرن کر دینی چاہیے تھی،“ میں نے جواب دیا۔

”نہیں بھئی، عرصہ ہوا جب ہم دونوں نے معاہدہ کر لیا تھا کہ ایک دوسرے کو تبلیغ نہیں کریں گے،“ صدیقی صاحب نے ہاتھ کے اشارے سے ناک پر بیٹھی ہوئی مکھی اڑاتے ہوئے ایک خاموش قہقہہ لگایا اور ان کا پورا جسم ہلنے لگا۔

"اور ویسے بھی تبلیغی جماعت والے صرف مسلمانوں میں تبلیغ کرتے ہیں، دوسروں کو نہیں چھیڑتے، لہٰذا میں ان کی کمپنی میں خود کو محفوظ سمجھتا ہوں،" پادری پال نے قہقہہ لگا کر کہا۔

"مگر آپ بھول رہے ہیں ریورنڈ، کہ میں نے جب تبلیغی جماعت میں شمولیت اختیار کی تھی تو آپ کو دعوتِ اسلام دی تھی،" صدیقی صاحب نے کہا۔

"ہاں بھئی خوب یاد دلایا۔ اس وقت یہ نئے نئے تبلیغی جماعت میں گئے تھے اور کچھ بونس پوائنٹ کی تلاش میں تھے،" پادری پال نے مجھے مخاطب کر کے کہا۔

"تو پھر آپ نے صدیقی صاحب کی دعوت قبول نہیں کی؟" میں نے پوچھا۔

"بالکل قبول کی مگر میں نے ان سے کہا کہ میں مسلمان ہو جاؤں گا بشرطیکہ وہ بپتسمہ لے لیں۔"

"دراصل ہم نے اپنی دوستی کے کچھ اصول بنا لیے ہیں،" صدیقی صاحب نے ہنستے ہوئے کہا، "پہلی بات تو یہ کہ ہم پچھلے چالیس سال سے آمنے سامنے رہ رہے ہیں اور ایک دوسرے کو اپنے گہرے سے گہرے راز بتا چکے ہیں یہاں تک کہ ایک دوسرے کے جوانی کے معاشقوں کے بارے میں بھی جانتے ہیں مگر ہمیشہ ایک دوسرے کو آپ کہہ کر مخاطب کرتے ہیں۔ دوسری بات یہ کہ کبھی ایک دوسرے کو گندہ لطیفہ نہیں سنایا،" صدیقی صاحب نے سنجیدگی سے کہا۔

"اور تیسری بات یہ کہ اگر میں ان سے کچھ کرنے کو کہوں اور یہ انکار کر دیں تو میں کبھی دوبارہ نہیں کہوں گا،" پادری پال نے کہا، "اور اِن کا بھی یہی اصول ہے۔"

صدیقی صاحب نے تائید میں سر ہلایا۔ اُن کی گود میں ایک رنگ برنگا رومال رکھا ہوا تھا جسے بار بار اٹھا کر کبھی اپنی باچھوں سے بہتی ہوئی رال پونچھتے اور کبھی اپنا چشمہ اٹھا کر

آنکھیں پونچھتے۔

"بھئی یہ بڑھاپا قطعی واہیات چیز ہے،" انہوں نے ہنستے ہوئے کہا، "بڑھاپے میں پورا جسم رِسنے لگتا ہے۔ باچھیں بھی رِستی ہیں، آنکھوں سے بھی پانی نکلتا رہتا ہے اور ناک بھی خواہ مخواہ بہتی رہتی ہے۔"

"صدیقی صاحب، آپ کو تین رومال رکھنے کی ضرورت ہے،" میں نے ہنستے ہوئے کہا۔

"نہیں بھئی، یہ رومال کثیر المقاصد ہے،" انہوں نے رومال اپنی گود میں پھیلاتے ہوئے کہا، "اس کے ہر کونے پر ایک پھول بنا ہوا ہے۔ میں گلاب والا کونا آنکھیں پونچھنے کے لیے استعمال کرتا ہوں، گیندا باچھوں کے لیے ہے اور نیلوفر ناک صاف کرنے کے لیے ہے۔"

"اس کا مطلب ہے کہ سورج مکھی ابھی دستیاب ہے،" میں نے کہا۔

"نہیں میاں، پچھلے دو تین روز سے میرا بایاں کان بہنا شروع ہو گیا ہے لہٰذا سورج مکھی بھی برسرِ روزگار ہو گئی ہے،" انہوں نے پھر قہقہہ لگانے کے لیے منہ کھولا اور ان کا جسم تھلتھلانے لگا۔

جب پادری پال چلنے کے لیے مڑے تو صدیقی صاحب بولے، "بھئی ریورنڈ، سسٹر کا شکریہ ادا کر دینا۔ انہوں نے پرسوں جو حلوہ بھیجا تھا اس کا ذائقہ ابھی تک زبان پر محسوس کر رہا ہوں۔"

"میں بتا دوں گا۔ وہ بہت خوش ہوں گی۔ اگر کوئی ان کے پکوان کی تعریف کر دے تو پھولی نہیں سماتیں،" پادری پال نے جواب دیا۔

۷

”میں تیرے کام اور تیری مشقّت اور تیرا صبر تو جانتا ہوں اور یہ بھی کہ تُو بدوں کو دیکھ نہیں سکتا اور جو اپنے آپ کو رسول کہتے ہیں اور ہیں نہیں، تُو نے اُن کو آزما کر جھوٹا پایا۔ اور تُو صبر کرتا ہے اور میرے نام کی خاطر مصیبت اٹھاتے اٹھاتے تھکا نہیں۔“ مُکاشفِہ 3-2:2

پادری پال کے گھر کے دروازے پر کنڈی میں ایک موٹا سا زنگ آلود تالا لٹک رہا تھا۔ انہوں نے جیب سے چابی نکال کر تالا کھولا اور جیسے ہی گھر میں داخل ہوئے، مرغیوں کے کڑکڑانے کی آواز آئی۔ اندر کوئی درجن بھر مرغیاں تھیں جن کی بیٹ پورے صحن میں پھیلی ہوئی تھی۔

”تم وہیں ٹھہرو، میں ذرا یہ ان کی کارستانی صاف کر دوں،“ انہوں نے مُڑ کر میری طرف دیکھتے ہوئے کہا۔

سامنے صحن میں ایک نل تھا جس کے گرد سیمنٹ کی فصیل بنی ہوئی تھی۔ وہیں پانی سے بھری ہوئی ایک بالٹی رکھی تھی اور اس کے نزدیک دیوار سے ٹکی ہوئی ایک جھاڑو تھی۔ معلوم ہوتا تھا کہ وہ صبح کو یہ انتظامات کر کے جاتے ہیں۔ انہوں نے بالٹی میں مگ ڈبو ڈبو کر فرش پر پانی ڈالا اور جھاڑو سے صاف کرنے لگے۔ مرغیاں ادھر ادھر کڑکڑاتی پھر رہی تھیں۔

"پادری پال، آپ ان مرغیوں کو ڈربے میں بند کیوں نہیں کر جاتے تاکہ یہ صفائیاں نہ کرنی پڑیں،" میں نے پوچھا۔

"میاں، دراصل بات یہ ہے کہ خدا نے ان کو جو آزادی دی ہے، اسے سلب کرتے ہوئے میرا ضمیر ملامت کرتا ہے۔" انہوں نے جواب دیا۔

"مگر آپ اتنی ساری مرغیوں کا کیا کرتے ہیں، آپ کے لیے تو ایک دو ہی کافی ہیں۔"

"دراصل ان سے مجھے روزانہ آٹھ دس انڈے مل جاتے ہیں اور میں وہ اڑوس پڑوس میں بیچ دیتا ہوں۔ اب تو پڑوس کے بچے بھی مجھے انڈے والے دادا کہتے ہیں۔"

پادری پال آنگن دھونے میں لگے رہے اور میں ان کے مکان کا جائزہ لینے لگا۔ یہ ایک کمرے کا مکان تھا جس کے صحن میں ایک جانب چھوٹی سی جگہ پر چھت ڈال کر باورچی خانہ بنا دیا گیا تھا۔ اسی طرح دروازے کے قریب چھوٹا سا بیت الخلا تھا۔ میں نے گردن موڑ کر پیچھے دیکھا تو کمرے میں دو بستر بچھے ہوئے تھے اور سامنے کی دیوار پر پادری پال اور ان کی بیوی کی فریم کی ہوئی بلیک اینڈ وہائٹ تصویر تھی۔ وہ بڑی دبلی پتلی اور طویل القامت تھیں۔ آنکھوں پر تار کا گول چشمہ پہنا ہوا تھا۔ پہلی نظر میں مجھے خیال آیا کہ اگر گاندھی جی پر قائد اعظم کا چہرہ فٹ کر دیا جائے تو وہ پادری پال کی بیوی بن جائیں گے۔

انہوں نے پورا آنگن دھو کر کمرے کے سامنے دو کرسیاں بچھا دیں اور مجھے بیٹھنے کا اشارہ کر کے خود دوبارہ فرش کی دھلائی میں لگ گئے۔

"پادری پال، آپ کے کتنے بچے ہیں؟" میں نے پوچھا۔

"نہیں، ہمارے بچے نہیں ہوئے،" پادری پال نے کہا۔ مجھے افسوس کے ساتھ شرمندگی بھی ہوئی۔ میں نے سوچا کہ مجھے اتنا ذاتی سوال نہیں پوچھنا چاہیے تھا۔

"اگر آپ برا نہ مانیں تو ایک بات پوچھوں؟" میں نے کچھ توقف کے بعد پوچھا۔

"پوچھو۔"

"کیا چرچ سے ملنے والی تنخواہ میں آپ کا گزارہ نہیں ہوتا؟"

"چرچ سے ملنے والی تنخواہ؟" انھوں نے میری طرف دیکھا۔ ان کے ایک ہاتھ میں جھاڑو تھی اور دوسرے میں پانی کا مگ تھا، "بھئی میں چرچ سے کوئی تنخواہ نہیں لیتا بلکہ ان مرغیوں کے انڈے بیچ بیچ کر چرچ چلا رہا ہوں۔"

"تو پھر آپ کا گزارہ کیسے ہوتا ہے؟"

"میری بیوی نرس ہے۔ وہ سول اسپتال میں کام کرتی ہے اور اسی کی تنخواہ سے یہ گھر چلتا ہے۔"

"آنٹی کام پر گئی ہوئی ہیں؟" میں نے پوچھا۔

"جی، آج وہ ڈبل ڈیوٹی کر رہی ہے،" انھوں نے جواب دیا۔ "بے چاری بہت کام کرتی ہے۔"

"اب تک وہ ریٹائر نہیں ہوئیں؟"

"ہو گئی تھی۔ پھر اسپتال والوں نے کنٹریکٹ پر بلا لیا۔ بس اسے کام کرنے کا خبط ہے۔"

"اچھی بات ہے۔ گھر بیٹھنے سے تو بہتر ہے کہ کچھ کرتے رہیں۔"

"وہ میرا بڑا خیال رکھتی ہے۔ ہماری شادی کو پچاس برس سے زیادہ ہو گئے مگر کبھی اس نے مجھے گھر کے کام کاج میں ہاتھ نہیں بٹانے دیا۔"

"ظاہر ہے کہ آپ بھی آنٹی کا خیال رکھتے ہوں گے۔"

"میں نے آج تک ایک پائی نہیں کمائی۔ زندگی بھر چرچ میں ہی لگا رہا۔ گھر کا خرچ بھی وہی چلاتی ہے بلکہ مجھے جیب خرچ بھی دیتی ہے۔"

"ویسے یہ زیادتی ہے کہ چرچ کی طرف سے آپ کو کوئی تنخواہ نہیں ملتی۔ کمیونٹی

والوں کو کم از کم چرچ کے اخراجات تو اٹھانے چاہییں۔"

"میاں، دراصل ہماری کمیونٹی غریب ہے مگر میں ہمیشہ ان سے تاکید کرتا ہوں کہ وہ دہ یکی دیا کریں اور اپنی آمدنی کا دس فی صد خداوند کے لیے مخصوص کر دیا کریں۔"

"مگر اتنی محدود آمدنی میں سے دس فی صد نکالنا بہت مشکل ہے۔"

"کوئی مشکل نہیں، یہ صرف سوچنے کا انداز ہے۔ میری بیوی کی تنخواہ دو سو روپے مہینہ ہے اور وہ بیس روپے مہینہ چرچ کو دیتی ہے۔"

"میں مانتا ہوں۔ لوگ اگر دس فی صد نہیں تو کچھ تو دیا کریں۔"

"نہیں، میں لوگوں کو تنبیہ کرتا ہوں کہ دس فی صد ہی دیا کریں۔ پرانے عہد نامے میں جگہ جگہ تنبیہ کی گئی ہے کہ دہ یکی شریعت کا حصہ ہے۔ تم احبار میں پڑھ لو، گنتی میں پڑھ لو، تواریخ میں پڑھ لو۔ ہر جگہ تمھیں مل جائے گا کہ بنی اسرائیل اپنی فصل اور اپنے پالتو جانوروں کا دسواں حصہ دہ یکی کے طور پر خداوند کو دیتے تھے۔"

"مگر نئے عہد نامے میں تو دس فی صد کی کوئی قید نہیں ہے۔ دوسری کرنتھیوں میں لکھا ہے کہ جو کلیسیا کو جتنا دے سکے دے کیونکہ خدا خوشی سے دینے والے کو عزیز رکھتا ہے۔"

پادری پال نے جھاڑو ایک طرف رکھی اور مجھے گھورتے ہوئے بولے، "اکثر و بیشتر میں حیرت سے انگشت بدنداں رہ جاتا ہوں۔ تم نے بائبل کا اتنا عمیق مطالعہ کیا ہے مگر پھر بھی اب تک تم نے مسیحیت کو نہیں اپنایا۔"

"دراصل مسیحیت میں میری دل چسپی قطعی علمی ہے۔ میرے کافی دوست مسیحی ہیں اور میں ان کے مذہب کے متعلق جاننا چاہتا ہوں۔ ان میں سے اکثر دوست اسلام کا مطالعہ کرتے ہیں۔"

"آج کل کی نسل میری سمجھ سے بالاتر ہے۔ خدا بھی ان کے لیے صرف علمیت کا

حصہ رہ گیا ہے۔"

"ایسی کوئی بات نہیں۔ آج کل کی نسل بھی روحانیت میں دل چسپی لیتی ہے۔ دراصل ہم لوگ تبلیغ نہیں کرتے۔ ہم لکم دینکم ولی دین پر عمل کرتے ہیں۔"

"بہر حال میں تمہارے انتظار میں چشم براہ رہوں گا۔"

"انتظار کرنا اور خاموشی سے خداوند کی نجات کی آس رکھنا اچھا ہے،" میں نے ہنس کر بائبل کی ایک آیت دہرادی۔

"مجھے تمہیں دیکھ کر حیرت ہوتی ہے،" انہوں نے سر کو جھٹک کر کہا۔

"اچھا پادری پال، مجھے اجازت دیں کیونکہ میں ایک کام سے نکلا تھا،" میں نے گھڑی دیکھ کر کہا۔

"ہاں بھئی، میں نے تمہارے لیے ایک کتاب رکھی تھی، وہ لیتے جاؤ،" وہ اٹھے اور کمرے سے ایک کتاب لا کر میرے ہاتھ میں دے دی۔ اس کی جلد سیاہ رنگ کی تھی اور سنہری حروف میں ٹائیٹل تھا "مقدس تُوما رسولِ ہند"۔ میں نے سوالیہ نظروں سے ان کی طرف دیکھا۔

"تُوما یسوع مسیح کے بارہ رسولوں میں سے ایک ہے۔"

"دل چسپ کتاب معلوم ہوتی ہے۔ یہ رسولِ ہند کا خطاب سمجھ میں نہیں آیا،" میں نے پوچھا۔

"اسے ہندوستان جا کر تبلیغ کرنے کے لیے کہا گیا۔ پہلے تو اس نے انکار کیا مگر جب خداوند اس سے ملا تو اس نے عہد کیا کہ وہ خداوند کے لیے جان تک دے دے گا اور ہندوستان آ گیا۔"

"تعجب ہے کہ لوگ اس زمانے میں بھی ہندوستان سے واقف تھے۔"

"بلکہ یہ کہنا چاہیے کہ تُوما پاکستان آ گیا کیونکہ اس نے ٹیکسلا میں آ کر تبلیغ کی اور ٹیکسلا

کے راجہ گندافورس کے لیے بڑے بڑے کام کیے۔"

تُوما حضرت عیسیٰ کے بارہ رسولوں میں سے ایک تھا۔ انجیل میں رسول کا لفظ سفیر کے معنی میں استعمال ہوتا ہے۔ جس طرح نبی اکرمؐ کے صحابہ کرام تھے جن کا کام اسلام کا پیغام دور دور تک پھیلانا تھا اسی طرح حضرت عیسیٰ کے بارہ شاگردوں کا کام اُن کے پیغام کو دوسروں تک پہنچانا تھا، لہٰذا انہیں رسول کہا جاتا تھا۔ تُوما کو شکّی مزاج رسول بھی کہتے ہیں کیونکہ وہ ہر بات میں شک کرتا تھا۔ واقعہ صلیب کے بعد جب شاگردوں نے اسے بتایا کہ انہوں نے حضرت عیسیٰ کو زندہ دیکھا ہے تو اس نے ماننے سے انکار کر دیا اور کہا کہ جب تک وہ اپنی آنکھوں سے نہ دیکھ لے تب تک اسے یقین نہیں آئے گا۔ آخر جب اس نے حضرت عیسیٰ کو خواب میں دیکھا کہ وہ اسے ہندوستان جانے کی تلقین کر رہے تھے تو اسے یقین ہو گیا۔

ایک روایت کے مطابق راجہ گندافورس نے توما کو ایک محل تعمیر کرنے کے لیے رقم دی جو اس نے غربا میں تقسیم کر دی۔ راجہ نے ناراض ہو کر اسے قید کر دیا۔ اسی رات راجہ کا بھائی فوت ہو گیا اور مرنے کے بعد اس نے ایک عالی شان محل دیکھا جو توما نے راجہ کے لیے تعمیر کیا تھا۔ اس میت نے دوبارہ زندہ ہو کر راجہ کو تمام قصہ سنایا تو راجہ اور اس کی تمام رعایا نے عیسائیت قبول کر لی۔ بعد میں کسی نے مدراس کے ایک مقام پر توما کو نیزہ مار کر شہید کر دیا۔ کہا جاتا ہے کہ دوسری یا تیسری صدی کے آغاز میں اس مقام پر توما کی خانقاہ بنا دی گئی۔

۸

”میں تمہیں ایک نیا حکم دیتا ہوں کہ ایک دوسرے سے محبت رکھو کہ جیسے میں نے تم سے محبت رکھی تم بھی ایک دوسرے سے محبت رکھو۔ اگر آپس میں محبت رکھو گے تو سب جانیں گے کہ تم میرے شاگرد ہو۔“ یوحنّا 13:34-35

میں جیسے ہی انکل شاہد کی گلی میں مڑا، ان کے گھر سے شور کی آواز سنائی دی۔ جوں جوں میں نزدیک پہنچا، شور بڑھتا گیا۔ معلوم ہوتا تھا کہ بہت سے لوگ ایک ساتھ بول رہے ہیں۔ دروازے پر پہنچ کر میں نے زنجیر بجائی مگر اس شور میں کس کو سنائی دیتی۔ میں نے آگے بڑھ کر دروازے میں لٹکی ہوئی رلّی کو ایک طرف سے ہٹا کر اندر جھانکا۔ برآمدے اور صحن میں کم از کم چالیس پچاس لڑکیاں لڑکے جمع تھے اور میں کسی سے واقف نہیں تھا۔ البتہ دور کونے میں پیٹر کچھ لوگوں کے ساتھ محو گفتگو تھے۔ پیٹر سے میری ملاقات چرچ میں ان کی بچی کے بپتسمہ کے موقع پر ہوئی تھی اور وہ بھی سرسری سی۔ ممکن ہے کہ وہ مجھے پہچانیں بھی نا۔ لوگ تین تین چار چار کی ٹولیوں میں بٹے ہوئے تھے اور سب ایک ساتھ چیخ چیخ کر بول رہے تھے۔ کان پڑی آواز سنائی نہیں دے رہی تھی۔ زیادہ تر لوگوں کے ہاتھوں میں پاکولا کی بوتل تھی۔ میں دروازے کے پاس کھڑا سوچتا رہا کہ واپس چلا جاؤں کیونکہ اس پارٹی میں بن بلایا

مہمان نہیں بننا چاہتا تھا۔

سامنے ہی باورچی خانے میں آنٹی نے کڑھائی چڑھا رکھی تھی اور میٹھی پوریاں تل رہی تھیں۔ میں نے انہیں سلام کیا تو بولیں، ”سوری سر، کل اتوار تھا اس لیے ہم لوگ آپ کو مطلع نہیں کر سکے۔ مریم اچانک پہنچ گئی اور آج اس کے دوستوں نے دھاوا بول دیا۔ بچے بھی ادھر ادھر ہو گئے ہیں۔“

”کوئی بات نہیں آنٹی، میں بھی مریم سے مل لوں گا۔“

”لیں، وہ خود ہی آ گئی،“ انہوں نے کہا۔

میں نے پیچھے مڑ کر دیکھا تو ایک دبلی پتلی لڑکی ہاتھ میں خالی ٹرے لیے ہوئے، سامنے کھڑی مجھے اپنی چھوٹی چھوٹی گول آنکھوں سے گھور رہی تھی۔ اس کی مسکراہٹ میں شرارت کوٹ کوٹ کر بھری تھی۔ اس نے میرے سراپا کا کئی بار جائزہ لیا اور بولی، ”اچھا، تو یہ آپ ہیں!“ اس نے ”آپ“ پر خاصہ زور دیا۔

”جی، یہ میں ہی ہوں!“ میں نے بھی ”میں“ پر اتنا ہی زور دیا۔

پھر وہ دو قدم پیچھے ہٹی اور ایک بار پھر مجھے اوپر سے نیچے تک دیکھا۔

”آپ تو اس طرح میرا معائنہ کر رہی ہیں جیسے قصائی گائے خریدتے وقت کرتا ہے،“ میں نے کہا۔

”اونہہ ہونہہ! مجھے اندازہ نہیں تھا کہ آپ میں حسِ مزاح کا فقدان ہے،“ اس نے برا سا منہ بنا کر کہا، ”میں تو اس طرح آپ کا جائزہ لے رہی تھی جیسے آرٹ گیلری میں کسی بیش بہا پینٹنگ کا معائنہ کیا جاتا ہے۔“

”اوہ، آپ کو اندازہ نہیں کہ آپ کی یہ مدح سرائی مجھے کتنے دن ساتویں آسمان پر رکھے گی“ میں نے بھی ترکی بہ ترکی جواب دیا۔

"میرے بہن بھائی تو یہی سمجھتے ہیں کہ آپ ہر روز ساتویں آسمان سے صرف انہیں پڑھانے کے لیے اترتے ہیں،" مریم نے کہا۔

"اچھا ہے، سمجھنے دیں۔ جب وہ میری شاگردی سے نکلیں گے تو میں خود ان پر یہ راز کھول دوں گا کہ میرا گوشت پوست بھی اسی مٹی کا ہے۔"

"شعر بھی کہہ لیتے ہیں؟"

"نہیں، لیکن اگر مقابل کا مزاج شاعرانہ ہو تو شعر خود بخود نازل ہونا شروع ہو جاتے ہیں۔"

مجھے اپنی پشت پر آنٹی کا قہقہہ سنائی دیا، "معلوم ہوتا ہے کہ تم لوگ اتنے بڑے بڑے الفاظ بول کر ایک دوسرے پر رعب ڈالنے کی کوشش کر رہے ہو۔"

"نہیں آنٹی، میں تو صرف آپ کی بھتیجی کا ساتھ دے رہا ہوں۔"

"اچھا، تو اب آپ میری تعریف کر کے مجھے رام کریں گے،" مریم نے کہا اور خالی ٹرے آنٹی کی طرف بڑھا دی۔ انہوں نے گرم گرم پوریوں سے بھر کر اسے دے دی۔

ایک لڑکی مریم کے پیچھے کھڑی ہوئی ہماری گفتگو ختم ہونے کا انتظار کر رہی تھی۔ جب اس سے صبر نہیں ہوا تو اس نے مریم کے کندھے پر ہاتھ رکھ کر کہا، "آ جاؤ بھئی تمہارا انتظار ہو رہا ہے۔"

"اوہ، یہ فرخندہ ہے،" مریم نے کہا۔

"جی، میرا نام پرویز ہے،" میں نے خفیف سا جھک کر اپنا تعارف کرایا۔

"لو، تم یہ پوریاں لے چلو، میں ذرا پرویز صاحب کو پڑھ کر آتی ہوں،" مریم نے کہا اور فرخندہ پوریوں کی ٹرے لے کر واپس پلٹ گئی۔ ہم دونوں بھی اس کے پیچھے چل دیے۔

"کیا آپ سمجھتی ہیں کہ میں کوئی شارٹ اسٹوری ہوں کہ فٹافٹ پڑھ کر کتاب بند کر دیں گی؟" میں نے رُک کر پوچھا۔

"نہیں، میں تو آپ کو دیوان شمس تبریزی سمجھتی ہوں جس پر عبور حاصل کرنے کے لیے حیات جاوداں درکار ہے۔"

"اب آپ مجھے اپنی فارسی دانی سے مرعوب کریں گی۔"

"چھی چھی، یہ کیا لفظ استعمال کر دیا،" مریم نے اپنی ناک کو دباتے ہوئے کہا، "یہ فارسی دانی کیا کوئی شے از قسم سرمہ دانی ہے جس میں فارسی رکھی جاتی ہے؟"

"آپ، لوگوں کو لاجواب کرنے کے فن میں بھی طاق ہیں، ویسا میرا مشورہ ہے کہ آپ مجھ پر عبور حاصل کرنے کا خیال دل سے نکال دیں کیونکہ آج تک تو کوئی کامیاب نہیں ہوا۔"

"دس سال ہوئے، سر ایڈمنڈ ہلیری کی مہم سے پہلے ماؤنٹ ایورسٹ بھی یہی کہتا تھا۔"

"مجھے کچھ شک ہونے لگا ہے کہ آپ میرے ساتھ فلرٹ کر رہی ہیں۔"

"اگر آپ اپنے شک کو یقین میں بدلنا چاہیں تو میری طرف سے اجازت ہے۔"

"تو آپ واقعی فلرٹ کر رہی ہیں؟"

"جی۔"

"مگر کیوں؟"

"کیا حرج ہے؟"

"مقصد؟"

"تفریح۔"

"اور اگر آپ سنجیدہ ہو گئیں تو؟"

"آج تک تو نہیں ہوئی۔"

"اور اگر میں سنجیدہ ہو گیا تو؟"

"تو کون سی قیامت آجائے گی؟"

"آپ سمجھتی ہیں کہ کچھ ہو گا ہی نہیں؟"

"زیادہ سے زیادہ دل ٹوٹ جائے گا۔"

"اور آپ کے نزدیک دل ٹوٹنے کی کوئی اہمیت نہیں؟"

"دل کوئی شیشہ تھوڑا ہی ہے کہ دوبارہ نہیں جُڑ سکتا۔

آپ اذیت پسند بھی ہیں۔"

"میں حقیقت پسند ہوں، خواہ حقیقت کتنی ہی اذیت ناک ہو۔"

"تو کتنوں کے دل توڑے؟"

"میں کسی کا دل توڑنا گناہ سمجھتی ہوں۔"

"تو پھر؟"

"کچھ لوگوں کے دل ٹافی کی طرح بڑے زود شکن ہوتے ہیں۔ ڈاڑھوں کے ہلکے سے دباؤ سے ٹکڑے ٹکڑے ہو جاتے ہیں۔"

"اس کا مطلب یہ ہے کہ آپ کے ساتھ دوستی کرنے کے لیے لوہے کا دل ہونا چاہیے۔"

"کھونٹے سے بندھ گئے ہیں؟" اس نے میری بات کو نظر انداز کرتے ہوئے پوچھا۔

"ابھی نہیں۔"

"تھان مل گیا ہے؟"

"جی۔"

"نام کیا ہے؟"

"نجم السحر۔"

"یعنی صبح کا ستارہ؟"

"جی۔"

"اچھی ہے؟"

"جی۔"

"کب سے جانتے ہیں؟"

"ابھی پیدا نہیں ہوئی۔"

"تو پھر نام بدل دیں۔"

"کیوں؟"

"کیونکہ صبح کا ستارہ تو پو پھٹتے ہی ڈوب جاتا ہے۔"

"مگر صبحِ نو کا پیغام دے جاتا ہے۔"

مریم میری طرف دیکھ کر مسکرائی مگر کچھ بولی نہیں، معلوم ہوتا تھا کہ جواب سوچ رہی ہو۔

"عشق وشق تو نہیں کرتے؟" آخر اس نے پوچھا۔

"ارے توبہ کریں،" میں نے کانوں پر ہاتھ رکھ کر جواب دیا۔

"پھر تو دوستی ہو سکتی ہے،" اس نے مسکرا کر کہا۔

"میں بھی اسی نتیجے پر پہنچا ہوں۔"

"چلیں، ایک دوسرے کو مرعوب کرنے کا مرحلہ تو طے ہو گیا،" اس نے کچھ توقف کے بعد کہا۔

"شکر ہے کہ مجھے پسینہ آنے سے پہلے ہی طے ہو گیا،" میں نے کہا۔

"میں آپ سے مرعوب ہو گئی اور امید ہے کہ آپ بھی مجھ سے مرعوب ہو گئے ہوں گے۔"

"ایسا ویسا، خصوصاً میں آپ کی اردو سے بے حد مرعوب ہوا ہوں۔ حیرت اس بات پر ہے کہ کانونٹ کی پڑھی ہوئی لڑکی کو اردو پر اتنا عبور ہے۔"

"دراصل میں نے اردو میں آنرز کیا ہے اور آگے چل کر میرا ارادہ بائبل کے اردو

ترجمے پر تحقیق کرنے کا ہے۔"

"آپ نے بڑا اچھا موضوع چنا ہے۔ میں تو جب بھی بائبل کا مطالعہ کرتا ہوں تو ان لوگوں کی علمیت کا احساس ہوتا ہے جنھوں نے بائبل کا ترجمہ کیا ہے۔"

"مجھے تو آپ سے مل کر بڑی خوشی ہو رہی ہے کہ یہاں کوئی تو ہے جس سے ڈھنگ کی گفتگو ہو سکے گی،" مریم نے کہا، "آیئے میں آپ کو اپنے دوستوں سے ملاتی ہوں۔"

"شکریہ مریم، آپ دوستوں کی خاطر کریں، مجھے کہیں اور بھی جانا ہے،" میں نے کہا۔

"ارے کیوں، ابھی تو آپ سے باتیں کرنی ہیں۔"

"ہماری ملاقات ہوتی رہے گی، آج آپ اپنے مہمانوں کی تواضع کریں۔"

"اب تو میں یہیں آگئی ہوں، ملاقات ہوتی رہے گی،" مریم نے کہا۔

"آپ سے مل کر واقعی بڑی خوشی ہوئی۔"

"تو کل تو آپ آرہے ہیں نا؟" مریم نے پوچھا۔

"نہیں، یہاں کل سے ایک ہفتے کی اسکولوں کی چھٹیاں ہیں۔ میں نے بھی بچوں کو ایک ہفتے کی چھٹی دے دی ہے۔ اگلے پیر کو ملاقات ہوگی۔"

"لیں، اب آپ مجھے ایک ہفتہ انتظار کروائیں گے۔ ابھی تو میں نے آپ کو ڈھنگ سے نہ سونگھا ہے نہ چکھا ہے۔"

"اطمینان سے سونگھ بھی لیجیے گا اور چکھ بھی لیجیے گا۔ اگر جلدی کریں گی تو ممکن ہے کہ ابکائی آجائے۔"

"اونہہ ہونہہ، پھر وہی بدذوقی کا مظاہرہ!"

"کیوں؟ ابکائی میں کون سی بدذوقی ہے۔ آپ کتنی ہی باذوق کیوں نہ ہوں، اگر ابکائی والی بات ہوگی تو ضرور ابکائی آئے گی۔"

"مگر بر سرِ عام اس کا تذکرہ کرنے کی کیا ضرورت ہے؟"

"میری خواہش تو بس اتنی سی ہے کہ آپ مجھے اطمینان سے چٹخارے لے لے کر چکھیں۔"

"کہیں ہماری گفتگو میں عصمت چغتائی تو داخل نہیں ہو رہی ہیں؟" مریم نے ذرا پیچھے ہٹتے ہوئے کہا۔

"تماشائی جو نتیجہ چاہے اخذ کر لے مگر تماشے کی حقیقت تو صرف تماشا گر ہی جانتا ہے،" میں نے جواب دیا۔

"واہ، یہ جملہ تو سونے کے تار سے ریشم پر کاڑھے جانے کے قابل ہے۔ معلوم ہوتا ہے کہ اب آپ مجھ پر اپنے فلسفہ کا رعب ڈالیں گے۔"

گزرتے ہوئے میں نے آنٹی کو خدا حافظ کہا جو اس وقت بھی باورچی خانے میں بیٹھی پوریاں تل رہی تھیں۔

"کیوں سر، آپ جا رہے ہیں؟"

"جی آنٹی، مجھے ابھی ایک دو کام اور بھی کرنے ہیں۔"

مریم دروازے تک مجھے چھوڑنے کے لیے آئی اور جب میں اسے خدا حافظ کہہ کر نکلا تو اطمینان کا سانس لیا۔ بڑی تیز لڑکی تھی اور اسے ہینڈل کرنا ہر ایک کے بس کی بات نہیں تھی۔ میں نے سوچا کہ دانی ایل غلط لڑکی پر عاشق ہو گیا ہے۔ میں اسے بتا دوں گا کہ مریم تو اسے چوراہے پر کھڑے کھڑے بیچ ڈالے گی اور اسے پتا بھی نہیں چلے گا۔

۹

”بڑی سے بڑی پانی کی ندیاں محبت کو نہ بجھا سکیں گی اور نہ سیلاب اسے بہالے جائے گا۔ اگر کوئی اپنی ساری دولت محبت کے بدلے دینا چاہے تو وہ بالکل حقیر سمجھی جائے گی۔“

غزل الغزلات 8:7

میں نئے جوتے خریدنے کے لیے سرے گھاٹ پر ایک باٹا کی دکان پر سیلز مین سے باتیں کر رہا تھا کہ کسی نے پیچھے سے آ کر میرے کندھے پر ایک دھپ ماری۔ میں نے مڑ کر دیکھا تو دانی ایل کھڑا مسکرا رہا تھا۔

”ارے یار تُو کہاں غائب ہو گیا تھا؟“ میں اٹھ کر کھڑا ہو گیا۔

”بس، کمپنی کے کام سے پنڈی گیا ہوا تھا۔ وہاں ہمیں ایک پروجیکٹ مل گیا تو مجھے رُکنا پڑا۔“

”میں نے سارے دوستوں سے پتا کیا۔ ہم تو سمجھ رہے تھے کہ تجھے زمین نگل گئی۔“

”بس، میں جلدی میں گیا تھا۔ سوچا تھا کہ ہفتے بھر میں واپسی ہو جائے گی مگر پورا مہینہ لگ گیا۔“

”تو واپسی کب ہوئی؟“

کل ہی لوٹا ہوں۔ گزرتے ہوئے تجھ پر نظر پڑی تو ملاقات ہو گئی۔“

”سر کیا حکم ہے؟ یہ جوتے پیک کر دوں؟“ میں نے مڑ کر دیکھا تو سیلز مین ہاتھ میں جوتوں کا ڈبہ لیے میرا منتظر تھا۔

"سوری بھئی،" میں نے اس کے ہاتھ سے ڈبہ لے لیا اور کاؤنٹر پر جا کر ادائیگی کر دی۔

"چل یار سامنے کیفے میں بیٹھتے ہیں،" دانی ایل نے کہا، "چائے تو پیئے گا نا؟"

"تُو پوچھے اور میں انکار کر دوں، یہ کیسے ہو سکتا ہے؟"

باہر کی تپش کے بعد کیفے میں داخل ہوتے ہی ایئر کنڈیشنر کی ٹھنڈی ہوا لگی تو کچھ فرحت محسوس ہوئی۔ سامنے ہی ایک میز خالی تھی۔

"سنا یار تیری ٹیوشن کیسی چل رہی ہے،" دانی ایل نے کرسی پر بیٹھنے سے پہلے اسے اپنے رومال سے جھاڑتے ہوئے پوچھا۔ یہ اس کی پرانی عادت تھی۔ کہیں بیٹھتا تو پہلے کرسی کو جھاڑ لیتا۔

"ٹیوشن تو اچھی چل رہی ہے مگر اطلاعاً عرض ہے کہ آپ کی محبوبہ صاحبہ تشریف لے آئی ہیں،" میں نے مسکرا کر کہا۔

"کیا؟ مریم آگئی ہے؟" ایسا لگا جیسے دانی ایل کو کرنٹ لگا ہو۔

"نہ صرف آگئی ہے بلکہ میری ملاقات بھی ہو گئی ہے۔"

"اچھا؟ کیسی لگ رہی تھی؟ کیا پہنے ہوئے تھی؟"

"یار، یہ پہننے والی بات کہاں سے آگئی،" میں نے جھنجلا کر کہا، "یہ تُو نے عورتوں والی بات کہی ہے جنہیں تجسس ہوتا ہے کہ پارٹی میں کس نے کیا پہنا ہوا تھا۔"

"خیر چھوڑ، یہ بتا کہ اس سے کیا باتیں ہوئیں؟" دانی ایل نے آگے جھک کر پوچھا۔ وہ بچوں کی طرح بے صبری کا مظاہرہ کر رہا تھا۔

اسی دوران ویٹر ہمارے سامنے آکر کھڑا ہو گیا اور میں نے اسے دو انگلیاں اٹھا کر چائے کا آرڈر دے دیا۔ اس کیفے میں صرف اسپیشل چائے ملتی تھی۔

"یار، میری بات مان اور مریم کا خیال دل سے نکال دے۔ وہ تیرے مطلب کی نہیں

ہے،" میں نے کہا۔

"کیوں، میرے مطلب کی کیوں نہیں ہے؟"

"وہ انٹیلیکچوئل قسم کی تیز طرّار لڑکی ہے اور تُو سیدھا سادا انجینیر آدمی ہے۔ وہ تجھے بیچ کھائے گی۔"

"مگر میں نے فیصلہ کر لیا ہے کہ شادی کروں گا تو اسی سے۔"

یہ شادی کہاں سے آ گئی۔ بات تک تو کی نہیں ہے،" میں نے طنزیہ لہجے میں کہا۔

دانی ایل سوچ میں پڑ گیا اور اپنے بال پوائنٹ پین سے میز کو کھٹکھٹانے لگا۔ اس دوران ویٹر چائے کی ٹرے میز پر رکھ گیا اور میں نے چائے بنانا شروع کر دی۔

"کیا سوچ رہا ہے؟" میں نے خاموشی کو توڑنے کے لیے پوچھا۔

"میں سوچ رہا ہوں کہ کہیں مریم کے معاملے میں تیری نیت تو خراب نہیں ہو گئی؟"

مجھے ایک جھٹکا سا لگا۔ میں سوچ بھی نہیں سکتا تھا کہ دانی ایل کے دل میں ایسا خیال آ سکتا ہے۔ مجھ پر سکتہ سا طاری ہو گیا اور سمجھ میں نہیں آ رہا تھا کہ کیا جواب دوں۔ ہم خاموشی سے چائے کی چسکیاں لیتے رہے۔ آخر میں نے دبی آواز میں کہا، "یار دانی ایل، ہم بچپن سے ایک ساتھ ہیں اور کبھی ہم نے ایک دوسرے کو دھوکا نہیں دیا۔ مجھے بڑا دکھ ہوا کہ تیرے دل میں ایسا خیال آیا۔"

دانی ایل نے کوئی جواب نہیں دیا۔ وہ نظریں جھکائے، دونوں ہاتھوں سے چائے کی پیالی تھامے بیٹھا رہا۔ مجھے یوں لگ رہا تھا کہ بچپن کی دوستی ایک غلط فہمی پر ختم ہونے والی تھی۔

"عورت چیز ہی ایسی ہے۔ اگر اس کی خاطر بھائی بھائی کو قتل کر سکتا ہے تو سب کچھ ہو سکتا ہے،" آخر اس نے نظریں جھکائے سرگوشی میں جواب دیا۔

میری سمجھ میں نہیں آ رہا تھا کہ دانی ایل کا شک کس طرح دور کروں۔ آخر میں نے

ہمت کر کے اس کا ہاتھ دبایا اور کہا، "میں قسم کھانے کو تیار ہوں۔ میری نیت میں کوئی کھوٹ نہیں ہے۔"

"خیر، چھوڑ یار، آئی ایم سوری کہ خواہ مخواہ، مجھے بدگمانی ہوگئی،" اس نے مسکرا کر کہا، "یہ بتا کہ تیری ٹیوشن کیسی چل رہی ہے؟"

"اچھی چل رہی ہے مگر میں سوچتا ہوں کہ اتنے سارے بچوں کو پالنا آسان نہیں ہے جب کہ آنٹی کی صحت بھی ٹھیک نہیں رہتی۔"

"میں انہیں زیادہ نہیں جانتا۔ شاہد صاحب سے ایک ہی بار ملاقات ہوئی تھی ایک فیملی فرینڈ کے گھر۔ وہاں انہوں نے کہا تھا کہ انہیں اپنے بچوں کے لیے ایک ٹیوٹر چاہیے تو میں نے تجھے ان کا پتا دے دیا تھا۔"

"کیا مطلب؟ تُو اس فیملی کو نہیں جانتا؟"

"نہیں۔"

"اُن کی فیملی چرچ نہیں جاتی؟"

"وہ دوسرے چرچ جاتے ہیں۔"

"دوسرا چرچ کون سا؟"

"سینٹ فلپس چرچ جو تلک چاڑسی پر ہے۔"

"تو پھر تُو ان کی بھتیجی پر کیسے عاشق ہوگیا؟"

"پہلی بار اس وقت دیکھا تھا جب وہ کسی کی شادی پر ہمارے چرچ آئی تھی۔"

"یعنی تُو نے اسے دیکھا اور عاشق ہوگیا۔"

"ہاں، لیکن کبھی کبھار ہمارے چرچ بھی آتی تھی۔ ریورنڈ پال سے کافی متاثر تھی اور کبھی کبھی ان کی سروس اٹینڈ کرتی تھی۔"

"اس نے تجھے دیکھا؟" میں نے جھنجلا کر پوچھا۔

"معلوم نہیں،" دانی ایل نے بڑی معصومیت سے کہا۔

"تُو نے اس کے پاس جا کر اپنا تعارف کیوں نہیں کرایا؟"

"بس ہمت نہیں پڑی۔"

"یار، معلوم ہوتا ہے کہ تُو گھاس کھا گیا ہے۔ ایک لڑکی کو دیکھا اور بلا سوچے سمجھے، بغیر بات کیے بس عاشق ہو گیا۔"

"تو پھر بتا کہ میں کیا کروں۔"

"میں تجھے اس سے ملوا دوں گا۔ پہلے اسے اپنے اوپر عاشق کروا، پھر عشق کرنا۔"

"یار، میری اس سے بات کرنے کی ہمت نہیں پڑتی۔"

"تُو میری ایک بات مان۔ اپنے عشق کا آچار ڈال لے۔ مجھے تو یہ عشق کی بیل منڈھے چڑھتی نظر نہیں آتی۔"

"یار، خود میری سمجھ میں نہیں آتا" دانی ایل نے بے چارگی سے کہا، "میں جب بھی کسی لڑکی سے بات کرنے کی کوشش کرتا ہوں، میری زبان گنگ ہو جاتی ہے۔"

"مگر کیوں؟ تجھے اپنے آپ پر اعتماد کیوں نہیں ہے؟"

"میرا خیال ہے کہ غربت خود اعتمادی کے لیے سب سے بڑا زہر ہے۔"

"میں نہیں مانتا، غریبوں کی اولاد نے بھی دنیا میں بڑے بڑے کام کیے ہیں۔"

دانی ایل نے کوئی جواب نہیں دیا۔ بڑی دیر سے اس کی انگلی چائے کی پیالی کے کُنڈے میں تھی اور اس نے ایک چُسکی بھی نہیں لی تھی۔ میری نظریں اس کی پیشانی پر تھیں، وہ جب بھی گہری سوچ میں ہوتا تو اس کی پیشانی پر سلوٹیں پڑ جاتی تھیں۔

"کیوں بھئی، کس سوچ میں پڑ گیا؟" میں نے پوچھا۔

"میں سوچ رہا ہوں کہ ایک غریب کا بچہ بڑے بڑے کام کرتا ہے تو وہ صرف خود کو دھوکا دینے کے لیے کرتا ہے کہ اس میں خود اعتمادی ہے۔"

"کیا حرج ہے اگر اسی بہانے کچھ بڑے کام ہو جاتے ہیں۔"

"مگر ایک بھنگی کی اولاد سے کیا توقع کی جاسکتی ہے؟"

میں اس کی بات سن کر سنّاٹے میں آ گیا۔ سمجھ میں نہیں آرہا تھا کہ کیا جواب دوں۔ آخر میں نے دبے الفاظ میں کہا، "یار دانی ایل، ہم بچپن سے ہی دوست ہیں اور ہم میں ہر قسم کی باتیں ہوئی ہیں۔ ایک دوسرے کو گندے لطیفے بھی سنائے ہیں اور سنجیدہ گفتگو بھی ہوئی ہے مگر میں نے تیرے منہ سے کبھی اتنی جہالت کی بات نہیں سنی۔"

دانی ایل نے کوئی جواب نہیں دیا، جب وہ جھنجلاہٹ کا شکار ہوتا تھا تو اس کی دونوں آنکھوں کے درمیان سلوٹ پڑ جاتی تھی۔ اُس وقت بھی اس کی یہی کیفیت تھی۔

"تُو جاوید کو تو جانتا ہے نا؟" دانی ایل نے پوچھا۔

"کون سا جاوید؟"

"جاوید چودھری۔"

"ہاں، مگر یہاں جاوید چودھری کی بات کیسے نکل آئی؟"

"تُو مانتا ہے کہ جب جاوید کسی محفل میں پہنچتا ہے تو ساری نظریں اس کی جانب اٹھ جاتی ہیں۔ لوگ اسے گھیر لیتے ہیں اور وہ پوری محفل کی توجہ کا مرکز ہوتا ہے۔"

"صحیح بات ہے،" میں نے جواب دیا، "میں تو جاوید کو مقناطیس کہتا ہوں۔ مجھے اس کی خود اعتمادی پر رشک آتا ہے۔"

"مگر تُو صرف اس پر رشک کر سکتا ہے، اس جیسا بن نہیں سکتا۔"

"مگر کیوں؟" میں نے جھنجلا کر کہا۔

"اس لیے کہ تُو غریب کا بیٹا ہے اور وہ اپنے منہ میں چاندی کا چمچہ لیے پیدا ہوا تھا۔ اس کی تربیت بہترین ماحول میں ہوئی اور اسے بہترین اسکولوں میں بھیجا گیا۔ اس کے باپ دادا اس ملک پر حکومت کرتے آئے ہیں اور وہ بھی کرے گا۔ جہاں تک ہمارا تعلق ہے تو نہ پِدّی نہ پِدّی کا شوربہ،" دانی ایل کے لہجے میں بڑی تلخی تھی۔

"میں تجھ سے متفق ہوں مگر میں جانتا ہوں کہ میں جاوید کا مقابلہ کر سکتا ہوں، مگر اس کے لیے مجھے دوگنی محنت کرنی پڑے گی۔"

"چھوڑ یار، کچھ اور باتیں کرتے ہیں۔ آج میرے اوپر سخت قنوطیت طاری ہے،" دانی ایل نے ایک بے جان مسکراہٹ کے ساتھ کہا۔

"قنوطیت کا علاج غصہ ہے،" میں نے ہوا میں مُکّا تان کر کہا، "دنیا کو گھونسا دکھا اور دانت پیس کر کہہ کہ میں تجھے دکھادوں گا کہ میں کیا ہوں۔"

"یار تیری یہی بات مجھے اچھی لگتی ہے کہ تُو ہمیشہ اچھا پہلو دیکھتا ہے۔"

"نہیں، کبھی کبھار میرا دل بھی کسی ٹریجڈی کے ہیرو کی ایکٹنگ کرنے کو چاہتا ہے۔"

"تھینک یو یار، میں کئی دن سے اداس تھا۔ تجھ سے بات کرکے کم از کم اداسی تو دور ہوگئی۔"

"تو پھر فیصلہ یہ ہوا کہ اتوار کو میں تجھے مریم سے ملاؤں گا،" میں نے کہا، "کل جب میں بچوں کو پڑھانے کے لیے جاؤں گا تو اسے بتادوں گا۔"

"ہاں صاحب، کچھ اور؟" میں نے نظر اٹھا کر دیکھا تو ویٹر کھڑا مسکرا رہا تھا۔ جب ادھر ادھر نظر ڈالی تو کوئی میز خالی نہیں تھی اور دروازے پر کچھ لوگ کوئی میز خالی ہونے کا انتظار کر رہے تھے۔

"نہیں بھئی ہم چل رہے ہیں،" میں نے کہا اور ہم اٹھ لیے۔

۱۰

”اور وہاں کے بیماروں کو اچھا کرو اور اُن سے کہو کہ خُدا کی بادشاہی تمہارے نزدیک آ پہنچی ہے۔“لُوقا 9:10

پادری پال سے ملاقات ہوئے بغیر ایک ماہ سے زیادہ ہو گیا تھا۔ اس دوران پڑھائی کی مصروفیت خاصی تھی کیونکہ امتحانات نزدیک تھے۔ تُومار سول پر اُن کی دی ہوئی کتاب بھی واپس کرنی تھی۔ اسی لیے میں نے اپنی میز پر کتابوں کے اوپر ہی رکھ دی تھی۔ دل چسپ کتاب تھی۔

میں جیسے ہی پادری پال کی گلی میں مڑا تو دیکھا کہ سامنے ہی گلی کے سرے پر صدیقی صاحب بیٹھے حسب معمول اخبار پڑھ رہے ہیں۔ ان کا چہرہ اخبار کے پیچھے چھپا ہوا تھا۔ میں نے سلام کیا تو انہوں نے اخبار اپنی گود میں رکھ کر سلام کا جواب دیا اور اپنے برابر خالی کرسی کی طرف اشارہ کر کے بولے، ”آؤ میاں، بیٹھ جاؤ۔“

”کیسے مزاج ہیں، صدیقی صاحب؟“ میں نے بیٹھتے ہوئے پوچھا۔

”بس میاں، ہماری عمر میں جیسے مزاج ہونے چاہئیں ویسے ہیں۔ خدا کا شکر ہے کہ کھا پی لیتے ہیں اور ہنس بول لیتے ہیں۔ اس سے زیادہ اور کیا چاہیے؟“

”معلوم ہوتا ہے کہ آپ اخبار شروع سے آخر تک پڑھتے ہیں،“ میں نے کہا۔

”بھئی یہ تو کچھ بھی نہیں۔ ایک زمانے میں میں روزانہ تین اخبار پڑھتا تھا۔ جنگ، انجام اور اِمروز۔ پھر انجام اور امروز بند ہو گئے تو حرّیت شروع ہو گیا۔ اب وہ بھی بند ہو گیا ہے۔ بس لے دے کے جنگ رہ گیا ہے۔ وہ بھی روز بروز سکڑتا جا رہا ہے۔“

”معلوم ہوتا ہے کہ پادری پال گھر پر نہیں ہیں،“ میں نے سامنے دروازے پر تالا لگا دیکھ کر کہا۔

”اپنے چرچ میں ہی ہوں گے۔ آپ تو جانتے ہی ہیں کہ مُلّا کی دوڑ بس مسجد تک ہی ہوتی ہے۔“

”دونوں میاں بیوی بڑی محنت کرتے ہیں۔ بتا رہے تھے کہ آنٹی بھی زیادہ تر وقت اپنے جاب پر گزارتی ہیں۔ میری تو ان سے ابھی تک ملاقات ہی نہیں ہوئی۔“

صدیقی صاحب نے کوئی جواب نہیں دیا اور سامنے گلی کے سرے پر نظریں جمائے خاموش بیٹھے رہے۔ میری سمجھ میں نہیں آیا کہ وہ خاموش کیوں ہو گئے تھے اور سوچ رہا تھا کہ ان سے کیا بات کروں۔

”مجھے آنٹی سے ملنے کا بڑا اشتیاق ہے۔ پادری پال جس پیار سے ان کا تذکرہ کرتے ہیں اس سے وہ کوئی فرشتہ صفت خاتون لگتی ہیں،“ میں نے خاموشی کو توڑنے کی کوشش کی۔

انہوں نے اخبار تہہ کر کے میز پر رکھا اور گہری سانس لے کر بولے، ”میاں، تمہیں جن آنٹی کو دیکھنے کی خواہش ہے ان کا انتقال ہوئے دس سال سے زیادہ گزر چکے ہیں۔“

”نہیں صدیقی صاحب، پادری پال تو ہمیشہ اُن کا تذکرہ کرتے ہیں اور کہتے ہیں کہ انہیں اپنے کام سے عشق ہے،“ میں نے کہا۔

”دراصل سسٹر میری اُن کے لیے زندہ ہیں اور انہوں نے فیصلہ کر لیا ہے کہ وہ اپنی بیوی کو کبھی نہیں مرنے دیں گے۔“

”اگر اُن کی بیوی کا انتقال ہو گیا ہے تو اس کا مطلب ہے کہ وہ اکیلے رہتے ہیں۔ پھر اُن

کی دیکھ بھال کون کرتا ہے؟"

"تم دیکھ رہے ہو کہ اس گلی میں کُل آٹھ گھر ہیں جن میں سے سامنے والا اُن کا گھر ہے،" اُنہوں نے انگلی کے اشارے سے سارے گھر گنتے ہوئے کہا، "باقی سات گھروں نے متفقہ فیصلہ کرلیا ہے کہ پاسٹر کو اپنی بیوی کی کمی محسوس نہیں ہونے دیں گے۔ چنانچہ انہیں کھانا بھی پہنچتا ہے اور کپڑے بھی دُھل جاتے ہیں۔ ہم نے اُن سے کہہ دیا ہے کہ سسٹر میری نیک کام میں مصروف ہیں اور مریضوں کی دیکھ بھال کرتی ہیں لہٰذا ہم ان کا ہاتھ بٹائیں گے۔"

"اُس روز آپ نے سسٹر میری کے حلوے کی تعریف کی تھی جس پر انہوں نے کہا تھا کہ وہ سُن کر خوش ہوں گی۔"

"دراصل یہ بھی ایک کھیل ہے جو ہم سب پڑوسی پچھلے دس سال سے اُن کے ساتھ کھیل رہے ہیں،" صدیقی صاحب نے مسکرا کر کہا، "ہم انہیں احساس نہیں ہونے دیتے کہ وہ خود کو دھوکا دے رہے ہیں۔"

"تو وہ حلوے والا واقعہ فرضی تھا؟"

"نہیں فرضی نہیں تھا۔ دراصل ہوتا یہ ہے کہ کبھی کبھار ان کے پاس ضرورت سے زیادہ کھانا پہنچ جاتا ہے تو وہ گلی میں ہی کسی پڑوسی کو یہ کہہ کر دے دیتے ہیں کہ اُن کی بیوی نے بڑے شوق سے پکایا ہے اس لیے وہ پڑوس میں بانٹ رہے ہیں۔ اکثر انہیں یہ بھی یاد نہیں رہتا کہ کون سی چیز کس گھر سے آئی تھی۔ اُس دن وہ حلوہ ہمارے گھر سے ہی گیا تھا اور ہمارے یہاں ہی واپس آگیا۔"

"مگر کھانے پینے کے علاوہ اور بھی تو اخراجات ہوتے ہیں، وہ کہاں سے پورے کرتے ہیں؟"

"سسٹر میری کی پنشن کا کچھ حصہ اب بھی ملتا ہے، پھر انڈے بیچ لیتے ہیں۔ اس کے علاوہ غالباً چرچ سے بھی کچھ ملتا ہوگا۔"

”نہیں، ایک بار انہوں نے بتایا تھا کہ چرچ سے انہیں کچھ نہیں ملتا بلکہ الٹا وہ چرچ کے اخراجات میں مدد کرتے ہیں۔“

”ایسے لوگ دنیا میں کم ہی ہوتے ہیں۔“

میں پادری پال کی تنہائی اور محرومی کے متعلق سوچنے لگا۔ اُن کی بیوی بھی انہیں اولاد سے محروم چھوڑ کر چلی گئی تھیں۔ جس خدا کی خدمت کے لیے انہوں نے زندگی وقف کر دی تھی اُس سے بھی کوئی گلہ نہیں کرتے تھے۔ عموماً جب بُرا وقت آتا ہے تو یہ سوچ کر امید بندھتی ہے کہ حالات تبدیل ہوں گے اور ایک بار پھر اچھا وقت آئے گا، مگر پادری پال کو حالات تبدیل ہونے کا انتظار نہیں تھا کیونکہ وہ امید اور نا امیدی کی حدود سے باہر آچکے تھے۔

”سسٹر میری کے متعلق کچھ بتائیں، صدیقی صاحب،“ میں نے پوچھا۔

”بڑی نیک خاتون تھیں،“ انہوں نے چشمہ اتار کر رومال کے گلاب کے پھول والے کونے سے آنکھیں پونچھتے ہوئے کہا، ”محلے میں اگر کوئی بیمار پڑ جاتا تو رات کے تین بجے بھی ان کا دروازہ کھٹکھٹایا جا سکتا تھا۔ وہ فوراً اس کے ساتھ ہو لیتیں۔ اُن کے پڑوسی ہونے کا سب سے بڑا فائدہ یہ تھا کہ سول اسپتال پہنچ کر دس پیسے کی پرچی بنوانے کے بعد اگر اُن کا نام لے دیا جاتا تو فوراً ڈاکٹر تک رسائی ہو جاتی تھی۔“

”اُن کا انتقال کیسے ہوا؟“

”یہ بھی لمبی کہانی ہے۔ کچھ نہیں معلوم کہ اُن کا انتقال کب اور کیسے ہوا۔ پاسٹر نے تو صرف اتنا بتایا تھا کہ وہ بیمار ہیں اور بستر سے نہیں اٹھ سکتیں، چنانچہ ہم نے دونوں وقت کھانا پہنچانا شروع کر دیا۔ جب بھی ہم ان کی عیادت کے لیے جانے کی بات کرتے تو وہ یہ کہہ کر ٹال دیتے کہ وہ بول نہیں سکتیں۔ باہر جاتے تو دروازے میں تالا ڈال جاتے۔ سب پڑوسی بے حد پریشان تھے۔ آخر جب پوری گلی میں بدبو اٹھنا شروع ہوئی تو ہم دیوار پر چڑھ کر اندر

پہنچے۔ معلوم ہوا کہ کمرے میں سسٹر میری کی لاش سڑ رہی ہے۔ چارپائی کے نیچے پڑوسیوں کے پہنچائے ہوئے کھانوں کا ڈھیر لگا ہوا تھا اور اس پر مکھیاں بِھنک رہی تھیں۔"

صدیقی صاحب کی آواز رندھ گئی۔ ان کی آواز سرگوشی سے آگے نہیں بڑھ رہی تھی اور بار بار رومال سے آنسو پونچھ رہے تھے۔ میں خاموشی سے ان کی کہانی سنتا رہا۔ خود مجھے بھی تھوک نگلنے میں دشواری پیش آ رہی تھی۔

"ہم نے تالا توڑ کر دروازہ کھولا اور ان کی کمیونٹی کے دو ایک لوگوں کو اطلاع دی جنہیں ہم جانتے تھے۔ وہ بے چارے سنتے ہی دوڑے آئے۔ سمجھ میں نہیں آ رہا تھا کہ پولیس سے رجوع کیا جائے یا اسپتال کو اطلاع کی جائے۔ آخر ایک آدمی کو اسپتال دوڑایا اور وہاں سے ایمبولینس آ گئی۔ گلی میں لوگوں کا جمگھٹ لگ گیا تھا۔ اس دوران پاسٹر پال آ پہنچے اور جب انہوں نے دیکھا کہ لوگ ان کے گھر میں جمع ہیں تو وہ غصے سے پاگل ہونے لگے۔ میں پچھلے پچیس سال سے ان کا پڑوسی ہوں مگر میں نے کبھی انہیں غصے میں نہیں دیکھا تھا۔ وہ بضد تھے کہ ان کی بیوی سو رہی ہیں اور خواہ مخواہ انہیں پریشان کیا جا رہا ہے۔ جب ایمبولینس والے لاش کو اسٹریچر پر ڈال کر دروازے سے نکلے تو پاسٹر اس سے چمٹ کر چیخنے لگے کہ دیکھو یہ تمہیں تنگ کر رہے ہیں۔ انہیں ہٹانے کی بہت کوشش کی مگر وہ اپنی بیوی کی لاش سے چمٹے ہوئے دہاڑیں مار مار کر رو رہے تھے اور اُن کے ساتھ پورا محلہ رو رہا تھا۔ خدا خدا کر کے انہیں ہٹایا گیا اور ایمبولینس میں بٹھا کر اسپتال لے جایا گیا،" صدیقی صاحب نے ایک گہرا سانس لیا اور خاموش ہو گئے۔

"سسٹر میری کی تدفین کہاں ہوئی؟" میں نے پوچھا۔

"سی ایم ایچ کے سامنے پہاڑیوں کے نیچے مسیحیوں کا ایک پرانا قبرستان ہے۔ انہیں وہیں دفن کیا گیا۔"

"پادری پال کو صبر آتے آتے تو کافی وقت لگا ہو گا۔"

"وہ دو مہینے اسپتال میں رہے۔ ڈاکٹروں کا کہنا تھا کہ اُن کی ذہنی حالت ٹھیک نہیں ہے۔ جب وہ اسپتال سے واپس آئے تو بالکل نارمل تھے مگر اپنی بیوی کی موت اُن کے حافظے سے نکل چکی تھی۔ اب اُن کی زندگی اُسی طرح گزر رہی ہے جیسے پہلے گزرتی تھی۔ اُن کی بیوی اب بھی زندہ ہیں، اب بھی سول اسپتال میں ہیڈ نرس ہیں اور دن رات مریضوں کی خدمت میں لگی رہتی ہیں۔ دوسری طرف خود انہوں نے اپنی زندگی چرچ کے لیے وقف کر دی ہے۔ ہمیشہ مصروف رہتے ہیں۔ انہیں نہ دنیا سے کوئی شکایت ہے اور نہ خدا سے،" صدیقی صاحب نے ایک گہرا سانس لیا۔

"مجھے نہیں معلوم تھا کہ پادری پال اتنے دکھی ہیں کیونکہ کبھی اظہار نہیں ہونے دیتے۔"

"میرا خیال نہیں کہ وہ دکھی ہیں۔ انہوں نے اپنے دکھ کا خود ہی مداوا کر لیا ہے بلکہ میں تو سمجھتا ہوں کہ یہ بھی اُن کے لیے خدا کا انعام ہے کہ اپنی بیوی کی موت اُن کے ذہن سے نکل گئی ہے۔ میرا خیال ہے کہ غم کسی واقعے کا نتیجہ نہیں ہوتا بلکہ سارا دار و مدار اس بات پر ہوتا ہے کہ وہ واقعہ ہمارے ذہن پر کس طرح اثر انداز ہوتا ہے۔"

"بے شک، آپ نے صحیح فرمایا۔ دکھ جھیلنے کی قوت ہر ایک میں یکساں نہیں ہوتی۔ کچھ لوگ بڑی سے بڑی مصیبت بھی جھیل لیتے ہیں اور کچھ لوگ چھوٹی سی پریشانی سے ٹوٹ پھوٹ جاتے ہیں۔"

"تم صحیح کہتے ہو۔"

"اچھا صدیقی صاحب، مجھے اجازت دیں،" میں نے گھڑی دیکھتے ہوئے کہا، "دراصل میں پادری پال کو یہ کتاب واپس کرنے کے لیے آیا تھا۔"

انہوں نے کتاب میرے ہاتھ سے لی اور بولے، "اچھا، یہ کتاب انہوں نے تم سے

بھی پڑھوالی۔ میں بھی پڑھ چکا ہوں۔"

"اچھی، دل چسپ کتاب ہے۔ مجھے حیرت ہے کہ حضرت عیسیٰ نے اپنے ایک شاگرد کو ہندوستان بھیجا تھا،" میں نے اٹھتے ہوئے کہا اور صدیقی صاحب کو خدا حافظ کہہ کر چل دیا۔

۱۱

"یاد کر کے سبت کا دن پاک ماننا۔ چھ دن تک تُو محنت کر کے اپنا سارا کام کاج کرنا، لیکن ساتواں دن خداوند تیرے خُدا کا سبت ہے اس میں نہ کوئی کام کرے نہ تیرا بیٹا نہ تیری بیٹی نہ تیرا غلام نہ تیری لونڈی نہ تیرا چوپایہ نہ کوئی مسافر جو تیرے ہاں تیرے پھاٹکوں کے اندر ہو کیونکہ خداوند نے چھ دن میں آسمان اور زمین اور سمندر جو کچھ ان میں ہے وہ سب بنایا اور ساتویں دن آرام کیا اس لیے خداوند نے سبت کے دن کو برکت دی اور اسے مقدس ٹھہرایا۔"

خروج 20: 8-11

بچے عموماً اپنا ہوم ورک کرتے رہتے اور میں کوئی کتاب پڑھتا رہتا۔ اگر کسی بچے کو مدد کی ضرورت ہوتی تو مداخلت کرتا ورنہ میرا کام صرف سپر وائز کرنا ہوتا تھا۔ اس روز میں بالے کو الجبرا کا ایک سوال حل کروا رہا تھا کہ اچانک ایک بزرگ اپنی چھڑی ٹیکتے ہوئے داخل ہوئے اور میرے برابر خالی کرسی پر بیٹھ کر بائبل کھول لی۔ بچے انہیں چاچا جی کہہ کر مخاطب کر رہے تھے۔ مجھے کچھ بُرا بھی لگا کہ وہ بچوں کی پڑھائی میں مخل ہو رہے تھے مگر میں ان کی بزرگی کا خیال کر کے ٹال گیا۔ ان کا چہرہ پسینے میں شرابور تھا اور سانس دھونکنی کی طرح چل رہا تھا۔

"بچو، آج ہم خروج کا بیسواں باب پڑھیں گے،" انہوں نے اپنے چشمے کے دونوں شیشوں کو منہ کے سامنے لے جا کر سانس کی بھاپ دی اور قمیص کے دامن سے رگڑ کر پہن

لیا۔ صفحات کو آگے پیچھے کر کے بالآخر انہیں خروج کا بیسواں باب مل گیا۔ یہ باب ان دس احکامات کے بارے میں ہے جو خدا نے حضرت موسیٰ کو کوہِ سینا پر دیے تھے۔ اس باب میں خدا نے بنی اسرائیل کو اپنی ہدایت کے مطابق زندگی گزارنے کے لیے بنیادی اصول دیے، جن میں عبادت، اخلاقیات، اور معاشرتی قوانین شامل ہیں۔

انہوں نے ہِل ہِل کر بالکل مدرسے کے بچوں کے انداز میں پڑھنا شروع کر دیا۔ ان کے منہ میں دانت نہیں تھے لہٰذا بات کرتے وقت ان کی باچھوں سے تھوک رستا تھا جسے وہ بار بار اپنے رومال سے صاف کرتے تھے۔ جب وہ بارہویں آیت پر پہنچے تو میں نے کہا، ”چاچا جی میرا ایک سوال ہے۔“

انہوں نے بائبل بند کر دی اور میری طرف دیکھنے لگے۔

”یہ سوال خروج کے بیسویں باب کی ان چار آیتوں کے بارے میں ہے جو سبت کی اہمیت کے متعلق ہیں۔“

”آپ نے بالکل ٹھیک سمجھا،“ انہوں نے ہاتھ اٹھا کر کہا۔ ان کی آنکھوں میں وہی چمک تھی جو ایک استاد کی آنکھوں میں ہوتی ہے جب اسے معلوم ہو کہ اس کی بات شاگرد کی سمجھ میں آگئی ہے۔

”ہم کتابِ پیدائش میں بھی پڑھتے ہیں کہ خدا نے دنیا چھ دن میں بنائی اور ساتویں دن آرام کیا اور اسے ہم سبت کہتے ہیں،“ میں نے کہا۔

”آپ نے بالکل صحیح کہا،“ انہوں نے اپنی عینک ٹھیک کرتے ہوئے جواب دیا۔

”سوال یہ ہے کہ ساتواں دن کون سا تھا۔ یہودیوں سے بات کریں تو ساتواں دن سنیچر تھا اور مسیحیوں سے بات کریں تو اتوار تھا۔ اگرچہ مسلمانوں میں ساتویں دن خدا کے آرام کرنے کا تصور نہیں ہے مگر وہ بھی جمعہ کی چھٹی کرتے ہیں۔ تو اگر ہمیں بائبل میں یہ بتا دیا جاتا

کہ خدا نے دنیا کس دن بنانا شروع کی تو سارا جھگڑا ہی ختم ہو جاتا۔"

چاچا جی منہ کھول کر میری طرف دیکھ رہے تھے۔ غالباً میرا سوال ان کی سمجھ میں نہیں آیا تھا۔ انہوں نے بچوں سے کہا، ''تمہارے سر بہت پڑھے لکھے آدمی ہیں۔ مسلمان ہوتے ہوئے بائبل کو اچھی طرح پڑھا ہے۔"

''چاچا جی، ایک بات اور مجھے سمجھائیں۔ یہ سبت کے دن سب کو چھٹی دے دی ہے۔ بیٹا، بیٹی، غلام، لونڈی، مہمان، یہاں تک کہ آپ کے چوپائے بھی چھٹی کر رہے ہیں مگر بے چاری بیوی کو چھٹی نہیں ملی۔ اس کا مطلب ہے کہ وہ اکیلی ہی پورا دن باورچی خانے میں لگی رہے گی،'' میں نے شرارتی مسکراہٹ کے ساتھ کہا۔

وہ پھر بھی خالی خالی نظروں سے مجھے دیکھ رہے تھے۔ پھر کہنے لگے، ''سر آپ جو انہیں جومیٹری شومیٹری پڑھاتے ہیں، اچھی بات ہے، مگر انہیں روزانہ پندرہ منٹ بائبل ضرور پڑھایا کریں۔"

میں نے ان کی تائید میں سر ہلا دیا اور باہر صحن میں انکل شاہد کے پاس آ کر بیٹھ گیا۔ حسبِ معمول کچھ دیر پہلے صحن میں چھڑکاؤ ہو چکا تھا اور ابھی تک فرش سے مٹی کی سوندھی سوندھی خوشبو اٹھ رہی تھی۔

''سوری سر، ہم آپ کو چاچا جی کے بارے میں بتانا بھول گئے،'' انکل شاہد نے کہا، ''کمیونٹی میں ان کی بہت عزت ہے۔ چاچا جی کے بچے نہیں ہیں اور ان کی بیوی بھی گزر چکی ہیں۔"

''میں نے تو پہلی مرتبہ انہیں دیکھا ہے۔ آئے اور بلا کسی تعارف کے شروع ہو گئے۔"

''وہ زیادہ پڑھے لکھے نہیں ہیں۔ بس انہیں بچوں کو بائبل پڑھانے کا شوق ہے۔ پورے شہر میں پیدل ہی گھومتے ہیں۔"

اس دوران چاچا جی اپنی چھڑی ٹیکتے ہوئے باہر نکلے اور ہم دونوں اٹھ کر کھڑے ہو گئے۔

"چاچاجی، چائے تو پیتے جائیں،" انکل شاہد نے چیخ کر کہا۔

"پتر، تمہیں پتا ہے کہ میں چائے نہیں پیتا۔"

"یہ بچوں کے ٹیچر ہیں،" انکل شاہد نے میرا تعارف کرایا۔

"ہاں، میری ملاقات ہو گئی، خوش رہو پتر،" چاچاجی نے جواب دیا۔ چند قدم چل کر پلٹے اور رک کر میری طرف دیکھ کر بولے، "ماسٹر صاحب، ان کو روزانہ پندرہ منٹ بائبل پڑھانا نہ بھولیں۔"

"چاچاجی، آپ کا حکم سر آنکھوں پر،" میں نے کہا۔ انہوں نے سوالیہ انداز سے انکل شاہد کی طرف دیکھا۔

"ذرا زور سے بولیں سر، چاچاجی کو سنائی نہیں دیتا،" انکل شاہد نے مسکرا کر کہا۔

"آپ کا حکم سر آنکھوں پر،" میں نے چیخ کر کہا۔

انہوں نے سر کو جنبش دی اور دروازے سے نکل گئے۔

"چاچاجی مہینے میں ایک بار آتے ہیں اور پندرہ منٹ سے زیادہ نہیں ٹھہرتے۔ آپ مائنڈ مت کیجیے گا۔"

"نہیں انکل مائنڈ کرنے کی کوئی بات نہیں۔ وہ تو مجھے پہلے سے پتا نہیں تھا اس لیے ذرا گھبرا گیا تھا۔"

"سر، آپ مریم سے تو مل لیے ہیں نا؟" انکل شاہد نے ہاتھ اٹھا کر اشارہ کیا۔

"جی، میری ملاقات ہو گئی ہے،" میں نے گردن موڑ کر دیکھا تو مریم کمرے سے نکل کر آ رہی تھی۔ میں اٹھ کر کھڑا ہو گیا۔

"کیسے ہیں آپ؟" اس نے میرے سامنے والی خالی کرسی پر بیٹھتے ہوئے پوچھا۔

"بالکل ویسا ہی ہوں جیسا اس وقت تھا جب آپ نے پچھلی بار مجھے دیکھا تھا،" میں نے

جواب دیا۔

"وہ تو میں دیکھ رہی ہوں۔"

"بس دیکھتی رہیے۔"

"اچھا بس، اب مذاق ختم، میں دیکھنا چاہتی ہوں کہ آپ میں سنجیدہ گفتگو کرنے کی صلاحیت ہے یا نہیں۔"

"لیں، میں سنجیدہ ہو گیا اور امتحان کے لیے تیار ہوں۔"

انکل شاہد کے چہرے سے صاف نظر آ رہا تھا کہ الجھن میں مبتلا تھے۔ وہ کبھی میری طرف دیکھتے اور کبھی مریم کی طرف۔

"انکل، میری ملاقات مریم سے ہو چکی ہے اور ہماری باتیں ایسی ہی ہوتی ہیں،" میں نے ان کی الجھن کو رفع کرنے کے لیے کہا۔

"ٹھیک ہے، تو پھر آپ ایسی ہی باتیں کریں تب تک میں چائے بنواتا ہوں،" انہوں نے مسکرا کر کہا اور اٹھ گئے۔

"تو پھر آپ پورے ہفتے کی رپورٹ پیش کریں کہ کیا کرتی رہیں،" میں نے کہا۔

"بڑا کام تو یہی ہوا کہ پروفیسر مجتبیٰ سے مل آئی۔"

"پروفیسر مجتبیٰ، وہ اردو ڈپارٹمنٹ کے ہیڈ؟"

"جی، پاسٹر پال کے ساتھ گئی تھی۔ ان دونوں کی دوستی ہے۔"

"میں انہیں پادری پال کہتا ہوں اور میری بھی ان سے دوستی ہے۔"

"اتنا مخلص شخص میں نے نہیں دیکھا۔ انہوں نے اپنی زندگی چرچ کے لیے وقف کر دی ہے۔"

"اس میں شک نہیں۔"

"دراصل پاسٹر ہی نے میرا تعارف پروفیسر مجتبیٰ سے کرایا تھا۔ ان سے خط و کتابت ہوتی رہی ہے مگر ملاقات پہلی مرتبہ ہوئی۔"

"پروفیسر مجتبیٰ بھی بے حد محنتی ہیں۔ اردو ڈپارٹمنٹ میں تحقیق کا سلسلہ انہوں نے ہی شروع کیا ہے۔"

"اور بڑے خاکسار آدمی ہیں۔ ہم شام کے وقت ان کے کوارٹر پر گئے تھے۔ برآمدے میں فرش بچھا ہوا تھا اور اس پر ان کے معتقدین کی بھیڑ لگی ہوئی تھی۔ کہیں تِل دھرنے کی جگہ بھی نہیں تھی۔ ہم لوگوں کو پھلانگتے ہوئے ان تک پہنچے۔"

اتنے میں انکل شاہد چائے کی ٹرے ہاتھ میں لیے ہوئے آ گئے۔

"ارے انکل، آپ نے کیوں تکلیف کی؟" میں نے اٹھ کر ان کے ہاتھ سے ٹرے لے لی۔

"آپ کی ایسی ہی باتیں ختم ہوئیں یا ابھی سنجیدہ گفتگو کی نوبت نہیں آئی؟" انہوں نے ہنستے ہوئے پوچھا۔

ہم پروفیسر مجتبیٰ کے متعلق باتیں کرتے رہے۔ وہ صوفی خیالات کے تھے اور ان کے مریدوں کی تعداد کا اندازہ لگانا مشکل تھا۔ ہر روز شام کو ان کے گھر میں محفل ہوتی تھی جس میں ان کے مرید دور دور سے آتے تھے مگر ان سے کوئی نذرانہ قبول نہیں کرتے تھے۔

"انکل، آپ دانی ایل کو تو جانتے ہیں نا؟" میں نے موضوع بدلتے ہوئے پوچھا۔

"دانی ایل۔۔" وہ اپنے ذہن پر زور دینے لگے۔

"دانی ایل جس نے مجھے آپ کے پاس بھیجا تھا۔"

"اچھا، ہاں یاد آ گیا۔"

"جی، وہ میرے بچپن کا دوست ہے۔"

"اچھا لڑکا معلوم ہوتا ہے۔"

"دانی ایل وہ تو نہیں جو کنٹونمنٹ چرچ میں آرگن بجاتا ہے؟" مریم نے پوچھا۔

"وہی، مگر آپ اسے کیسے جانتی ہیں؟

"میں نے کئی بار پاسٹر پال کی سروس میں حاضری دی ہے، وہیں اسے دیکھا تھا۔ پاسٹر اس کی تعریف کرتے ہوئے نہیں تھکتے۔"

"وہ ہمیشہ آپ کی فیملی کے متعلق پوچھتا ہے۔ میں نے اس سے کہہ دیا ہے کہ کسی چھٹی کے دن اسے آپ سے ملا دوں گا،" میں نے انکل شاہد کو مخاطب کر کے کہا۔

"کیوں نہیں، آپ اسے کہہ دیں کہ اتوار کو چائے ہمارے ساتھ پیے،" انہوں نے جواب دیا۔

"آپ بھی گھر پر ہوں گی؟" میں نے مریم سے پوچھا۔

"کوئی پروگرام تو نہیں ہے۔ اچھا ہے لے آئیں۔ میں نے اسے چرچ میں دیکھا تو ہے، اس کا میوزک بھی سنا ہے مگر پاسٹر پال نے تعارف نہیں کرایا۔"

میں اپنا جوش دبانے کی کوشش کر رہا تھا۔ دل چاہ رہا تھا کہ نکل کر دوڑ لگاؤں اور دانی ایل کو زور سے بھینچ کر چیخوں، "یار، تیرا کام بن گیا!"

۱۲

"تم بگل کی آواز کے ساتھ خداوند کی ستائش کرو۔ بربط اور ستار کے ساتھ اُس کی مدح سرائی کرو۔ دف کے ساتھ اور ناچتے ہوئے اُس کی ستائش کرو۔ تار دار سازوں اور بانسلی کے ساتھ اُس کی مدح سرائی کرو۔ بلند آواز والے جھانجھ کے ساتھ اُس کی ستائش کرو۔ اونچے آواز والے جھانجھ کے ساتھ اُس کی مدح سرائی کرو۔" زبور 6-150:3

پادری پال ان دنوں شیر خوار بچوں کی طرح قلقاریاں مار رہے تھے کیونکہ ان کی جماعت کے ایک پرانے ممبر نے جو کئی سال پہلے کوئٹہ منتقل ہو گیا تھا انہیں خط لکھا تھا کہ اسے ایک گرانڈ پیانو مل گیا ہے جو اس نے چرچ کے لیے خرید کر ٹرک پر لدوا دیا ہے۔ چار روز پہلے یہ پیانو پہنچا تھا جسے پرانے آرگن کی جگہ نصب کرنا تھا۔ اس کے ساتھ ہی ٹرک پر ڈرائیور اور کلینر کے ساتھ ایک اور صاحب کوئٹہ سے آئے تھے جن کا نام عبد المنان تھا اور ان کا پیشہ پیانو کو نصب کر کے ٹیون کرنا تھا۔ پیانو کے تاروں کو ریاضی کے اصولوں پر کسا جاتا ہے اور جب کی بورڈ کے کسی نوٹ پر انگلی کی پور ماری جاتی ہے تو ایک چھوٹی سی لکڑی کی ہتھوڑی تار پر پڑتی ہے جس سے تار جھنجھنا جاتا ہے۔ اگر پیانو کو ایک جگہ سے دوسری جگہ منتقل کیا جائے تو وہ بے سُرا ہو جاتا ہے اور اسے دوبارہ ٹیون کرنا پڑتا ہے۔

جب دانی ایل نے انہیں منان صاحب کہہ کر پکارا تو انہوں نے اسے سمجھایا کہ منان خدا کا

نام ہے اور اس کے ساتھ ہمیشہ عبدل لگایا جاتا لہٰذا دانی ایل انہیں عبد المنان صاحب کہتا تھا۔ ان کے سفید بالوں اور چہرے کی جھریوں سے اندازہ ہوتا تھا کہ خاصے عمر رسیدہ ہیں۔ لمبی داڑھی اور شیو کی ہوئی مونچھیں اُن کے خاصے مذہبی ہونے کی علامت تھیں۔ صبح ہی صبح آجاتے اور سورج غروب ہونے تک کام کرتے۔ ان کے پاس پی آئی اے کا سبز رنگ کا بیگ تھا جس میں جائے نماز اور دوپہر کا کھانا ہوتا تھا۔ جب پہلے روز ان کی ملاقات پادری پال سے ہوئی تو انہوں نے پوچھا کہ اگر ان کی اجازت ہو تو وہ وہاں نماز پڑھ لیا کریں۔ پادری پال نے ہنس کر کہا کہ وہ اللہ میاں سے پوچھ لیں اور اگر اسے کوئی اعتراض نہ ہو تو پڑھ لیا کریں۔ چنانچہ وہ قربان گاہ کے برابر ہی اپنا جائے نماز بچھا لیتے، اور ظہر اور عصر کی نماز چرچ میں ہی پڑھتے تھے۔ انہوں نے بچپن ہی سے اپنے والد کی دکان میں کام کرنا شروع کر دیا تھا جہاں موسیقی کے آلات بکتے تھے اور ان کا کام پیانو کو ٹیون کرنا تھا۔ انہوں نے لکڑی کے وہ کریٹ کھولے جن میں پیانو کے پارٹ پیک کیے گئے تھے اور جب انہوں نے ایک ماہر مستری کی طرح سارے حصوں کو جوڑ کر پیانو کی شکل دی تو معلوم ہوا کہ وہ 9 فٹ لمبا تھا اور اس نے قربان گاہ کی بائیں جانب تقریباً پورا اسٹیج گھیر لیا تھا۔ س کی وجہ یہ تھی کہ یہ کنسرٹ کوالٹی کا پیانو تھا جو اسٹیج پر پورے آرکیسٹرا کے ساتھ بجایا جاتا ہے۔ اس کی آواز عام پیانو کے مقابلے میں کافی گہری اور بلند ہوتی ہے۔

پیانو کے تمام حصے جوڑنے اور اسے اسٹیج پر کھڑا کرنے میں عبد المنان صاحب کو دو دن لگے اور پھر مزید دو دن اسے ٹیون کرنے میں لگے۔ وہ سارا دن آنکھیں بند کیے بیٹھے ایک ایک نوٹ کو کئی بار ہلکے سے جھٹکا دیتے اور اس سے پیدا ہونے والی آواز کو سنتے۔ خدا نے ان کے کانوں کو یہ صلاحیت دی تھی کہ وہ ہر آواز کو سن کر اس کی باریکی کا سُر کے ساتھ مقابلہ کر سکتے تھے۔

پادری پال نے دانی ایل کو عبد المنان کا انچارج بنا دیا تھا اور آج اسے ٹیسٹ کرنا تھا کہ سارے سُر ٹھیک کام کر رہے ہیں یا نہیں۔ دانی ایل نے میرے ساتھ پروگرام بنایا کہ شام تک عبد المنان صاحب پیانو اس کے حوالے کر دیں گے تو ہم دونوں چرچ جا کر اسے ٹیسٹ کریں گے۔ مجھے تو خیر پیانو کی اے بی سی بھی معلوم نہیں تھی مگر کمپنی دینے کی خاطر اس کے ساتھ چلنے کا وعدہ کر لیا۔

***

چھ ماہ قبل جب بشیر چاچا کی رجمنٹ کا تبادلہ کھاریاں ہو گیا تو دانی ایل بیراج کالونی میں کرائے کے گھر میں منتقل ہو گیا تھا۔ اس گھر میں دانی ایل کے علاوہ دو اور کرائے دار تھے جو اسی کی کمپنی میں کام کرتے تھے۔ ان میں سے ایک کا نام ندیم تھا جس سے میری خاصی بے تکلفی ہو گئی تھی۔ دبلا پتلا، پھرتیلا اور روزانہ شیو کرنے کا عادی تھا۔ اسے کھانا پکانے کا اتنا شوق تھا کہ کسی دوسرے کو باورچی خانے میں گھسنے نہیں دیتا تھا۔ ایل کا کام صرف برتن دھونا اور چھٹی کے دن صفائی کرنا تھا۔ تیسرے کرائے دار انجم صاحب تھے جو کافی سینیئر تھے، بڑی باغ و بہار شخصیت کے مالک تھے۔ ندیم اور دانی ایل کی دیکھا دیکھی میں نے بھی انہیں انجم بھائی کہنا شروع کر دیا اور انہوں نے میرا نام عزیزِ من رکھ دیا۔

میں پروگرام دانی کے مطابق دانی ایل کے گھر پہنچ گیا۔ دروازہ کھلا ہوا تھا اور سامنے ہی بر آمدے میں انجم بھائی اپنے بستر پر لیٹے ہوئے حسب معمول کوئی کتاب پڑھ رہے تھے۔

"آؤ آؤ عزیز من،" انہوں نے اپنے بستر کے برابر بچھی ہوئی کرسی کی طرف اشارہ کیا۔ یہ کرسی ہمیشہ بچھی رہتی تھی جس طرح مریضوں کے بستر کے ساتھ عیادت کرنے والوں کے لیے بچھائی جاتی ہے۔

"یہ لوگ کہاں غائب ہو گئے؟" میں نے کرسی پر بیٹھتے ہوئے پوچھا۔

''ندیم تو اپنے کسی دوست سے ملنے کے لیے گئے ہیں اور دانی ایل میرے لیے نکڑ کی دکان سے سگریٹ لینے کے لیے گئے ہیں۔ آتے ہی ہوں گے،'' انہوں نے جواب دیا۔

''میں نے سوچا تھا کہ ندیم ہوں گے تو چائے ملے گی۔''

''بالکل چائے ملے گی۔ ندیم چائے بنا کر اس تھرموس میں بھر گئے تھے، باورچی خانے سے ایک کپ نکال لو،'' انہوں نے میز پر رکھے ہوئے تھرموس کی طرف اشارہ کر کے کہا۔

میں اٹھنے کا ارادہ کر ہی رہا تھا کہ دانی ایل پہنچ گیا۔

''سوری یار، مجھے دیر ہو گئی۔ بس میں پانچ منٹ میں آیا،'' دانی ایل نے سگریٹ کا پیکٹ اور باقی بچے ہوئے پیسے میز پر رکھتے ہوئے کہا اور اپنے کمرے میں کپڑے بدلنے کے لیے چل دیا۔

''جلدی کرنا یار، رکشے کا میٹر چل رہا ہے۔''

''عزیزِ من، تم جب تک چائے پیو،'' انجم بھائی نے تھرموس کی طرف اشارہ کیا۔

''چھوڑیں انجم بھائی، اب دیر ہو گئی ہے،'' میں نے جواب دیا، ''ہمیں ذرا جلدی پہنچنا ہے۔''

جب دانی ایل اور میں چرچ پہنچے تو عبد المنان صاحب اپنی جائے نماز لپیٹ کر اٹھ رہے تھے۔

''میں تو اب پوری طرح مطمئن ہوں، آپ ذرا چیک کر لیں،'' انہوں نے دانی ایل سے کہا۔

دانی ایل نے اسٹول پر بیٹھتے ہوئے آستینیں چڑھائیں اور دونوں ہاتھوں کی انگلیوں کو ایک دوسرے میں پھنسا کر بازوؤں کو پھیلایا۔ یہ اس کا پیانو بجانے سے پہلے انگلیوں کی ورزش کرنے کا طریقہ تھا۔

''آیئے ہم ہال کے مختلف حصوں میں کھڑے ہو کر آواز کی کوالٹی چیک کریں گے،'' عبد المنان صاحب نے میرے کندھے پر ہاتھ رکھ کر کہا۔

ہم دونوں اسٹیج سے اتر آئے اور ہال کی پشت کی طرف چل دیے۔ جب دانی ایل نے ایک دُھن چھیڑی تو عبد المنان صاحب رکے اور پیچھے مڑ کر دیکھا۔ پھر سر جھکائے موسیقی

کے چند بار سن کر مسکراتے ہوئے بولے، ”یہ دانی ایل بھی کمال کا لڑکا ہے۔ اس نے سی میجر میں باخ کے پریلیوڈ سے ابتدا کی ہے۔ پیانو کی ٹیوننگ کو چیک کرنے کے لیے میں بھی یہی دھن استعمال کرتا ہوں کیونکہ یہ تقریباً پورے کی بورڈ کا احاطہ کرتی ہے۔“

”میں تو موسیقی سے بالکل نابلد ہوں،“ میں نے کہا۔

”یہ ایک اور ہی دنیا ہے اور اگر آپ اس میں داخل ہوں گے تو اسی کے ہو رہیں گے۔“

”جی!“

”باکی یہ دھن آہستہ آہستہ بہتے ہوئے دریا کی مانند ہے جس میں ارتعاش نہیں ہے۔ اسے سنتے ہوئے سکون کا احساس ہوتا ہے،“ وہ سر جھکائے میرے ساتھ چلتے رہے۔ وہ باتیں تو مجھ سے کر رہے تھے مگر ان کے کان پیانو پر لگے ہوئے تھے، ”اس دھن کو اگر آنکھیں بند کر کے سنیں اور اپنے سانسوں کی رفتار کو کم رکھیں تو آپ کو احساس ہو گا کہ آہستہ آہستہ ایک موج کے بعد دوسری موج چلی آرہی ہے اور آپ پر مراقبے کی کیفیت طاری ہو جاتی ہے۔“

عبدالمنان صاحب مجھ سے باتیں کرتے ہوئے پورے ہال میں گھومتے رہے، ہر کونے پر کچھ دیر رکتے اور غور سے موسیقی سنتے۔ جہاں جہاں ہم رکے موسیقی کا حجم یکساں تھا اور اس نے پورے ہال کا احاطہ کیا ہوا تھا۔ اس کے برخلاف پرانے آرگن کی آواز پچھلی سیٹوں تک تو پہنچتی ہی نہیں تھی۔ آخر جب ہم واپس اسٹیج کی طرف پہنچے تو دانی ایل اتر کر ہمارے ساتھ آملا۔

”کیوں بھئی، کیا خیال ہے؟“ انہوں نے دانی ایل سے پوچھا۔

”کیا بتاؤں سر، میں نے تو ایسے پیانو کو زندگی میں پہلی بار چھوا ہے اور میرے پاس اپنی کیفیت بیان کرنے کے لیے الفاظ نہیں ہیں۔“

”اور میں نے بھی آپ کو پہلی بار سنا ہے۔ مجھے یقین ہے کہ یہ پیانو صرف آپ کے لیے

بنایا گیا ہے۔ میں پاسٹر پال سے درخواست کروں گا کہ آپ کے سوا کسی اور کو اسے نہ چھونے دیں۔"

"آپ کی ذرّہ نوازی کا شکریہ۔"

"اب اجازت دیجیے،" عبد المنان صاحب نے مسکرا کر مصافحے کے لیے ہاتھ بڑھا دیا۔

"آپ کا قیام کب تک ہے؟" میں نے پوچھا۔

"کل رات کو بولان میل سے نکل جاؤں گا۔"

وہ رٹز ہوٹل میں ٹھہرے ہوئے تھے جو چرچ سے پیدل کے فاصلے پر تھا۔ انہوں نے اپنا بیگ اٹھایا اور خدا حافظ کہہ کر نکل گئے۔

"یار، اتنا زبردست پیانو میں نے آج تک نہیں دیکھا،" دانی ایل نے کہا اور وہ پھر اسٹیج پر چڑھ کر اسٹول پر جا بیٹھا۔

"وہ جو تُو موزارٹ کی ایک دھن بجاتا ہے، وہی ٹرائی کر۔"

"چل تُو بھی کیا یاد کرے گا،" دانی ایل نے آستینیں چڑھا کر کہا، "موزارٹ کی سمفنی نمبر 40 تیری نذر۔"

میں چرچ کے بیچوں بیچ جا کر بیٹھ گیا۔ وہ دھن ایسی تھی جسے سُن کر جسم کی بوٹی بوٹی تھرکتی تھی۔ میرے ہونٹوں پر بے اختیار ہندوستانی فلم کا وہ گانا آگیا جو اُس دھن پر بنایا گیا تھا:

اتنا نہ مجھ سے تُو پیار بڑھا
کہ میں اِک بادل آوارہ
کیسے کسی کا سہارا بنوں
کہ میں اِک بے گھر بے چارہ

۱۳

”محبت صابر ہے، محبت مہربان ہے؛ محبت حسد نہیں کرتی، محبت شیخی نہیں مارتی، گھمنڈ نہیں کرتی۔ یہ بے حیائی نہیں کرتی، اپنا فائدہ نہیں ڈھونڈتی، غصہ نہیں کرتی، برائی کا حساب نہیں رکھتی؛ بدکاری سے خوش نہیں ہوتی بلکہ سچائی سے خوش ہوتی ہے۔ سب کچھ برداشت کرتی ہے، سب کچھ یقین کرتی ہے، سب کچھ امید کرتی ہے، سب کچھ سہتی ہے۔“

1 کرنتھیوں 13:4-7

راستے بھر میں دانی ایل کو سمجھاتا آیا تھا کہ لڑکیاں کس قسم کے لڑکوں کو پسند کرتی ہیں۔ وہ میری ہدایات کو کسی فرماں بردار شاگرد کی طرح سنتا رہا۔

”منہ ہی منہ میں بات نہیں کرنا، ذرا زور سے بولنا، مگر بہت زور سے نہیں۔“

”لڑکوں کو چھینکتے اور کھانستے دیکھ کر لڑکیوں کو گِھن آتی ہے۔“

”جیب میں رومال تو ہے نا؟“

”پہلی ملاقات میں احتیاط کی ضرورت ہے۔ اگر وہ بے تکلف ہو تو خود بھی ہونا ورنہ نہیں۔“

”ہونٹوں پر ہلکی سی مسکراہٹ رکھنا مگر زیادہ نہیں۔“

”زیادہ امپریشن بنانے کی کوشش مت کرنا۔ امپریشن بنانے کے چکر میں لوگ بالکل چغد ہو جاتے ہیں۔“

غرض انکل شاہد کے گھر پہنچتے پہنچتے میں نے دانی ایل کو عشق کرنے اور لڑکیوں کو رام کرنے کے سارے گُر سمجھا دیے۔ دروازے پر پہنچ کر میں نے حسب معمول زنجیر بجائی تو انکل شاہد نے خود دروازے میں لٹکی ہوئی چادر ہٹائی۔

"آیئے سر، آپ کا ہی انتظار ہو رہا تھا۔"

"انکل، آپ دانی ایل سے تو مل چکے ہیں نا؟" میں نے اس کی طرف اشارہ کرتے ہوئے کہا۔

"کیوں نہیں، ہم تو دانی ایل کے بے حد شکر گزار ہیں کہ انہوں نے آپ سے ہماری ملاقات کرائی،" انکل شاہد نے اس سے ہاتھ ملاتے ہوئے کرسیوں کی طرف اشارہ کیا۔

صحن میں چھڑکاؤ کر کے آٹھ دس کرسیاں بچھائی ہوئی تھیں۔ عموماً دو یا تین کرسیاں ہوتی تھیں۔ مجھے یاد آیا کہ اتوار تھا اور اس دن انکل شاہد کی پوری فیملی صبح کو چرچ جاتی تھی اور شام کو ان کے دوستوں اور رشتے داروں کا جمگھٹ لگ جاتا تھا۔ میں نے سوچا کہ دانی ایل کو مریم سے ملوانے کے لیے غلط دن چنا۔ دل ہی دل میں دعا کر رہا تھا کہ کوئی اور نہ ٹپک پڑے۔ مگر مریم تھی کہاں؟

"بچے نظر نہیں آرہے،" میں نے ادھر اُدھر دیکھتے ہوئے کہا۔

"اتوار کو بچے ہمیں بھی نظر نہیں آتے۔ اتوار ان کے دوستوں کا دن ہوتا ہے،" انکل شاہد نے ہنستے ہوئے کہا۔

"اور آنٹی؟"

"وہ ذرا سو گئی ہیں۔ طبیعت کچھ ٹھیک نہیں ہے۔"

"خیریت؟"

"بس رات بھر انہیں بخار رہا اور کھانستی رہیں۔"

"وہ محنت بھی تو اتنی کرتی ہیں۔ انہیں آرام کی ضرورت ہے۔"

"بس سر، زندگی اسی کا نام ہے۔"

"معلوم ہوتا ہے کہ مریم بھی کہیں گئی ہوئی ہیں؟"

اس سے پہلے کہ انکل شاہد جواب دیتے، مریم کمرے سے نکل آئی۔ میں اور دانی ایل کھڑے ہوگئے۔

"میں سوچ ہی رہی تھی کہ آپ نے اتوار کو آنے کے لیے کہا تھا مگر آئے نہیں۔"

"دانی ایل سے ملیں۔ یہ میرے بچپن کے دوست ہیں۔"

"میں دانی ایل کو جانتی ہوں اور ان کی موسیقی بھی سن چکی ہوں۔ یہ حمدیہ گیتوں میں جان ڈال دیتے ہیں۔"

"آپ سے مل کر بڑی خوشی ہوئی،" دانی ایل نے سر جھکا کر ہکلاتے ہوئے منہ ہی منہ میں کہا۔

مجھے سخت غصہ آیا۔ راستے بھر اسے سمجھاتا آیا تھا کہ لڑکیوں سے کیسے بات کی جاتی ہے۔ مریم نے اس کی موسیقی کے لیے پسندیدگی کا اظہار کیا تھا تو بجائے اس کا شکریہ ادا کرنے کے، ایک جملہ منہ سے نکالا اور وہ بھی ہکلا ہکلا کر۔

"آپ نے باقاعدہ میوزک سیکھا تھا؟" مریم نے پوچھا۔

دانی ایل جواب دینے کے بجائے خالی خالی نظروں سے مریم کو گھورتا رہا اور میرے غصے کا پارہ چڑھتا رہا۔ کوئی ایسا مشکل سوال تو تھا نہیں جس کا جواب دینے کے لیے اتنا سوچنا پڑتا۔ اگر وہ چاہتا تو مریم کو موسیقی پر پورا لیکچر دے سکتا تھا۔

"میرا مطلب تھا کہ میوزک میں آپ کا کوئی استاد تھا یا خود ہی سیکھ گئے؟" مریم نے دوبارہ پوچھا۔

"خود ہی ہارمونیم بجا بجا کر سیکھ گیا۔" دانی ایل نے جھجکتے ہوئے جواب دیا۔

"دانی ایل، جہاں تک مجھے یاد پڑتا ہے، آپ نے بتایا تھا کہ آپ انجنیئر ہیں،" انکل

شاہد نے غالباً دانی ایل کی جھجک کو بھانپ لیا تھا۔

"جی۔"

"جی کیا؟ آگے بھی تو کچھ بول،" میں نے دل ہی دل میں دانی ایل کو ڈانٹا مگر وہ خاموش بیٹھا اپنے ہاتھوں کی انگلیاں چٹخاتا رہا۔ میری سمجھ میں نہیں آرہا تھا کہ اسے کیسے سمجھاؤں کہ محفل میں انگلیاں چٹخانا بدتہذیبی سمجھی جاتی ہے۔

"انکل، دانی ایل سول انجینئر ہے۔ راولپنڈی میں اس کی کمپنی کو ایک بہت بڑا پروجیکٹ ملا ہے اور یہ وہاں سے پچھلے ہفتے ہی لوٹا ہے۔" میرا مقصد تھا کہ میں اسے گفتگو کا کوئی موضوع دے دوں جس پر وہ بلا جھجک گفتگو کر سکے۔

"اچھا، تو پنڈی میں آپ کا کیا پروجیکٹ ہے،" انکل شاہد نے پوچھا۔

"انکل، پنڈی میں ہم سیٹلائٹ ٹاؤن بنا رہے ہیں۔ یہ پاکستان میں اپنی قسم کا پہلا اور بے مثال رہائشی علاقہ ہو گا جس میں اسکول، اسپتال، بازار اور ضرورت کی ساری سہولیات موجود ہوں گی۔"

معلوم ہوتا تھا کہ اچانک دانی ایل کی بیٹری چارج ہو گئی ہے۔ اسے ایسا موضوع مل گیا تھا جس پر وہ بے تکان بول سکتا تھا۔ اس نے انکل شاہد کو شہر کی تعمیر و توسیع کی منصوبہ بندی پر پورا لیکچر دینا شروع کر دیا۔

"نجم السحر کا کیا حال ہے؟" مریم نے مسکرا کر مجھ سے پوچھا۔

"میں آپ کے مشورے کے مطابق اس کا نام تبدیل کر رہا ہوں۔"

"کیا نام رکھ رہے ہیں؟"

"کئی نام ذہن میں ہیں، ابھی فیصلہ نہیں کیا۔"

"پھر بھی، جو نام سوچ لیے ہیں وہ تو بتائیں۔"

"جانِ بہاراں، رشکِ چمن، غنچہ دہن، سیمیں بدن" میں نے مسکراتے ہوئے کہا۔

"اے جانِ من!" مریم نے قہقہہ لگایا۔

"اس گیت کا پاکستانی فلم انڈسٹری میں ثانی نہیں ہے،" میں نے کہا۔

"بالکل، بلکہ مجھے تو ہندوستانی گانوں میں بھی اب تک ایسا گیت نہیں ملا۔"

"دانی ایل یہ گیت آرگن پر اتنی خوب صورتی سے بجاتا ہے جیسے ہال میں پورا آرکیسٹرا ہو،" میں نے ذرا زور سے کہا تاکہ دانی ایل کی توجہ اس طرف ہو جائے۔ وہ اس وقت انکل شاہد کو اپنے پروجیکٹ کے بارے میں بتا رہا تھا۔ اس نے مڑ کر میری طرف سوالیہ نظروں سے دیکھا۔

"دانی ایل، اس بار جب مریم تمہارے چرچ آئے تو پادری پال کی سروس کے بعد اسے نئے پیانو پر اے جانِ بہاراں سنانا،" میں نے کہا۔

"ضرور، اگلے اتوار کو آپ ہمارے چرچ آیئے گا،" دانی ایل نے کہا۔

"دراصل دانی ایل میں موسیقی کی خداداد صلاحیت ہے۔ کوئی دُھن ایک بار سن لے تو مجال ہے کہ اسے بجانے میں ایک نوٹ کی بھی غلطی ہو جائے،" میں نے دانی ایل کو سہارا دینے کی کوشش کی، "دانی ایل کو مغربی کلاسیکی موسیقی کا بھی شوق ہے۔ آپ اس سے بیتھووِن سن لیں، موزارٹ سن لیں، شوبرٹ سن لیں۔"

"اس میں میرا کوئی کمال نہیں ہے۔ یہ خدا کا انعام ہے کہ میں آواز کی باریکی کو موسیقی کے سُر کے طور پر سنتا ہوں، یہاں تک کہ مجھے لوگوں کی آوازیں بھی سارے گا ما بن کر سنائی دیتی ہیں،" دانی ایل نے کہا، "میں جب آوازیں سنتا ہوں تو تصور میں میری انگلیاں کی بورڈ پر ہوتی ہیں اور ہر دھن ایک بار سننے کے بعد میرے ذہن میں نقش ہو جاتی ہے۔"

"آپ کو میوزک پڑھنا آتا ہے؟" مریم نے پوچھا۔

"نہیں، میں ایک نوٹ بھی نہیں پڑھ سکتا،" دانی ایل نے جواب دیا۔

"میں اگلے اتوار کو ضرور آپ کے چرچ آؤں گی، مجھے بھی ریورنڈ پال سے ملنا ہے۔"

"ریورنڈ پال ہم دونوں کے مرشد ہیں،" دانی ایل نے اپنی اور میری طرف اشارہ کر کے کہا۔

"اُن جیسا شفیق انسان میری نظر سے نہیں گزرا،" مریم نے جواب دیا۔

مجھے حیرت تھی کہ دانی ایل بلا جھجک مریم سے گفتگو کر رہا تھا ورنہ میں تو سمجھا تھا کہ وہ بالکل ٹُھس ہو جائے گا۔ میں نے گھڑی دیکھی تو ہم دو گھنٹے بیٹھ لیے تھے اور دھوپ دیواروں سے اوپر پہنچ چکی تھی۔

"انکل، اب اجازت دیجیے، باتوں میں وقت کا پتا ہی نہیں چلا،" میں نے کہا۔

"لیں، باتوں میں یاد ہی نہیں رہا کہ آپ لوگوں کو چائے بھی نہیں پلائی،" مریم نے اٹھتے ہوئے کہا۔

"ارے چائے کا تکلف چھوڑیں۔ ابھی ہمیں کہیں اور بھی جانا ہے،" میں نے اسے بیٹھنے کا اشارہ کیا۔

"نہیں بھئی، آپ کا تو کچھ نہیں مگر دانی ایل کیا سوچیں گے کہ چائے بھی نہیں پلائی۔"

"فکر نہ کریں۔ جب میں اگلی بار آؤں گا تو دو کپ پی لوں گا،" دانی ایل نے اٹھتے ہوئے کہا۔

"دانی ایل، آتے رہنا،" انکل شاہد بھی اٹھ کھڑے ہوئے۔

"مریم، آپ اگلی اتوار کو ہمارے چرچ آنا نہ بھولیں،" دانی ایل نے مریم کو مخاطب کر کے کہا۔

جب ہم گھر سے باہر نکل کر گلی کے موڑ پر پہنچے تو میں نے پیچھے مڑ کر دیکھا کہ کوئی دیکھ تو نہیں رہا۔ پھر میں نے ہاتھ اوپر اٹھا کر دانی ایل کو اشارہ کیا اور اس نے اپنی ہتھیلی سامنے کر دی۔ میں نے اس زور سے اس کی ہتھیلی پر اپنی ہتھیلی ماری کہ ہم دونوں کے ہاتھ جھنجھنا اٹھے۔

"یار، تُونے شروع میں جو حماقتیں کی تھیں انہیں دیکھ کر تو میں ڈر گیا تھا کہ تُو زیرو پر ہی آؤٹ ہو جائے گا مگر جس طرح تُونے خود کو سنبھالا اس کی داد نہیں دی جاسکتی۔"

"بھائی، آخر شاگرد تو تیرا ہی ہوں،" دانی ایل نے جواب دیا۔

پیچھے سے ایک رکشے کی آواز آئی۔ میں نے مڑ کر دیکھا تو خالی تھا۔ میں نے ہاتھ سے اشارہ کیا اور وہ رک گیا۔

"بیراج کالونی،" میں نے کہا اور ہم رکشے میں بیٹھ گئے۔

۱۴

"مسیح کا کلام تمہارے اندر پوری طرح بسا رہے، اور تم ہر طرح کی حکمت میں ایک دوسرے کو تعلیم دو اور نصیحت کرو، اور شکر گزاری کے ساتھ اپنے دلوں میں خدا کے لئے زبور، حمد اور روحانی گیت گاؤ۔" کولسیوں 3:16

نومبر کے گلابی جاڑے میں اتوار کی صبح کو ہلکی سی خنکی ہونے کے باوجود ٹھنڈک کا احساس نہیں ہو رہا تھا۔ ہولے ہولے چلنے والی ہوا کا کوئی ہلکا سا جھونکا رخسار کو چھو لیتا تو ایسا لگتا جیسے کسی نے اپنی نرم انگلیوں سے بڑے پیار بھرے انداز میں آپ کے رخسار کو تھپتھپا دیا ہو۔ اس لمحے میں، ماحول کی ہر چیز، درختوں کے پتوں سے لے کر دور دور تک بکھری ہوئی دھند کی چادر تک، سب کچھ ایک پر سکون ہم آہنگی میں گھل مل کر ایک خوابناک منظر پیش کر رہا تھا۔ دھند چھٹتے ہی فضا دھلی دھلی سی لگنے لگی۔ آسمان پر سنہرے اور سفید بادلوں کی ہلکی ہلکی تہیں جمی ہوئی تھیں، جیسے کسی ماہر مصور نے نیلے کینوس پر سونے اور چاندی کے تاروں سے کشیدہ کاری کی ہو۔ زمین پر گرے ہوئے خزاں کے زرد پتے دھوپ کی ہلکی روشنی میں سونے کی طرح چمک رہے تھے۔ ہر طرف ایک سکون اور ٹھہراؤ کا احساس تھا۔ دور دور تک پھیلی ہوئی دھند کی چادر دھیرے دھیرے چھٹ رہی تھی، اور اس کے پیچھے ایک دُھلا دُھلا سا منظر ابھر رہا تھا۔ یوں لگ رہا تھا جیسے وقت کچھ دیر کے لیے کھڑا ہو گیا ہو۔

جیسے ہی مریم کا رکشا چرچ کے دروازے پر رکا اسے احساس ہوا کہ وہ تاخیر سے پہنچی ہے کیونکہ باہر کوئی نظر نہیں آیا اور دروازہ بند تھا۔ اس نے ایک جانب جھک کر دیکھا تو میٹر چار روپے پینسٹھ پیسے دکھا رہا تھا۔ اس نے پرس سے پانچ روپے کا نوٹ نکالا اور ڈرائیور کو دیتے ہوئے اتر گئی۔ جب وہ چرچ کی سیڑھیوں کی جانب بڑھی تو اس کا گلابی رنگ کا ٹخنوں تک کا اسکرٹ دھیمی ہوا میں ہلکے ہلکے لہرا رہا تھا۔ اسکرٹ کے ساتھ اس نے ایک سفید رنگ کی لمبی آستینوں کی بلاؤز پہنی تھی اور کندھوں پر دونوں جانب سلیقے سے تہہ کیا ہوا سرخ دوپٹہ لٹک رہا تھا۔ اس کے رخسار پر ہلکے سے گلابی رنگ کے شیڈ نے اس کی مسکراہٹ میں ایک خاص کشش پیدا کر دی تھی۔ وہ اپنے دوپٹے کو سنبھالنے کے لیے رکی اور چونک کر اوپر دیکھا تو آسمان پر مرغابیوں کا ایک غول بڑا سا V بنا کر قیں قیں کرتا ہوا اڑ رہا تھا۔

اس نے چرچ کا دروازے کھول کر اندر جھانکا تو اس کی نظر پادری پال پر پڑی۔ وہ سروس شروع ہونے سے پہلے ہی پُلپٹ (منبر) پر آ کر کھڑے ہو جاتے تھے اور انتظار کرتے کہ حاضرین اپنی نشستوں پر آرام سے بیٹھ جائیں مریم کے سامنے اسٹیج پر دانی ایل گرانڈ پیانو پر ایک ایسی مدھم دھن بجا رہا تھا جو دل کی گہرائیوں میں اتر کر ایک روحانی اور پر سکون اثر چھوڑ رہی تھی جیسے ہلکی ہوا سے پتّوں میں سرسراہٹ ہو رہی ہو۔ جب موسیقی کی لہریں چرچ کی دیواروں سے ٹکرا کر واپس آتیں تو ہر نوٹ کا ارتعاش محسوس ہوتا۔ چرچ کا ماحول روحانیت سے پُر تھا۔ حاضرین خاموشی سے موسیقی سن رہے تھے یا سرگوشیوں میں باتیں کر رہے تھے۔ دیواروں پر لگے بجلی کے شمع دانوں کی روشنی نے ہال کو مزید خوبصورت بنا دیا تھا۔ جب دانی ایل نے دھن کو ختم کیا، تو آخری نوٹ دھیرے سے چھو دیا، جیسے شام کی آخری روشنی دھیرے سے رات کی تاریکی میں مُدغم ہو گئی ہو۔ یہ آخری نوٹ ایک گہری خاموشی پر ختم ہوا، جس نے سامعین پر سکون طاری کر دیا۔ چند لمحات کے بعد پادری پال نے

بائبل کھولی اور زبور کے 23ویں باب کی تلاوت شروع کر دی۔

۔اس دوران دانی ایل موسیقی کی کوئی دھن بجاتا رہتا۔انہوں نے مریم کو اگلی صف کی جانب اشارہ کیا۔وہ آکر کونے کی خالی نشست پر بیٹھ گئی اور دوپٹہ اوپر کھینچ کر سر ڈھانپ لیا۔

"خداوند میرا چرواہا ہے۔مجھے کمی نہ ہو گی۔

وہ مجھے ہری ہری چراگاہوں میں بٹھاتا ہے۔وہ مجھے راحت کے چشموں کے پاس لے جاتا ہے۔

وہ میری جان کو بحال کرتا ہے۔وہ مجھے اپنے نام کی خاطر صداقت کے راستوں پر لے چلتا ہے۔

ہاں، خواہ میں موت کے سائے کی وادی میں سے گزروں، میں کسی بلا سے نہ ڈروں گا کیونکہ تُو میرے ساتھ ہے۔تیرے عصا اور تیری لاٹھی، وہ مجھے تسلی دیتے ہیں۔

تُو میرے دشمنوں کے سامنے میرے لئے دستر خوان بچھاتا ہے۔تُو نے میرے سر پر تیل ملا، میرا پیالہ لبریز ہے۔

یقیناً بھلائی اور رحمت عمر بھر میرے ساتھ ساتھ رہیں گی اور میں ہمیشہ خداوند کے گھر میں سکونت کروں گا۔"

پادری پال نے بائبل بند کی اور دعا کے لیے ہاتھ اٹھادیے۔حاضرین نے بھی سر جھکا کر ہاتھ اٹھادیے۔پادری پال کی آواز پورے ہال میں گونج رہی تھی، "اے عظیم خداوند، ہم تیرے حضور حاضر ہیں، تیری حمد و ثنا کرتے ہیں اور تیری رحمتوں کے لیے شکر گزار ہیں۔ ہمیں اپنی راہوں پر چلنے کی توفیق دے، ہمیں اپنے فضل و کرم سے نواز، اور ہمارے دلوں کو اپنی محبت سے بھر دے۔اے خدا، ہمارے گناہوں کو معاف فرما اور ہمیں اپنی روشنی میں رکھ، آمین۔"

دعا کے بعد، پادری پال نے چند لمحوں کے لیے خاموشی اختیار کی۔ہال میں سناٹا تھا اور حاضرین سر جھکائے خاموش بیٹھے تھے۔پھر ایک خفیف مسکراہٹ کے ساتھ پادری پال نے

نصیحت شروع کی۔

"بھائیو اور بہنو، آج کی دنیا میں ہمیں کئی چیلنجز کا سامنا ہے، لیکن ہمیں یاد رکھنا چاہیے کہ خداوند ہمیشہ ہمارے ساتھ ہے۔ اس کی محبت اور رحمت بے حد و حساب ہے۔ ہمیں اپنے دلوں میں خدا کی روشنی کو جگہ دینی چاہیے، ایک دوسرے کے ساتھ محبت اور ہمدردی کا برتاؤ کرنا چاہیے، اور کبھی بھی امید کا دامن نہیں چھوڑنا چاہیے۔ ہماری زندگی میں مشکلات آئیں گی، لیکن خداوند کی طاقت اور محبت ہمیں ہر آزمائش میں کامیاب کرے گی۔ ہمیں اپنی زندگی میں سچائی، انصاف اور محبت کو اپنانا چاہیے، اور خداوند کی راہوں پر چلتے رہنا چاہیے۔ آپ جو قدم باپ، بیٹے اور روح پاک کے نام پر اٹھائیں گے وہ آپ کو ہمیشہ کامیابی کی طرف لے جائے گا،" انہوں نے حمدیہ گیتوں کی کتاب اٹھا کر کہا، "اپنی حمدیہ گیتوں کی کتاب کھولیں۔ ہم صفحہ نمبر 425 پر دی ہوئی حمد گائیں گے۔"

حاضرین نے اپنے سامنے کی نشستوں کی پشت پر بنے ہوئے خانوں سے حمدیہ گیتوں کی کتاب نکالی اور کھڑے ہو گئے۔ دانی ایل بھی پیانو کے سامنے جا کر بیٹھ گیا۔ ایک خوب صورت دھن ہال میں گونجی اور حاضرین نے بیک آواز گیت کا آغاز کیا:

خواتین: کہاں جاتے ہو مسافر
کہاں جانے کا سامان

مرد: ہم ہیں اپنے دیس کو جاتے
شاہ کا سُن کے یہ فرمان

سب: کر کے طے پہاڑ میدان کو
جاتے ہیں باپ کے مکان کو
جاتے ہیں باپ کے مکان کو

جاتے ہیں اس کے حضور

خواتین: کیا اس راہ میں خوف نہیں ہے؟

تم کم زور ہو راہ ویران

مرد: ہمیں کوئی خوف نہیں ہے

ہیں فرشتے نگہبان

سب: پیارا مُنَجّی بھی ہے ہادی

کیسی خوش نما ہے وادی

کیسی خوش نما ہے وادی

یہ ہی ہے وطن کی راہ

خواتین: جانے والو یہ بتاؤ

کس امید پہ جاتے ہو

مرد: صاف لباس اور تاج جلالی

باپ کے ہاتھ سے پانے کو

سب: پیئیں گے حیات کا پانی

وہاں ہو گی خوش الحانی

وہاں ہو گی خوش الحانی

جائیں گے ہم باپ کے پاس

گیت کے دوران، ہر آواز ایک دوسرے سے ہم آہنگ ہو گئی اور چرچ کا ہال خدا کی حمد وثنا سے گونج اٹھا۔ دانی ایل کی موسیقی کا جادو چرچ کے ہال میں گونجا تو یوں لگا جیسے خدا کی نورانی روشنی ہر سمت پھیل رہی ہو۔ اس کے پیانو کی دھن کسی جھیل کی سطح پر اٹھتی ہوئی ہلکی

ہلکی لہروں کی مانند دلوں کو سکون اور روحانی طمانیت سے بھر رہی تھی۔ ہر نوٹ ایک دعائیہ سرگوشی کی مانند، دلوں کی گہرائیوں کو چھوتا ہوا گزر رہا تھا۔ مریم بھی اس گیت میں محو ہو گئی۔ اس کے چہرے پر سکون اور روحانی خوشی تھی۔

گیت کے اختتام پر، پادری پال نے ایک بار پھر دعائیہ انداز میں ہاتھ اٹھائے اور سب کو اِن کلمات کے ساتھ رخصت کیا، "خداوند آپ سب پر اپنی رحمتیں نازل فرمائے، آپ کو ہر آزمائش میں مضبوطی عطا کرے، اور آپ کی زندگی کو اپنی روشنی سے بھر دے۔ آمین۔"

اس روحانی اور پرسکون لمحے کے بعد، لوگ آہستہ آہستہ چرچ سے باہر نکلنے لگے۔ ان کے دلوں میں خدا کی محبت اور ایمان کی خوشبو بسی ہوئی تھی۔ کچھ لوگ پادری پال سے ہاتھ ملانے کے لیے پوڈیم کے سامنے جمع ہو گئے تھے۔

جوں ہی مریم اپنی نشست سے اٹھی، دانی ایل اسٹیج سے اتر کر اس کے پاس آیا اور مسکراتے ہوئے کہا، "کہیے، آپ کو ریورنڈ پال کی سروس کیسی لگی؟"

"میں تو ان کی سروس سے زیادہ آپ کی موسیقی سے مسحور ہو گئی،" مریم نے جواب دیا۔

"آپ کا بے حد شکریہ،" دانی ایل نے کہا، "میں آپ سے ایک درخواست کرنا چاہتا ہوں۔"

"جی، فرمایئے،" مریم نے چونکتے ہوئے کہا۔

"میں ایک دھن صرف آپ کے لیے بجانا چاہتا ہوں۔"

"اوہ، ضرور ضرور، شکریہ،" مریم نے مسکرا کر کہا۔

"آپ وہاں ہال کے بیچوں بیچ بیٹھ جائیں،" دانی ایل نے انگلی سے اشارہ کیا، "مگر پہلے ہال خالی ہو جانے دیں۔"

"ضرور، میں جب تک ریورنڈ پال سے مل لیتی ہوں،" مریم نے کہا اور منبر کی طرف چل دی جہاں اب پادری پال کے پاس اکّا دُکّا لوگ ہی رہ گئے تھے۔

"آؤ بیٹی،" پادری پال نے مریم کو ہاتھ کے اشارے سے اپنی طرف بلایا۔

"صبح بخیر، ریورنڈ،" مریم نے کہا۔

"صبح بخیر بیٹی، کہو، کیسی ہو؟"

"خدا کا شکر ہے۔"

"میں ذرا جلدی میں ہوں۔ چلو راستے میں باتیں ہوں گی۔"

"میں ابھی رُک رہی ہوں، ریورنڈ۔ دانی ایل نے مجھے کچھ میوزک سنانے کی پیشکش کی ہے۔"

"اچھا، تو تم رکو۔ پھر آتی رہنا،" پادری پال نے مسکرا کر کہا اور منبر سے ہٹ گئے۔

۱۵

"اور یوں ہوا کہ جب وہ واپس آ رہے تھے، جب داؤد فلستی کو مار کر لوٹ رہا تھا، تو اسرائیل کی عورتیں سب شہروں سے گاتے اور ناچتے ہوئے، دف اور خوشی کے گیتوں کے ساتھ، بربط بجا کر ساؤل بادشاہ کے استقبال کے لئے نکلیں۔" سموئیل اول 18:6

چرچ خالی ہو چکا تھا۔ مریم ہال کے وسط میں ایک نشست پر جا کر بیٹھ گئی۔ دانی ایل نے دیوار پر لگے ہوئے، روشنی کو کم کرنے والے سوئچ کو بائیں جانب گھمایا تو ہال کی روشنیاں مدھم ہونے لگیں یہاں تک کہ جھٹ پٹے کا ماحول بن گیا۔ پھر اس نے پیانو پر بلیو ڈینیوب کی دھن چھیڑ دی۔

ڈیڑھ سو سال پرانی والٹز کی یہ دھن جو دانی ایل کو بے حد پسند تھی آسٹریا کے موسیقار یوہان اشٹراؤس نے لکھی تھی۔ یہ دھن ویانا سے گزرنے والے دریائے ڈینیوب کے پُر سکون بہاؤ اور ہولے ہولے اٹھتی بیٹھتی لہروں کو موسیقی کے سروں میں بیان کرتی ہے۔ موسیقی کا آغاز ایک نرم، مدھم اور پر سکون دھن سے ہوتا ہے، جیسے دریائے ڈینیوب کی سطح پر ہلکی ہلکی لہریں پھیل رہی ہوں۔ یہ ابتدائی حصہ دریا کی پر سکون اور دلکش فضا کو پیش کرتا ہے جیسے ایک شاعر اپنے محبوب کی خوبصورتی کو بیان کر رہا ہو۔ جیسے جیسے موسیقی آگے بڑھتی ہے، دھن میں تیزی اور جوش پیدا ہوتا ہے، جو دریائے ڈینیوب کے تیز بہاؤ اور اس

کے کنارے پر ہونے والی سرگرمیوں کی نمائندگی کرتا ہے۔ یہ حصہ ویانا کے شہر کی متحرک زندگی، اس کے رقص کرتے ہوئے جوڑوں اور بال رومز کی رونق کو پیش کرتا ہے، جو دریا کے کنارے موجود ہیں۔ یہ رقص اپنے مختلف حصوں میں دریا کے مختلف مناظر کو پیش کرتا ہے۔ کبھی پرسکون اور مدھم، کبھی تیز اور پرجوش۔ "بلیو ڈینیوب" ایک رومانوی سفر ہے، جو دریا کے بہاؤ، اس کے کنارے کے مناظر، اور اس کے ساتھ جڑے ویانا کے شہر کی خوبصورتی کو مجسم کرتا ہے۔ یہ موسیقی دریا کی لہروں کی طرح دلوں کو چھو جاتی ہے، اور سننے والے کو ایک خواب ناک سفر پر لے جاتی ہے، جہاں وہ دریا کی خوبصورتی اور اس کی داستانوں میں کھو جاتا ہے۔

جوں ہی دانی ایل نے پیانو کے کی بورڈ کو چھوا اس نے محسوس کیا کہ اس کی انگلیوں نے خود مدھم سُروں کا روپ دھار لیا ہے۔ ابتدائی حصے میں یہ دھن دھیرے دھیرے سننے والوں کو اپنی جانب متوجہ کرتی ہے۔ معلوم ہوتا تھا کہ پیانو سرگوشی کر رہا ہے جسے صرف وہ خود سُن سکتا تھا مگر آہستہ آہستہ وہ سرگوشی بلند ہوتے ہوتے مریم تک پہنچنے لگی۔ مدھم، نرم اور دلکش آواز میں ایک جادوئی اثر تھا۔ اس نے آنکھیں بند کر لیں اور محسوس کیا کہ وہ فضا میں ایک کٹی ہوئی پتنگ کی طرح اِدھر سے اُدھر اور اُدھر سے اِدھر موسیقی کے سُروں پر ڈول رہی ہے۔ جیسے ہی دھن کا ابتدائی حصہ ختم ہوا موسیقی میں بلندی آتی گئی اور والٹز کے روایتی تین سُروں کی تال واضح ہونے لگی۔ دانی ایل کی آنکھوں کے سامنے ایک منظر ابھرا جس میں وہ روشنیوں میں نہائے ہوئے ایک وسیع و عریض ہال میں تھا جس کی دیواروں پر سجے ہوئے آئینے روشنی کو منعکس کر رہے تھے۔ ہال کے وسط میں ایک بڑا سا کرسٹل کا فانوس لٹک رہا تھا جس سے روشنی کی کرنیں پھوٹ کر دیواروں میں لگے ہوئے آئینوں سے خارج ہو رہی تھیں۔ ہال میں تازہ پھولوں کی مہک بسی ہوئی تھی۔ لکڑی کے چمک دار فرش

پر جوڑوں کی قطاریں آمنے سامنے کھڑی تھیں۔ مردوں نے سیاہ ٹکسیڈو پہن رکھے تھے اور خواتین سفید گاؤن میں ملبوس تھیں۔ جوں ہی موسیقی شروع ہوئی مردوں کی قطار آگے بڑھی اور ہر ایک نے اپنا دایاں بازو اپنے سامنے کھڑی خاتون کی کمر کے گرد حمائل کر دیا اور بائیں ہاتھ سے اس کا دایاں ہاتھ تھام لیا۔ خاتون نے اپنا دوسرا ہاتھ اس کے کندھے پر رکھا اور رقص شروع کر دیا۔ ہر جوڑا ایک دوسرے کی آنکھوں میں کھویا ہوا تھا اور ان کے چہروں پر مسکراہٹ تھی۔ ان کے قدم موسیقی کی دھن پر اٹھ رہے تھے: ون، ٹو، تھری۔ ون، ٹو، تھری۔ ون، ٹو، تھری۔ موسیقی کی لہریں فضا میں تحلیل ہو رہی تھیں اور معلوم ہوتا تھا ، جیسے وقت تھم گیا ہو۔ روشنی، موسیقی اور محبت سے بھرا یہ والٹز کا ناچ ہر دل کو چھو رہا تھا۔

دانی ایل کی آنکھیں بند تھیں اور اس کو کچھ کچھ احساس تھا کہ اس کی انگلیاں پیانو کے کی بورڈ پر ناچ رہی ہیں جب کہ وہ ان سینکڑوں جوڑوں میں شامل تھا جو ہال کے چوبی فرش پر رقص کر رہے تھے۔ اس نے اپنا بازو مریم کی کمر کے گرد لپیٹ کر ہتھیلی سے اس کی پشت کو دبا کر خود سے چمٹا لیا تھا اور دوسرا ہاتھ مریم کے ہاتھ میں تھا۔ وہ دائرے میں گھومتے، قدموں کو ایک دوسرے کے ساتھ ملا کر آگے بڑھتے رہے۔

کہتے ہیں کہ بھونرا پھولوں کا عاشق ہوتا ہے۔ وہ باغ میں ایک پھول سے دوسرے پھول تک جاتا ہے اور ہر پھول پر چند لمحوں کے لیے منڈلاتا ہے۔ والٹز بھی بھونرے کے رقص کی طرح ہوتا ہے جس میں رقاص جوڑے بھونرے کی طرح ایک پھول پر منڈلا کر دوسرے پھول پر جاتے ہیں۔ دانی ایل کے جذبات میں طوفان بپا تھا۔ اس نے مریم کی کمر کے گرد اپنے بازو کا دباؤ بڑھا دیا اور اس کے دل کی دھڑکن تیز ہو گئی۔ بلیو ڈینیوب کی دھن ہمیشہ اس کے اندر کے تمام احساسات کو جگا دیتی تھی۔ اس نے آنکھیں کھول کر مریم کے چہرے پر نظر ڈالی تو اس کی آنکھیں بھی بند تھیں اور وہ موسیقی میں کھوئی ہوئی تھی۔ مریم

نے بھی اپنے آپ کو اس دھن کے ساتھ بہنے دیا اور ہر سُر اس کی روح میں ایک نیا احساس جگا رہا تھا۔

جب دانی ایل اختتام پر پہنچا تو اس نے آنکھیں کھولیں اور اس کے کانوں تک مریم کی تالی کی آواز پہنچی۔ وہ کھڑے ہو کر ہال کی جانب منہ کر کے جھکا اور سیڑھیوں سے اتر کر مریم تک پہنچا۔

"کہیے، آپ کو یہ دھن پسند آئی؟" دانی ایل نے پوچھا۔

"جب میں اس کے سحر سے نکلوں گی تو بتاؤں گی۔"

"شکریہ، یہ دھن صرف آپ کے لیے تھی،" دانی ایل نے جھجکتے ہوئے کہا۔ وہ اور بہت کچھ کہنا چاہتا تھا مگر اس کے گلے میں ایک گولا سا پھنس گیا تھا اور اسے تھوک نگلنے میں بھی دشواری ہو رہی تھی۔

"یہ میری خوش قسمتی ہے۔ میں آپ کے اس تحفے کو یاد رکھوں گی۔"

دانی ایل نے بڑی کوشش کی کہ صرف تین الفاظ اس کے منہ سے نکل جائیں، "آئی۔ لو۔ یو" مگر برا ہو اس گولے کا جو اس کے حلق میں پھنسا رہا۔

"خوش قسمتی تو میری ہے،" اس نے تھوک نگلتے ہوئے کہا۔

"چلیں؟" مریم نے سرگوشی میں کہا۔

"آپ گھر کیسے جائیں گی؟"

"میں سامنے سڑک پر سے رکشا لے لوں گی، ویسے پیدل بھی پندرہ منٹ سے زیادہ نہیں لگتے۔"

"آپ سمجھتی ہیں کہ میں آپ کو اکیلا جانے دوں گا؟" دانی ایل نے کہا، "میرے پاس اسکوٹر ہے۔ میں آپ کو گھر چھوڑ دوں گا۔"

"شکریہ۔"

دانی ایل دروازہ کھول کر ایک طرف کھڑا ہو گیا اور مریم کے باہر نکلنے کے بعد دروازہ بھیڑ دیا۔

"آپ اسے تالا نہیں لگائیں گے؟" مریم نے دروازے کی طرف اشارہ کرکے کہا۔

"نہیں، یہ چرچ چوبیس گھنٹے کھلا رہتا ہے تاکہ اگر کوئی ضرورت مند رات کے کسی پہر دعا مانگنے یا پناہ لینے کے لیے آئے تو اسے دروازہ کھلا ملے۔"

دروازے کے سامنے سیڑھیوں سے اتر کر ایک ویسپا اسکوٹر کھڑی تھی۔ دانی ایل نے اسے اسٹارٹ کرکے موڑا اور پشت پر مریم کے بیٹھنے کا انتظار کرنے لگا۔

"مجھے کل ہی اس اسکوٹر کی ڈیلیوری ملی ہے اور اس پر آپ میری پہلی ہم سفر ہیں۔"

"او، ہاؤ رومینٹک!" مریم نے بیٹھتے ہوئے قہقہہ لگایا، "ہم سفر کے انتخاب پر آپ کا شکریہ۔"

جوں ہی دانی ایل نے آہستہ آہستہ تھروٹل کو گھمایا، اسکوٹر آگے بڑھنے لگی۔ مریم نے توازن قائم رکھنے کے لیے اپنا ہاتھ دانی ایل کے کندھے پر رکھا تو دانی ایل کے سانس گہرے ہو گئے۔ چوں کہ مریم اس کی پشت پر بیٹھی تھی لہٰذا وہ اس کی مسکراہٹ نہیں دیکھ سکی۔ وہ اچانک ساتویں آسمان پر پہنچ چکا تھا۔ اس کے دماغ میں چکّی سی چلنا شروع ہو گئی اور وہ اس مکالمے کو ترتیب دینے لگا جو اس کے اور مریم کے درمیان تنہائی میں ہوں گے جب وہ دونوں دریا کے کنارے ایک پارک کی بینچ پر اکٹھے بیٹھے ہوں گے اور کوئی تیسرا آس پاس نہیں ہو گا۔ وہ اسے حمایت علی شاؔعر کی وہ نظم سنائے گا جو وہ ہمیشہ گنگناتا تھا۔

تجھ کو معلوم نہیں تجھ کو بھلا کیا معلوم
تیرے چہرے کے یہ سادہ سے اچھوتے سے نقوش
میری تخئیل کو کیا رنگ عطا کرتے ہیں
تیری زلفیں تری آنکھیں ترے عارض ترے ہونٹ

کیسی ان جانی سی معصوم خطا کرتے ہیں۔۔۔

اچانک اسے ایک جھٹکا سا لگا۔ وہ مریم کی گلی کے موڑ پر تھا جہاں سڑک پر ایک چھوٹا سے گڑھا تھا۔ اس نے اسکوٹر گلی میں موڑی اور تیسرے مکان کے سامنے روک دی جس کے کھلے ہوئے دروازے پر سبز پینٹ تھا اور اس کے پیچھے سندھی رلّی کا پردہ لٹک رہا تھا۔

"بہت بہت شکریہ، دانی ایل،" مریم نے اسکوٹر سے اتر کر کہا۔

"شکریہ تو مجھے آپ کا ادا کرنا چاہیے کہ آپ نے مجھے اس رفاقت کا موقع دیا،" دانی ایل نے مسکرا کر کہا۔

"آپ چائے تو پیتے جائیں۔"

"نہیں، میں آپ پر ادھار چھوڑ دوں گا تاکہ دوبارہ ملاقات ہو سکے،" دانی ایل نے اپنی اسکوٹر موڑتے ہوئے کہا۔

"خدا حافظ،" مریم نے ہاتھ اٹھا کر کہا اور پردے کا ایک سرا اٹھا کر گھر میں داخل ہو گئی۔

واپسی میں دانی ایل کو جلدی نہیں تھی لہٰذا اس کی اسکوٹر سڑک پر رینگ رہی تھی۔ اس کے ہونٹوں پر مسکراہٹ تھی اور اسے حیرت تھی کہ اس نے مریم سے بلا جھجک اتنی باتیں کیسے کر لیں اور بڑے بڑے الفاظ بھی استعمال کر لیے۔ اس نے سوچا کہ جب وہ گھر پہنچ کر اسکوٹر سے اترے گا تو سب سے پہلے اپنا کندھا تھپتھپا کر خود کو شاباش دے گا۔

بلیو ڈینیوب کا ایک کنسرٹ اس لنک پر سُن سکتے ہیں:

https://youtu.be/IDaJ7rFg66A?si=OpVKaopSH-pmXZZw

۱۶

یسوع نے جواب میں کہا، "کیا تم نے نہیں پڑھا کہ جس نے ابتدا میں انسان کو بنایا، اُس نے اُنہیں مرد اور عورت بنایا؟ اور کہا، اس واسطے آدمی اپنے ماں باپ کو چھوڑ کر اپنی بیوی کے ساتھ ملے گا اور وہ دونوں ایک جسم ہوں گے۔ پس وہ اب دو نہیں بلکہ ایک جسم ہیں۔ لہٰذا جسے خدا نے ملا دیا ہے، اُسے انسان جدا نہ کرے۔" متی 19:4-6

کیفے جارج میں کیشیئر کے کاؤنٹر کے سامنے والی دیوار کے ساتھ دوسری میزوں سے الگ تھلگ ایک چھوٹی سی میز تھی جس کے آمنے سامنے صرف دو کرسیاں تھیں۔ ہر پیر کی رات کو میں اور دانی ایل ایک گھنٹے کے لیے ان کرسیوں پر بیٹھتے تھے۔ عموماً وہ خالی ہی ملتی تھیں۔ ہم نے فیصلہ کر لیا تھا کہ جب ریسٹورنٹ کی سیڑھیوں پر قدم رکھیں گے تو منیجر کی پشت کی دیوار پر لگے ہوئے کلاک کی چھوٹی سوئی دس پر اور بڑی سوئی بارہ پر ہو گی۔ اس کی وجہ یہ تھی کہ ہمارے پاس زیادہ وقت نہیں تھا۔ میں اپنی پڑھائی اور ٹیوشنوں میں مصروف رہتا تھا اور دانی ایل اپنے کام میں۔ اگرچہ کیفے جارج مصروف رہتا تھا مگر وہاں کا ماحول پُر سکون تھا۔ زیادہ تر طلبہ بیٹھتے تھے لیکن اگر انقلاب کی باتیں بھی ہوتیں تو دھیمی آواز میں ہوتی تھیں تاکہ دوسرے لوگوں کو شکایت نہ ہو۔ اگر کبھی کوئی شور مچانے والا گروپ آ جاتا تو منیجر مسکراتا ہوا آتا اور خاموشی سے ان کی میز پر ایک کارڈ رکھ جاتا جس پر ایک بچے کی تصویر بنی

ہوئی تھی جس نے اپنے ہونٹوں پر انگلی رکھی ہوئی تھی۔

اُس رات میں ساڑھے نو بجے ہی پہنچ گیا تھا کیونکہ میں نے ادبیات سے ساحر لدھیانوی کی تلخیاں خریدی تھی اور دانی ایل کے آنے سے پہلے اس کی ورق گردانی کرنا چاہتا تھا۔ اگر آپ حیدرآباد سندھ سے واقف ہیں تو آپ کو معلوم ہے کہ تلک چاڑھی اوپر کی جانب دو شاخے پر ختم ہوتی ہے۔ ایک شاخ ہیر آباد اور سرے گھاٹ کی طرف چلی جاتی ہے اور دوسری شاخ جو نور محمد ہائی اسکول کی طرف جاتی ہے، اس کے نکڑ پر بائیں جانب اُس زمانے میں شیخ احسان الٰہی و اولادہ کی مردانہ کپڑوں کی دکان کے برابر ہی ادبیات کے نام سے کتابوں کی ایک دکان ہوتی تھی جس پر شام کو دوستوں کا جمگھٹ لگ جاتا تھا۔ جن کا مقصد کوئی کتاب خریدنا نہیں ہوتا تھا وہ بھی محض دوستوں کے ساتھ کچھ وقت گزارنے کے لیے آ جاتے تھے۔ دکان کے سامنے فٹ پاتھ پر مجمع لگا رہتا تھا۔ پچھلی بار جب میں حیدرآباد گیا تو یہ دیکھ کر بڑا دکھ ہوا کہ اب وہ دکان نہیں ہے۔

میں ساحر کی شاعری میں گم تھا کہ سامنے والی کرسی کے پیچھے گھسیٹے جانے کی آواز آئی۔ میں نے چونک کر اوپر دیکھا تو دانی ایل سامنے کھڑا مسکرا رہا تھا۔ میں نے دیوار پر لگے ہوئے کلاک کو دیکھا تو ٹھیک دس بج رہے تھے۔ مجھے دانی ایل کے حلیے میں کچھ انقلابی تبدیلیاں نظر آئیں۔ سفید پتلون، آدھی آستینوں کی گلابی قمیص اور گلے میں سرخ مفلر، تیل لگے بال سلیقے سے کاڑھے ہوئے، اور اولڈ اسپائس کی تیز خوشبو میں بسا ہوا سامنے کی کرسی پر بیٹھ گیا۔ معلوم ہوتا تھا کہ اسی وقت شیو کر کے آیا ہے۔

”خیریت؟ یہ رات کے دس بجے بنا سنورا کہاں سے چلا آ رہا ہے؟“ میں نے پوچھا۔

”بس یار، اب میں نے اپنی زندگی کا نیا ورق پلٹنے کا فیصلہ کر لیا ہے،“ اس نے سینے پر ہاتھ رکھ کر کہا، ”آئندہ تُو مجھے اسی طرح دیکھا کرے گا۔“

"مبارک ہو، مگر اس انقلاب کی وجہ؟"

"جب فضا میں چہار سو رومان کی خوشبو بسی ہو تو تبدیلی تو آئے گی ہی۔"

"اف خدایا، یہ تجھے ہو کیا گیا ہے؟"

"اگر میں تجھے بتاؤں کہ میں نے مریم کے ساتھ تنہائی اور نیم تاریکی میں ایک گھنٹہ گزارا ہے تو تُو کیا کہے گا؟"

"تفصیل، تفصیل!" میں نے اپنی کرسی ذرا آگے سرکاتے ہوئے کہا۔

"کل وہ میری دعوت پر چرچ آئی تھی۔ میں نے سروس کے بعد اسے روک لیا اور پیانو پر بلیو ڈینیوب سنایا۔"

"بہت خوب۔ تو اسے پسند آیا؟"

"میں نے پوچھا تھا۔ کہنے لگی کہ جب اس کے سحر سے نکلوں گی تو بتاؤں گی۔"

"زبردست، پھر کیا ہوا؟" میرا تجسس بڑھنے لگا۔

"پھر میں اسے اپنی اسکوٹر پر بٹھا کر گھر چھوڑ آیا۔"

"تیرے پاس اسکوٹر کہاں سے آگئی؟"

"سوری یار، میں تجھے بتانا بھول گیا۔ میں نے ایک ویسپا خرید لی ہے۔ پرسوں ہی ڈیلیوری ملی ہے۔"

"خیر، پھر کیا ہوا؟" میں نے بے صبری کا مظاہرہ کرتے ہوئے پوچھا۔

"پھر جب وہ اسکوٹر پر بیٹھنے لگی تو میں نے اس سے کہا کہ اس اسکوٹر پر آپ میری پہلی ہم سفر ہیں۔"

"اوہو، ہم سفر! اس نے کیا جواب دیا؟"

"اس نے ایک قہقہہ لگا کر کہا ہاؤ رومینٹک!"

"زبردست! اچھا آگے بول۔"

"آگے کیا؟ وہ اسکوٹر پر میرے پیچھے بیٹھ گئی۔ اس کا ہاتھ میرے کندھے پر تھا۔ ٹھنڈی ٹھنڈی ہوا میرے چہرے پر لگ رہی تھی، اور میرا اسکوٹر ساتویں آسمان پر اُڑ رہا تھا۔"

"اس کا مطلب ہے کہ اب باقاعدہ عشق شروع ہو چکا ہے۔" میں نے اس کے ہاتھ پر ہاتھ مار کر کہا۔

"دریں چہ شک؟"

"تُو نے اس سے تین الفاظ کہے؟"

"تین الفاظ؟"

"I love you."

"اتنا کچھ ہونے کے بعد بھی تین الفاظ کی ضرورت ہے؟"

"بالکل ہے،" میں نے میز پر ہلکے سے گھونسا مار کر کہا، "جب تک تین الفاظ نہ کہے جائیں اور ان کا جواب چار الفاظ میں نہ ملے تب تک سرکاری طور پر عشق شروع نہیں ہوتا۔"

"یار، اب وہ چار الفاظ بھی بتا دے۔"

"I love you too."

اسی دوران ظریف آرڈر لینے کے لیے آ گیا۔ وہ کیفے جارج میں پرانا ملازم تھا اور نہ صرف میرے سارے دوستوں کو پہچانتا تھا بلکہ بیشتر کے نام بھی جانتا تھا۔ اس زمانے میں ٹیلی فون اتنے عام نہیں تھے لہٰذا اگر کسی دوست کو کوئی پیغام پہنچانا ہوتا تو ظریف کو بتا دیتے کہ جب دو ایک روز میں وہ دوست ریسٹورنٹ میں آئے تو وہ پیغام پہنچا دے۔ میں نے اس کے سامنے دو انگلیاں اٹھا دیں جس کا مطلب تھا دو چائے، اور وہ سر ہلا کر چلا گیا۔

"ہاں، تو میں کہہ رہا تھا کہ عشق کی ابتدا اس وقت ہوتی ہے جب تین الفاظ کہہ دیے

جائیں اور ان کا جواب چار الفاظ میں مل جائے،" میں نے کہا۔

"چھوڑ یار، میں سوچ رہا ہوں کہ اسے شادی کی پیشکش کر دوں،" دانی ایل نے کہا۔

"یہ شادی کہاں سے آ ٹپکی؟ ابھی تو عشق باقاعدگی سے شروع بھی نہیں ہوا۔"

"کیا مطلب، شروع بھی نہیں ہوا؟ اور کس طرح شروع ہوتا ہے؟"

"تُو نے خود ہی کہا کہ کل پہلی بار تُو اس سے تنہائی میں ملا۔ تُو سمجھتا ہے کہ وہ کل پوری رات آنکھیں کھولے تیرے خواب دیکھتی رہی ہو گی؟"

"جب میں دیکھتا رہا تو وہ بھی دیکھتی رہی ہو گی۔ مجھ سے کافی امپریس ہو گئی ہے۔"

"عشق میں میتھ نہیں چلتا کہ اگر اے، بی کے برابر ہے تو بی، اے کے برابر ہو گا۔"

"تو پھر بتا کہ اگلا قدم کیا ہو گا۔"

ظریف نے میرے سامنے چائے کی ٹرے لا کر رکھ دی اور میں نے اسے دانی ایل کی طرف بڑھا دیا۔

"میرا مشورہ یہ ہے کہ تُو اس سے زیادہ سے زیادہ ملنے کی کوشش کر، ذرا رومینٹک ہو اور جب تُو اسے گہرے گہرے سانس لیتے دیکھے تو فٹافٹ تین الفاظ کہہ دے۔ اگر اس کا جواب چار الفاظ میں ملے تو سمجھ لے کہ اب شادی کی پیشکش کرنے کا وقت آ گیا ہے۔"

"ہوں!" دانی ایل نے چائے بناتے ہوئے کہا اور کسی سوچ میں پڑ گیا۔

"اس نے وعدہ کر لیا ہے کہ وہ اگلی اتوار کو بھی ہمارے چرچ آئے گی۔ میں نے اس سے کہہ دیا ہے کہ میں اسے گھر سے لے لوں گا اور چھوڑ بھی دوں گا،" اس نے میری طرف چائے کی پیالی بڑھاتے ہوئے کہا، "تُو بھی آ جانا۔"

"نہیں بھائی، مجھے کباب میں ہڈی بننے کا کوئی شوق نہیں ہے۔"

"کیوں نہ ہم کل باغبان جوئیلرز چلیں اور ایک انگوٹھی خرید لیں۔"

”انگوٹھی کس لیے؟“

”تاکہ جب میں شادی کی پیشکش کروں تو فوراً اسے انگوٹھی پہنادوں۔“

”تو ایسی جلدی کیا ہے؟“

”پھر بھی۔ میں جیب میں رکھوں گا۔ کیا معلوم کب موقع آجائے۔“

”ٹھیک ہے مگر یاد رکھنا کہ اگر تُونے قبل از وقت کوئی قدم اٹھایا تو پچھتائے گا۔“

”ٹھیک ہے، ٹھیک ہے استاد۔ تُو تو اس طرح ہدایات دے رہا ہے جیسے تجربہ کار عاشق ہو۔“

”جب ڈاکٹر نسخہ لکھتا ہے تو ضروری نہیں ہے کہ اس نے بھی وہ دوا استعمال کی ہو۔“

”اچھا ڈاکٹر صاحب، ہمارا وقت ختم ہو گیا،“ دانی ایل نے منیجر کی پشت کی دیوار پر لگے ہوئے کلاک کی طرف اشارہ کرتے ہوئے کہا، ”کل میں تیری ٹیوشن کے بعد شاہد صاحب کے گھر سے لے لوں گا تو باغبان جو ئیلرز چلیں گے۔“

”یعنی مریم سے ملنے کا ایک اور بہانہ مل جائے گا۔“

میں نے اٹھتے وقت جیب میں ہاتھ ڈالا اور گن کر ساٹھ پیسے ٹیبل پر رکھ دیے جن میں ظریف کی ٹِپ کی دوّنی بھی شامل تھی۔

۱۷

"اور ہم نے محبت کو پہچان لیا اور اُس پر ایمان لائے جو خدا ہم سے رکھتا ہے۔
خدا محبت ہے اور جو محبت میں قائم رہتا ہے وہ خدا میں قائم رہتا ہے اور خدا اُس
میں قائم رہتا ہے۔" یوحنّا 4:16

اس زمانے میں شاپنگ کا مرکز تلک چارھی ہی ہوتا تھا۔ جوتے، کپڑے، کتابیں غرض جو کچھ خریدنا ہو تلک چارھی پر مل جاتا تھا۔ اگر شاپنگ کرتے کرتے تھک جائیں تو کیفے یونٹی میں چائے پینے کے لیے بیٹھ جائیں۔ چارھی کے اوپری سرے پر ایک جانب فوکس اسٹوڈیو تھا اور اس کے سامنے سڑک کی دوسری جانب باغبان جیولرز تھے جو حیدرآباد میں کھیلوں اور انعامی مقابلوں میں دیے جانے والے کپ، ٹرافیاں اور شیلڈ بنانے کے لیے مشہور تھے۔ میں جس سال یونیورسٹی میں اسپورٹس کمیٹی میں تھا تو ٹرافیاں خریدنے کے دوران باغبان جیولرز کے مالک ارشد چانڈیو سے دوستی ہو گئی۔ چنانچہ میں دانی ایل کو منگنی کی انگوٹھی دلانے کے لیے ارشد کے پاس لے گیا۔ جب ہم دکان میں داخل ہوئے تو وہ کسی گاہک کے ساتھ مصروف تھا۔ اس نے ہاتھ کے اشارے سے ہمیں انتظار کرنے کو کہا۔

باغبان جیولرز میں ہر طرف تیز ٹیوب لائٹس لگی ہوئی تھیں ۔ چنانچہ پوری دکان روشنی سے جگمگاتی تھی۔ ہر طرف شوکیس تھے جن میں سونے کے زیورات جھلملا رہے تھے

اور دیواروں پر شیشے کی الماریاں تھیں جن میں ٹرافیاں اور کپ سجے ہوئے تھے۔ چوں کہ اس زمانے میں چوری چکاری یا ڈاکہ نہیں پڑتا تھا لہٰذا بندوق بردار سنتریوں کا رواج نہیں تھا۔ میں دانی ایل کے ساتھ ایک شوکیس پر جھکا ہوا مختلف انگوٹھیوں پر رائے زنی کر رہا تھا کہ پیچھے سے ارشد کے سلام کرنے کی آواز آئی۔

"بڑے زمانے کے بعد اِدھر کا رخ کیا،" ارشد نے میرے کندھے پر ہاتھ رکھ کر کہا۔

"بس بھئی، صبح ہوتی ہے شام ہوتی ہے۔" میں نے ارشد سے ہاتھ ملاتے ہوئے کہا، "یہ میرے بچپن کے دوست ہیں دانی ایل۔"

"بڑی خوشی ہوئی آپ سے مل کر، میں ارشد چانڈیو ہوں،" ارشد نے دانی ایل کی طرف ہاتھ بڑھا دیا۔

"دانی ایل کو ایک انگوٹھی چاہیے،" میں نے ارشد سے کہا۔

"ضرور، مگر کس قسم کی انگوٹھی؟"

"منگنی کی انگوٹھی،" میں نے کہا۔

"مبارک ہو، ماشاء اللہ،" ارشد نے ایک شوکیس کی طرف اشارہ کیا جس میں انگوٹھیاں تھیں اور بولا، "ان میں سے کوئی پسند کر لیں۔"

"مجھے تو سب ہی اچھی لگ رہی ہیں، آپ ہی کوئی پسند کر کے بتائیں،" دانی ایل نے کہا۔

ارشد نے ایک انگوٹھی نکال کر دانی ایل کو دکھائی اور کہنے لگا، "میں تو اپنی منگیتر کو یہ انگوٹھی دوں گا۔ اس میں تین ہیرے جڑے ہوئے ہیں۔"

"اور قیمت؟"

"یہ لیبل پر تو بارہ سو لکھے ہوئے ہیں مگر دوستوں کے لیے ایک ہزار کی ہے۔"

"ایک ہزار؟" دانی ایل نے چیخ کر کہا، "سات سو روپے تو میری تنخواہ ہے۔"

"کوئی بات نہیں، آپ دو سو روپے مہینہ ادا کر دیں، گھر کی ہی بات ہے۔"

"نہیں، دو سو روپے تو بہت ہیں، دو سو تو مجھے گھر بھی بھیجنے پڑتے ہیں۔"

"ارشد، اگر گنجائش ہو تو دانی ایل سے سو روپے مہینہ لے لیا کرو،" میں نے کہا۔

"جیسی تمہاری مرضی،" ارشد نے ہچکچاتے ہوئے جواب دیا۔

"اس بات کی کیا گارنٹی ہے کہ یہ انگوٹھی مریم کی انگلی میں فِٹ آئے گی؟" میں نے پوچھا۔

"اس کی فکر مت کرو، اپنی منگیتر کو لے آنا تو اس کی انگلی کا ناپ لے کر ٹھیک کر دیں گے،" ارشد نے دانی ایل سے کہا۔

***

غرض یہ کہ منگنی کی انگوٹھی تو آگئی۔ سوال یہ تھا کہ مریم کو پیش کیسے کی جائے۔ دانی ایل مریم سے کافی بے تکلف ہو چکا تھا بلکہ نوبت آپ سے تم پر پہنچ چکی تھی یہاں تک کہ مریم نے دانی ایل کو "دانی" کہنا شروع کر دیا تھا اور گفتگو میں قہقہے بھی لگتے تھے مگر جب بات اظہار عشق کی آتی تو دانی ایل کے گلے میں کانٹے پڑ جاتے، زبان لڑکھڑانے لگتی اور سانس دھونکنی کی طرح چلنے لگتا۔

"یار، ایسا کر، مریم کو یہ انگوٹھی میری طرف سے تُو ہی دے دے،" ایک بار دانی ایل نے مجھ سے کہا۔

"بے وقوفی کی باتیں نہ کر۔ اگر مریم کو میں نے یہ انگوٹھی اپنی طرف سے پیش کر دی تو تُو کیا کرے گا؟"

"تو دوستی سے میرا ایمان اٹھ جائے گا۔"

"اگر تُو مسلمان ہوتا تو یہ مسئلہ نہ ہوتا۔ ہمارے یہاں تو لڑکے کے ماں باپ لڑکی کے ماں باپ کو شادی کی پیشکش کر دیتے ہیں تو ہمیں اظہار عشق کی فکر نہیں ہوتی۔"

”یار مذاق چھوڑ، سیدھی طرح مشورہ دے کہ مجھے کیا کرنا چاہیے۔“

”میں نے تو تجھے مشورہ دے دیا۔ جب تک تو تین بول نہ بول دے اور وہ جواب میں چار بول نہ کہہ دے تب تک تُو شادی کی پیشکش کرنے کے متعلق سوچنا بھی مت۔“

”یہ مشورہ تو تُو پہلے بھی دے چکا ہے۔ کوئی نئی بات کر۔“

”نئی بات بھی یہی ہے۔“

دانی ایل کا انکل شاہد کے گھر آنا جانا شروع ہو گیا تھا۔ کسی نہ کسی بہانے آ دھمکتا تھا۔ اسے معلوم تھا کہ میں کس وقت ٹیوشن ختم کرتا ہوں اور وہ مجھے کہیں لے جانے کے بہانے آ جاتا اور شام کی چائے میں شامل ہو جاتا۔ اس نے انکل اور آنٹی کو بھی اپنا مرید بنا لیا تھا۔ انکل کا دل پسند موضوع راولپنڈی میں سیٹیلائٹ ٹاؤن کا پروجیکٹ تھا جس پر دانی ایل کام کر رہا تھا۔ وہ بڑے پیار سے راولپنڈی کا تذکرہ کرتے تھے کیونکہ وہاں ان کا ننھیال تھا۔ وہ بچپن میں اسکول کی چھٹیاں اپنے نانا کے گھر گزارتے تھے جو راجہ بازار میں رہتے تھے۔ وہ جب بھی اپنی یادوں کو دُہراتے تو راجہ بازار میں چودھری کے مرغ چھولوں کا ذکر ضرور کرتے تھے۔ دانی ایل نے مریم سے بھی معاہدہ کر لیا تھا کہ چرچ جانے کے لیے خواہ مخواہ رکشا لینا فضول خرچی تھی لہٰذا وہ ہر اتوار کو اسے اپنی اسکوٹر پر لے جائے گا اور واپس بھی چھوڑ دے گا۔ بچے بھی ”بھائی دانی ایل“ کے گرویدہ ہو گئے تھے کیونکہ وہ آتے جاتے اُن سے چھیڑ خانی کرتا اور انہیں اپنے پاس بلا کر ان کی پڑھائی کے متعلق پوچھتا۔ غرض یہ کہ انکل شاہد کے گھر میں دانی ایل کا سکّہ چلتا تھا۔

مریم سے باتیں کرتے وقت وہ زمین و آسمان کے قلابے ملاتا تھا۔ وہ جب بھی اُس کے ساتھ ہوتا، اس کا ہاتھ بار بار اپنی پتلون کی جیب میں جاتا جہاں اس نے انگوٹھی کی ڈبیا رکھی ہوئی تھی جسے وہ گھر سے نکلتے وقت جیب میں رکھ لیتا تھا تاکہ جب بھی اظہار عشق کرنے کا

موقع ملے تو فوراً نکال کر مریم کو پہنا دے۔ مجھے ایک طرف تو اس پر غصّہ آتا تھا کہ آخر I love you کہنے میں کون سے ہل بیل لگتے ہیں جب کہ اسے مریم سے واقعی محبت تھی، مگر دوسری طرف مجھے اس پر رحم بھی آتا تھا۔

***

چرچ کی پشت پر ایک کمرہ تھا جس میں ایک آفس کی میز اور کرسی، اور اس کے سامنے تین کرسیاں تھیں۔ اس کمرے کو پادری پال اپنے آفس کے طور پر استعمال کرتے تھے جہاں وہ اپنے خطاب کی تیاری کرتے اور ان لوگوں سے ملتے جو ان سے نجی مشورہ کرنے کے لیے آتے تھے۔ اس دن وہ اپنے کام میں منہمک تھے۔ ان کے خطاب کا موضوع تھا خوش اخلاقی، جس کی مثال کے طور پر وہ ایک منظر تشکیل دے رہے تھے۔ فرض کریں کہ آپ کہیں پیدل جا رہے ہیں اور سامنے سے آپ کو ایک شخص آتا دکھائی دیتا ہے۔ وہ سر جھکائے کچھ سوچتا ہوا چلا آ رہا ہے۔ معلوم ہوتا ہے کہ اسے کوئی پریشانی لاحق ہے۔ جب وہ آپ کے برابر سے گزرتا ہے تو سر اٹھا کر آپ کی طرف دیکھتا ہے۔ آپ مسکرا کر اسے سلام کرتے ہیں۔ اس کے چہرے پر اچانک مسکراہٹ آ جاتی ہے اور وہ آپ کے سلام کا جواب دیتا ہے۔ آپ گزر جاتے ہیں اور اس کی مسکراہٹ قائم رہتی ہے۔ کچھ دیر کے لیے وہ اپنے مسئلے کو بھول جاتا ہے اور جب دوبارہ اس کا دھیان اپنے مسئلے کی طرف جاتا ہے تو موڈ تبدیل ہونے کی بنا پر اس کا حل بھی اسے نظر آنے لگتا ہے۔ اس کا سارا دن ہشاش بشاش گزرتا ہے اور یہ سب آپ کی ایک چھوٹی سی مسکراہٹ کے طفیل ہوا ہے جس کا انعام آپ کو اگر اس دنیا میں نہیں تو آخرت میں ملے گا۔

پادری پال لکھنے میں مشغول تھے کہ انہیں چرچ کا دروازہ کھلنے کی چرچراہٹ سنائی دی۔ انہیں یاد آیا کہ انہوں نے کئی بار سوچا تھا کہ گھر سے تیل لا کر دروازے کے قبضوں میں ڈال

دیں گے تا کہ وہ چرچراہٹ ختم ہو جائے مگر وہ ہمیشہ گھر سے نکلتے وقت بھول جاتے تھے۔ انہوں نے گھڑی دیکھی تو اس دن کی سروس میں ابھی ایک گھنٹہ باقی تھا۔ ''ضرور دانی ایل ہو گا،'' انہوں نے سوچا۔ دانی ایل ان کا بے حد مخلص رضاکار تھا اور لوگوں کے آنے سے پہلے چرچ پہنچ جاتا تھا تا کہ اگر کسی کام میں پادری پال کو کوئی مدد چاہیے تو موجود رہے۔

''گُڈ مارننگ، ریورنڈ،'' پادری پال نے سر اٹھا کر دیکھا تو سامنے مریم کھڑی مسکرا رہی تھی۔

''آؤ آؤ بیٹی، گُڈ مارننگ،'' انہوں نے کرسی کی طرف اشارہ کیا، ''تم اتنی جلدی کیسے پہنچ گئیں؟''

''دانی ایل آرہا تھا، میں اسی کے ساتھ آگئی۔'' اسی اثنا میں دانی ایل نے دروازے سے جھانکا اور سلام کر کے سامنے آگیا۔

پادری پال نے اپنے کاغذات کو اُلٹ پُلٹ کر دیکھا اور ایک کاغذ نکال کر دانی ایل کو دیتے ہوئے کہا، ''آج ہم یہ دو گیت گائیں گے۔''

اس کاغذ پر پادری پال نے گیتوں کی کتاب سے ان دونوں گیتوں کے صفحہ نمبر لکھ دیے تھے۔ دانی ایل سروس شروع ہونے سے پہلے ان گیتوں کو ایک نظر دیکھ لیتا تھا تا کہ ان کی موسیقی ترتیب دے سکے۔

جب وہ دونوں کمرے سے نکلے تو پادری پال کی نظریں ان کی پشت پر تھیں اور ان کے ہونٹوں پر مسکراہٹ تھی۔ وہ دیکھ رہے تھے کہ مریم پچھلے کئی اتوار سے دانی ایل کے ساتھ ان کے چرچ آرہی تھی اور دونوں مل کر ہال میں صفائی کرتے تھے۔ ''اچھا جوڑا رہے گا،'' انہوں نے سوچا اور مسکرا کر اپنے کام میں محو ہو گئے۔

۱۸

"اے میری روح، تُو کیوں افسردہ ہے؟ تُو کیوں میرے اندر اتنی بے قرار ہے؟ خُدا پر توکّل کر، کیونکہ میں اُس کا شکر کرتا رہوں گا جو میرا نجات دہندہ اور میرا خدا ہے۔" زبور 42:11

پادری پال کو اکثر اپنا آبائی گاؤں یاد آتا تھا جو لاہور سے 50 کلومیٹر دور ہے اور کلارک آباد کہلاتا ہے۔ ان کے دادا بتاتے تھے کہ وہ گاؤں کے سب سے پہلے چرچ کی تعمیر میں خود شامل تھے اور گارے کی پراتیں سر پر اٹھائی تھیں۔ پادری پال کی ذہنی تربیت پاسٹر کمال دین نے کی تھی جو کلارک آباد کے چرچ کے پادری تھے۔ انہوں نے چرچ میں ہی اسکول قائم کر لیا تھا اور بچوں کو خود ہی میٹرک تک پڑھاتے تھے۔ مختلف عمر اور مختلف کلاسوں کے بچوں کو اکٹھا پڑھانا آسان نہیں ہے مگر گاؤں کے لوگ پاسٹر کمال دین کی لگن اور ہمت کے قائل تھے۔ پادری پال میٹرک کرنے کے بعد گورنمنٹ کالج لاہور چلے گئے جہاں سے انٹر کیا اور پھر چار سال گوجرانوالہ تھیولوجیکل سیمی نری میں گزارے جو پاکستان کے قدیم ترین اور اہم ترین مسیحی اداروں میں سے ایک ہے۔ یہ مدرسہ خطے میں مسیحی علما کے لیے مذہبی تعلیم اور تربیت فراہم کرتا ہے۔ وہاں سے فارغ التحصیل ہو کر انہیں حیدر آباد میں تعینات کر دیا گیا جہاں وہ بوڑھے ہوئے۔

وہ اکثر فرانسی فلسفی رینے دیکارٹ کا حوالہ دیتے تھے جس نے چار سو سال پہلے کہا تھا، ''چوں کہ میں سوچتا ہوں اس لیے میرا وجود ہے۔'' بالفاظ دیگر، میرا وجود صرف اس بنا پر ہے کہ مجھے اس کا ادراک ہے۔ پادری پال کے مطابق اس مقولے کا اطلاق دنیا کی ہر حقیقت پر ہوتا ہے۔ ان کا کہنا تھا کہ حقیقت وہی ہوتی ہے جو ہمیں نظر آتی ہے اور جس طرح نظر آتی ہے۔ ہم میں سے ہر شخص اپنی دنیا ان ہی حقائق کی بنیاد پر تعمیر کرتا ہے جنہیں وہ دیکھتا ہے اور جس طرح دیکھتا ہے۔ پادری پال نے بھی اپنی دنیا خود تعمیر کرلی تھی جس میں ہر کام ان کی مرضی کے مطابق ہوتا تھا اور ہر کردار اسی طرح چلتا پھرتا تھا جس طرح وہ چاہتے تھے۔ انہیں اپنی ماں کا کوئی تصور نہیں تھا کیونکہ وہ جب دو سال کے تھے تو ان کی ماں کا انتقال ہو گیا تھا، البتہ اُن کی دنیا میں ان کے باپ جنہیں وہ سال ہا سال پہلے گاؤں میں چھوڑ آئے تھے، اب بھی زندہ تھے حال آنکہ ان کے انتقال کو بھی زمانہ گزر چکا تھا مگر پادری پال لوگوں کو بتاتے تھے کہ وہ جب بھی گاؤں جاتے ہیں تو ان کے والد انہیں گلے لگا کر پوچھتے ہیں، ''پتر، تُو چنگا تے ہے نا؟''

پادری پال راستہ چلتے ہوئے خود کلامی میں محو رہتے تھے، جیسے دنیا کے سارے مسائل حل کر رہے ہوں۔ عموماً ان کی نظریں زمین پر ہوتیں اور ہاتھوں کے اشاروں سے گفتگو کرتے رہتے۔ اگرچہ ان کے لبوں میں جنبش نہیں ہوتی تھی مگر دیکھنے والوں کو ان کے اشاروں سے ہی اندازہ ہو جاتا تھا کہ کیا کہہ رہے ہیں۔

''نہیں، نہیں، نہیں!''

''یوں نہیں، یوں!''

''چلو چھوڑو!''

کبھی ان کے ہاتھوں کی جنبش اور چہرے کے اتار چڑھاؤ سے ظاہر ہوتا تھا کہ کسی بحث

میں الجھے ہوئے ہیں اور کبھی کوئی خوش گوار گفتگو ہو رہی ہوتی۔ راستے میں اگر کوئی پتھر کا ٹکڑا یا کوئی اور رکاوٹ نظر آتی تو اسے اٹھا کر ایک طرف ڈال دیتے تاکہ ان کے پیچھے آنے والوں میں سے کسی کا پاؤں اُس پر نہ پڑ جائے۔ محلے والوں کا خیال تھا کہ اُن کے قبضے میں جنّ ہیں اور وہ ان ہی سے باتیں کرتے اور حکم دیتے رہتے ہیں۔ اکثر راستے میں کوئی انہیں روک لیتا تھا۔ کسی کو تعویذ چاہیے تھا اور کوئی سٹّے کا نمبر معلوم کرنا چاہتا تھا۔ وہ مسکراتے اور انہیں جھوٹی موٹی ڈانٹ پلا کر آگے بڑھ جاتے۔

صرف پادری پال ہی جانتے تھے کہ اُن کی شریکِ گفتگو ان کی بیوی تھیں جن کے انتقال کو زمانہ گزر چکا تھا مگر وہ ان کی زندگی میں اب بھی گوشت پوست میں موجود تھیں۔ وہ اب بھی سول ہسپتال میں ہیڈ نرس تھیں اور جب تھکی ہاری ڈیوٹی کر کے آتیں تو صحن میں کیاری کے سامنے بچھی ہوئی کرسی پر بیٹھ جاتیں۔ پادری پال پہلے ہی سے ان کے لیے پانی گرم کر کے رکھتے تھے۔ جیسے ہی وہ آ کر کرسی پر بیٹھتیں، پادری پال تسلے میں گرم پانی بھر کر لے آتے اور اپنی بیوی کے پاؤں ڈبو کر انہیں آہستہ آہستہ دباتے۔ کئی سال سے انہوں نے یہ کام اپنے ذمّے لے لیا تھا۔ ابتدا میں سسٹر میری نے احتجاج کیا اور کہا کہ یہ انہیں منظور نہیں تھا کہ ان کے شوہر ان کے پاؤں دھوئیں۔ پادری پال نے جواب دیا کہ اگر یسوع نے اپنے شاگردوں کے پاؤں دھوئے تھے تو وہ اپنی بیوی کے پاؤں کیوں نہیں دھو سکتے۔ وہ انہیں میری کے بجائے صرف مَیر کہتے تھے۔ یہ ان کا پیار کا نام تھا۔ وہ اکثر کہتے، ”مَیر، اگر تم میری زندگی میں نہ آتیں تو وہ ادھوری رہ جاتی۔“

”ریورنڈ، آپ نے بھی تو میری زندگی مکمل کی،“ وہ جواب دیتیں۔ انہوں نے کبھی اپنے شوہر کا نام نہیں لیا تھا۔ ہمیشہ انہیں ”ریورنڈ“ کہہ کر پکارتی تھیں اور ہمیشہ ”آپ“ کہہ کر مخاطب کرتی تھیں۔

اس روز بھی جب پادری پال حسب معمول شام کو گھر میں داخل ہونے کے بعد فرش پر پھیلی ہوئی مرغیوں کی بیٹ دھو رہے تھے تو وہ گہری سوچ میں تھے۔ انہوں نے نظریں اٹھا کر دیکھا تو سسٹر میری کرسی پر بیٹھی اپنی تھکن دور کر رہی تھیں۔ طشت میں بھرا ہوا پانی ابھی تک خاصہ گرم تھا اور معلوم ہوتا تھا کہ ان کے پیروں کی تھکن تلووں سے رِس رِس کر پانی میں گھل رہی ہو۔ ویسے بھی وہ ذیابیطس کی پرانی مریضہ تھیں اور ان کے تلووں میں مستقل جلن ہوتی رہتی تھی۔ پادری پال ان کے سامنے فرش پر پالتی مار کر بیٹھ گئے اور سر جھکائے اپنے انگوٹھوں سے ان کے تلوے دبانے لگے۔ سسٹر میری اٹھارہ گھنٹے ڈیوٹی کرنے کے بعد تھکن سے چور تھیں اور انہوں نے اپنا سر پیچھے جھکا کر کرسی کی پشت پر ٹیک لیا تھا اور آنکھیں بند کر لی تھیں۔

"مَیر، ایک بات میں آج تک نہیں سمجھ سکا،" پادری پال نے کہا۔

"آپ نے کچھ کہا؟" سسٹر میری نے چونک کر آنکھیں کھول دیں۔

"اوہ، معاف کرنا، میں نے دیکھا نہیں کہ تم سو گئی تھیں،" پادری پال نے سر اٹھا کر سسٹر میری کی طرف دیکھا۔

"نہیں نہیں، میں جاگ رہی ہوں،" سسٹر میری نے دونوں بازو اٹھا کر لنگڑائی لی اور دونوں آنکھوں پر ہتھیلیاں رکھ کر ملنے لگیں۔

"کبھی کبھی میری یادداشت میں ایک منظر آتا ہے مگر یاد نہیں آتا کہ کیا ہو رہا تھا۔"

"کیسا منظر؟"

"مجھے یقین نہیں کہ ایسا ہوا بھی تھا یا یہ کوئی ڈراؤنا خواب تھا۔"

"بتائیں بھی تو سہی۔ شاید مجھے یاد ہو۔"

"میں یاد کرنے کی کوشش کرتا ہوں مگر ایک دھند سی سامنے آ جاتی ہے،" پادری پال

خاموش ہو کر سوچنے لگے۔

"کوشش کریں،" سسٹر میری نے ان کی طرف دیکھتے ہوئے کہا۔

"مجھے یاد پڑتا ہے کہ محلّے والے ہمارے گھر میں جمع ہو گئے تھے۔ ایک ایمبولینس بھی باہر موجود تھی اور لوگ تمہیں اسٹریچر پر ڈال کر لے گئے تھے۔ میں نے بہت روکنے کی کوشش کی مگر زبردستی مجھے بھی کہیں لے گئے۔"

"آپ بھول گئے ہیں۔ میں مر چکی تھی اور آپ نے کسی کو نہیں بتایا تھا۔"

"نہیں، تم کیسے مر سکتی ہو؟" پادری پال نے اٹھ کر سسٹر میری کو اپنے بازوؤں میں بھینچ لیا اور دہاڑیں مار مار کر رونے لگے، مگر وہ خاموش دہاڑیں تھیں جنہیں کوئی اور نہیں سن سکتا تھا، نہ وہ مرغیاں جو پادری پال کا ڈالا ہوا دانہ چگنے میں مصروف تھیں اور نہ وہ گلہری جو بڑی دیر سے ان کے گھر کی دیوار پر اِدھر سے اُدھر چکر لگا رہی تھی۔

"آپ یاد کریں۔ انہوں نے مجھے دفن کر دیا تھا مگر خدا آپ کے غم کو برداشت نہ کر سکا اور میں تیسرے دن جی اٹھی۔ میں نے دیکھا کہ قبر کھلی ہوئی ہے اور اوپر تاروں بھرا آسمان صاف نظر آ رہا ہے۔ میں نے ذرا سا اُچک کر دیکھا تو آپ قبر پر ایک طرف کھڑے ہوئے تھے۔ آپ نے جھک کر میرے بازو پکڑے اور مجھے اوپر کھینچ لیا۔"

"یسوع بھی تو تیسرے دن جی اٹھا تھا،" پادری پال نے جیب سے رومال نکالا اور اپنے آنسو پونچھتے ہوئے کہا، "اچھا پھر کیا ہوا؟"

"پھر آپ نے میرا ہاتھ پکڑا اور ہم دونوں رات کے اندھیرے میں دوڑتے ہوئے گھر پہنچ گئے۔ وہ تو غنیمت تھا کہ کسی نے ہمیں دیکھا نہیں۔"

پادری پال نے سسٹر میری کے دونوں ہاتھ پکڑ کر انہیں کرسی سے اٹھایا اور سینے سے چمٹا کر کہا، "وعدہ کرو کہ ہم ایک ساتھ ہی دنیا کو خیر باد کہیں گے۔"

"یہ اپنے بس میں کہاں ہے؟"

"میں ہر روز دعا کیا کروں گا کہ ہم اکٹھے ہی دنیا سے رخصت ہوں۔"

"خداوند آپ کی دعا قبول کرے۔"

"خدا کے ساتھ میرا خاص رشتہ ہے،" پادری پال نے مسکراتے ہوئے کہا، "اس نے اب تک میری ہر دعا قبول کی ہے۔ اب مجھے یاد آیا کہ جس دن تم جی اٹھیں، میں تمہاری قبر پر تھا اور جب میں نے سر جھکا کر دعا کی تو تمہاری قبر پھٹی اور میں نے تمہیں اوپر اٹھالیا۔"

"خدا آپ کی دعا قبول کیوں نہیں کرے گا۔ آپ اتنے نیک انسان جو ہیں۔"

اچانک پادری پال کو احساس ہوا کہ سورج غروب ہو چکا تھا۔ انہوں نے مرغیوں کو ہانک کر ڈربے میں بند کیا اور اس کے دروازے پر تختی چڑھا کر ڈربہ بند کر دیا۔ جب انہوں نے مڑ کر سسٹر میری سے کچھ کہنے کے لیے منہ کھولا تو دیکھا کہ ان کی کرسی خالی تھی۔ انہوں نے سوچا کہ وہ غالباً اپنا یونیفارم اتارنے کے لیے کمرے میں چلی گئی تھیں۔

۱۹

"اسی واسطے مرد اپنے باپ اور اپنی ماں کو چھوڑے گا اور اپنی بیوی کے ساتھ جا ملے گا اور وہ دونوں ایک جسم ہوں گے۔ یہ بھید بڑا ہے مگر میں مسیح اور کلیسیا کے بارے میں کہتا ہوں۔" افسیوں 32-5:31

حیدرآباد سندھ صدیوں سے مختلف تہذیبوں، سلطنتوں، اور حکمرانوں کا مرکز رہا ہے، جس کے نتیجے میں یہ شہر ایسی تاریخی عمارتوں سے بھرا پڑا ہے جو فنِ تعمیر کے عظیم نمونے ہیں۔ ایک زمانے میں حیدرآباد کے سنگ تراش مشہور تھے جو سلاوٹ کہلاتے تھے۔ برصغیر کی بہتیری تاریخی عمارتوں کے ڈیزائن میں سلاوٹ سنگ تراشوں کا ہاتھ ہے۔ اب بھی حیدرآباد میں ایک محلہ ہے جو سلاوٹ پاڑہ کہلاتا ہے۔

مریم کو تاریخی عمارتیں دیکھنے کا خبط تھا لہٰذا وہ اور دانی ایل پورے شہر میں ویسپا پر مارے مارے پھرتے تھے۔ اتوار کو چرچ کی سروس دوپہر تک ختم ہو جاتی تھی جس کے بعد دانی ایل مریم کو اپنی اسکوٹر پر بٹھا کر کبھی پکّے قلعے کی سیر کراتا، کبھی موکھی ہاؤس میوزیم لے جاتا اور کبھی سڑک کے کنارے دہی بڑے والے کے ٹھیلے کے پاس اسکوٹر پارک کر کے وہیں کھڑے ہو کر دونوں دہی بڑے کھاتے۔ اگرچہ انگوٹھی کی ڈبیا دانی ایل کی پتلون کی جیب میں رہتی تھی مگر جب وہ مریم کے ساتھ ہوتا تو اسے شاذونادر ہی انگوٹھی کا خیال آتا۔ کئی بار ایسے مواقع آئے کہ وہ دونوں تنہا تھے مگر جب وہ جیب میں ہاتھ ڈال کر انگوٹھی کو ٹٹولتا تو رہ رہ کر اس کے دماغ میں سوالات اٹھتے اور وہ خود ہی ان کے جواب دے دیتا۔ کیا مریم کو اس سے واقعی محبت ہو گئی تھی اور اگر ہو گئی تھی تو کیا یہ شادی والی محبت تھی یا دوستی والی؟ مگر اس کا فیصلہ تو صرف مریم کو

شادی کی پیشکش کر کے ہی ہو سکتا تھا۔ لیکن اگر اس نے انکار کر دیا تو کیا ہو گا؟ ممکن ہے کہ وہ مریم کی رفاقت سے بھی محروم ہو جائے۔ لیکن یہ بھی تو ہو سکتا تھا کہ وہ ہاں کہہ دے۔ بہر حال جب وہ مریم کے ساتھ ہوتا تو مستقل اس کے دماغ میں یہی کھچڑی پکتی رہتی تھی۔

تلک چاڑھی پر سینٹ فلپس چرچ انکل شاہد کا فیملی چرچ تھا۔ وہ شروع سے وہیں جاتے تھے مگر مریم اب ہر اتوار کو دانی ایل کے ساتھ پادری پال کے کنٹونمنٹ چرچ آتی تھی اور چرچ کی صفائی میں اس کی مدد کرتی تھی۔ وہ تمام نشستوں کی پشت پر بنے ہوئے خانوں میں رکھی ہوئی بائبل اور حمدیہ گیتوں کی کتاب چیک کرتے کہ وہ سیدھی رکھی ہوئی ہیں اور ان کے ٹائیٹل کور سامنے ہی ہیں۔ پادری پال ان دونوں کی دوستی کو دلچسپی سے دیکھ رہے تھے۔ کبھی ان کی بھوئیں اٹھ جاتیں اور کبھی وہ زیر لب مسکرا دیتے۔ اس روز وہ اپنا کام ختم کر کے نکلے تو ہال سے گزرتے ہوئے ان کی نظر مریم اور دانی ایل پر پڑی جو تمام نشستوں کو گیلی تولیہ سے پونچھ رہے تھے تاکہ اگلے ہفتے وہ صاف ملیں۔

"بھئی تم لوگ کافی وقت دے رہے ہو۔ ایسا کرو کہ ایک ٹیم اور بنالو جو سروس سے پہلے یہ کام کر دیا کرے،" انہوں نے وہیں رُک کر کہا۔

"آپ فکر نہ کریں ریورنڈ، یہ اتنا بڑا کام نہیں ہے،" دانی ایل نے جواب دیا۔

"خیر، جیسی تمہاری مرضی۔ میں نے تو اس چرچ کو تمہارے حوالے کر دیا ہے۔ خدا حافظ،" پادری پال نے نکلتے ہوئے دروازہ بند کر دیا۔

"آج کہاں چلنے کا پروگرام ہے؟" دانی ایل نے پوچھا۔

"آج ہم گھر چلتے ہیں۔ میں تمہیں چائے پلاؤں گی،" مریم نے جواب دیا۔

"تو پھر تھوڑی دیر یہیں بیٹھ کر سستا لیتے ہیں، پھر چلیں گے۔"

دانی ایل نے آخری بینچ صاف کرنے کے بعد مریم کے ہاتھ سے تولیہ لی اور پانی کی بالٹی اٹھا کر اسے اسٹور میں رکھنے کے لیے چلا گیا۔ مریم ایک نشست پر بیٹھ کر سوچ میں ڈوب گئی ۔ اس کے دل میں دانی ایل کے لیے جو کیفیت تھی وہ اسے خود نہیں سمجھ پائی تھی۔ اس کی

معصومیت اور سادگی نے مریم کے دل کو بار بار چھوا تھا۔ وہ اس کے خلوص، محبت اور دیانت داری کی قدر کرتی تھی، جو ہر ملاقات میں واضح ہوتی تھی۔ دانی ایل کی آنکھوں میں ایک خاص معصومیت تھی جو مریم کو ہمیشہ اس کی طرف متوجہ کرتی تھی۔ اس کے ساتھ گزارا ہوا ہر لمحہ مریم کے دل میں نقش ہو جاتا تھا۔

"کس سوچ میں پڑ گئیں؟" مریم نے سر اٹھا کر دیکھا تو دانی ایل سامنے کھڑا تھا۔ وہ اس کے برابر آ کر بیٹھ گیا۔

"کچھ نہیں، بس یوں ہی!"

"میں نے تو آج تمہیں رانی باغ دکھانے کا پروگرام بنایا تھا۔ تم نے کہا تھا کہ تم نے کبھی رانی باغ نہیں دیکھا۔"

"پھر کسی دن چلیں گے۔"

"اب میں نے تو باقاعدہ ریسرچ شروع کر دی ہے کہ تمہیں کیا کیا دکھایا جائے۔ میں اجنبیوں سے حیدرآباد کی تاریخی عمارتوں کے متعلق پوچھتا پھرتا ہوں۔"

"یہ تمہاری محبت ہے۔ میں خود کو بڑی خوش قسمت سمجھتی ہوں کہ تم سے دوستی ہو گئی۔"

"خوش قسمتی تو میری ہے،" دانی ایل نے سرگوشی میں کہا۔

مریم محسوس کر رہی تھی کہ اچانک دانی ایل کچھ گھبرایا ہوا لگنے لگا۔ بار بار اس کا ہاتھ پتلون کی جیب میں جاتا اور نکل آتا۔

"تم ٹھیک تو ہو نا، دانی؟" مریم نے اپنی ہتھیلی دانی ایل کی پیشانی پر رکھ دی۔ غالباً وہ دیکھنا چاہ رہی تھی کہ کہیں اسے بخار تو نہیں ہے۔

"دراصل، میں تمہیں ایک تحفہ دینا چاہتا ہوں،" دانی ایل نے ایک پھیکی سی مسکراہٹ کے ساتھ کہا۔ معلوم ہوتا تھا کہ وہ اپنے اضطراب کو مسکراہٹ میں چھپانا چاہ رہا ہے۔

"تو اس میں گھبرانے کی کیا بات ہے؟" مریم کا قہقہہ پورے ہال میں گونجا۔

دانی ایل نے اپنی جیب سے ایک چھوٹی سی ڈبیا نکال کر کھولی اور مریم کے سامنے کر دی۔ انگوٹھی میں جڑے تین ہیرے ہال کی روشنی میں جگمگا رہے تھے۔

"او مائی گاڈ، او مائی گاڈ!" مریم نے تقریباً چیختے ہوئے کہا۔

اس نے انگوٹھی ڈبیا سے نکال کر الٹ پُلٹ کر دیکھی۔ دانی ایل نے اطمینان کا سانس لیا اور اس کے ہونٹوں پر مسکراہٹ آگئی۔

"دانی ایل، تمھیں شاید نہیں معلوم کہ کسی لڑکی کو تحفے میں انگوٹھی دینے کا کیا مطلب ہوتا ہے،" مریم نے مسکرا کر کہا۔

"مجھے معلوم ہے،" دانی ایل نے جواب دیا۔

"کیا میں سمجھوں کہ تم مجھے شادی کی پیشکش کر رہے ہو؟"

"تم بالکل ٹھیک سمجھو گی،" دانی ایل کی خود اعتمادی واپس آگئی تھی۔

"او مائی گاڈ۔ میری سمجھ میں نہیں آ رہا کہ کیا کہوں۔"

"بس تم ہاں کہہ دو۔"

"دانی، یقین کرو کہ مجھے تمھاری دوستی پر فخر ہے اور تم نے مجھے جو محبت دی ہے اس کے لیے میں تمھاری شکر گزار ہوں،" مریم نے انگوٹھی ڈبیا میں رکھتے ہوئے کہا۔

"لاؤ، میں تمھیں پہنا دوں،" دانی ایل نے اس کے ہاتھ سے ڈبیا لیتے ہوئے کہا۔ مریم نے اپنا ہاتھ کھینچ لیا۔ دانی ایل کو ایک جھٹکا سا محسوس ہوا۔

"دانی، کیا تم مجھے سوچنے کا حق نہیں دینا چاہتے؟"

"تمھیں سوچنے کا حق نہ چاہتے ہوئے بھی مجھے دینا پڑے گا خواہ مجھے کتنی ہی مایوسی کیوں نہ ہو۔"

"کیوں؟ مایوسی کی کون سی بات ہے؟ میں نے انکار تو نہیں کیا۔"

"تم مجھے امید و بیم کی کیفیت میں چھوڑ رہی ہو۔"

"یقین کرو کہ تم جس جذباتی دباؤ سے گزرو گے اسی سے میں بھی گزروں گی۔"

"تو پھر میں کتنا انتظار کروں؟" دانی ایل نے بڑی مایوسی سے کہا۔

"مجھے کم از کم ایک ہفتہ تو دو۔"

"ٹھیک ہے، تو اگلے ہفتے ہم پھر یہیں ملیں گے۔"

"مہلت دینے کا بے حد شکریہ۔"

"اچھا تو کم از کم مجھے یہ انگوٹھی پہن کر تو دکھا دو،" دانی ایل نے انگوٹھی کی ڈبیا مریم کو دیتے ہوئے کہا۔

"نہیں دانی، یہ تم مجھے وقت پر ہی دینا۔"

"اچھا تو کم از کم تم میری خاطر اسے رکھ ہی لو۔ اگر تمہارا فیصلہ میرے حق میں نہ آئے تو واپس کر دینا۔"

"چلو میں رکھے لیتی ہوں۔ مجھے معلوم ہے کہ تم مجھ سے اپنی بات منوا کر ہی چھوڑو گے،" مریم نے انگوٹھی کی ڈبیا اپنے پرس میں رکھتے ہوئے کہا۔

"شکریہ، مجھے پوری امید ہے کہ یہ انگوٹھی تمہاری انگلی کی ہی زینت بنے گی،" دانی ایل نے کہا۔ مریم مسکرا کر رہ گئی۔

واپسی کا راستہ خاموشی سے گزرا۔ دانی ایل کو احساس ہوا کہ مریم کا ہاتھ اس کے کندھے پر ہونے کے بجائے پورا بازو اس کی کمر کو چھو رہا تھا۔ وہ خیالات میں گم تھا کہ اس کی اسکوٹر مریم کے گھر کے دروازے پر تھی۔ اسے سخت جھنجلاہٹ ہوئی کہ راستہ اتنی تیزی سے گزر گیا۔

"تم اندر آ جاؤ۔ چائے پی کر جانا،" مریم نے اترتے وقت کہا۔

"پھر کسی وقت۔ ابھی تو ہم دونوں کو اپنے جذبات کے اُبال کو ذرا مدھم کرنے میں کچھ وقت صرف کرنا ہو گا۔"

"تم ٹھیک کہتے ہو،" مریم نے اس کے ہینڈل پر رکھے ہوئے ہاتھ کو دبایا اور مسکرا کر دروازے پر پڑے پردے کو ہٹا کر گھر میں داخل ہو گئی۔ دانی ایل نے اسکوٹر کو اسٹارٹ کیا اور موڑ کر واپس ہو لیا۔

سامنے سڑک سنسان تھی اور اس کے دماغ میں ایک فلم چل رہی تھی جس میں وہ اور مریم ہنی مون کے لیے ہنزہ میں تھے۔ کئی سال پہلے وہ اکیلا ہنزہ گیا تھا اور تب ہی اس نے سوچا تھا کہ اگلی بار وہ وہاں تنہا نہیں آئے گا بلکہ شادی کے بعد ہنی مون پر اس کی بیوی اس کے ساتھ ہو گی۔ اس وقت تک اس کی ملاقات مریم سے نہیں ہوئی تھی اور اس کی رفیقۂ حیات کی واضح شکل اس کے تصور میں نہیں تھی یا ممکن ہے کہ وہ مریم ہی رہی ہو۔ وہ خیالات میں گم تھا اور اس کے لبوں پر مسکراہٹ تھی کہ اچانک اسے دھچکا سا لگا، "اگر مریم نے انکار کر دیا تو؟" اس کا بقیہ دن اسی ادھیڑ بُن میں گزر گیا کہ وہ مریم کے انکار کی صورت میں اس کا رویہ کیا ہو گا۔ حال آنکہ وہ رات کو بستر پر لیٹنے کے بعد چند منٹ میں ہی گہری نیند سو جاتا تھا مگر اس رات وہی فلم اس کے دماغ میں چلتی رہی۔ ہر کروٹ کے ساتھ ایک نیا سین سامنے آتا رہا۔

کبھی اقرار کی لذت نے جگائے رکھا
کبھی اندیشۂ انکار نے سونے نہ دیا

سلیمؔ

۲۰

"اور اِس دنیا کے ہم شکل نہ بنو بلکہ اپنے ذہن کی تجدید سے بدلتے جاؤ، تاکہ تم
خدا کی رضا کو، یعنی اُس کے نیک اور پسندیدہ اور کامل ارادہ کو معلوم کر سکو۔"
رومیوں 12:2

حال آنکہ ابھی نومبر شروع ہوا تھا اور سوئٹر پہننے کا موسم نہیں آیا تھا مگر اچانک حیدر آباد میں کوئٹہ کی ہوا سردی کی لہر لے آئی۔ عموماً دسمبر سے پہلے یہ ہوائیں نہیں چلتیں مگر معلوم ہوتا تھا کہ اُس سال سردی کچھ جلدی ہی آگئی تھی۔ انکل شاہد سوئٹر پہنے بیٹھے تھے اور آنٹی نے بھی شال اوڑھ رکھی تھی۔ ویسے اتنی سردی نہیں تھی کہ سوئٹر پہنا جائے، مگر مشتاق احمد یوسفی سے معذرت کے ساتھ حیدر آباد کے لوگ بھی کراچی والوں سے کم نہیں ہیں اور کوئٹہ والوں سے اظہار یک جہتی کے طور پر سردی مناتے ہیں۔

بچوں نے اس دن جلد ہی اپنا ہوم ورک ختم کر لیا اور میں انہیں چھٹی دے کر باہر آ بیٹھا۔ آنٹی سوئٹر بُننے میں مصروف تھیں اور انکل شاہد اخبار پڑھ رہے تھے۔ انہوں نے مجھے بیٹھنے کا اشارہ کرتے ہوئے پوچھا، "سر، آپ نے آج کا جنگ پڑھا؟"

"نہیں، کوئی خاص خبر؟" میں نے پوچھا۔

"کل کراچی میں مادرِ ملت نے بڑی زور دار تقریر کی ہے،" انہوں نے دوبارہ اخبار

پھیلاتے ہوئے کہا، ''فاطمہ جناح نے عوام سے اپیل کی ہے کہ وہ ایوب خان کے خلاف اٹھ کھڑے ہوں اور جمہوریت کی بحالی کے لیے اپنی آواز بلند کریں۔''

''خدا کرے کہ عوام واقعی اٹھ کھڑے ہوں کیونکہ اب گھٹن کچھ بڑھتی ہی جا رہی ہے،'' میں نے کہا۔

''آپ کا کیا خیال ہے، مادرِ ملت جیت جائیں گی؟''

''مجھے تو امید نہیں۔ ایوب خان نے یہ بنیادی جمہوریتوں کا جو ڈرامہ رچایا ہے اس میں اسّی ہزار ووٹ خریدنا کیا مشکل ہے۔''

''بہرحال خدا خیر کرے،'' آنٹی نے کہا۔

اسی وقت مریم کمرے سے نکل کر آئی۔ اس نے مٹھی میں کچھ دبا رکھا تھا اور اس کے ہونٹوں پر شریر سی مسکراہٹ تھی۔ انکل شاہد اور آنٹی اس کی طرف متوجہ ہو گئے۔ وہ مٹھی باندھے اپنا بازو پھیلا کر کھڑی مسکرا رہی تھی۔

''کیا کوئی پہیلی بوجھ رہی ہو؟'' آنٹی نے مسکراتے ہوئے پوچھا۔

''ننھے مُنّے بچے، تیری مٹھی میں کیا ہے؟'' مریم نے گاتے ہوئے کہا۔

مجھے اس کی مٹھی کی دراڑ سے سرخ رنگ کی ایک جھلک نظر آئی اور میں فوراً سمجھ گیا کہ وہ اسی انگوٹھی کی ڈبیا تھی جو دانی ایل نے باغبان جوئیلرز سے دو ہفتے پہلے خریدی تھی، مگر میں خاموش رہا کیونکہ میں بتا کر رنگ میں بھنگ نہیں ڈالنا چاہتا تھا۔ انکل شاہد اور آنٹی اس کی طرف سوالیہ نظروں سے دیکھتے رہے۔

''چلو بھئی، اب بتا بھی دو،'' انکل شاہد نے کہا۔

مریم نے مٹھی کھولی اور ڈبیا آنٹی کے ہاتھ میں دے دی۔ انہوں نے اسے کھولا اور مسکرا کر ڈبیا انکل شاہد کی طرف بڑھا دی۔ آنٹی بڑی کم گو تھیں، میں نے کبھی انہیں نہ غصے

میں دیکھا اور نہ زور سے ہنستے ہوئے۔ جہاں لوگ ہنس ہنس کر لوٹ پوٹ ہو جاتے تھے وہاں ان کا کام ایک مسکراہٹ سے چل جاتا تھا۔

"بڑی قیمتی لگتی ہے۔ کتنے کی لی؟" انکل شاہد نے پوچھا۔

"نہیں پاپا، میں نے خریدی نہیں، کسی نے دی ہے۔"

"اچھا، کس نے دی ہے؟" آنٹی نے پوچھا۔

مریم نے انگلی اٹھا کر میری طرف اشارہ کیا اور بولی، "آپ ہی بتا دیں۔"

میں اس دوران انجانا بنا رہا کیونکہ یہ فیملی کے ذاتی لمحات تھے اور میں ان میں دخل اندازی نہیں کرنا چاہتا تھا۔

"آپ کو اس نے نہیں بتایا؟ آپ تو کہتے تھے کہ آپ اس کے بچپن کے دوست ہیں،" مریم نے کہا۔

"یہ انگوٹھی دانی ایل نے دی ہے؟" انکل شاہد نے پوچھا۔ میں نے انہیں ایک مرتبہ بتایا تھا کہ میں اور دانی ایل بچپن سے ہی ایک دوسرے کو جانتے تھے۔

"جی۔"

انکل شاہد نے کھڑے ہو کر مریم کو گلے لگالیا۔ آنٹی نے بیٹھے بیٹھے اپنا بازو بڑھایا اور مریم کو چمٹا کر پیار کیا۔

"مبارک ہو۔ دانی ایل اچھا لڑکا ہے، شریف اور محنتی ہے اور میں سمجھتا ہوں کہ وہ ایمان دار بھی ہے۔ وہ تمہارے لیے اچھا زندگی کا ساتھی ثابت ہو گا،" انکل شاہد نے مریم کو انگوٹھی واپس کرتے ہوئے کہا۔

"پاپا، میں نے ابھی دانی ایل کو ہاں نہیں کہا۔ مجھے فیصلہ کرنے کے لیے کچھ وقت چاہیے،" مریم خالی کرسی پر بیٹھ گئی۔

”بیٹی، زندگی تمہاری ہے اور تم ہی فیصلہ کرو گی، لیکن اگر تم ہم سے مشورہ کرنے آؤ گی تو ہم یہی کہیں گے کہ دانی ایل اچھا لائف پارٹنر ہو گا،“ انکل شاہد نے کہا اور آنٹی کی طرف ہاتھ اٹھا کر پوچھا، ”آپ بھی تو کچھ کہیں۔“

”بالکل، میں آپ سے متفق ہوں،“ آنٹی نے جواب دیا۔

”میں جو بھی فیصلہ کروں گی، سب سے پہلے آپ دونوں کو ہی بتاؤں گی۔“

”ہم بھی خدا سے دعا کرتے رہیں گے کہ تم اچھا فیصلہ کرو،“ انکل شاہد نے کہا۔

”اچھا انکل، مجھے اجازت دیں،“ میں نے اٹھتے ہوئے کہا۔

”کیوں سر، چل دیے؟“ انکل شاہد نے پوچھا۔

”ذرا ٹھہریں، میں اپنا پرس لے کر آتی ہوں۔ میں بھی آپ کے ساتھ آزاد بُک ڈپو تک چلتی ہوں، اس مہینے کا مِرَر لینا ہے،“ مریم اٹھ کر کمرے میں تیار ہونے کے لیے چلی گئی۔

مِرَر (Mirror) پاکستان کی ہائی سوسائٹی اور فیشن کا ایک انگریزی زبان کا رسالہ تھا جو کراچی سے شائع ہوتا تھا اور اپنے وقت میں اعلیٰ طبقے کے طرزِ زندگی، فیشن، اور سماجی تقریبات کے حوالے سے معروف تھا۔ ہائی سوسائٹی کی بیگمات جب اپنے گھر میں پارٹیاں کرتی تھیں تو مِرَر کی نامہ نگار کو ضرور مدعو کرتی تھیں جو پارٹی کا آنکھوں دیکھا حال مع تصاویر شائع کرتی تھی اور اس کے مضمون میں میزبان خاتون اور مہمان خواتین کے لباس اور میک اپ کو بڑے لچھے دار انداز میں بیان کرتی تھی، اور کھانوں کی تعریف میں زمین آسمان کے قلابے ملاتی تھی۔ یہ رسالہ اپنے عروج کے دور میں پاکستان کی اشرافیہ اور سوشل واقعات کی نمایاں اشاعت کرتا تھا اور ملک کا مقبول ترین سوسائٹی میگزین تھا۔

گھر سے باہر نکلتے ہی مریم بولی، ”مجھے حیرت ہے کہ دانی ایل نے آپ کو نہیں بتایا کہ وہ مجھ سے شادی کرنا چاہتا ہے۔“

”مجھے معلوم ہے۔ آپ کی وہ انگوٹھی بھی اسے میں نے ہی خریدوائی تھی۔“

”لیں، مجھے تو حیرت ہوئی جب آپ نے لاعلمی کا اظہار کیا۔“

”بھئی مریم، وہ گفتگو آپ کے والدین اور آپ کے درمیان ہو رہی تھی۔ میں اس میں دخل نہیں دینا چاہ رہا تھا۔“

”بڑی پتے کی بات کہی ہے آپ نے،“ مریم نے کچھ سوچ کر ہنستے ہوئے کہا، ”تب ہی تو میں آپ کو اتنا عقل مند سمجھتی ہوں۔“

”آپ کی ذرّہ نوازی ہے۔“

”نہیں، میں سنجیدہ ہوں۔“

”اگر اجازت ہو تو میں آپ سے ایک ذاتی سوال کروں؟“ میں نے پوچھا۔

”آپ مجھے جواب دینے یا نہ دینے کا حق دیں گے؟“

”بالکل، وہ تو آپ کا حق ہے۔“

”پھر تو پوچھ لیں۔“

”یہ بتائیں کہ دانی ایل کے متعلق آپ کا کیا خیال ہے۔“

”وہ ایک اچھا دوست ہے، میری عزت کرتا ہے، مجھ سے محبت کرتا ہے اور میں بھی اس سے محبت کرتی ہوں۔“

”تو پھر آپ نے اس کی شادی کی پیشکش کو قبول کیوں نہیں کیا؟“

”اس لیے کہ میں اس پیشکش کے مختلف پہلوؤں کا جائزہ لے کر فیصلہ کرنے کا حق استعمال کرنا چاہتی ہوں۔“

”بالکل جائز بات ہے۔“

”شکریہ۔“

دائیں جانب مڑ کر سڑک کی بائیں طرف آزاد بُک ڈپو تھا۔ اس کے دروازے کے سامنے فٹ پاتھ سے تین سیڑھیوں کی اونچائی پر ایک چھوٹا سا چبوترا تھا جس پر اس کے مالک، کفایت اللہ صاحب، تنگ پاجامہ اور شیروانی میں ملبوس جناح کیپ پہنے دروازے کی ایک طرف کرسی بچھائے بیٹھے رہتے تھے۔ وہ اپنے گاہکوں کو ناموں سے جانتے تھے۔ جو گاہک پہلی مرتبہ ان کی دکان پر آتا تھا اس سے اس کا نام ضرور پوچھتے اور اپنا نام بھی بتاتے۔ اس کے بعد وہ اگلی بار سال دو سال کے بعد بھی آتا تو اسے اس کے نام سے مخاطب کرتے تھے۔

مجھے دیکھ کر دور ہی سے بولے، ”کیسے مزاج ہیں پرویز میاں۔ زمانے کے بعد ہی ادھر سے گزرے۔“

”میں تو آپ کے پاس ایک نئی گاہک کو چھوڑنے کے لیے آیا ہوں۔“

”نہیں بھئی، میں تو مریم بی بی کو اس وقت سے جانتا ہوں جب یہ بچوں کے رسالے خریدنے آتی تھیں،“ کفایت صاحب نے ہنس کر کہا، ”کہیے، شاہد صاحب کے کیسے مزاج ہیں۔“

”جی انکل، پاپا ٹھیک ہیں،“ مریم نے جواب دیا۔

”مجھے تو اجازت دیں،“ میں نے کہا۔

”اگلی بار ادھر سے گزریں تو کچھ وقت دیجیے گا،“ کفایت صاحب نے اٹھ کر ہاتھ ملایا اور میں وہاں سے مریم کو خدا حافظ کہہ کر چل دیا۔

میں راستے بھر دانی ایل کی پیشکش کے متعلق سوچتا رہا۔ جس طرح انکل شاہد اور آنٹی نے دانی ایل سے اپنی محبت کا اظہار کیا تھا اور جس طرح مریم نے اپنے جذبات کو بیان کیا تھا، اس سے تو صاف ظاہر تھا کہ اُس کا جواب ہاں میں ہی تھا اور وہ صرف دانی ایل کی تڑپ میں اضافہ کرنے کے لیے جواب دینے میں دیر لگا رہی تھی۔ میرا بس چلتا تو اڑ کر دانی ایل تک پہنچتا اور اسے خوش خبری سناتا۔ میرے دماغ میں وہ جملہ گردش کر رہا تھا جو میں اسے دیکھ کر بازو پھیلاتے ہوئے کہتا، ”کِھلا یار مٹھائی!“

۲۱

”مجھے اپنے دل پر مہر کی طرح باندھ لے، اپنے بازو پر مہر کی طرح؛ کیونکہ محبت موت کی طرح طاقتور ہے، حسد قبر کی طرح بے رحم ہے۔ اس کی چمک آگ کی چمک کی مانند ہے، رب کی شعلہ زن آگ۔ بہت سا پانی محبت کو بجھا نہیں سکتا، اور نہ ہی سیلاب اسے بہا سکتا ہے۔“ غزل الغزلات 8:6-7

گورا چِٹّا رنگ، بھاری بھرکم بدن، لمبی لمبی مونچھیں، کانوں کے سِروں سے نکلے ہوئے بال جن کی وہ پرورش کرتے تھے اور باقاعدہ تیل مل کر چھوٹی سی کنگھی سے کاڑھتے تھے۔ موٹے فریم کے چشمے کے پیچھے سے اُن کی بڑی بڑی، زندگی سے بھرپور آنکھیں جھانکتی تھیں۔ چال ڈھال اور گفتگو سے انجم بھائی کوئی پرانے زمانے کے نواب لگتے تھے۔ ان کی زندگی حکیم کے نسخے کی مانند تھی جس میں اجزا کو کوٹنا، ابالنا اور چھاننا شامل تھا، مگر ان کا کام صرف ہدایات دینا تھا۔ باقی سارا کام دانی ایل اور ندیم کرتے تھے۔ انجم بھائی نماز پابندی سے پڑھتے تھے۔ ظہر کی نماز دفتر میں ہی پڑھ لیتے تھے۔ چوں کہ ان کا عقیدہ تھا کہ پتلون میں نماز نہیں ہوتی لہٰذا پتلون کے نیچے پاجامہ پہنتے تھے اور نیت باندھنے سے پہلے پتلون اتار کر کرسی پر لٹکا دیتے تھے۔ گھر پہنچتے تو برآمدے میں ان کا بستر ہر وقت بچھا ہوا ملتا تھا۔ دفتر سے آتے ہی قمیص اتار کر سرہانے کی دیوار پر لگی کھونٹی پر لٹکا دیتے اور پتلون تہہ کر کے تکیے کے نیچے رکھ دیتے تاکہ اگلی صبح تک اس کی سلوٹیں دور ہو جائیں۔ گھر میں ان کا لباس پاجامے اور بنیان پر

مشتمل ہوتا تھا۔

انجم بھائی کی عمر ساٹھ پینسٹھ سال تو رہی ہوگی۔ ایک مرتبہ ریٹائر ہونے کی کوشش کر چکے تھے مگر ان کی کمپنی نے انہیں جانے نہیں دیا۔ وہ بھی رکنے کے لیے تیار ہو گئے کیونکہ انہیں کرنے کے لیے کوئی اور کام نہیں تھا۔ انہوں نے جوانی میں شادی بھی نہیں کی تھی۔ بقول ان کے، خدا ان کا جوڑا بنانا بھول گیا تھا۔ ان کے عزیزوں کا بھی کوئی اتا پتا نہیں تھا۔ کہتے تھے کہ پیدائش سے پہلے وہ مٹر کی پھلی کا ایک دانہ تھے۔ جب پھلی سوکھ کر پھٹی تو وہ اس میں سے گر کر زمین پر آپڑے اور دیکھتے دیکھتے بڑے ہو گئے۔ دانی ایل اور ندیم انہیں اپنا بزرگ سمجھتے تھے۔

وہ دفتر سے آنے کے بعد کتاب لے کر سرہانے گاؤ تکیہ سے ٹیک لگا کر نیم دراز ہوتے تو اگلی صبح ہی اٹھتے تھے۔ صرف کھانا کھانے، نماز پڑھنے اور ٹوائلیٹ جانے کے لیے وقفہ کرتے تھے۔ انہیں چائے بھی بستر پر ملتی تھی اور اگر کبھی وہ کام میں ہاتھ بٹانا بھی چاہتے تو دانی ایل اور ندیم انہیں اس طرح ڈانٹ پلا کر روک دیتے جیسے کسی بچے کو ایسا کام کرنے سے روکا جاتا ہے جس میں اسے چوٹ لگ جانے کا احتمال ہو۔ غرض ندیم اور دانی ایل ان کی خدمت میں لگے رہتے تھے۔ انجم بھائی عمومی طور پر کم گو اور فلسفی ٹائپ کے تھے مگر جب گفتگو کے دوران ان کا کوئی پسندیدہ موضوع چھڑ جاتا تو فوراً گاؤ تکیے کا سہارا چھوڑ کر بیٹھ جاتے اور علم کے دریا بہا دیتے۔ ایک مرتبہ انہوں نے مجھے چے گیوارا پر پورا لیکچر دیا تھا جو ارجنٹائن کا انقلابی لیڈر تھا۔

اُن کا محبوب موضوع تصوف تھا۔ مثنوی مولانائے روم ان کی میز پر مستقل رہتی تھی اور وہ ہر آنے جانے والے کو اس میں سے دو ایک حکایتیں سنا دیتے تھے خصوصاً مثنوی کی پہلی نظم ''بانسری کی فریاد'' ان کی محبوب ترین نظم تھی جو وہ جھوم جھوم کر ایرانی لہجے میں پڑھتے اور پھر اس کا اردو ترجمہ سناتے ہوئے آب دیدہ ہو جاتے تھے۔

انجم بھائی دفتر سے واپسی پر جب اپنے گھر کی گلی میں مڑتے تو نکّڑ پر فضلو کی کیبن سے کے ٹو کے دس دس سگریٹوں کے دو پیکٹ خرید لیتے جنہیں اگلے چوبیس گھنٹوں میں ختم کرنا ضروری تھا۔ ان کے بستر کی ایک جانب چھوٹی سی میز تھی جس پر رکھے ہوئے بجلی کے پنکھے کا سوئچ آن کرتے اور میز کو اپنے دیگر لوازمات سے بھر دیتے جن میں سگریٹ کے پیکٹ، ایش ٹرے، لائٹر، چشمہ، گھڑی، خلال کی ڈبیا، رومال، کچھ کتابیں اور نہ جانے کیا کیا الا بلا شامل ہوتی۔ ندیم ان کی میز کو زچّہ کی میز کہتا تھا کیونکہ زچہ کے لیے بھی تمام انتظام اس طرح کیا جاتا ہے کہ اسے بستر سے نہ اٹھنا پڑے۔

***

باہر موٹر سائیکل کی آواز آئی تو انجم بھائی سمجھ گئے کہ دانی ایل واپس آگیا ہے۔ دفتر سے اس کی سالانہ چھٹیاں باقی رہتی تھیں لہٰذا اس نے ایک ہفتے کی چھٹی لے لی تھی اور ان دنوں مریم کے ساتھ آسمانوں میں اڑا پھر رہا تھا۔ اس نے دوستوں کو بتا دیا تھا کہ اس نے مریم کو شادی کی پیشکش کر دی ہے اور جواب کا انتظار کر رہا ہے۔ دوستوں کا اصرار تھا کہ وہ مریم سے ان کی ملاقات کرائے اور اس نے وعدہ کر لیا تھا کہ جوں ہی وہ ہاں کہے گی، وہ اسے سب سے ملائے گا۔ انجم بھائی اس وقت عبد اللہ حسین کا ناول "اداس نسلیں" پڑھ رہے تھے۔ انہوں نے ورق موڑ کر کتاب بند کی اور میز پر رکھ کر دروازے کی طرف دیکھنے لگے۔ جب دروازہ کھلا تو اندر داخل ہونے والی مریم تھی اور اس کے پیچھے دانی ایل تھا۔ انجم بھائی بجلی کی سی سرعت سے اٹھے اور کھونٹی سے اپنی قمیص اتار کر پہننے لگے۔ مریم بھی ٹھٹھک کر دروازے پر رک گئی۔

"دانی ایل، اگر تم کسی خاتون کو یہاں لے کر آ رہے ہو تو کم از کم پہلے گھر میں جھانک کر دیکھ تو لو،" انجم بھائی نے جلدی میں دایاں بازو بائیں آستین میں ڈال لیا تھا اور اب اسے ٹھیک کرنے کی کوشش کر رہے تھے۔ ان کے چہرے پر شرمندگی کے آثار تھے مگر جھینپے ہوئے

انداز میں مسکرا بھی رہے تھے۔

"ارے پریشان نہ ہوں انجم بھائی، میں نے پہلے بھی مردوں کو قمیص کے بغیر دیکھا ہے،" مریم نے قہقہہ لگا کر کہا۔

"عزیزۂ من، مجھے افسوس تو یہ ہے کہ اب جب بھی تم مجھے یاد کرو گی تو میں تمہیں بنیان میں ہی نظر آؤں گا،" انجم بھائی نے قمیص کے بٹن لگاتے ہوئے جواب دیا۔

"پریشان نہ ہوں۔ میں خود ہی آپ کو قمیص پہنا دیا کروں گی۔"

"آئی ایم سوری، انجم بھائی۔ آپ ٹھیک کہہ رہے ہیں، مجھے پہلے خود گھر میں جھانک لینا چاہیے تھا،" دانی ایل نے انجم بھائی کے کندھے پر ہاتھ رکھ کر کہا۔

"خیر جب اگلی بار مریم آئیں تو مجھے پہلے سے اطلاع دے دینا،" انجم بھائی نے بستر پر بیٹھتے ہوئے کہا اور مریم کو کرسی پر بیٹھنے کا اشارہ کیا۔

"انجم بھائی، آپ میرا نام بھی جانتے ہیں؟" مریم نے کہا۔

"کیوں نہیں، اس گھر میں تو دانی ایل کے ہر سانس سے مریم کا نام نکلتا ہے،" انجم بھائی نے جواب دیا، پھر دانی ایل سے پوچھا جو مریم کے پیچھے کھڑا تھا، "کیوں بھئی، اگر ہاں ہو گئی ہو تو مبارکباد دے دوں؟"

"نہیں نہیں، ابھی نہیں،" دانی ایل نے گھبرا کر کہا۔

"خدایا، آپ لوگ تو سب کچھ جانتے ہیں،" مریم نے مسکرا کر کہا۔

"ابھی مریم مجھے اچھی طرح چھان پھٹک رہی ہے۔ دو ہفتے تو ہو گئے ہیں۔ میں نے بھی کہہ دیا ہے کہ میں قیامت تک انتظار کرنے کو تیار ہوں۔"

"بھئی مریم، اگر آپ کو کوئی سفارشی چاہیے تو میں اس بات کی گواہی دینے کو تیار ہوں کہ دانی ایل جیسا شریف لڑکا میں نے آج تک نہیں دیکھا،" انجم بھائی نے کہا۔

"میں آپ کی اس گواہی کی تصدیق کرنے کے لیے تیار ہوں،" مریم نے جواب دیا۔

"لو بھئی دانی ایل، معلوم ہوتا ہے کہ تمہارا کام بن گیا،" انجم بھائی نے دانی ایل کو مخاطب کر کے کہا۔

"انجم بھائی، فی الحال تو دعاؤں پر گزارہ ہو رہا ہے۔"

"بس اللہ میاں کو ٹکٹکاتے رہو، دعا قبول ہو ہی جائے گی۔"

مریم خاموشی سے اُن کی باتیں سنتی رہی۔ اس کے ہونٹوں پر مسکراہٹ تھی مگر اس نے ان کی گفتگو میں دخل نہیں دیا۔ انجم بھائی کو محسوس ہوا کہ مریم بور ہو رہی ہے لہٰذا وہ اس کی طرف متوجہ ہو گئے۔

"دانی ایل بتا رہا تھا کہ تم اردو میں ایم اے کرنا چاہتی ہو۔"

"جی۔"

"پروفیسر مجتبیٰ اور میں تصوف کے ایک ہی سلسلے سے وابستہ ہیں۔ میں باقاعدگی سے ان کی محفلوں میں شرکت کرتا ہوں۔"

"جی، میرا پروفیسر مجتبیٰ کی نگرانی میں ایک تحقیقی مقالہ لکھنے کا پروگرام ہے۔"

"مجھے یقین ہے کہ تم ان سے بہت کچھ سیکھو گی۔"

"چلیں؟" دانی ایل نے پوچھا۔

"انجم بھائی، یقین کریں کہ آپ سے مل کر بے حد خوشی ہوئی،" مریم نے کرسی سے اٹھتے ہوئے کہا۔

"آتی رہنا،" انجم بھائی نے جواب دیا، "دانی ایل، ندیم تو اپنے کسی عزیز کے گھر گئے ہوئے ہیں۔ تم کھانے کے وقت تک آ جاؤ گے؟"

"نہیں، انجم بھائی ہمارا پروگرام آج باہر کھانا کھانے کا ہے۔ ندیم آپ کے لیے کھانے

کا انتظام کر کے گئے ہیں نا؟"

"ہاں، تم میری فکر مت کرو۔ ندیم پکا کر رکھ گئے ہیں اور گرم کرنے کی ہدایات بھی دے گئے ہیں،" انجم بھائی نے جواب دیا، پھر مریم کی طرف دیکھ کر کہا، "یہ لوگ مجھے بالکل بچہ سمجھتے ہیں۔" مریم بس مسکرا کر رہ گئی۔

باہر نکل کر جب دانی ایل نے اپنی اسکوٹر اسٹارٹ کی تو مریم نے پشت کی سیٹ پر بیٹھتے ہوئے کہا، "انجم بھائی بڑے پیارے انسان ہیں۔"

۲۲

”لیکن روح کا پھل محبت، خوشی، اطمینان، تحمل، مہربانی، نیکی، وفاداری، حلم، اور پرہیز گاری ہے۔ ان باتوں کے خلاف کوئی قانون نہیں۔“ گلتیوں-5:22-23

اُس زمانے میں متوسط طبقے کے لوگوں کے بیشتر گھروں میں ڈرائنگ روم نام کا کوئی کمرہ نہیں ہوتا تھا جہاں مہمانوں کی خاطر و مدارت کی جا سکے۔ بزرگوں کے مہمانوں کے لیے گھر کے دروازے کے باہر ہی کرسیاں بچھا دی جاتیں اور وہیں چائے بسکٹ پہنچا دیے جاتے۔ اسکول جانے والے بچوں کے مہمان گھر کے سامنے ہی کھڑے ہو کر باتیں کر لیتے اور کالج جانے والے لڑکے نزدیک ترین ایرانی ریسٹورنٹ میں بیٹھ کر لڑکیوں، فلموں اور انقلاب کی باتیں کر لیا کرتے تھے۔

سنا تھا کہ لاہور کی لڑکیاں اتنی ماڈرن ہو گئی ہیں کہ موٹر سائیکلوں پر گھومتی پھرتی ہیں اور ریسٹورنٹوں میں بیٹھتی ہیں، مگر حیدر آباد میں ابھی لڑکیوں نے بغاوت نہیں کی تھی اور ایرانی ریسٹورنٹوں میں خواتین نظر نہیں آتی تھیں۔ ایسے ماحول میں رسالہ روڈ پر کیفے حیات واحد ریسٹورنٹ تھا جہاں اوپر کی منزل پر فیملی کیبن تھے۔ وہاں بال بچے والوں کے علاوہ محبت کے عہد و پیماں کرنے والے جوڑے بھی ڈرتے ڈرتے آتے تھے کہ کہیں کسی جاننے

والے کی نظر نہ پڑ جائے۔

چرچ سروس کے بعد پادری پال ہمیشہ دروازے پر کھڑے ہو کر لوگوں کو خدا حافظ کہتے تھے۔ وہ اپنی جماعت کے ہر ممبر اور اس کے بچوں کے نام جانتے تھے اور ہر ایک کا نام لے کر اس کی خیریت پوچھتے۔ مریم اور دانی ایل بھی پادری پال کے پیچھے کچھ فاصلے پر کھڑے انتظار کرتے کہ سب لوگوں کے جانے کے بعد وہ صفائی کا کام شروع کریں۔ اس دن مریم نے تجویز پیش کی تھی کہ کیوں نہ واپسی پر راستے میں کیفے حیات پر رُک کر چائے پی جائے۔ دانی ایل کا حال یہ تھا کہ اللہ دے اور بندہ لے۔ اسے تو ان لمحات کی شدت سے تلاش رہتی تھی جو وہ مریم کے ساتھ تنہائی میں گزار سکے لہٰذا اس نے فوراً مریم سے ہاتھ ملانے کے لیے اپنا ہاتھ آگے بڑھا دیا۔

جب وہ صفائی ختم کر کے باہر نکلے تو آسمان ابر آلود تھا جس کی وجہ سے گرمی میں کمی آ گئی تھی۔ ویسے بھی مون سون کا موسم آ گیا تھا اور کسی دن بھی بارش شروع ہو سکتی تھی۔ دانی ایل نے اپنی اسکوٹر کیفے حیات کے سامنے پارک کر دی۔ اس کے برابر ہی ریسٹورنٹ کی اوپری منزل پر جانے کا زینہ تھا جس کے دروازے پر لگے ہوئے بورڈ کے مطابق اس میں صرف فیملی کے داخلے کی اجازت تھی۔ دانی ایل اور مریم کونے کے ایک کیبن میں بیٹھ گئے۔ میز کے کونے پر ایک بٹن لگا ہوا تھا جسے دبانے سے نچلی منزل پر گھنٹی بجتی تھی تو کیبن نمبر روشن ہو جاتا تھا اور جس ویٹر کی ڈیوٹی ہوتی تھی وہ آرڈر لینے کے لیے اوپر آ جاتا تھا۔

"یہاں کی پیٹیز مشہور ہیں،" دانی ایل نے کہا۔

"نہیں بس میں تو چائے پیوں گی، گھر پر انتظار ہو رہا ہو گا کھانے پر،" مریم نے جواب دیا۔

"میں بھی صرف چائے پیوں گا۔"

دانی ایل نے ویٹر کو دو چائے کا آرڈر دے دیا۔ بہت کم ایسا ہوتا تھا جب دانی ایل کو

مریم سے تنہائی میں ملنے کا موقع ملتا تھا۔ ایسے موقعوں پر ہمیشہ اس کے دل کی دھڑکن تیز ہو جاتی تھی۔ وہ محسوس کرتا تھا جیسے ساری دنیا رک گئی ہو اور وہ پل ایک جادوئی لمحہ بن گیا ہو جس میں صرف وہ اور مریم موجود ہوں۔ اس کی نظر میں مریم ایک مکمل تصویر ہوتی، جہاں اس کی ہر حرکت، ہر لفظ اور ہر مسکراہٹ اسے مزید پرکشش بنا دیتی۔ دانی ایل کی نظریں مریم پر جمی ہوئی تھیں اور اس پر تنویمی کیفیت طاری تھی جس میں اس کے سامنے صرف مریم کے مسکراتے ہوئے ہونٹ تھے۔ اس نے ایک گہرا سانس لیا اور سیڑھیوں پر کسی کے چلنے کی چاپ سے اس کا سحر ٹوٹ گیا۔

مریم نے مسکرا کر پوچھا، "کیا سوچ رہے تھے؟"

دانی ایل نے کچھ کہنے کے لیے منہ کھولا مگر اسی لمحے ویٹر چائے کی ٹرے لیے کیبن میں داخل ہوا۔

"آپ کچھ اور منگوانا چاہیں تو گھنٹی بجا دیجیے گا،" ویٹر نے کہا اور دانی ایل نے اس کا شکریہ ادا کیا اور ویٹر سر ہلا کر چلا گیا۔

"دراصل میں سوچتا ہوں کہ تمہارے بغیر زندگی کیسے گزار سکتا ہوں،" دانی ایل نے چائے بناتے ہوئے کہا۔

"دانی، جب میں تمہارے ساتھ ہوتی ہوں تو مجھے لگتا ہے کہ ایورسٹ پر کھڑی ہوں۔ تمہاری دوستی اور تمہاری محبت میرے لیے بہت قیمتی ہے اور میں سوچ بھی نہیں سکتی کہ کبھی ایسا بھی ہو گا کہ تم میرے ساتھ نہیں ہو گے۔" مریم سر جھکائے سرگوشی میں بول رہی تھی جیسے اپنے آپ سے باتیں کر رہی ہو۔

دانی ایل خاموش رہا۔ اسے مریم کے چہرے پر کرب کی سی کیفیت نظر آئی مگر پھر مسکرا کر اس نے اپنے پرس سے ایک چھوٹا سا ڈبہ نکالا۔

"میرے پاس بھی تمہارے لیے ایک تحفہ ہے،" اس نے دانی ایل کے ہاتھ میں وہ ڈبّہ دے دیا۔

دانی ایل نے ڈبّہ کھولا تو اس میں ایک پارکر فاؤنٹین پین تھا۔

"شکریہ، مگر اتنا مہنگا تحفہ تمہیں نہیں خریدنا چاہیے تھا،" دانی ایل نے مسکرا کر کہا۔

"تم مجھے اتنے عزیز ہو، دانی، کہ میرے لیے تمہارے آگے سب کچھ ہیچ ہے۔"

"تمہارا بے حد شکریہ۔"

دانی ایل محسوس کر رہا تھا کہ مریم کچھ اور کہنا چاہ رہی ہے۔ بار بار اس کا ہاتھ اپنے پرس پر جاتا مگر وہ اسے پھر کھینچ لیتی۔ آخر کار اس نے اپنے پرس کو اٹھا کر کھولنا شروع کر دیا۔

"دانی، میری تم سے ایک اور درخواست ہے؟"

"بولو۔"

"تم اِس کے بجائے مجھے کوئی اور تحفہ دے دو،" مریم نے انگوٹھی کی ڈبیا اس کے سامنے رکھتے ہوئے کہا۔

دانی ایل کچھ کہے بغیر اس ڈبیا کو گھورتا رہا پھر بولا، "کیا میں سمجھوں کہ تم میری پیشکش کو مسترد کر رہی ہو؟"

"یقین کرو دانی، کہ مجھے تمہاری دوستی بے حد عزیز ہے۔"

"مگر تم مجھ سے شادی نہیں کر سکتیں۔ یہی بات ہے نا؟"

"کاش میں کر سکتی!"

"کیا تم سمجھتی ہو کہ مجھے وجہ جاننے کا حق ہے؟"

"بالکل حق ہے،" مریم نے جواب دیا، "دراصل ابھی شادی کرنا میرے پلان میں شامل نہیں ہے۔ اگلے ہفتے یونیورسٹی شروع ہو جائے گی اور ابھی مجھے زندگی میں بہت کچھ کرنا ہے۔"

”اگر میں تم سے وعدہ کر لوں کہ کبھی تمہارے راستے کی رکاوٹ نہیں بنوں گا؟“

”تم وعدہ نہیں کر سکتے، اور میں بھی تم سے یہ توقع نہیں رکھ سکتی کہ اگر ہمارے راستے جدا ہوں تو تم اپنا راستہ چھوڑ کر میرے ساتھ چلو۔“

”میں نے تو خواب دیکھنا شروع کر دیے تھے کہ ہم زندگی بھر ساتھ رہیں گے۔“

”میری بھی یہی خواہش ہے کہ ہم ایک دوسرے کو پھلتا پھولتا دیکھیں۔ میں تمہیں ترقی کے مدارج طے کرتے دیکھ کر خوش ہوں اور تم مجھے دیکھ کر خوش ہو۔ اگر ہم ایک دوسرے کی آزادی پر اثر انداز ہونے لگیں تو دونوں وہیں منجمد ہو جائیں گے۔“

”مگر ہم ایک دوسرے کی آزادی پر کیوں اثر انداز ہوں گے؟“

”اس لیے کہ ہم دونوں آزاد ہیں اور ضروری نہیں ہے کہ ہماری راہیں ایک ہی ہوں۔ میں چاہتی ہوں کہ ہم آزادی سے ساتھ ساتھ چلتے رہیں۔“

”ممکن ہے کہ میں ہی نادان ہوں کہ تمہاری اجازت کے بغیر ہی تمہیں اپنے خوابوں میں شامل کر لیا تھا۔“

”یہ تمہاری نادانی نہیں، میری خوش نصیبی ہے۔ میں تمہاری شکر گزار ہوں کہ تم نے مجھے اپنے خوابوں میں شامل کیا۔“

”بہر حال، میں بھی تمہارا بے حد شکر گزار ہوں۔ ہمارا جو وقت ساتھ گزرا اس دوران مجھے یقین ہو گیا تھا کہ اگر میں زمین پر زور سے پاؤں ماروں تو پانی نکل آئے گا۔“

”مجھے یقین ہے کہ نکل آئے گا۔ مجھے یہ بھی یقین ہے کہ ہماری دوستی اور تمہارے لیے میری محبت ہمیشہ قائم رہے گی۔“

دانی ایل نے کوئی جواب نہیں دیا۔ مریم بھی سوچ میں ڈوبی میز کو اپنی انگلیوں سے تھپکتی رہی۔ آخر دانی ایل نے خاموشی کو توڑتے ہوئے کہا،

"میں بھی بڑا بے وقوف تھا۔ خواہ مخواہ خواب دیکھنے شروع کر دیے تھے کہ ہم اکٹھے زندگی گزاریں گے۔"

"دانی، میں نے تم سے شادی کرنے سے انکار تو نہیں کیا۔ ممکن ہے کہ جب میں شادی کے لیے تیار ہوں اور تم اس وقت تک شادی شدہ نہ ہو تو میں ہی تمہیں شادی کی پیشکش کر دوں۔"

"اور اگر اس وقت میں انکار کر دوں تو؟" دانی ایل نے مسکرا کر کہا۔

"تو میں کسی اور کو تلاش کر لوں گی،" مریم نے بھی مسکرا کر جواب دیا۔

"ایسا کرو کہ تم یہ انگوٹھی رکھو،" دانی ایل نے انگوٹھی کی ڈبیا مریم کی طرف بڑھاتے ہوئے کہا، "ہم باغبان جیویلرز چلیں گے۔ تم اسے واپس کر کے کچھ اور لے لینا۔"

"مگر یہ بہت قیمتی ہے، دانی۔"

"اتنی قیمتی نہیں جتنی تم میرے لیے ہو،" دانی ایل نے مریم کے ہاتھ پر اپنا ہاتھ رکھتے ہوئے کہا۔ اس نے اپنے بٹوے سے دو روپے کا نوٹ نکالا اور میز پر رکھ کر اٹھ گیا۔ مریم بھی اٹھی اور وہ زینے سے اتر کر نیچے آ گئے۔ ہلکی ہلکی بوندیں پڑنا شروع ہو گئی تھیں اور ہوا میں بھی کچھ ٹھنڈک تھی۔

"آؤ چلیں،" دانی ایل نے اپنی اسکوٹر اسٹارٹ کرتے ہوئے کہا

۲۳

"محبت میں خوف نہیں ہوتا بلکہ کامل محبت خوف کو دور کر دیتی ہے، کیونکہ
خوف میں سزا ہے اور جو شخص خوف کرتا ہے اس میں محبت کامل نہیں ہوئی۔"
یوحنّا 4:18

سینٹ میریز کانونٹ کی چہار دیواری کی ایک دیوار، گلی میں تھی جس کے نکّڑ پر کوڑے کا ڈھیر تھا، جسے محلے کے آوارہ کُتّے کریدتے رہتے تھے۔ کبھی کبھار دو ایک گدھ بھی وہاں خوراک کی تلاش میں آ جاتے اور جوں ہی وہ کوڑے کے ڈھیر کی طرف بڑھتے، کُتّے ان پر جھپٹ کر بھگا دیتے۔ وہ گلی عموماً سنسان ہی رہتی اور وہاں سے گزرنے والے اکّا دکّا راہ گیر ناک پر رومال رکھ کر کوڑے کے ڈھیر کے برابر سے خاموشی سے اس طرح گزر جاتے کہ کتّوں اور گِدّھوں کو کانوں کان خبر نہ ہوتی اور ان کی آنکھ مچولی چلتی رہتی۔

گلی کے بیچوں بیچ ایک چھوٹا سا دروازہ تھا جس کی پشت پر ایک کمرہ تھا۔ یہ کانونٹ کا فوڈ بینک تھا جہاں سے وہ غریبوں کو مفت راشن بانٹتے تھے جس میں آٹا، چاول، گھی اور امریکہ سے آیا ہوا دودھ کا پاؤڈر ہوتا تھا۔ یہاں سے مفت راشن حاصل کرنے کے لیے ممبر بننا پڑتا تھا جس میں نام، پتہ اور گھر کے افراد کی تعداد دے کر کارڈ بنوانا پڑتا تھا جسے دکھا کر ضرورت کے مطابق راشن مل جاتا تھا۔ ضرورت مند گلی میں کھلنے والے دروازے سے ہی فوڈ بینک

جاتے تھے اور راشن لے کر اسی دروازے سے نکل آتے تھے۔ ایک نن اپنے ہاتھوں سے انہیں راشن دیتی تھی اور خداوند یسوع مسیح کی طرف سے برکتوں کے نزول کی دعائیں دے کر رخصت کرتی تھی۔

فوڈ بینک سے سو گز کے فاصلے پر وہ گلی ایک سڑک پر ختم ہو جاتی تھی۔ سڑک کے ساتھ ساتھ ہی ایک قطار میں بہت سے گیراج تھے جن میں سے کچھ میں مہاجر آن بسے تھے اور وہیں ان کی تیسری پُشت پل بڑھ رہی تھی۔ باقی گیراجوں میں لوگوں نے دکانیں کھول لیں تھیں۔ ان ہی میں میرے اسکول کے ایک دوست، ستّار، کا ورک شاپ تھا جس میں وہ کاروں کی مرمت کرتا تھا۔ ستّار نے میٹرک کے بعد آگے پڑھائی نہیں کی تھی، بلکہ موٹر میکینک کا کورس کر کے اپنا گیراج کھول لیا تھا۔ میں جب بھی اس طرف سے گزرتا تو ستّار سے سلام دعا کرنے کے لیے اس کے پاس ضرور رکتا تھا۔

اُس روز میں ستّار سے مل کر جوں ہی گلی میں مڑا تو مجھے ایسا لگا جیسے سامنے ہی فوڈ بینک سے آنٹی نکلیں۔ ان کا چہرہ تو میں نے نہیں دیکھا مگر ڈیل ڈول سے وہی لگ رہی تھیں اور ان ہی کی طرح سفید ساڑھی پہنی ہوئی تھی۔ ان کے ایک کندھے پر چاول کا تھیلا تھا جسے انہوں نے ایک ہاتھ سے سنبھال رکھا تھا، اور دوسرے ہاتھ میں ڈالڈا کا ڈبّہ تھا۔ میں انہیں دیکھ کر ٹھٹھکا اور واپس مڑ گیا۔ کچھ آگے چل کر میں نے پیچھے مڑ کر دیکھا تو وہ دوسری طرف جا رہی تھیں۔ ان کی پیٹھ میری طرف تھی مگر مجھے یقین ہو گیا کہ وہ آنٹی ہی ہیں۔ چاول کا پانچ سیر کا تھیلا تھا اور ان سے چلنا دوبھر ہو رہا تھا۔ مجھے اندازہ نہیں تھا کہ ان کے اور انکل شاہد کے لیے بچوں کو پالنا اتنا دشوار تھا کہ آنٹی کو فوڈ بینک سے مدد لینی پڑتی تھی۔ میں ان کے پیچھے پیچھے چل دیا مگر ان سے کافی فاصلے پر رہا تاکہ مجھ پر ان کی نظر نہ پڑے۔ جب میں کوڑے کے ڈھیر کے برابر سے گزر رہا تھا تو وہ چوراہے پر پہنچ کر سڑک پار کر چکی تھیں اور ٹریفک سگنل

سرخ ہو چکا تھا۔ میں سڑک کے کنارے اس کے ہرے ہونے کا انتظار کرنے لگا مگر میری نظریں اُن پر ہی جمی ہوئی تھیں۔ وہ ایک جگہ رکیں اور ڈالڈا کا ڈبہ زمین پر رکھ کر چاول کا تھیلا ایک کندھے سے دوسرے کندھے پر منتقل کر کے پھر چل دیں۔ اتنی دیر میں ٹریفک سگنل سبز ہو گیا اور میں لپک کر سڑک پار کر کے ان تک پہنچ گیا۔ ان کے برابر سے گزرتے ہوئے میں نے پیچھے مڑ کر دیکھا اور حیران ہونے کی ایکٹنگ کرتے ہوئے کہا، ''ارے آنٹی، آپ!''

''جی، سر،'' انہوں نے گھبرا کر کہا۔ ان کا چہرہ پسینے میں شرابور تھا۔

''آپ شاپنگ کے لیے کسی بچے کو ساتھ لے لیا کریں،'' میں نے کہا۔

''بس، سر، بچے اپنے اپنے کاموں میں لگے رہتے ہیں۔''

''اب آپ کی صحت اس قابل نہیں ہے کہ آپ اتنا وزن اٹھائے پھریں۔ لائیں، یہ تھیلا مجھے دے دیں،'' میں نے ان کے کندھے سے تھیلا کھینچتے ہوئے کہا۔

''ارے نہیں نہیں، سر، آپ تکلیف نہ کریں۔''

''کوئی تکلیف نہیں، یہ اچھا لگے گا کہ آپ اس طرح لدی پھندی چلیں اور میں خالی ہاتھ چلوں؟''

''میں آپ کو تکلیف دینا نہیں چاہتی،'' انہوں نے اپنی ساڑھی کے پلّو سے پسینہ پونچھتے ہوئے کہا۔

''کوئی تکلیف نہیں۔ یہ گھی کا ڈبّہ بھی دے دیں،'' میں نے ان کے ہاتھ سے ڈالڈا کا ڈبہ لینے کی کوشش کی۔

''نہیں، سر، یہ رہنے دیں۔''

''آنٹی، آپ واقعی بچوں سے کام لیا کریں۔''

''سر، آپ کو بڑی تکلیف دے رہی ہوں۔ پتہ نہیں آپ کہاں جا رہے تھے۔''

"آپ نے کوئی تکلیف نہیں دی، میں آپ کے گھر کے قریب سے ہی گزرنے والا تھا۔ آپ کو گھر چھوڑ کر آگے چلا جاؤں گا۔"

"آپ کا بے حد شکریہ۔"

"فرض کی ادائیگی میں کہاں کا شکریہ۔"

***

میں پچھلے دو ہفتے سے دیکھ رہا تھا کہ آنٹی شام کو گھر پر ہی ہوتی تھیں۔ جب میں بچوں کو پڑھا کر فارغ ہوتا اور صحن میں انکل کے ساتھ چائے پینے کے لیے آکر بیٹھتا تو وہ بھی آ جاتیں اور مریم چائے بنا کر لے آتی۔ آخر ایک دن میں نے پوچھ ہی لیا تو انہوں نے بتایا کہ ان کی ٹیوشن ختم ہوگئی ہے کیونکہ جس کے بچوں کو وہ پڑھا رہی تھیں اس نے دوسری شادی کر لی اور پہلی بیوی کو بچوں سمیت اس کے گاؤں بھیج دیا۔ مجھے معلوم تھا کہ آنٹی وہ ٹیوشن صرف میری فیس ادا کرنے کے لیے کر رہی تھیں ورنہ انکل کی اتنی استطاعت نہیں تھی کہ وہ مجھے بچوں کو پڑھوانے کے لیے پچھتر روپے مہینہ دے سکیں۔ میرا ضمیر مستقل ملامت کرتا تھا کہ انہیں راشن کے لیے فوڈ بینک کا سہارا لینا پڑتا ہے اور اس قدر تنگ دستی کے باوجود وہ میرے لیے ٹیوشن فیس کا انتظام کرتے ہیں۔ ویسے بھی میں وہ ٹیوشن چھوڑنے والا تھا کیونکہ میرے ماسٹرز فائنل کے امتحان ختم ہو گئے تھے اور نتیجے کا انتظار تھا۔ دو ہفتے کے بعد یونیورسٹی کھل رہی تھی لہٰذا کسی دن بھی نتیجہ آ سکتا تھا۔ اس کے بعد ملازمت تلاش کرنے کا پروگرام تھا۔ نہ جانے کہاں ملازمت ملتی تو اس کے ساتھ ٹیوشن تو جاری نہیں رہ سکتی تھی۔

اس روز میں نے فیصلہ کر لیا تھا کہ انکل شاہد کو بتا دوں گا کہ میں ٹیوشن چھوڑ رہا ہوں۔ بچوں کا ہوم ورک چیک کرنے کے بعد میں انہیں چھٹی دینے کی تیاری کر رہا تھا کہ مریم وہاں آ بیٹھی۔ اس کے ہاتھ میں آگاتھا کرسٹی کی مرڈر آن دی اورینٹ ایکسپریس تھی۔ میں نے

مسکرا کر سر کو جنبش دی۔ وہ بھی سر ہلا کر بیٹھ گئی اور کتاب پڑھنے لگی۔ بچے ایک ایک کر کے جا چکے تھے اور آخر میں میں نے جینی کو بھی رخصت کر دیا۔ مریم نے کتاب بند کر دی اور میری طرف یوں دیکھنے لگی جیسے کچھ کہنا چاہتی ہو مگر کہہ نہ پا رہی ہو۔ بار بار اس کے ہونٹوں میں جنبش ہوتی مگر میری طرف سے نظریں ہٹا لیتی۔

"مریم، آپ کچھ کہنا چاہ رہی ہیں؟" میں نے پوچھا۔

"نہیں، نہیں،" اس نے چونک کر کہا، "کوئی خاص بات نہیں ہے۔"

"پھر بھی، اگر آپ کچھ کہنا چاہیں تو کہہ دیں۔"

"نہیں چھوڑیں، کوئی خاص بات نہیں ہے۔"

"تو پھر میں ایک معاملے پر آپ سے گفتگو کرنا چاہ رہا تھا۔"

مریم پھر چونکی اور مجھے ایسا لگا جیسے اس نے اپنی مدافعت کے لیے ڈھال اٹھا کر میرے سامنے کر دی ہو۔

"فرمایئے۔"

"میں سوچ رہا تھا کہ اب آپ آ گئی ہیں تو بہن بھائیوں کو ایک گھنٹے کے لیے لے کر بیٹھ جایا کریں۔ میں رزلٹ آنے کے بعد نوکری ڈھونڈوں گا اور میرے لیے وقت نکالنا مشکل ہو گا۔"

مریم نے کوئی جواب نہیں دیا اور کتاب اٹھا کر اس کے ورق پلٹنے لگی۔

"کیا سوچ رہی ہیں؟" میں نے پوچھا۔

"تو، دانی نے آپ کو بتا دیا ہے۔ اسی لیے آپ ہمیں چھوڑ رہے ہیں۔"

"کیا بتا دیا ہے؟"

"دانی نے آپ کو کچھ نہیں بتایا؟"

"نہیں، ہماری ملاقات نہیں ہوئی۔ ہم پیر کی رات کو کیفے جارج میں ملتے ہیں۔ آج

ملاقات ہو گی۔"

"میں نے دانی کی انگوٹھی واپس کر دی ہے،" اس نے لمبی خاموشی کے بعد کہا۔ اس کے چہرے پر اداسی تھی۔

میں گہرا سانس لے کر رہ گیا مگر کچھ کہا نہیں۔

"آپ نے کسی ردعمل کا اظہار نہیں کیا،" اس کے ہونٹوں پر پھیکی سی مسکراہٹ تھی۔

"میں کیا کہہ سکتا ہوں۔ یہ آپ کا اور دانی ایل کا معاملہ ہے۔"

"پھر بھی۔ دانی آپ کا دوست ہے۔"

"تو زیادہ سے زیادہ مجھے دکھ ہو سکتا ہے اور میں اظہارِ افسوس کر سکتا ہوں۔"

"دکھ تو مجھے بھی ہے۔ یقین کریں کہ مجھے دانی سے بے حد محبت ہے مگر میں اس سے شادی نہیں کر سکتی۔"

"کیا میں پوچھنے کی جرات کر سکتا ہوں کہ اگر محبت ہے تو شادی کیوں نہیں کر سکتیں؟"

"کیا یہ ضروری ہے کہ جس سے محبت کی جائے اس سے شادی بھی کی جائے؟" مریم نے کہا۔

"تو پھر کیا آپ اس سے شادی کریں گی جس سے محبت نہ ہو؟" مجھے قطعی اندازہ نہ ہوا کہ مریم نے میرے لہجے کی چبھن کو محسوس کیا یا نہیں۔

"دراصل مجھے ڈر لگتا ہے۔"

"کس بات کا ڈر؟"

"میں نے ایسے میاں بیوی دیکھے ہیں جنھوں نے ایک دوسرے کی زندگی کو جہنم بنا دیا ہے حال آنکہ انھوں نے اسی لیے شادی کی تھی کہ ایک دوسرے سے محبت کرتے تھے۔"

"کیا آپ کے تایا اور تائی بھی ان جوڑوں میں شامل ہیں؟"

"نہیں،" مریم نے کچھ سوچ کر کہا، "اُن کا رشتہ مثالی ہے۔"

”مریم، میں اس معاملے میں مزید دخل نہیں دے سکتا۔ دانی ایل میرا دوست ہے اور مجھے بے حد عزیز ہے۔“

”دانی مجھے بھی بے حد عزیز ہے اور میں زندگی بھر اسے ایسا ہی دیکھنا چاہتی ہوں۔ اسی لیے مجھے اس سے شادی کرنے سے ڈر لگتا ہے۔“

”آپ کے فلسفے پر ہم مزید گفتگو کر سکتے ہیں، بشرطیکہ آپ موضوعِ گفتگو نہ ہوں،“ میں نے مسکرا کر کہا اور کرسی پیچھے سرکا کر اٹھ گیا۔

مریم بھی اٹھ کر کمرے میں چلی گئی۔

۲۴

"وہ اپنی بہتیری لچک دار باتوں سے اُسے بہکا لیتی ہے، اپنے لبوں کی چاپلوسی سے اُسے گمراہ کر دیتی ہے۔ وہ فوراً اُس کے پیچھے ہو لیتا ہے، جیسے کوئی بَیل ذبح ہونے جاتا ہے، اور جیسے کوئی ہرن جال میں پھنسنے کے لئے قدم بڑھاتا ہے۔"

امثال 22-7:21

میں مریم کو خدا حافظ کہہ کر باہر نکلا تو انکل شاہد چائے پر میرا انتظار کر رہے تھے۔ آنٹی حسبِ معمول کوئی سوئٹر بُن رہی تھیں۔ جینی باورچی خانے میں چائے بنا رہی تھی۔ انکل اور آنٹی کو اندازہ ہو گیا تھا کہ مریم نے مجھے بتا دیا ہے کہ اس نے دانی ایل کی پیشکش کو رد کر دیا ہے۔

"تو مریم نے آپ کو بتا دیا؟" انکل شاہد نے پوچھا۔

"جی،" اس سے زیادہ میں اور کیا کہتا۔

"ہمیں بہت افسوس ہوا۔"

"چھوڑیں، آپ کیوں خود کو پریشان کرتے ہیں؟" آنٹی نے ادھ بُنے سوئٹر کو اون کے گولے کے گرد لپیٹ کر اپنے برابر والی کرسی پر رکھتے ہوئے کہا۔

"آنٹی صحیح کہہ رہی ہیں۔ ظاہر ہے کہ فیصلہ کرنا مریم کا حق ہے۔"

"میرے لیے تو دانی ایل لاکھوں میں ایک ہے۔ ہمارے بچے بھی اسے ہماری فیملی کا حصہ سمجھتے ہیں۔"

"میرا خیال ہے کہ مریم ابھی شادی کے لیے تیار نہیں ہے۔ جب تیار ہو گی تو وہ خود ہی دانی ایل کو پیشکش کر دے گی۔"

"مگر اس بات کی کیا گارنٹی ہے کہ اس وقت تک دانی ایل کی شادی نہیں ہو چکی ہو گی؟" انکل شاہد نے مسکراتے ہوئے پوچھا۔

"مریم کو یہ خطرہ تو مول لینا ہی پڑے گا۔"

"آج کل کے بچے میری سمجھ میں تو نہیں آتے،" آنٹی نے کہا، "دانی ایل ایمان دار لڑکا ہے، محنتی بھی ہے اور سب سے بڑی محبت سے ملتا ہے۔ رشتے کے لیے لڑکوں میں یہی باتیں دیکھی جاتی ہیں۔"

"آنٹی، آپ کا زمانہ اور تھا،" میں نے کہا، "بس خدا سے بھلائی کی امید رکھیں۔"

اتنے میں جینی چائے لے کر آ گئی۔ آنٹی نے ایک چسکی لی تو بولیں، "بیٹی، آپ نے اس میں شکر ڈال دی۔"

آنٹی کی بیماریوں کی فہرست میں ذیابیطس بھی شامل تھی لہٰذا انہوں نے کئی سال پہلے چائے میں شکر ڈالنا چھوڑ دی تھی اور انکل شاہد نے بھی اُن کا ساتھ دیا تھا۔

"معلوم ہوتا ہے کہ سر کی چائے آپ کے پاس پہنچ گئی،" جینی نے آنٹی کے ہاتھ سے چائے کی پیالی لیتے ہوئے کہا، "میں آپ کے لیے دوسری چائے بنا لاتی ہوں اور سر آپ کے لیے شکر لے کر آتی ہوں۔"

"جینی، تم یہ پیالی مجھے دے دو۔ دوسری پیالی بنانے کی ضرورت نہیں ہے،" میں نے جینی کو اپنی پیالی دیتے ہوئے کہا۔

"ارے نہیں سر، میں نے اس میں سے ایک گھونٹ لے لیا ہے،" آنٹی نے کہا۔

"آنٹی، کوئی فرق نہیں پڑتا۔ میں اپنی والدہ کا بچا ہوا پانی بھی پی لیتا ہوں،" میں نے

کہا۔ آنٹی صرف مسکرا کر رہ گئیں۔

"انکل شاہد، میرا فائنل کا رزلٹ آنے والا ہے۔ اس کے بعد ملازمت تلاش کروں گا اور نوکری ملنے کے بعد یہ ٹیوشن جاری رکھنا مشکل ہو جائے گا۔ مریم سے میری بات ہو گئی ہے۔ وہ میری جگہ بہن بھائیوں کو پڑھایا کرے گی۔"

"اِس کا مطلب ہے کہ اب آپ سے ملاقات نہیں ہوا کرے گی؟" انکل شاہد نے اپنی خالی پیالی میز پر رکھتے ہوئے پوچھا۔

"نہیں، ایسی بات نہیں، مجھے جب بھی موقع ملے گا، چائے پینے کے لیے آ جایا کروں گا،" میں نے کہا۔

"سر، آپ نے ہماری فیملی کو جو محبت دی ہے، اس کی وجہ سے ہم آپ کو اپنی فیملی کا ہی حصہ سمجھتے ہیں،" آنٹی نے کہا۔

"آنٹی، مجھے بھی آپ سب سے جو محبت ملی ہے، میں خود کو بھی اِس فیملی کا حصہ سمجھتا ہوں۔"

"آپ نے بچوں کو بتا دیا ہے؟" انکل شاہد نے پوچھا۔

"ابھی نہیں۔ کم از کم اِس ماہ کے آخر تک تو میں رہوں گا۔"

"تو پھر آپ ہی بچوں کو بتایئے گا۔"

"میں انہیں بتا دوں گا اور یہ بھی بتاؤں گا کہ جب وہ بڑے ہوں گے تو شادیاں بھی کریں گے اور اپنے بچوں کی پرورش اسی طرح کریں گے جس طرح آپ دونوں نے ان کی پرورش کی ہے،" میں نے کہا، "اور جہاں انہیں ملازمتیں ملیں گی وہاں منتقل ہو جائیں گے مگر یہ یاد رکھیں گے کہ ان کی جڑیں ان کی فیملی میں ہی ہیں جس میں ان کے والدین اور بہن بھائی شامل ہیں۔"

"شکریہ، بڑا اچھا پیغام ہو گا۔"

"یہ مریم کیوں کمرے سے نہیں نکل رہی؟" آنٹی نے کہا۔

"رہنے دیں، آنٹی،" میں نے اٹھتے ہوئے کہا، "وہ ابھی جذباتی ہو رہی ہے۔ جب تیار ہو گی تو نکل آئے گی۔ اب مجھے اجازت دیں۔"

"کل تو آپ آئیں گے نا؟" انکل شاہد نے پوچھا۔

"ہاں، ابھی تو میں اس ماہ کے آخر تک بچوں کو پڑھاتا رہوں گا۔"

میں انکل شاہد کے گھر سے نکلا تو میرے دماغ میں چکّی سی چل رہی تھی۔ مریم سے باتیں کر کے میرا موڈ خراب ہو گیا تھا۔ باہر نکل کر میں نے سوچا کہ مجھے موڈ خراب کرنے کا کوئی حق نہیں ہے کیونکہ مجھے کیا پڑی کہ وہ کس سے محبت کرتی ہے اور کس سے شادی کرتی ہے مگر پھر مجھے دانی ایل کی افسردگی کا خیال آیا۔ وہ میرے بچپن کا دوست تھا۔ نہ معلوم کیا سوچ رہا ہو گا۔ "خیر، رات کو ملاقات ہو گی تو اس کے آنسو پونچھ لوں گا،" میں نے سوچا۔

میرے دماغ میں سوالات کا جمگھٹ تھا۔ مریم کی منطق میری سمجھ سے بالاتر تھی۔ اگر وہ دانی ایل سے محبت کرتی ہے تو اس سے شادی کیوں نہیں کر سکتی؟ اس کے رویے کو دیکھ کر تو یہی کہا جا سکتا تھا کہ وہ مردوں کو اپنی طرف متوجہ کر کے انہیں اپنے ساتھ جذباتی طور پر مشغول رکھتی ہے، جب کہ خود کسی قسم کی ذمہ داری قبول نہیں کرتی۔ میرے ساتھ بھی اس کی پہلی ملاقات میں مجھے احساس ہوا تھا کہ وہ میرے ساتھ فلرٹ کر رہی ہے اور اس نے قبول بھی کیا تھا۔ کیا اسے قربت کا خوف ہے جس کی بنا پر وہ کسی مرد سے گہرے جذباتی رشتے میں منسلک ہونے سے پہلے ہی اسے مسترد کر کے خود کو جذباتی خطرات سے بچانا چاہتی ہے؟

میں نے سوچا کہ یہ مریم کا دفاعی طریقہ کار بھی ہو سکتا ہے کہ وہ مردوں کو یقین دلاتی رہے کہ وہ ان سے محبت کرتی ہے مگر حفظ ماتقدم کے طور پر ان کے ساتھ طویل مدّت کا معاہدہ کرنے کے لیے تیار نہیں ہے۔ یہ طریقہ کار اس کے کنٹرول کو برقرار رکھتا ہے اور

زخمی ہونے سے بچاتا ہے۔ تعلقات کو سطحی حد تک رکھ کر وہ اس بات کو یقینی بناتی ہے کہ وہ کنٹرول میں رہے اور کبھی جذباتی طور پر بے نقاب نہ ہو۔ یہ نہیں کہا جا سکتا تھا کہ اگر اس کے جذبات کا نقاب اٹھ گیا تو کیا وہ بھیگی بلّی بن جائے گی یا چوٹ کھائی ہوئی ناگن؟

میں نے سوچا کہ کیا وہ مردوں کے ساتھ میٹھی میٹھی باتیں کر کے اپنی مقبولیت کی تصدیق چاہتی ہے؟ توثیق کی یہ ضرورت کسی گہرے احساس کمتری سے بھی پیدا ہو سکتی ہے، یا پھر اس کی کم زوری کی وجہ ماضی کی ناکام محبت ہو سکتی ہے اور ایک مرتبہ چوٹ کھانے کے بعد وہ دوبارہ خطرہ مول لینا نہیں چاہتی۔

***

کیفے جارج میں ہماری مخصوص میز خالی تھی۔ جوں ہی میں کرسی کھینچ کر بیٹھا، ویٹر ظریف نے مجھے ایک پرچہ تھماتے ہوئے کہا، ”دانی ایل صاحب شام کو آئے تھے اور آپ کے لیے یہ پیغام چھوڑ گئے تھے۔“

دانی ایل نے لکھا تھا کہ شاید اسے دیر ہو جائے یا نہ آ سکے کیونکہ ریڈیو پاکستان میں اس کا ریکارڈنگ سیشن تھا اور کچھ نہیں کہا جا سکتا تھا کہ وہاں سے کب تک فراغت ہو۔ اس زمانے میں شوقین طلبہ کا ایک گروپ ریڈیو پاکستان سے وابستہ ہوتا تھا جن میں سے کچھ گاتے تھے، کچھ ڈراموں کے اسکرپٹ لکھتے تھے اور کچھ صداکاری کرتے تھے۔ ہر کام کا معاوضہ دس روپے ہوتا تھا خواہ آپ ایک مکالمہ بولیں یا ڈرامے میں آپ کا مرکزی کردار ہو۔ دانی ایل اس گانا گاتا تھا اور ریڈیو آرٹسٹ کی حیثیت سے مشہور تھا۔ وہ مہدی حسن کے گلوں میں رنگ بھرے سے احمد رشدی کے کوکو کورینا تک یکساں مہارت سے گاتا تھا۔

گھڑی دیکھی تو سوا دس بج رہے تھے۔ میں سوچ ہی رہا تھا کہ ظریف کو چائے کا آرڈر دے دوں کہ سامنے کے دروازے سے دانی ایل داخل ہوا۔ وہ خلافِ توقع بڑے اچھے موڈ

میں تھا۔ سفید پتلون اور نیلی ٹی شرٹ میں ملبوس تھا اور گردن کے گرد سفید اسکارف لپیٹا ہوا تھا۔

"کیوں بھئی، معلوم ہوتا ہے کہ کوئی جشن منانے کی تیاری ہو رہی ہے،" میں نے کہا۔

"سوری یار مجھے دیر ہو گئی، سیدھا ریڈیو پاکستان سے چلا آ رہا ہوں،" اس نے کرسی کھینچ کر بیٹھتے ہوئے کہا۔

"میں تو سمجھ رہا تھا کہ تجھ پر ماتمی کیفیت طاری ہو گی۔"

"اچھا، تو تجھے مریم نے بتا دیا؟"

"ہاں، لیکن اس کی منطق میری سمجھ میں نہیں آئی۔"

"منطق تو میری سمجھ میں بھی نہیں آئی لیکن وہ اپنی مرضی کی مالک ہے۔"

"ویسے وہ اپنے فیصلے سے خوش نہیں لگتی۔"

"وہ خوش ہو یا نہ ہو، یہ اس کا فیصلہ ہے۔"

"مگر یار، مجھے اس بات کی خوشی ہے کہ تو نے اس کے انکار کا دل پر اثر نہیں لیا۔"

"اس لیے کہ ایک دن وہ آئے گی میرے ہی پاس،" اس نے قہقہہ لگا کر کہا۔

میں نے اس کے اعتماد کی وجہ نہیں پوچھی۔

۲۵

"کیونکہ گزرے ہوئے وقت میں تم نے قوموں کی مرضی پوری کرنے میں بہت وقت گزارا ہے، جب کہ تم عیش پرستی، شہوت پرستی، شراب نوشی، نشے، عیاشی اور بت پرستی کے کاموں میں شامل رہے۔" 1 پطرس 3:4

مریم کا رُواں رُواں زندگی سے لبریز تھا۔ وہ زندگی کو چُسکیاں لے کر جُرعہ جُرعہ پیتی تھی اور اکثر کسی دانا کا قول دہراتی تھی کہ "زندگی ایک پیاز کی مانند ہے۔ بس چھیلتے جاؤ تو ایک پرت کے بعد دوسری پرت اترتی جائے گی مگر اندر سے کچھ نہیں نکلے گا۔ تو پھر کیوں زندگی کو سنجیدگی سے لیا جائے؟" وہ یہ کہہ کر زور سے قہقہہ لگاتی تھی۔ میں مریم سے متفق نہیں تھا مگر میرے پاس جواب بھی نہیں تھا کہ زندگی کو سنجیدگی سے کیوں نہ لیا جائے۔ کم از کم اس کی رفاقت میں تو سنجیدگی کو خیرباد کہنا ہی پڑتا تھا۔

یہ صرف وہی جان سکتے تھے جن کو مریم اپنے اندر جھانکنے کا موقع دیتی کہ دراصل اس کی زندگی ایک کانٹوں بھری پگڈنڈی تھی جس پر وہ قدم قدم پر لہولہان ہوتی آئی تھی اور اس کی یادیں گہری خراشوں سے بھری پڑی تھیں، مگر مجال ہے کہ کوئی اس ہنستی، مسکراتی، چلبلی سی لڑکی میں چھپی ہوئی زخمی روح، اور اس کے قہقہوں کی بازگشت میں اُس

بے کراں کرب کو محسوس کر سکے جس میں اس کے بچپن کی اذیتوں کی کہانی چھپی ہوئی تھی۔

مریم نے جب سے ہوش سنبھالا تھا، اپنی ماں کا جھکا ہوا سر، کانپتے ہوئے ہاتھ اور آنسوؤں سے بھری آنکھیں ہی دیکھی تھیں۔ اگر اب بھی کوئی مریم سے اس کی ماں کا نام پوچھتا تو وہ میڈم نیلوفر ہی بتاتی تھی کیونکہ وہ اسی نام سے پکاری جاتی تھی۔ مریم نہ صرف اس اسکول میں پڑھی تھی جس میں اس کی ماں پڑھاتی تھی بلکہ اسی اسکول میں پلی بڑھی بھی تھی۔ ایک مرتبہ اس کی ماں نے اسے بتایا تھا کہ وہ آخری دن تک پڑھاتی رہی تھی اور جب اسے دردِ زہ شروع ہوا تو جیسے تیسے اس نے اپنی کلاسیں ختم کیں اور ہیڈ مسٹریس، میڈم روبینہ، اسے رکشا میں بٹھا کر اسپتال لے گئیں جہاں اسی شام کو مریم پیدا ہوئی۔

جب مریم تین مہینے کی ہوئی تو میڈم نیلوفر واپس کام پر پہنچ گئیں۔ وہ اُسے اسکول لے جاتی تھیں اور وہاں استانیوں نے مل کر اسے پالا۔ وہ اس کے دودھ کی بوتل گرم کرتیں، پوتڑے بدلتیں اور سلانے کے لیے تھپکتیں۔ اسکول کی لڑکیوں کے لیے بھی مریم ایک کھلونا تھی۔ جب وہ سال بھر کی ہوئی اور چلنا شروع کیا تو پورے اسکول میں بھاگی پھرتی تھی۔ خدا خدا کر کے وہ ڈھائی سال کی ہوئی تو اسے کنڈر گارٹن میں بٹھا دیا گیا اور کم از کم اس کا ایک کلاس روم سے دوسرے کلاس روم میں بھاگے پھرنا بند ہو گیا۔

نیلوفر نے اپنے ایک کلاس فیلو سے شادی کی تھی جس کا نام جمیس تھا مگر جِم کہلاتا تھا اور غیر معمولی طور پر ذہین تھا۔ خواہ یونیورسٹی میں کھیلوں کے مقابلے ہوں یا تقریری مقابلے، جِم آگے آگے ہوتا تھا۔ پڑھائی ختم کرنے کے بعد اُسے لاہور میں ہی ایک کانونٹ اسکول میں ملازمت مل گئی اور نیلوفر اسی کے برابر لڑکیوں کے ایک اسکول میں پڑھانے لگی۔ شادی کے پہلے دو سال بڑی ہنسی خوشی گزرے مگر نیلوفر نے محسوس کیا کہ جِم تھکا تھکا سا رہتا ہے۔ وزن بھی کم ہو رہا تھا اور بھوک بھی کم لگتی تھی۔ کبھی کئی کئی دن نیند نہیں آتی تھی اور کبھی

پورا ویک اینڈ سونے میں گزر جاتا تھا۔ جب بھی نیلوفر نے اسے ڈاکٹر سے معائنہ کرانے کے لیے کہا تو اس نے سنجیدگی سے نہیں لیا۔ آخر نیلوفر نے محسوس کیا کہ جِم کی طبیعت میں غصہ اور چڑچڑا پن بڑھ رہا تھا اور اس کی طبیعت میں احساسِ شکست پیدا ہو رہا تھا۔ کہاں تو وہ دنیا فتح کرنا چاہتا تھا اور اب مستقل یاسیت کا شکار رہتا تھا، اور چھوٹی چھوٹی باتوں پر بھڑک اٹھتا تھا۔ جب اُس نے میڈم روبینہ سے تذکرہ کیا تو ان کا خیال تھا کہ جِم مُنشّیات استعمال کر رہا ہے۔

ابتدا میں نیلوفر کو یقین نہیں آیا مگر جب آئے دن وہ اپنے کام سے اس لیے غیر حاضر ہونے لگا کہ صبح کو وقت پر نہیں اٹھتا تھا تو نیلوفر کا شک یقین میں تبدیل ہونے لگا۔ آخر ایک دن جِم کو ملازمت سے نکال دیا گیا۔ نیلوفر کو یقین نہیں آتا تھا کہ جِم وہی شخص ہے جس سے اس نے شادی کی تھی۔ منشیات کے بغیر وہ سخت بے چینی محسوس کرتا تھا اور نشے کے اثرات ختم ہونے کے بعد ڈپریشن کا شکار ہو جاتا تھا۔ چوں کہ اس کی ملازمت ختم ہو گئی تھی لہٰذا اسے مستقل پیسوں کی ضرورت رہتی تھی۔ نیلوفر کہاں تک اس کی ضرورت پوری کرتی۔ محلے کا کوئی فرد نہیں بچا تھا جس کا وہ مقروض نہ رہا ہو۔ ابتدا میں نیلوفر اس کا قرض چکاتی رہی مگر پھر اس نے پڑوسیوں کو سختی سے منع کر دیا کہ وہ اسے قرض نہ دیں کیونکہ وہ اس کی ادائیگی نہیں کرے گی۔ اپنی عادت کا پیٹ بھرنے کے لیے جِم کو کہیں نہ کہیں سے پیسوں کا انتظام تو کرنا تھا۔ چنانچہ اس نے اپنی چیزیں بیچنا شروع کر دیں۔ اس کی شادی پر نیلوفر کے والد نے اسے رولیکس کی گھڑی خرید کر دی تھی جسے اس نے بیچ دیا۔ اس کے بعد اپنی اسکوٹر بیچ دی، پھر نیلوفر کے زیورات چُرا کر بیچنا شروع کر دیے۔

اب جِم بالکل اکیلا رہ گیا تھا۔ اس کے دیرینہ دوست اس سے دور ہوتے چلے گئے اور وہ سماجی طور پر تنہا ہو گیا۔ نشے کی لت نے اسے خود غرض بنا دیا تھا اور وہ ہر چیز کو اپنی نشے کی طلب کے تناظر میں دیکھتا تھا۔ یہ بات نہیں کہ اسے اپنی بے چارگی کا احساس نہیں تھا۔ اسے

وہ دن یاد آتے تھے جب وہ اور نیلوفر ہاتھ میں ہاتھ ڈالے علی الصبح پارک میں چہل قدمی کرتے تھے۔ جب وہ مریم کو گھر میں کھیلتا ہوا دیکھتا تو اس کا دل چاہتا تھا کہ وہ دونوں بازو پھیلائے اور مریم دوڑ کر اس کے گلے لگ جائے، مگر وہ اپنی بیٹی کے لیے اجنبی تھا۔ وہ آئے دن فیصلہ کرلیتا کہ نشہ چھوڑ دے گا۔ خوابوں میں بھی وہ خود کو ہنستا بولتا اور دوستوں میں گھرا ہوا دیکھتا مگر دو چار روز کے بعد ہی نشے کی طلب اس کے فیصلے پر غالب آجاتی اور وہ اتھاہ گہرائیوں میں ڈوب جاتا۔

جوں جوں اسکول سے چھٹی کا وقت قریب آتا، نیلوفر پر ذہنی دباؤ بڑھتا جاتا۔ اگر اس کا بس چلتا تو وہ دن کے چوبیس گھنٹے اسکول میں ہی گزارتی۔ گھر میں یا تو جِم سوتا ہوا ملتا تھا، یا اس پر دیوانگی سوار ہوتی تھی۔ جب وہ گھر میں داخل ہوتی اور جِم وہاں نہ ہوتا تو اطمینان کا سانس لیتی۔ اب تو وہ کئی کئی دن گھر سے باہر گزارتا تھا۔ جب اس کی طلب اتنی بڑھ جاتی کہ منشیات کے اڈے سے اپنی خوراک خرید کر گھر تک آنے کا صبر نہ ہوتا تو وہیں ایک صوفے پر پڑ جاتا۔ اکثر جب نیلوفر گھر پہنچتی اور بیڈروم میں جا کر دیکھتی کہ جِم سو رہا ہے تو دیر تک وہاں کھڑی ہوئی اسے گھورتی رہتی۔ کیا یہ وہی جِم تھا جسے اس نے اپنا زندگی کا ساتھی بنایا تھا۔ وہ سوچتی رہتی اور اس کے آنسو بہتے رہتے، "جِم، خدا کے لیے تم واپس آجاؤ۔ تمہارے بغیر میں بالکل اکیلی ہوگئی ہوں،" مگر جِم تک اس کی خاموش صدائیں کہاں پہنچتیں۔

جب گھر میں بیچنے کے لیے کچھ باقی نہ بچا تو جِم کی توجہ نیلوفر کی طرف گئی کیونکہ اب پیسوں کے لیے وہی واحد ذریعہ بچی تھی۔ نیلوفر کی تنخواہ اتنی نہیں تھی کہ وہ اپنے شوہر کے نشے کی کفالت کر سکے، لہٰذا جِم تشدد پر اتر آیا اور مار پیٹ شروع کر دی۔ وہ آئے دن کسی نہ کسی بہانے سے نیلوفر پر غصہ نکالتا تھا۔ راتوں کو مریم، جو اب پانچ سال کی ہوگئی تھی، سوتے سوتے اپنی ماں کی چیخوں کی آواز سے جاگ جاتی، اور اپنے بستر میں پڑی خوف سے کانپتی

رہتی۔

نیلوفر اگر چاہتی تو جِم سے چھٹکارا حاصل کر سکتی تھی مگر اس کی سب سے بڑی کمزوری اس کی بیٹی تھی۔ وہ یہ سوچ کر پیچھے ہٹ جاتی تھی کہ کہیں اس کی بیٹی بڑی ہو کر اسے مورد الزام نہ ٹھہرائے کہ اس نے اسے باپ سے محروم کر دیا، لہٰذا اس نے خود کو اس اذیت میں جھونک دیا۔

ایک رات جب جِم نے مریم کے سامنے اس کی ماں کا بازو پکڑ کر مروڑا تو مریم دوڑ کر ایک مضبوط چٹان کی طرح اس کے سامنے آکر کھڑی ہو گئی اور انگلی سے اس کی طرف اشارہ کر کے چیخی، "بس، اب اور نہیں۔" جِم نے نظریں جھکا کر اپنی بیٹی کی طرف دیکھا تو اس کی انگلی اب بھی باپ کی طرف اٹھی ہوئی تھی اور اس کی آنکھوں میں نفرت کے سوا کچھ نہیں تھا۔ جب تک مریم کی انگلی اس کی طرف اٹھی رہی تب تک اس پر سکتہ سا طاری رہا اور پھر اُس نے جھک کر اپنا کوٹ اٹھایا اور اسے کندھے پر ڈال کر اپنی بیوی اور بیٹی کی زندگیوں سے نکل گیا۔

مریم اب بھی جب اپنے باپ کے متعلق سوچتی ہے تو وہ تصویر اس کے سامنے آجاتی ہے جو اس کی ماں نے فریم کرا کے برآمدے میں ٹانگ دی تھی۔ اس تصویر میں جِم یونیورسٹی میں جلسۂ تقسیم اسناد کے موقع پر گریجویشن گاؤن پہنے، ایک ہاتھ میں اپنی ڈگری اور دوسرے ہاتھ میں ایک خوب صورت گلدستہ لیے کھڑا مسکرا رہا تھا۔ وہ طویل القامت اور وجیہہ نوجوان تھا۔ مریم جب بھی ادھر سے گزرتی تھی، وہاں کھڑے ہو کر دیر تک اس تصویر کو گھورتی رہتی تھی۔ اب بھی اسے یقین ہے کہ ایک نہ ایک دن اُس کا باپ اپنا گریجویشن گاؤن پہنے ہوئے مسکراتا ہوا گھر میں داخل ہو گا۔ اس وقت غیر ارادی طور پر اس کی نظریں دروازے کی طرف اٹھ جاتی ہیں۔

۲۶

"ڈرو مت، کیونکہ میں تمہارے ساتھ ہوں؛ پریشان نہ ہو، کیونکہ میں تمہارا خدا ہوں۔ میں تمہیں تقویت دوں گا، میں تمہاری مدد کروں گا، اور میں اپنے راستباز دائیں ہاتھ سے تمہیں سنبھالوں گا۔" اشعیا 41:10

نیلوفر لاہور میں مزنگ کے محلّے میں رہتی تھی جو اس زمانے میں ثقافتی لحاظ سے اہم محلہ تھا۔ وہاں کی تنگ گلیاں زندگی سے بھرپور تھیں، اور محلے کے چائے خانے دن رات آباد رہتے تھے۔ جِم کی بڑی بہن، کیتھرین جیل روڈ پر رہتی تھی جو نہ صرف متوسط بلکہ نسبتاً خوشحال طبقے کے لیے بھی پرکشش تھا۔ کیتھرین نیلوفر سے بڑی محبت سے پیش آتی تھی۔ اس کی دو جڑواں بیٹیاں تھیں جو مریم سے چھ مہینے بڑی تھیں۔ کیتھرین کے شوہر، شریف دین، کسی حکومتی ادارے میں بڑے افسر تھے لہٰذا سرکاری طور پر ان کے گھر میں ٹیلی فون لگا ہوا تھا جسے محلّے کے لوگ بھی استعمال کرتے تھے۔ انہوں نے بینک سے قرض لے کر فیاٹ 500 کار خرید لی تھی جسے عرف عام میں صابن دانی کہتے تھے۔ وہ خود لمبے تڑنگے چھ فٹ کے تھے اور جب وہ اس صابن دانی میں لیٹ کر گھستے اور خود کو تہہ کر کے ڈرائیور کی سیٹ پر بیٹھتے تو محلے کے بچے انہیں حیرت سے دیکھتے تھے۔ کیتھرین ان کے برابر اور دونوں بیٹیاں پچھلی سیٹ پر بیٹھتی تھیں۔ کبھی کبھار نیلوفر اور مریم بھی ان کے ساتھ سیر کے لیے جاتی تھیں اور

نیلو فر پچھلی سیٹ پر مریم کو گود میں لے کر بیٹھتی تھی۔

جم کے گھر چھوڑ جانے کے بعد کم از کم روزانہ کی کِل کِل سے تو نجات مل گئی تھی۔ نیلو فر کی زندگی میں باقاعدگی آگئی تھی۔ صبح اٹھ کر سب سے پہلے وہ خود تیار ہوتی، پھر مریم کو جگاتی۔ جب تک مریم تیار ہو کر آتی، نیلو فر ناشتہ تیار کر چکی ہوتی۔ جیسے ہی وہ ناشتے سے فارغ ہوتیں تو رکشا دروازے پر موجود ہوتا۔ نیلو فر نے رکشا ڈرائیور، حبیب خان، کو مہینہ داری پر رکھ لیا تھا۔ وہ ماں بیٹی کو روزانہ وقت پر اسکول پہنچا دیتا اور چھٹی کے بعد جوں ہی دونوں اسکول کے گیٹ پر پہنچتیں، حبیب خان وہاں پہلے سے ہی موجود ہوتا۔ وہ عمر رسیدہ تھا اور نیلو فر کو "بٹیا" کہہ کر مخاطب کرتا تھا جو نیلو فر کو بڑا اچھا لگتا تھا۔ وہ اسے حبیب چاچا کہتی تھی۔ کئی بار ایسا ہوا کہ صبح کو مریم کھانسی زکام کے ساتھ اٹھی۔ ایسے موقعوں پر نیلو فر ہیڈ مسٹریس کے نام چھٹی کی درخواست لکھ کر حبیب خان کو دے دیتی اور وہ میڈم روبینہ تک پہنچا دیتا۔

زندگی آرام سے گزر رہی تھی۔ نیلو فر روزانہ چار پیریڈ پڑھاتی تھی اور بقیہ اوقات میں بچوں کا ہوم ورک اور امتحانوں کی کاپیاں چیک کرتی تھی۔ چوں کہ وہ کئی سال سے وہی مظامین پڑھا رہی تھی لہٰذا کلاس کے لیے برائے نام تیاری کرنی پڑتی تھی۔ کبھی کبھی وہ سوچتی تھی کہ نہ جانے جِم کس حال میں ہوگا مگر اس نے فیصلہ کر لیا تھا کہ اسے نہ جِم کی ضرورت تھی اور نہ اس کی واپسی کی توقع تھی۔

نیلو فر کی انکل شاہد سے خط و کتابت رہتی تھی۔ اس نے انہیں جِم کے متعلق تفصیل سے لکھ دیا تھا۔ انکل شاہد نے اسے لکھا تھا کہ انہیں اسی وقت شک ہو گیا تھا کہ ان کے چھوٹے بھائی کو نشے کی عادت ہو گئی ہے جب وہ ان سے ایک ہزار روپے قرض لینے حیدر آباد آیا تھا۔ اس نے انہیں بتایا تھا کہ وہ کوئی بزنس شروع کرنا چاہ رہا ہے۔ انکل شاہد نے کبھی ایک

ہزار روپے کی شکل بھی نہیں دیکھی تھی کیونکہ اس زمانے میں جب ان کی تنخواہ دو سو روپے مہینہ تھی، ایک ہزار روپے بہت ہوتے تھے، مگر مرتا کیا نہ کرتا، چھوٹے بھائی کی فرمائش تھی، چنانچہ انہوں نے دوستوں سے قرض لے کر ایک ہزار روپے جمع کر کے جِم کو دیے تھے۔ اس کے بعد نہ اس نے پلٹ کر کبھی انہیں خط لکھا اور نہ بزنس کا حال لکھا۔ انکل شاہد کا کہنا تھا کہ انہوں نے دوستوں کو دس دس بیس بیس روپے کر کے قرض ادا کیا۔

***

وہ ایک سرد شام تھی، جب نیلوفر نے پہلی بار اپنی دائیں چھاتی میں ایک گلٹی کو محسوس کیا جسے دبانے سے ہلکی سی دُکھن ہوتی تھی۔ ڈاکٹر ذکیہ اس کے بچپن کی سہیلی تھی اور وہ مریم کو اسی کو دکھاتی تھی۔ اپنے معاملے میں وہ بے حد لاپروا تھی اور ڈاکٹر کے پاس وہ اسی وقت جاتی تھی جب اسے یقین ہو جاتا تھا کہ خود ٹھیک نہ ہو پائے گی ورنہ اس کا خیال تھا کہ چھوٹی موٹی شکایات خود ہی دور ہو جاتی ہیں۔ کئی روز وہ خود کو یقین دلانے کی کوشش کرتی رہی کہ شاید وہ ایک معمولی سوجن ہے جو دو ایک روز میں خود ٹھیک ہو جائے گی، مگر وقت گزرنے کے ساتھ ساتھ گلٹی بڑی ہونے لگی اور درد میں بھی شدت آگئی۔ بالآخر اس نے ڈاکٹر ذکیہ کو اعتماد میں لینے کا فیصلہ کر لیا۔ انہوں نے اپنی اسٹیتھوسکوپ کو نیلوفر کی چھاتی پر رکھ کر معائنہ کیا اور کچھ دیر خاموش رہیں۔

"نیلو، یہ معاملہ کچھ سنجیدہ لگتا ہے۔ میں چاہتی ہوں کہ تم ڈاکٹر نور محمد سے مل لو،" ڈاکٹر ذکیہ نے اپنی اسٹیتھوسکوپ میز کی دراز میں رکھتے ہوئے کہا۔

"کون ڈاکٹر نور محمد؟"

"وہ کینسر جیسے پیچیدہ امراض کے ماہر ہیں۔"

"تمہارا مطلب ہے کہ مجھے کینسر ہے؟" نیلوفر نے گھبرا کر پوچھا۔

"یہ تو تشخیص کے بعد ہی پتہ چلے گا۔ ہو بھی سکتا ہے اور نہیں بھی ہو سکتا۔"

نیلوفر نے کوئی جواب نہیں دیا۔

"میں کوشش کرتی ہوں کہ ڈاکٹر نور محمد سے کل کا ہی وقت مل جائے۔" ڈاکٹر ذکیہ نے انٹر کام پر اپنی سیکریٹری کو ہدایت کی کہ وہ نیلوفر کے لیے اگلے دن کا وقت لے لے۔

ڈاکٹر نور محمد کا کلینک اس وقت کے جدید طبی آلات سے لیس تھا۔ ایکس رے مشین، جو اس زمانے کی ایک نادر شے سمجھی جاتی تھی، اور بائیوپسی کے لیے دستیاب بنیادی اوزار ان کے کلینک میں موجود تھے۔ انہوں نے نیلوفر کا تفصیلی معائنہ کیا اور ایکس رے کروانے کو کہا۔ دو دن کے بعد نیلوفر ایکس رے رپورٹ کے ساتھ ڈاکٹر نور محمد کے پاس گئی۔ انہوں نے ایکس رے فلم کو روشنی کے سامنے رکھا۔ نیلوفر کی چھاتی میں موجود گلٹی کا سیاہ سایہ واضح تھا۔ انہوں نے محتاط لہجے میں کہا، "یہ گلٹی سادہ نہیں لگتی۔ ہمیں مزید تحقیقات کے لیے بائیوپسی کرنی ہو گی۔"

نیلوفر کے لیے یہ سب کسی خوف ناک خواب کی طرح لگ رہا تھا، "ڈاکٹر صاحب، یہ بائیوپسی کیا ہوتی ہے؟" اس نے پوچھا۔

"بائیوپسی میں ہم مشکوک حصے سے ایک چھوٹا سا نمونہ لے کر خوردبین سے دیکھتے ہیں جس سے ہمیں پتہ چلے گا کہ یہ معمولی سوجن ہے یا اس کے خلیات کینسر زدہ ہیں۔"

"ڈاکٹر صاحب، مجھے آپریشن وغیرہ سے بڑا ڈر لگتا ہے۔ اس میں تکلیف تو نہیں ہوتی۔"

"نہیں، ہم اس حصے کو سُن کر دیتے ہیں۔ آپ اس کے بعد فوراً گھر جا سکیں گی اور اس دن گھر پر ہی آرام کریں گی۔"

"اگر یہ ضروری ہے تو میں تیار ہوں،" نیلوفر نے ہچکچاتے ہوئے کہا،

بائیوپسی کے نتائج نے خدشات کو درست ثابت کر دیا۔ نیلوفر کو بریسٹ کینسر

تھا۔ جب ڈاکٹر نور محمد نے اسے یہ خبر سنائی تو اس سے کوئی جواب بن نہ پڑا۔ وہ آنکھیں جھکائے خاموش بیٹھی رہی۔ آنسو کا ایک قطرہ اس کی آنکھ سے ٹپکا اور اس کی گود میں رکھے ہوئے ہاتھ کی پشت پر گرا۔ اس نے فوراً دوسرے ہاتھ کی ہتھیلی سے اسے پونچھ دیا۔

"آپ کا مرض ابھی ابتدائی مراحل میں ہے، مگر ہمیں جلد از جلد علاج شروع کرنا ہو گا،" ڈاکٹر نور محمد نے دھیمے لہجے میں کہا۔

نیلوفر نے کوئی جواب نہیں دیا۔ وہ سر جھکائے بیٹھی رہی، پھر بولی، "اور علاج کیا ہو گا، ڈاکٹر صاحب؟"

"سرجری ہمارا واحد آپشن ہے۔"

"سرجری کر کے آپ اس گلٹی کو نکالیں گے؟"

"نہیں، ہمیں پوری چھاتی کو نکالنا پڑے گا،" ڈاکٹر نور محمد نے ہچکچاتے ہوئے کہا۔

نیلوفر نے کوئی جواب نہیں دیا۔

"لیکن کسی کو پتا نہیں چلے گا۔ آپ اپنے سینہ بند کے نیچے ایک مصنوعی بریسٹ پہنیں گی۔"

"ٹھیک ہے ڈاکٹر صاحب،" نیلوفر نے طویل خاموشی کے بعد گہرا سانس لے کر کہا۔

"آپ شادی شدہ ہیں؟"

"جی۔"

"اگلی مرتبہ آپ کے شوہر آپ کے ساتھ آسکیں گے؟"

"کیا یہ ضروری ہے؟"

"نہیں، مگر کوئی قریبی عزیز یا دوست ہے؟"

"میری ایک نند ہے۔ اسے لا سکتی ہوں؟"

"ضرور، ان کا نام کیا ہے؟" ڈاکٹر نور محمد نے اپنا قلم اٹھاتے ہوئے پوچھا۔

"کیتھرین شریف، اسے سب کیتھی کہتے ہیں۔"

"ٹھیک ہے۔ آپ سے ٹیلی فون پر رابطہ ہو سکتا ہے؟"

"جی، کیتھی کے گھر میں فون ہے۔ اسے پیغامات چھوڑے جا سکتے ہیں، اور ہماری ہیڈ مسٹریس میڈم روبینہ کے دفتر میں بھی فون ہے۔ اگر ضروری بات ہو تو انہیں بھی پیغام دیا جا سکتا ہے اور وہ مجھے بلوا کر بات بھی کرا سکتی ہیں۔"

ڈاکٹر نور محمد نے دونوں ٹیلی فون نمبر لکھ لیے اور اٹھتے ہوئے بولے، "سرجری سے پہلے میں آپ سے اور کیتھی سے ایک ملاقات اور کرنا چاہتا ہوں، پھر ہفتے عشرے میں ہماری ٹیم آپ کی سرجری کے لیے تیار ہو جائے گی۔"

"جی بہتر، بہت بہت شکریہ،" نیلوفر نے اٹھتے ہوئے کہا۔

نیلوفر مریم کو کیتھی کے پاس چھوڑ آئی تھی۔ ڈاکٹر نور محمد کا کلینک سمن آباد میں تھا جو اسپتالوں اور ڈاکٹروں کے دفتروں کا مرکز تھا۔ وہاں سے جیل روڈ تقریباً 5 کلومیٹر ہے۔ نیلوفر کو معلوم تھا کہ رکشا سے اسے 15 منٹ سے زیادہ نہیں لگیں گے۔ وہ کلینک سے باہر نکلی تو ایسا محسوس ہوا جیسے زمین اس کے قدموں تلے سے سرک رہی ہو۔ دھندلائی ہوئی آنکھوں سے اس نے ادھر ادھر دیکھا، مگر دنیا یکایک اجنبی سی لگنے لگی۔ اس کی سانسیں لوہار کی دھونکنی کی طرح چل رہی تھیں اور دل کی دھڑکن کانوں میں ہتھوڑے چلا رہی تھی۔ ایک رکشا قریب ہی کھڑا تھا۔ وہ ایک روبوٹ کی طرح اس میں جا بیٹھی، مگر ذہن جیسے کہیں اور قید تھا۔ اس کے منہ سے صرف دو الفاظ نکلے، "جیل روڈ!"۔ رکشا ڈرائیور نے کرینک لیور کو ایک جھٹکے کے ساتھ اوپر کھینچا اور رکشا گڑگڑاہٹ کے ساتھ اسٹارٹ ہو گیا۔

۲۷

"لیکن جو خداوند کا انتظار کرتے ہیں وہ نئی قوت پائیں گے؛ وہ عقابوں کی مانند پرواز کریں گے، وہ دوڑیں گے اور تھکیں گے نہیں، وہ چلیں گے اور کمزور نہیں ہوں گے۔" یسعیاہ 40:31

سرجری سے ایک ہفتہ پہلے ڈاکٹر نور محمد نے نیلوفر اور کیتھرین سے ملاقات کی تا کہ اگر دونوں کے کچھ سوالات ہوں تو جواب دے سکیں۔ انہوں نے یہ بھی بتایا کہ یہ ممکن ہے کہ کینسر زدہ حصے کو نکالنے کے بعد کینسر کے کچھ خلیات باقی رہ جائیں جو آگے چل کر جسم کے دوسرے حصوں میں پھیل جائیں لہٰذا احتیاطاً سرجری کے چار سے چھ ہفتے کے بعد جب زخم مکمل طور پر ٹھیک ہو جائے تو ریڈی ایشن تھیراپی کرانی چاہیے جس میں ریڈیائی شعاؤں کے ذریعے اس مقام کو ایک طرح سے جلایا جاتا ہے تا کہ اگر وہاں کینسر کے کچھ خلیات باقی رہ گئے ہوں تو وہ بھی ختم ہو جائیں۔ انہوں نے بتایا کہ یہ نئی تکنیک ہے جو چند سال پہلے ہی شروع کی گئی ہے اور کافی مؤثر ہے۔

واپسی میں نیلوفر اور کیتھی کو کلینک کے باہر ہی خالی رکشا مل گیا۔

"ابھی تک ڈاکٹر نور محمد نے یہ نہیں بتایا کہ میرے علاج پر کتنا خرچ آئے گا،" نیلوفر نے کہا، "مجھے فکر ہے کہ پیسوں کا بندوبست کیسے ہو گا۔"

"تمہیں فکر کرنے کی ضرورت نہیں ہے۔ شریف نے ڈاکٹر سے طے کر لیا ہے،" کیتھی نے جواب دیا۔

"کیا مطلب؟ تم سمجھتی ہو کہ میں شریف بھائی پر یہ بوجھ ڈالوں گی؟"

"تو پھر فیملی کس لیے ہوتی ہے؟ اگر کل کلاں کو ہم پر ایسا وقت پڑے تو کیا تم مدد نہیں کرو گی؟"

"پھر بھی، مجھے تو یہ بھی نہیں معلوم کہ کتنا خرچ آئے گا۔"

"یہ تمہارا مسئلہ نہیں ہے۔ شریف کی شاہد بھائی سے بھی بات ہو گئی ہے۔ وہ بھی کچھ پیسے بھیجنے کا بندوبست کر رہے ہیں۔"

"میں کیسے تم لوگوں کا شکریہ ادا کروں؟" نیلوفر نے کچھ توقف کے بعد کہا۔

"شُکریے وُکریے کی کوئی ضرورت نہیں ہے۔ بس تم جلدی جلدی ٹھیک ہو جاؤ،" کیتھی نے نیلوفر کا ہاتھ دبا کر کہا۔

سرجری کے دن بچوں کے اسکول جانے کے بعد شریف اور کیتھرین نیلوفر کو لے کر کلینک پہنچ گئے۔ ہدایات کے مطابق نیلوفر نے پچھلی رات کو بارہ بجے کے بعد نہ کچھ کھایا اور نہ پیا۔ اسے سرجری کے لیے تیار کرنے کے لیے ایک کمرے میں لے جایا گیا جہاں ایک نرس اُس کا انتظار کر رہی تھی۔

"میرا نام نورین ہے،" نرس نے مسکرا کر کہا اور کھڑی ہو گئی۔

"تھینک یو، سسٹر،" نیلوفر نے جواب دیا۔

نورین نے اسے کپڑے اتار کر اسپتال کا گاؤن پہننے میں مدد دی اور ایک پلاسٹک کی تھیلی دے کر کہا کہ ہر قسم کا زیور، انگوٹھی، گھڑی، بالوں میں لگے ہوئے پِن وغیرہ اتار کر اُس تھیلی میں رکھ دے۔ نیلوفر نرس کی ہدایات پر اس طرح عمل کر رہی تھی جیسے سو رہی ہو۔

"نیلوفر بی بی، میں آپ کے ہاتھ میں آئی وی لگاؤں گی۔ آپ یہاں اسٹریچر پر لیٹ

جائیں،" نورین نے کہا۔

نیلو فر نے بغیر کچھ کہے تعمیل کی۔ وہ جذبات سے عاری تھی اور پورے عمل کو ایک تماش بین کی طرح دیکھ رہی تھی۔ نورین نے اس کا ایک ہاتھ پکڑا اور اس کی پشت تھپتھپا کر رگوں کو دیکھا۔ نیلو فر کی رگیں پہلے ہی کافی ابھری ہوئی تھیں مگر نرس نے اس کے بازو پر ایک ربڑ کا پٹھا کس دیا جس سے خون کا دباؤ بڑھنے کی بنا پر رگیں مزید ابھر آئیں۔ نرس نے اپنی دو انگلیوں سے اسے دوبارہ تھپتھپا کر ایک واضح اور مضبوط رگ کا انتخاب کیا اور اس پر الکحل میں بھیگے ہوئے پیڈ کو مَل کر جِلد کو جراثیم سے پاک کیا۔

"آپ کو معمولی چبھن محسوس ہو گی،" نرس نے جِلد کو ذرا سا کھینچ کر ایک سوئی رگ میں داخل کر دی۔ نیلو فر کے چہرے پر تکلیف کے آثار پیدا ہوئے اور وہ دانت بھینچ کر رہ گئی۔ سوئی کے اندر پلاسٹک کا ایک پتلا سا ٹیوب تھا۔ جب اس نے سوئی آہستہ سے باہر نکالی تو ٹیوب رگ میں ہی رہ گئی۔ ٹیوب کا جو سرا باہر تھا اس کے ساتھ ایک پلاسٹک کی نلکی جُڑی ہوئی تھی جس کے سرے پر ایک ڈاٹ تھی۔

"اب آپ کو جو دوائیں انجکشن کے ذریعے دینی ہوں گی وہ اسی ٹیوب سے دے دی جائیں گی اور بار بار انجکشن نہیں لگانا پڑے گا،" نورین نے پلاسٹک کی ٹیوب پر کئی ٹیپ چپکا دیے تاکہ وہ اپنی جگہ سے نہ ہلے اور پلاسٹک کی نلی کو آئی وی کی بوتل کے ٹیوب کے ساتھ منسلک کر دیا۔

"اب ہم آپریشن تھیٹر چل رہے ہیں۔ آپ آرام سے تو ہیں نا؟" نورین نے نیلو فر کا ہاتھ دباتے ہوئے کہا۔

"جی۔"

نورین اسٹریچر کو دھکیلتی ہوئی برآمدے سے گزری۔ آپریشن تھیٹر سامنے ہی تھا جس

کا خودکار دروازہ کھل گیا۔ اندر داخل ہوتے ہی نیلوفر کو احساس ہوا کہ وہ ایک نئی دنیا میں داخل ہوگئی ہے۔ اگرچہ اُس کی نظریں چھت کی طرف تھیں مگر پھر بھی سر کو تھوڑا سا اٹھا کر وہاں کا ماحول دیکھ سکتی تھی۔ دو نرسوں نے اسے اسٹریچر سے آپریشن ٹیبل پر منتقل ہونے میں مدد دی۔

"آپ کو سردی تو نہیں لگ رہی؟" ایک نرس نے اس کا ہاتھ دبا کر پوچھا۔

"نہیں، میں ٹھیک ہوں،" نیلوفر نے کہا۔

اگرچہ کمرے میں ہلکی سی ٹھنڈک تھی اور فضا میں کسی جراثیم کُش دوا کی میٹھی میٹھی سی بو بھی تھی، مگر آپریشن ٹیبل کے اوپر چھت سے لٹکتی ہوئی تیز روشنی کے لیمپ ٹھنڈک کو دور کر رہے تھے۔ نیلوفر اس ماحول سے مسحور ہوگئی تھی۔ پورے کمرے میں تیز، سفید روشنی پھیلی ہوئی تھی۔ بے داغ سفید گاؤن، سرجیکل ماسک اور ہاتھوں میں پلاسٹک کے باریک دستانے پہنے نرسیں اپنے اپنے کاموں میں مصروف تھیں۔ سسٹر ثمینہ آلات کی میز پر سرجری کے بلیڈ، چِمٹیاں، قینچیاں، اسپنج، سوئیوں کی ٹرے، اور دیگر ضروری اوزاروں کو ترتیب دے رہی تھی۔ وہ ایک سینیئر نرس تھی جس کا کام آپریشن کے دوران سرجن کو آلات دینا تھا۔ اس نے سینکڑوں آپریشنوں میں سرجنوں کی مدد کی تھی اور اب اسے اتنا تجربہ ہوگیا تھا کہ اسے معلوم تھا کہ کب کس اوزار کی ضرورت ہوگی۔ ڈاکٹر نور محمد بغیر کچھ کہے اس کی طرف ہاتھ بڑھاتے اور وہ ہمیشہ انہیں صحیح اوزار دیتی۔ دوسری نرس نے نیلوفر کو مختلف مشینوں سے منسلک کرنا شروع کر دیا جن کا مقصد آپریشن کے دوران دل کی دھڑکن، خون میں آکسیجن کی سطح، خون کا دباؤ، جسمانی درجہ حرارت، سانس کی رفتار اور جسم میں مختلف سیّالوں کے توازن کی مستقل نگرانی کرنا تھا۔

"نیلوفر، میں ڈاکٹر نعیمہ خان ہوں، میں آپ کو سلانے کی دوا دوں گی،" نیلوفر نے سر

موڑ کر دیکھا تو ڈاکٹر سامنے ہی سفید گاؤن میں ملبوس، فیس ماسک پہنے کھڑی تھی، "میں آپریشن کے دوران آپ کے ساتھ ہی رہوں گی جب تک آپریشن کے بعد آپ ہوش میں نہ آجائیں۔"

"شکریہ،" نیلوفر نے دھیمی آواز میں کہا اور ڈاکٹر نعیمہ ایک نرس کو ہدایات دینے کے لیے مڑ گئی۔

آپریشن تھیٹر میں چار نرسیں موجود تھیں جن میں سے ایک ڈاکٹر نعیمہ کی مدد کے لیے موجود تھی اور باقی کا کام ڈاکٹر نور محمد کی مدد کرنا تھا۔ اِرد گرد کی گہما گہمی میں نیلوفر کو قطعاً پتا نہیں چلا کہ کب اس کی آئی وی میں بے ہوشی کی دوا ڈالی گئی۔ بہر حال اس پر بے خبری طاری ہو گئی تھی۔ ایک نرس نے اُس کے سینے کو جراثیم کش محلول سے صاف کیا اور اس پر جراثیم سے پاک کپڑا ڈال دیا، صرف وہ حصہ کھلا رہنے دیا تھا جہاں سے آپریشن ہونا تھا۔

ڈاکٹر نور محمد نے گہرا سانس لے کر اپنے اسٹاف پر ایک نظر ڈالی اور بولے، "اب ہم شروع کر رہے ہیں۔" سسٹر ثمینہ نے ان کے ہاتھ میں سرجیکل بلیڈ دے دیا اور انہوں نے بسم اللہ پڑھ کر پہلا کٹ نہایت مہارت سے لگایا۔ آپریشن تھیٹر میں مکمل خاموشی تھی۔ صرف مشینوں کی بیپ بیپ اور اوزاروں کی ہلکی آواز سنائی دے رہی تھی۔ جیسے ہی خون نکلا، ایک نرس نے فوراً اسپنج سے صاف کیا۔ اس کے دوسرے ہاتھ میں قلم کی شکل کا ایک الیکٹروڈ تھا جو تار کے ذریعے ایک مشین سے منسلک تھا۔ جب اُس نے وہ الیکٹروڈ ان مقامات پر پھیرا جہاں سے خون رِس رہا تھا تو فوراً خون بند ہو گیا۔ سسٹر ثمینہ بڑی مستعدی سے ڈاکٹر نور محمد کو ضرورت کے مطابق اوزار فراہم کرتی رہی اور انہوں نے چھاتی کے گرد موجود تمام متاثرہ ٹشوز کو آہستہ آہستہ علیحدہ کر دیا۔

کئی گھنٹوں کی محنت کے بعد، چھاتی کو مکمل طور پر نکال لیا گیا۔ یہ ایک جذباتی لمحہ تھا،

کیونکہ نیلوفر کی نسوانیت کا ایک اہم حصہ اس سے جدا ہو رہا تھا۔ مگر سب جانتے تھے کہ یہ اس کی زندگی بچانے کے لیے ضروری تھا۔ ڈاکٹر نور محمد نے احتیاط سے باقی ٹشوز کو صاف کیا اور زخم کو جراثیم سے پاک کر کے ٹانکے لگانا شروع کیے۔ سسٹر ثمینہ نے ڈاکٹر کے اشارے پر بار بار اسپنج فراہم کیے اور سِلائی کے لیے دھاگے کی درست مقدار مہیا کی۔ سِلائی مکمل ہونے کے بعد نرس نے متاثرہ حصے پر صاف پٹی باندھی اور اسے محفوظ طریقے سے ٹیپ کر دیا۔

تقریباً تین گھنٹے کی محنت کے بعد، ڈاکٹر نور محمد نے سرجری مکمل ہونے کا اعلان کیا۔ "یہ مرحلہ مکمل ہو گیا ہے۔ اب ہم نیلوفر کو ریکوری روم میں لے جا سکتے ہیں۔"

آپریشن تھیٹر کی گہما گہمی ختم ہو چکی تھی، مگر اسٹاف کے چہرے پر ایک اطمینان کی جھلک تھی۔ نیلوفر کے جسم سے کینسر کو نکال دیا گیا تھا، اور سب کو امید تھی کہ یہ سرجری اس کی زندگی کی ایک نئی شروعات ہو گی۔

باہر مہمانوں کے لاؤنج میں شریف اور کیتھی بے چینی سے آپریشن ختم ہونے کا انتظار کر رہے تھے۔ خدا خدا کر کے دروازہ کھلا اور ڈاکٹر نور محمد داخل ہوئے۔ شریف اور کیتھی کھڑے ہو گئے۔

"آپریشن خیریت سے ہو گیا،" ڈاکٹر نور محمد نے مسکراتے ہوئے کہا۔

"خدا کا شکر ہے،" کیتھی نے جواب دیا۔

"بس، جب تک اس کی ریڈی ایشن تھیراپی مکمل نہ ہو جائے، تب تک دعا کرتے رہیں کہ کینسر جسم کے دیگر حصوں میں نہ پھیلا ہو۔"

"دعا کے سوا اور کر بھی کیا سکتے ہیں؟" شریف نے کہا۔

"ڈاکٹر صاحب، نیلوفر کو کب تک چھٹی مل جائے گی؟" کیتھی نے پوچھا۔

"اگر کوئی پیچیدگی پیدا نہ ہو تو کل پرسوں تک لے جائیں،" ڈاکٹر نور محمد نے جواب دیا۔

"شکریہ۔"

ڈاکٹر نور محمد شریف اور کیتھی کو خدا حافظ کہہ کر کمرے سے نکل گئے۔

۲۸

"قیامت اور زندگی تو میں ہوں۔ جو مجھ پر ایمان لاتا ہے گو وہ مر جائے تو بھی
زندہ رہے گا۔ اور جو کوئی زندہ ہے اور مجھ پر ایمان لاتا ہے وہ ابد تک کبھی نہ
مرے گا۔" یوحنّا 26-11:25

جب نیلوفر آئینے کے سامنے کھڑی ہوتی تو اسے محسوس ہوتا جیسے کسی نے اسے تھپڑ مار دیا ہو۔ اس کی نظر سب سے پہلے اپنے جسم کے اس حصے پر پڑتی جو اس کی نسوانیت، شناخت اور ماں ہونے کی علامت تھا مگر اب وہ حصّہ وہاں نہیں تھا۔ وہ اپنے آپ کو ادھورا محسوس کرتی۔ دن بھر یہ احساس اس کے دماغ پر ہتھوڑے چلاتا رہتا اور اس کے کانوں سے سائیں سائیں کی آواز آتی رہتی۔ وہ جھنجلا کر کانوں پر اپنی ہتھیلیاں رکھ کر زور سے دباتی اور کچھ دیر کے لیے وہ آواز رُک جاتی مگر پھر وہی سائیں سائیں۔ جب مریم اسکول میں ہوتی تو وہ کبھی کبھار کمرے میں جا کر دروازہ بند کر لیتی اور چیخ چیخ کر روتی۔

شریف اور کیتھی شام کو بلاناغہ بچیوں کو لے کر اس کے پاس آ جاتے مگر نیلوفر ان کی موجودگی میں بھی تنہائی محسوس کرتی۔ اس کی رات کروٹیں بدلتے ہوئے گزرتی اور وہ آنکھیں بند کیے بستر پر پڑی رہتی تھی۔ جب اس کے دماغ میں اوٹ پٹانگ خیالات آنا شروع ہوتے تو وہ سمجھ جاتی کہ نیند آیا ہی چاہتی ہے مگر پھر اچانک وہ خود کو آپریشن ٹیبل پر

دیکھتی اور اس کی آنکھیں کھل جاتیں۔ اسے اپنے دل کی دھڑکن سر میں محسوس ہوتی۔ اسے مستقل یہ خوف ستاتا رہتا کہ اگر اس کی بقیہ زندگی اسی ذہنی حالت میں گزری تو وہ کیسے جیے گی۔ کبھی وہ مریم کی فکر کرتی کہ کیا وہ اسے اس حالت میں قبول کرے گی؟

نیلوفر کی سرجری کو تین ہفتے گزر چکے تھے اور ڈاکٹر نور محمد نے اسے کام پر جانے کی اجازت دے دی تھی مگر اس کی ہمت نہیں پڑتی تھی۔ حبیب خان مریم کو پابندی سے اسکول لے جاتے اور واپس لاتے تھے۔ اسے ہمیشہ یہ دھڑکا لگا رہتا تھا کہ کہیں کسی دن ایسا نہ ہو کہ حبیب خان مریم کو اسکول سے لانے کے لیے نہ پہنچیں۔ ممکن ہے کہ اُن کا رکشا خراب ہو جائے یا وہ بیمار ہو جائیں، کچھ بھی ہو سکتا تھا۔ جس دن اس کی سرجری تھی اس سے اگلے روز میڈم روبینہ اور کئی استانیاں اس کی مزاج پرُسی کے لیے آئی تھیں۔ اُس نے ان کے سامنے اپنے خوف کا اظہار کیا تو انہوں نے وعدہ کیا کہ چھٹی کے بعد ان میں سے کوئی استانی مریم کو خود گیٹ پر لے کر جائے گی، اور حبیب خان کے رکشا میں بٹھا دے گی اور اگر حبیب خان وہاں موجود نہ ہوئے تو وہ خود مریم کو چھوڑ جائے گی۔

مریم سات سال کی ہو چکی تھی۔ وہ ایک چلبلی، باتونی اور خوش رہنے والی بچی ہوا کرتی تھی، اور اسکول میں اپنی کلاس کے بچوں میں ہر دل عزیز ہوتی تھی، مگر ماں کی بیماری کا اس پر گہرا اثر ہوا۔ وہ کلاس میں بھی چُپ چُپ رہنے لگی اور گھر آکر ماں کے چہرے کو تکتی رہتی۔ نیلوفر اپنے بازو پھیلا کر اسے اپنی طرف بلاتی اور وہ بے اختیار آگے بڑھ کر اس سے اس طرح چمٹ جاتی جیسے ماں کا سینہ ایک محفوظ قلعہ ہو۔ نیلوفر دیر تک اسے چمٹائے رہتی۔

ڈاکٹر نور محمد کو فکر لاحق تھی کہ کہیں کینسر جسم کے دوسرے حصوں میں نہ پھیل جائے۔ ہر ہفتے نیلوفر کے متعدد ٹیسٹ کیے جاتے۔ تین دن کے بعد نیلوفر کی ریڈی ایشن تھیراپی شروع ہونے والی تھی کہ ڈاکٹر نور محمد اپنے آفس میں سر پکڑ کر بیٹھ گئے۔ ان کے

سامنے نیلو فر کی تازہ رپورٹیں تھیں جو اس کے جگر اور پھیپھڑوں میں کینسر کی موجودگی کی تصدیق کر رہی تھیں۔ اب انہیں یہ مسئلہ درپیش تھا کہ وہ ریڈی ایشن تھیراپی شروع کریں یا اس کے جگر اور پھیپھڑوں کی طرف توجہ دیں۔ آخر انہوں نے ریڈی ایشن تھیراپی منسوخ کرنے کا فیصلہ کر لیا۔

نیلو فر کی حالت دن بہ دن بگڑتی گئی۔ شدید تھکن، وزن میں کمی، اور مسلسل درد کی وجہ سے وہ سوکھ کر کانٹا ہو گئی۔ اس کا رنگ پیلا پڑ گیا اور آنکھوں کے گرد سیاہ حلقے پڑ گئے۔ اس کا درد اس کے چہرے پر پڑھا جا سکتا تھا۔ ڈاکٹر نور محمد نے اسے درد کم کرنے کے لیے مارفین تجویز کی تھی جس سے اسے نیند آجاتی اور درد سے عارضی طور پر سکون مل جاتا۔

شریف اور کیتھی کئی مرتبہ نیلو فر سے کہہ چکے تھے کہ وہ ان کے ساتھ منتقل ہو جائے مگر وہ انکار کر دیتی۔ آخر جب انہوں نے کہا کہ وہ مریم کو لے جا رہے ہیں کیونکہ نیلو فر کی حالت ایسی نہیں کہ وہ اس کی نگاہ داشت کر سکے تو وہ ان کے ساتھ جانے کے لیے تیار ہو گئی۔ کینسر اب اس کے جگر اور پھیپھڑوں میں پھیل چکا تھا جس کی وجہ سے اس کے پیٹ میں سیّال جمع ہو جاتا اور پیٹ پھولنے لگتا۔ ڈاکٹر نور محمد ہر چند روز کے بعد اس کے پیٹ سے سیال نکالتے جس سے اسے عارضی طور پر آرام آجاتا۔ پھیپھڑوں میں کینسر کے باعث اسے مستقل کھانسی اور سانس کی تنگی کا سامنا تھا اور بعض اوقات کھانسی کے ساتھ خون بھی آتا تھا۔

جب نیلو فر مارفین کے اثر سے جاگتی تو مریم کو اپنے بستر کے برابر بچھی ہوئی کرسی پر بیٹھا دیکھتی۔ وہ اپنا نحیف ہاتھ آہستہ سے بیٹی کی طرف بڑھاتی اور مریم اپنا ہاتھ ماں کے ہاتھ میں دے دیتی۔ دونوں خاموشی سے ایک دوسرے کو تکتی رہتیں۔ دونوں کو ایک دوسرے سے کچھ کہنے سننے کی ضرورت نہیں تھی کیونکہ دونوں آنکھوں ہی آنکھوں میں ایک دوسرے سے بہت کچھ کہہ دیتی تھیں۔ نیلو فر تصور ہی تصور میں وہ منظر دیکھتی جب مریم

جوان ہو جائے گی اور اسے ایک محبت کرنے والا شوہر مل جائے گا۔ اس کے ہونٹوں پر مسکراہٹ آجاتی اور اسے دیکھ کر مریم بھی مسکرا دیتی۔

جوں جوں وقت گزرا، نیلوفر کی حالت بگڑتی گئی۔ وہ اب بستر سے اٹھنے کے قابل نہیں رہی تھی اور کیتھی کی مدد کے بغیر ہلنے جلنے سے قاصر تھی۔ ڈاکٹر نور محمد نے شریف اور کیتھی کو آگاہ کر دیا تھا کہ اب علاج کی مزید گنجائش نہیں رہی کیونکہ اب وہ ہفتے عشرے کی مہمان ہے۔ اس کی زندگی کے آثار آہستہ آہستہ مدھم ہوتے جا رہے تھے۔ اس کے وقت کا زیادہ حصہ مارفین کے زیر اثر گزرتا۔ شریف نے انکل شاہد کو ٹیلی گرام بھیج دیا کہ نیلوفر کا آخری وقت آپہنچا ہے۔ دوسری صبح کو ٹیلی گرام کا جواب آیا کہ وہ اگلے روز تیز گام سے پہنچ رہے ہیں۔ اس زمانے میں تیز گام حیدرآباد سے رات کو آٹھ بجے ملتی تھی اور لاہور اگلے دن دوپہر کو دو بجے پہنچاتی تھی۔

نیلوفر حسب معمول مارفین کی پُر سکون نیند سو رہی تھی اور مریم اس کے بستر کے برابر کرسی پر بیٹھی اسے تک رہی تھی۔ کمرہ گہری خاموشی میں ڈوبا ہوا تھا اور مریم کی نظریں اپنی ماں کے مدھم سانسوں کے دوران اس کے سینے کے زیر و بم پر تھیں جو برائے نام تھا اور کبھی کبھی چند سیکنڈ کے لیے رُک جاتا تھا، یہاں تک کہ ایک لمحہ آیا جب اس نے آخری سانس لیا اور خاموشی کے ساتھ اس دنیا سے رخصت ہو گئی۔ اس کی زندگی کا گیت اس طرح اپنے اختتام پر پہنچا جیسے آخر میں گلوکار کی آواز مدھم ہوتے ہوتے سرگوشی اور پھر خاموشی تک پہنچتی ہے۔ موسیقی کے سُر بھی آواز کا ساتھ دیتے دیتے آخر چُپ ہو جاتے ہیں۔ نیلوفر کے آخری سانسوں کو دیکھنے والے صرف دو گواہ تھے۔ اس کی بیٹی جو اس کا ہاتھ پکڑے بیٹھی تھی اور اس کے کمرے کی کھڑکی سے نظر آنے والا غروب ہوتا ہوا سورج۔

***

اگر آپ مال روڈ پر فری میسن ہال یا برن ہال ہوٹل سے آگے بڑھیں اور لاہور کینٹ کی طرف جائیں تو چھاؤنی میں داخل ہوتے ہی آپ کو سڑک کی بائیں جانب ہولی ٹرِنٹی چرچ کی عظیم الشان عمارت نظر آئے گی۔ یہ لاہور کے مشہور گرجاگھروں میں سے ایک ہے اور اس کی عمارت برطانوی نوآبادیاتی طرزِ تعمیر کی اعلیٰ مثال ہے۔ اُس روز چرچ کا ہال سوگواروں سے بھرا ہوا تھا جن میں کئی مذاہب کے لوگ تھے۔ نیلوفر کے اسکول کی استانیاں اور طالبات اس کے آخری سفر کی روانگی پر اسے خداحافظ کہنے کے لیے وہاں موجود تھیں۔ نیلوفر کا تابوت، جسے اس کے دوستوں اور خاندان کے افراد نے اٹھایا ہوا تھا، چرچ کے مرکزی ہال میں رکھا گیا۔ تابوت کا سرہانا کھلا چھوڑ دیا گیا تھا اور بقیہ حصے پر سفید چادر اور ایک چھوٹی سی صلیب رکھی ہوئی تھی جس کے گرد سفید پھولوں کا حلقہ تھا۔ چرچ کی نرم روشنی نیلوفر کے چہرے پر پڑ رہی تھی، اور یوں لگتا تھا جیسے وہ ابھی کسی خواب کی گہرائیوں میں ہو، جہاں سکون اور پاکیزگی کا بسیرا ہوتا ہے۔ اس کا چہرہ معصومیت اور روحانی سکون کا مظہر تھا اور وہ اپنے درد سے آزاد ہو چکی تھی۔ بند آنکھوں کے ساتھ وہ یوں نظر آتی تھی جیسے خدا کی حضوری میں سر جھکائے کسی مقدس دعا میں محو ہو۔ اس کے ہونٹوں پر ہلکی سی مسکراہٹ تھی، جو کسی ناقابلِ بیان اطمینان کا اظہار کر رہی تھی۔

پاسٹر جیمس نے دعا کا آغاز کیا، ”میں قیامت اور زندگی ہوں، خداوند فرماتا ہے۔ جو مجھ پر ایمان رکھتا ہے، وہ مرنے کے بعد بھی زندہ رہے گا۔“ ان کی دعا کے بعد چرچ کے مقدس گلوکاروں کے گروپ نے مدھم آواز میں حمدیہ گیت گائے اور اس دوران نیلوفر کی کلاس کی طالبات تابوت کی دونوں جانب قطار باندھے کھڑی رہیں اور ہر ایک کے ہاتھ میں گلاب کی ایک ٹہنی تھی۔ وہ خاموش کھڑی تھیں مگر ان کی آنکھیں نم تھیں۔

پاسٹر جیمس نے میڈم روبینہ کو اپنے جذبات کا اظہار کرنے کے لیے بلایا۔ انہوں نے

بھرّائی ہوئی آواز میں کہا، ”نیلوفر ایک ٹیچر سے بڑھ کر تھیں۔ وہ علم کی ایک ایسی روشنی تھیں جو کبھی مدھم نہیں ہوگی۔ وہ اپنی شاگردوں کی زندگی میں امید کے پھول کِھلاتی تھیں۔ آج ہم ایک عظیم انسان کو خدا کے سپرد کر رہے ہیں، لیکن وہ ہمیشہ ہماری یادوں میں زندہ رہیں گی۔“

جب چار لوگوں نے تابوت قبرستان لے جانے کے لیے اٹھایا تو چرچ کی گھنٹیاں بجنا شروع ہوگئیں۔ قبرستان ہولی ٹرِنٹی چرچ سے تقریباً سوا میل دور تھا۔ عموماً تو لوگ جنازہ کندھوں پر اٹھا کر پیدل ہی قبرستان جاتے تھے مگر شریف نے اپنے ایک دوست کی پِک اپ لے لی تھی جس پر تابوت رکھ دیا گیا اور لوگ ان کے پیچھے پیچھے جلوس کی شکل میں چل دیے۔ فاسٹر جیمس اپنی گٹھیازدہ ٹانگوں سے مجبور تھے لہٰذا وہ جنازے کے ساتھ نہیں جاسکے۔ چرچ کی پشت کے دروازے پر کھڑے ہوئے وہ دور تک جنازے کو جاتے ہوئے دیکھتے رہے۔ چرچ کی مدھم گھنٹیاں یہ اعلان کر رہی تھیں کہ نیلوفر کی روح اب دنیاوی زندگی سے آزاد ہو کر اپنے خالق کے پاس جارہی ہے۔

۲۹

”خوشبو اور بخور دل کو خوش کرتے ہیں، اور دل سے دی گئی نصیحت دوست کی خوشی ہوتی ہے۔“ امثال 27:9

1947 میں پاکستان بننے کے بعد کراچی میں سندھ یونیورسٹی قائم کی گئی، مگر چوں کہ کراچی وفاقی دارالخلافہ تھا اور سندھ کا دارالخلافہ حیدرآباد مقرر کیا گیا تھا، لہٰذا سندھ یونیورسٹی بھی حیدرآباد آ گئی۔ ٹھنڈی سڑک پر جس عالی شان عمارت میں یونیورسٹی کو منتقل کیا گیا اس میں پاکستان بننے سے پہلے ایک اسکول قائم تھا جسے دیوان پر بھداس آڈوانی نے 1897ء میں اپنی نابینا بیٹی کے لیے تعمیر کیا تھا۔ چوں کہ یہ عمارت یونیورسٹی کے لیے ناکافی تھی لہٰذا کچھ کلاسیں گردونواح کے ان بنگلوں میں ہوتی تھیں جنہیں قیام پاکستان کے وقت ان کے مالکان چھوڑ کر بھارت چلے گئے تھے۔ مریم کی کچھ کلاسیں ان ہی بنگلوں میں سے ایک میں ہوتی تھیں جو اونچائی پر بنا ہوا تھا اور اس کی بیرونی دیواروں تک ڈھلان پر چاروں طرف سرسبز لان تھا جس پر مارچ کے گلابی جاڑے کی دھوپ میں بیٹھ کر پڑھنے کا مزہ ہی کچھ اور تھا۔ جب مریم کی کلاس نہیں ہوتی تھی تو وہ کوئی کتاب لے کر لان پر بیٹھ جاتی اور فرحت بخش دھوپ سینکتی۔

ٹھنڈی سڑک پر ہی آگے چل کر فردوس سینما کے سامنے ایک بلڈنگ میں دوسری منزل پر دانی ایل کا دفتر تھا جس سے سیڑھیاں اتر کر نیچے فٹ پاتھ پر ایک ٹھیلے والا، جو اپنا نام

کبابی بتاتا تھا، بن کباب بیچتا تھا۔ لنچ کے وقت لوگ دفتروں اور دکانوں سے نکل کر اس کے گرد جمگھٹ لگا لیتے تھے۔ اس کے ٹھیلے پر لمبی سی انگیٹھی تھی جس میں دہکتے ہوئے کوئلوں پر سیخوں کی قطار ہوتی تھی اور وہ بجلی کی سی سرعت سے کباب بنا بنا کر بن میں رکھتا اور اس کا اسسٹنٹ اسی تیزی سے اس میں چٹنی کی تہہ جماتا اور کاغذ کے ٹکڑے میں لپیٹ کر گاہک کو دے دیتا۔ جب کوئلے ٹھنڈے ہونے لگتے تو اسسٹنٹ انگیٹھی کے سرے پر لگے ہوئے ہینڈل کو گھما کر انگیٹھی کے نیچے لگے ہوئے پنکھوں کو گردش دیتا اور کوئلوں سے چنگاریاں نکلنا شروع ہو جاتیں۔ کہا جاتا تھا کہ کبابی کے سے ذائقہ دار کباب پورے حیدرآباد میں کہیں اور نہیں ملتے تھے۔ مشہور تھا کہ اس کے کبابوں کا گوشت گدھے کا ہوتا ہے۔ اسی لیے لوگوں نے اس کے کبابوں کو گدھے کے کباب کہنا شروع کر دیا تھا۔ لوگ مذاق میں اس سے کہتے، "ہاں بھئی کبابی، سنا ہے کہ تم گدھے کا گوشت استعمال کرتے ہو؟" اس نے کبھی تسلیم نہیں کیا۔ بس ہنس کر کہہ دیتا، "صاحب، کباب کھائیے کباب، مزا نہ آئے تو پیسے واپس۔" دو بن کباب ایک روپے کے آتے تھے۔ جو لوگ نسبتاً کم خوراک ہوتے وہ پچاس پیسے دے کر ایک کباب سے ہی کام چلا لیتے۔

دانی ایل نے گھڑی دیکھی تو بارہ بج کر پانچ منٹ ہو چکے تھے۔ وہ اپنی میز سے اٹھا اور تیزی سے سیڑھیاں اتر کر نیچے آ گیا۔ اس کے ہاتھ میں کپڑے کا ایک چھوٹا سا تھیلا تھا جسے وہ آفس میں اپنی میز کی دراز میں رکھتا تھا۔ اسے معلوم تھا کہ لنچ کا وقت ہوتے ہی کبابی کے گرد بھیڑ لگنا ہونا شروع ہو جاتی ہے، مگر اس روز خوش قسمتی سے دو چار لوگ ہی اس سے پہلے آ پہنچے تھے۔ اس روز دانی ایل نے مریم کے ساتھ لنچ کرنے کا پروگرام بنایا تھا لہٰذا اس نے بن کباب کے دو پیکٹ بنوائے اور برابر کی دکان سے پاکولا کی دو ٹھنڈی بوتلیں خرید کر تھیلے میں ڈالیں اور وہاں سے چل دیا۔ اس کی گھڑی میں سوا بارہ بج چکے تھے۔ مریم کی کلاس ساڑھے

بارہ بجے ختم ہوتی تھی اور راستہ بہ مشکل پندرہ منٹ کا تھا۔ جب وہ پہنچا تو مریم کلاس سے نکل رہی تھی۔ وہ دونوں لان پر آبیٹھے۔ دانی ایل نے پیلی قمیص اور سفید پتلون پہنی ہوئی تھی اور گردن کے گرد دہکتے ہوئے سرخ رنگ کا اسکارف لپیٹ رکھا تھا جس سے اس کی قمیص کا پیلا پن مزید اُبھر آیا تھا۔ مریم نے دانی ایل کو اوپر سے نیچے تک دیکھا اور مسکرا کر بولی، ''کس کو قتل کرنے کا ارادہ ہے؟''

''جس کو قتل کرنا چاہا تھا وہ سامنے بیٹھی ہے،'' دانی ایل نے کھلکھلا کر کہا اور پھر گھبرا کر پیچھے دیکھنے لگا کہ کسی نے سن تو نہیں لیا مگر اسے اطمینان ہو گیا کہ آس پاس کوئی نہیں تھا۔

''وہ تو قتل ہو چکی ہے۔ اسی لیے تو تمہارے سامنے بیٹھی ہے۔''

''کیا میں یقین کر لوں؟''

''کیا میں انگلی کاٹ کر پیش کر دوں؟''

''کیا ہم عشقیہ گفتگو کر رہے ہیں؟'' دانی ایل نے کچھ توقف کے بعد پوچھا۔

''قطعاً نہیں،'' مریم نے مسکرا کر جواب دیا۔

''مجھے تو ایسا ہی لگا جیسے عشقیہ شاعری ہو رہی ہو۔''

''ہم صرف دوستانہ گفتگو کر رہے ہیں۔''

مریم نے ایک پیکٹ کھول کر بن کباب نکالا۔ دانی ایل کی نظر اس کی انگلی پر پڑی جس میں منگنی کی وہی انگوٹھی تھی جو اس نے مریم کو دی تھی۔

''تو آخر تم نے منگنی کی انگوٹھی پہن ہی لی،'' اس نے مسکرا کر کہا۔

مریم نے گھبرا کر بن کباب اپنے دائیں ہاتھ میں پکڑا اور بایاں ہاتھ پیچھے کر کے بولی، ''یہ منگنی کی انگوٹھی نہیں بلکہ ایک عزیز دوست کا تحفہ ہے۔''

''مریم تم کیوں اپنے آپ سے جھوٹ بول رہی ہو؟ تسلیم کر لو کہ تمہیں مجھ سے محبت ہے۔''

"میں نے کب انکار کیا ہے؟ میں تسلیم کرتی ہوں کہ مجھے تم سے صرف محبت ہی نہیں بلکہ بے حد محبت ہے مگر اس طرح جیسے کسی کو اپنے بے حد عزیز دوست سے ہوتی ہے،" مریم نے سرگوشی میں کہا۔

"تو تم اس محبت کو من تو شدم تو من شدی کی منزل تک کیوں نہیں لے جانا چاہتیں؟" دانی ایل کی آواز بھی سرگوشی سے آگے نہیں بڑھ رہی تھی۔

"دانی، من تو شدم تو من شدی منزل نہیں صرف ایک ڈھیّا ہوتی ہے۔"

"ڈھیّا؟"

"بچے جب دوڑنے کا مقابلہ کرتے ہیں تو سامنے ایک دیوار کو ڈھیّا مقرر کر لیتے ہیں اور اسے ہاتھ لگا کر واپس پلٹتے ہیں۔ جو بچہ سب سے پہلے واپس پہنچ جاتا ہے وہ فرسٹ آتا ہے۔"

دانی ایل نے ایک گہرا سانس لیا اور مریم کو تکتا رہا۔

"تو دانی ڈیئر، من تو شدم تو من شدی ایک ایسی ڈھیّا ہے جسے چھو کر واپسی کا سفر شروع ہوتا ہے،" مریم نے کہا۔

دانی ایل نے کوئی جواب نہیں دیا۔ وہ دونوں خاموشی سے بن کباب کھاتے رہے۔

"مریم، میں نہیں مانتا،" دانی ایل نے طویل خاموشی کے بعد کہا، "مرد اور عورت کے اتنے مقدس رشتے کو تم ڈھیّا کہہ رہی ہو۔"

"میرا مشاہدہ تو یہی ہے۔ تم جسے مقدس رشتہ کہتے ہو، میں اسی کی ڈسی ہوئی ہوں۔"

"میں مانتا ہوں۔ مجھے معلوم ہے کہ تمہارا بچپن کتنے دکھ میں گزرا، مگر وہ غیر معمولی حالات تھے۔ مرد بھی محبت کرنا جانتا ہے۔ وہ بھی اپنی فیملی کے لیے قربانیاں دے سکتا ہے اور تمہارے والد بھی ایسے ہی تھے مگر منشّیات نے ان سے ان کی شخصیت چھین لی۔"

"میں جانتی ہوں دانی، مگر کیا کروں اس خوف کا جو میرے اندر بیٹھ گیا ہے؟"

مریم کی آنکھ سے ایک آنسو نکل کر اس کے رخسار پر بہہ گیا اور پھر آنسوؤں کی جھڑی لگ گئی۔

"میں کیا کروں دانی؟ تم مجھے بے حد عزیز ہو، اور میں تمہیں کھونا نہیں چاہتی، مگر میں اپنے خوف کے ہاتھوں مجبور ہوں،" مریم نے رومال سے اپنے آنسو پونچھتے ہوئے کہا۔

دانی ایل بھی ایک مرد تھا۔ عورت کے آنسوؤں کی تاب لانا اس کے بس میں نہیں تھا۔ لہٰذا وہ پگھلتا چلا گیا۔

"مریم، تم فکر نہ کرو۔ میں پھر کبھی تم سے شادی کی فرمائش نہیں کروں گا مگر تمہارا انتظار کرتا رہوں گا۔ تم سے میری صرف اتنی درخواست ہے کہ ہمیشہ مجھے سرِ فہرست رکھنا۔"

"تم سرِ فہرست کی بات کرتے ہو، میری فہرست میں تو صرف تم ہی ہو،" مریم نے آنسو پونچھ کر مسکراتے ہوئے کہا۔

دانی ایل نے گھڑی دیکھی۔ لنچ ٹائم ختم ہو گیا تھا۔ اس نے کاغذ کے ٹکڑے اور خالی بوتلیں کوڑا دان میں ڈالنے کے لیے جمع کیں اور دونوں کھڑے ہو گئے۔

"میں کل ایک ہفتے کے لیے پروجیکٹ کے سلسلے میں پنڈی جا رہا ہوں۔ اگلے پیر کو ملاقات ہو گی،" دانی ایل نے کہا۔

"خیر نال جا، خیر نال آ،" مریم نے ہنستے ہوئے جواب دیا۔

دانی ایل نے پاکولا کی خالی بوتلیں تھیلے میں ڈالیں تاکہ انہیں واپس کر کے اپنا ڈپازٹ لے سکے۔ اس نے ڈھلان سے اتر کر گیٹ کے ساتھ رکھے ہوئے کوڑا دان میں کاغذ کے ٹکڑے ڈالے اور مڑ کر دیکھا تو مریم وہیں کھڑی تھی۔ اس نے ہاتھ ہلا کر دانی ایل کو خدا حافظ کہا۔ جواباً اس نے بھی ہاتھ ہلا دیا اور وہیں کھڑا رہا۔ اس کا دل چاہا کہ واپس جا کر مریم کو اپنی بانہوں میں بھر لے۔ مریم کا ہاتھ اب بھی خدا حافظ کہنے کے لیے اٹھا ہوا تھا۔ دانی ایل

نے بھی ہاتھ ہلایا اور گہرا سانس لے کر گیٹ سے باہر نکل آیا۔ گلابی جاڑے کی سوندھی سوندھی دھوپ نے اس کی اداسی میں اضافہ کر دیا۔ اس نے ایک گہرا سانس لیا اور ٹھنڈی سڑک پر مڑ گیا۔

۳۰

”میں نے اس شخص کی طرف مڑ کر دیکھا جس نے میرے ساتھ بات کی تھی۔ میں نے سات سونے کے چراغ دان دیکھے اور ان چراغ دانوں کے درمیان ایک شخص دیکھا جو ایک انسان کی طرح تھا۔ اس نے پاؤں تک کا ایک لمبا چوغہ پہن رکھا تھا اور اس کے سینے پر سونے کی پٹی بندھی ہوئی تھی۔ اس کا سر اور بال اون کی مانند سفید تھے جیسے برف۔ اس کی آنکھیں آگ کے شعلوں کی مانند تھیں۔ اس کے پاؤں پیتل کی مانند چمکدار تھے جیسے کسی بھٹی میں تپایا گیا ہو۔ اس کی آواز بپھرے ہوئے پانی کی مانند تھی۔ اس کے دائیں ہاتھ میں سات ستارے تھے، اس کے منہ سے ایک دو دھاری تلوار نکل رہی تھی اور اس کا چہرہ دوپہر کے سورج کی مانند چمک رہا تھا۔“ مکاشفہ 1:12-16

”دانی ایل، مجھے حیرت ہے کہ تم فیض احمد فیض کو صرف حُزنیہ شاعر کہتے ہو۔ تم نے دستِ صبا اور زنداں نامہ کو کیسے نظر انداز کر دیا؟“ میں نے پوچھا۔

”انہوں نے ہر طرف غم، جدائی، اور مایوسی کا رونا رویا ہے۔ یہ داغ داغ اجالا، یہ شب گزیدہ سحر۔ اس میں امید کی جھلک کہاں ہے؟“ دانی ایل نے جواب دیا۔

”دانی ایل، تمہارا تجزیہ اپنی جگہ، مگر یہ یاد رکھو کہ فیض کا یہ داغ داغ اجالا کسی ذاتی غم کی نہیں بلکہ اجتماعی مایوسی کی تصویر کشی ہے۔ وہ اس رات کے ختم ہونے کا انتظار کر رہا ہے جو ظلم

اور بربریت کی رات ہے،" انکل شاہد نے چائے کی چسکی لے کر کہا۔

"بالکل! اور انقلابی بننے کے لیے حالات کی تلخی اور اس کے خلاف جدوجہد کو محسوس کرنا ضروری ہے۔ فیض کی شاعری ان جذبات کو پروان چڑھاتی ہے،" میں نے انکل شاہد سے اتفاق کیا۔

"لیکن انقلاب کی شاعری تو جوش ملیح آبادی کی طرح ہونی چاہیے، گرج دار اور ولولہ انگیز۔ فیض کے ہاں تو ہر وقت، چند روز اور مری جان، کا واویلا نظر آتا ہے،" دانی ایل نے طنزیہ انداز میں کہا۔

"یہی تو فیض کی انفرادیت ہے،" انکل شاہد نے ہنس کر کہا۔

بڑی دیر سے ہماری بحث چل رہی تھی۔ آنٹی میری دائیں جانب بیٹھی سوئٹر بُن رہی تھیں مگر ان کی توجہ ہماری بحث کی طرف ہی تھی اور جب کسی کی طرف سے کوئی زور دار بیانیہ آتا تو مسکرا دیتیں۔ مریم اُن کے برابر دنیاومافیہا سے بے خبر بیٹھی کوئی کتاب پڑھ رہی تھی۔

میں نے دو ہفتے قبل بچوں کو مریم کے حوالے کر کے ٹیوشن چھوڑ دی تھی کیونکہ مجھے ایک اسکول میں ملازمت مل گئی تھی۔ تنخواہ 175 روپے ماہوار تھی اور ہفتے میں دو روز شام کو بھی دو گھنٹے کے لیے جانا پڑتا تھا تاکہ اسکول کے بعد اسپورٹس کے لیے آنے والے بچوں پر نظر رکھی جا سکے۔ اس کے 25 روپے ماہوار علیحدہ ملتے تھے۔ میں گاہے بہ گاہے انکل شاہد کے ساتھ چائے پینے کے لیے چلا جاتا تھا۔ دانی ایل کبھی کبھار اپنے پروجیکٹ پر پنڈی چلا جاتا ورنہ اس کا بیشتر وقت حیدرآباد میں ہی گزرتا تھا اور وہ ہر اتوار کو مریم کو چرچ لے کر جاتا تھا۔ اس روز اقبال ڈے کی چھٹی تھی اور دانی ایل نے مریم کو بتا دیا تھا کہ وہ انکل شاہد کے ساتھ چائے پینے آئے گا۔ راستے سے اس نے مجھے بھی ساتھ لے لیا تھا۔

دانی ایل نے جوش کی گھن گرج کا جو حوالہ دیا تھا، اس پر میں کچھ کہنا چاہ رہا تھا مگر اس

سے پہلے کہ میں منہ کھولتا، کسی نے دروازہ کھٹکھٹایا اور ایک بھاری بھرکم آواز آئی، "اینی باڈی ہوم؟"

"ارے، یہ عارف کہاں سے آگیا؟" یوں لگا جیسے مریم کو کرنٹ لگا ہو۔ وہ کرسی سے اٹھ کر دروازے تک گئی اور اس پر پڑی ہوئی چادر کو کھسکا کر بولی، "یہ کون اجنبی ہے؟"

وہ پیچھے ہٹی تو اس کے پیچھے نیلی جینز اور نارنجی ٹی شرٹ میں ملبوس ایک شخص جھک کر دروازے سے گزرا۔ جب وہ اندر داخل ہو کر سیدھا کھڑا ہوا تو اس کی درازیٔ قد کا احساس ہوا۔ چھ ساڑھے چھ فٹ کا تو ضرور رہا ہو گا۔ اس کے بیضوی چہرے پر گھنی داڑھی مونچھیں تھیں اور سر کا اگلا حصہ بالوں سے بے نیاز تھا۔ اس نے مسکرا کر دونوں بازو پھیلائے اور مریم کو اپنی بانہوں میں بھینچ لیا۔

"یہ اچانک اتنی بڑی کیسے ہو گئی؟" اس نے مریم کے دونوں کندھوں پر ہاتھ رکھ کر اس کے سراپا کا جائزہ لیا اور پھر اپنی ہتھیلی نیچے لے جا کر کہا، "پچھلی بار تو یہ اتنی سی تھی۔"

میں، دانی ایل اور انکل شاہد اس سے ہاتھ ملانے کے لیے کھڑے ہو گئے۔

"بڑے دن کے بعد دکھائی دیے،" انکل شاہد نے اس سے مصافحہ کرتے ہوئے کہا۔

"بس چچا، میں کل شام کی فلائٹ سے ہی پہنچا۔ دراصل کام سے فرصت ہی نہیں ملتی۔ مجھے پچھلے ہفتے ہی پتا چلا کہ مریم آگئی ہے،" اس نے جواب دیا۔

"یہ میرا بچپن کا دوست ہے، عارف،" مریم نے اس کا تعارف کرایا۔

"جی، میرا نام یوحنّا عارف ہے، ویسے سب مجھے عارف ہی کہتے ہیں،" اس نے دو قدم آگے آ کر اپنا ہاتھ دانی ایل کی طرف مصافحے کے لیے بڑھا دیا۔ اس کے اور دانی ایل کے درمیان بہ مشکل ایک فٹ کا فاصلہ رہا ہو گا۔ وہ سر جھکا کر دانی ایل کو دیکھ رہا تھا جیسے کسی بچے سے باتیں کر رہا ہو۔ مجھے اس کی حرکت عجیب سی لگی۔ کیا وہ دانی ایل کو اپنے لمبے قد سے متاثر کر رہا تھا۔ اگر ایسی بات تھی تو یہ اس کی بڑی گھٹیا حرکت تھی۔

"یہ دانی ایل ہے۔ بڑا پیارا انسان ہے،" مریم نے کہا، "اور یہ پرویز ہیں۔" اس نے میری طرف اشارہ کیا۔

"بڑی خوشی ہوئی آپ سے مل کر،" میں نے دو قدم پیچھے ہٹ کر اپنا ہاتھ بڑھا دیا۔ اس نے میرا ہاتھ اپنی مٹھی میں دبا کر اسے دوسرے ہاتھ کی ہتھیلی سے ڈھک دیا۔ تب مجھے احساس ہوا کہ اس کے ہاتھ بڑے بڑے اور انگلیاں موٹی موٹی تھیں۔ میں نے سوچا کہ کیا وہ اپنے ڈیل ڈول کو دوسروں پر رعب ڈالنے کے لیے استعمال کرتا ہے، یا ممکن ہے کہ یہ میرا ہی احساسِ کمتری ہو جو مجھے للکار رہا ہو۔

میں نے آپ کی کتاب پڑھی ہے،" میں نے قدرے جھجکتے ہوئے کہا۔

"میری کتاب؟ کون سی کتاب؟"

"مُکاشفہ۔"

"مُکاشفہ؟" عارف نے کچھ سوچ کر ایک زور دار قہقہہ لگایا اور بولا، "اوہ اچھا، میں سمجھا، مگر میرا مکاشفہ دوسری قسم کا ہو گا۔ اس میں جنگ و جدل کی جگہ ڈانس پارٹیاں ہوں گی۔" اس کی آواز بھاری بھر کم تھی اور اس پر طرّہ یہ کہ وہ زور سے بول کر پوری محفل پر قابض ہو جاتا تھا۔

یوحنّا عارف کا مکاشفہ جس کا میں نے حوالہ دیا تھا، بائبل کے نئے عہد نامے کی آخری کتاب ہے جس میں یوحنّا اپنے خواب بیان کرتا ہے جن میں نیکی اور بدی کے درمیان جنگ ہوتی ہے۔ طاغوتی طاقتیں قتل و غارت گری کرتی ہیں، اور پھر حضرت عیسیٰ علیہ السلام کا نزول ہوتا ہے۔ وہ ان شیطانی قوتوں سے جہاد کر کے انہیں شکست دیتے ہیں جس کے نتیجے میں یروشلم پر خدا کی حکم رانی ہو جاتی ہے اور وہ امن کا گہوارہ بن جاتا ہے۔ ہمارے یہاں آثار قیامت پر جو کتابیں لکھی جاتی ہیں، مکاشفہ بھی ویسی ہی کتاب ہے۔

عارف آگے بڑھ کر انکل شاہد سے گلے ملا اور جھک کر آنٹی سے ہاتھ ملا کر ان کا ہاتھ چُوما۔

"کیوں بھئی، تم اس بار دو سال کے بعد آئے ہو،" انکل شاہد نے کرسی پر بیٹھتے ہوئے کہا اور ہم سب بھی بیٹھ گئے۔

"بس چاچا جی، کام اتنا بڑھ گیا ہے کہ سر کھجانے کی فرصت نہیں ملتی،" عارف نے جواب دیا۔

"عارف کا والد اور میں بچپن کے دوست ہیں اور ہمارے بچے بھی ایک ساتھ پلے بڑھے،" انکل شاہد نے مجھے اور دانی ایل کو مخاطب کرتے ہوئے کہا۔ "اب یہ مشرقی پاکستان میں سیٹل ہیں اور ان کے والد کی چٹاگانگ میں پرانے بحری جہازوں کو توڑنے کی کمپنی ہے۔"

"دانیال، تمہارا کیا شغل ہے؟" عارف نے مسکرا کر دانی ایل سے پوچھا۔ اس کا لہجہ بزرگانہ تھا جیسے کسی بچے سے بات کر رہا ہو۔

"میں سول انجینئر ہوں اور میرا نام دانیال نہیں دانی ایل ہے،" اس نے ناگوار لہجے میں جواب دیا۔

"دانی ایل، دانیال، بات ایک ہی ہے،" عارف نے قہقہہ لگا کر کہا۔

"ایک ہی بات نہیں ہے۔ جس کا جو نام ہے اسی نام سے پکارا جانا چاہیے،" دانی ایل کی آواز کچھ اونچی ہو گئی اور اس کی پیشانی کے بَل مزید گہرے ہو گئے۔

انکل شاہد موقع کی نزاکت کو سمجھ کر بولے، "دراصل صحیح نام دانی ایل ہی ہے مگر ہر ملک میں تلفظ الگ الگ ہے۔ کہیں ڈینیل کہتے ہیں اور کہیں دانیال۔"

میں نے تلخی کو کم کرنے کی خاطر موضوع تبدیل کرنے کی کوشش کی اور کہا، "پرانے عہد نامے میں دانی ایل نبی کی کتاب بھی ہے۔ وہ خوابوں کی تعبیر بتایا کرتے تھے، جب بادشاہ داریا نے دانی ایل کو حکم دیا کہ وہ بادشاہ کی عبادت کریں تو انہوں نے انکار کر دیا۔ اس پر

داریا نے انہیں شیروں کے کٹہرے میں ڈال دیا لیکن جب شیروں نے دانی ایل کو کوئی نقصان نہیں پہنچایا تو داریا خدا پر ایمان لے آیا۔"

"سوری، دراصل میرا بائبل کا مطالعہ محدود ہے۔ خصوصاً پرانے عہد نامے کی زیادہ سوجھ بوجھ نہیں ہے،" عارف نے معذرت کرتے ہوئے کہا۔ اس مرتبہ اس کی آواز کچھ دھیمی تھی۔ میں نے مریم کی طرف دیکھا۔ وہ خاموشی سے یہ گفتگو سُن رہی تھی اور اس کے چہرے پر بے چارگی کے آثار تھے۔

"اچھا انکل شاہد، اب اجازت دیں،" میں نے اٹھتے ہوئے کہا۔

"ارے کیوں سر؟ ابھی بیٹھیں،" انکل شاہد نے جواب دیا۔ دانی ایل بھی کھڑا ہو گیا۔

"نہیں انکل، آپ عارف سے باتیں کریں۔ یہ دو سال کے بعد آئے ہیں تو بہت کچھ سنائیں گے۔" میں نے جواب دیا۔

"آپ کب تک حیدر آباد میں رہیں گے؟" میں نے عارف سے ہاتھ ملاتے ہوئے پوچھا۔

"ابھی ایک ہفتہ ہوں۔"

"پھر تو ملاقات رہے گی۔"

"ضرور، آپ مشرقی پاکستان آئیں نا۔"

"دیکھیں، کبھی نہ کبھی پروگرام بنے گا۔"

***

سب کو خدا حافظ کہہ کر ہم باہر نکلے تو ہمارے ہوش ٹھکانے آ گئے۔ دانی ایل نے اپنی اسکوٹر دیوار کے ساتھ ہی کھڑی کر دی تھی۔ اب اس کے پیچھے اُسی سال کی ایسٹن مارٹن DB4 کھڑی تھی۔ دو روز پہلے ہم فردوس سنیما میں فرمارشیاوِدلو دیکھ کر آئے تھے جس میں جیمز بانڈ یہی کار چلا رہا تھا۔ یہ دنیا کی مہنگی ترین اسپورٹس کاروں میں سے ایک تھی۔

"یار دانی ایل، ایسا لگتا ہے کہ تیرا رقیب پیدا ہو چکا ہے۔"

"میرا ابھی یہی خیال ہے۔"

"تو پھر کیا خیال ہے؟"

"جنگ تو کرنی ہی پڑے گی۔"

"گُڈ لک!"

میں اسکوٹر پر دانی ایل کے پیچھے بیٹھ گیا۔ اس نے کِک مار کر اسکوٹر اسٹارٹ کی اور وہ ایک جھٹکے کے ساتھ آگے بڑھ گئی۔

۳۱

"اپنے دل پر اور اپنے بازو پر مجھے نشان کی طرح رکھ، کیونکہ محبت موت سے بھی زیادہ پائے دار ہے۔ اس کی آگ ایسی شدید ہے کہ قبر بھی اسے نہیں روک سکتی۔ پانی کی بے شمار ندیوں سے بھی محبت بجھ نہیں سکتی، اور نہ ہی دریاؤں کا بہاؤ اسے ڈوبو سکے۔ اگر کوئی آدمی اپنی ساری دولت محبت کے بدلے دے دے تو یہ بے قدری سمجھی جائے گی۔" سلیمان کا گیت 7-8:6

ہوٹل اورینٹ کے چاندنی لاؤنج کے سحر انگیز ماحول میں سرمئی دیواریں تاریکی میں سیاہ لگتی تھیں۔ اُن پر جا بجا کم زور بلب مدہم روشنی کے دھبے ڈال رہے تھے، اور چھت پر ننھے ننھے بلب ستاروں کی طرح جڑے تھے۔ لگتا تھا جیسے تاروں بھرے آسمان کے نیچے بیٹھے ہوں۔ نوجوان جوڑوں کو دیکھ کر اندازہ کرنا مشکل تھا کہ وہ نو بیاہتا ہیں، منگیتر ہیں یا بس والدین سے چُھپ کر مل رہے ہیں۔ ہر میز پر روشنی کے لیے ایک مومی شمع تھی جس سے وہ صرف ایک دوسرے کو دیکھ سکتے تھے۔ دوسری میزوں پر بیٹھے ہوئے لوگ صرف دھندلے سائے لگتے تھے۔ ہال میں پھیلی ہوئی موسیقی اس قدر مدہم تھی کہ آواز صرف اُن تک پہنچتی تھی جو سننا چاہتے تھے:

تم ہی ہو محبوب میرے،
میں کیوں نہ تمہیں پیار کروں،

تم ہی تو میری دنیا ہو،

میں کیوں نہ اقرار کروں۔

اس رومانی فضا میں جب ہاتھ تھامے جاتے تو دل کی دھڑکنیں تیز ہو جاتیں، سانسیں گہری ہو جاتیں، گلوں میں گولے سے اٹک جاتے، اور باتیں سرگوشیوں میں ہونے لگتیں۔

اُس رات چاندنی لاؤنج میں بیٹھے ہوئے جوڑوں میں عارف اور مریم بھی تھے۔ عارف نے مریم کو کھانے پر مدعو کیا تھا۔ انکل شاہد اور آنٹی کو بھلا کیا اعتراض ہو سکتا تھا۔ عارف اپنے بچوں کی طرح ہی تھا۔ جب وہ پیدا ہوا تھا تو انہوں نے اسے گودوں میں کھلایا تھا۔ عارف کے والد کا نام عادل پیٹر تھا اور وہ انکل شاہد کے بچپن کے دوست تھے۔ دونوں کا تعلق گوجرانوالہ کے قریب ایک غریب بستی سے تھا۔ دونوں نے جوں توں کر کے انٹر پاس کیا اور روزگار کی تلاش میں نکل کھڑے ہوئے۔ دونوں کو زندگی نے بڑی ٹھوکریں کھلائیں۔ آخر کار انکل شاہد کو انکم ٹیکس ڈپارٹمنٹ میں ملازمت مل گئی اور عادل قسمت آزمائی کے لیے مشرقی پاکستان چلے گئے جہاں انہیں پرانے بحری جہاز توڑنے کی ایک کمپنی میں ملازمت مل گئی۔ ان تھک محنت کے بعد آخر کار وہ کمپنی عادل کی ملکیت میں آگئی۔ عارف ان کے ساتھ ہی کام کرتا تھا اور ان کا دست راست تھا۔

کھانے سے فارغ ہونے کے بعد جب مریم نے چائے بنا کر عارف کو دی تو اس کی انگوٹھی میں جڑے ہوئے ہیرے شمع کی مدہم روشنی میں جگمگا اٹھے۔

”مریم، کیا میں سمجھ لوں کہ تم کسی کو زبان دے چکی ہو،“ عارف نے اس کی انگلی کی طرف اشارہ کرتے ہوئے کہا۔ پہلے تو مریم کی سمجھ میں نہیں آیا کہ عارف کے سوال کا کیا مطلب ہے مگر جب اس نے اپنے ہاتھ پر نظر ڈالی جس کی طرف عارف اشارہ کر رہا تھا تو اس نے جلدی سے اپنا ہاتھ کھینچ کر اسے دوسرے ہاتھ سے چھپالیا۔

"نہیں، نہیں۔ میں نے کسی کو زبان نہیں دی،" مریم نے ہنستے ہوئے صفائی پیش کی۔

"میں یہی سمجھا کہ یہ منگنی کی انگوٹھی ہے،" عارف نے کہا۔

"تھی تو منگنی کی انگوٹھی، مگر اب یہ صرف ایک دوست کا تحفہ ہے۔"

"مجھے یہ پوچھنے کا حق تو نہیں ہے کہ یہ کس دوست کا تحفہ ہے مگر سوچا کہ پوچھ ہی لوں،" عارف نے مسکرا کر کہا۔

"تم سے چھپانے کی کوئی ضرورت نہیں۔ یہ انگوٹھی مجھے دانی ایل نے دی تھی مگر میں نے اس کی پیشکش قبول نہیں کی۔"

"مگر تم اس کی انگوٹھی اب بھی پہن رہی ہو؟"

"میں نے اسے لوٹانے کی بہت کوشش کی مگر اس نے کہا کہ میں ایک دوست کا تحفہ سمجھ کر یہ انگوٹھی رکھ لوں۔"

"ایک بات پوچھوں؟"

"پوچھو۔"

"خیر چھوڑو،" عارف نے کچھ سوچ کر کہا۔

"نہیں نہیں، پوچھو۔"

"پتہ نہیں پوچھنا بھی چاہیے یا نہیں؟"

"اگر پوچھو گے نہیں تو میں کیا کہہ سکتی ہوں۔"

"اچھا چلو پوچھ لیتا ہوں۔ لیکن اگر چاہو تو جواب مت دینا۔"

"منظور۔"

"اِس دانیال سے تمہاری کتنی دوستی ہے؟"

"دانیال نہیں، دانی ایل۔"

"ہاں، دانی ایل۔"

"دانی ایل مجھے بے حد عزیز ہے۔"

"تو کیا مجھے بھی دانی ایل سے دوستی کرنی پڑے گی؟"

"ضروری نہیں کہ تم میرے دوستوں کو پسند کرو یا میں تمہارے دوستوں کو پسند کروں۔"

"پھر بھی، میں دانی ایل سے دوستی کرنے کی کوشش کروں گا کیونکہ وہ تمہیں اتنا عزیز ہے۔"

"شکریہ۔"

"اگر اجازت دو تو میں اپنے مطلب پر آؤں۔"

"اچھا! تو کوئی مطلب بھی ہے؟" مریم نے ہنستے ہوئے پوچھا۔

"یہ تو تم مانتی ہو کہ ہم بچپن سے اکٹھے رہے ہیں۔"

"ہاں، کون انکار کرے گا؟"

"اور تم یہ بھی مانتی ہو کہ کبھی ہماری لڑائی نہیں ہوئی۔"

"مجھے تو یاد نہیں کہ کبھی ہوئی ہو۔"

"تو کیا یہ ممکن ہے کہ ہم باقی زندگی بھی ساتھ گزاریں؟"

پہلے تو مریم کی سمجھ میں نہیں آیا کہ عارف کا کیا مطلب تھا، پھر چونک کر بولی، "عارف، کیا تم مجھے شادی کی پیشکش کر رہے ہو؟"

"تم ٹھیک سمجھیں۔"

مریم سوچ میں پڑ گئی۔ اس کے ہونٹوں پر مسکراہٹ تھی اور وہ خاموشی سے اپنے سامنے طشتری میں رکھے ہوئے چائے کے خالی کپ کو گھمائے جا رہی تھی۔ پھر سر اٹھا کر بولی، "مجھے منظور ہے، عارف۔"

عارف نے مریم کا ہاتھ اپنے دونوں ہاتھوں میں لے کر کہا، "مریم، میں تم سے وعدہ

کرتا ہوں کہ ہم ایک دوسرے کے ساتھ خوش رہیں گے۔"

گھر پہنچ کر دونوں نے انکل شاہد اور آنٹی کو اپنا فیصلہ سنایا تو ان کی خوشی کا ٹھکانا نہ تھا۔ انہوں نے مریم اور عارف کو گلے لگایا اور دعائیں دیں۔ اگلے روز عارف مریم کو منگنی کی انگوٹھی دلانے کے لیے باغبان جوئیلرز لے گیا۔ اس کے مالک ارشد چانڈیو نے فوراً مریم کو پہچان لیا کیونکہ وہ دانی ایل کے ساتھ اس انگوٹھی کی فٹنگ کے لیے آئی تھی جو اس نے دانی ایل کو بیچی تھی۔ ارشد نے وہ تین ہیروں کی انگوٹھی پہچان لی جو مریم نے اب بھی پہنی ہوئی تھی مگر وہ سیدھے ہاتھ کی انگلی میں تھی۔ وہ سخت الجھن میں مبتلا ہو گیا مگر پھر سر جھٹک کر سوچا کہ اس کا کام زیور بیچنا ہے نہ کہ اس چکر میں پڑنا کہ گاہک اس زیور کے ساتھ کیا کرتا ہے۔

***

مریم نے عارف کی شادی کی پیشکش کو قبول تو کر لیا، مگر سخت الجھن میں تھی۔ وہ رات بھر کروٹیں بدلتی رہی اور سوالات کی قطار اس کے سامنے سے گزرتی رہی۔

"میں نے بلا سوچے سمجھے ہاں کیوں کر دی؟"

"دانی ایل کو انکار کرنے کی وجہ میری پڑھائی تھی تو اِس بار میں نے پڑھائی کے متعلق کیوں نہیں سوچا؟"

"میں دانی ایل کو کیسے بتاؤں گی کہ اب میں کسی اور کی ہو چکی ہوں؟"

پھر اس کے دماغ میں عجیب عجیب خیالات آنے لگے۔ اس کی ماں نے اسے بتایا تھا کہ منشّیات کی لت لگنے سے پہلے اس کا باپ بڑی پُرکشش شخصیت کا مالک تھا۔ جب وہ لوگوں کے ساتھ ہوتا تو ہر ایک کا مرکزِ نگاہ ہوتا تھا۔ اسے عارف کی شخصیت میں بھی وہی خصوصیات نظر آرہی تھیں جو اس کی ماں کے مطابق اس کے باپ میں تھیں۔

اس نے سوچا کہ کیا وہ عارف کے روپ میں اپنے باپ کو اپنی زندگی میں واپس لا رہی تھی؟

کیا وہ اپنی ماں بن کر کامیاب ازدواجی زندگی گزارنے کے خواب دیکھ رہی تھی؟

کیا وہ تاریخ کے پہیے کو الٹا گھما کر نئے سرے سے زندگی کی ابتدا کرنا چاہ رہی تھی؟

اسے محسوس ہوا جیسے اس کا دماغ پھٹ رہا ہو۔ وہ ایک جھٹکے کے ساتھ بستر سے اٹھی اور پاؤں لٹکا کر چارپائی پر بیٹھ گئی۔ اس کے سر میں سخت درد ہو رہا تھا۔ وہ دیر تک دونوں ہتھیلیوں سے کنپٹیاں دبائے بیٹھی رہی۔ اچانک اسے دانی ایل کا ایک قول یاد آگیا جو وہ اکثر دہراتا تھا، ”جب تم کسی سے کوئی عہد کرو تو تمہارے پاس کوئی چارہ نہیں، سوائے اِس کے کہ تم اسے پورا کرو، خواہ وہ عہد پورا کرنے میں تمہاری جان ہی کیوں نہ چلی جائے۔“

اچانک اس نے محسوس کیا کہ اس کے سر کا درد بند ہو گیا۔ اس نے دوبارہ بستر پر لیٹتے ہوئے اپنے آپ سے کہا، ”ٹھیک ہے دانی ایل، میں نے عارف سے عہد کر لیا ہے تو میں پورا کروں گی، خواہ میری جان ہی کیوں نہ چلی جائے۔“

۳۲

"خدا جو امید کا سر چشمہ ہے، تمہیں ہر طرح کی خوشی اور سکون سے بھر دے،
تاکہ روح القدس کی قدرت کے وسیلے سے تمہاری امید زیادہ ہو جائے۔"
رومیوں 15:13

میں چھوٹکی گٹّی کی طرف سے شاہی بازار میں داخل ہوا تو سامنے ہی مٹھائی کی دکان کے برابر دین دنیا بک ڈپو سے انکل شاہد نکل رہے تھے۔ اس سے پہلے کہ میں آگے بڑھوں، مٹھائی والے کی ایک بات بتاتا چلوں۔ حیدرآباد سندھ میں اس کی مٹھائی کا مقابلہ شائد ہی کوئی اور حلوائی کر سکتا۔ میں ہمیشہ اسی سے مٹھائی خریدتا تھا مگر اس کی ایک عادت سے چڑ تھی۔ جب وہ مٹھائی تولتا اور اگر ترازو کا پلڑا ذرا سا بھی جھکا ہوتا تو وہ لڈّو کا ایک ٹکڑا توڑ کر منہ میں ڈال لیتا بجائے اس کے کہ پورا لڈو دے کر گاہک کو خوش کر دے۔ معلوم ہوتا تھا کہ اس کے موٹاپے کا راز لاتعداد لڈوؤں کے ٹکڑوں میں تھا۔ کئی بار میں نے سوچا کہ اس سے کہوں کہ اکنّی زیادہ لے لے مگر لڈو کو نہ توڑے تاکہ میں جس کے لیے مٹھائی لے جا رہا ہوں وہ یہ نہ سمجھے کہ میں نے راستے میں لڈو میں منہ مار دیا۔

دیکھیں، بات کہاں سے کہاں پہنچ گئی۔ بات ہو رہی تھی انکل شاہد کی جو دین دنیا بک ڈپو سے نکل رہے تھے۔ ہاتھ میں پٹ سن کا ایک تھیلا تھا جس میں غالباً بچوں کی کتابیں اور

کاپیاں تھیں۔ میں نے سلام کیا تو انہوں نے مسکرا کر مصافحہ کے لیے ہاتھ بڑھا دیا اور بولے، ”سر، آپ کہاں غائب ہو گئے؟ ہم شام کی چائے پر آپ کو مِس کرتے ہیں۔“

”بس انکل، اسکول سے آنے کے بعد ٹائم ہی نہیں بچتا۔ اگلے روز کی تیاری بھی کرنی پڑتی ہے،“ میں نے جواب دیا۔

”کم از کم ہفتے میں ایک آدھ دن تو ہمارے لیے بھی نکال لیا کریں۔“

”اگلے ہفتے کسی دن چکر لگاؤں گا۔“

”بچے بھی آپ کو مِس کرتے ہیں۔“

”مریم بچوں کو پابندی سے پڑھا رہی ہے نا؟“

”انہیں لے کر بیٹھتی تو ہے، اس کی منگنی ہو گئی ہے۔“

”منگنی ہو گئی ہے؟“ میں نے چیخ کر کہا، ”کس سے؟“

”یوحنّا عارف سے۔“

”اوہو، اچھا۔ میری طرف سے اسے مبارکباد دے دیجیے۔ میں کسی دن چکر لگاؤں گا۔“

”یاد کر کے آیئے گا۔“

”ضرور،“ میں نے ہاتھ ملاتے ہوئے کہا۔

انکل شاہد خدا حافظ کہہ کر گھنٹہ گھر کی طرف چل دیے۔ مجھے بھی اسی طرف جانا تھا مگر دوسری طرف مڑ گیا کیوں مریم کی منگنی کی خبر میرے دماغ پر ہتھوڑے چلا رہی تھی اور میں جلد از جلد دانی ایل کو اطلاع دینا چاہتا تھا۔ کچھ دور چل کر میں نے پیچھے مڑ کر دیکھا تو انکل شاہد بھیڑ میں کہیں گم ہو چکے تھے۔ میں واپس مڑ کر چھوٹی گٹی پر اُتر لیا اور نکّڑ پر ہی ایک خالی رکشا مل گیا۔ میں اسے بیراج کالونی چلنے کی ہدایت دے کر بیٹھ گیا، اور راستے بھر مریم اور دانی ایل کے متعلق سوچتا رہا۔ میرے لیے بڑے اچنبھے کی بات تھی کہ مریم نے عارف کی

پیشکش کو قبول کر لیا تھا۔ دانی ایل کا خیال تھا کہ آخر کار مریم اُسی کی طرف آئے گی۔ مقصد پر مرکوزیت مریم کی فطرت میں شامل تھی۔ فی الحال اس کا مقصد اپنی تعلیم مکمل کرنا تھا۔ دانی ایل کو یقین تھا کہ وہ پڑھائی ختم کرنے کے بعد اسی کا انتخاب کرے گی۔ میں بھی دانی ایل سے متفق تھا مگر انکل شاہد کی سنائی ہوئی خبر مجھے پتھر کی طرح لگی۔

جب ہم بیراج کالونی میں داخل ہوئے تو میں نے رکشا والے کو دانی ایل کے گھر تک پہنچنے کی ہدایات دیں۔ میٹر پر پورے تین روپے بنے تھے۔ میں نے اسے ایک ایک روپے کے تین نوٹ دیے اور ان کے اوپر ٹپ کے پچاس پیسے بھی رکھ دیے۔ اس نے شکریہ ادا کیا اور وہاں سے چل دیا۔ میں نے دروازہ کھٹکھٹایا تو اندر سے انجم بھائی کی آواز آئی، ”کون؟“

”انجم بھائی، میں ہوں پرویز،“ میں نے جواب دیا۔

”اندر آجاؤ، عزیزِ من،“ انہوں نے جواب دیا۔

میں دروازہ کھول کر اندر داخل ہوا تو حسب معمول انجم بھائی پاجامہ اور بنیان میں ملبوس، لیٹے ہوئے کوئی کتاب پڑھ رہے تھے۔

”آؤ عزیزِ من،“ انہوں نے کرسی کی طرف اشارہ کیا، اور گول تکیہ سرہانے رکھ کر ٹیک لگائی اور بیٹھ گئے۔

”کون سی کتاب پڑھ رہے ہیں، انجم بھائی،“ میں نے کرسی پر بیٹھتے ہوئے پوچھا۔

”یہ شوکت تھانوی کی خدانخواستہ ہے،“ انہوں نے مجھے کتاب دکھا کر ایک طرف رکھ دی۔

”آپ کو کیسی لگی؟“ میں نے پوچھا۔

”آنہہ۔۔“ انہوں نے برا سا منہ بنا کر کہا۔

”میں آپ سے متفق ہوں،“ میں نے جواب دیا، ”یہ غالباً شوکت تھانوی کی سب سے کم زور کہانی ہے۔“

"تم ٹھیک کہتے ہو۔ میں تو سمجھتا ہوں کہ عورتوں کا معاشرے اور ان کا ملک کو چلانا کسی طور مضحکہ خیز نہیں ہو گا۔"

"خیر، دانی ایل کہاں ہے؟"

"ذرا نکڑ تک میری سگریٹ لانے گیا ہے۔"

"میں تو جب بھی آتا ہوں، دانی ایل آپ کی سگریٹ لانے گیا ہوتا ہے،" میں نے ہنس کر کہا۔

"یہ بات نہیں عزیز من، دراصل تم آتے ہی اس وقت ہو جب وہ میری سگریٹ لانے گیا ہوتا ہے،" انہوں نے مسکرا کر جواب دیا۔

اسی وقت دروازہ کھلا اور دانی ایل داخل ہوا۔

"ارے تم کب آئے؟" اس نے پوچھا۔

"بس ابھی ابھی آیا ہوں۔ تم حسب معمول انجم بھائی کے لیے سگریٹ لانے گئے ہوئے تھے۔"

دانی ایل نے انجم بھائی کی میز پر سگریٹ کے دو پیکٹ اور بچی ہوئی ریزگاری رکھ دی۔

میں نے دانی ایل سے کہا کہ میرا موڈ ذرا چہل قدمی کا ہو رہا ہے اور اسے لے کر باہر نکل گیا۔ غالباً انجم بھائی سمجھ گئے ہوں گے کہ کچھ پرائیویٹ گفتگو کرنی ہو گی۔

"دانی ایل، تمہاری مریم سے کب ملاقات ہوئی تھی؟" میں نے پوچھا۔

"دو ہفتے پہلے ہوئی تھی۔ پچھلے ہفتے تو میں پنڈی گیا ہوا تھا۔"

"تمہیں معلوم ہے کہ اسے یوحنّا عارف نے شادی کی پیشکش کی ہے؟"

"نہیں، مجھے نہیں معلوم۔"

"اور مریم نے اس کی پیشکش قبول بھی کر لی ہے،" میں نے کہا اور دانی ایل کے تاثرات کا اندازہ لگانے کے لیے اس کے چہرے کو دیکھنے لگا۔ معلوم ہوتا تھا کہ اس نے یہ خبر

سنی ہی نہیں۔ وہ زمین پر نظریں جمائے ہوئے چلتا رہا۔

***

اتوار کو حسب معمول طے شدہ وقت پر دانی ایل کی اسکوٹر انکل شاہد کے دروازے پر رُکی۔ اس سے پہلے کہ وہ ہارن بجاتا، مریم باہر نکل آئی۔

"کیا حال ہے دانی،" مریم نے اسکوٹر پر بیٹھتے ہوئے کہا۔

"زبردست، تم سناؤ،" دانی ایل نے جواب دیا۔

"آج کس کو قتل کرنے کا ارادہ ہے؟" مریم کا اشارہ دانی ایل کی زرد رنگ کی قمیص اور گردن کے گرد لپٹے ہوئے سرخ اسکارف کی طرف تھا۔

"جو بھی سامنے آئے۔ آج کسی کو چھوڑنا نہیں ہے،" دانی ایل قہقہہ لگا کر ہنسا اور اسکوٹر موڑ کر گیئر میں ڈال دی۔

اس روز چرچ کی سروس بھی کچھ مختصر تھی۔ پادری پال کو تیز بخار تھا اور انہوں نے دانی ایل کے اصرار کے باوجود اس دن کی سروس کو کینسل نہیں کیا۔ سروس کے دوران دانی ایل مستقل سوچتا رہا کہ مریم نے نہ اسے اپنی منگنی کے متعلق بتایا اور نہ اس کے رویے میں کوئی فرق پڑا۔ کیا وہ اس سے چھپانا چاہ رہی تھی۔ مریم نے اس دن اپنے ہاتھ میں ایک نئی انگوٹھی پہنی ہوئی تھی مگر دانی ایل نے نوٹ کیا کہ اس نے دائیں ہاتھ میں اس کی دی ہوئی انگوٹھی بھی پہن رکھی تھی۔ "نہ جانے یہ لڑکی کیا چاہتی ہے،" اس نے سوچا۔

جوں توں کر کے سروس ختم ہوئی اور چرچ خالی ہوا تو دانی ایل نے کہا، "مریم، میں نے تمہارے لیے ایک گیت لکھا ہے۔"

"اوہ تھینک یو، میں سننے سے پہلے ہی تمہارا شکریہ ادا کر رہی ہوں۔"

"تم ہال کے وسط میں جا کر بیٹھو اور میں تمہیں اپنا گیت سناتا ہوں۔"

دانی ایل نے ہال کی روشنی مدہم کر دی اور اسٹیج پر پیانو کے سامنے آ بیٹھا۔ اس کی انگلیوں نے گرانڈ پیانو کے کی بورڈ پر رقص کرنا شروع کر دیا۔ موسیقی بلند ہوتی گئی اور مریم آنکھیں بند کiy اس میں ڈوبتی گئی یہاں تک سُروں میں دانی ایل کی آواز شامل ہو گئی۔

زمانہ گزر گیا
اسکول کا آخری دن تھا
تم نے مجھے اپنی ڈائری دی
میں نے اس پر یوں لکھا،
"گلاب کے پھول سرخ ہیں، میری جان، اور بنفشہ کے پھول نیلے
شکر میٹھی ہے، میری جان، مگر اتنی نہیں جتنی تم ہو"
ہم نے اسکول کے دوران محبت کی
اور جب آخری دن آیا
تم نے مجھے اسکول کا میگزین دکھایا
جس میں ہم سب کی تصویریں تھیں
میں نے تمہارے میگزین میں اپنے نام کے اوپر لکھ دیا
"گلاب کے پھول سرخ ہیں، میری جان، اور بنفشہ کے پھول نیلے
شکر میٹھی ہے، میری جان، مگر اتنی نہیں جتنی تم ہو"
پھر میں بہت دُور چلا گیا اور تمہیں کوئی اور مل گیا
میں نے تمہارا خط پڑھا ہے، میری جان،
اور میں نے جواب میں لکھا ہے
"گلاب کے پھول سرخ ہیں، میری جان، اور بنفشہ کے پھول نیلے

شکر میٹھی ہے، میری جان، خدا تمہیں خوش رکھے"

یہ چھوٹی سی بچی جس کی تصویر تم نے بھیجی ہے

بالکل تمہاری طرح لگتی ہے

کسی دن، کوئی لڑکا اس کی ڈائری میں بھی لکھے گا

"گلاب کے پھول سرخ ہیں، میری جان، اور بنفشہ کے پھول نیلے

شکر میٹھی ہے، میری جان، مگر اتنی نہیں جتنی تم ہو۔"

جب دانی ایل نے آخری نوٹ سے انگلی ہٹائی اور ہال میں خاموشی چھا گئی تو اسے مریم کی سسکیوں کی آواز آئی۔ اس نے کھڑے ہو کر دیکھا تو وہ اگلی نشست کی پشت پر سر ٹیکے اور دونوں بازوؤں سے سر کو ڈھانپے رو رہی تھی۔ دانی ایل اسٹیج سے اترا اور مریم کے کندھے کو ہلا کر بولا، "کیا بات ہے، مریم؟"

مریم نے اٹھ کر دونوں بازو پھیلا کر دانی ایل کی گردن کے گرد حمائل کر دیے اور پھوٹ پھوٹ کر رونے لگی۔

"یہ میں نے کیا کر دیا، دانی؟ یہ میں نے کیا کر دیا؟" اس نے سسکیوں کے دوران کہا۔

دانی ایل نے کوئی جواب نہیں دیا۔ وہ مریم کو سینے سے چمٹائے خاموش کھڑا رہا۔

نوٹ: Bobby Vinton کا 1962 کا دل سوز گیت Roses are red جس کا یہاں ترجمہ کیا گیا ہے، آپ یوٹیوب پر اس لنک پر سن سکتے ہیں:

https://youtu.be/Z4yaA1K5uU0?si=cIrjSr0j2Ni9u3kR

۳۴

"سو جان لے کہ خداوند تیرا خدا ہی خدا ہے، وہ وفادار خدا ہے جو اپنے محبت کرنے والوں اور اپنے احکام ماننے والوں کے ساتھ ہزار پشت تک اپنا عہد قائم رکھتا اور ان پر رحم کرتا ہے۔" استثنا 7:9

جب مریم نے سر اٹھایا تو اس کی آنکھیں آنسوؤں سے تر تھیں، چہرے پر شدید کرب کے آثار تھے۔ وہ کچھ کہنا چاہتی تھی مگر الفاظ اس کا ساتھ نہیں دے رہے تھے۔ اس نے ہچکیوں کے درمیان بہ مشکل کہا، "میں تمہیں کھونا نہیں چاہتی دانی۔"

دانی ایل نے گہرا سانس لیا۔ اس کے دل میں کئی سوالات ابھرے تھے۔ اگر اس نے شادی کی پیشکش رد کر دی تھی تو کیوں اس سے چمٹی رہنا چاہتی تھی؟ مریم نے آنسو پونچھنے کی کوشش کی، مگر وہ رکنے کا نام نہیں لے رہے تھے۔ کچھ لمحے خاموشی میں گزر گئے، پھر اس نے کپکپاتے ہوئے ہونٹوں سے کہا، "کاش وقت واپس جا سکتا، دانی، کاش میں سب ٹھیک کر سکتی۔" رو رو کر اس کی آنکھیں سوج گئی تھیں اور وہ اب بھی دانی ایل سی چمٹی سسکیاں لے رہی تھی۔

"آؤ چلیں،" دانی ایل نے کہا اور مریم کی پیٹھ پر ہاتھ رکھ کر اسے سہارا دیا۔

اس نے مریم کے لیے دروازہ کھولا اور تمام روشنیاں بند کر کے باہر نکل آیا۔ پادری

پال کی ہدایت تھی کہ چرچ کو چوبیس گھنٹے کھلا رہنا چاہیے تاکہ اگر کوئی بھولا بھٹکا رات کے کسی حصے میں پناہ لینے کے لیے آئے تو اسے مایوسی نہ ہو۔ اس نے اپنی اسکوٹر اسٹارٹ کی اور مریم اس کے کندھے پر ہاتھ رکھ کر پیچھے بیٹھ گئی۔ اس نے اپنی پیشانی دانی ایل کی پیٹھ پر رکھ دی اور بولی، "دانی، تم نے مجھے اداس کر دیا۔"

"مریم، بہتر ہو گا کہ ہم کچھ دن ایک دوسرے سے نہ ملیں تاکہ ہم دونوں کے زخموں کو بھرنے کا موقع مل جائے۔"

مریم نے کوئی جواب نہیں دیا۔ اسکوٹر ایک جھٹکے کے ساتھ آگے بڑھی اور وہ سنبھل کر بیٹھ گئی۔ راستے بھر نہ اس نے کچھ کہا اور نہ دانی ایل کچھ بولا۔ جب گھر پہنچ کر اسکوٹر دروازے پر رکی تو مریم نے اتر کر دانی ایل کے کندھے پر ہاتھ رکھ کر کہا، "دانی، میں تمہیں کبھی نہیں چھوڑ سکتی۔"

دانی ایل نے سر کی جنبش کے ساتھ شکریہ کہا اور اسکوٹر موڑ کر گیئر میں ڈال دی۔ اس کے دماغ میں ایک طوفان برپا تھا۔ اسے مریم پر سخت جھنجلاہٹ تھی اور سوالات کا ہجوم تھا۔ "کیا مریم خود پرست اور خود غرض ہے؟ اسے اپنے اداس ہو جانے کا تو غم ہے مگر کیا اسے میرے جذبات کا بھی کوئی احساس ہے؟ جب میں نے شادی کی پیشکش کی تو اس نے مجھ سے دو ہفتے تک جواب کا انتظار کروایا اور پھر بھی انکار کر دیا۔ اس کے برخلاف جب عارف نے اسے پیغام دیا تو اسے سوچنے کی بھی ضرورت نہیں پڑی اور فوراً ہاں کر دی، اور اب کہتی ہے کہ مجھے بھی نہیں چھوڑ سکتی۔ عجیب لڑکی ہے۔ تو کیا بیک وقت دو شوہر رکھے گی؟"

دو شوہروں کا خیال آتے ہی دانی ایل کے ہونٹوں پر خفیف سی مسکراہٹ آئی اور اس نے سوچا کہ بائبل میں تو نبیوں اور بادشاہوں کی کئی کئی بیویاں ہوتی تھیں، بلکہ شہنشاہ سلیمان کی تو 700 بیویاں اور 300 باندیاں تھیں اور امریکہ میں مورمن تو اب بھی جتنی بیویاں

چاہیں رکھ سکتے ہیں، تو پھر عورت دو شوہر کیوں نہیں رکھ سکتی؟ اچانک اسے احساس ہوا کہ وہ تیز رفتاری سے اسکوٹر چلا رہا ہے۔ چنانچہ اس نے فوراً رفتار کم کر دی اور سوچنے لگا کہ شاید عورت تو ساجھے داری کو برداشت کر لیتی ہے مگر مرد اتنا فراخ دل نہیں ہوتا۔ اس کے تصور میں ایک منظر آیا جس میں پادری پال مریم کی شادی بیک وقت اس سے اور عارف سے کر رہے تھے۔ مریم پادری پال کے سامنے کھڑی تھی اور اس کی ایک طرف وہ اور دوسری طرف عارف کھڑا تھا، اور دونوں عہد وفاداری کر رہے تھے۔

"کتنی مضحکہ خیز بات ہو گی،" اس نے سوچا، "پھر دو ہی صورتیں ہوں گی۔ یا تو میں مار پیٹ کر کے عارف کو بھگا دوں یا وہ مجھے بھگا دے، اور یا پھر ہم میں سے ایک، دوسرے کو قتل کر دے۔"

اسکوٹر چیونٹی کی رفتار سے آگے بڑھ رہی تھی اور دانی ایل خیالات میں گم تھا۔ وہ عارف کے لیے آلۂ قتل کا انتخاب کر رہا تھا۔ جب اسے اپنے احمقانہ خیالات کا احساس ہوا تو وہ بے اختیار مسکرایا اور اس کے ذہن میں ایک پرانا شعر چکرانے لگا،

تو ہے ہر جائی تو اپنا بھی یہی طور سہی
تو نہیں اور سہی اور نہیں اور سہی

اُس نے ایکسیلیریٹر کو مروڑا اور اسکوٹر ہوا ہو گئی۔

***

چٹاگانگ کی بندرگاہ پر صبح صادق کی آہٹ محسوس ہوتے ہی افق کے کنارے ایک مدھم سی روشنی ابھری، جیسے کسی مصور نے اپنے برش کی ہلکی سی جنبش سے کینوس پر ایک دھندلا سا خاکہ کھینچ دیا ہو۔ اس روشنی کے ساتھ ہی سمندر کے سکوت میں ہلکے سے ارتعاش کے ساتھ ایک ہیولا ابھرا۔ یہ ایسٹرن شپنگ کمپنی کا ایک پرانا بحری جہاز تھا جو آہستہ آہستہ بندرگاہ کی

طرف بڑھ رہا تھا۔ اس کی بوسیدہ لکڑی کی دیواریں اور زنگ آلود لوہے کے فریم، اس کے درخشاں ماضی کی گواہی دے رہے تھے کہ اس نے گھاٹ گھاٹ کا پانی پیا تھا، اور اب وہ آخری سانسیں لیتا ہوا عادل پیٹر کی ورک شاپ کی طرف بڑھ رہا تھا۔ وقت کے ساتھ جہاز بھی پرانے ہو جاتے ہیں۔ ان کے ڈھانچے کو زنگ ڈھانپ لیتی ہے اور مشینیں اپنی طاقت کھو دیتی ہیں۔ ایسے میں عادل کی ورک شاپ کے نوجوان انجینئر اور ماہر کاریگر اُن کو احتیاط سے توڑ کر ان کے اندر چھپی ہوئی دھاتوں اور پرزوں کو دوبارہ استعمال کے لیے نکالتے تھے۔

ورک شاپ کی گودیاں بندرگاہ کی گودیوں سے ایک میل دور تھیں تاکہ وہاں آنے والے جہاز بندرگاہ کے معمولات پر اثر انداز نہ ہوں۔ عادل ایک کھڑکی کے پیچھے کھڑا ہوا آتے ہوئے جہاز کو دیکھ رہا تھا۔ اس کے آگے ''کواں کواں'' کرتا ہوا سمندری مرغابیوں کا ایک غول چکرا رہا تھا گویا وہ اس کی آمد کا اعلان کر رہا تھا۔ گاہے گاہے کوئی مرغابی پانی میں غوطہ لگاتی اور ایک چھوٹی سی مچھلی پنجوں میں پکڑ کر دوبارہ غول میں شامل ہو جاتی۔ ایک ٹگ بوٹ گودی سے نکل کر جہاز کی طرف چل دی تاکہ وہ اسے کھینچ کر گودی تک لے آئے اور احتیاط سے اسے وہاں کھڑا کر دے۔ وہاں موجود دو جہاز پہلے سے ہی اپنی باری کے منتظر تھے۔

اچانک عادل کے کندھے پر کسی نے ہاتھ رکھا۔ اس نے مڑ کر دیکھا تو پیچھے عارف کھڑا مسکرا رہا تھا۔

''ارے یوحنّا، تم کب آئے؟'' عادل نے پوچھا۔ اس کے والدین اسے یوحنّا کہہ کر ہی پکارتے تھے۔

''کل رات کو ہی پہنچا، پاپا،'' عارف نے جواب دیا۔

''شاہد کی فیملی سے ملے؟''

''جی، اور میرے پاس آپ کے لیے ایک خبر ہے،'' عارف نے مسکرا کر کہا اور

خاموش رہا۔

"بولو بھئی، کیا خبر ہے؟"

"میں نے شاہد چچا کی بیٹی کو شادی کی پیشکش کر دی ہے۔"

"اور؟"

"اور اُس نے قبول کر لی ہے۔"

"مبارک، مبارک،" عادل نے دونوں بازو پھیلا دیے اور اپنے بیٹے کو بھینچ کر پیار کیا، "تم نے اپنی ممی کو بتایا؟"

"ابھی ممی سے ملاقات نہیں ہوئی،" عارف نے جواب دیا، "آج شام کو کام کے بعد آؤں گا۔"

"اچھا تو بتاؤ، مریم کیسی ہے اور کتنی بڑی ہو گئی ہے؟"

"مریم اچھی ہے اور میرے برابر ہی ہو گئی ہے،" عارف نے قہقہہ لگا کر کہا۔

"بہر حال میری دعائیں تمہارے ساتھ ہیں، تمہاری ماں بھی یہ خبر سُن کر خوش ہوں گی۔"

"آج شام کو آپ کی طرف آؤں گا۔"

عادل اور ان کی بیوی، گلوریا، درود نگر میں ایک عالی شان کوٹھی میں ملازمین کی فوج کے ساتھ رہتے تھے۔ یہ چٹاگانگ کے شمالی حصے میں شہر کی ریل پیل سے کچھ فاصلے پر بسا ہوا ایک پر تعیش اور پر سکون علاقہ ہے جہاں بڑی بڑی کوٹھیاں اور شاندار باغات ہیں۔ یہاں کی صاف ستھری گلیاں اور سڑکیں، جدید طرزِ زندگی کی عکاسی کرتی ہیں اور یہاں کے مکین اپنے ثقافتی ذوق اور اعلیٰ معیار کی تعلیم کی بنا پر جانے پہچانے جاتے ہیں۔

عادل اور گلوریا نے بڑی محنت سے اپنے بیٹے کی تربیت کی تھی۔ انہوں نے اسے ایبٹ آباد کے برن ہال میں پڑھایا تھا جو 1943 میں ایک رومن کیتھولک مشنری گروپ نے قائم

کیا تھا۔ اسکول کا مقصد ملک کے لیڈر پیدا کرنا تھا، اور بیشتر سیاسی لیڈر، آرمی آفیسر اور بڑے بڑے بزنس مین برن ہال کے فارغ التحصیل ہوتے تھے۔ تعلیم سے فارغ ہونے کے بعد عارف اپنے باپ کے ساتھ کام کرنے کے لیے اس کی ٹیم میں شامل ہو گیا تھا۔

سمندر کے کنارے پٹنگا کے علاقے میں بھی عادل کا ایک بنگلہ تھا جس میں زیادہ تر ان کے مغربی پاکستان سے آنے والے دوست ٹھہرتے تھے۔ عادل اور گلوریا کا حلقۂ احباب کافی وسیع تھا۔ گھر میں ان کے دوستوں کا جمگھٹ لگا رہتا تھا۔ یہی حال اُن کے بیٹے کا تھا اور آئے دن دوستوں کے ساتھ پارٹیاں ہوتی رہتی تھیں۔ اس کا نتیجہ یہ نکلا کہ ان کی وسیع و عریض کوٹھی بھی کم پڑنے لگی اور عارف پٹنگا کے بنگلے میں مع ایک خانساماں کے منتقل ہو گیا۔ اس کا بہانہ یہ تھا کہ وہ جگہ ورک شاپ کے نزدیک تھی جہاں وہ کبھی کبھار رات کو بھی کام کرتا تھا مگر حقیقت یہ تھی کہ وہاں اسے دوستوں کو جمع کرنے کی پوری آزادی مل گئی، چنانچہ وہاں اُن کا تانتا بندھا رہتا تھا۔

۳۴

"کسی بات کی فکر نہ کرو بلکہ ہر بات میں دعا اور منت کے ساتھ شکر گزاری کے ساتھ اپنی درخواستیں خدا کے سامنے پیش کرو، اور خدا کی سلامتی جو سمجھ سے باہر ہے، وہ تمہارے دلوں اور خیالات کی مسیح یسوع میں حفاظت کرے گی۔"

فلپیوں 4:6-7

اگلے اتوار کو حسب معمول انکل شاہد، آنٹی اور بچوں کے ساتھ سینٹ فلپس چرچ روانہ ہو گئے۔ ان کے گھر سے چرچ کا آدھا گھنٹہ پیدل کا راستہ تھا۔ مریم دانی ایل کا انتظار کرنے کے لیے گھر میں ہی رہ گئی تھی۔ اسے معلوم تھا کہ دانی ایل بڑی سختی سے وقت کی پابندی کرتا ہے لہٰذا اس کے کان دروازے کے باہر اسکوٹر کی آواز سننے کے منتظر تھے۔ اس نے گھڑی دیکھی تو وہ پانچ منٹ لیٹ ہو چکا تھا۔ اس نے سوچا کہ دیر سویر تو ہو ہی جاتی ہے مگر اس کی نظریں مستقل گھڑی کی سوئی کا تعاقب کرتی رہیں اور جب مزید دس منٹ گزر گئے تو اچانک اسے دانی ایل کا آخری جملہ یاد آگیا جو اس نے پچھلی اتوار کو اسے خدا حافظ کہتے ہوئے کہا تھا، "مریم، بہتر ہو گا کہ ہم کچھ دن ایک دوسرے سے نہ ملیں تاکہ ہم دونوں کے زخموں کو بھرنے کا موقع مل جائے۔" یہ جملہ اسے دل پر ہتھوڑے کی طرح لگا۔

"اِس کا مطلب ہے کہ دانی ایل اب نہیں آئے گا،" یہ خیال آتے ہی اس کے گلے

میں ایک گولا سا پھنس گیا۔ اس کا دل چاہا کہ دھاڑیں مار مار کر رونا شروع کر دے۔ وہ تیز تیز قدموں سے آنگن میں ٹہلنے لگی۔ وہ محسوس کر رہی تھی جیسے کسی گہری کھائی میں گر پڑی ہو، جہاں ہر طرف سناٹا تھا، اور اس میں بار بار ایک ہلکی سی گونج سنائی دے رہی تھی، "اب وہ نہیں آئے گا، اب وہ نہیں آئے گا۔" اس کے اندر ایک طوفان برپا تھا، مگر وہ خاموش تھی۔ گلے میں پھنسے ہوئے اس گولے کی شدت نے جیسے اس کی سانسوں کو جکڑ لیا تھا، اور وہ دل کی گہرائی سے ایک چیخ مار کر اس کرب کو باہر نکال پھینکنا چاہتی تھی۔ سخت اعصابی تناؤ کی وجہ سے اس پر گھبراہٹ کا حملہ ہوا اور اس کے ہاتھ کانپنے لگے۔ اس نے دروازے کے قریب ایک طاق میں رکھے ہوئے تالے کو اٹھایا جس کی ایک چابی اس کے پرس میں رہتی تھی، اور باقی دو چابیاں انکل شاہد اور آنٹی کے پاس تھیں۔ اس نے اپنا پرس اٹھایا اور دروازے میں تالا ڈال کر باہر سڑک پر نکل آئی۔ برابر سے کئی رکشے گزرے مگر کوئی خالی نہیں تھا۔ آخر ایک خالی رکشا اس کے سامنے سے ٹیوٹ ٹیوٹ کرتا ہوا اس کی طرف بڑھا۔ اس نے ہاتھ دے کر اسے روک لیا اور کنٹونمنٹ چرچ چلنے کے لیے کہا۔ اس نے محسوس کیا کہ اس کے اعصابی تناؤ میں اب کچھ کمی آگئی تھی اور وہ اپنے جذبات کا جائزہ لینے کے قابل ہو گئی تھی۔ اس نے سوچا کہ اگر اس نے عارف سے شادی کرنے کا فیصلہ کر لیا تھا تو اسے دانی ایل کا تعاقب کرنا بند کر دینا چاہیے مگر وہ اسے چھوڑ بھی نہیں سکتی تھی۔ اس کی سمجھ میں نہیں آرہا تھا کہ آخر وہ شادی شدہ ہونے کے باوجود دانی ایل سے افلاطونی رشتہ قائم کیوں نہیں کر سکتی تھی جو صرف دوستی کی حد تک حد تک ہوتا۔ اس کی مثال اس بچے کی تھی جو سارے کھلونے سمیٹ کر اپنی گود میں بھر لیتا ہے اور دوسرے بچے کو کسی کھلونے کو ہاتھ نہیں لگانے دیتا۔

مریم راستے بھر اسی ادھیڑ بُن میں لگی رہی یہاں تک کہ رکشا چرچ کے دروازے پر پہنچ کر رک گیا۔ وہ پیسے دے کر تیزی سے اتری کیونکہ وہ کافی لیٹ ہو چکی تھی۔ اس نے

آہستگی سے دروازہ کھول کر اندر جھانکا اور نزدیک ترین خالی نشست پر بیٹھ گئی۔ سروس آخری مراحل میں تھی اور پادری پال اختتامی دعا مانگ رہے تھے۔ تقریر کے دوران ان کی آواز میں بڑی گھن گرج ہوتی تھی مگر دعا کے دوران ان کے عجز اور رقّت سے کم زور دل کے لوگ اپنے آنسو نہیں روک سکتے تھے۔ مریم نے ہاتھ باندھ کر سر جھکایا اور آنکھیں بند کر کے توجہ پادری پال کی دعا پر مرکوز کرنے کی کوشش کی:

"اے ابدی خدا، جو اپنی بے پایاں رحمت میں ہمیں اپنی محبت، فضل اور رہنمائی سے نوازتا ہے۔ ہم تیرے حضور آتے ہیں، اپنے دلوں کو عاجزی اور شکر گزاری کے ساتھ جھکاتے ہیں۔ اے خدا، تو ہی ہماری روشنی، ہمارا راہ نما، اور ہماری قوت ہے۔ آج کی عبادت کے بعد، جب ہم تیرے کلام کو لے کر دنیا میں جائیں تو ہمارے دلوں کو اپنی سچائی اور محبت کے ساتھ بھر دے، تاکہ ہم تیرے جلال کے لیے جئیں۔

"اے رب، ہم تیرے شکر گزار ہیں کہ تُو نے ہمیں آج اپنے کلام اور اپنی برکتوں سے تقویت بخشی۔ ہم تیرے پیار اور فضل کے لیے تیرا شکر ادا کرتے ہیں، جو ہمیشہ ہمارے ساتھ رہتا ہے۔ ہم تیری قدرت کے کاموں کی تعریف کرتے ہیں، اور مانگتے ہیں کہ تو ہمیں اپنی رضا میں رکھے۔

"اے خداوند خدا، اگر کسی طرح سے ہم نے تیرے حکموں کی خلاف ورزی کی ہے، تو ہم تیرے حضور آ کر معافی مانگتے ہیں۔ ہمیں اپنے فضل سے معاف کر دے، اور اپنے روح القدس کے وسیلے سے ہماری زندگیوں کو تبدیل کر دے، تاکہ ہم تیرے راستے پر چلیں اور تیرے جلال کے لیے جئیں۔

"باپ، بیٹے اور روح القدس کی برکت آپ کے ساتھ رہے، آمین۔"

دعا کے اختتام پر پادری پال نے الوداعی پیغام دیتے ہوئے کہا، "میری دعا ہے کہ

خداوند آپ کو اپنے حفظ و امان میں رکھے اور ہر قدم پر آپ کی رہنمائی کرے۔ خدا آپ کو خوش رکھے اور آپ کی روح کو سکون عطا فرمائے۔ الوداع اور خدا حافظ۔"

دعا کے دوران حاضرین کے سر جھکے ہوئے تھے مگر مریم کی نظریں ایک نشست سے دوسری نشست تک اس امید پر ان کا جائزہ لے رہی تھیں کہ شاید ان میں کہیں دانی ایل موجود ہو۔ جب اس نے تمام نشستوں پر نظر دوڑالی تو دوبارہ وہی سلسلہ شروع کر دیا مگر دوسری بار بھی اسے مایوسی ہوئی۔ حال آنکہ پادری پال کے علاوہ تمام حاضرین پر رقت طاری تھی مگر مریم نے دعا کا ایک لفظ بھی نہیں سنا۔ اس کے دماغ میں ایک ہی سوال چکرا رہا تھا، "دانی ایل کہاں ہے؟"

خدا خدا کر کے پادری پال نے حاضرین کو الوداع کہا اور لوگ اٹھ کر ایک دوسرے سے ملنے لگے۔ پادری پال دروازے پر آ کر کھڑے ہو گئے تاکہ وہ نکلنے والوں کی خیریت پوچھیں اور انہیں خدا حافظ کہیں۔ مریم اٹھ کر سب سے پچھلی نشست پر جا بیٹھی۔ اس کا موڈ کسی سے ملنے کا نہیں تھا اور وہ بے چینی سے ہال خالی ہونے کا انتظار کر رہی تھی۔ آخر کار جب آخری فیملی نے پادری پال کو خدا حافظ کہا تو وہ دروازہ بھیڑ کر ہال کی پشت پر اپنے دفتر کی طرف آئے اور ان کی نظر مریم پر پڑی جو ان سے ملنے کے لیے کھڑی ہو رہی تھی۔

"ارے بیٹی، تم اِدھر اکیلی بیٹھی کیا کر رہی ہو؟" انہوں نے رک کر پوچھا۔

"ریورنڈ، میں آپ ہی کا انتظار کر رہی تھی،" مریم نے جواب دیا۔

"آؤ، آفس میں بیٹھ کر باتیں کریں گے۔"

مریم پادری پال کے پیچھے چل دی۔ دفتر میں اپنی کرسی پر بیٹھتے ہوئے انہوں نے سامنے کی کرسی کی طرف ہاتھ کے اشارے سے مریم کو بیٹھنے کے لیے کہا۔

"کہو، تم آج اکیلی کیسے آئی ہو۔ دانی ایل کہاں ہے؟" انہوں نے پوچھا۔

"ریورنڈ، میں آپ سے یہی پوچھنے آئی تھی کہ دانی ایل کہاں ہے۔"

"نہیں، میں بھی اتنا ہی جانتا ہوں جتنا تم جانتی ہو۔"

"آپ کو معلوم ہے کہ دانی ایل نے مجھے شادی کی پیشکش کی تھی؟"

"ہاں، اور مجھے یہ بھی معلوم ہے کہ تم نے اس کی پیشکش قبول نہیں کی۔"

"مگر مجھے اس سے بے حد محبت ہے۔"

"تو پھر تم نے اس کی پیشکش رد کیوں کر دی؟" پادری پال نے اپنا چشمہ اتار کر رومال سے صاف کرتے ہوئے کہا، "میں تو انتظار کر رہا تھا کہ تم دونوں کب میرے سامنے کھڑے ہو کر ایک دوسرے کے ساتھ زندگی گزارنے کے عہد و پیماں کرو گے۔"

"ریورنڈ، کیا آپ ایک مرد اور عورت کے درمیان افلاطونی محبت پر یقین رکھتے ہیں؟"

"بالکل، میں سمجھتا ہوں کہ ایک مرد اور عورت کے درمیان دوستی ہو سکتی ہے۔"

"بائبل کیا کہتی ہے؟"

"بائبل میں ممانعت نہیں بشرطیکہ دونوں اپنے درمیان خدا کو رکھیں۔"

"تو پھر دانی ایل میری دوستی کو قبول کیوں نہیں کرتا؟"

"دانی ایل کے ساتھ تم افلاطونی رشتہ قائم نہیں کر سکتیں،" پادری پال نے کچھ سوچ کر جواب دیا۔

"مگر کیوں؟" مریم نے روہانسی آواز میں پوچھا۔

"اس لیے کہ دانی ایل تمہیں بیوی کے روپ میں دیکھتا ہے۔"

"آپ کو معلوم ہے کہ میں نے اپنے بچپن کے ایک دوست کی پیشکش کو قبول کر لیا ہے۔"

"نہیں، یہ مجھے معلوم نہیں تھا،" پادری پال نے دوبارہ اپنا چشمہ پہنتے ہوئے کہا۔

"مگر میں دانی ایل کو بھی نہیں چھوڑ سکتی۔"

"اگر تم دانی ایل سے شادی نہیں کر رہیں تو میرا مشورہ یہ ہو گا کہ تم ابھی دانی ایل کو چھوڑ دو اور اپنے نئے رشتے پر دھیان دو۔ جب دانی ایل کی بھی کہیں شادی ہو جائے گی اور تمہاری طرف سے اس کا جذباتی دباؤ ختم ہو جائے گا تو پھر اس کے ساتھ تمہاری دوستی ہو سکے گی۔"

"مگر ریورنڈ، میں دانی ایل کی اداسی نہیں دیکھ سکتی۔"

"زخم پر ٹنکچر آیوڈین لگائیں تو جلن تو ہوتی ہی ہے مگر برداشت کرنی پڑتی ہے۔"

مریم نے کوئی جواب نہیں دیا۔ اس نے اپنے سامنے میز پر رکھی ہوئی پنسل اٹھائی اور سر جھکائے بیٹھی اسے ہلکے ہلکے میز پر مارتی رہی۔ پادری پال نے مسکرا کر اس کی طرف دیکھا اور ایک گہرا سانس لے کر ایک جانب رکھی ہوئی کتاب اٹھالی۔

۳۵

"وہ شخص مبارکباد کے قابل ہے جو آزمائش میں ثابت قدم رہتا ہے کیونکہ
جب مقبول ٹھہرا تو زندگی کا وہ تاج حاصل کرے گا جس کا خدا نے ان لوگوں
سے وعدہ کیا ہے جو اس سے محبت کرتے ہیں۔" یعقوب 12:1

میں نے کیفے جارج میں داخل ہوتے ہوئے گھڑی پر نظر ڈالی تو دس بج کر پانچ منٹ ہو چکے تھے۔ دائیں جانب سامنے ہی ہماری مخصوص میز پر دانی ایل بیٹھا ہوا اخبار پڑھ رہا تھا۔ ان دنوں اسے جان بنانے اور خود کو کڑیل جوان کی حیثیت سے پیش کرنے کا خبط تھا۔ میں نے دور سے ہی اس کے سراپا کا جائزہ لے لیا۔ سیاہ تنگ پتلون پر پیلے رنگ کی ٹی شرٹ، گلے میں سرخ اسکارف اور دونوں آستینیں اوپر چڑھی ہوئی تاکہ بازوؤں کی ابھری ہوئی مچھلیاں دور سے ہی نظر آ جائیں۔

"کیوں بھائی، خیریت؟" میں نے اس کے سامنے کی کرسی کھینچ کر بیٹھتے ہوئے پوچھا، "یہ ٹیڈی بوائے کب سے بن گیا؟"

"بس یار، میں اس نتیجے پر پہنچا ہوں کہ

نوروز و نو بہار و مے و دلبرے خوش است
بابر بہ عیش کوش کہ عالم دوبارہ نیست"

اس نے ترنم سے فارسی لہجے میں شعر پڑھتے ہوئے اخبار کو تہہ کر کے رکھ دیا۔

"افوہ، خدا خیر کرے، یہ اچانک کیسا دورہ پڑ گیا؟"

"آج کل میں ڈیل کارنیگی کو پڑھ رہا ہوں۔"

"کون سی کتاب؟"

"How to Stop Worrying and Start Living."

"تبھی چہرے پر اتنا سکون طاری ہے۔"

"میں مذاق نہیں کر رہا۔ میں نے فیصلہ کیا ہے کہ اپنے جذبات کی ڈور اپنے ہاتھ میں ہی رکھوں گا،" دانی ایل نے اپنی مٹھی دکھاتے ہوئے کہا۔

"کیا بات ہے! آج بڑی فلسفیانہ باتیں کر رہا ہے۔"

"آج میں نے مریم کو اپنی زندگی سے نکال کر خود کو آزاد کر دیا ہے۔"

"یار، اتنی بے دردی سے تو اس کا نام مت لے۔ وہ اب بھی تجھ سے محبت کرتی ہے۔"

"میں بے دردی سے تو نام نہیں لے رہا۔ چوں کہ میں اسے حاصل نہیں کر سکتا لہٰذا میں کیوں اپنی زندگی تباہ کروں۔ میں شاعر بھی نہیں ہوں کہ بقیہ زندگی اس کے لیے قصیدے لکھ کر گزاروں۔"

باتوں میں پتا ہی نہیں چلا کہ ظریف ویٹر کب چائے لا کر رکھ گیا تھا۔ میں نے چائے دانی اور پیالیاں اپنی طرف سرکا کر چائے بناتے ہوئے کہا، "یار دانی ایل، تُو مریم سے دوستی قائم کیوں نہیں رکھ سکتا جس کی اسے خواہش ہے۔"

"میں اس سے دوستی اس لیے نہیں کر سکتا کہ میں نے اسے بیوی کے روپ میں دیکھا ہے اور تصوّر میں اس کے ساتھ وہ لمحات گزارے ہیں جو ایسی دوست کے ساتھ نہیں گزارے جاتے جو بیوی نہ ہو۔"

میری سمجھ میں نہیں آ رہا تھا کہ اسے کیا جواب دوں۔ چنانچہ خاموشی سے چائے بنا کر اس کی پیالی میں حسب معمول چار چمچی شکر ڈالی اور اس کی طرف بڑھا دی۔ ان دنوں میں خود بغیر شکر کی چائے پیتا تھا۔

"تو پھر تُو نے کیا سوچا ہے؟" آخر میں نے خاموشی توڑ کر پوچھا۔

"میں نے فیصلہ کر لیا ہے کہ میں اس سے نہیں ملوں گا۔ کل چرچ بھی اسی لیے نہیں گیا کہ اس کا سامنا نہ ہو جائے۔"

"مگر کہیں نہ کہیں تو سامنا ہو ہی جائے گا۔"

"میں نے اپنا تبادلہ پنڈی کے آفس میں کرا لیا ہے۔"

"کیا؟ تو یہ شہر چھوڑ کر چلا جائے گا؟"

"یہی ایک راستہ ہے۔"

"تو تُو راہ فرار اختیار کر رہا ہے۔"

"نہیں، میں اسے فرار نہیں سمجھتا۔ میں مریم کو موقع دینا چاہتا ہوں کہ وہ عارف کے ساتھ اپنی بقیہ زندگی گزارنے کے متعلق یکسوئی سے سوچ سکے۔"

"مطلب یہ کہ تُو نے محبت کی صلیب پر چڑھ کر شہید ہونے کا فیصلہ کر لیا ہے،" میں نے مسکرا کر کہا۔

"اس میں شہادت کی کوئی بات نہیں۔ مریم نے مجھ سے محبت کی ہے اور میں اس کے راستے سے ہٹ کر اس کا شکریہ ادا کرنا چاہتا ہوں۔"

میں نے کوئی جواب نہیں دیا۔ پھر کچھ سوچ کر مجھے ہنسی آ گئی۔

"پرانے انگریزی ناولوں میں ناکام عاشق آرمی میں بھرتی ہو کر جنگی مورچے پر چلے جاتے تھے،" میں نے قہقہہ لگا کر کہا۔ دانی ایل کی پیشانی پر بل پڑتے دیکھ کر مجھے احساس ہوا

کہ مجھے یہ بات نہیں کہنی چاہیے تھی۔

''آئی ایم سوری، میرا مقصد تیری تضحیک کرنا نہیں تھا،'' میں نے اس کے ہاتھ پر ہاتھ رکھتے ہوئے کہا۔

''میں خود کو ناکام عاشق نہیں سمجھتا۔ اسے میری پیشکش رد کرنے کا پورا حق تھا، مگر میری سمجھ میں نہیں آتا کہ وہ کیوں میرا پیچھا کر رہی ہے،'' اس نے جواب دیا۔

''میں تو اس نتیجے پر پہنچا ہوں کہ اس کے پاس تیری پیشکش قبول نہ کرنے کا جواز تھا۔ وہ اپنی پڑھائی ختم کرنے سے پہلے خود کو پابند کرنا نہیں چاہتی تھی۔ رہا عارف کا سوال تو میرا خیال ہے کہ اس نے بلا سوچے سمجھے فیصلہ کر لیا اور شاید اب وہ پچھتا رہی ہو گی۔''

''بہر حال، کچھ عرصے کے لیے ہم دونوں کا ایک دوسرے سے علیحدہ ہونا بہتر ہو گا۔ اسی لیے میں یہاں سے جا رہا ہوں۔''

''تو یہ فیصلہ تو نے کب کیا؟'' میں نے پوچھا۔

''میں نے پچھلے ہفتے کمپنی کے ڈائریکٹر سے کہا تھا کہ میں پنڈی کے آفس سے کام کرنا چاہتا ہوں تاکہ روز روز سفر کرنا نہ پڑے۔ میرا زیادہ تر کام سیٹلائٹ ٹاؤن کے پروجیکٹ پر ہے لہٰذا اسے بہتر طور پر دیکھ سکوں گا۔''

''پھر؟''

''پھر، اس نے کہا کہ وہ خود یہی چاہتا تھا مگر اس کا خیال تھا کہ میں راضی نہیں ہوں گا۔''

''تو اب کیا پروگرام ہے؟''

''جمعہ کو بوریا بستر باندھ کر چل دوں گا۔''

''لے یار، اتنا کچھ ہو گیا اور مجھے کچھ نہیں بتایا۔''

''بس، میں نے سوچا کہ جب سارا انتظام ہو جائے گا تب ہی بتاؤں گا۔''

"تو پنڈی میں کب تک رہنے کا پروگرام ہے؟"

"جب مریم شادی کر کے مشرقی پاکستان چلی جائے گی تو میں واپس آ جاؤں گا،" معلوم ہوتا تھا کہ دانی ایل کو تھوک نگلنے میں دشواری ہو رہی تھی۔ میں نے اس کے ہاتھ پر ہاتھ رکھ کر تھپتھپایا مگر کچھ کہا نہیں۔

"ندیم اور انجم بھائی کو بتا دیا ہے؟" میں نے پوچھا۔

"ہاں، انجم بھائی نے دوسرے کرائے دار کا انتظام کر لیا ہے۔"

"یار، میری سمجھ میں نہیں آ رہا کہ یہاں تیرے بغیر میرا گزارہ کیسے ہو گا۔ ہم لوگ اب ہفتے میں ایک بار ہی ملتے ہیں مگر مجھے اطمینان رہتا ہے کہ تُو شہر میں ہی ہے۔ تیرے جانے کے بعد پیر کی رات کو یہ میز خالی ہی رہا کرے گی۔"

"نہیں، تُو یہاں آ جایا کرنا۔"

میں سوچنے لگا کہ حالات کو کس طرح مختلف دھارے پر ڈالا جائے۔

"یار، میں ایک بات سوچ رہا ہوں،" میں نے مسکرا کر دانی ایل کی طرف دیکھ کر کہا۔

"وہ کیا؟" اس نے پوچھا۔

"میں سوچ رہا ہوں کہ مریم سے بات کروں۔"

"تُو مریم سے کیا بات کرے گا؟"

"یہی کہ ہم سب کبھی کبھار غلط فیصلے کر لیتے ہیں، مگر جب تک ہمارے پاس نظر ثانی کا وقت ہوتا ہے تو ہمیں کرنی چاہیے، بجائے اس کے کہ باقی زندگی غلط فیصلوں کی نذر کر دی جائے۔"

"آپ ایسی کوئی حرکت نہیں کریں گے!" دانی ایل کرسی سے اٹھ کھڑا ہوا۔

"بیٹھ یار، اتنا پھٹنے کی ضرورت نہیں،" میں نے اس کا ہاتھ پکڑ کر کہا۔

"تُو نے بات ہی ایسی کر دی،" اس نے بیٹھتے ہوئے کہا۔

"مریم کی دوستی مجھ سے بھی ہے۔ اگر دوست کسی ایسی راہ پر چل پڑے جو تمہارے

نزدیک صحیح نہ ہو تو تمہارا فرض ہے کہ انہیں سمجھاؤ۔"

"تُو سمجھتا ہے کہ تیرے سمجھانے سے مریم عارف سے منگنی توڑ کر میری پیشکش کو قبول کر لے گی۔"

"اس سے بات کرنے میں کیا حرج ہے؟"

"تیرا کیا خیال ہے؟ اگر اس نے اپنا فیصلہ تبدیل کر لیا تو میں اسے قبول کر لوں گا؟"

"اس میں کیا حرج ہے؟"

"تُو سمجھتا ہے کہ میری عزّت نفس اسے قبول کر لے گی؟"

میری سمجھ میں نہیں آیا کہ کیا جواب دوں، پھر سوچ کر منہ ہی منہ میں کہا، "وہ کہتے ہیں نا، کہ عشق میں سب کچھ جائز ہے۔"

"نہیں جناب، عشق میں سب کچھ جائز نہیں ہے۔"

"خیر یار، چھوڑ مریم کو، کچھ اور باتیں کرتے ہیں،" آخر کار میں نے ہتھیار ڈال دیے، "یہ بتا کہ تُو نے وہاں رہنے کا بندوبست کر لیا ہے؟"

"وہاں کمپنی کے کوارٹر ہیں۔ تو گرمیوں کی چھٹیوں میں آنا تو میرے ساتھ ہی ٹھہرنا اور پھر مری چلیں گے۔" دانی ایل نے اپنی گھڑی دیکھتے ہوئے کہا۔

سامنے دیوار پر لگے ہوئے کلاک میں گیارہ بج کر پانچ منٹ ہو رہے تھے۔

"ابھی جمعہ تک تو میں یہیں ہوں۔ ملاقات ہو گی۔"

"میں جمعہ کو تجھے چھوڑنے کے لیے اسٹیشن چلوں گا۔ کون سی گاڑی سے جائے گا؟"

"عوامی سے۔"

"ٹھیک ہے۔ اس سے پہلے ملاقات ہو گی۔"

ہم بل ادا کر کے باہر نکلنے لگے تو دانی ایل نے سرگوشی میں کہا، "انکل شاہد اور آنٹی کو میری طرف سے خدا حافظ کہہ دینا۔"

۳۶

"لیکن جو خداوند پر امید رکھتے ہیں وہ نئی طاقت پائیں گے؛ وہ عقاب کی مانند پرواز کریں گے؛ وہ دوڑیں گے اور تھکیں گے نہیں۔" یسعیاہ 40:31

اُس زمانے میں کراچی ایرپورٹ کے ڈپارچر ہال کی چاروں دیواروں کے ساتھ دنیا بھر کی ایئر لائنز کے چیک اِن کاؤنٹرز تھے۔ کے ایل ایم، لُفتھانزا، ایئر فرانس، بی او اے سی، پین ایم، ایلیٹالیا، کوانٹس، ایم ای اے، غرض دنیا کی کوئی ایسی بڑی ایئر لائن نہیں تھی جو کراچی نہ آتی ہو۔ روزانہ پچاس سے زیادہ پروازیں کراچی سے ٹیک آف کرتی تھیں۔ ہال مسافروں اور انہیں رخصت کرنے کے لیے آنے والوں سے کھچا کھچ بھرا رہتا تھا۔ بیشتر کاؤنٹروں کے سامنے چیک اِن کرنے والے مسافروں کی لمبی لمبی قطاریں ہوتی تھیں جو اپنا سامان تُلوانے اور بورڈنگ پاس حاصل کرنے کے لیے کھڑے ہوتے تھے۔ ایک جانب پی آئی اے کے کئی کاؤنٹر تھے جن کے پیچھے لگے ہوئے بورڈ منزل کی نشان دہی کرتے تھے۔ لاہور، چٹاگانگ، لندن، فرینکفرٹ وغیرہ۔ مریم چٹاگانگ کی پرواز کے لیے قطار میں لگی ہوئی تھی۔ انکل شاہد اسے چھوڑنے کے لیے آئے تھے اور اس کے برابر ہی کھڑے تھے۔ وہ ماحول اس کے لیے اجنبی تھا کیونکہ زندگی میں پہلی مرتبہ اس نے ایئرپورٹ کا ماحول دیکھا تھا اور پہلی مرتبہ ہی ہوائی جہاز میں بیٹھنے والی تھی۔

دو ہفتے قبل عارف کے والد، عادل پیٹر کا انکل شاہد کے نام ایک چار صفحات کا خط آیا تھا جس میں انہوں نے مریم اور اپنے بیٹے کے رشتے کی مبارکباد دی تھی اور نیک خواہشات کا اظہار کیا تھا۔ انہوں نے لکھا تھا کہ جب یوحنّا نے انہیں مریم کے متعلق بتایا تو ان کا بس نہیں چلا کہ وہ اور ان کی بیوی حیدرآباد آکر اپنی ہونے والی بہو کا دیدار کرتے، مگر کام کی زیادتی کی بنا پر ان کے لیے فی الحال آنا مشکل ہے، لہٰذا اگر مریم چٹاگانگ آکر کچھ وقت ان کے ساتھ گزار سکے تو بہت اچھا ہو۔ انہوں نے یہ بھی لکھا تھا کہ انہوں نے مریم کے ٹکٹ کے لیے شکیل ایکسپریس کو فون کر دیا ہے اور ادائیگی بھی کر دی ہے اور یہ کہ جب انتظامات مکمل ہو جائیں تو وہ انہیں ٹیلی گرام کر دیں کہ مریم کس تاریخ کو چٹاگانگ پہنچے گی تا کہ وہ اسے ایرپورٹ سے لے لیں۔

مریم وہاں کے ماحول کو بڑی دل چسپی سے دیکھ رہی تھی۔ قطاروں میں بھانت بھانت کے لوگ کھڑے تھے، کالے، گورے، دیسی، بدیسی۔ معلوم ہوتا تھا جیسے دنیا بھر کے لوگ وہاں جمع تھے۔ اس کی نظر ایئر فرانس کے کاؤنٹر کے سامنے ایک بوڑھے جوڑے پر جم گئی، جن کے چہروں پر عمر کے نشانات واضح تھے۔ وہ آہستہ آہستہ قطار میں آگے بڑھ رہے تھے۔ شوہر نے ایک ٹرالی پر دو سوٹ کیس رکھے ہوئے تھے اور اس کے کندھے سے ایئر فرانس کا بیگ لٹک رہا تھا۔ برابر میں اس کی بیوی اس کے ساتھ محوِ گفتگو تھی۔ معلوم ہوتا تھا جیسے کسی دل چسپ موضوع پر گفتگو ہو رہی ہو کیونکہ دونوں کے چہروں پر مسکراہٹ تھی اور آنکھوں میں ایک خاص چمک تھی۔ مریم نے سوچا کہ غالباً ان کی عمر کا بیشتر حصہ ایک ساتھ گزرا ہے، پھر بھی ان کے پاس گفتگو کے لیے اتنا مواد ہے۔ اس کی قطار آہستہ آہستہ آگے بڑھ رہی تھی۔

مریم کو احساس ہوا کہ مختلف تہذیبوں اور زبانوں کے لہجے آپس میں گھل مل کر ایک

دھن سی پیدا کر رہے تھے۔ اس نے گہری سانس لی اور محسوس کیا کہ کراچی ایرپورٹ کا وہ ڈپارچر ہال صرف ایک مقام نہیں، بلکہ ایک کہانی ہے جو ہر چہرے پر لکھی ہوئی ہے۔ اُس نے ایک لمحے کے لیے آنکھیں بند کیں اور اپنے اندر ایک عجیب سی سرشاری کو اترتے ہوئے محسوس کیا۔ اس کے خیالات کا سلسلہ اس وقت ٹوٹا جب اس کے کان میں آواز آئی، ”محترمہ، اپنا سوٹ کیس اِس پلیٹ فارم پر رکھ دیں۔“ مریم نے مڑ کر سامنے دیکھا تو وہ قطار میں سب سے آگے تھی اور چیک اِن کلرک اس سے مخاطب تھا۔ وہ اس کی مسکراہٹ سے بہت متاثر ہوئی۔ وہ دبلا پتلا نوجوان تھا جو سفید، بے داغ، کَلَپ لگے ہوئے قمیص اور پتلون میں ملبوس تھا۔ جیب پر چپکے ہوئے چوکور بِلّے پر اس کا نام، جاوید، لکھا ہوا تھا اور قمیص کے دونوں کندھوں پر سبز رنگ کی شانہ زیب پٹیوں پر پی آئی اے کے سنہری بِلّے آویزاں تھے۔ معلوم ہوتا تھا کہ مسکراہٹ اس کے چہرے کی مستقل کیفیت تھی۔

مریم نے اپنا ٹکٹ چیک اِن کلرک کو دے دیا۔ انکل شاہد سوٹ کیس اٹھانے کے لیے آگے بڑھے مگر اُس نے خود ہی اٹھا کر وزن کرنے والے پلیٹ فارم پر رکھ دیا۔ وہ دو سوٹ کیس لے جاسکتی تھی جن میں سے ہر ایک کا وزن 32 پاؤنڈ سے زیادہ نہ ہو۔ اس کے پاس ایک ہی سوٹ کیس تھا جس کا وزن 28 پاؤنڈ نکلا۔ اس کے علاوہ پی آئی اے کا سبز بیگ تھا جو اسے شکیل ایکسپریس سے ملا تھا۔ چیک اِن کلرک نے اس کے ٹکٹ سے ایک ورق پھاڑ کر اسے بورڈنگ پاس دیتے ہوئے کہا، ”آپ کی فلائٹ میں صرف آدھا گھنٹہ باقی ہے، آپ سیکیورٹی سے گزر کر گیٹ نمبر تین پر پہنچ جائیں۔“

اُس زمانے میں سیکیورٹی کا کوئی خاص اہتمام نہیں تھا۔ گزرتے وقت ایک اہل کار بورڈنگ پاس چیک کرتا تھا۔ اگر مسافر بین الاقوامی فلائٹ لے رہا ہو تو سیکیورٹی کا عملہ اسے امگریشن کاؤنٹر پر بھیج دیتا جو پاسپورٹ چیک کر کے اطمینان کر لیتا کہ بورڈنگ پاس اور

پاسپورٹ پر ایک ہی نام ہے اور پھر وہ پاسپورٹ پر خروج کی مہر لگا دیتا۔ انکل شاہد آگے نہیں جاسکتے تھے لہٰذا انہوں نے مریم کو گلے لگایا اور تاکید کی کہ وہ عادل پیٹر سے کہہ دے کہ وہ فوراً اس کے خیریت سے پہنچنے کا ٹیلی گرام کر دے۔

مریم سیکیورٹی سے گزر کر برآمدے میں داخل ہوئی تو اس کے سامنے چار گیٹ تھے جن میں سے ہر ایک پر اس کا نمبر لکھا ہوا تھا۔ وہ گیٹ نمبر 3 کی طرف بڑھی جہاں پی آئی اے کا ملازم کھڑا ہوا تھا۔ اس نے دور سے ہی ہاتھ اٹھا کر پوچھا، "چٹاگانگ؟"

"جی،" مریم نے جواب دیا۔

"آجائیں جلدی سے۔ بورڈنگ شروع ہوگئی ہے، بس آپ ہی کا انتظار تھا۔"

وہ تیز قدموں سے چلتی ہوئی گیٹ پر پہنچی۔ سامنے بس کھڑی ہوئی تھی جو مسافروں سے کھچاکھچ بھری تھی۔ وہ جوں ہی بس میں چڑھی، دروازہ بند ہوا اور بس چل پڑی۔ گزرتے ہوئے وہ حیرت سے مختلف ایئرلائنز کے اُن جہازوں کو دیکھ رہی تھی جو ایک دوسرے کے برابر کھڑے ہوئے تھے۔ بس انہیں پی آئی اے کے اس طیارے تک لے کر آئی جو چٹاگانگ جا رہا تھا۔ اس کے سامنے دیو ہیکل بوئنگ 707 طیارہ کھڑا ہوا تھا۔ یہ ایک انقلابی جیٹ طیارہ تھا جس نے 1960 کی دہائی میں جیٹ کے دور کے آغاز میں کلیدی کردار ادا کیا تھا۔ پی آئی اے کراچی چٹاگانگ کے رُوٹ پر فوکر فرینڈشپ اور DC-3 طیارے چلاتا رہا تھا مگر بڑھتے ہوئے ٹریفک کی وجہ سے کچھ ماہ پہلے ہی بوئنگ 707 کی سروس شروع کی تھی۔

مریم سیڑھی سے چڑھ کر جیسے ہی طیارے میں داخل ہوئی، اس نے محسوس کیا کہ وہ نئی دنیا میں داخل ہو رہی تھی۔ اس کے پیچھے چند ہی مسافر تھے ورنہ تقریباً تمام سیٹیں بھر چکی تھیں۔ سبز یونیفارم میں ملبوس اور سبز ٹوپی پہنے ہوئے ایک ایئر ہوسٹیس آگے بڑھی اور مریم کے ہاتھ سے بورڈنگ پاس لے کر بولی، "آیئے، میں آپ کو آپ کی سیٹ دکھاتی ہوں۔"

مریم نے اس کا شکریہ ادا کیا اور اس کے پیچھے چل دی۔

"اٹھارہ اے، یہ آپ کی سیٹ ہے،" ایئر ہوسٹیس نے مسکرا کر کہا اور اس کا بورڈنگ پاس واپس کر دیا۔

یہ کونے کی سیٹ تھی اور برابر کی دو سیٹیں خالی تھیں۔ مریم نے دوسرے مسافروں کو اپنے بیگ سیٹ کے اوپری شیلف میں رکھتے ہوئے دیکھا تھا لہٰذا اس نے بھی اپنا بیگ رکھ دیا۔ وہ مبہوت ہو کر ماحول کا جائزہ لے رہی تھی۔ ہر چیز دھلی دھلائی لگ رہی تھی جیسے پورا جہاز دھوبی کے یہاں سے دھل کر اور استری ہو کر آیا ہو۔ اس کی سیٹ کے اوپر ایک سوراخ سے ٹھنڈی ٹھنڈی تازہ ہوا آ رہی تھی جس کے ساتھ ایک ایسی اجنبی سی خوشبو اس کے نتھنوں میں داخل ہو رہی تھی جو اس نے پہلے کبھی نہیں سونگھی تھی۔

اچانک طیارے کے انجن جاگے اور مائکروفون پر ایئر ہوسٹیس کی آواز ابھری، "خواتین و حضرات، السلام علیکم! ہم آپ کو کراچی سے چٹاگانگ کے سفر میں پی آئی اے کی جانب سے خوش آمدید کہتے ہیں۔ براہ مہربانی اپنی نشستوں پر آرام سے بیٹھ جائیں اور سیٹ بیلٹ باندھ لیں کیونکہ آپ کی حفاظت ہماری اولین ترجیح ہے۔ ہنگامی صورت حال کے پیش نظر، جہاز کے دونوں اطراف اور سامنے موجود دروازوں کو فوری خروج کے لیے نشان زد کیا گیا ہے۔ براہ مہربانی ان ہدایات پر خصوصی توجہ دیں۔ ہمیں امید ہے کہ آپ کا یہ سفر آرام دہ اور خوش گوار گزرے گا، شکریہ۔" اس کے بعد اعلان کو بنگلا اور انگریزی میں دہرایا گیا۔

کچھ فاصلہ طے کرنے کے بعد جہاز رن وے پر آ کر رک گیا اور ٹاور کی ہدایات کا انتظار کرنے لگا۔ چند منٹ کے بعد انجن دوبارہ جاگے اور جہاز نے رن وے پر دوڑنا شروع کر دیا۔ فاصلے کے ساتھ اس کی رفتار بڑھتی گئی۔ مریم مستقل کھڑکی سے باہر جھانک رہی تھی اور اسے قطعاً احساس نہیں ہوا کہ کب جہاز نے زمین چھوڑ دی۔ اس نے سوچا تھا کہ وہ ٹیک آف

کے وقت آنکھیں بند کر لے گی کیونکہ اسے اونچائی سے ڈر لگتا تھا۔ ایک باہر لاہور میں شاہی مسجد کے مینار پر چڑھ کر جب اس نے نیچے جھانکا تو اسے چکر آ گیا تھا اور وہ تیزی سے پیچھے ہٹ گئی تھی۔ اسے حیرت ہوئی کہ وہ بادلوں کے نزدیک پہنچ گئی تھی اور نیچے کراچی کے گھر اسے ماچس کی ڈبیوں کے برابر لگ رہے تھے مگر نہ اسے چکر آیا اور نہ جی مالش کیا۔ اس سفر کے متعلق سوچنے اور پلان کرنے میں اس نے پچھلی رات جاگ کر گزاری تھی اور اب اس کی آنکھیں نیند سے بوجھل ہو رہی تھیں۔ اس نے اپنی سیٹ پیچھے کی اور اونگھنے لگی۔

۳۷

"جو شخص خداوند کی طرف سے دولت، جائیداد اور اختیار کا تحفہ حاصل کرتا ہے اور اپنی محنت میں خوشی مناتا ہے، وہ واقعی خدا کا عطیہ ہے۔" واعظ 5:19

عادل پیٹر کا شمار چٹاگانگ کے سربرآوردہ لوگوں میں ہوتا تھا۔ سرکاری اور تجارتی حلقوں میں شاید ہی کوئی اہم شخص ہو جو انہیں نہ جانتا ہو۔ وہ چٹاگانگ کے چیمبر آف کامرس کے صدر تھے اور لائنز کلب کے فعال ترین ممبر تھے۔ فلاحی کاموں میں دل کھول کر مدد کرتے تھے اور کلب کے فلاحی منصوبوں کے لیے فنڈ جمع کرنے میں نمایاں کردار ادا کرتے تھے۔ دراز قد، کسرتی بدن، اور دلکش شخصیت کے مالک تھے۔ اجنبیوں سے بھی اس طرح ملتے تھے جیسے برسوں کا یارانہ ہو۔ حال آنکہ انہوں نے پچھلے سال اپنی پچاس ویں سال گرہ منائی تھی اور کنپٹیوں پر وقت کی سفیدی دھیرے دھیرے اترنے لگی تھی، مگر جم خانہ میں اسکواش کے کورٹ پر اب بھی وہ بے تاج، مگر ناقابلِ تسخیر بادشاہ تھے۔

عادل کی بیگم، گلوریا، ان سے تین سال چھوٹی تھیں مگر دیکھنے میں تیس پینتیس سے زیادہ نہیں لگتی تھیں۔ ایک بار عادل کے ایک شاعر دوست نے کہا تھا کہ گلوریا پر پڑنے والی پہلی نظر ان پر جم جاتی ہے اور ان کا سانولا پن دھیرے دھیرے دل میں اترتا ہے، جیسے کنول پر بیٹھی سرسوتی دیوی کا چہرہ۔ اس دن سے دوستوں نے انہیں سرسوتی کہنا شروع کر دیا تھا

اور واقعی جب ان کے گھر پر دوستوں کی محفل ہوتی اور وہ قالین پر گاؤ تکیوں کے درمیان ستار لے کر بیٹھتیں تو لگتا کہ سرسوتی اپنی وینا کے ساتھ کنول کے پھول پر بیٹھی ہے۔

ایرپورٹ کے باہر ہوا میں موجود ہلکی سی نمی سمندر کی نزدیکی کی نشان دہی کر رہی تھی مگر چٹاگانگ کے مرطوب موسم میں بھی گلوریا کی شخصیت میں نکھار تھا۔ وہ وہاں اپنے شوہر کے ساتھ کھڑی تھیں اور ایک نہایت نفیس اور مہنگی ساڑھی میں ملبوس تھیں۔ وہ اپنی ساڑھیوں کے تیکھے رنگوں کے لیے چٹاگانگ کی اشرافیہ میں مشہور تھیں اور ان کی الماریوں میں رنگ برنگی ساڑھیوں کی قطاریں لگی ہوئی تھیں۔ ان الماریوں میں جھانکتے ہوئے لگتا تھا کہ پھولوں سے لدے باغیچے میں دریچے کے پٹ کھل گئے ہوں۔ مہمان خواتین جب ان کے گھر آتیں تو ان کی فرمائش ہوتی تھی کہ وہ انہیں اپنی ساڑھیوں کا ذخیرہ دکھائیں۔ کوئی دعویٰ نہیں کر سکتا تھا کہ اس نے گلوریا کو ایک ہی ساڑھی میں ایک سے زیادہ مرتبہ دیکھا ہو۔

یہ وہ پس منظر تھا جس میں مریم چٹاگانگ پہنچ رہی تھی، جہاں عادل اور گلوریا اپنے بیٹے کے ساتھ اس کی آمد کے منتظر تھے۔ ان کے اعلیٰ طبقے سے تعلق اور دولت کی جھلک اس چھوٹے سے مگر مصروف ہوائی اڈے میں واضح طور پر محسوس کی جا سکتی تھی۔ ایرپورٹ کے عملے کے افراد آتے جاتے انہیں سلام کرنے اور ہاتھ ملانے کے لیے رُک جاتے تھے۔ ان کی گاڑی، ایک چمچماتی ہوئی امپورٹڈ مرسڈیز، جس کے ساتھ ان کا ڈرائیور موجود تھا، ایرپورٹ کے مخصوص پارکنگ ایریا میں کھڑی تھی۔ اس کے برابر ہی عارف کی نئی جیگوار ای ٹائپ کھڑی تھی، جس کا شمار اس زمانے میں دنیا کی سب سے مشہور اسپورٹس کاروں میں ہوتا تھا، یہاں تک کہ جب اس کا پہلا ماڈل 1961 میں منظر عام پر آیا تو فیراری کے بانی، اینزو فیراری نے اسے اُس وقت تک کی بنائی گئی سب سے خوب صورت کار قرار دیا تھا۔

اُس زمانے میں چٹاگانگ ایرپورٹ ایک چھوٹا سا ہوائی اڈہ تھا۔ ایرپورٹ کی عمارت

کنکریٹ کی ایک سادہ سی بلڈنگ تھی، جس میں سفید رنگ کی دیواریں اور لمبا سا بر آمدہ تھا۔ اس ایرپورٹ پر صرف ایک رن وے تھا اور لوگ ٹیک آف اور لینڈ کرتے ہوئے جہاز کا نظارہ کرنے کے لیے عمارت سے نکل کر رن وے کے سامنے آکر کھڑے ہو جاتے تھے۔ یہ ایرپورٹ بنیادی طور پر ملکی اور کچھ بین الاقوامی پروازوں کے لیے استعمال ہوتا تھا۔ پی آئی اے کی پروازیں کراچی، ڈھاکہ اور دیگر اہم شہروں سے یہاں آتی تھیں۔ ایرپورٹ میں داخل ہوتے ہی ایک چھوٹا سا ویٹنگ ہال تھا، جس میں پرواز کا انتظار کرنے والے مسافروں کے لیے لکڑی کی بینچیں رکھی تھیں۔

جب کوئی بین الاقوامی پرواز آتی تو امگریشن کلرک اپنا دستی رجسٹر لے کر پہنچ جاتا اور آنے والے مسافروں کے کوائف درج کر کے جنھیں ویزا کی ضرورت ہوتی ان کے لیے ویزا جاری کرتا تھا۔ ایرپورٹ کی دیواروں پر پی آئی اے اور دیگر ایئرلائنز کے رنگ برنگے پوسٹر لگے تھے، جن میں مشرقی پاکستان کی خوبصورتی اور ہوائی سفر کے فوائد کو اجاگر کیا جاتا تھا۔ ہوائی اڈے پر بیک وقت ایک یا دو طیارے کھڑے ہو سکتے تھے، جن میں عموماً پی آئی اے کے فوکر اور DC-3 طیارے ہوتے تھے۔ چوں کہ اُس وقت ہوائی سفر ایک بہت بڑی بات سمجھی جاتی تھی، لہٰذا ایرپورٹ پر مسافروں کو رخصت کرنے اور استقبال کرنے کے لیے پورے خاندان آیا کرتے تھے مگر ایرپورٹ کی عمارت میں صرف مسافر داخل ہو سکتے تھے لہٰذا ان کے عزیز باہر کھڑے ہو کر آنے والوں کا استقبال کرتے اور جانے والوں سے گلے مل کر انہیں رخصت کرتے تھے، سوائے ان کے جو بااثر تھے یا ایرپورٹ کی انتظامیہ میں سے کسی کو جانتے تھے۔

ایرپورٹ کی عمارت کی پشت پر تقریباً دو سو گز کے فاصلے پر دوپہر کی چمکتی ہوئی دھوپ میں تارکول کا سیاہ رن وے یوں پھیلا ہوا تھا، جیسے دھوپ میں تپتی ہوئی زمین سانس لے رہی

ہو۔ ہلکی ہلکی نم ہوا رن وے کے کناروں پر لگے ہوئے جھنڈوں کو سست روی سے ہلا رہی تھی۔ کراچی سے براہ ڈھاکہ آنے والے بوئنگ 707 نے ایک لمبا سانس لے کر زمین کو چھوا، اور چند لمحوں بعد وہ تھکن سے بوجھل، رینگتا ہوا ٹرمینل کے سامنے آکر رک گیا۔ اس کا سفید اور مٹیالا دھاتی بدن سورج کی روشنی میں چمک رہا تھا۔ جیسے ہی جہاز نے دائیں جانب مُڑ کر ٹیکسی وے پر آہستہ آہستہ قدم رکھا، تو رن وے پر موجود عملے نے ترتیب سے اپنے اپنے مقامات سنبھال لیے۔ چند لمحوں میں جہاز ٹرمینل کے سامنے آکر ٹھہر گیا۔ جب جہاز کے اگلے اور پچھلے دروازوں سے ہوائی زینے منسلک ہو گئے تو مسافروں نے اترنا شروع کر دیا۔ عادل اور اُن کی فیملی دروازہ کھول کر باہر آ گئی۔ جیسے ہی مریم زینے سے اتری، عارف نے آگے بڑھ کر اس کا بیگ سنبھال لیا۔ عادل نے گرم جوشی سے دونوں بازو پھیلا کر اسے اپنی بانہوں میں لے لیا اور بولے، "یقین نہیں آتا کہ اتنی بڑی ہو گئی ہے۔" گلوریا نے مریم کا بازو پکڑ کر اپنی طرف کھینچا اور چمٹا کر اس کی پیشانی پر بوسہ دیا۔ عارف نے بھی اپنے بازو پھیلا دیے مگر مریم جھینپ کر رہ گئی۔

"چلو بھئی، ہم منہ پھیرے لیتے ہیں تاکہ یہ اپنا حساب چُکا لیں،" عادل نے گلوریا کا ہاتھ پکڑ کر مڑتے ہوئے قہقہہ لگایا۔

"نہیں انکل، یہ تو ہمیشہ سے ایسے ہی شرارتیں کرتا آیا ہے۔ بس اب تھوڑا سا اور ڈھیٹ ہو گیا ہے،" مریم نے گھبرا کر کہا۔

عارف نے ہنستے ہوئے بیگ کندھے پر ڈالا اور بولا، "ڈھیٹ؟ میں تو بس خوش ہوں کہ تم آ گئی ہو۔"

ہوا میں گھلتی ہنسی، پرانی دوستیوں اور محبتوں کی خوشبو، اور ایک نئے باب کے کھلنے کا احساس۔ مریم کی نظر آسمان پر ٹِک گئی، جہاں دور افق پر بگلوں کی ایک قطار V کی صورت

اڑتی چلی جا رہی تھی، جیسے فطرت نے آسمان پر کوئی نظم تحریر کی ہو۔

"اپنا بورڈنگ پاس دو، میں تمہارا سامان لے آتا ہوں،" عارف نے مریم سے کہا۔

"ایک ہی سوٹ کیس ہے؟" اس نے بورڈنگ پاس کی پشت پر بیگیج ٹیگ دیکھ کر کہا۔

مریم نے اثبات میں سر ہلا دیا۔

وہ سامان لے کر باہر نکلے تو عادل کا ڈرائیور سوٹ کیس لینے کے لیے آگے بڑھا۔

"ارے نہیں، چچا منصور، یہ میں اپنی گاڑی میں رکھ رہا ہوں،" عارف نے کہا۔

"یوحنّا، تم مریم کو اپنے ساتھ لے جا رہے ہو؟" عادل نے پوچھا۔

"جی، آپ چاہیں تو آپ لے جائیں،" عارف دونوں ہاتھ اٹھا کر پیچھے ہٹ گیا۔

"میرا مطلب یہ نہیں،" عادل نے ہنس کر کہا، "اگر تم لے جا رہے ہو، تو سیدھے گھر آنا کیونکہ مجھے سخت بھوک لگ رہی ہے۔"

"پروا نہ کریں، میں آپ سے پہلے گھر پہنچ جاؤں گا۔"

عارف نے کار اسٹارٹ کی اور انجن کی نرم گونج دھیرے دھیرے چلنے لگی، مگر گاڑی اب بھی اپنی جگہ خاموش کھڑی تھی کیونکہ وہ انتظار کر رہا تھا کہ اس کے والدین کی کار وہاں سے نکل جائے۔ جب اس نے اِدھر اُدھر دیکھ کر اطمینان کر لیا کہ کوئی دیکھ تو نہیں رہا تھا تو اس نے ایک نظر اپنے برابر بیٹھی ہوئی مریم کی طرف دیکھا، اور آہستگی سے اپنا بایاں ہاتھ اُس کے کندھے کے گرد لے جا کر اسے اپنی جانب کھینچ لیا۔ مریم نے چونک کر اس کی طرف دیکھا۔ وہ کچھ کہنے ہی والی تھی کہ عارف نے شرارت بھری نگاہ سے مسکرا کر اُس کے رخسار پر ہونٹ رکھ دیے۔ یہ بوسہ نہ صرف طویل تھا، بلکہ اتنی واضح اور شرارتی پُچ کی آواز کے ساتھ تھا کہ مریم کو بے اختیار ہنسی آ گئی۔

"یار، کچھ تو شرم کرو۔ اگر باہر کسی نے دیکھ لیا تو کیا سوچے گا،" وہ جھینپ کر بولی، مگر

آواز میں ناراضی کم اور مسکراہٹ زیادہ تھی۔

عارف نے ہنستے ہوئے گاڑی کے گیئر پر ہاتھ رکھا اور بولا، "پہلے شرم آتی تھی، مگر تمہیں دیکھنے کے بعد ختم ہو گئی ہے۔ اور ویسے بھی، یہ بوسہ تو دوستی والا تھا، تھوڑی محبت، تھوڑا مرچ مصالحہ۔"

مریم نے مسکرا کر اپنے رخسار پر ہاتھ پھیرا، جہاں اب بھی اس بوسے کی گرمی اور شرارت باقی تھی، جیسے کسی نے کان میں قطرہ قطرہ مسکراہٹ انڈیل دی ہو۔ کار اب سڑک پر دوڑ رہی تھی، لیکن وقت ایک چٹخارے دار لمحے کی خوشبو لیے ہوئے تھوڑی دیر کے لیے ٹھہر سا گیا تھا۔

۳۸

"مجھے یہ بھی معلوم ہوا کہ زندہ رہنے کے دوران خوش رہنا اور نیکی کرنا ہی بہترین ہے، اور ہر آدمی کو چاہیے کہ وہ کھائے، پیے اور اپنی محنت کا لطف اٹھائے، کیونکہ یہ سب خدا کی رضا میں شامل ہے۔" واعظ 3:12-13

عادل کی کوٹھی کے آہنی گیٹ کی دونوں جانب سفید ستونوں پر پتھر سے تراشے ہوئے فطری جسامت کے دو شیر بیٹھے تھے جنہیں دیکھنے والے مجسمہ ساز کی صنّاعی پر عش عش کرتے تھے۔ ان کے نیچے پتھر کی تختیاں جڑی تھیں جن میں سے ایک پر اردو میں اور دوسری پر بنگالی میں "پریم بسیرا" لکھا ہوا تھا۔ جیسے ہی عارف کی کار گیٹ کے اندر داخل ہوئی، مریم کی نگاہوں میں حیرت کی ایک چمک سی دوڑ گئی۔ سامنے دور تک پھیلا ہوا سرسبز لان، گویا زمین پر بڑی نزاکت سے سبز مخمل کا قالین بچھا دیا گیا ہو۔ لان کے ایک طرف نیلگوں پانی سے لبریز سوئمنگ پول تھا جس کی سطح پر ایک مٹیالا عکس حرکت کر رہا تھا۔ مریم نے سر اٹھا کر اوپر دیکھا تو تیز ہوا آسمان پر ایک چھوٹے سے بادل کے ٹکڑے کو اُڑائے لیے جا رہی تھی جس کا عکس سوئمنگ پول کی سطح پر لرز رہا تھا۔ لان کے اردگرد بلند قامت درختوں کی قطاریں سایہ فگن تھیں، اور اُن کے بیچوں بیچ رنگ برنگے پھولوں کے تختے آنکھوں کو خیرہ کر رہے تھے۔ مختلف سمتوں میں کئی مالی خاموشی سے اپنے اپنے کام میں جُتے ہوئے تھے۔

کوئی پانی دے رہا تھا، کوئی جھاڑیاں تراش رہا تھا اور کوئی جھکے ہوئے پودوں کو سہارا دے رہا تھا۔ حال آنکہ دوپہر کا ڈیڑھ بج رہا تھا مگر ہوا میں اچھی خاصی ٹھنڈک تھی۔

سامنے کوٹھی کی عمارت تھی، مغربی طرزِ تعمیر، شاہانہ مگر پر سکون، گہرے سرخی مائل بھورے رنگ کی ٹائلوں سے مزین ڈھلواں چھت، سفید رنگ کے بلند ستون، وسط میں نصف دائرہ دار دروازہ، جس پر نفیس کاریگری کی گئی تھی، اور اس کے اطراف میں کھڑکیاں جن پر ہلکے پردے اور اُن کے اندر سے رِستی ہوئی سنہری روشنی۔ ہر گوشہ، ہر زاویہ کسی سنگ تراش کا فن پارہ معلوم ہوتا تھا۔ پورچ کے نیچے دو گاڑیاں آگے پیچھے کھڑی تھیں: عادل کی سیاہ مرسیڈیز، جس کا انجن ابھی گرم تھا، اور اُس کے آگے گلوریا کی سلور الفارومیو جس کے متعلق جاننے والے جانتے تھے کہ یہ محض سواری نہیں بلکہ اعلیٰ ذوق کی نمائندہ ہے۔ عارف نے اپنی گاڑی ان دونوں کاروں کے پیچھے کھڑی کر دی۔ مریم خاموش تھی۔ اُس پر نیم خوابیدگی کی کیفیت طاری تھی جیسے وہ کسی اور ہی دنیا میں قدم رکھ چکی ہو۔

"یہ ہے ہمارا غریب خانہ،" عارف نے انجن بند کرتے ہوئے کہا۔

"مجھے نہیں معلوم تھا کہ مشرقی پاکستان میں غریب خانے ایسے ہوتے ہیں،" مریم نے نظر دوڑاتے ہوئے جواب دیا، "اگر یہ غریب خانہ ہے تو یہاں دولت کدے کیسے ہوتے ہیں؟"

"اس کے لیے تمھیں میرا دولت کدہ دیکھنا ہو گا۔"

"کیا مطلب، تم یہاں نہیں رہتے؟"

"نہیں، میں رات کو دیر تک کام کرتا ہوں، اس لیے فیکٹری کے قریب ایک چھوٹے سے بنگلے میں رہتا ہوں جو ہم دونوں کے لیے کافی ہو گا۔"

"شکر ہے، میں تو گھبرا گئی تھی کہ اتنی بڑی کوٹھی میں کہیں راستہ نہ بھول جاؤں۔"

"پروا مت کرو۔ ہم اپنی چھوٹی سی دنیا میں ہر وقت ایک دوسرے کی نظروں کے

سامنے رہیں گے،" عارف نے گاڑی کا دروازہ کھولتے ہوئے کہا۔

جب مریم کوٹھی میں داخل ہوئی، تو دروازے سے گزرتے ہی وہ ایک گول کمرے میں کھڑی تھی، جو ایک عظیم نصف کُرّے کی مانند تھا۔ اُس نے سر اٹھا کر دیکھا، تو بلند و بالا قبّہ نما چھت کے عین وسط میں ایک تہہ در تہہ شیشوں سے مزین فانوس لٹک رہا تھا، جو روشنی میں ستاروں کی مانند جِھل مِل کر رہا تھا۔ کمرے کے فرش پر دودھ جیسے سفید سنگ مرمر کی سِلیں ایسی مہارت سے لگائی گئی تھیں کہ کہیں جوڑ دکھائی نہیں دیتا تھا۔ مریم کو اندازہ ہو گیا کہ وہ کمرہ صرف گزر گاہ تھا کیونکہ اس میں کوئی فرنیچر نہیں تھا۔ اس کے سامنے، دائیں اور بائیں جانب کوٹھی کے مختلف حصوں میں داخل ہونے کے لیے تین دروازے تھے۔ عارف نے مریم کی پیٹھ پر ہاتھ رکھ کر دوسرے ہاتھ سے سامنے کے دروازے کی طرف اشارہ کیا اور آگے بڑھ کر اس کے لیے دروازہ کھولا جس سے گزر کر وہ کھانے کے کمرے میں تھے۔ عارف نے بجلی کا سوئچ آن کیا، اور کمرہ روشن ہو گیا۔ مریم نے چاروں طرف نظر دوڑائی اور سوچنے لگی کہ وہ کمرہ اُتنا ہی بڑا ہو گا جتنا اُس کا پورا گھر تھا۔ کھانے کی میز کی دونوں جانب بارہ بارہ کرسیاں تھیں اور دونوں سروں پر ایک ایک کرسی تھی۔ کمرے کے دوسرے سرے پر ایک دائرے میں چمڑے کے صوفے لگے تھے۔

"تم لوگ کہاں رہ گئے تھے؟" عادل نے سامنے کے دروازے سے داخل ہوتے ہوئے کہا۔

"ہم تو آپ کے پیچھے پیچھے ہی آ رہے تھے،" عارف نے جواب دیا۔

"اپنی ماما کو بلاؤ، میرے پیٹ میں تو چوہے دوڑ رہے ہیں،" عادل نے کھانے کی میز کے سرے والی کرسی پر بیٹھتے ہوئے کہا۔

اُسی وقت گلوریا کمرے میں داخل ہوئیں۔ عارف نے دیوار پر لگے ہوئے سوئچ بورڈ پر ایک بٹن دبایا اور عمارت کے کسی دور دراز حصے سے گھنٹی بجنے کی آواز آئی۔ گلوریا عادل کی

ایک جانب بیٹھ گئیں اور عارف دوسری جانب۔ مریم عارف کے برابر بیٹھ گئی۔

"بیٹی، یہاں کوئی تکلف نہیں کرنا، یہ تمہارا اپنا گھر ہے۔" گلوریا نے مریم کو مخاطب کیا۔

"تھینک یو، آنٹی،" مریم نے جواب دیا۔

ایک لڑکی کھانے کی ٹرالی دھکیلتی ہوئی بائیں جانب کے دروازے سے داخل ہوئی۔ گلوریا نے مریم سے کہا، "یہ خورشیدہ ہے اور گھر کے کاموں میں میری مدد کرتی ہے۔" خورشیدہ نے سر کی جنبش سے مریم کو سلام کیا اور کھانے کی ڈشیں میز پر لگانے لگی۔ ایک بڑے پیالے میں ابلے ہوئے چاول تھے اور تین طرح کی ڈشیں تھیں۔

جب خورشیدہ خالی ٹرالی لے کر واپس جانے لگی تو گلوریا نے کہا، "خورشیدہ، ذرا کریم چاچا کو بھیج دینا۔"

"جی، گلوریا بی بی،" خورشیدہ نے جواب دیا۔

کریم چاچا دبلے پتلے، چھوٹے سے قد کے تھے، ٹھوڑی پر لمبی سی سفید داڑھی تھی جس میں اب بھی کہیں کہیں سیاہی تھی، مگر رخسار صاف تھے۔ مٹیالے خاکی ملیشیا کی شلوار قمیص اور سر پر کپڑے کی ٹوپی پہنے ہوئے تھے۔

"کریم چاچا ہمارا کھانا پکاتے ہیں،" گلوریا نے مریم کو بتایا، "خاندانی آدمی ہیں۔ ان کے والد خواجہ ناظم الدین کے دادا کے زمانے سے ان کے خانساماں تھے۔"

"میں کریم چاچا سے بہت ڈرتا ہوں۔ انہوں نے گلوریا کو اپنی بیٹی بنالیا ہے اور اگر میں اسے ذرا سی ٹیڑھی نگاہ سے دیکھوں تو یہ مجھے ڈانٹ دیتے ہیں،" عادل نے مسکرا کر کہا اور کریم چاچا بھی مسکرا کر رہ گئے۔

"بیٹی، آج میں نے تمہارے لیے خاص پکوان بنائے ہیں، مگر تمہاری پلیٹ خالی ہے،" کریم چاچا نے مریم سے کہا۔

"نہیں چاچا، میں کھا رہی ہوں، مگر یہ تو بتائیں کہ یہ ڈشیں کیا کیا ہیں،" مریم نے پوچھا۔

"یہ خاص بنگالی کھانے ہیں،" انہوں نے جواب دیا، "یہ شل بٹا مچھ ہے جو نوابوں کے زمانے سے چلی آ رہی ہے اور اپنے تیکھے اور خوشبودار ذائقے کے لیے مشہور ہے۔"

"مجھے اس میں کچھ کچھ سرسوں کا ذائقہ مل رہا ہے،" مریم نے کہا۔

"تم نے ٹھیک کہا، بیٹی،" کریم چاچا کی آنکھوں میں چمک پیدا ہوئی، "یہ ڈش مچھلی کی ہوتی ہے جو سرسوں کے بیج اور ہری مرچوں کے ساتھ پکائی جاتی ہے اور اس میں خالص سرسوں کا تیل پڑتا ہے۔"

"اور مچھلی کون سی ہوتی ہے؟"

"میں تو ہمیشہ روہو استعمال کرتا ہوں لیکن لوگ کٹلا یا تینگرا بھی استعمال کرتے ہیں۔"

"اور یہ دوسری ڈش کیا ہے؟"

"یہ ماچر جھول، سادہ مگر مزے دار مچھلی کی گریوی ہے، جو چاول کے ساتھ کھائی جاتی ہے۔ اس میں آلو بھی ڈالے جاتے ہیں۔ یہ عادل بابا کی پسندیدہ ڈش ہے۔"

"یہ غریبوں کی ڈش ہے۔ میں غریب آدمی ہوں، اس لیے پسند ہے،" عادل قہقہہ لگا کر بولے۔

"اور یہ تیسری ڈش؟ اس کا ذائقہ بڑا مختلف ہے،" مریم نے پوچھا۔

"بالکل، یہ چِنگری مالائی کری ہے۔ یہ بنگالی کھانوں کی ایک شاہی ڈش ہے، جس میں جھینگے ناریل کے دودھ میں پکائے جاتے ہیں۔"

"چاچا، میں ان کھانوں کی ترکیبیں آپ سے پوچھ کر لکھوں گی۔ مجھے کھانا پکانے کا شوق ہے۔"

"بڑا اچھا لگا کہ تمھیں یہ کھانے پسند آئے۔"

"کریم چاچا کے ہاتھ کے کھانے کسے پسند نہیں آئیں گے، اگر کریم چاچا ہمیں چھوڑ کر چلے گئے تو ہم تو بھوکے مر جائیں گے،" عادل نے کہا۔

"خدا کرے کہ میں آپ کے گھر میں ایسے ہی مزے دار کھانے پکاتا رہوں،" کریم چاچا انہیں دعا دے کر رخصت ہو گئے۔

کھانا ختم کرنے کے بعد عارف نے کہا، "مریم، اگر تم تھکی نہ ہو تو تمہیں شہر گھمانے لے چلوں؟"

اس سے پہلے کہ مریم جواب دیتی، گلوریا نے کہا، "کل لے جانا، اب ذرا آرام کر لو۔ میں نے آدم جی کو چار بجے کا وقت دیا ہے۔ وہ مریم کا ناپ لینے کے لیے آ رہے ہیں۔"

"مریم کا ناپ؟" عارف نے پوچھا۔

"ہاں، وہ اس کے لیے ایک پارٹی ڈریس بنائیں گے۔"

"اوہ!"

"مریم، تم نے واپسی کی فلائٹ پیر کو رکھی ہے،" گلوریا نے مریم کو مخاطب کرتے ہوئے کہا، "کچھ دن اور رک جاتیں۔"

"آنٹی، وہ دراصل مجھے امتحانوں کی تیاری بھی کرنی ہے۔"

"ہم نے اتوار کی شام کو تم سے ملانے کے لیے کچھ دوستوں کو دعوت دی ہے۔ اس پارٹی میں پہننے کے لیے آدم جی نیا ڈریس ڈیزائن کریں گے۔"

آدم جی چٹاگانگ کے مشہور فیشن ڈیزائنر تھے جو ایشیا فیشن کے نام سے مشہور تھے اور اشرافیہ کی خواتین کے لباس تیار کرتے تھے۔ اُس زمانے میں بھی ان کے تیار کردہ لباس کئی کئی لاکھ کے ہوتے تھے۔

"چلو، میں تمہیں تمہارا کمرہ دکھا دیتی ہوں، کچھ دیر آرام کر لو۔ چار بجے آدم جی اپنی اسٹاف کو لے کر پہنچ جائیں گے،" گلوریا نے مریم سے کہا، پھر عارف کی طرف مڑ کر بولیں، "تم مریم کا سامان اس کے کمرے میں پہنچوا دو۔"

"جی، ماما،" عارف نے کہا اور گاڑی سے مریم کا سوٹ کیس نکالنے کے لیے چلا گیا اور گلوریا مریم کو اس کا کمرہ دکھانے کے لیے لے چلیں۔ انہوں نے دروازہ کھولا، اور مریم جیسے کسی اور ہی دنیا میں داخل ہو گئی۔ چھت سے ایک شفاف شیشوں سے تراشا ہوا فانوس لٹک رہا تھا جس سے روشنی کی بوندیں ستاروں کی طرح جھلملا رہی تھیں۔ دیواریں دبیز، ریشمی پردوں سے ڈھکی تھیں اور کمرے کے وسط میں رکھی ہوئی بادامی لکڑی کی مسہری پر سفید مخمل کا بستر تھا، جس پر دبیز گدے اور ریشم کے تکیے تھے۔ پائنتی پر نیلی اور سنہری کڑھائی والا لحاف رکھا تھا۔ فرش پر سرخ رنگ کا ایرانی قالین بچھا تھا جس پر قدم رکھتے ہی پیر اس میں دھنس جاتے تھے۔ سرہانے کی دیوار پر لگی ہوئی ایک پینٹنگ میں بنگال کی ایک ناچتی ہوئی رقاصہ دکھائی گئی تھی جس کا چہرہ دھند میں چھپا تھا، اور کمرے کے ایک گوشے میں شیشے کی سنگھار میز تھی، جس پر خوشبوؤں کی قطاریں سجی تھیں۔

مریم ساکت کھڑی رہ گئی، جیسے وقت رُک گیا ہو۔ اس کے لب خاموش تھے، مگر آنکھوں میں حیرت کی ایک چمک تھی۔ شاید اسی لمحے پہلی بار اس کے ذہن میں ایک سوال ابھرا۔ کیا وہ اس کمرے میں صرف ایک مہمان تھی؟

۳۹

"جب وہ اُسے پالیتا ہے تو خوش ہو کر اُسے اپنے کندھوں پر اُٹھالیتا ہے، اور گھر پہنچ کر دوستوں اور پڑوسیوں کو بُلا کر کہتا ہے، میرے ساتھ خوشی مناؤ کیونکہ میری کھوئی ہوئی بھیڑ مل گئی ہے!" لُوقا 15:6

مریم کو آئے ہوئے چوتھا دن ہوا تھا اور اگلے روز شام کو اس کی واپسی تھی۔ عارف سے اس کی ملاقات صرف رات کے کھانے کے وقت ہوتی تھی۔ دونوں باپ بیٹے کام میں انتہائی مصروف تھے اور شام کو تھکے ہارے گھر آتے تھے۔ کھانے سے فارغ ہوتے ہوتے انہیں رات کے گیارہ بج جاتے اور عارف واپس اپنے بنگلے پر سونے کے لیے چلا جاتا کیونکہ اسے علی الصبح کام پر پہنچنا ہوتا تھا۔ مریم کو اس کے ساتھ وقت گزارنے کا کوئی موقع نہیں ملا، مگر اسے احساس تھا کہ عارف کا کام بھی ضروری تھا۔ اس دوران گلوریا اسے اپنے ساتھ لیے گھومتی پھریں، شہر دکھایا اور شاپنگ کرائی۔

اُس دن اتوار تھا اور شام کو پارٹی تھی۔ حال آنکہ چھٹی کا دن تھا مگر عادل اور عارف اُس دن بھی مصروف تھے۔ پچھلی رات عارف وہیں رک گیا تھا کیونکہ صبح کو دونوں ایک نئے پروجیکٹ کے سلسلے میں کسی میٹنگ میں جارہے تھے۔ ناشتے کے بعد وہ دونوں تو چلے گئے اور گلوریا ٹیلی فون پر مصروف ہو گئیں، لہٰذا مریم باہر نکل آئی جہاں اسے کافی رونق نظر آئی۔

کئی ٹرک کھڑے تھے جن سے فرنیچر اتارا جارہا تھا۔ لان پر ایک جانب اسٹیج بنایا گیا تھا جس کے سامنے صوفے لگائے جارہے تھے۔ دوسری جانب کچھ لوگ ایک قطار میں چھوٹے چھوٹے کیبن لگارہے تھے۔ غرض ہر طرف چہل پہل تھی۔ ڈپٹی صاحب اِدھر سے اُدھر گھوم رہے تھے اور لوگوں کو ہدایات دے رہے تھے۔ وہ خاصے عمر رسیدہ تھے اور پولیس سے ریٹائر ہو کر آئے تھے۔ ان کا نام شاید عادل اور گلوریا ہی جانتے ہوں مگر سب انہیں ڈپٹی صاحب ہی کہتے تھے اور بڑی عزت کرتے تھے۔ ایک لحاظ سے وہ کوٹھی کے منیجر تھے اور ان کے ذمّے باہر کے کام تھے۔ جب ان کی نظر مریم پر پڑی تو وہ اُس سے مخاطب ہوئے، ”صبح بخیر، مریم بی بی۔“

”صبح بخیر، ڈپٹی صاحب، معلوم ہوتا ہے کہ آپ بہت بڑی پارٹی کر رہے ہیں۔“

”جی، میری لِسٹ پر ایک سو چار نام ہیں۔“

”افوہ! میں تو سمجھی تھی کہ آٹھ دس لوگ آرہے ہوں گے۔“

”نہیں بھئی، عادل میاں کا حلقۂ احباب کافی وسیع ہے۔“

”وہ کیبن کیسے ہیں؟“ مریم نے لان کے سامنے کی جانب کیبنوں کی قطار کی طرف اشارہ کرتے ہوئے پوچھا۔

”ان میں مختلف پکوانچی اپنے اپنے کھانے بنائیں گے،“ ڈپٹی صاحب نے کہا، ”پہلے کیبن میں سیخ کباب بنیں گے، دوسرے میں تلے ہوئے جھینگے ہوں گے۔“

”یہ کیبن تو بہت سارے ہیں، تو کتنے کھانے ہوں گے؟“

”بارہ ڈشیں ہوں گی۔ ان میں کچھ چینی ڈشیں بھی ہیں۔“

ڈپٹی صاحب معذرت کر کے کسی ٹیم کو ہدایات دینے کے لیے چلے گئے۔ مریم وہیں کھڑی لوگوں کو کام کرتے ہوئے دیکھتی رہی۔ وہ خود کو اس پُر تعیش ماحول میں ڈھالنے کی

کوشش کر رہی تھی۔

***

شام کے چھ بج چکے تھے اور مہمانوں کو سات بجے کا وقت دیا گیا تھا۔ باہر ساری تیاریاں مکمل ہو گئی تھیں، مگر گھر میں ایک ہیجان برپا تھا۔ عادل اور عارف ابھی ابھی اپنی میٹنگ سے واپس آئے تھے اور سیدھے غسل خانوں میں گھس گئے تھے۔ گلوریا نے بیوٹی پارلر سے ایک لڑکی کو بلالیا تھا جس کا نام پروین تھا۔ وہ بھی اسی وقت پہنچی اور مریم کو تیار کرنے کے لیے اسے بیڈ روم میں لے گئی۔ صرف گلوریا کیل کانٹے سے لیس سب کو دوڑا رہی تھیں۔

خدا خدا کر کے عادل اور عارف تیار ہو کر نکلے۔ دونوں نے سیاہ سوٹ اور سرخ ٹائیاں پہنی تھیں، گلوریا نے سفید ریشمی ساڑھی زیب تن کی ہوئی تھی، جس پر باریک رنگ برنگے پھول بکھرے تھے۔ یوں لگتا تھا جیسے بہار نے خود ان کے جسم پر اتر کر انہیں پھولوں سے مہکتا باغیچہ بنا دیا ہو۔ سامنے دیوار پر لگے ہوئے کلاک نے سات بجائے اور گلوریا نے بے چینی سے کہا، ”یوحنّا، تم مریم کو لے کر آ جانا۔ ہم چلتے ہیں کیونکہ اب مہمان آنا شروع ہو جائیں گے۔“

مریم کا پارٹی ڈریس جو پچھلے روز آدم جی کی اسسٹنٹ لے کر آئی تھی، ایک سفید لمبا پارٹی گاؤن تھا، جو صرف ایک لباس ہی نہیں بلکہ نفاست اور دلکشی کا مکمل پیکر تھا۔ نرم و نازک سلک سے بنے ہوئے گاؤن کی ایسی نفیس فٹنگ تھی جیسے مریم کے جسم پر ڈھالا گیا ہو۔ گلوریا نے اسے ایک سرخ اسکارف اور موتیوں کی نیکلس خرید کر دی تھی جو اس کی گردن کے گرد تھی۔

پروین نے گلوریا کی ہدایت کے مطابق مریم کا ایسا میک اپ کیا کہ دیکھنے والے کو احساس ہو کہ چہرے پر رنگ نہیں پھیرے گئے بلکہ صرف قدرت کی جھلک ہے۔ اس کی جِلد

کا ہلکا گندمی رنگ احتیاط سے اُبھارا گیا، جیسے دھوپ چھاؤں میں نکھرتی ہوئی زمین۔ فاؤنڈیشن بس اتنی کہ جِلد ہموار لگے، رخساروں پر ہلکی آڑوئی چھاپ، لبوں پر بے رنگ مگر چمک دار بام، پپوٹوں پر فقط ہلکے سے آئی شیڈو کا لمس، اور باریک مسکارا، جو پلکوں کو بس تھوڑا سا اُجاگر کر دے۔ نتیجہ یہ تھا کہ نہ کوئی سنگھار، نہ بناوٹ: صرف وہی مریم، بس تھوڑی سی مہکی ہوئی، جیسے جیٹھ کی گرمی میں ہلکی ہلکی پُروا چل رہی ہو۔

جب مریم نے خود کو قد آدم آئینے میں دیکھا تو سوچ میں گُم ہو گئی۔ وہ سوچتی رہی، کیا وہ واقعی اِس دنیا کا حصہ بن سکتی ہے؟ کیا یہ حسن، یہ وقار، یہ سب صرف وقتی ہے؟ یا وہ واقعی اب ایک نئی زندگی کی دہلیز پر کھڑی ہے؟ مگر ایسے لمحات میں اندر کہیں اس کا زہریلا بچپن پھُنکار اٹھتا اور اس کی دنیا اس کی نظروں کے سامنے ریت کے محل کی طرح ڈھے جاتی۔

"کس سوچ میں پڑ گئیں، مریم؟" اسے پروین کی آواز سنائی دی۔

"کچھ نہیں، چلو،" مریم نے چونک کر کہا اور پروین کو دروازے کی طرف اشارہ کیا۔

عارف نے مریم کو دیکھا تو ایک ہاتھ دل پر رکھا اور اس طرح پیچھے ہٹا جیسے سامنے سے کسی نے اسے دھکا دے دیا ہو۔ مریم نے مسکرا کر عارف کا ہاتھ پکڑا اور دونوں باہر نکل آئے۔ کوٹھی کے گرد پورا ایریا بُقعۂ نور بنا ہوا تھا۔ چاروں طرف اونچے اونچے کھمبوں پر لگی ہوئی تیز روشنیوں نے رات کو دن بنا دیا تھا۔ اسٹیج پر ایک خاتون بیٹھی ستار بجا رہی تھیں اور ایک طبلہ نواز ان کی سنگت کر رہا تھا۔ مہمانوں کی کاریں داخلے کے گیٹ سے اندر آ رہی تھیں اور پورچ سے گزر کر کچھ فاصلے پر عادل، گلوریا، مریم اور عارف استقبال کرنے کے لیے کھڑے ہوئے تھے۔ ڈرائیور وہاں کار روک کر سواریوں کو اتارتے اور آگے جا کر دوسرے گیٹ سے نکل جاتے۔ گیٹ کے باہر ہی پارکنگ کا انتظام تھا اور ایک شامیانہ لگا کر ڈرائیوروں کے کھانے کا انتظام کر دیا گیا تھا۔ ڈرائیو وے میں داخلے کے گیٹ کے باہر تک کاروں کی قطار لگی ہوئی تھی۔ سب سے اگلی کار عادل کی فیملی کے سامنے رکتی اور وہ اترنے

والے مہمانوں کا استقبال کر کے ان سے مریم کا تعارف کراتے اور وہ مریم کو اپنا تحفہ دے کر آگے بڑھ جاتے۔ گلوریا نے خورشیدہ کو مریم کے پیچھے کھڑا کر دیا تھا جس کا کام مریم سے تحفے کا ڈبہ لے کر پیچھے میز پر رکھ دینا تھا جس پر اب ڈبوں کا ڈھیر لگتا جا رہا تھا۔

بیگم نوازش کار سے اُتریں تو گلوریا نے آگے بڑھ کر ان کا استقبال کیا اور انہوں نے سب سے ہاتھ ملایا۔ گلوریا نے مریم سے ان کا تعارف کراتے ہوئے کہا، ''بیگم نوازش ہمارے اپوا کے لوکل چیپٹر کی صدر ہیں اور ہماری ثقافتی سرگرمیوں کی روحِ رواں ہیں۔'' بیگم نوازش کے ساتھ ان کی بیٹی زرینہ تھی جس کے ہاتھ میں تحفے کا ڈبہ تھا۔ اس نے آگے بڑھ کر مریم کے رخسار سے رخسار ملایا۔ گلوریا نے مریم کو ہدایت کر دی تھی کہ کسی کے رخسار سے اپنے رخسار کو چھونے نہ دے کیونکہ اس طرح دونوں کا میک اپ خراب ہو جاتا ہے، اس لیے صرف اشارہ کر دینا کافی ہوتا ہے۔

لان پر چٹاگانگ کی ساری اشرافیہ موجود تھی۔ سب ہی ایک دوسرے کو جانتے تھے۔ لوگ ٹولیوں میں بٹ گئے تھے اور کھڑے ہو کر ہی کھا رہے تھے۔ کچھ لوگ اپنی پلیٹیں لے کر صوفوں پر بیٹھ گئے تھے۔ کھانے کی کیبنوں کے سامنے بھی خاصے لوگ موجود تھے جو اپنے پسندیدہ کھانے پلیٹ میں ڈال رہے تھے۔ گلوریا اور عادل مہمانوں کی تواضع میں مصروف تھے۔ عارف اور مریم بھی عموماً اپنے ہم عمروں کی ٹولیوں کے درمیان گھوم رہے تھے۔ مریم نے اندازہ لگایا کہ عارف لڑکیوں میں کافی پاپولر تھا، بلکہ اس کے ایک بے تکلف دوست نے کہا، ''مریم، یہ تمام لڑکیاں جو تم سے ہنس بول رہی ہیں، یہ سب آج یوم سیاہ منا رہی ہیں۔'' مریم مسکرا کر دوسری ٹولی میں چلی گئی تھی۔

رات کو دس بجے اسٹیج پر ایک بینڈ آ گیا اور اس نے مغربی موسیقی شروع کر دی۔ روشنیاں دھیمی کر دی گئیں۔ سوئمنگ پول کے برابر ٹینس کورٹ سے نیٹ ہٹا کر اسے ڈانس فلور میں تبدیل کر دیا گیا تھا۔ ایک ایک کر کے نوجوان جوڑے وہاں جمع ہو رہے تھے۔

عارف نے مریم کی طرف ہاتھ بڑھایا۔

''مگر مجھے تو ڈانس کرنا آتا ہی نہیں،'' مریم نے گھبرا کر کہا۔

''کوئی بات نہیں، سیکھ جاؤ گی۔ بس مجھ سے چمٹی رہنا،'' عارف نے ہنس کر کہا اور مریم کا ہاتھ پکڑ کر اسے ڈانس فلور پر لے گیا۔

اسٹیج پر جو سِنگر گا رہا تھا وہ فرینک سناٹرا کے نام سے مشہور تھا کیونکہ وہ اُسی کی آواز اور اسی کے لہجے میں گاتا تھا، اور اسی کی طرح ہیٹ پہن کر اسٹیج پر آتا تھا۔

مریم عارف میں گم ہو گئی۔ دونوں کی آنکھیں ایک دوسرے کو جُرعہ جُرعہ پی رہی تھیں اور دونوں کو اپنے سینے میں دوسرے کی دھڑکن سنائی دے رہی تھی۔ مریم خوابوں کی دنیا میں پہنچ گئی جہاں وہ ایک میلی کچیلی لڑکی تھی جس کا نام سنڈریلا تھا۔ اس کی سوتیلی بہنیں سارا دن اُس سے گھر کا کام کراتی تھیں اور وہ رات کو تھک کر بستر میں جاتی تھی۔ ایک مرتبہ ایک پری نے اس پر مہربان ہو کر اسے بنا سنوار کر شہزادے کے محل میں پہنچا دیا جہاں وہ رات بھر شہزادے کے ساتھ ناچتی رہی۔ اس کی آنکھیں بند تھیں اور فرینک سناٹرا کے بول ہر طرف گونج رہے تھے۔

Fly me to the moon

Let me play among the stars

Let me see what spring is like

On Jupiter and Mars.

اچانک اُس کے ذہن میں ایک ہتھوڑا سا لگا اور اس کی آنکھیں کھل گئیں کیونکہ یہ جادو تو صرف آدھی رات تک کا تھا۔ پری ماں نے اسے تاکید کی تھی کہ وہ رات کے بارہ بجے سے پہلے وہاں سے بھاگ آئے کیونکہ وہ بارہ بجے اپنے پرانے حلیے میں واپس آ جائے گی۔ وہ عارف کی بانہوں میں کسمسائی کیونکہ دور کوئی گھنٹہ گھر رات کے بارہ بجا رہا تھا۔

۴۰

"کسی بات کی فکر نہ کرو بلکہ ہر ایک بات میں تمہاری درخواستیں دعا اور منت کے وسیلہ سے شکر گزاری کے ساتھ خدا کے سامنے پیش کی جائیں۔ تو خدا کا وہ اطمینان جو سمجھ سے بالاتر ہے، تمہارے دلوں اور خیالوں کو مسیح یسوع میں محفوظ رکھے گا۔ "فلپیوں 4:6-7

اگلے دن یومِ آزادی کی چھٹی تھی۔ پچھلی رات کو پوری فیملی تھکن سے چور تھی۔ عارف بھی اپنے والدین کے گھر رک گیا تھا اور دوسروں کی طرح گھوڑے بیچ کر سویا تھا۔ صبح کو اٹھتے اٹھاتے اور نہا دھو کر ناشتے کی ٹیبل پر پہنچتے پہنچتے گیارہ بج گئے تھے۔ مریم کی فلائٹ رات کے دس بجے تھی اور صبح کو چھ بجے کراچی پہنچتی تھی۔ اگرچہ چٹاگانگ سے کراچی صرف ڈھائی ہزار کلو میٹر دور ہے مگر وہ فلائٹ ڈگلس ڈی سی 3 کی تھی جسے لوگ گدھا گاڑی کہتے تھے۔ گلوریا نے مشورہ دیا کہ ناشتے کے بعد تحائف کے ڈبّے کھولے جائیں۔ اس کا کہنا تھا کہ ایک سوٹ کیس میں سارے تحائف بھر کر مریم ساتھ لے جائے۔ عادل نے مشورہ دیا کہ ایک سوٹ کیس کافی نہیں ہو گا، لہٰذا انہیں ایک بڑے سے ڈبے میں پیک کر کے بعد میں بھیج دیا جائے گا۔ فی الحال انہیں کھول کر دیکھ لیا جائے کہ کس نے کیا دیا اور عارف تحفہ دینے والوں کا شکریہ ادا کرنے کے لیے مریم کی طرف سے انہیں پیغام بھیج دے۔ ناشتے کے بعد وہ سب ڈرائنگ روم میں آ بیٹھے جہاں خورشیدہ نے تمام تحائف جمع کر دیے تھے۔

مریم نے پہلا تحفہ اٹھایا اور اس پر لگے ہوئے سرخ ربن کے نیچے سے کارڈ نکال کر پڑھا۔ یہ نواب زادہ سلیم اللہ اور ان کی بیگم، قدسیہ خاتون کی طرف سے تھا۔

"خواجہ سلیم اللہ نوابوں کے خاندان سے ہیں، ان کے والد نواب آف ڈھاکہ تھے،" عادل نے مریم کو بتایا۔

مریم نے سرخ ربن کھولا اور اندر ایک خوبصورت مغل طرز کا جیولری باکس رکھا تھا جس پر ہاتھ سے میناکاری کی گئی تھی۔ ڈھکن کھولا تو اندر موتیوں اور نیلم کا ہلکا سا سیٹ جگمگا رہا تھا۔ گلوریا نے مسکرا کر کہا، "قدسیہ کا ذوق ہمیشہ سے شاہی رہا ہے۔"

دوسرا تحفہ بیگم نوازش کی جانب سے تھا۔ یہ سفید سلک میں لپٹا ہوا پیکٹ تھا۔ اس میں سے ایک نفیس ہاتھ سے کڑھی ہوئی کشمیری شال نکلی، جس پر باریک زری کا کام تھا۔ شال کے کناروں پر کڑھی ہوئی سنہری زری کی ڈوریاں جھلملا رہی تھیں۔

اگلا تحفہ عارف کے ایک قریبی دوست، جہاں گیر، کی طرف سے تھا۔ عارف نے ہنستے ہوئے کہا، "مجھے یقین ہے کہ اس میں پرفیوم ہو گا کیونکہ اسے خوشبوؤں سے عشق ہے۔" مریم نے جب تحفے پر لپٹے ہوئے سرخ کاغذ کو ہٹایا تو اس میں سے ایک خوب صورت ڈبہ نکلا۔ اس میں چھ مختلف عطر کی شیشیاں تھیں جن پر عربی رسم الخط میں ان کے نام کندہ تھے: یاسمین، عنبر، صندل، زعفران، مشک، اور عود۔ عارف نے قہقہہ لگا کر کہا، "دیکھا! میں نے پہلے ہی بتا دیا تھا۔"

ڈاکٹر فتّاح اور ان کی بیگم نے لیدر کا ایک البم دیا تھا جس کے صفحات سنہرے کناروں والے تھے، اور ہر صفحے پر خوب صورت اقوال لکھے ہوئے تھے۔ البم کے صفحات پلٹتے ہوئے مریم کے لبوں پر مسکراہٹ آ گئی۔ وہ آہستہ آہستہ صفحات پلٹتی گئی۔

"دیکھو، ہر صفحے پر کوئی قول لکھا ہے،" مریم نے عارف کو البم دیتے ہوئے کہا۔

"خوشی اُن لمحات میں چھپی ہوتی ہے جنہیں ہم دوسروں کے ساتھ بانٹتے ہیں،" عارف نے ایک صفحے پر لکھا ہوا قول پڑھا۔

"بے شک،" عادل اور گلوریا بیک وقت بولے۔

مریم ایک کے بعد ایک، ڈبوں پر سے کاغذ کی رنگین پنّیاں اتار کر اندر رکھے ہوئے کارڈ پڑھتی رہی۔ جب اُس نے ہلکی سی مسکراہٹ کے ساتھ آخری تحفہ اٹھایا اور نیلے مخملی کاغذ میں لپٹے ہوئے پیکٹ کو کھولا تو اندر سے ایک نہایت نفیس چینی پورسلین کا ایک چھوٹا سا بکس نکلا جس کی سطح پر ہاتھ سے پینٹ کیے گئے ننھے ننھے سفید پھول تھے۔ مریم نے بکس کا ڈھکن کھولا تو موسیقی کی ایک مدھم، دل گداز دُھن بجنے لگی۔ کارڈ پر لکھا تھا، "جب زندگی کی دوڑ میں قدم تھکنے لگیں، تو ایک لمحے کے لیے رکنا اور یہ دُھن سن کر اپنے دل کو پھر سے جگا لینا۔ نیک تمناؤں کے ساتھ، فہد۔"

مریم نے آہستہ سے مسکراتے ہوئے سر ہلایا۔ عادل نے مریم کو بتایا کہ فہد اس کا قریبی دوست ہے۔ کمرے میں سب لوگ کچھ دیر کے لیے خاموش ہو کر لطیف موسیقی کو سنتے رہے۔

عادل نے جھک کر کہا، "فہد کا محبوب ترین جملہ ہے کہ زندگی میں کبھی کبھی خاموشی سب سے بڑی نعمت ہوتی ہے۔"

گلوریا خاموشی سے مریم کے پاس آبیٹھیں۔ ان کے ہاتھ میں ایک چھوٹا سا مخملی بیگ تھا۔

"یہ تحفہ تمہارے لیے الگ رکھا تھا،" انہوں نے دھیرے سے کہا، "یہ میری ماں کی نشانی ہے۔"

مریم نے بیگ کھولا تو اس میں ایک پرانا موتیوں کا لاکٹ تھا۔ لاکٹ کھولا تو ایک طرف گلوریا کی جوانی کی تصویر تھی، اور دوسری طرف ایک خالی جگہ تھی۔

"یہ لاکٹ مجھے میری ماں نے دیا تھا،" گلوریا نے کہا، "میں چاہتی ہوں اب اس خالی جگہ میں تمہاری تصویر ہو، کیونکہ میری ماں کی ہدایت تھی کہ میں اُس کی تصویر نکال کر یہ لاکٹ اپنی بڑی بیٹی کو دوں۔ اب تم ہی میری بیٹی ہو لہٰذا یہ لاکٹ تمہارا ہے۔"

مریم کی آنکھیں نم ہو گئیں۔ وہ اٹھی اور گلوریا سے چمٹ گئی۔ وہ جو بچپن سے اُس ماں کے سائے اور اُس کے لمس کی تپش کو ترس گئی تھی جو اُسے روتا ہوا چھوڑ کر اِس دنیا سے رخصت ہو گئی تھی، آج جیسے وہ سب کچھ اُسے ایک لمحے میں مل گیا تھا۔

عارف خاموش کھڑا تھا، مگر اس کی نظریں کہہ رہی تھیں کہ "تم صرف میری ساتھی نہیں ہو، تم میری دنیا ہو۔"

عادل نے اٹھ کر آہستہ سے مریم کی پیشانی چومی اور مریم، اُس لمحے خود کو سنڈریلا نہیں، بلکہ اپنے افسانے کی شہزادی محسوس کر رہی تھی جو رات کے بارہ بجنے کے بعد بھی شہزادی ہی رہتی۔

***

مریم گزرگاہ کی سیٹ پر تھی جب کہ اس کے برابر درمیانی سیٹ خالی تھی۔ کھڑکی کی سیٹ پر ایک بوڑھا شخص بیٹھا تھا جو صرف بنگالی بول سکتا تھا۔ مریم نے گفتگو کرنے کی کوشش کی مگر ناکامی ہوئی۔ آخر اشاروں میں اتنا پتا چل گیا کہ وہ باورچی تھا اور ملازمت کی تلاش میں کراچی جا رہا تھا۔ ہوائی جہاز کو چٹاگانگ چھوڑے ہوئے ڈیڑھ گھنٹہ گزر چکا تھا اور عملے نے مسافروں کو کھانا کھلانے کے بعد روشنیاں مدھم کر دی تھیں۔ مریم نے اپنی سیٹ کی پشت کو پیچھے کیا اور آنکھیں بند کر کے اپنے پچھلے پانچ روز کے متعلق سوچنے لگی۔ وہ محسوس کر رہی تھی جیسے وہ کسی فلم کی ہیروئن تھی۔ عارف اور اس کے والدین کا پیار، اسے خوش آمدید کہنے کے لیے دوستوں کو جمع کرنا اور ان کا ڈھیر سارے تحفے دینا، وہ سب ایک حسین

فلم کی کہانی کے مناظر معلوم ہوتے تھے۔ زندگی میں پہلی بار وہ مرکزِ نگاہ بنی تھی۔

پیار تو اس کے تایا اور تائی نے بھی بہت دیا تھا اور اُسے اپنی اولاد کی طرح پالا تھا، حتیٰ کہ ان کے بچوں کو بھی علم نہیں تھا کہ وہ ان کی سگی بہن نہیں ہے، مگر وہ اپنے بچپن کے اُن عفریتوں کا کیا کرتی جنہوں نے اُس کے ذہن کو اپنی آماج گاہ بنالیا تھا۔ اس کی ماں نے ایک بار اسے اُس کے باپ کے متعلق بتایا تھا کہ جب اُن کی شادی ہوئی تھی تو اُس کا شمار کیمپس کے ذہین ترین طلبا میں ہوتا تھا، مگر پھر اُسے منشیات کی عادت پڑ گئی اور اُس نے افیون اور سکون آور گولیاں استعمال کرنا شروع کر دیں۔ مریم کی عمر سات سال تھی جب اُس کا باپ گھر چھوڑ گیا تھا اور اُس کی ماں کی کینسر سے موت ہو گئی تھی۔ جب ماں کی میت چرچ میں رکھی تھی تو وہ پھٹی پھٹی آنکھوں سے لوگوں کو دیکھ رہی تھی اور اُس پر جو خوف طاری تھا اُس کی یاد ہمیشہ کے لیے اُس کی روح میں سرایت کر گئی تھی۔

اُس نے سر کو جھٹک کر آنکھیں کھولیں اور اُن یادوں کو دماغ سے نکالنے کی کوشش کی۔ اُس نے سوچا کہ خوشیوں پر اُس کا اُتنا ہی حق ہے جتنا سب کا ہے، تو کیوں خواہ مخواہ اپنے ذہن کو اُن منفی یادوں سے آلودہ کرے۔ چنانچہ اُس نے اپنی سیٹ کی پشت سے سر ٹِکایا اور دوبارہ آنکھیں موندلیں، مگر اُس کے خوف اور خدشات اُس کا تعاقب کرتے رہے۔ اُسے یاد آیا کہ پارٹی کے دوران اُسے مستقل یہ فکر لاحق رہی تھی کہ کہیں عارف کے دوستوں کے سامنے اُس سے کوئی ایسی حرکت نہ ہو جائے جو عارف کے لیے شرمندگی کا باعث بنے۔ اسے امیروں کے طور طریقوں اور آدابِ مجلس کا کچھ پتا نہیں تھا۔ وہ لڑکے لڑکیاں مستقل انگریزی میں گفتگو کر رہے تھے اور اگرچہ وہ انگریزی لکھتی تھی، پڑھتی تھی مگر روانی سے بول نہیں سکتی تھی۔ اُن سے گفتگو کے دوران اُسے بُری طرح احساسِ کمتری ہو رہا تھا۔

اچانک اس کے تایا، تائی اور اُن کے بچوں کے چہرے اُس کے سامنے آ گئے۔ اُن کی

زندگی میں غربت تھی مگر سادگی بھی تھی۔ اس کے برخلاف امیروں کے اپنے مسائل تھے اور زندگی میں پیچیدگیاں تھیں۔ کیا وہ شادی کے بعد خود کو تبدیل کر سکے گی؟ کیا وہ خود کو ایسی بہو بنا سکے گی جس پر عادل اور گلوریا فخر کر سکیں؟ کیا وہ خوش رہ سکے گی اور دوسروں کو خوشیاں دے سکے گی؟ کیا اُس نے عارف کی پیشکش کو قبول کر کے صحیح فیصلہ کیا تھا؟ اس کے ذہن میں سوالوں کی قطار تھی، مگر جواب ندارد تھے۔ ایسے میں ذہن کے کسی کونے سے دانی ایل کا چہرہ اُبھر کر اس کے سامنے آگیا، اور ایک بار پھر اُس نے اپنے سر کو جھٹک کر آنکھیں کھول دیں۔

۴۱

"تُو مت ڈر کیونکہ میں تیرے ساتھ ہوں۔ ہراساں نہ ہو کیونکہ میں تیرا خُدا ہوں، میں تجھ کو زور بخشوں گا۔ میں یقیناً تیری مدد کروں گا اور میں اپنی صداقت کے دہنے ہاتھ سے تجھ کو سنبھالوں گا۔" یسعیاہ 10:41

مریم نے اپنے بستر کے برابر میز پر رکھی ٹائم پیس کے اندھیرے میں چمکتے ہوئے ڈائل پر نظر ڈالی تو ساڑھے تین بج رہے تھے۔ ایک رات چٹاگانگ سے واپسی کی نظر ہو گئی تھی۔ وہ پرواز کے دوران سونے کی کوشش کرتی رہی تھی مگر آنکھیں بند رکھنے کے باوجود اس کا دماغ جاگتا رہا۔ اب دوسری رات بھی کروٹیں بدلتے ہوئے گزر رہی تھی۔ جب بھی ذرا آنکھ جھپکتی، اس کے سامنے عادل کی کوٹھی کے چمکیلے فرش، مہکتے ہوئے کمرے، قیمتی قالین اور کرسٹل کے فانوس آجاتے۔ جو دنیا وہ اب تک صرف فلموں میں دیکھتی آئی تھی، اس میں وہ پانچ دن سانس لے کر آئی تھی اور وہاں اسے بہت پیار ملا تھا۔ عادل اور گلوریا کی مسکراہٹ میں خلوص تھا، اور بار بار اُن کے بازو اُس کے لیے کھل رہے تھے، مگر مریم کو اپنے اور اُن کے درمیان ایک ایسی خندق نظر آرہی تھی جس کی اتھاہ گہرائی پر سے چھلانگ لگانا اس کے لیے کارِ دارد تھا جسے سرانجام دینے کے لیے کوئی دیوانہ ہی تیار ہو سکتا تھا۔

اسے نیند آیا ہی چاہتی تھی کہ کمرے کی پشت پر کھڑکی کے باہر سے کسی چڑیا کی چوں

چوں کرنے کی آواز آئی۔ اس نے نہ چاہتے ہوئے بھی آنکھیں کھولیں اور گردن موڑ کر گھڑی کو دیکھا تو ٹھیک پانچ بجے تھے۔ کھڑکی پر پڑے زرد پردے سے سپیدۂ سحر چھن چھن کر صبح صادق کو کمرے میں پھیلا رہا تھا۔ اس نے اپنی پیشانی پر ہتھیلی رکھ کر اندازہ لگالیا کہ اسے بخار نہیں تھا، مگر اس کا سر درد سے پھٹا جا رہا تھا اور آنکھیں کھلی رکھنے کے لیے اُسے کوشش کرنی پڑ رہی تھی۔ وہ بستر سے اٹھ کر ایک جانب پاؤں لٹکا کر بیٹھ گئی اور سوچا کہ نہانے سے آنکھیں کھلیں گی اور سر کے درد میں بھی کمی آئے گی۔ اس نے سامنے کی دیوار پر ایک کھونٹی لگادی تھی جس پر اس کی تولیہ لٹکی رہتی تھی اور اس کے برابر ایک قد آدم آئینہ تھا۔ اس نے اٹھ کر سوئچ آن کیا تو محسوس ہوا جیسے روشنی اس کی آنکھوں میں تیر کی طرح لگی ہو۔ اس نے گھبرا کر سوئچ آف کر دیا۔ ابھی سورج نکلنے میں دیر تھی مگر کھڑکی سے آنے والی روشنی کافی تھی۔ وہ کھونٹی سے تولیہ اتارنے لگی تو اُسے ہلکی سی سرگوشی سنائی دی۔

"فیصلہ کر لیا؟" اُس نے گھبرا کر اِدھر اُدھر دیکھا لیکن اگر کمرے میں کوئی اور ہوتا تو اُسے نظر آتا۔ اُس نے سوچا کہ آواز تو اُس کی اپنی ہی تھی مگر اُس نے تو اپنے ہونٹ نہیں کھولے تھے۔ اس نے مڑ کر آئینے کی طرف دیکھا جس میں اس کا سراپا کمرے کی نیم تاریکی میں بھی واضح تھا۔

"فیصلہ کر لیا؟" پھر وہی سرگوشی! وہ قسم کھا کر کہہ سکتی تھی کہ اِس بار اُس نے آئینے میں اپنے عکس کے ہونٹ ہلتے دیکھے تھے۔

"یہ فیصلہ صرف میرے بارے میں نہیں ہے،" مریم نے آئینے میں اپنے عکس کو دیکھتے ہوئے کہا، "یہ اُن سب کے بارے میں ہے جنھوں نے میرے ساتھ خواب دیکھے ہیں۔"

آئینہ خاموش تھا، مگر عکس جیسے سانس لینے لگا اور پھر اُس کے ہونٹ کھلے، "اور وہ سب کون ہیں؟"

"عارف، پاپا، ماما، میرے بہن بھائی، انکل عادل، آنٹی گلوریا،" وہ گننے لگی، "اور، اور میں خود۔"

عکس جیسے دھندلا سا ہوا، پھر بولا، "کیا دانی ایل اس فہرست میں نہیں ہے؟"

مریم خاموش کھڑی اپنے عکس کو گھورتی رہی۔

"کیوں، کس سوچ میں پڑ گئیں؟" آئینے سے آواز آئی۔

"کیوں نہیں، دانی ایل بھی اس فہرست میں ہے،" مریم نے جھنجلا کر کہا۔

اس کا عکس طویل خاموشی کے بعد بولا، "کوئی کسی کے خواب نہیں دیکھتا، ہر ایک کے اپنے اپنے خواب ہوتے ہیں۔"

"مگر میرے فیصلے دوسروں کی زندگی پر بھی اثر انداز ہوں گے،" مریم کے لہجے میں تُرشی کی آمیزش تھی۔

"کیا تم واقعی اُن سب کے لیے سوچ رہی ہو، یا صرف اپنے خوف کی تاویلیں تراش رہی ہو؟"

مریم کی سانس رک گئی۔ ایک لمحے کو ایسا لگا جیسے آئینہ اُس کا محاسبہ کر رہا ہو۔

"خوف نہیں، تذبذب یا احتیاط کہو،" وہ آہستہ سے بولی۔

"نہیں، یہ خوف ہے۔ انکار کا خوف، رد کیے جانے کا خوف، اُس سوال کا خوف جس کا جواب تمہارے پاس نہیں ہے۔"

"تو کیا کروں؟" اس نے روہانسی ہو کر پوچھا، "کیا میں وہ سب چھوڑ دوں جو میرے وجود کا حصّہ رہا ہے؟"

"یا وہ چھوڑ دو جس کی طرف تمہارا دل کھنچتا ہے، تمہیں فیصلہ کرنا ہی ہو گا،" آئینہ تلخ ہنسی ہنسا۔

"میں آج تو فیصلہ نہیں کر رہی اور کل بھی نہیں کروں گی،" مریم بھی پیچھے ہٹنے والی

نہیں تھی۔

"کبھی نہ کبھی تو کرو گی،" آئینے سے آواز آئی۔

"تم تو صرف ایک عکس ہو۔ تم کیا جانو دل کی ٹوٹ پھوٹ اور رشتوں کی حرمت کو؟"

عکس سنجیدہ ہو گیا۔ "میں عکس ضرور ہوں، مگر وہ عکس جو تم نے خود اپنے سچ سے بنایا ہے۔"

مریم پلٹی، جیسے فرار چاہتی ہو۔ اُس نے آگے بڑھ کر بجلی کا سوئچ آن کر دیا اور ڈرتے ڈرتے پلٹ کر آئینے میں دیکھا۔ اس کا عکس اب بھی موجود تھا، جس کے بال بکھرے ہوئے تھے، آنکھوں کے گرد سیاہ حلقے تھے اور چہرے پر کرب کی کیفیت تھی۔

***

"بیٹی، مجھے ایسا لگتا ہے کہ تم جب سے مشرقی پاکستان سے آئی ہو، کچھ بجھی بجھی سی لگتی ہو،" انکل شاہد نے مریم کے ہاتھ سے چائے کا کپ لیتے ہوئے کہا۔

"نہیں پاپا، ایسی تو کوئی بات نہیں ہے،" مریم نے جواب دیا۔

"آؤ بیٹھ جاؤ،" انکل شاہد نے سامنے کرسی کی طرف اشارہ کیا، اور مریم بیٹھ گئی۔ آنٹی دوسری کرسی پر بیٹھی حسب معمول کچھ بُن رہی تھیں۔ انہوں نے مسکرا کر مریم کی طرف دیکھا مگر کچھ بولی نہیں۔

"تم نے اپنے سفر کے متعلق اب تک کچھ نہیں بتایا،" انکل شاہد نے چائے کی چسکی لے کر پیالی میز پر رکھتے ہوئے کہا، "عادل اور اس کی بیوی کے متعلق بھی نہیں بتایا کہ تمہارا کیا تاثر ہے۔"

"انکل عادل اور آنٹی گلوریا دونوں بہت اچھے ہیں اور بڑی محبت کرنے والے لوگ ہیں۔"

"یہ اچھی بات ہے کہ تم انہیں پسند کرتی ہو،" انکل شاہد نے کہا۔

"انہوں نے بڑی خاطر کی اور مجھے اپنے دوستوں سے ملانے کے لیے پارٹی کی جس میں ایک سو سے زیادہ مہمان تھے۔"

"ایک سو مہمانوں کا تو مطلب ہے کہ ان کا گھر بہت بڑا ہو گا،" آنٹی نے اپنی بُنائی کو اُون کے گولے کے گرد لپیٹ کر میز پر رکھتے ہوئے کہا۔

"ہاں، گھر تو بہت بڑا ہے مگر پارٹی باہر لان میں کی تھی، ہر مہمان میرے لیے کوئی نہ کوئی تحفہ لایا تھا۔"

"اچھا، تم نے ہمیں تحفے نہیں دکھائے۔"

"نہیں، میں ساتھ نہیں لائی کیونکہ سامان زیادہ ہو جاتا۔ انکل عادل نے کہا کہ وہ کسی ڈبّے میں پیک کرا کے بھیج دیں گے۔"

"عادل میرا بچپن کا دوست ہے۔ وہ بھی غریب ماں باپ کا بیٹا ہے۔ بس، خدا نے اسے دولت سے نوازا ہے،" انکل شاہد نے کہا۔

"اُن کے یہاں نوکروں کی پوری فوج ہے، اور شہر میں ہر ایک انہیں جانتا ہے۔"

"گلوریا سے ملے ہوئے تو زمانہ ہی گزر گیا،" آنٹی نے کہا۔

"آنٹی گلوریا نے مجھے اپنا لاکٹ دیا ہے جو ان کی ماں کی نشانی ہے۔"

"اوہ اچھا، تو دکھاؤ ہمیں،" آنٹی نے جواب دیا۔

مریم اٹھ کر اپنے کمرے میں گئی۔

"مجھے یہ لڑکی خوش نہیں لگتی،" انکل شاہد نے سرگوشی کرتے ہوئے کہا گویا اپنے آپ سے مخاطب ہوں۔

"میرا خیال ہے کہ یہ آپ کا وہم ہے۔ وہ تھک گئی ہے۔"

انکل شاہد نے مریم کو آتے دیکھا تو خاموش ہو گئے۔ مریم نے لاکٹ کا ڈبّہ کھول کر آنٹی کی گود میں رکھ دیا اور ان کے کندھے پر ہاتھ رکھ کر ان کی پشت پر کھڑی ہو گئی۔ آنٹی نے ڈبّہ کھول کر لاکٹ پر ایک نظر ڈالی۔ انہوں نے آہستہ سے ڈبّے کا ڈھکن اٹھایا گویا کسی

نازک چیز کو چھیڑ رہی ہوں۔ ڈھکن کے نیچے مخملی پرت کے اندر طلائی زنجیر سے لٹکتا ہوا ایک بیضوی لاکٹ رکھا تھا، جس پر باریک بیل بوٹوں کی نقش کاری تھی۔ انہوں نے لاکٹ کو احتیاط سے اٹھایا اور ایک ہاتھ میں پکڑ کر اسے الٹ پلٹ کر دیکھا۔ جب انہوں نے قبضے پر اپنی انگلی کی پور رکھی تو وہ ہلکے سے کُھل گیا اور اندر دو چھوٹے چھوٹے گول فریم نظر آئے، جن میں ایک خالی تھا اور دوسرے میں گلوریا کی جوانی کی تصویر تھی۔ آنٹی پلکیں جھپکائے بغیر اُس تصویر کو تکتی رہیں۔ وہ اُن دنوں میں پہنچ گئیں تھیں جب اُن کی نئی نئی شادی ہوئی تھی اور شوہروں کے دفتر جانے کے بعد دونوں شاپنگ کے لیے نکل جاتی تھیں اور دو کھلنڈری لڑکیوں کی طرح مٹر گشتیاں کرتی پھرتی تھیں۔

"اِس خالی جگہ میں آنٹی گلوریا کی ماما کی تصویر تھی، انہوں نے کہا کہ میں اس میں اپنی تصویر لگالوں اور جب یہ لاکٹ اپنی بیٹی کو دوں تو اُن کی تصویر نکال کر جگہ خالی کر دوں۔"

آنٹی نے اپنے اندر سے حسد کی پرچھائیں کو تیزی سے گزرتے دیکھا۔ گلوریا کو کیا حق تھا کہ اُن کی بیٹی پر مامتا جتائے؟ پھر انہیں یاد آیا کہ مریم ان کی بیٹی نہیں تھی، مگر پھر انہوں نے سوچا کہ انہوں نے مریم کو اپنی بیٹی کی طرح ہی پالا تھا، لہٰذا انہیں اس پر اپنی مامتا جتانے کا پورا پورا حق تھا۔ انہوں نے چونک کر گہرا سانس لیا اور اپنے سر کو جھٹک کر مریم کی طرف متوجہ ہو گئیں۔

"تو تم خوش ہو نا؟" آنٹی نے لاکٹ کا ڈبّہ بند کرتے ہوئے پوچھا۔

"جی ماما، میں بہت خوش ہوں،" مریم نے جھک کر اپنا رخسار آنٹی کے رخسار پر رکھ دیا۔

مریم نے کامیابی سے اپنے اندر ہونے والی جنگ کو نقاب پہنا دیا تھا۔ یہ کہنا دشوار تھا کہ وہ جنگ اب بھی جاری تھی یا مریم نے ہاتھ کھڑے کر کے اس کے اختتام کا اعلان کر دیا تھا اور اب جو اس کے اندر سے دھواں اٹھ رہا تھا وہ اس کے سُلگتے ہوئے جذبات کے ملبے کا دھواں تھا جس میں آخری چنگاریاں دم توڑ رہی تھیں۔

۴۲

"بہتیرے کہتے ہیں کہ کون ہم کو کچھ بھلا دکھائے گا؟ اے خداوند! تو اپنی روشنی ہمارے اوپر ظاہر کر۔ تو نے میرے دل میں وہ خوشی بخشی ہے جو اُن کو اُن کے اناج اور مے کی فراوانی کے وقت حاصل ہوتی ہے۔ میں امن سے لیٹوں گا اور سو جاؤں گا، کیونکہ، اے خداوند، تُو ہی مجھے اکیلا، سلامتی سے بسنے دیتا ہے۔" زبور 4:6-8

ڈیئر شاہد،

بھئی سب سے پہلے تو میں تمہارا اور بھابھی کا بے حد شکر گزار ہوں کہ تم نے مریم کو ہم سے ملانے کے لیے بھیجا۔ ہمارے گھر میں تو گویا چودھویں کا چاند نکل آیا۔ ہم اسے اپنے گھر میں چلتے پھرتے دیکھتے تو بے اختیار ہمارے ہونٹوں پر مسکراہٹ آ جاتی۔ تمہیں معلوم ہے کہ میری اور گلوریا کی ہمیشہ تمنا رہی کہ ہمارے یہاں ایک بیٹی پیدا ہو، مگر خدا کو منظور نہیں تھا۔ جب مریم نے ہمارے گھر میں قدم رکھا تو ایک مانوس سی خوشبو اور اپنائیت کا احساس ہوا۔ ایسا لگا جیسے وہ برسوں سے اسی گھر کا حصہ ہو اور ہمیں ایک پلی پلائی بیٹی مل گئی ہو۔ گلوریا بھی بے حد خوش ہے اور ہم دونوں اکثر مریم کے اندازِ گفتگو اور اس کے لطیف تبصروں کو یاد کر کے ہنستے ہیں۔ تم نے اُسے واقعی شاندار تربیت دی ہے۔

ہمارے دوست بھی مریم سے بے حد متاثر ہوئے ہیں۔ جب سے وہ اُس سے ملے ہیں،

مستقل ان کے مبارکباد کے فون آرہے ہیں۔ انہوں نے مریم کو جو تحفے دیے، وہ میں نے ایک کارٹن میں پیک کرواکر پی آئی اے کی کارگو سروس کو دے دیے ہیں۔ اس کی رسید اس خط سے منسلک ہے۔ اگلے ہفتے پی آئی اے والے تمہارے گھر پہنچادیں گے۔

ہمیں بے انتہا خوشی ہے کہ عارف اور مریم نے اکٹھے زندگی گزارنے کے لیے ایک دوسرے کا انتخاب کیا ہے۔ ہم نے عارف کی تربیت میں ہمیشہ خیال رکھا ہے کہ وہ ایک بردبار، سنجیدہ اور بااخلاق نوجوان بنے، اور اب مریم کو دیکھ کر ایسا محسوس ہوتا ہے کہ دونوں ایک دوسرے کے لیے بنے ہیں۔ ان کے مزاجوں میں ہم آہنگی ہے، اقدار میں قربت ہے اور سب سے بڑھ کر یہ کہ دونوں ایک دوسرے کی عزت کرتے ہیں۔ مجھے یقین ہے کہ ان کی جوڑی کامیاب ہوگی اور وہ ایک دوسرے کو خوش رکھیں گے۔ اب یہی دعا ہے کہ اُن کی زندگی محبت، سکون اور رحمتوں سے بھرپور ہو۔ شادی کے انتظامات کے سلسلے میں میں نے عارف سے پوچھا تھا۔ اُس نے ہم پر چھوڑ دیا ہے۔ ہمارا بس چلے تو کل ہی مریم کو لینے آجائیں۔ تم بھی اُس سے معلوم کرو کہ اُس کا کیا پروگرام ہے۔

عادل پیٹر

جب مریم عادل کا خط پڑھ کر انکل شاہد کو واپس دینے لگی تو لاکھ ضبط کرنے کے باوجود ایک آنسو اُس خط پر ٹپک ہی پڑا۔ اس نے جلدی سے اُسے ہتھیلی سے صاف کرنے کی کوشش کی تو وہ مزید پھیل گیا۔

"کیوں بیٹی، خیریت؟" اُن کی نظریں مریم پر جمی ہوئی تھیں۔

"جی پاپا، کچھ نہیں، بس یوں ہی۔"

"میں دیکھ رہا ہوں کہ تم خوش نہیں معلوم ہوتیں۔"

"نہیں پاپا، میں بہت خوش ہوں،" مریم کے ہونٹوں پر مسکراہٹ تھی، مگر نظریں جھکی ہوئی تھیں۔

"بیٹی، اگر کوئی مسئلہ ہے تو بتاؤ۔"

"کوئی مسئلہ نہیں ہے، پاپا،" مریم کے لبوں پر مسکراہٹ، مگر لہجے میں جھنجلاہٹ تھی، "انکل عادل کا خط پڑھ کر جذباتی ہو گئی تھی۔"

"تو پھر تم کب شادی کے لیے تیار ہو گی؟"

"ابھی تو میں اپنا تحقیقی مقالہ لکھ کر فارغ ہوئی ہوں۔ اب مجھے اسے ٹائپ کروانا اور کمیٹی کو پیش کرنا ہے۔ اگر یہ منظور ہو گیا تو مجھے اُس کے دفاع کے مرحلے سے گزرنا پڑے گا۔"

"اور اِس سب میں کتنا وقت لگے گا؟"

"ٹائپ کروانے اور پیش کرنے میں تین مہینے تو لگیں گے۔ پھر منظوری اور دفاع میں مزید چھ مہینے لگ سکتے ہیں مگر اس کے لیے میں واپس آ سکتی ہوں۔"

"مطلب یہ کہ ہم عادل کو تین مہینے کے بعد کی تاریخ دے دیں۔"

"جی۔"

* * *

مریم کو چٹاگانگ سے واپس آئے ایک ہفتہ گزر چکا تھا مگر وہ اب بھی سخت الجھن میں مبتلا تھی۔ دانی ایل بھوت بن کر اس سے چمٹ گیا تھا۔ ہر بار جب وہ اس کے تصور میں آ کھڑا ہوتا تو وہ سر کو جھٹک کر اسے شطرنج کے مہرے کی طرح اٹھا کر عارف کو اُس کی جگہ کھڑا کر دیتی، مگر یہ کھیل وہ زیادہ دیر نہیں کھیل پاتی تھی۔ اُس کے لیے دانی ایل نے سانس کا روپ دھار لیا تھا جو کسی بھینی بھینی، نرم رو خوشبو کی مانند اُس میں داخل ہو کر بس جاتا اور خود کو اُس میں چھوڑ کر اُسی نرم روی سے نکل جاتا۔ اُس نے کئی بار سوچا کہ وہ دانی ایل کے گھر جا کر اُس

سے ملے، مگر ہر بار اُس نے اپنے پاؤں میں پڑی زنجیر کے تالے کو کلِک کر کے بند کر دیا۔ وہ خود کو سمجھا سمجھا کر تھک گئی تھی کہ عارف اُس کا مستقبل ہے جب کہ دانی ایل اب اُس کے ماضی کی کتاب کا آخری باب ہے، مگر شومیٔ قسمت سے اُس کتاب کا آخری ورق کسی نے پھاڑ دیا تھا اور وہ اُسی کو ڈھونڈتی پھر رہی تھی۔

خدا خدا کر کے اتوار آیا اور مریم نے چرچ جانے کا فیصلہ کر لیا۔ پچھلا اتوار تو سفر کی تھکن اُتارنے کی نذر ہو گیا تھا۔ کپڑے بدلتے وقت اس کے ذہن میں ایک جھماکا سا ہوا اور ایک سوال اُس کے سامنے آ کھڑا ہوا۔ کیا اُس کے چرچ جانے کا مقصد صرف دانی ایل سے ملنا تھا؟ اس نے اپنا سر جھٹک کر اِس سوال کو اپنے سامنے سے ہٹا دیا۔

جب وہ چرچ میں داخل ہوئی تو پادری پال منبر پر آ چکے تھے اور اپنے لکھے ہوئے نکات پر آخری نظر ڈال رہے تھے۔ مریم دروازے کے نزدیک ہی ایک خالی نشست پر بیٹھ گئی۔ اچانک اُسے احساس ہوا کہ اسٹیج پر رکھا ہوا پیانو خاموش تھا، بلکہ اس کے اوپر کی روشنیاں بھی بجھی ہوئی تھیں۔ سروس کے دوران وہ مستقل اسی ادھیڑ بُن میں لگی رہی کہ دانی ایل وہاں کیوں نہیں تھا۔ اسے قطعی یاد نہیں رہا کہ پادری پال نے بائبل کی کون سی آیات کی تلاوت کی تھی، اپنے خطبے میں کیا کہا تھا، کون سے حمدیہ گیت گائے گئے تھے اور الوداعی دعا کا مضمون کیا تھا۔ اُسے اُس وقت ہوش آیا جب پادری پال حاضرین کو رخصت کرنے کے لیے دروازے پر آ کر کھڑے ہو گئے۔ وہ اپنی نشست پر بیٹھی رہی حتیٰ کہ وہ آخری فیملی کو رخصت کر کے مڑے اور اُن کی نظر مریم پر پڑی جو اٹھ کر اُن کی طرف بڑھ رہی تھی۔

"بیٹی، تمہاری دو غیر حاضریاں لگ گئی ہیں،" انہوں نے مسکرا کر کہا۔

"ریورنڈ، میں ایسٹ پاکستان گئی ہوئی تھی۔"

"اچھا، اپنی ہونے والی سسرال گئی تھیں،" پادری پال نے کہا، "چلو، دفتر میں بیٹھ کر

باتیں کریں گے۔"

مریم نے محسوس کیا کہ پادری پال کی حرکات و سکنات میں وہ تیزی نہیں رہی تھی جو کچھ عرصہ پہلے تک ہوتی تھی۔ اسے یاد آیا کہ ایک مرتبہ انہوں نے بتایا تھا کہ ان کی پیدائش 1896 کی تھی، لہٰذا اُن کی عمر 70 سال ہو گئی تھی۔

"آج بغیر موسیقی کے حمدیہ گیت گائے گئے،" مریم نے پادری پال کے سامنے کرسی پر بیٹھتے ہوئے کہا۔

"کیونکہ پیانو بجانے والا چلا گیا۔"

"کہاں چلا گیا؟" مریم کے گلے میں گولا سا پھنس گیا۔

"بیٹی، تُم اُس کا خیال چھوڑ دو،" پادری پال کے لہجے میں کچھ تیزی تھی، "اُس نے اپنا تبادلہ پنڈی میں کرا لیا ہے تاکہ تُم سکون سے اپنی ازدواجی زندگی کی ابتدا کر سکو۔"

مریم نے کوئی جواب نہیں دیا۔ وہ نظریں جھکائے اپنی انگلیوں سے کھیلتی رہی۔ پادری پال خاموشی سے اس کے چہرے کی کیفیت دیکھتے رہے اور پھر بولے، "تمہیں انتظار کرنا پڑے گا۔ تم اپنے فیصلے پر قائم رہو گی تو خوش رہو گی۔"

"اب تو مجھے یہ بھی معلوم نہیں کہ کون سا فیصلہ صحیح ہے اور کون سا غلط ہے،" مریم نے اپنے پرس سے رومال نکالا اور آنسو پونچھنے لگی۔

"ایک بات یاد رکھو مریم۔ اگر ہم کوئی بزنس شروع کرنا چاہتے ہیں اور ہمیں بزنس کا کوئی تجربہ نہیں ہوتا، تو ہم اپنے ساتھ ایک تجربہ کار پارٹنر کو ملا لیتے ہیں جو ہمارا ہاتھ پکڑ کر ہمیں آگے بڑھاتا ہے۔ تم بھی اپنے فیصلوں میں ایک ایسے پارٹنر کو شامل کر لو جو کبھی غلط فیصلے نہیں کرتا، اور فیصلہ کرنے سے پہلے اس سے مدد مانگ لیا کرو۔"

"ریورنڈ، مجھے ڈر لگ رہا ہے،" مریم کے جذبات کا پِند ٹوٹ گیا، اور وہ پھوٹ پھوٹ

کر رونے لگی۔ پادری پال خاموشی سے بیٹھے مریم کا طوفان گزر جانے کا انتظار کرتے رہے یہاں تک کہ اُس کے آنسو تھم گئے اور اس نے گہرا سانس لیا۔

"کس بات کا ڈر ہے؟" انہوں نے سرگوشی میں پوچھا۔

"وہ لوگ بہت امیر ہیں اور مجھے امیروں کے طور طریقے نہیں آتے۔"

"مگر تمہارے پارٹنر کو تو آتے ہیں،" پادری پال نے مسکرا کر کہا، "وہ تمہیں سکھا دے گا۔"

"I don't know, father," مریم نے جواب دیا، "میں وہاں احساس کمتری کا شکار ہو گئی تھی۔"

"مگر کیا انہوں نے تمہیں محبت دی؟"

"مجھے وہاں بے حد پیار ملا، مگر مجھے یہی تو خوف ہے کہ میں اُن کی محبت کا بوجھ نہیں سنبھال سکوں گی،" مریم نے سر اٹھا کر پادری پال کی طرف دیکھا۔ رو رو کر اُس کی آنکھیں سرخ ہو گئی تھیں۔

"بیٹی، محبت میں بوجھ نہیں ہوتا۔ ہمارا کام تو بس محبت کا جواب محبت سے دینا ہوتا ہے۔"

مریم اپنے دل کی بھڑاس نکال کر خود کو ہلکا محسوس کر رہی تھی۔ اس نے اپنا رومال نکال کر پرس میں رکھا اور اٹھ کھڑی ہوئی۔

"شکریہ ریورنڈ، آپ کے مشوروں نے مجھے بہت سہارا دیا ہے۔"

پادری پال نے کھڑے ہو کر مریم کے سر پر ہاتھ رکھا اور بولے، "خدا تمہاری مدد کرے گا۔"

۴۳

”خدا کا وعدہ ہے: میں تجھے ہرگز نہ چھوڑوں گا اور نہ کبھی ترک کروں گا۔ چنانچہ
ہم دلیری سے کہہ سکتے ہیں: خداوند میرا مددگار ہے، میں نہیں ڈروں گا۔
انسان میرا کیا کر سکتا ہے؟“ عبرانیوں 13:5–6

ڈیئر عادل، سلام اور خداوند یسوع مسیح میں محبت کے ساتھ،

تمھارا خط دوستی کی اُس راہ سے آیا ہے جس پر برسوں کی رفاقت کے نشان ثبت ہیں۔ بچپن سے لے کر آج تک، ہم نے کتنے موڑ ایک ساتھ دیکھے ہیں، کتنی دعائیں ایک دوسرے کو دی ہیں، اور اب وہ وقت آن پہنچا ہے کہ تمھارا بیٹا اور میری بیٹی ایک ہی راہ کے ہم سفر بننے جا رہے ہیں۔ یہ کیا کم خوش نصیبی ہے؟

مریم جب سے تمہارے پاس سے آئی ہے، تم لوگوں کے ہی گُن گاتی ہے۔ گلوریا، عارف، اور تم نے جس محبت سے اُسے اپنایا، وہ بیان سے باہر ہے۔ تحفوں کا ذکر تو اُس نے کیا، لیکن اُن میں لپٹی ہوئی تمہارے دوستوں کی اپنایت اور نیک تمناؤں کا ذکر زیادہ تھا۔ کل تمہارا بھیجا ہوا پارسل بھی مل گیا۔ مریم اور بچوں کے لیے تو وہ گویا کھلونوں کا ڈبّہ تھا۔ دن بھر مریم وہ تحفے نکال نکال کر بچوں کو دکھاتی رہی۔

جہاں تک شادی کی تاریخ کا تعلق ہے، تو ہم نے مریم سے مشورہ کر لیا ہے۔ اس کی

پڑھائی ختم ہونے میں ابھی تین مہینے باقی ہیں۔ پھر فائنل امتحان تو شادی کے بعد بھی دے سکتی ہے، لٰہذا ہم سب نے دعا کرنے کے بعد یہی طے کیا کہ شادی تین ماہ بعد ہو، جب دونوں مکمل سکون کے ساتھ ایک دوسرے کا ہاتھ تھامیں۔ ہماری خواہش ہے کہ تقریب سادہ، مگر روحانی ہو، اور دعائیہ فضا ہو جس میں وعدے صرف انسانوں کے درمیان نہ ہوں بلکہ خدا کی گواہی کے ساتھ ہوں۔ تم بھی ہماری طرح سادگی پسند ہو، اور امید ہے کہ اس تقریب میں بھی سادگی کا رنگ غالب رہے گا۔

عارف کے لیے دل سے دعا نکلتی ہے۔ وہ جس وقار، شائستگی اور خلوص کا حامل ہے، وہ آج کل کے نوجوانوں میں کم دکھائی دیتا ہے۔ دعا ہے کہ وہ مریم کے لیے نہ صرف اچھا شوہر ثابت ہو، بلکہ سچا رفیق، دوست، اور ایمان میں ہم قدم بنے۔ خدا کرے کہ یہ رشتہ اُس وعدے کی بنیاد پر قائم ہو، جس میں نہ خوف ہو، نہ شک، صرف بھروسا، محبت اور خدا کی حضوری ہو۔

ختم کرنے سے پہلے ایک آیت جو میرے دل کو چھو گئی، تم سے بانٹنا چاہتا ہوں: ”اور اِن سب کے اوپر محبت کو جو کمال کا پٹکا ہے باندھ لو۔“ کلسیوں 3:14

تمہارا دیرینہ دوست، شاہد

***

انکل شاہد کی فیملی سے ملے بغیر ڈیڑھ ماہ سے زیادہ گزر چکا تھا۔ دانی ایل کے پنڈی جانے کے بعد میں بھی اسکول میں کافی مصروف ہو گیا تھا۔ ہفتے میں دو شامیں اسکول میں بچوں کو کھیل کے میدان میں نگرانی کرنے میں نکل جاتیں اور بقیہ اُن کا ہوم ورک چیک کرنے اور اگلے روز کی تیاری میں گزر جاتیں۔ آخر ایک روز، میں وقت نکال کر انکل شاہد کے گھر پہنچ گیا۔ دروازے پر لگی زنجیر کھٹکھٹائی تو مریم دروازے پر ٹنگا ہوا پردہ ہٹا کر سامنے آ گئی اور گھک کر

بولی، ”اخاہ! تو آپ ہیں؟ زہے نصیب!“

”جی، میں ہی ہوں!“ میں نے اسی انداز میں جواب دیا اور گھر میں داخل ہو گیا۔

”آپ سے ملے ہوئے مہینہ بھر تو ہو گیا ہو گا؟“ مریم نے کرسی کی طرف اشارہ کرتے ہوئے کہا اور وہ دوسری کرسی پر بیٹھ گئی۔

”بس، ملازمت ملنے کے بعد معلوم ہوا کہ اسکول ٹیچر کی زندگی کتنی مصروف ہوتی ہے،“ میں نے کہا، ”اسکول کے علاوہ زیادہ تر وقت بچوں کی کاپیاں چیک کرنے میں گزر جاتا ہے۔“

”ہمارے گھر میں اکثر آپ کا تذکرہ ہوتا رہتا ہے۔ بچے آپ کو کافی مِس کرتے ہیں۔“

”مگر سب لوگ ہیں کہاں، کوئی نظر نہیں آرہا،“ میں نے اِدھر اُدھر دیکھتے ہوئے کہا۔

”پاپا اور ماما ایک دوست کی عیادت کرنے کے لیے سول اسپتال گئے ہیں، اور باہر میدان میں وکٹر کی ٹیم کا کرکٹ میچ ہو رہا ہے۔ سب بچے وہاں میچ دیکھ رہے ہیں۔“

انکل شاہد کی گلی کا اختتام ایک چٹیل میدان پر ہوتا تھا جس کے بیچوں بیچ محلّے کے بچوں نے کرکٹ کی پچ بنالی تھی۔ پورے حیدرآباد سے گاہے بہ گاہے بچوں کی ٹیمیں آکر وہاں میچ کھیلتی تھیں اور اپنے اپنے محلے کے لوگوں کو بطور تماشائی ساتھ لے کر آتی تھیں۔ وکٹر کی ٹیم اُن کی میزبانی کرتی تھی اور ہر ٹیم سے دس روپے فی میچ کے حساب سے فیس لیتی تھی جس سے پچ کی دیکھ بھال اور ٹیم کے لیے کرکٹ کا سامان خریدا جاتا تھا۔

”اِس دوران کیا ہوتا رہا؟“ مریم نے پوچھا۔

”بس، نوکری کے علاوہ کچھ بھی نہیں، میرا وقت یا تو پڑھانے میں گزرتا ہے یا پڑھانے کی تیاری میں۔“

”اس لیے کہ پہلا سال ہے۔ اگلے سال سے تیاری میں اتنا وقت نہیں لگے گا کیونکہ آپ نصاب سے واقف ہوں گے۔“

"امید تو یہی ہے،" میں نے کہا، "آپ سنائیں، اس دوران کیا مصروفیت رہی؟"

"میری منگنی ہو گئی،" مریم نے مسکرا کر جواب دیا۔

"مجھے معلوم ہے، اور میں نے انکل شاہد کے ذریعے مبارک باد بھی بھیج دی تھی۔"

"مجھے امید تھی کہ آپ مجھے بالمشافہ مبارک باد دینے کے لیے تشریف لائیں گے۔"

"تو میں حاضر ہو گیا نا،" میں نے ہنس کر کہا۔

"ٹھیریں، میں آپ کے لیے چائے بنا کر لاتی ہوں،" مریم نے اٹھتے ہوئے کہا۔

"ارے چائے وائے کا تکلف چھوڑیں۔"

"نہیں بھئی چائے تو پی جائے گی۔"

"واقعی چھوڑیں، میں ابھی چائے پی کر آرہا ہوں۔"

"آپ تکلف کر رہے ہیں،" مریم نے بیٹھتے ہوئے کہا۔

"اب آپ بتائیے کہ اِس دوران کیا کچھ ہوتا رہا؟"

"اِس دوران، میں عارف کی فیملی سے مل آئی۔"

"اچھا، آپ ایسٹ پاکستان گئی تھیں؟"

"جی، واپس آئے بھی دو ہفتے ہو گئے۔"

"آپ خوش واپس آئی ہیں نا؟"

"ہاں، انکل عادل اور آنٹی گلوریا نے بڑی خاطر کی۔"

"زبردست، اس کا مطلب ہے کہ انہوں نے آپ کو بہو کی حیثیت سے قبول کر لیا ہے۔"

"میرا خیال ہے کہ وہ دونوں ہی محبت کرنے والے لوگ ہیں۔"

"عارف نے بھی آپ کو خوب گھمایا پھرایا ہو گا؟"

"نہیں، عارف کے ساتھ وقت گزارنے کا اتنا موقع نہیں ملا۔ وہ کسی پروجیکٹ کے

سلسلے میں کافی مصروف تھا۔"

میں نے کوئی جواب نہیں دیا۔ ظاہر ہے کہ میں کیا رائے زنی کرتا۔ آخر اس نے ہی خاموشی توڑی۔

"پرویز، مجھے بہت ڈر لگ رہا ہے،" اس کے ہونٹوں پر پھیکی سی مسکراہٹ تھی مگر آنکھوں سے گھبراہٹ جھانک رہی تھی۔

"کیوں، ڈرنے کی کیا بات ہے؟" میں نے پوچھا۔

"وہ لوگ بہت امیر ہیں اور ان کا لائف اسٹائل مختلف ہے۔"

"اگر امیر ہیں تو اچھا ہے۔ آپ عیش کریں گی،" میں نے مسکرا کر کہا۔

"آپ سمجھے نہیں،" اس کے لہجے میں ناگواری تھی، "انہوں نے مجھ سے ملانے کے لیے اپنے دوستوں کی دعوت کی۔ ایسی پارٹی میں نے کبھی پوری زندگی میں نہیں دیکھی۔ ایک سو سے زیادہ مہمان تھے اور مجھے ایسا لگا جیسے مجھے کسی دیوی کے روپ میں پیش کیا جا رہا ہے۔ آنٹی گلوریا نے میرے لیے ایک خاص ڈریس بنوایا اور پورے ایک سو مہمانوں سے مجھے ہاتھ ملانا پڑا اور خواتین سے رخسار ملانے پڑے۔ میں احساسِ کمتری سے پیچھا نہیں چھڑا سکی۔"

"احساسِ کمتری وقتی ہے۔ آہستہ آہستہ آپ وہ لائف اسٹائل سیکھ جائیں گی۔ خدا جب حسن دیتا ہے نزاکت آ ہی جاتی ہے۔"

"مگر مجھے تو وہ لائف اسٹائل بڑا کھوکھلا لگتا ہے۔ معلوم ہوتا ہے کہ ہر ایک اپنی قیمت فروخت میں اضافہ کرنے کے چکر میں لگا رہتا ہے۔"

"امیر ہونا کوئی گناہ نہیں ہے۔ آپ امیر ہونے کے باوجود دوسروں سے بے لوث محبت کر سکتی ہیں۔"

مریم نے کوئی جواب نہیں دیا۔ غالباً وہ میری بات پر غور کر رہی تھی۔ میں بھی

خاموشی سے اُسے گھورتا رہا۔ آخر اُس نے بڑی بے جان سی مسکراہٹ کے ساتھ کہا،

”ریورنڈ پال بتا رہے تھے کہ دانی ایل پنڈی چلا گیا ہے۔“

”کون دانی ایل؟“ میں نے چبھتے ہوئے انداز سے پوچھا۔

”مجھے تو بس یہ دکھ ہے کہ میری وجہ سے اُسے اتنا دکھ پہنچا ہے۔“

”نہ آپ چھوٹی سی بچی ہیں اور نہ وہ بچہ ہے کہ دکھ پہنچنے پر چیخنا چلانا شروع کر دیں۔ دکھ تو زندگی کا حصہ ہیں۔“

”پھر بھی، اگر میری طرف سے کسی کو دکھ پہنچے تو مجھے افسوس تو ہو گا۔“

”افسوس بھی وقتی ہوتا ہے۔“

مریم ہونٹوں پر زبان پھیر کر رہ گئی مگر کہا کچھ نہیں۔

”اچھا اب مجھے اجازت دیں،“ میں نے اٹھتے ہوئے کہا۔

”آپ آتے رہیں گے نا؟“ اُس نے سرگوشی میں پوچھا اور کھڑی ہو گئی۔

”کیوں نہیں، آپ کو یاد ہے نا، کہ ہماری پہلی ملاقات میں آپ نے دوستی کا ہاتھ بڑھایا تھا۔ آپ ہمیشہ مجھے ہمدرد دوست پائیں گی۔“

”شکریہ۔“

وہ مجھے چھوڑنے کے لیے دروازے تک آئی۔ میں نے آگے بڑھ کر اس کی پیٹھ تھپتھپائی اور باہر نکل آیا۔

۴۴

"جو شخص اچھی بیوی پاتا ہے تو سمجھو اس کو اچھی چیز ملی۔ یہ خداوند کی طرف سے تحفہ ہے۔" امثال 18: 22

پادری پال نے کئی ہفتے پہلے سے مریم کی شادی کے سلسلے میں انتظامات کرنے شروع کر دیے تھے۔ انکل شاہد اور آنٹی چاہتی تھیں کہ شادی کی رسومات سینٹ فلپس چرچ میں ہوں جو اُن کا فیملی چرچ تھا، مگر انہوں نے مریم کی خواہش کا احترام کیا، جسے پادری پال سے خصوصی لگاؤ تھا۔ یہ محبت یک طرفہ نہیں تھی کیونکہ وہ اکثر سوچتے تھے کہ کاش ان کی ایک بیٹی ہوتی اور وہ مریم ہوتی۔ ایک جانب وہ مریم کے لیے خوش تھے مگر دوسری جانب وہ دانی ایل کے لیے رنجیدہ تھے۔ کبھی کبھار وہ گہرا سانس لے کر خود کلامی شروع کر دیتے، "کاش، مریم نے دانی ایل کو چنا ہوتا!" مگر پھر خود ہی سر کو جھٹک کر کہتے، "اونہہ! میں کون ہوتا ہوں ایسی خواہش کرنے والا؟" بہر حال ان کی تیاری زور و شور سے جاری تھی۔ انہوں نے سوچا کہ موسیقی کے بغیر شادی کی تقریب بڑی پھیکی رہے گی۔ دانی ایل کے جانے سے اُن کا گرانڈ پیانو خاموش ہو گیا تھا۔ آخر کار انہوں نے عبد المنان صاحب کے متعلق سوچا جو کوئٹہ سے وہ پیانو لے کر آئے تھے اور اسے ٹیون کیا تھا۔ پادری پال کی اُن سے نہ صرف خط و کتابت رہتی تھی بلکہ اچھی خاصی دوستی ہو گئی تھی۔ چنانچہ انہوں نے خط لکھا کہ اگر اُن کی نظر میں کوئی اچھا

پیانسٹ ہو تو دو چار روز کے لیے بھیج دیں۔ اُن کا جواب آیا کہ سب سے اچھے پیانسٹ تو وہ خود ہیں لہٰذا وہ خود ہی آ جائیں گے۔ انہوں نے لکھا تھا کہ اسی بہانے اُنہیں پاسٹر کے ساتھ کچھ وقت گزارنے کا موقع مل جائے گا۔

شادی کے روز مہمانوں کی آمد سے پہلے پادری پال نے ہال میں گھوم پھر کر اور نشستوں کے نیچے جھانک کر معائنہ کیا کہ کہیں کوئی کاغذ کا پُرزہ وغیرہ نہ پڑا ہو۔ عبدالمنان اپنے ساتھ چرچ کی موسیقی کی ایک موٹی سی کتاب لائے تھے جس میں سینکڑوں دھنیں تھیں۔ انہوں نے پیانو کے سامنے بیٹھ کر سولہویں صدی کی ایک پُر وقار مُناجات کی دھن چھیڑ دی، جو دل کی گہرائیوں سے نکلنے والی صدا بن کر عبادت گاہ کو تقدس کا لباس پہنا دیتی ہے اور ایسا محسوس ہوتا ہے کہ فرشتے محفل میں شامل ہو گئے ہوں۔

پادری پال نے ہال کے اندر کی روشنیوں کو مدھم کر دیا تاکہ کھڑکیوں سے آنے والی باہر کی روشنی کا اثر واضح ہو۔ جب چرچ کی اونچی اونچی کھڑکیوں میں جڑے رنگ برنگے شیشوں سے گزر کر باہر کی روشنی ہال میں آتی، تو سارے رنگ مِل کر چرچ کے فرش پر روشنیوں کا ایک قالین بچھا دیتے۔ ہر قدم پر ان رنگین شعاعوں سے چرچ کا ہر پتھر مسیح کے نور کو اپنے اندر جذب کر کے عبادت گزاروں کے سینے میں اُتار دیتا۔ چرچ کے وسط میں نصب ایک بڑی گول کھڑکی میں فیروزی رنگ کے شیشے لگے تھے، جو سورج کی تیز کرنوں کو مدہم سایوں میں بدل دیتے تھے اور دائیں جانب والی چھوٹی کھڑکیوں کے اوپر لگے عنابی شیشوں سے آنے والی گہری سرخ روشنی مسیح کے خون کا احساس دلاتی۔ بائیں جانب ایک چوکور کھڑکی تھی جس میں گہرے سبز شیشے پھول دار انگور کی شکل میں کاٹے گئے تھے اور وہ مسیح کو انگور کی بیل سے تشبیہ کی یاد دلاتے تھے جب اس نے کہا تھا کہ "انگور کا حقیقی درخت میں ہوں اور میرا باپ باغبان ہے۔" مرکزی محراب کے اوپر ایک لمبی، پتلی کھڑکی میں

سنہری زعفرانی رنگ کے شیشے جڑے تھے۔ سنہری روشنی مومن کے دل میں مسیح کی روشنی کی علامت ہے۔

ہال کی پشت پر پادری پال کے آفس کے علاوہ مزید دو کمرے تھے جن میں سے ایک دُلہا اور دوسرا دُلہن کی تیاری کے لیے وقف کر دیا گیا تھا۔ بائیں جانب بر آمدے میں انکل شاہد کی طرف سے شادی کے بعد ظہرانے کا انتظام کیا گیا تھا۔

جب شادی کی رسومات شروع ہوئیں تو ہال مہمانوں سے بھرا ہوا تھا۔ پادری پال قربان گاہ کے آگے منبر پر آ گئے۔ ان سے کچھ فاصلے پر بائیں جانب ایک اور منبر نصب تھا جہاں مسز پنٹو تقریب کے دوران اعلانات کرنے کے لیے آکر کھڑی ہو گئیں۔ وہ تقریب کے دوران اعلانات کی نگران تھیں، ادھیڑ عمر کی باوقار خاتون تھیں جن کی آواز میں اعتماد اور تجربے کی آمیزش تھی۔ وہ گورنمنٹ گرلز کالج میں پروفیسر تھیں اور چرچ کی ہر تقریب میں منتظمہ کا کردار ادا کرتی تھیں۔ انہوں نے مائکروفون کے نزدیک آکر اعلان کیا، ”براہ مہربانی تمام مہمان اپنی نشستیں سنبھال لیں، تقریب کا آغاز ہونے والا ہے۔ اگلی دو قطاریں دائیں جانب دلہا کے عزیزوں کے لیے اور بائیں جانب دلہن کے عزیزوں کے لیے مخصوص ہیں۔“

یہ سننا تھا کہ فضا میں سرسراہٹ سی دوڑ گئی۔ آہستہ آہستہ سب بیٹھنے لگے اور چرچ میں پھر خاموشی ہو گئی۔ گرانڈ پیانو کی لرزتی دھن فضا میں ابھری اور مسز پنٹو نے اعلان کیا کہ دلہا کے والدین تشریف لا رہے ہیں۔ عادل اور گلوریا باوقار انداز سے ہاتھ میں ہاتھ ڈالے داخل ہوئے اور اگلی قطار میں دائیں جانب بیٹھ گئے۔ ان کے بعد دلہن کی والدہ اور بہن بھائیوں کی آمد کا اعلان ہوا اور آنٹی اپنے بچوں کے ساتھ داخل ہوئیں۔ ان کے اپنی اپنی نشستوں پر بیٹھنے کے بعد دروازہ کھلا اور دلہا مع اپنے معاون (Best Man) اور چار دوستوں کے، موسیقی کی دھن پر آہستہ آہستہ چلتے ہوئے دائیں جانب ایک قطار میں کھڑے ہو گئے۔

مسز پنٹو آگے بڑھ کر مائکروفون کے مزید نزدیک آئیں اور سرگوشی میں اگلا اعلان کیا "اب دلہن کی سہیلیاں داخل ہو رہی ہیں۔" دروازہ کھلا اور ایک ایک کر کے چھ برائیڈز میڈز داخل ہوئیں، جیسے کسی قرونِ وسطیٰ کی شاہی تقریب کا خاموش جلوس ہو۔ ان کے آسمانی نیلے گاؤن ہوا میں ہلکے سے لہرا رہے تھے اور ہر ایک کے ہاتھ میں سفید پھولوں کا گل دستہ اور ہونٹوں پر باوقار مسکراہٹ تھی۔ وہ قربان گاہ کی بائیں جانب قطار میں کھڑی ہو گئیں۔

مسز پنٹو نے مسکرا کر اگلا اعلان کیا، "اب ایک ننھی سی گڑیا پھول بکھیرنے آ رہی ہے اور اس کے ساتھ ایک ننھا انگوٹھی بردار بھی ہے۔" ساری نظریں دروازے پر جم گئیں۔ چھوٹی سی فلاور گرل سفید فراک میں ملبوس، سر پر پھولوں کا تاج، ہاتھ میں گلاب کی پتیوں سے بھری ٹوکری لیے مسکراتی ہوئی آہستہ آہستہ داخل ہوئی۔ وہ ہر قدم پر پھولوں کی پتیاں قالین پر بکھیرتی آ رہی تھی۔ اس کے پیچھے پیچھے اُسی کی عمر کا ایک لڑکا سیاہ سوٹ اور بوٹائی میں ملبوس، ہاتھ میں ایک سنہری پلیٹ لیے چل رہا تھا جس میں ایک مخملی ڈبّہ تھا۔ پھر چرچ میں مکمل خاموشی چھا گئی۔ مسز پنٹو مائیک سے کچھ پیچھے ہٹیں اور ایک لمحہ توقف کرنے کے بعد اعلان کیا، "تمام معزز مہمان کھڑے ہو جائیں کیونکہ دلہن تشریف لا رہی ہیں۔"

تمام مہمان کھڑے ہو گئے۔ پیانو کی دھن بدلی اور موسیقی نے دلہن کی آمد کا اعلان کیا۔

Here comes the bride!

دروازہ کھلا، اور مریم سفید گاؤن میں ملبوس، چہرے پر جالی دار گھونگھٹ ڈالے، انکل شاہد کے ساتھ نمودار ہوئی۔ وہ چرچ کے وسطی راستے پر موسیقی کی دھن پر، آہستہ آہستہ قدم بڑھاتی ہوئی آگے آئی۔ سفید لباس کے دامن پر سنہری کڑھائی چمک رہی تھی، اور گلابوں سے سجے گلدستے کو وہ دونوں ہاتھوں سے تھامے ہوئے، قالین پر پھیلی گلاب کی پتیوں پر چلتی ہوئی قربان گاہ تک پہنچی تو انکل شاہد نے اس کا ہاتھ نرمی سے پکڑ کر عارف کی طرف

بڑھایا۔ عارف نے وہ ہاتھ تھاما۔ ایک لمحے کے لیے نگاہیں ملیں اور دونوں کے ہونٹوں پر مسکراہٹ پھیل گئی۔ مسز پنٹو نے اعلان کیا کہ تمام مہمان اپنی نشستوں پر بیٹھ جائیں۔

پادری پال نے کتاب مقدس کھولی اور بلند آواز سے کہا، ”پیارے عزیزو، ہم یہاں یوحنّا عارف اور مریم ناصری کو ازدواجی بندھن میں جوڑنے کے لیے جمع ہوئے ہیں۔ محبت صبر کرنے والی ہے، مہربان ہے۔ محبت حسد نہیں کرتی، فخر نہیں کرتی، تکبر نہیں کرتی۔ محبت بے ادبی نہیں کرتی، اپنا بھلا نہیں چاہتی، خفا نہیں ہوتی، بدلہ نہیں لیتی۔ محبت نیکی کے ساتھ خوش ہوتی ہے؛ ہر چیز برداشت کرتی ہے، ہر چیز پر یقین رکھتی ہے، ہر چیز کی امید رکھتی ہے، ہر چیز پر ثابت قدم رہتی ہے۔ یہ شادی محبت کا باغ ہے، یہاں خواہشوں کے کانٹے نہیں، صبر اور مہربانی کے پھول کھلتے ہیں۔ پس جو خدا نے ملایا ہے، اسے انسان جدا نہ کرے۔ یہ دستورِ آسمان ہے کہ جوڑی کو صرف خود خدا کے بندھن میں باندھا جائے، نہ کہ دنیاوی رکاوٹوں کی قید میں۔“

پھر انھوں نے بائبل بند کر کے دونوں کی طرف سوالیہ انداز میں دیکھ کر پوچھا، ”کیا تم، یوحنّا عارف، مریم ناصری کو اپنی شریکِ حیات کے طور پر، خدا اور اِس جماعت کے روبرو، قبول کرتے ہو؟“

”ہاں، میں قبول کرتا ہوں،“ عارف نے جواب دیا۔

”اور تم، مریم ناصری، کیا تم یوحنّا عارف کو اپنا شوہر مان کر یہ عہد کرتی ہو کہ خوشی، غم، صحت اور مرض میں اُس کے ساتھ وفادار رہو گی؟“ مریم نے گھونگھٹ کے پیچھے سے دھیرے سے مسکرا کر کہا، ”ہاں، میں قبول کرتی ہوں۔“

پادری پال نے انگوٹھیاں منگوائیں۔ مخملی ڈبّے سے دو سنہری حلقے نکالے گئے۔ عارف نے مریم کے ہاتھ میں انگوٹھی پہناتے ہوئے کہا، ”میں یہ انگوٹھی تمہیں دیتا ہوں، اپنے

عشق اور اٹل رفاقت کی علامت کے طور پر۔"

پھر مریم نے عارف کے ہاتھ میں انگوٹھی پہناتے ہوئے کہا، "میں یہ انگوٹھی تمہیں دیتی ہوں، اپنی محبت، احترام اور شریکِ حیات ہونے کے عہد کے طور پر۔"

پادری پال نے دونوں کے ہاتھوں پر ہاتھ رکھ کر دعا کی، پھر بلند آواز سے کہا، "خدا کے فضل اور گواہوں کی موجودگی میں، میں تمہیں شوہر اور بیوی قرار دیتا ہوں۔" جیسے ہی انہوں نے یہ اعلان کیا، حاضرین نے ایک ساتھ زوردار تالیاں بجائیں۔ کچھ لوگ کھڑے ہو گئے، کچھ کی آنکھوں میں نمی چمکنے لگی، اور اس اعلان کے ساتھ ہی چرچ کے بلند میناروں میں لگی گھنٹیاں بجنے لگیں تاکہ ان کی گونج محلّے کے ہر گھر تک عارف اور مریم کے نکاح کی خوش خبری پہنچا دے۔

دلہن کی سہیلیاں اور دلہا کے دوست قطار بنا کر چرچ کے دروازے کی طرف بڑھے۔ ان کے پیچھے عارف اور مریم ہاتھوں میں ہاتھ لیے، قالین پر بکھری پتیوں کے بیچ سے گزرے اور برآمدے کی جانب چل دیے جہاں ظہرانے کا انتظام تھا۔ عادل، گلوریا، انکل شاہد اور آنٹی نے باری باری عارف اور مریم کو گلے لگایا اور دعائیں دیں۔

جب مہمانوں نے محبت سے بھرپور مبارک بادیاں دینا شروع کیں، تو پیانو سے ایک نئی دھن اٹھی، جس سے ایسی مہک کا احساس ہوا جیسے تازہ کھِلے گلابوں کی خوشبو فضا میں گھُل گئی ہو، اور ہر سرگوشی، ہر مسکراہٹ، ایک مسرت بھرا جھونکا بن کر دلوں پر چھا گئی ہو۔ چند مہمانوں کی آنکھوں میں خوشی کے آنسو ابھر آئے، مگر ان میں اداسی کا کوئی رنگ نہیں تھا، بلکہ امید اور دعاؤں کا عکس تھا، جو پیانو کی دھن نے مزید گہرا کر دیا تھا۔

۴۵

"شوہر بیوی کے ساتھ اپنی فرض شناسی پوری کرے اور بیوی بھی شوہر کے ساتھ ویسا ہی کرے۔ بیوی اپنے بدن کی مالک نہیں بلکہ شوہر ہے، اور اسی طرح شوہر بھی اپنے بدن کا مالک نہیں بلکہ بیوی ہے۔" 1۔ کرنتھیوں 4-3:7

چٹاگانگ کے لیے پی آئی اے کی پرواز آدھے راستے سے زیادہ طے کر چکی تھی۔ عارف نے اپنے اور مریم کے لیے سب سے پچھلی قطار میں سیٹیں لی تھیں تاکہ پرائیویسی رہے۔ مریم کھڑکی کے ساتھ والی سیٹ پر بیٹھی تھی اور عارف اُس کے برابر والی نشست پر تھا۔ عادل اور گلوریا اُن سے دو قطاریں چھوڑ کر اگلی قطار میں تھے اور اسی قطار میں عادل کے دو دیرینہ دوست مع اپنی بیگمات کے بیٹھے تھے۔ وہ شادی میں شرکت کرنے کے لیے اُن ہی کے ساتھ گئے تھے اور واپس بھی اُن ہی کے ساتھ آرہے تھے۔ مریم کے سفید لباس کے اوپر اب ایک ہلکی گلابی شال تھی، جو آنٹی نے رخصتی کے وقت اوڑھا دی تھی۔ عارف کی آنکھیں بند تھیں، جیسے نیند اور خواب کے درمیان جھول رہا ہو۔ اس کا سر مریم کے کندھے پر جھکا ہوا تھا اور دونوں کے ہاتھوں کی انگلیاں ایک دوسرے کے ہاتھ میں جکڑی ہوئی تھیں۔ مریم کی نظر کبھی اُس کے چہرے پر ٹھہر جاتی، اور کبھی باہر بادلوں پر، جو دور، نیچے ایک خاموش سمندر کی مانند تاحدّ نظر پھیلے ہوئے تھے، اور کہیں کہیں سورج کی کرنیں ان کے اوپر سنہری ریشم کی طرح چمک رہی تھیں۔ ایسا لگتا تھا جیسے جہاز فضا کے بیچوں بیچ معلّق ہو۔

جب جہاز میں اعلان ہوا کہ مسافر اپنے کھانے کی میز کھول لیں تو عادل نے ایئر ہوسٹس کو بلا کر سرگوشی کرتے ہوئے کہا، "ہمارے پیچھے آخری قطار میں نئے دلہا دلہن بیٹھے ہیں۔ ہمارے پاس ڈھیر ساری مٹھائی ہے۔ اگر آپ نئے بیاہتا جوڑے کی طرف سے مہمانوں کو کھلا دیں تو اچھا ہو گا۔"

"سر، ہمیں اجازت نہیں ہے کہ ایئر لائن کے کھانے کے علاوہ کوئی کھانا مسافروں کو دیں،" ایئر ہوسٹس نے مسکرا کر کہا، "لیکن ہم دلہا دلہن کا تعارف ضرور کروا دیں گے۔"

"تھینک یو۔"

"اُن کے نام کیا ہیں؟"

"عارف اور مریم،" گلوریا نے کہا۔

"شکریہ، کہاں بیٹھے ہیں؟"

"ہمارے پیچھے سب سے پچھلی قطار میں۔"

ایئر ہوسٹس نے پچھلی قطار پر نظر ڈالی اور مسکرا کر ہاتھ ہلا دیا۔

کھانے کے بعد جب برتن اٹھا لیے گئے تو اعلان ہوا، "خواتین و حضرات، آج ہمارے ساتھ ایک دلہا دلہن بھی سفر کر رہے ہیں۔ پچھلی قطار میں عارف اور مریم سے درخواست ہے کہ وہ کھڑے ہو کر خود کو مسافروں سے متعارف کرائیں۔"

کیبن میں تمام مسافر پیچھے مڑ کر دیکھنے لگے۔ کچھ کھڑے ہو گئے۔ عارف اور مریم نے کھڑے ہو کر ہاتھ ہلایا اور کیبن میں تالیاں گونجنے لگیں۔ اتنے میں دوسرا اعلان ہوا، "خواتین و حضرات، توجہ فرمایئے! ہم تھوڑی دیر میں چٹاگانگ ایئر پورٹ پر اُترنے والے ہیں۔ براہ مہربانی اپنی نشستوں پر تشریف رکھیں، پشت سیدھی کر لیں اور سیٹ بیلٹ باندھ لیں۔"

طیارہ دھیرے دھیرے زمین کے قریب آ رہا تھا۔ کھڑکی سے باہر جھانکتے ہوئے

مریم نے دیکھا کہ دونوں جانب دھان کی فصلیں کھڑی ہیں۔ پہیوں نے ہلکے سے جھٹکے سے رن وے کو چھوا اور سبک رفتار سے دوڑ کر آہستہ آہستہ رکنے لگا۔

ایئر پورٹ کی عمارت چھوٹی مگر صاف ستھری تھی۔ جب وہ باہر نکلے تو نمی سے بوجھل ہوا نے ان کا استقبال کیا۔ عادل اور گلوریا ساتھ تھے، جنہوں نے فوراً ایک پرانی مگر خوبصورتی سے سجی ہوئی کار کی طرف اشارہ کیا جو ان کے انتظار میں کھڑی تھی۔

"عارف، تم دونوں پتنگا جاؤ۔ ہم سیدھے گھر جا رہے ہیں،" عادل نے کہا، "کل تم ڈنر پر ہماری طرف آ جانا۔"

گلوریا نے آگے بڑھ کر مریم کو چمٹایا، اور دھیرے سے کہا، "میری جان، اپنی نئی زندگی کے ان خوبصورت لمحوں کا بھرپور لطف لو، اور حسین خواب دیکھو۔"

گاڑی پتنگا کی طرف چل پڑی۔ راستے میں کھڑکی سے باہر دیکھتے ہوئے مریم نے محسوس کیا جیسے وقت تھم گیا ہو۔ سب کچھ نیا، اجنبی، اور پھر بھی کسی خواب کی طرح اپنا اپنا لگ رہا تھا۔ حیدرآباد کی پتھریلی اور تپتی ہوئی پہاڑیوں کی جگہ ہر موڑ پر سبزہ، جھاڑیاں، اور دھند میں لپٹے درخت تھے۔ جب گاڑی بنگلے کے سامنے رکی اور مریم اتر کر داخلے کے راستے پر کھڑی ہوئی تو اسے والٹ ڈزنی کا کوئی رنگ برنگا سیٹ یاد آگیا۔ سرخ اینٹوں سے بنا ایک چھوٹا سا، دلکش مکان، جس کے گرد سفید باڑ، اور پیچھے کی طرف کھجوروں کا ایک جھنڈ۔ اندر داخل ہوتے ہی یوں محسوس ہوا جیسے وقت کئی برس پیچھے چلا گیا ہو۔ لکڑی کے فرنیچر سے بھرا چھوٹا سا کمرہ، دیوار پر ہاتھ سے بنی ہوئی مصوری، اور کھڑکیوں سے آتی ہوئی ہوا میں نمکین سمندر کی خوشبو۔

عارف نے مریم کو اپنے بازوؤں کے حلقے میں گھیر کر اپنی طرف کھینچا، اور بولا، "یہاں کوئی ہماری زندگی میں مداخلت نہیں کرے گا۔ یہاں صرف ہم دونوں ہوں گے۔"

مریم اس کی آغوش میں پگھلتی چلی گئی۔ اس کے جسم میں عجیب سی گرمی محسوس

ہونے لگی۔ اُن کی آنکھیں ایک دوسرے کے اندر جھانک رہی تھیں اور سانسیں گہری ہوتی جا رہی تھیں۔ وہ ایک نئی محبت کی ابتدا تھی۔

***

صبح ہوئی تو کمرے میں ہلکی ہلکی نیلی روشنی چھن کر آ رہی تھی۔ کھڑکی کے نیلے پردے کے کنارے سے سورج کی پہلی کرن مریم کے چہرے پر پڑی۔ وہ نیم غنودگی میں تھی، لیکن اس کے لبوں پر ایک خاموش سی مسکراہٹ تھی۔ عارف نے اُس کی طرف کروٹ لے کر اُس کی پیشانی پر پڑی بالوں کی لٹ کو آہستہ سے پیچھے کیا اور کہا، "تم جاگ رہی ہو؟"

"نہیں، میں خواب دیکھ رہی ہوں اور دعا کر رہی ہوں کہ یہ خواب کبھی ختم نہ ہو،" مریم نے آنکھیں کھولے بغیر، مسکرا کر کہا۔

عارف ہنس پڑا۔ "تو پھر میں بھی سونے کا بہانہ کرتا ہوں تاکہ تمہارے خواب میں شامل رہوں۔"

"یہ سب کچھ اتنا جلدی ہو گیا۔ مجھے لگتا ہے میں اب بھی حیدرآباد میں ہوں،" مریم نے آنکھیں کھول کر عارف کے بالوں میں انگلیوں سے کنگھی کرتے ہوئے کہا۔

"اور مجھے لگتا ہے کہ ہم صدیوں سے ساتھ ہیں،" عارف نے کہا۔

"یہ بنگلہ، یہ خاموشی، اور تم،" مریم نے گہری سانس لی، "ایسا لگتا ہے کہ کسی جادو نگری میں پہنچ گئی ہوں، اور خود کو محفوظ اور مکمل سمجھتی ہوں، جیسے ہر خالی جگہ بھر گئی ہو۔"

عارف نے اس کا ہاتھ تھاما۔ "تو پھر آج ہم نئی زندگی کا پہلا دن ایک ساتھ منائیں گے۔ بغیر جلدی کیے۔ بغیر دنیا کی پرواہ کیے۔"

"بالکل، آج ہم صرف اپنے ہوں گے،" مریم نے مسکرا کر اثبات میں سر ہلایا اور عارف کے گرد اپنے بازو حمائل کر دیے۔

***

آخر انہوں نے بستر سے اٹھنے کا فیصلہ کر ہی لیا۔ عارف نے تجویز پیش کی کہ وہ پہلے غسل خانے سے فارغ ہو لے پھر وہ ناشتہ بنائے گا اور اُس دوران مریم غسل خانے چلی جائے گی۔ اس بہانے مریم کو کچھ دیر اور بستر میں رہنے کا موقع مل جائے گا، مگر عارف کے جانے کے بعد مریم نے فیصلہ کیا کہ وہ بستر سے اٹھ ہی جائے اور اس دوران بنگلے کا جائزہ لے۔

مریم آہستہ سے اٹھ کر بیٹھ گئی اور چادر کندھوں پر ڈال کر اپنے جسم کو چھپالیا۔ وہ کھڑکی کی طرف دیکھنے لگی، جہاں سطحِ سمندر پر چکر لگاتے ہوئے مچھر نگے باز غوطہ لگاتے اور پنجوں میں چھوٹی چھوٹی مچھلیاں پکڑ کر اُڑ جاتے۔ مریم نے نظر اُٹھا کر دیکھا تو نیلے آسمان پر راج ہنسوں کا ایک جُھنڈ "V" کی شکل میں محوِ پرواز تھا۔ وہ چادر لپیٹے ہوئے کمرے کے باہر نکل آئی۔ یہ بنگلہ ایک دائرے کی مانند تھا، جس کے ہر کمرے کا دروازہ لکڑی کی جالی والے برآمدے میں کھلتا تھا۔ باہر چاروں طرف ایک چھوٹا سا صحن تھا جس میں ہر طرف پھول ہی پھول تھے، ہر رنگ کے پھول۔ نیلگوں، بنفشی، ارغوانی، زرد، عنبری، نارنجی، سرخ، گلابی، غرض جس رنگ کا نام لیں وہ وہاں موجود تھا۔

مریم نے اپنی نظریں برآمدے کی جالی سے ہٹائیں اور اگلے کمرے کی جانب چل دی۔ یہ کھانے کا کمرہ تھا۔ میز کے گرد آٹھ کرسیاں تھیں اور اُس کے پیچھے ایک اونچی سی الماری تھی جس میں چینی کے برتنوں کے کئی سیٹ بڑے سلیقے سے چنے ہوئے تھے۔ مریم کمرے سے نکل کر آگے بڑھی۔ اگلے کمرے کا دروازہ بند تھا مگر جب اس نے دروازے کو دھکا دیا تو وہ کُھل گیا۔ اس کمرے میں چار بڑی بڑی گول میزیں تھیں جن میں سے ہر ایک کے گرد آتھ کرسیاں تھیں۔ مریم کی سمجھ میں نہیں آیا کہ اس کمرے کا کیا مقصد تھا۔ اس کی ترتیب ریسٹورنٹ کی سی تھی۔ پھر اس کی نظر سامنے کاؤنٹر پر پڑی جس کے پیچھے ایک الماری میں بوتلیں چنی ہوئی تھیں۔

جب مریم کو احساس ہوا کہ وہ شراب کی بوتلیں ہیں تو اس پر بجلی سی گری اور اُس کے قدم جیسے زمین سے جُڑ گئے۔ اس نے آنکھیں سکیڑ کر غور سے دیکھا اور پھر قدموں میں لرزش آگئی۔

"شراب؟" اُسے اپنا سانس گھٹتا ہوا محسوس ہوا جیسے کمرے کی فضا میں زہر گھل گیا ہو۔ وہ ایک لمحے کو پتھر کی ہو گئی اور لرزتے ہوئے قدموں سے آگے بڑھ کر ایک کرسی کھینچی اور ایک جھٹکے کے ساتھ اُس پر بیٹھ گئی۔ بچپن کے مناظر ایک ایک کر کے اس کے سامنے سے گزرنے لگے: ایک چھوٹا سا کمرہ، دروازہ بند، باہر رات گہری ہوتی جا رہی ہے۔ اندر ایک شخص نیم تاریکی میں قالین پر ایک میلی سی چادر اوڑھے پڑا ہے۔ ناک بہہ رہی ہے، مگر اسے ہوش نہیں۔ ماں آوازیں دیتی ہے، پھر تھک کر چپ ہو جاتی ہے۔ وہ بیٹی کی طرف دیکھتی ہے، جو دیوار سے چمٹی کانپ رہی ہے۔

یہی وہ باپ تھا، ہیروئن کا عادی، ہمیشہ سوتے رہنے والا، ہمیشہ دنیا سے منقطع، ہمیشہ مریم کی آنکھوں میں سوال بن کر اترنے والا۔

اور پھر؟ ماں! بیمار، لاغر، خاموش ماں۔ آخر کار کینسر نے اُسے زندگی سے نجات دلا دی۔

مریم کا بچپن تکیے میں منہ دے کر روتے روتے گزرا تھا اور اس نے فیصلہ کر لیا تھا کہ وہ نشے کو کبھی قبول نہیں کرے گی۔ کسی شکل میں، کسی شخص میں، کسی حالت میں۔

اور آج؟ وہ اپنے شوہر کے گھر میں کھڑی تھی، اُس شخص کے گھر میں جس کی وفاداری کا عہد کر کے وہ یہاں تک پہنچی تھی، اور اُس کے سامنے اُس کے فیصلے کا امتحان تھا۔

۴۶

"کس کا آہ ونالہ ہے؟ کس کا افسوس؟ کس کے جھگڑے ہیں؟ کس کی شکایتیں ہیں؟ کس کے فضول زخم ہیں؟ کس کی دھندلی آنکھیں ہیں؟ ان کے جو دیر تک شراب میں بیٹھے رہتے ہیں، جو ملے جلے مشروب کے پیچھے لگے رہتے ہیں۔ جب شراب سُرخ ہو، جب پیالے میں چمکے اور آسانی سے اُترے، تو اُسے نہ دیکھ۔ آخر میں وہ سانپ کی طرح کاٹتی ہے اور اَفعی کی طرح ڈنک مارتی ہے۔ تیری آنکھیں عجیب چیزیں دیکھیں گی اور تیرا دل الٹی سیدھی باتیں کہے گا۔ تو ایسا ہو جائے گا جیسے کوئی سمندر کے بیچ میں لیٹا ہو یا مستول کے سرے پر۔"

امثال 23:29-34

مریم کو احساس نہیں تھا کہ وہ کتنی دیر سے وہاں بیٹھی تھی۔ اس کی بائیں کہنی میز پر تھی اور رخسار اُس کی مُٹھی کے اوپر ٹِکا ہوا تھا۔ کمرے میں چار بڑی بڑی گول میزیں تھیں جن میں سے ہر ایک کے گرد آٹھ کرسیاں تھیں اور وہ ان ہی میں سے ایک کرسی پر بیٹھی تھی۔ سامنے ایک کاؤنٹر تھا جس پر ایک جانب گلاسوں کی قطاریں لگی تھیں اور اُس کے پیچھے الماری میں چنی ہوئی شراب کی بوتلیں تھیں۔ اگرچہ وہ منظر مریم کے سامنے تھا مگر اُس نے خود کو خالی الذہن کر کے اس سے علیحدہ کر لیا تھا۔ اچانک اسے اپنے کندھے پر کسی کا ہاتھ محسوس ہوا۔ ظاہر ہے کہ عارف ہی رہا ہو گا۔ پھر بھی اس نے آہستہ سے اپنا سر اٹھایا اور گردن موڑ

کر اوپر دیکھا۔

"تم یہاں بیٹھی ہو اور میں تمہیں پورے گھر میں ڈھونڈ رہا ہوں،" عارف نے مسکرا کر کہا، مگر اسے مریم کی آنکھوں میں اجنبیت سی نظر آئی۔ کیا یہ اجنبیت ہی تھی، یا بے رخی، یا پھر خوف؟ عارف مریم کی نظروں کو کوئی معنی نہ پہنا سکا۔

"کیا بات ہے؟ تم ٹھیک تو ہو نا؟" اس نے مریم کی ٹھوڑی اپنی انگلیوں کی پوروں پر اٹھاتے ہوئے سرگوشی میں کہا۔

"نہیں عارف، میں ٹھیک نہیں ہوں،" مریم نے اٹھتے ہوئے جواب دیا۔ اس کی چادر ایک جانب کندھے سے نیچے سرک گئی تھی۔ اس نے چادر کے کونے کو پکڑ کر آہستہ سے کندھے کو ڈھانپ لیا۔

"کیا بات ہے؟" اس مرتبہ عارف کی آواز میں گھبراہٹ تھی۔

"غلطی میری تھی،" مریم نے کچھ توقف کے بعد کہا، "مجھے پہلے ہی تمہیں بتا دینا چاہیے تھا کہ مجھے شرابیوں سے خوف محسوس ہوتا ہے۔"

"شرابیوں سے خوف محسوس ہوتا ہے؟" عارف نے پیشانی سکیڑ کر کہا، "کیا تم سمجھتی ہو کہ میں شرابی ہوں؟"

"تو پھر وہ سب کیا ہے؟" مریم نے الماری کی طرف اشارہ کر کے پوچھا۔

عارف نے ایک قہقہہ لگایا اور بولا، "مریم، اس الماری میں دنیا کی مہنگی ترین شراب موجود ہے۔ یہ شراب پینے کے لیے نہیں بلکہ محفوظ رکھنے کے لیے ہوتی ہے کیونکہ شراب جتنی پرانی ہوتی ہے، اُتنی ہی قیمتی ہوتی ہے۔"

"کتنی قیمتی ہوتی ہے؟"

"میں تمہیں دکھاتا ہوں،" عارف نے جواب دیا اور الماری سے دو بوتلیں نکال کر

لے آیا۔ ایک بوتل میز پر رکھ کر دوسری مریم کو دکھانے لگا۔ یہ ایک چوکور، براؤن رنگ کی بوتل تھی۔

"میرے پاس یہ پچیس سال پرانی میکّالن کی اسکاچ وہسکی ہے جو کسی بھی بار میں سب سے مہنگی ہوگی،" عارف نے پُرجوش لہجے میں کہا۔

مریم نے کوئی اظہارِ خیال نہیں کیا۔ عارف نے دوسری بوتل اٹھائی جو گہرے سبز رنگ کی لمبوتری شکل کی تھی۔ اُس نے کہا، "اسی طرح یہ ریمی مارٹن ہے جو سب سے مہنگی فرنچ کونیاک شمپین ہے۔ یہ بھی پچیس سال پرانی ہے۔"

"تو پرانی شراب بیچنا تمہاری بزنس ہے؟"

عارف نے مریم کے جملے کی کاٹ کو محسوس کیا مگر پی گیا۔

"یہ بزنس نہیں، مشغلہ ہے،" اُس نے مسکرا کر کہا، "کچھ لوگوں کو پرانے سکّے اور ڈاک کے ٹکٹ جمع کرنے کا شوق ہوتا ہے، مجھے پرانی شراب جمع کرنے کا شوق ہے۔"

"اور یہ سب کیا ہے؟" مریم نے میز کرسیوں کی طرف ہاتھ لہرا کر پوچھا۔

"یہ دراصل پارٹی روم ہے۔ دوستوں کی دعوت یہیں کی جاتی ہے، اب بھی پروگرام بن رہا ہے کہ سارے دوستوں سے تمہیں ملانے کے لیے پارٹی ہوگی۔"

"اور تمہاری پارٹیوں میں شراب نہیں پی جاتی؟"

"مریم، تم کیوں اتنی پریشان ہو رہی ہو؟ میرے دوستوں میں کوئی شرابی نہیں ہے۔"

"تمہارے نزدیک شرابی کس کو کہتے ہیں؟"

"جو اتنی پیے کہ اُسے نشہ ہو جائے۔ مجھے آج تک نشہ نہیں ہوا۔"

"تو پھر لوگ کیسے شرابی بن جاتے ہیں؟"

"جنہیں اپنے اوپر قابو نہیں ہوتا۔ اگر میں اپنے لیے حد مقرر کرلوں اور کبھی اسے پار

نہ کروں تو کس طرح شرابی بنوں گا؟"

"اور اگر کسی کی حد ہو کہ سرے سے پیے ہی نہیں تو کس طرح شرابی بنے گا؟"

"مریم، تم کیوں اس مسئلے میں الجھ رہی ہو،" عارف کے لہجے میں جھنجلاہٹ شامل ہوتی جا رہی تھی، "میں تو سمجھتا ہوں کہ سماجی طور پر شراب نوشی میں کوئی حرج نہیں ہے۔ تم نے بھی تو یوحنّا کی انجیل میں پڑھا ہوگا کہ ایک شادی کی تقریب میں شراب کم پڑ گئی تو یسوع نے پانی کو شراب بنا دیا تھا۔"

"پڑھا ہے، اور ہمیشہ میری خواہش رہی ہے کہ کاش یسوع نے شراب کو پانی بنا دیا ہوتا۔"

"مریم، تم پریشان مت ہو۔ میں اس کمرے میں تالہ لگوا کر چابی تمہیں دے دوں گا۔ یہ کمرہ اب کبھی استعمال نہیں ہوگا۔"

عارف نے مریم کو اپنی طرف کھینچ کر اپنی آغوش میں بھینچ لیا۔ مریم اس کے سینے سے لگ کر پھوٹ پھوٹ کر رونے لگی۔

"میں کیا کروں عارف، میرے بچپن کے بھوت اور شیطان میرے دماغ سے نہیں نکل پاتے۔"

"تم بالکل پریشان نہ ہو۔ میں تمہارے ساتھ ہوں،" مریم کے گرد عارف کے بازوؤں کا گھیرا تنگ ہو گیا۔

***

مریم کپڑے بدل کر نکلی تو عارف نے صحن میں ناشتے کے لیے ایک چھوٹی سی میز اور دو کرسیاں بچھا دی تھیں۔ صحن نصف دائرے کی شکل میں بنا تھا، جس کے پیچھے برآمدے کی جالی دار جافری تھی، جس پر سنہری دھوپ چھن چھن کر گر رہی تھی۔ سامنے کی دیوار کے ساتھ ساتھ پھولوں کے تختے تھے، جن میں ہر رنگ کے پھول کھلے ہوئے تھے۔

گلاب کی سرخ اور گلابی کلیاں ہوا کے ہلکے جھونکوں سے لہرا رہی تھیں اور گیندے کے پیلے اور نارنجی پھولوں کی قطاریں دھوپ میں چمک رہی تھیں، جیسے زمین پر چھوٹے چھوٹے سورج بکھر گئے ہوں۔ دیوار کے کونے پر چنبیلی کی بیل چڑھی ہوئی تھی، جس کے دودھیا پھولوں سے مدھم سی مہک نکل رہی تھی۔ بوگن ویلیا نے اپنی شوخ رنگت کے ساتھ دیوار کو ڈھک دیا تھا۔ زمین پر بکھری ہوئی پھولوں کی پنکھڑیوں نے صحن کی اینٹوں پر رنگ برنگا قالین بچھا دیا تھا۔ کئی تتلیاں پھولوں کا معائنہ کر رہی تھیں۔ کبھی پیلے پھول پر بیٹھتیں تو کبھی گلاب کی پنکھڑیوں کو چھو کر اڑ جاتیں۔ پوری دیوار مختلف بیلوں سے ڈھکی ہوئی تھی۔ البتہ دروازے کے گرد بیلوں کو بڑی صفائی سے تراش دیا گیا تھا۔ پورے صحن میں گویا رنگوں اور خوشبوؤں کا ایک سیلاب تھا۔

ناشتے کی میز ابلے ہوئے انڈوں، ٹوسٹ، جام، مکھن، کارن فلیکس، دودھ کے جگ اور چائے کے لوازمات سے بھری ہوئی تھی۔

”فرمایئے ملکہ عالیہ، ناشتے میں کیا پسند کریں گی؟“ عارف نے سر جھکا کر پوچھا۔

”بادشاہ سلامت جو بھی عنایت فرمائیں گے، وہی بندی کا ناشتہ ہو گا۔“ مریم نے مسکرا کر اپنی پیشانی کو چھو کر کہا اور کھل کھلا کر ہنس دی۔

عارف نے ٹوسٹ پر جام لگا کر مریم کی پلیٹ میں رکھا ہی تھا کہ باہر کے دروازے کی گھنٹی بجی۔

عارف نے زور سے کہا، ”آ جاؤ!“

”تم باہر جا کر دیکھو گے نہیں کہ کون آیا ہے؟“ مریم نے پوچھا۔

”کیا ضرورت ہے؟ جو ہو گا، سامنے آ جائے گا۔“

دروازہ کھلا اور ایک لمبا تڑنگا لڑکا اندر آ گیا۔

"ابے تو یہاں کیا کر رہا ہے؟ تجھے تو آج چھٹی کرنی ہے،" عارف نے کہا۔

"میں سوچا، آج کباب میں ہڈّی بن جائے گا، سلاموالیکوم بھابھی۔"

"والیکم سلام؟" مریم نے سوالیہ انداز میں سلام کا جواب دیا۔

"مریم، یہ مُزمل ہے، بلکہ مَوجَمِّل ہے، میرا باورچی،" عارف نے مریم کو مخاطب کر کے کہا۔

"یار، بھابی تو بڑا جوردار لایا ہے!" مُزمل نے آنکھ مار کر عارف سے کہا۔ مریم شرما کر مسکرا دی۔

اِس کی بات کو زیادہ سنجیدگی سے نہیں لینا۔ یہ فضول سا آدمی ہے۔"

"بھابی، میں منہ پھوٹ آدمی ہے، مگر تم عادت ڈال لے گا۔"

"جا، اندر سے اپنے لیے کرسی لے آ،" عارف نے کہا اور مُزمل اندر چلا گیا۔

"ایک بات سمجھ میں نہیں آئی عارف، یہ تمہارا باورچی ہے مگر لگتا تمہارا اجڑواں بھائی ہے۔"

"یہی سمجھ لو۔ مُزمل کریم چاچا کا بیٹا ہے اور یہ میرے ساتھ ہی پلا بڑھا۔ بچپن میں ہم دونوں کی بڑی کُشتیاں ہوتی تھیں۔ پھر جب میں اسکول میں داخل ہوا تو پاپا نے اسے بھی میرے ساتھ داخل کر دیا، مگر میٹرک کے بعد یہ غنڈہ گردی میں پڑ گیا اور میرا گارڈ بن گیا۔ جب میری کسی سے ان بن ہو جاتی تھی تو میں مّوجمِّل کو اشارہ کر دیتا تھا کہ اُسے دو چار ہاتھ لگا دے۔"

"تو پھر یہ آگے نہیں پڑھا؟"

"نہیں۔ اسی لیے کریم چاچا نے اسے اپنے ساتھ لگا لیا۔"

مُزمل ایک ہاتھ میں کرسی اور دوسرے ہاتھ میں چائے کی پیالی اور طشتری لے کر برآمدے سے نکلا اور عارف نے اس کے لیے جگہ بنانے کو اپنی کرسی ایک طرف کھسکالی۔

"بس، میں چائے پیئے گا،" مُزمل نے چائے دانی اُٹھاتے ہوئے کہا۔

''کیوں، کچھ کھالے نا،'' عارف نے کہا۔

''نہیں بھائی، میں گھر سے کھا کے آیا ہے۔''

''کل جب ہم آئے تو میں نے فریج کھول کر دیکھا۔ اس میں تو تل دھرنے کی جگہ نہیں ہے۔''

''پرسوں میں دو تین دن کا کھانا پکایا تھا، کہ تم دونوں کھائے اور عیش کرے۔''

''آج تو ہم پاپا کی طرف جا رہے ہیں، تُو کل آجانا۔ میں کام پر جاؤں گا۔ تو اپنی بھابھی کو کمپنی دینا۔''

''ابھی کام پہ جانے کا جلدی کیا ہے بھائی، دو ایک دن اور چھٹی کر لے۔''

''نہیں یار، کافی کام ادھورا پڑا ہے۔''

''ٹھیک ہے، میں کل آجائے گا۔''

''لیکن میری بیوی کو پھنسانے کی کوشش مت کرنا ورنہ میں تجھے مار ڈالوں گا،'' عارف نے ہنستے ہوئے اسے گھونسا دکھا کر کہا۔

''نا بھائی، تیرا بیوی، میرا بھابی!'' مُزمل نے ہاتھ جوڑ کر کہا۔

مریم بڑی دل چسپی سے دونوں کی باتیں سن رہی تھی۔ مُزمل کا جملہ سن کر اُس نے قہقہہ لگایا۔

''اور اگر میں خود پھنس گئی تو؟'' مریم نے کہا۔

''تب بھی میں اس کا گلا دبا دوں گا،'' عارف نے ہنستے ہوئے مُزمل کی گردن کو دونوں ہاتھوں سے پکڑ کر ہلا دیا۔

۴۷

"میرا یہ حکم ہے کہ جس طرح میں نے تم سے محبت رکھی تم بھی ایک دوسرے
سے محبت رکھو۔ اس سے بڑی محبت کوئی نہیں کہ کوئی اپنی جان اپنے دوستوں
کے لیے دے۔" یوحنا15:12-13

پارٹی کو عادل کی کوٹھی پر ہی رکھا گیا تھا اور اُس کا مقصد عارف کے دوستوں سے مریم کا تعارف کرانا تھا۔ عارف نے مشورہ دیا کہ کھانا شنگری لا چائینیز ریسٹورنٹ سے لیا جائے مگر کریم چاچا ناراض ہوگئے کہ اُن کے بنائے ہوئے کھانے پر باہر کے کھانے کو ترجیح دی جا رہی ہے۔

"باہر کا کھانا؟ کیا میں مر گیا ہوں؟" انہوں نے منہ پُھلا کر کہا۔

چنانچہ اُن کی عزت نفس کو بچانے کی خاطر نہ صرف کھانا بنانے کا چارج، بلکہ مینو کا اختیار بھی ان ہی کو دے دیا گیا۔ مریم نے اُن سے درخواست کی وہ اُن ڈشوں کو بھی بنائیں جو انہوں نے پچھلی بار بنائی تھیں جب وہ شادی سے پہلے وہاں آئی تھی، لہٰذا انہوں نے مینو میں مٹن قورمہ، مرغ بریانی اور شامی کباب کے علاوہ شل بٹا مچھ، ماچر جھول اور چِنگری مالائی کری بھی رکھی اور میٹھے میں فرنی اور شاہی ٹکڑے بنانے کا فیصلہ کیا۔ انہوں نے دو دن پہلے سے ہی اجزا جمع کرنے شروع کر دیے اور مجمّل کو بھی مدد کرنے کے لیے بلا لیا۔

عادل اور گلوریا اُس رات کو کہیں اور مدعو تھے لہٰذا انہوں نے پارٹی میں شرکت

کرنے سے معذوری کا اظہار کر دیا۔ غالباً وہ خود ہی وہاں موجود رہنا نہیں چاہتے تھے تاکہ بچے بے تکلفی سے اپنی پارٹی کر سکیں۔ عارف نے کریم چاچا کو مہمانوں کی تعداد تیس بتائی تھی اور دوستوں کو تاکید کر دی تھی کہ پارٹی غیر رسمی تھی لہٰذا کوئی سوٹ بوٹ میں نہ آئے۔ جب مہمان آنا شروع ہوئے تو کوئی جینز اور ٹی شرٹ میں تھا، کوئی کرتا اور چپل پہنے ہوئے، کچھ کے ہاتھ میں گٹار اور کچھ کے پاس کیمرہ تھا۔ زمین پر دری بچھا دی گئی تھی، جس پر کشن ڈال دیے گئے تھے، مگر ساتھ ہی کچھ کرسیاں بھی تھیں تاکہ ٹیڈی بوئز جو زمین پر نہیں بیٹھ سکتے تھے وہ کرسیاں استعمال کر لیں۔

کریم چاچا کے کھانے کی خوشبو پورے آنگن میں پھیل چکی تھی۔ گٹار بج رہا تھا، اور کوٹھی کی چھت کے نزدیک لگی ہوئی تیز روشنیوں نے رات کو دن بنا دیا تھا۔ عارف اور مریم گیٹ کے پاس ہی کھڑے ہو گئے تھے تاکہ آنے والے مہمانوں کا استقبال کر کے انہیں آگے بڑھا دیں۔ تقریباً سب مہمان آ چکے تھے۔ وقار آخری مہمانوں میں سے ایک تھا۔ یہ وقار عارف کا وہی بے تکلف دوست تھا، جس نے پچھلی بار مریم سے کہا تھا کہ اُس سے عارف کی شادی کا دن لڑکیوں کے لیے یوم سیاہ تھا۔ وہ مریم کی طرف مسکرا کر آیا۔

"کیا بات ہے، آج تو سنڈریلا بیلجیم کی شہزادی لگ رہی ہے،" وقار نے کہا۔

"بس اب میں بارہ بجے کے بعد بھی جوتا نہیں چھوڑتی،" مریم نے ہنس کر کہا۔

"وقار، تُو چل ہم آنے والوں کا انتظار کر رہے ہیں،" عارف نے اُس کے کندھے پر ہاتھ رکھ کر کہا۔

اسی وقت گیٹ پر ایک جوڑا داخل ہوا، ایک سنجیدہ سی خاتون، صاف ستھرا سا لباس، ماتھے پر ہلکی سی لکیریں، اور ان کے ساتھ ایک خاموش مزاج مرد۔ عارف اور مریم نے دو قدم آگے بڑھ کر ان کا استقبال کیا۔

"مریم، ان سے ملو۔ یہ ہیں ڈاکٹر رضیہ سلطانہ اور اِن کے شوہر، سلمان،" عارف نے کہا، "یہ دونوں کالج میں میرے ساتھ تھے۔ مجھے رضیہ سے عشق ہو گیا تھا مگر اِسے سلمان لے اُڑا۔"

"یار کچھ تو خدا کے غضب سے ڈر،" سلمان نے مریم سے ہاتھ ملاتے ہوئے عارف سے کہا، "نئی نئی بیوی ہے، کیا سوچے گی؟"

"آپ فکر مت کریں سلمان، میں اس شخص کو بچپن سے ہی جانتی ہوں۔ یہ ہمیشہ سے دل پھینک رہا ہے،" مریم نے قہقہہ لگایا، "آپ دونوں سے مل کر بڑی خوشی ہوئی۔"

"مجھے بھی تم سے مِل کر بہت خوشی ہوئی ہے، میں نے تمہارے بارے میں گلوریا آنٹی سے بہت کچھ سنا ہے، اور یہ شیطان عارف بھی تمہارا دیوانہ ہے۔"

اسی دوران، گیٹ سے اندر آتا ایک دبلا پتلا نوجوان دکھائی دیا۔ اس کے ہاتھ میں کاغذ میں لپٹا ہوا ایک گل دستہ تھا۔

"میرا نام محمود ہے،" نووارد نے جھک کر مریم کو گل دستہ پیش کرتے ہوئے کہا۔

"یار، میں نے تاکید کی تھی کہ کوئی تحفہ وحفہ لانے کی ضرورت نہیں، پھر تُو یہ کیا لے آیا؟" عارف نے گل دستے کی طرف اشارہ کرتے ہوئے کہا۔

"یہ تحفہ نہیں ہے۔ میں پہلی بار بھابھی سے مل رہا ہوں تو خالی ہاتھ کیسے آتا؟" محمود نے کہا۔

"مریم، یہ محمود کالج کے بعد فارمیسی میں چلا گیا تھا اور اب اس کا میڈیکل اسٹور ہے۔" عارف نے کہا۔

"محمود، تم رہ کہاں گئے تھے؟" رضیہ نے پوچھا، "میں نے کلینک سے نکلتے وقت تم سے پوچھا تھا تو تم نے کہا تھا کہ تم بھی بس نکل رہے ہو۔"

"میری دکان بند کرنا آسان نہیں ہے،" محمود نے جواب دیا، "تم نے ڈانٹا تو ڈر کے مارے اسٹور بند کر دیا۔"

"محمود کا اسٹور رضیہ کی کلینک کے برابر ہے۔ دونوں مل کر چاروں ہاتھوں سے دولت بنارہے ہیں،" عارف نے مریم کو بتایا۔

"ہم لوگ آگے بھی بڑھیں گے یا رات بھر یہیں کھڑے رہیں گے؟" سلمان نے کہا اور چل دیا۔

سلمان کے پیچھے پیچھے رضیہ اور محمود تھے اور ان کے پیچھے عارف اور مریم۔

"تمہارے دوست مجھے بہت پسند آئے،" مریم نے عارف کی طرف دیکھ کر کہا۔

اس وقت مریم کے وہم و گمان میں بھی نہ تھا کہ اس کی زندگی کے افق پر جو طوفان منڈلانے والا ہے اُس کی باگیں رضیہ اور محمود کے ہاتھوں میں ہوں گی۔

***

مریم کی شادی کو ایک مہینہ گزر چکا تھا۔ عارف صبح ہی صبح کام پر نکل جاتا اور رات کے کھانے سے کچھ دیر پہلے ہی تھکا ہارا واپس آتا۔ کبھی کبھار وقت نکال کر دوپہر کو لنچ کرنے کے لیے آ جاتا تھا۔ مریم کا سارا دن مُزمل کے ساتھ گزرتا تھا جو باورچی خانے میں لگا رہتا تھا۔ مریم اس کے پاس جانے سے کتراتی تھی کیونکہ وہ بلا کا باتونی تھا اور اُس کی باتیں بھی کچھ ایسی نہیں تھیں جن میں مریم کو کوئی دل چسپی ہوتی۔ چنانچہ اس کا معمول تھا کہ وہ سارا دن بستر پر ٹیک لگائے بیٹھی خط لکھتی رہتی تھی۔ انکل شاہد، آنٹی اور سب بہن بھائیوں کو علیحدہ علیحدہ خط لکھتی۔ انکل شاہد کے کئی کئی صفحات کے خطوط آتے جن میں اس کے لیے اپنے شوہر اور سسرال سے محبت کرنے کی ہدایات ہوتیں۔ خطوط لکھنے کے علاوہ کوئی کام نہیں تھا۔

مریم ایسے گھر میں پلی بڑھی تھی جس میں بچوں کی ریل پیل تھی اور آنے جانے والوں کا تانتا بندھا رہتا تھا۔ اسے اکثر تنہائی کی تلاش ہوتی تھی اور وہ کتاب لے کر اپنے کمرے میں دروازہ بند کر کے لیٹ جاتی تھی۔ مگر یہاں تنہائی سی تنہائی تھی! وہ اس تنہائی سے

بیزار ہو کر کمروں میں جھانکتی پھرتی، بر آمدے میں ٹہلتی اور صحن میں جُھک جُھک کر پھولوں کو سونگھتی۔ وہ گھر جس میں اس کی نئی زندگی کا آغاز ہوا تھا، خوبصورت ضرور تھا مگر اُس میں نہ بچوں کا شور تھا اور نہ ان کے لڑائی جھگڑے، نہ اُس کا صلح صفائی کرانا تھا، اور نہ باورچی خانے سے بچوں کو تائی کی ڈانٹیں۔ کچھ بھی تو نہ تھا۔ بس خاموشی تھی جو دیواروں سے ٹپکتی رہتی تھی۔ اسے احساس ہوا کہ اُس کی ساس بھی اتنی ہی تنہا تھیں جتنی وہ خود تھی۔ فرق صرف اتنا تھا کہ انہوں نے اس تنہائی کو خاموشی سے قبول کر لیا تھا، جب کہ وہ ابھی اس سے لڑ رہی تھی۔ اُن کی خاموشی نے ان کی زندگی کو پر سکون تو بنا دیا تھا، مگر اس سکون کی تہہ میں اداسی کی آمیزش تھی۔

گلوریا اکثر صبح ہی صبح مریم کو فون کر دیتیں اور ڈرائیور کو بھیج کر اسے بلا لیتیں۔ وہ اکثر سوچتی کہ کیسے ایک عورت اپنے جسم پر مگرمچھ کی کھال پہن کر اپنے آپ ہی میں جی لیتی ہے۔ جب بھی وہ دونوں ساتھ ہوتیں، گلوریا کی بے جان مسکراہٹ کہتی تھی کہ "سب ٹھیک ہے"، مگر اس کے پیچھے چھپی سسکیاں صاف سنائی دیتی تھیں۔ ایک دن مریم نے ہمت کر کے پوچھ ہی لیا، "آنٹی، آپ کا دل نہیں گھبراتا اتنی خاموشی میں؟"

گلوریا نے چونک کر اسے دیکھا۔ ان کی آنکھوں میں ایک لمحے کو اُداسی سی ابھری مگر وہ فوراً مسکرا دیں۔

"گھبراتا تو ہے، بیٹی، مگر اب عادت ہو گئی ہے۔ انسان ہر چیز کا عادی ہو جاتا ہے۔"

مریم نے سر جھکا لیا۔ اس کا دل چاہا کہ زور سے چیخے، "مجھے عادت نہیں ڈالنی! مجھے یہ خاموشی نہیں چاہیے!" مگر وہ جانتی تھی کہ اس کے اختیار میں کچھ نہ تھا۔

گلوریا اور مریم کی تنہائی ایک جیسی تھی، مگر اس کا رنگ مختلف تھا۔ گلوریا کی تنہائی میں صبر کی سفیدی تھی، جب کہ مریم کی تنہائی میں اضطراب کی سیاہی۔ گلوریا نے اپنی تنہائی کو

خاموشی سے قبول کر لیا تھا جب کہ مریم کی تنہائی نے بے چینی کا رخ اختیار کیا تھا۔ شاید یہی وجہ تھی کہ جب وہ دونوں ایک ساتھ ہوتیں تو کچھ دیر کے لیے گلوریا اپنی خاموشی کی دیواروں کو گرا دیتی۔ اُسے مریم کی جوانی اور معصومیت میں اپنی پرانی مسکراہٹ نظر آتی۔

ایک دوپہر جب دونوں چٹاگانگ کے ہل ٹریک کی بلندیوں پر بیٹھی نیچے شہر کو دیکھ رہی تھیں، گلوریا نے آہستہ سے کہا، ”بیٹی، اپنی خوشی کو دوسروں کی خوشی کے تابع مت کرو۔ خوشی تمہارے اندر ہونی چاہیے۔ انسان کے پاس اگر اپنی ذات کی خوشی نہ ہو تو سب کچھ ہونے کے باوجود دل خالی رہتا ہے۔“

مریم نے خاموشی سے ان کا ہاتھ تھام لیا۔

۴۸

"خداوند اُن کے قریب ہے جو دل شکستہ ہیں، اور وہ اُنہیں بچالیتا ہے جو روح میں کچلے گئے ہوں۔" زبور 34:18

شادی کے ابتدائی دنوں میں عارف اور مریم کے تعلقات میں خاصی قربت اور گرم جوشی تھی، مگر وقت کے ساتھ ساتھ عارف کے رویّے میں ایک عجیب سی بے رخی آ گئی، جیسے جذبات کی جگہ خاموشی، اور التفات کی جگہ اجنبیت نے لے لی ہو۔ عارف کی دنیا صرف اُس کے کام کے گرد گھومتی تھی اور مریم اُس کی زندگی میں صرف ایک ادھورے پروجیکٹ کی حیثیت رکھتی تھی جس کی تکمیل اُس کے جلد از جلد ماں بننے پر ہوتی۔

"میں اپنے والدین کی اکلوتی اولاد ہوں اور ہمیشہ بہن بھائیوں کی کمی محسوس کرتا رہا ہوں،" وہ اکثر مریم سے کہتا، "اسی لیے دل چاہتا ہے کہ ہمارے بہت سارے بچے ہوں۔"

"تمہارے نزدیک تو عورت صرف بچے بنانے کی مشین ہے،" وہ جل کر کہتی۔ وقت کے ساتھ ساتھ اُن کے درمیان بے رخی بڑھتی گئی بلکہ ایک دوسرے سے چِڑ ہو گئی۔ عموماً عارف رات کے کھانے کے وقت پہنچتا تھا اور جیسے تیسے کھانا کھا کر بستر پر جاتے ہی بے سدھ ہو جاتا۔ ابتدا میں مریم نے گلوریا کو اپنا دکھڑا سنانا شروع کیا مگر اسے احساس ہوا کہ اُس کی ساس کا بھی وہی مسئلہ تھا جو اس کا تھا۔ فرق صرف یہ تھا کہ اُس کی ساس نے حالات سے

سمجھوتا کر لیا تھا، مگر وہ بغاوت پر آمادہ تھی۔

مریم کو ڈاکٹر رضیہ سلطانہ کی صورت میں دو ہم درد کان مل گئے تھے جو توجہ سے اس کے مسائل کو سنتے تھے۔ حال آنکہ وہ مریم کی ہم عمر تھیں مگر وہ اُن کی عزت اس طرح کرتی تھی جیسے وہ اُس کی بزرگ ہوں۔ اُن کے لیے طب محض پیشہ نہیں، ایک مشن تھا، انسانی وقار کی بحالی کا مشن۔ وہ مریضوں کی صرف نبض نہیں دیکھتی تھیں، ان کے زخموں کے اندر کی کہانیاں بھی پڑھ لیتی تھیں۔ اُن کی کلینک متوسط طبقے کے علاقے میں واقع تھی اور اُس کا پتہ تھا مکان نمبر 24، گلی نمبر 3، اندر کلّی، مین بازار، نزد جامع مسجد، چٹاگانگ۔ ایک زمانے میں یہ رہائشی علاقہ ہوتا تھا مگر بازار سے متصل ہونے کی بنا پر دونوں جانب دکانیں بن گئی تھیں اور وہ اُس گلی میں اکلوتا مکان رہ گیا تھا۔ ڈاکٹر رضیہ صرف عورتوں کا علاج کرتی تھیں اور کلینک کی پشت پر ان کا میٹرنٹی ہوم تھا جس پر رضیہ زچگی سینٹر کا بورڈ لگا ہوا تھا۔ اس میں آٹھ کمرے تھے جن میں سے دو کمروں میں ایک ایک بستر تھا اور وہ پرائیویٹ کمرے کہلاتے تھے اور باقی چھ کمروں میں دو دو بستر تھے۔ یہ میٹرنٹی ہوم شہر کے پرائیویٹ میٹرنٹی ہومز میں سب سے سستا تھا مگر سروس کے لحاظ سے کسی سے کم نہیں تھا۔ ڈاکٹر رضیہ مریضوں کو صبح آٹھ بجے سے شام کے چار بجے تک دیکھتی تھیں۔ وہ زیادہ مذہبی تو نہیں تھیں مگر جب سامنے کی مسجد سے لاؤڈ اسپیکر پر اذان ہوتی تو اپنا اسٹیتھوسکوپ میز پر رکھ کر مریضہ کا معائنہ اذان ختم ہونے تک ملتوی کر دیتیں اور اپنی ساڑھی کا پلّو سر پر ڈال لیتیں۔ مریم کو جب طبی امداد کی ضرورت ہوتی تو گلوریا کو فون کر کے گاڑی منگوا لیتی اور ڈاکٹر رضیہ کے پاس چلی جاتی۔ اس کے علاوہ شام کو اکثر وہ انہیں گھر پر فون کر لیتی یا وہ خود اُسے فون کر لیتیں اور لمبی گفتگو ہوتی۔

وقت کے ساتھ ساتھ اپنی ازدواجی زندگی سے مریم کی بوریت بڑھتی جا رہی تھی۔

اُس نے ایک مرتبہ ڈاکٹر رضیہ کو بتایا کہ عارف کبھی کبھی رات کے دو دو بجے گھر آتا ہے۔ وہ شام کو کام ختم کرنے کے بعد فون کر دیتا کہ کچھ دوستوں کے ساتھ کھانا باہر کھانے کا پروگرام بن گیا ہے لہٰذا وہ کھانے پر اُس کا انتظار نہ کرے۔ وہ اس وقت تک نہیں سوتی تھی جب تک وہ گھر نہیں آجاتا تھا، خواہ صبح ہی کیوں نہ ہو جائے۔

"میں نے نوٹ کیا ہے کہ وہ لڑکھڑاتا ہوا گھر میں داخل ہوتا ہے اور سیدھا بستر میں جا پڑتا ہے،" مریم نے ڈاکٹر رضیہ کو فون پر بتایا۔

"تمہیں اس سے کوئی بو تو نہیں آتی؟" ڈاکٹر رضیہ نے پوچھا۔

"عجیب بات ہے۔ میں جب بستر میں آتی ہوں تو بالکل محسوس کرتی ہوں اور سوچتی ہوں کہ آخر وہ کیا کھا کر آرہا ہے۔"

"بے وقوف لڑکی، یہ الکحل کی بو ہے۔ وہ ضرور دوستوں کے ساتھ بیٹھ کر شراب پیتا ہے۔"

"شراب!" مریم نے محسوس کیا جیسے ڈاکٹر رضیہ کے الفاظ اُس کے سینے پر ہتھوڑے کی طرح لگے ہوں۔

"مریم، کیا سوچ رہی ہو؟"

"کیا سوچ سکتی ہوں؟" مریم نے طویل خاموشی توڑتے ہوئے کہا۔

"مجھے معلوم ہے مریم کہ تم کیا سوچ رہی ہو گی۔ تم نے بتایا تھا کہ تمہارا باپ نشے کا عادی تھا اور تمہاری ماں کو بستر مرگ پر چھوڑ کر گھر سے نکل گیا تھا۔"

"بالکل، اب مجھے ڈر لگ رہا ہے کہ کہیں میرا حشر بھی میری ماں جیسا نہ ہو۔"

***

گفتگو ختم ہو چکی تھی، مگر مریم ہاتھ میں ریسیور لیے کھڑی تھی۔ الفاظ کہہ دیے گئے تھے، مگر

ان کا بوجھ باقی تھا، جیسے کسی نے پُچارے کو سیاہ پینٹ کے ڈبّے میں ڈبو کر دیوار پر لکھ دیا ہو اور پینٹ بہہ کر گرتے ہوئے اُس تحریر کے نیچے لکیریں بنا رہا ہو۔ جب ریسیور سے ڈائل ٹون کی آواز آئی تو مریم نے چونک اُسے کریڈل پر رکھ دیا۔

"شراب!" اُس کے ذہن میں بار بار یہ لفظ گونج رہا تھا، جیسے کوئی زہر آہستہ آہستہ اُس کی رگوں میں گھل رہا ہو۔ اُس نے کچھ سوچ کر دوبارہ ریسیور اٹھایا اور ڈاکٹر رضیہ کے نمبر ڈائل کرنے لگی۔ دوسری جانب سے پہلی ہی گھنٹی پر فون اٹھالیا گیا۔

"ہیلو،" ڈاکٹر رضیہ کی آواز آئی۔

"میں مریم ہوں۔"

"کیوں، خیریت؟"

"میں آپ سے ملنا چاہتی ہوں۔"

"گھر پر یا کلینک میں؟"

"نہیں کلینک میں ہی ملوں گی۔"

"تو کل آجاؤ، چار بجے کے بعد۔"

"ٹھیک ہے، کل ملاقات ہو گی۔"

"اگر دیر ہو جائے اور دروازہ بند ملے تو کھٹکھٹا دینا کیونکہ چار بجے دروازہ بند کر دیتے ہیں۔"

اگلے روز مریم ٹھیک چار بجے ڈاکٹر رضیہ کی کلینک پر پہنچ گئی۔ ان کی اسسٹنٹ نے اسے ویٹنگ روم میں بٹھا دیا کیونکہ ابھی آخری دو مریضات باقی تھیں جنہیں فارغ کرنے میں آدھا گھنٹہ لگا۔

"کیوں بھئی خیریت تو ہے؟" ڈاکٹر رضیہ نے ویٹنگ روم میں داخل ہوتے ہوئے کہا۔

"آپ سے مشورہ کرنا ہے۔"

"ہاں، کہو۔"

"میں برتھ کنٹرول شروع کرنا چاہتی ہوں۔"

"ہوں،" ڈاکٹر رضیہ سوچ میں پڑ گیں، "تم نے عارف سے بات کرلی ہے؟"

"نہیں، کیا یہ ضروری ہے؟"

"میں کیا کہہ سکتی ہوں، اس کا فیصلہ تو تم ہی کو کرنا ہے۔"

"اگر میں عارف کو نہ بتاؤں تو آپ کو کوئی اعتراض ہوگا؟"

"نہیں میری جان تم کوئی فکر نہ کرو۔ میں اعتراض کرنے والی کون ہوتی ہوں؟"

"اور آپ یہ بات اُس تک نہیں پہنچنے دیں گی؟"

"تم کوئی فکر نہ کرو،" ڈاکٹر رضیہ نے مریم کے ہاتھ پر ہاتھ رکھتے ہوئے کہا، "ڈاکٹر اور مریض کا رشتہ اس بات کی اجازت نہیں دیتا کہ مریض کے متعلق کوئی بات اُس کی رضامندی کے بغیر کسی کو بتائی جائے۔"

"شکریہ۔ میں ایک اور مریم کو دنیا میں نہیں لانا چاہتی۔"

"میں سمجھتی ہوں۔"

اسی وقت ڈاکٹر رضیہ کی اسسٹنٹ ٹرے میں چائے کی دو پیالیاں لے کر آگئی۔

"یہ خالدہ ہیں، ان کی مدد کے بغیر میں اتنے مریضوں کو نہیں دیکھ سکتی تھی۔"

خالدہ نے مسکرا کر سر ہلا دیا اور مریم نے بھی سر کی جنبش سے مسکرا کر جواب دے دیا۔

"میں تمہیں گولیاں لکھے دیتی ہوں۔ جس دن تمہارا پیریڈ ختم ہو اس کے اگلے دن سے روزانہ ایک گولی سوتے وقت کھالیا کرو۔"

"میرا پیریڈ کل ہی ختم ہوا ہے۔"

"تو پھر آج رات ہی سے شروع کر دینا۔"

ڈاکٹر رضیہ نے خالدہ کو بلا کر نسخہ دیتے ہوئے کہا، "دیکھو، برابر سے یہ گولیاں لے آؤ اور پیسے پوچھ لینا۔" خالدہ نسخہ لے کر چلی گئی۔

"میں جو گولیاں تمھیں دے رہی ہوں، اُن کا نام نورِینل ہے۔ ان میں اکّیس گولیاں ایک قسم کی ہوں گی اور سات دوسری قسم کی۔ اکّیس گولیوں سے شروع کرنا ہے۔ اس کے بعد سات گولیاں لینی ہیں۔ اس طرح یہ اٹھائیس دن کی سائیکل بنتی ہے۔ روزانہ ایک گولی سوتے وقت لے لینا۔"

***

محمود کے میڈکل اسٹور پر ہر وقت خریداروں کا جمگھٹ لگا رہتا تھا۔ اُس زمانے میں پیٹنٹ دواؤں کی بجائے زیادہ تر مکسچر چلتے تھے، مثلاً کھانسی کا مکسچر، ہاضمے کا مکسچر، زکام کا مکسچر وغیرہ۔ کمپاؤنڈر کا کام مختلف اجزا کو ملا کر مکسچر بنانا ہوتا تھا۔ محمود کے میڈیکل اسٹور میں دو فل ٹائم کمپاؤنڈر تھے جو اسٹور کے اندرونی حصے میں مکسچر بنایا کرتے تھے۔ دو ملازمین سامنے کاؤنٹر پر رہتے تھے جو نسخے میں لکھی ہوئی پیٹنٹ دوائیں بیچتے تھے۔ اگر ڈاکٹر نے کوئی مکسچر تجویز کیا ہوتا تو پیچھے کمپاؤنڈر کو نسخہ بھیج دیتے تھے۔ جب خالدہ اسٹور پر پہنچی تو محمود وہاں موجود نہیں تھا۔ چھ سات گاہک اپنی دواؤں کا انتظار کر رہے تھے۔ کاؤنٹر پر کام کرنے والا نوجوان، جس کا نام منجور تھا، خالدہ پر عاشق تھا اور تنہائی میں اُس کے متعلق سوچ سوچ کر آہیں بھرا کرتا تھا، مگر کبھی اظہارِ عشق کی ہمت نہیں ہوئی تھی۔ جب منجور نے خالدہ کو پیچھے کھڑے دیکھا تو ہاتھ کے اشارے سے آگے بلا لیا اور آگے کھڑے ہوئے گاہکوں نے راستہ دے دیا۔ خالدہ نے آگے بڑھ کر نسخہ اُسے تھماتے ہوئے کہا کہ قیمت ڈاکٹر رضیہ کے اکاؤنٹ میں لکھ لے۔

محمود کا معمول تھا کہ رات کو اسٹور بند ہونے سے دو گھنٹے پہلے اسٹور میں آکر کیش کا

حساب کرتا تھا۔ جو گاہک جانے پہچانے تھے ان کا ادھار بھی چلتا تھا۔ اور کاؤنٹر پر کام کرنے والے سیلز مین ان نسخوں پر رقم لکھ کر کاؤنٹر پر ہی چھوڑ دیتے تھے اور محمود ان کا اندراج گاہک کے اکاؤنٹ میں کر دیتا تھا۔ اس رات جب اس نے اگلا نسخہ اٹھایا تو سوچ میں پڑ گیا۔ اسے ڈاکٹر رضیہ کے اکاؤنٹ میں پوسٹ کرنا تھا اور مریضہ کا نام مریم عارف لکھا ہوا تھا۔ محمود کی پیشانی پر سوالوں کی جھریاں کھنچتی چلی گئیں اور وہ دیر تک نسخے کو ہاتھ میں لیے کچھ سوچتا رہا۔

۴۹

"جب میرا دل بے قرار ہو تو میں زمین کی انتہا سے تجھ کو پکاروں گا۔ مجھے اُس چٹان پر چڑھا دے جو میرے لیے بہت بلند ہے۔ کیونکہ تُو میری پناہ اور دشمن کے مقابل ایک بلند برج ہے۔" زبور 3-61:2

مریم نے شادی کے کچھ دن بعد ہی مُزمل کی چھٹی کر دی تھی کیونکہ دو آدمیوں کا کھانا بنانا کیا مشکل تھا اور ویسے بھی وہ سارا دن اُس کے کان کھاتا رہتا تھا جس سے وہ کبھی کبھی جھنجلا جاتی تھی، لٰہذا اُس نے گلوریا کو فون کر کے بتا دیا کہ وہ مُزمل کو بھیج رہی ہے تاکہ وہ کریم چاچا کا ہاتھ بٹائے۔

اُس دن صبح سے ہی ہلکے ہلکے بادل چھائے ہوئے تھے جنھوں نے دن کو مٹیالا کر دیا تھا۔ عارف صبح کو دیر سے اٹھا کیونکہ پچھلی رات وہ دیر سے گھر آیا تھا اور کھانا کھائے بغیر ہی کپڑے بدل کر سیدھا بستر میں چلا گیا تھا۔ صبح اٹھ کر بھی اس نے یہی کیا۔ مریم نے عارف کا پسندیدہ ناشتہ تیار کر کے میز پر رکھا تھا جس میں پراٹھوں کے ساتھ آملیٹ اور قیمہ تھا، مگر عارف جلدی جلدی غسل کر کے نکلا اور بغیر ناشتہ کیے دفتر روانہ ہو گیا۔ مریم اسے روکتی ہی رہ گئی مگر وہ یہ کہہ کر نکل گیا کہ اُس کے پاس ناشتے کے لیے وقت نہیں ہے۔

ویسے بھی اُس روز مریم کا دل بجھا بجھا سا تھا۔ عارف کی بے رُخی نے جلتی پر تیل کا کام

کیا۔ ایسے موقع پر وہ سارے دن خاموشی سے کھڑکی کے پاس کھڑی ہو کر باہر دیکھا کرتی تھی۔ نہ کتابوں میں دل لگتا تھا، نہ ٹیلی فون پر کسی سے بات کرنے کو جی چاہتا تھا۔ زندگی میں پہلی بار اُسے لگا کہ تنہائی صرف ایک کیفیت نہیں، بلکہ ایک قید ہے۔ ابتدا میں گلوریا نے اسے مصروف رکھنے کی کافی کوشش کی تھی۔ کبھی اپوا کلب میں بیگمات کے ساتھ برِج کھیلنے کے لیے لے جاتیں اور کبھی کسی کے گھر ظہرانے کی دعوت پر۔ وہ جہاں جاتیں، اُسے اپنے ساتھ لے جاتیں، مگر مریم کو اُن سرگرمیوں میں قطعی دل چسپی نہیں تھی کیونکہ اوّل تو غریب گھر سے ہونے کی بنا پر اسے اشرافیہ کے آداب کا کوئی علم نہیں تھا۔ کبھی وہ شدید احساسِ کمتری میں مبتلا ہو جاتی اور کبھی اُسے سب کچھ بڑا مصنوعی لگتا۔ دوسرے یہ کہ وہ اُن سب کو آنٹی کہتی تھی۔ اُس ہجوم میں اُس کی کوئی ہم عمر نہیں تھی۔ گلوریا کا خیال تھا کہ مریم کو مصروف رکھنا اُن کی ذمہ داری تھی مگر جب اُنہوں نے دیکھا کہ مریم صرف اُنہیں خوش کرنے کے لیے اُن کے ساتھ لگ لیتی ہے تو وہ بھی پیچھے ہٹ گئیں۔ ڈاکٹر رضیہ نے اُسے چھ مہینے کی دوا لکھ دی تھی لہٰذا ان سے بھی رابطہ کم ہو گیا تھا۔ ویسے اب اُس کی برتھ کنٹرول کی گولیاں ختم ہو رہی تھیں، اس لیے وہ سوچ رہی تھی کہ کسی دن وہ ڈاکٹر رضیہ کو فون کرے گی۔

مریم کے تایا اور تائی نے اپنے بچوں کی پرورش مذہبی ماحول میں کی تھی۔ ہر اتوار کو صبح اٹھ کر ناشتے کے بعد ہی چرچ جانے کی تیاری شروع ہو جاتی تھی۔ بچوں کے کپڑوں پر استری ہوتی، جوتوں پر پالش کی جاتی اور بچے چرچ جانے کے لیے تیار ہوتے۔ گھر میں ایک جشن کا سا سماں ہوتا تھا۔ اُس کے برخلاف عادل اور گلوریا قطعی مذہبی نہیں تھے۔ وہ شاذونادر ہی کرسمس یا ایسٹر پر رسماً چرچ چلے جاتے تھے۔ عارف نے بھی ایک مرتبہ اُس سے کہا تھا کہ خدا پر اُس کا ایمان نہیں ہے۔ مریم کی شادی کو آٹھ مہینے اور دس دن ہو چکے تھے اور اس دوران وہ صرف ایک مرتبہ چرچ گئی تھی، جب کہ حیدرآباد میں کوئی اتوار ایسا نہیں تھا جب

وہ چرچ نہ جاتی ہو۔ جب وہ یہاں نئی نئی آئی تھی تو اُس کی فرمائش پر عارف اُسے ایک مرتبہ چرچ لے کر گیا تھا۔

دعائیہ سروس ختم ہونے کے بعد لوگ خاموشی سے بینچوں سے اٹھ رہے تھے۔ چرچ کے اندرونی صحن میں لوگ جمع ہو رہے تھے۔ مریم کے لیے لوگوں سے ملنے اور نئے دوست بنانے کے لیے اچھا موقع تھا مگر عارف کو حسبِ عادت واپسی کی جلدی تھی۔ چرچ کے صحن سے نکلتے ہوئے مریم نے پلٹ کر پاسٹر لوقا کو دیکھا، جو ابھی ابھی اندر سے آ رہے تھے۔ وہ ایک لمحے کو رکی، اور آہستہ سے بولی، "ریورنڈ آج کا سرمن بہت خوبصورت تھا۔ آپ کا ایک ایک لفظ سیدھا دل میں اتر گیا۔"

پاسٹر لوقا کے چہرے پر روشنی کی ایک ہلکی سی لہر پھیل گئی۔ انہوں نے مسکرا کر کہا، "یہ جگہ اُن دلوں سے آباد رہتی ہے جن میں میری دعائیں اُترتی ہیں۔"

مریم نے خاموشی سے سر جھکا دیا۔

"آتی رہا کرو،" پاسٹر لُوقا نے مریم کے سر پر ہاتھ رکھ کر دعا دی اور آگے بڑھ گئے۔

اب مریم کی صرف ایک ہی مصروفیت رہ گئی تھی، اور وہ یہ کہ ہر ہفتے گھر سے آئے ہوئے خطوط کا جواب لکھتی تھی۔ اُس کے لیے ڈاکیہ ہر ہفتے باقاعدگی سے ایک موٹا سا لفافہ لے کر آتا تھا جس کی پشت ڈاک کے ٹکٹوں سے بھری ہوتی تھی۔ اُس میں اُس کے تایا اور تائی کے کئی کئی صفحات کے خط ہوتے تھے اور بہن بھائی بھی علیحدہ علیحدہ خطوط لکھتے تھے جن کا جواب بھی وہ ہر ایک کو علیحدہ علیحدہ لکھتی تھی۔ ایک بار اس کے تایا نے لکھا تھا، "بیٹی، تم خوش تو ہو نا؟" اور اُس نے جواب میں لکھا تھا، "جی پاپا، میں بہت خوش ہوں۔"

اُدھر گلوریا اکثر مریم کے بدلتے ہوئے رویّے کے متعلق سوچا کرتی تھیں۔ جب وہ مریم کو اپنے بیٹے کے لیے بیاہ کر لائی تھیں تو انہوں نے سوچا تھا کہ اُنہیں ایک پلی پلائی بیٹی

مل گئی تھی جو اُن کی تنہائی کی ساتھی بنے گی۔ کبھی کبھار اُن کا دل چاہتا کہ مریم کو فون کر کے کہیں کہ وہ اسے لینے آ رہی ہیں، اور دونوں ریلوے اسٹیشن کے پیچھے ٹھیلوں پر جا کر پُچکا اور چوٹ پٹی کھائیں، مگر دونوں میں کچھ ایسی دوری ہو گئی تھی کہ اُن کی ہمت ہی نہیں پڑتی تھی۔ ایک روز جب فون کی گھنٹی بجی اور انہوں نے ریسیور اٹھایا تو اُن کے ہونٹوں پر مسکراہٹ آ گئی کیونکہ دوسری جانب مریم تھی۔

"آنٹی، اگر کل آپ کی گاڑی خالی ہو تو مجھے ایک جگہ جانا ہے،" مریم نے پوچھا۔

"ہاں، ہاں بیٹی، ضرور، کہاں کا ارادہ ہے؟" گلوریا کی آواز میں جوش تھا۔

"میں چرچ جانے کے متعلق سوچ رہی ہوں۔"

"بیٹی، ڈرائیور تمہیں لے جائے گا، ضرور جاؤ،" گلوریا نے نرمی سے کہا۔ اُن کی آواز میں کچھ توقف تھا، جیسے وہ حیران ہوئی ہوں۔

***

گلوریا کا ڈرائیور بڑا کم گو تھا۔ وہ بلا ضرورت منہ نہیں کھولتا تھا اور کسی سے بے تکلف نہیں ہوتا تھا، لہٰذا وہ خاموشی سے گاڑی چلا رہا تھا۔ ونڈ شیلڈ پر بارش کی ہلکی ہلکی بوندیں پڑ رہی تھیں اور اُس نے وائپر چلا دیے تھے۔ مریم پچھلی سیٹ پر خاموش بیٹھی باہر دیکھتی رہی۔

گاڑی جب پتنگا کے ساحل سے چلی تو ہوا میں نمک اور نمی کی ایک مانوس سی خوشبو تیر رہی تھی۔ ساحل کے قریب بندر تیلا کی طرف مڑتے ہی صنعتی گوداموں کے سائے ابھرنے لگے۔ بڑی بڑی کرینیں، اونچے گودام، اور کبھی کبھار مزدوروں کی آوازیں۔ کچھ ہی دیر میں گاڑی آگرا باد کے بازاروں کے ہجوم میں پھنس گئی۔ مریم کھڑکی سے باہر دیکھتی رہی۔ وہ پہلی بار اِس علاقے سے گزر رہی تھی۔ نیو مارکیٹ کے پاس چند لمحوں کے لیے کار رکی کیونکہ ٹھیلے والوں کے ہجوم نے پوری سڑک پر قبضہ کر لیا تھا۔ کچھ دور جا کر کار چیراغی

پاہاڑ کے سرکل سے مُڑ کر اسٹیشن روڈ پر آگئی، جہاں ریلوے کی قدیم سفید عمارتیں تھیں۔ اُن پر برطانوی وقت کی محرابیں اب بھی سایہ ڈالے ہوئے تھیں۔ مریم نے کھڑکی سے جھانک کر اس ہال نما عمارت کو دیکھا تو اسے اپنے بچپن کی یاد آگئی جب حیدرآباد میں وہ اپنے تایا کے ساتھ لوگوں کو خدا حافظ کہنے ریلوے اسٹیشن جاتی تھی۔ اُس وقت وہ سمجھتی تھی کہ دنیا صرف وہی ہے جو پلیٹ فارم سے نظر آتی ہے۔ اب آخری موڑ آیا تو دائیں جانب مڑتے ہی کنٹونمنٹ کا گیٹ تھا اور چند ہی لمحوں کے بعد گاڑی سینٹ پال چرچ کے سامنے جا کر رک گئی۔ مریم آہستہ سے اتری اور مین گیٹ کی طرف بڑھنے لگی۔ چرچ کا دروازہ ادھ کھلا تھا، جیسے کسی نے اس کے لیے ہی کُھلا رہنے دیا ہو۔ اندر قدم رکھتے ہی ایک مدھم روشنی اور سنّاٹے کا امتزاج اس کے گرد لپٹ گیا۔ وہ پچھلی قطار میں درمیان کی بینچ کے کونے پر جا بیٹھی۔ چرچ میں کوئی اور نہ تھا۔ صرف وہ، لکڑی کی بینچیں، شیشوں پر روشنی کے دھندلے عکس، اور سامنے دیوار پر نصب ایک خالی صلیب تھی جس پر کوئی شبیہ نہیں تھی، نہ چہرہ، نہ جسم اور نہ خون۔ وہ جو صلیب پر تھا، اُس سے آزاد ہو چکا تھا اور تیسرے دن جی اُٹھا تھا۔ وہ زندہ ہے اور اُسے صلیب پر رہنے کی ضرورت نہیں ہے۔ قربانی مکمل ہو چکی ہے۔ دکھ اب قید میں نہیں ہے اور دیوار پر لکڑی کی صرف دو سادہ لکیریں رہ گئی ہیں، جو صدیوں سے ایک دوسرے کو کاٹتی آرہی ہیں۔

مریم نے بینچ پر جھک کر آنکھیں بند کیں اور ہاتھ جوڑ کر اٹھا لیے۔ دل سے دھیمی سی آہ کی شکل میں دعا ابھری جو الفاظ سے عاری تھی۔ وہ نہ جانے کتنی دیر یوں ہی بیٹھی رہی اور پھر اُس کی دعا نے الفاظ کا جامہ پہن لیا۔

”خداوند، اگر تُو واقعی سن رہا ہے تو مجھے سنبھال لے، میں تھک چکی ہوں۔“

”کیا تُو نے میرے لیے بھی وہی راستہ چُنا ہے جو میری ماں کے لیے چُنا تھا؟“

"خداوند، کیا تُو نے مجھے اس لیے بچایا تھا کہ دوبارہ اُسی چکّی میں ڈال دے؟"

"میری آواز کو خالی نہ جانے دے، میرے دل میں ابھی کچھ باقی ہے۔"

"اگر تُو ساتھ ہے تو مجھے راستہ دکھا دے، تاکہ میں صحیح قدم اٹھا سکوں۔"

"میرے آنسوؤں کو ضائع نہ ہونے دے، انہیں دعا بنا دے۔"

"مجھے بتا، میں کس طرف جاؤں؟"

"خداوند، مجھے بتا، میں کس طرف جاؤں؟"

وقت گزرتا رہا اور اُس کے سوال میں شدّت آتی گئی، "مجھے بتا، میں کس طرف جاؤں؟" آنسوؤں کی جھڑی لگ گئی اور اس کی دعا میں ہچکیاں بھی شامل ہو گئیں۔ وہ خاموش ہو کر آنکھیں بند کیے اور ہاتھ جوڑے بیٹھی رہی، اور دھیرے دھیرے گالوں پر آنسو بہتے رہے۔

اس نے آہستہ سے آنکھیں کھولیں اور نظر اٹھائی۔ سامنے پاسٹر لُوقا کھڑے تھے، نہ آہٹ، نہ آواز، نہ سلام، بس خاموش موجودگی، جیسے کوئی سایہ جو خود روشنی ہو۔ انہوں نے سفید رنگ کا لمبا اُسقُفی جبہ پہن رکھا تھا، جس کے کنارے پر ہلکی سنہری کشیدہ کاری تھی اور ان کے گلے میں ایک سادہ لکڑی کی صلیب لٹک رہی تھی، جو اُن کے سانس کے ساتھ دھیرے دھیرے ہل رہی تھی۔ مریم نے ان کی طرف دیکھا، مگر کچھ کہے بغیر۔

پاسٹر لُوقا نے صرف اتنا کہا، "تم آ گئی ہو!"

اُن کی آواز میں ٹھہراؤ تھا جیسے کوئی ندی آہستہ آہستہ بہہ رہی ہو۔

"جی، ریورنڈ، میں آ گئی ہوں،" مریم کی زبان سے بس اتنی ہی سرگوشی نکلی۔

"کچھ مدد کر سکتا ہوں؟"

"تھینک یو ریورنڈ، مدد آ گئی ہے،" مریم کی آنکھوں سے اس کے گالوں پر بہتے ہوئے آنسوؤں کی دھاروں کے درمیان اُس کے ہونٹ مسکرائے اور وہ اٹھ کر کھڑی ہو گئی۔

"اب تم اکیلی نہیں ہو، تمہارے ساتھ ایک سننے والا خدا بھی ہے۔"

"جی، ریورنڈ۔"

"آتی رہا کرو،" پاسٹر لُوقا نے مریم کے سر پر ہاتھ رکھ کر دعا دی اور ہال کی پشت پر اپنے دفتر کی طرف چل دیے۔

۵۰

"ہر طرح کی تلخی اور قہر اور غصّہ اور شور وغُل اور بد گوئی ہر قسم کی بدخواہی سمیت تُم سے دُور کی جائے۔ بلکہ ایک دوسرے پر مہربان اور رحم دل ہو اور جس طرح خُدا نے مسیح میں تُم کو مُعاف کیا اُسی طرح تُم بھی ایک دُوسرے کو مُعاف کرو۔" افسیوں 4:31-32

"میری سمجھ میں نہیں آتا، عارف، کہ میں اور تم ایک دوسرے کے لیے اجنبی کیسے ہو گئے؟" مریم نے ٹوسٹ پر جام لگاتے ہوئے کہا۔

"کیا مطلب ہے تمہارا؟" عارف نے پوچھا۔ وہ سامنے بیٹھا اُس روز کے ڈان کی سرخیاں پڑھ رہا تھا۔ مریم نے باورچی خانے میں ہی ایک چھوٹی سی گول میز رکھ کر اس کے ساتھ آمنے سامنے دو کرسیاں بچھالی تھیں اور وہ دونوں اکثر وہیں ناشتہ کیا کرتے تھے۔ عارف نے اخبار تہہ کر کے اپنی گود میں رکھ لیا۔

"تمہیں یاد ہے کہ بچپن میں ایک بار میں تمہیں گرا کر تمہارے اوپر چڑھ گئی تھی اور تمہارے بازو میں کاٹ لیا تھا؟"

"کیسے بھول سکتا ہوں؟ ابھی تک نشان باقی ہے،" عارف نے مسکرا کر کہا اور اپنی آستین چڑھا کر مریم کو اپنا بازو دکھایا۔ اس پر ایک دائرے میں سیاہ دھبے موجود تھے۔

"اور تم گالیاں بکتے تھے۔ ایک مرتبہ آنٹی نے ہمیں لڑتے ہوئے سُن لیا تھا۔ تم نے

گالی بکی تھی اور وہ باورچی خانے سے چمٹا لے کر تمہاری زبان کھینچنے کے لیے دوڑی تھیں۔"

"کم از کم اُس دن سے میں نے گالیاں بکنا بند کر دی تھیں،" عارف نے ہنستے ہوئے کہا۔ اُس نے ٹی کوزی ہٹائی اور چائے دان میں ایک چمچی شکر ڈال کر ٹی کوزی واپس اس پر ڈھک دی۔ اس کا خیال تھا کہ چائے کے پانی میں تھوڑی سی شکر ڈال کر چھوڑ دیا جائے تو رنگ اچھا نکل آتا ہے۔

"جب تم نے شادی کی پیش کش کی تھی تو مجھے وہی مناظر یاد آ گئے تھے اور میں نے فوراً ہاں کر دی تھی۔"

"ہونہہ، میں نے تو سوچا تھا کہ تم مجھے ہاں کرنے سے پہلے عرصے تک رُلاؤ گی۔"

عارف نے دونوں پیالیوں میں چائے بنا کر ایک پیالی مریم کی طرف بڑھاتے ہوئے اُس کی طرف دیکھا تو وہ خاموشی سے نظریں جھکائے فرش کو گھور رہی تھی۔ اُس کے چہرے پر اُداسی کی جھلک تھی۔

"کیا سوچنے لگیں؟" عارف نے چائے کی چسکی لے کر پوچھا۔

"کچھ نہیں، میں سوچ رہی تھی کہ وہ عارف کہاں گیا جسے میں نے شادی کے لیے ہاں کہا تھا۔"

"مریم، صاف صاف کہو، تمہارا کیا مطلب ہے؟" عارف نے چائے کی آخری چسکی لے کر خالی پیالی میز پر رکھ دی۔

"جب تم سال ہا سال کے بعد ہمارے گھر آئے تھے تو مجھے وہی عارف لگے تھے جس سے میں کُشتی لڑتی تھی اور اسے گرا کر اُس کے اوپر چڑھ کر بیٹھ جاتی تھی، اور جب تم مجھے ڈنر کے لیے ہوٹل اورینٹ کے چاندنی لاؤنج میں لے گئے تھے تو وہاں کے ملگجے سے اندھیرے میں مجھ پر سحر طاری ہو گیا تھا اور میں خود کو ساتویں آسمان پر محسوس کر رہی تھی۔"

"مریم، بد قسمتی سے اب نہ تم وہ مریم ہو جو میرے ساتھ کُشتی لڑتی تھی اور نہ میں وہ

عارف ہوں جس کی ماں اُس کے پیچھے چمٹا لے کر اُس کی زبان کھینچنے کے لیے بھاگی تھی،"

عارف نے مُسکرا کر کہا، "اب ہم بڑے ہو گئے ہیں۔"

"بڑے ہی ہوئے ہیں، ابھی بوڑھے تو نہیں ہوئے۔"

"تمہارا مطلب میری سمجھ میں نہیں آرہا،" عارف نے چونک کر کہا۔ اُس کے چہرے پر ناگواری کے آثار نظر آرہے تھے۔

مریم نے گہرا سانس لیا اور طویل خاموشی کے بعد بولی، "عارف، تم نے مجھ سے شادی کیوں کی تھی؟"

"شادی کیوں کی جاتی ہے؟"

"تم ہی بتاؤ کہ شادی کیوں کی جاتی ہے۔"

"اس لیے کہ اپنی فیملی کو آگے بڑھایا جائے،" عارف نے کچھ سوچ کر کہا۔

"گویا تمہیں صرف ایک پیٹ چاہیے تھا جس سے تمہارے بچے نکلیں،" مریم کے ہونٹوں پر طنزیہ مسکراہٹ تھی۔

"کیسی باتیں کر رہی ہو، مریم؟ تم نے بڑی عامیانہ سی بات کر دی،" عارف نے برہمی سے کہا۔

"یہ عامیانہ بات نہیں ہے۔ تمہاری نظر میرے ہی پیٹ پر کیوں پڑی؟" مریم کوشش کر رہی تھی کہ اُس کے لہجے میں تُرشی نہ آئے۔

"بھئی مجھے تم سے محبت ہے، تم میرے بچپن کی دوست ہو اس لیے میں نے تمہیں چنا۔"

"لیکن اگر شادی کا مقصد صرف ایک پیٹ چننا ہے تو محبت بیچ میں کہاں سے آٹپکی؟"

"مریم، تم مجھے دیوار سے لگانے کی کوشش کر رہی ہو۔ تمہیں معلوم ہے کہ اگر گیدڑ کو بھی دیوار سے لگایا جائے تو وہ شیر ہو جاتا ہے۔"

"آئی ایم سوری، عارف، میرا مقصد تمہیں غصہ دلانا نہیں تھا۔ میں تمہیں صرف اپنی

بے چارگی کا احساس دلانا چاہتی ہوں،" مریم نے دھیمے لہجے میں کہا۔

"بے چارگی؟ کیسی بے چارگی؟"

"کیا تم سمجھتے ہو کہ میں یہاں خوش ہوں؟"

"تم نے کبھی شکایت تو نہیں کی۔"

"تم نے پوچھا؟"

"چلو، اب پوچھ لیتا ہوں۔"

"گویا کبھی تمہیں یہ تجسس ہی نہیں ہوا کہ میں خوش ہوں یا نہیں۔ جب میں نے یاد دلایا تو تمہیں یاد آگیا۔"

"خدا کی بندی، چلو یوں ہی سہی۔ کچھ بتاؤ بھی تو،" عارف نے چیخ کر کہا۔

"دیکھو چیخو مت،" مریم نے اپنی انگلی اس کے سامنے اٹھا کر جواب دیا، "میں تم سے اسی لیے دھیمے لہجے میں بات کر رہی ہوں کہ ہماری گفتگو جاری رہے۔"

"کڑوی بات کڑوی ہی ہوتی ہے خواہ وہ سرگوشی ہی میں کی جائے۔"

"تم موضوع سے ہٹ کر اس گفتگو کو کسی فیصلے تک نہیں لے جانا چاہتے۔"

"چلو، ہم موضوع کی طرف آتے ہیں، بولو، موضوع کیا ہے،" عارف نے دھیمی آواز میں کہا مگر مریم نے اس کے طنز کی کاٹ کو محسوس کیا، تاہم اس نے نظر انداز کر دیا۔

"میں تم سے یہ کہنا چاہ رہی تھی کہ تم علی الصبح کام پر چلے جاتے ہو اور رات کو دیر سے واپس آتے ہو۔ میرا سارا دن اس گھر میں قیدِ تنہائی میں گزرتا ہے تو کیا مجھے خوش رہنا چاہیے۔"

"مگر تم ممی کے پاس کیوں نہیں چلی جاتیں، وہ تمہیں کار بھیج دیتی تھیں اور سارا دن تمہارے ساتھ گزارتی تھیں۔ تم نے خود ہی بور ہو کر جانا چھوڑ دیا۔"

"میں نے تمہاری ممی سے شادی نہیں کی تھی، تم سے کی تھی، اور تمہاری ممی میری آیا

بھی نہیں ہیں کہ مجھے انگلی پکڑ کر گھماتی پھریں،" مریم نے بھڑک کر کہا۔

"تو پھر بتاؤ کہ کیا حل ہے۔ مجھے روزی بھی تو کمانی ہے،" عارف نے جھنجلا کر کہا۔

"میں نے روزی کمانے کو کب منع کیا ہے، مگر تم انصاف کرو کہ کام کے بعد تمہارے پاس جو وقت بچتا ہے اس میں سے کتنا وقت تم مجھے دیتے ہو۔"

"بھئی دوستوں کو بھی تو کچھ وقت دینا پڑتا ہے۔"

"تو میں تمہاری دوست نہیں ہوں؟ تم نے تو مجھے اپنے دوستوں سے بھی دور رکھا ہے، گویا میں اس قابل نہیں ہوں کہ تمہارے دوستوں سے مل سکوں۔"

"ایسی کوئی بات نہیں ہے،" عارف کی جھنجلاہٹ اس کے چہرے پر صاف پڑھی جا سکتی تھی۔

مریم نے اُس کے لہجے میں چھپی بے زاری کو محسوس کر لیا۔ وہ ذرا سیدھی ہو کر بیٹھ گئی اور دونوں ہاتھوں کو اپنی گود میں جوڑ لیا۔ اُس نے کچھ دیر فرش کے ڈیزائن پر نظریں گاڑھے رکھیں اور پھر سرگوشی میں بولی، "اگر واقعی ایسی کوئی بات نہیں ہے تو مجھے کیوں بار باریوں لگتا ہے جیسے میں اس گھر میں ایک غیر ہوں، جیسے میرا تعلق صرف چائے بنانے، کھانا پکانے اور برتن سمیٹنے تک محدود ہے؟"

عارف نے ہاتھ بڑھا کر پیالی اٹھائی اور اس میں بچی کھچی چائے کا گھونٹ بھر لیا۔ پھر خشک لہجے میں بولا، "مریم، تم باتوں کو بڑھا دیتی ہو۔ یہ گھر تمہارا ہی ہے۔ تمہاری مرضی کے بغیر یہاں ایک تصویر بھی دیوار پر نہیں لگ سکتی۔ پھر تم کیوں اپنے آپ کو غیر سمجھتی ہو؟"

"گھر دیواروں اور تصویروں سے نہیں بنتا، عارف۔ گھر اُن لمحوں سے بنتا ہے جو ہم ایک دوسرے کے ساتھ بانٹتے ہیں۔ اور میں صرف اتنا پوچھ رہی ہوں کہ وہ لمحے کہاں ہیں؟" مریم نے لرزتی ہوئی آواز میں کہا۔

"تمہاری عادت ہے، ہر چھوٹی بات کو بڑا بنا دیتی ہو۔ مجھے سکون چاہیے، بحث نہیں،" عارف کے ماتھے پر پسینہ اُبھرا، حال آنکہ کمرے میں کھلی ہوئی کھڑکی سے ہوا آ رہی تھی۔ اُس نے اخبار دوبارہ کھولا جیسے کسی اور دنیا میں پناہ لینا چاہتا ہو۔

مریم نے لمحہ بھر کے لیے آنکھیں بند کر لیں، پھر نرم لہجے میں بولی، "میں بحث نہیں کر رہی، عارف۔ میں تو صرف تم سے بات کرنا چاہتی ہوں۔ تمہارے ساتھ بیٹھ کر دل کا بوجھ ہلکا کرنا چاہتی ہوں۔ مگر تم ہر بار اخبار کی اوٹ میں چھپ جاتے ہو۔"

"تو کیا کروں؟ دفتر نہ جاؤں؟ ذمہ داریاں نہ نبھاؤں؟" عارف نے اخبار میز پر رکھ دیا اور کرسی کی پشت سے ٹیک لگا کر آنکھیں بند کر لیں۔

"ذمہ داریاں نبھانے کا مطلب یہ نہیں کہ دل کے دروازے بند کر دیے جائیں،" مریم نے ذرا سختی سے کہا۔

ایک طویل خاموشی کے بعد مریم نے دھیرے سے کہا، "تمہیں پتہ ہے، عارف، بعض اوقات مجھے لگتا ہے جیسے ہم ایک ہی چھت کے نیچے رہتے ہیں لیکن دو الگ الگ جہانوں میں سانس لیتے ہیں۔ تمہارے دن کے اپنے مشاغل ہیں، رات کے اپنے قصے۔ اور میرا دن بس گزر جاتا ہے۔ کوئی گواہ نہیں، کوئی ساتھی نہیں۔"

"تم ڈرامائی انداز میں بات کرتی ہو۔ جہان الگ کہاں سے آ گئے؟" عارف نے ہلکی سی ناگواری سے کہا۔

"یہ ڈرامہ نہیں، حقیقت ہے،" مریم نے میز پر رکھی خالی پلیٹ کو انگلی سے سہلایا۔

عارف نے کچھ کہنا چاہا مگر رُک گیا۔ اُس نے بس اتنا کہا، "مریم، زندگی اتنی بھی آسان نہیں ہوتی جتنی تم سمجھتی ہو۔"

"اور شادی اتنی بھی مشکل نہیں ہونی چاہیے جتنی تم نے بنا دی ہے،" مریم نے مسکرا

کر کہا، لیکن اُس مسکراہٹ میں بھی کرب تھا۔

عارف کے پاس کوئی جواب نہیں تھا۔ اُس نے اخبار اٹھا کر اُس پر ایک اُچٹتی سی نظر ڈالی اور واپس تہہ کر کے میز پر رکھ دیا۔

مریم نے اُٹھ کر برتن سمیٹے اور بوجھل قدموں سے باورچی خانے کی طرف بڑھ گئی۔

عارف اپنی کرسی پر بیٹھا رہا۔ اس نے دوبارہ اخبار اٹھایا اور اُس کی تہہ سیدھی کرنے لگا۔ بات وہیں ختم ہو گئی۔ نہ کوئی فیصلہ ہوا اور نہ کوئی نتیجہ نکلا۔ جیسے پُر سکون جھیل میں کوئی کنکری پھینکے اور ہلکے سے ارتعاش کے بعد پانی کی سطح پھر خاموش ہو جائے۔

۵۱

"خوف نہ کر کیونکہ میں تیرے ساتھ ہوں۔ حیران نہ ہو کیونکہ میں تیرا خدا ہوں۔ میں تجھے مضبوط کروں گا، میں تیری مدد بھی کروں گا، اپنی صداقت کے دائیں ہاتھ سے میں تجھے سنبھالوں گا۔" یسعیاہ 10:41

مریم جانتی تھی کہ اُس کی وہ رات جاگ کر گزرے گی کیونکہ وہ سنیچر کی رات تھی اور اُسے معلوم تھا کہ عارف رات بھر دوستوں کے ساتھ گزار کر صبح کے ہونے میں لڑکھڑاتا اور جھومتا ہوا داخل ہو گا اور مریم سے ہائے ہیلو کیے بغیر ہی بستر میں گر کر سوئے گا تو اتوار کی دوپہر کے بعد ہی اپنا سر پکڑے ہوئے اٹھے گا۔ مریم نے اس کی نشے کی عادت کے سامنے ہتھیار ڈال دیے تھے مگر وہ عارف کے منہ سے اٹھتی ہوئی الکحل کی بو کے بھبکوں کو برداشت نہیں کر سکتی تھی، لہٰذا وہ ڈرائنگ روم میں صوفے پر ہی سو جاتی تھی۔ اُس نے عارف کو بہتیرا سمجھایا کہ نشے کی حالت میں کار چلا کر اپنی اور دوسروں کی زندگیوں کو خطرے میں نہ ڈالے مگر عارف نے کبھی قبول نہیں کیا کہ اُسے نشہ ہوتا ہے۔

مریم کی مجبوری یہ تھی کہ رات کو بارہ بجے کے بعد اسے بے چینی شروع ہو جاتی تھی۔ نہ نیند آتی تھی اور نہ کچھ پڑھنے میں دل لگتا تھا۔ برآمدے میں اِدھر سے اُدھر اور اُدھر سے اِدھر ٹہلتی رہتی اور دل ہی دل میں تلملاتی رہتی کہ جب عارف گھر آئے گا تو وہ اُس کی اچھی

طرح خبر لے گی، مگر جب وہ گھر میں داخل ہوتا تو نہ کچھ کہنے کے قابل ہوتا اور نہ سننے کے۔ اُس وقت مریم کی تلملاہٹ جھنجلاہٹ میں بدل جاتی اور وہ پیر پٹخ کر صوفے پر جا سوتی۔

رات کے سنّاٹے میں کبھی باہر کتّوں کے بھونکنے کی آواز آتی، کبھی دور کہیں سے کسی کار کے انجن کی گڑگڑاہٹ، اور کبھی گھر کی پشت پر گلی میں بلّیوں کے لڑنے کی غرّاہٹ۔ یہ سب آوازیں مریم کے دل کی دھڑکن کے ساتھ مل کر ایک خوفناک خاموشی کو جنم دیتیں۔ وہ اکثر سوچتی کہ یہ راتیں کتنی طویل ہیں، جیسے وقت ساکت ہو گیا ہو اور گھڑی کی سوئیاں رُک گئی ہوں۔ اس کا جی چاہتا کہ وہ بھاگ کر کہیں نکل جائے، مگر کہاں؟ اُس کی زندگی تو اب ایک قید خانے کی طرح تھی جس کے دروازے پر عارف کی بدمستی پہرا دیتی تھی۔

اُس رات حسبِ معمول جب باہر کار رُکنے کی آواز آئی تو مریم برآمدے میں ٹہل رہی تھی۔ اُس نے سامنے دیوار پر لگے ہوئے کلاک پر نظر ڈالی تو صبح کے پانچ بجنے میں دس منٹ تھے۔ وہ برآمدے سے نکلی اور باہر کا دروازہ کھولا تو کار کی ہیڈ لائٹس کی روشنی میں اُسے دو سائے نظر آئے۔ جب وہ تیز روشنی کی زد سے نکلے تو مریم نے وقار کو پہچان لیا جو عارف کو تقریباً گھسیٹتا ہوا لا رہا تھا۔ عارف میں اپنے پاؤں پر کھڑے ہونے کی طاقت نہیں تھی۔

"مریم، اسے کہاں رکھوں؟" وقار نے ہنستے ہوئے کہا۔

"بیڈ روم میں لے جائیں،" مریم نے جواب دیا۔ وہ وقار سے زیادہ بے تکلف نہیں تھی کیونکہ اُس سے صرف دو چار مرتبہ ہی ملاقات ہوئی تھی۔ وہ عارف کی کمر میں ہاتھ ڈالے اسے دھکیلتا ہوا بیڈ روم میں لے گیا اور بستر پر ڈال کر واپسی کے لیے مُڑا۔ مریم دروازے میں خاموش کھڑی دیکھ رہی تھی۔

"فکر مت کریں، یہ صبح تک ٹھیک ہو جائے گا،" وقار نے کمرے سے نکلتے ہوئے کہا۔

مریم نے کوئی جواب نہیں دیا۔ وقار برآمدے سے نکل کر مڑا اور مسکرا کر بولا،

"مریم، اسے زیادہ ڈانٹیے گا نہیں۔ اچھا بچہ ہے مگر کبھی کبھار ایسا ہو جاتا ہے۔"

وہ وقار کو جواب دیے بغیر اُس کے پیچھے پیچھے آئی اور خدا حافظ کہہ کر دروازہ بند کر دیا۔ صحن میں اسے ٹھنڈک کا احساس ہوا۔ ویسے بھی سردیوں کی آمد آمد تھی اور اس نے لحاف نکال کر بستر کی پائنتی پر رکھ دیا تھا۔ اُس نے سوچا کہ وہ کم از کم عارف کو لحاف اُڑھا دے تاکہ وہ سردی سے نہ ٹھٹھرے۔ جیسے ہی وہ بیڈ روم میں پہنچی، اس نے دیکھا کہ عارف بستر پر بیٹھا ہوا ہے۔ وہ دروازے پر ہی کھڑی ہو گئی۔ اچانک عارف کا سر ایک جھٹکے سے آگے بڑھا اور اُس نے بستر پر ہی قے کر دی۔ مریم کے لیے وہ منظر ناقابل برداشت تھا۔ کسی کو قے کرتے دیکھ کر خود اس کا جی مالش کرنے لگتا تھا۔ اس نے عارف کو دیکھ کر ایک چیخ ماری اور دوڑ کر بیت الخلا میں گھس گئی۔ وہ کموڈ کے سامنے جھک کر قے کرنے لگی، اور جب سینہ ہلکا ہوا تو واش بیسن پر کُلیاں کر کے منہ دھویا اور تولیہ سے خشک کر کے برآمدے میں نکل آئی۔

مریم کی آنکھیں پھٹی ہوئی تھیں، منہ کھلا ہوا تھا، بال بکھرے ہوئے تھے، اور بد حواسی میں کہیں اپنے چپل اتار آئی تھی۔ وہ ننگے پاؤں اِدھر سے اُدھر دوڑ رہی تھی اور اُس کی سمجھ میں نہیں آرہا تھا کہ کیا کرے۔ بیڈ روم کا دروازہ آدھا کھلا تھا اور اندر سے الکحل اور قے کی بو اُس کے دماغ میں گھس رہی تھی۔ اُس نے اپنے دونوں کانوں کو ہتھیلیوں سے دبا لیا اور بڑبڑانے لگی، "یہ سب میں کیوں سہہ رہی ہوں؟ کیوں سہہ رہی ہوں؟" پھر اُس نے بیڈ روم کا دروازہ زور سے بند کر دیا اور کرسی گھسیٹ کر اس کے آگے رکھ دی، جیسے وہ عارف کی بدبو سے چھٹکارا پانا چاہتی ہو۔

سامنے ہی ایک چھوٹی سی میز پر ٹیلی فون رکھا تھا۔ وہ اُس کی طرف لپکی اور رسیور اٹھا کر کان سے لگایا، مگر واپس کریڈل پر رکھ دیا۔ پھر دوبارہ اٹھایا اور نمبر ملانے لگی، مگر انگلیاں کانپ رہی تھیں۔ کوئی نمبر پورا نہ بن پایا۔ اُس نے رسیور کو زور سے کریڈل پر دے مارا اور

خود صوفے پر ڈھے گئی۔ چند لمحات کے بعد اُس نے دوبارہ رسیور اٹھایا اور عادل کے گھر کے نمبر ڈائل کرنے میں کامیاب ہو گئی۔ دوسری طرف گھنٹی بجتی رہی اور آخر کار گلوریا کی نیند میں ڈوبی ہوئی "ہیلو" سنائی دی۔ جواب میں مریم نے زار و قطار رونا شروع کر دیا۔ اس کے منہ سے نکلے ہوئے الفاظ بے ربط تھے جو گلوریا کی سمجھ میں نہیں آ رہے تھے۔

"مریم، میری سمجھ میں ایک لفظ نہیں آ رہا، ذرا آہستہ بولو،" گلوریا نے چیخ کر کہا۔ اب وہ پوری طرح بیدار ہو گئی تھی۔

"وہ۔۔ عارف۔۔ اُلٹی،" مریم نے کہا۔

"عارف نے اُلٹی کر دی؟" گلوریا نے سمجھنے کی کوشش کی، "تو گھبرائی ہوئی کیوں ہو؟"

"وہ۔۔ بستر میں۔۔"

"عارف تو ٹھیک ہے نا؟"

"جی۔"

"اور تم بھی ٹھیک ہو؟"

"جی۔"

"اچھا، ہم آ رہے ہیں، تم گھبراؤ مت۔"

مریم نے رسیور رکھ دیا۔ اس پر دیوانگی سوار تھی۔ بار بار انگلیاں بالوں میں ڈال کر انہیں کھینچنے لگتی، پھر رک کر دیوار سے اپنا سر ٹکا دیتی، اور پھر اچانک چونک کر پلٹتی جیسے کوئی تعاقب میں ہو۔ اُس کے بال بکھرے ہوئے تھے اور آنکھوں سے وحشت ٹپک رہی تھی۔ چند لمحے بعد وہ صوفے سے اچھل کر اٹھی اور دیوار پر لگی عارف کی ایک پرانی تصویر کو گھورنے لگی جس میں وہ یونیورسٹی کے دنوں میں مسکراتا ہوا کھڑا تھا۔ اُسے وہ تصویر دیکھ کر ہمیشہ اپنے باپ کی تصویر یاد آ جاتی تھی جس میں وہ اسی پوز میں نظر آتا تھا۔ اُس نے نفرت

سے ہونٹ سکیڑے اور تصویر اتار کر زور سے فرش پر دے ماری جس سے شیشہ کرچی کرچی ہو گیا۔ مریم گھٹنوں کے بل بیٹھ کر کرچیوں کو اٹھانے لگی اور اس کی انگلیوں سے خون کی باریک دھاریاں نکل آئیں مگر اسے احساس ہی نہ ہوا۔ وہ کچھ سوچ کر عارف کے پارٹی روم میں داخل ہو گئی اور الماری سے شراب کی ایک بوتل نکال کر فرش پر دے ماری۔ ٹوٹی ہوئی بوتل کے ٹکڑے فرش پر پھیل گئے اور ان کے گرد شراب بہنے لگی۔ پھر اُس نے دوسری بوتل اٹھا کر دیوار پر ماری اور اس کی چھنچھناہٹ پورے گھر میں سنائی دی۔ وہ بوتلیں اٹھا اٹھا کر توڑتی رہی اور ہر بوتل کے ٹوٹنے پر قہقہہ لگاتی۔ اُس کے قہقہوں میں ایک عجیب درندگی تھی۔

اچانک باہر عادل کی کار رکی۔ اُن کے ساتھ گلوریا اور خورشیدہ تھیں۔ انہوں نے کئی بار گھنٹی بجائی اور دروازے پر دستک بھی دی مگر دروازہ نہیں کھلا۔ اندر سے شیشے کے برتن ٹوٹنے کی آوازیں آ رہی تھیں۔ آخر عادل دیوار پر چڑھے اور اندر صحن میں کود کر دروازہ کھولا۔ تینوں دوڑتے ہوئے اندر داخل ہوئے۔ گلوریا اور خورشیدہ بیڈ روم میں چلی گئیں اور عادل پارٹی روم کے دروازے پر کھڑے مریم کو دیکھ رہے تھے۔ پورے فرش پر شراب بہہ رہی تھی اور شیشے کے ٹکڑے پھیلے ہوئے تھے۔ دیواروں پر بھی شراب کی دھاروں کے نشان تھے۔ مریم نے عادل کی طرف دیکھ کر قہقہہ لگایا اور آخری بوتل فرش پر پٹخ دی۔ اس کے دونوں ہاتھ لہولہان تھے۔ عادل کو مریم کی آنکھوں میں عجیب سے درندگی نظر آئی اور وہ کانپ کر رہ گئے۔ اچانک انہیں احساس ہوا کہ مریم کے پاؤں میں جوتے نہیں تھے۔ وہ ہاتھ اٹھا کر چیخے، ”بیٹی، وہیں کھڑی رہنا، میں آ رہا ہوں۔“

وہ ٹھوکروں سے شیشے کے ٹکڑوں کو راستے سے ہٹاتے ہوئے آگے بڑھے اور مریم کی کمر کے گرد ہاتھ ڈال کر اُسے اٹھایا اور باہر نکل آئے۔

وہ ایک بچے کی طرح عادل کے بازوؤں میں سمٹ گئی اور دھاڑیں مار کر رونے لگی۔

"وہ۔۔۔ وہ مر جائے گا۔۔۔ انکل۔۔۔ وہ مر جائے گا۔۔۔ میں کیا کروں۔۔۔ میں اکیلی رہ جاؤں گی۔"

عادل نے اسے برآمدے میں صوفے پر بٹھا کر چمٹا لیا اور کہا، "بیٹی، فکر مت کر، سب ٹھیک ہو جائے گا۔"

مریم کی چیخیں بند ہو گئی تھیں مگر ہچکیاں جاری تھیں۔ گلوریا بیڈ روم سے نکل کر آئیں تو عادل صوفے سے اٹھ گئے اور گلوریا نے مریم کے برابر بیٹھ کر اسے چمٹا لیا۔ مریم نے اپنے آنسو صاف کرنے کی کوشش کی مگر انگلیوں کے زخموں سے خون بہہ کر رخسار پر پھیل گیا۔ گلوریا نے جلدی سے اپنا رومال نکالا اور بیچ میں سے پھاڑ کر اُس کے ہاتھوں کے گرد لپیٹنے لگیں۔

"مریم، سنبھالو خود کو۔ اگر تم بھی ٹوٹ گئیں تو کون سنبھالے گا؟"

مریم نے خالی نظروں سے گلوریا کو دیکھا، اور ہولے سے بولی، "آنٹی، میں ٹوٹ چکی ہوں۔ اب اِس ڈھانچے میں کچھ نہیں بچا۔"

یہ کہتے ہی وہ جھٹکے سے ہنس پڑی، ایک ایسی ہنسی جو رونے سے زیادہ خوفناک تھی۔ گلوریا نے بے اختیار اسے اپنی بانہوں میں جکڑ لیا۔

"بیٹی، یہ وقت بھی گزر جائے گا۔ ہر رات کے بعد صبح ہوتی ہے، اور ہر طوفان کے بعد سکون۔ تم بس اپنے دل کو مضبوط رکھو،" گلوریا نے مریم کے آنسو پونچھتے ہوئے دھیرے سے کہا۔

"آنٹی، کبھی کبھی مجھے لگتا ہے جیسے میرا حوصلہ ٹوٹ گیا ہے۔ جیسے میں اندر سے خالی ہو گئی ہوں۔" مریم نے لرزتی ہوئی آواز میں جواب دیا۔

"مریم، یہی لمحے ہمیں بتاتے ہیں کہ ہم اصل میں کتنے مضبوط ہیں۔ تمہیں اپنی طاقت پہچاننی ہو گی،" گلوریا نے نرمی سے اس کے کندھے پر ہاتھ رکھا۔

"طاقت کہاں سے لاؤں، آنٹی؟"

"اپنے اندر سے، بیٹی۔ اپنے خدا سے، اپنی دعا سے، اور ان رشتوں سے جو تمہیں چاہنے والے ہیں۔ تم اکیلی نہیں ہو۔ ہم سب تمہارے ساتھ ہیں۔"

مریم نے آنکھیں بند کر کے گلوریا کے کندھے سے سر لگا دیا اور آہستہ سے بولی، "اگر آپ نہ ہوتیں، آنٹی، تو شاید میں اب تک بکھر چکی ہوتی۔"

گلوریا نے اس کے رخسار کو ہلکے سے تھپتھپا کر اسے چمٹا لیا اور عادل نے آگے بڑھ کر اُس کے سر پر ہاتھ رکھ دیا۔

۵۲

”اُن پر افسوس جو صبح سویرے اٹھتے ہیں تا کہ نشے بازی کے درپے ہوں اور جو رات کو جاگتے ہیں جب تک شراب اُن کو بھڑکا نہ دے۔ اور اُن کے جشن کی محفلوں میں بربط اور ستار اور دف اور بِین اور شراب ہیں لیکن وہ خداوند کے کام کو نہیں سوچتے اور اُس کے ہاتھوں کی کاریگری پر غور نہیں کرتے۔“

یسعیاہ 5:11-13

صبح کے ساڑھے سات بج رہے تھے۔ عادل نے ڈپٹی صاحب کو ٹیلی فون کر کے کہا کہ وہ دو تین ملازموں کو لے کر عارف کے بنگلے پر پہنچ جائیں کیونکہ پارٹی روم میں شیشے کے بکھرے ہوئے ٹکڑے صاف کرنے ہیں۔

”کیا میاں بیوی کی لڑائی میں برتن ٹوٹے ہیں؟“ ڈپٹی صاحب نے پوچھا۔

”نہیں بھئی، آپ آتو جائیں، خود ہی دیکھ لیں گے،“ عادل نے قدرے جھنجلا کر کہا۔

گلوریا برآمدے میں صوفے پر بیٹھی اونگھ رہی تھیں۔ مریم اُن کے کندھے پر سر رکھے سو گئی تھی۔ انہوں نے مریم کی طرف دیکھا اور مسکرا دیں۔ وہ سوچ رہی تھیں جیسے مریم اُن کی چھوٹی سی بیٹی ہو، وہ بیٹی جس کی اُنہیں ہمیشہ خواہش رہی تھی جو کبھی پوری نہ ہوئی۔ اُن کے خیالات کا رُخ اپنے بیٹے کی طرف مڑ گیا۔ عارف اپنے باپ کی کاربن کاپی تھا۔ دونوں کی زندگی اپنے کام کے گرد گھومتی تھی۔ جب وہ ان کے گھر آتا تھا تب بھی باپ بیٹے

بزنس کی باتیں ہی کرتے تھے۔ فرق صرف اتنا تھا کہ عادل اپنی بیوی کا بڑا خیال رکھتے تھے اور اُن کی ہر فرمائش پوری کرتے تھے۔ اُنہیں عادل نے علیحدہ گاڑی اور ڈرائیور بھی دے دیا تھا۔ وہ جہاں چاہتیں، بلاروک ٹوک جاتی تھیں اور چٹاگانگ کے سوشل سرکل میں جانی پہچانی شخصیت تھیں۔ اس کے برخلاف عارف نے کبھی مریم کو درخور اعتنا نہیں سمجھا۔ اُس کے نزدیک مریم کی حیثیت ایک کھلونے جیسی تھی جسے وہ وقت گزاری کے لیے استعمال کرتا تھا اور جب دل بھر جاتا تو بے دلی سے پرے پھینک دیتا۔ مریم کی خوشیاں، اُس کے جذبات، اور دکھ، عارف کے نزدیک کسی شمار میں نہ آتے تھے۔ گویا اُس کی دنیا میں وہ محض ایک سایہ تھی، جس کا وجود صرف اتنی دیر تک تھا جتنی دیر عارف کی طبیعت چاہے۔

عادل صحن میں بیرونی دروازے کے آس پاس ٹہل رہے تھے۔ ان کے کان گھنٹی کی آواز پر لگے ہوئے تھے۔ اُنہیں معلوم تھا کہ ڈپٹی صاحب کو دیر لگے گی کیونکہ وہ اپنے اسٹاف کے لوگوں کو ان کے گھروں سے اٹھائیں گے، مگر خلاف توقع وہ جلد ہی آ گئے۔ اُن کے چارج میں ایک پک اپ تھی جس میں وہ آگے ڈرائیور کے ساتھ بیٹھتے تھے اور پیچھے چھ سواریوں کی جگہ تھی۔ عادل نے باہر گاڑی رکنے کی آواز سنی تو دروازہ کھول کر باہر دیکھا، ڈپٹی صاحب ہی تھے۔ انہوں نے اپنے آدمیوں کو ہدایت دی کہ ابھی وہیں ٹھہریں، اور خود عادل کے ساتھ کام کی نوعیت کا جائزہ لینے کے لیے اندر آ گئے۔

جب عادل نے انہیں پارٹی روم کا دروازہ کھول کر اندر کا منظر دکھایا تو وہ الجھن میں پڑ گئے۔ فرش پر ہر طرف بوتلوں کے ٹکڑے بکھرے ہوئے تھے اور ہر طرف بہتی ہوئی شراب کے جوہڑ بنے ہوئے تھے۔ دیواروں پر بھی شراب کی دھاریں بہہ رہی تھیں۔ ڈپٹی صاحب بڑی سنجیدگی سے وہ منظر دیکھتے رہے۔ پھر عادل کی طرف مڑ کر بولے، ”کیا شراب کی حُرمت کا اعلان ہو گیا ہے؟“ ڈپٹی صاحب کٹّر مسلمان تھے اور جب انہیں انجکشن دینے

سے پہلے ڈاکٹر ان کے بازو پر الکحل کے پھوئے سے جِلد کو صاف کرتا تھا تو وہ گھر آکر صابن سے اپنا بازو دھوتے تھے۔ اُن کا اشارہ اس واقعے کی طرف تھا جب وحی نازل ہوئی تھی کہ شراب حرام ہے، تو لوگوں نے گھروں میں موجود شراب کے مشکیزے نالیوں میں انڈیل دیے تھے اور مدینے کی نالیوں میں سرخ شراب بہہ رہی تھی۔

"یہ مریم کی کارروائی ہے،" عادل نے کہا۔

ڈپٹی صاحب نے بے اختیار ایک قہقہہ لگایا۔ عادل سخت جھنجلائے ہوئے تھے مگر انہیں بھی ہنسی آگئی اور پھر دونوں میں قہقہوں کا مقابلہ شروع ہو گیا۔ دونوں کی ہنسی رُکنے کا نام نہیں لے رہی تھی، مگر اچانک بریک لگ گیا جب گلوریا کی سرگوشی سنائی دی، "ذرا دھیرے ہنسیں، مریم سو گئی ہے۔"

"بھئی عادل میاں، میں مان گیا آپ کی بہو کو۔ آج سے میں نے مریم بی بی کا نام مُجاہدہ رکھ دیا ہے،" ڈپٹی صاحب نے کہا، "یہ بتائیں کہ عارف میاں کا کیا ردِ عمل رہا۔"

"اُسے پتا ہی نہیں، رات بھر نشے میں دھت پڑا رہا ہے۔"

"جب اسے پتا چلے گا تو وہ منظر بھی دیکھنے والا ہو گا۔"

"مگر ہمیں یہاں سے جلد از جلد پارٹی روم کی صفائی کر کے نکل جانا چاہیے۔ اُن دونوں کو ہی ایک دوسرے کو بھگتنے دیں۔"

"ٹھیک ہے، میں آدمیوں کو بلاتا ہوں۔ فرش تو ابھی صاف کیے دیتے ہیں، دیواروں پر پینٹ کروانا ہو گا۔"

"جیسے آپ مناسب سمجھیں۔"

***

جب عادل، گلوریا اور ڈپٹی صاحب وہاں سے روانہ ہوئے تو عارف بے خبر سو رہا تھا اور مریم کی آنکھوں میں بھی نیند تھی۔ چلتے وقت گلوریا نے مریم کو چمٹا کر کہا کہ وہ عارف کو سونے دے اور اپنی نیند بھی پوری کرنے کی کوشش کرے۔ وہ برآمدے میں ہی صوفے پر لیٹ کر بے خبر سو گئی اور جب آنکھ کھلی تو دوپہر کے دو بجے تھے۔ وہ حیران تھی کہ کتنی گہری اور پُر سکون نیند آئی تھی۔ رات کی دیوانگی کسی ڈراؤنے خواب کی طرح یاد آئی مگر اُس نے فوراً ہی اُسے جھٹک دیا۔ وہ چپل پہنے بغیر ہی اٹھ کھڑی ہوئی اور دھیرے سے بیڈ روم کے دروازے تک آئی۔ درز سے اندر جھانکا تو عارف سر جھکائے بستر پر بیٹھا اپنی دونوں کنپٹیوں کو ہتھیلیوں سے دبا رہا تھا، اور آنکھیں آدھی بند، چہرہ زرد اور بکھرے ہوئے بال پسینے سے چپکے ہوئے تھے۔ وہ گہرا سانس لے کر کراہا اور آہستگی سے بستر سے اٹھ کھڑا ہوا۔ لڑکھڑاتے قدموں سے وہ دروازے سے باہر نکلا تو آنکھوں کے سامنے ہتھیلیاں تان لیں، جیسے روشنی اس کے دماغ پر ہتھوڑے چلا رہی ہو۔ مریم ایک طرف کھڑی مسکرا رہی تھی۔

"اُٹھ گئے؟" اُس نے چیخ کر چبھتے ہوئے لہجے میں کہا۔

عارف نے دونوں ہتھیلیاں کانوں پر رکھ لیں اور رندھی آواز میں بولا، "خدا کے لیے آہستہ بولو، دماغ پھٹا جا رہا ہے۔"

وہ اس کے برابر سے گزرتا ہوا پارٹی روم کے دروازے پر جا رکا۔ دروازہ کھولا تو اندر کا منظر ہی کچھ اور تھا۔ فرش گیلا تھا اور دیواروں پر رنگ برنگی دھاریاں پڑی ہوئی تھیں۔ گہری سرخ، ارغوانی، سنہری، سبز، پیلی، گلابی، نارنجی اور زرد۔ جب عارف کی نظر سامنے خالی الماری پر پڑی تو اسے جھٹکا سا محسوس ہوا اور وہ نزدیک ترین میز پر ہتھیلی ٹکا کر کرسی پر بیٹھ گیا۔

"کیا ڈھونڈ رہے ہیں؟ وہسکی؟ یا کل رات کے قہقہے؟" مریم نے آگے بڑھ کر اس کے

کان میں سرگوشی کی۔ عارف نے پلٹ کر اسے گھورا، مگر پلکوں کا بوجھ اتنا تھا کہ نظریں تیز نہ ہو سکیں۔

"یہ بار کس نے خالی کیا؟" اُس نے خشک ہونٹوں پر زبان پھیرتے ہوئے پوچھا۔

مریم اپنی ہنسی دبا کر آگے بڑھی اور دروازے کی چوکھٹ سے ٹیک لگا کر بولی، "میں نے! میں نے سوچا کہ نشے سے تمہاری جان چھُڑا دوں۔"

"بکواس بند کرو، میرا سر پھٹا جا رہا ہے" عارف نے کراہ کر دونوں کنپٹیاں پھر دبا لیں۔

"اوہ، تو یہ ہے تمہاری بہادری کا حال؟ کل رات تو تم شیر تھے نا، دوستوں کے ساتھ دھاڑتے ہوئے، اور آج؟ تمہاری حیثیت ایک چوہے سے زیادہ نہیں۔"

"مریم، خدا کے لیے چپ رہو۔ تم نہیں سمجھتیں، یہ سر کی آگ،" عارف نے بے چارگی سے کہا۔

"نہیں، میں سب سمجھتی ہوں۔ یہی تو تمہارا اصل چہرہ ہے۔ تم بزدل ہو، عارف۔ بوتل کے بغیر کھڑے نہیں رہ سکتے۔ ذرا سا درد آیا تو بھاگتے ہو اسی زہر کے پاس،" مریم نے اس کے قریب آ کر سرگوشی کی۔

"خدا کے لیے مجھے ایک گھونٹ وہسکی دے دو، بس ایک گھونٹ، ورنہ میرا دماغ پھٹ جائے گا،" عارف نے دیوار تھام لی تا کہ گر نہ پڑے۔

"اگر تمہیں اِس گھر میں ایک قطرہ بھی مل جائے تو حلق میں انڈیل لو۔"

عارف نے گھبرا کر چاروں طرف دیکھا اور دیواروں پر رنگ برنگے دھبوں نے اسے پوری کہانی سنا دی۔

"تم نے ظلم کیا ہے، مریم، تمہیں کوئی حق نہیں تھا کہ تم میرے سارے ذخیرے کو ضائع کر دو جسے میں سال ہا سال سے جمع کر رہا تھا۔"

"حق؟ تمہیں لگتا ہے زہر پینا تمہارا حق ہے؟ ٹھیک ہے، پھر میرا حق ہے کہ تمہیں تڑپتا ہوا دیکھوں۔ تمہاری ہر سسکاری، ہر کراہ میرے لیے ایک تماشا ہے،" مریم نے دانت پیس کر کہا۔

عارف نے جھنجلا کر کرسی کو ٹھوکر ماری، مگر خود ہی لڑکھڑا کر دیوار سے ٹکرا گیا۔

"آہستہ عارف، سنبھل کر۔ اگر گر گئے تو کون اٹھائے گا؟ دوست تو رات کو ہی تمہیں سہارا دیتے ہیں، باقی کا تماشا تو تمہاری بیوی دیکھتی ہے،" مریم نے زہر بھرے لہجے میں کہا۔

عارف کراہ کر کرسی پر ڈھیر ہو گیا اور دونوں ہاتھ پھر کنپٹیوں پر رکھ لیے۔

"ایک بات اور یاد رکھو،" مریم نے کہا، "اگر اس گھر میں میری حیثیت صرف ایک بیوی کی ہے تو اِس گھر کے قاعدے قوانین میں بناؤں گی۔ پہلا قانون یہ ہے کہ اس گھر میں شراب کا ایک قطرہ بھی نہیں آئے گا کیونکہ مجھے الکحل سے الرجی ہے، اور دوسرا قانون یہ ہے کہ اگر اس گھر میں تم اپنے حلق میں الکحل کی بُو لیے ہوئے گھسے تو میں تمہیں دھکے دے کر نکال دوں گی۔"

عارف نے کوئی جواب نہیں دیا۔

مریم نے اسے غور سے دیکھا اور دل ہی دل میں مسکرائی۔ بلّی ابھی چوہے سے کھیلنے کے مزے لے رہی تھی۔

۵۳

"اے شوہرو! تم بھی بیویوں کے ساتھ عقل مندی سے بسر کرو، اور عورت کو نازک ظرف جان کر اُس کی عزّت کرو، اور یوں سمجھو کہ ہم دونوں زندگی کی نعمت کے وارث ہیں، تاکہ تمہاری دعائیں رک نہ جائیں۔" 1 پطرس 3:7

پارٹی روم کے برابر ایک چھوٹا سا کمرہ تھا جسے عارف نے اپنا مطالعے کا کمرہ بنالیا تھا۔ کمرے میں سادہ سا فرنیچر تھا۔ ایک شیشم کی لکڑی کی میز، اُس کے ساتھ ایک گھومنے والی کرسی، اور دائیں طرف میز پر ایک سفید شیشے کا لیمپ تھا جس کی روشنی میز تک ہی محدود رہتی تھی۔ بائیں طرف دیوار سے لگی ہوئی ایک الماری تھی جس میں قطار در قطار کتابیں رکھی تھیں۔

کمرے کی خاموشی ایسی تھی کہ اگر چھت کے نیچے لگے ہوئے پنکھے کی گڑگڑاہٹ بند ہو جائے تو آپ اپنے دل کی دھڑکن سن لیں۔ کتابوں کے اوپر باریک گرد کی تہہ جمی ہوئی تھی، جیسے وہ بھی عارف کی بے رخی کا ماتم کر رہی ہو۔ کھڑکی کے پردوں میں ہلکی سی روشنی چھن کر آ رہی تھی جس نے کمرے میں نیم تاریکی پھیلا رکھی تھی۔ ایک زمانے میں عارف اس کمرے میں روزانہ دو تین گھنٹے گزارتا تھا مگر اب شاذونادر ہی آتا تھا، کیونکہ وہ کام میں اتنا مصروف ہو گیا تھا کہ رات کو تھکا ہارا گھر پہنچتا اور کھانے کے بعد بستر پر پہنچنے کی جلدی ہوتی۔

اُس کا ہینگ اوور آہستہ آہستہ اُتر چکا تھا۔ ٹھنڈے پانی سے غسل کرنے کے بعد سر کا

درد بھی ہلکا ہو گیا تھا اور بدن میں کچھ سکون لوٹ آیا تھا، لیکن طبیعت کی پژمردگی باقی تھی۔ باہر کی ہوا میں تازگی تھی لیکن اس کے اندر گھٹن کی فضا قائم تھی۔ اُس کی شرمندگی بھی سر اٹھا رہی تھی کہ مریم نے اُسے نشے کی حالت میں دیکھ لیا تھا۔ اُس کے اندر کا مرد، جو ہمیشہ خود کو لیے دیے رہتا تھا، آج بکھرا ہوا اور کمزور دکھائی دے رہا تھا۔

وہ میز پر دونوں کہنیاں ٹکائے اور ہتھیلیوں پر ٹھوڑی رکھے دیر تک سامنے کی دیوار کو گھورتا رہا، جیسے کسی نامعلوم سوال کا جواب ڈھونڈ رہا ہو۔ دیوار پر لگی ہوئی کیل پر کبھی ایک پرانی تصویر ہوا کرتی تھی، جسے مریم نے توڑ کر زمین پر دے مارا تھا۔ اُس کیل کی خالی جگہ بھی جیسے عارف کو طنز کے تیروں سے چھلنی کر رہی تھی۔

پھر بے دلی سے کرسی کو الماری کی طرف گھمایا اور کتابوں کے درمیان ہاتھ پھیرتے ہوئے اچانک شفیق الرحمٰن کی ایک کتاب کھینچ کر نکال لی۔ اُس کی انگلیوں میں کاغذ کی ٹھنڈک نے اسے ماضی کے پرسکون لمحوں میں لوٹا دیا۔

اُس کی عادت تھی کہ جب اُس پر یاسیت کے دورے پڑتے تو وہ کرسی کو پیچھے کھسکا کر میز پر جوتوں سمیت پاؤں رکھ لیتا اور شفیق الرحمٰن کے افسانے پڑھنے لگتا، خاص طور پر "کرنیں"۔ یہ افسانہ اُس کے لیے محض ادبی تخلیق نہ تھا، بلکہ اندھیرے میں روشنی کی ایک چھوٹی سی کرن تھی جسے پڑھ کر، چند لمحوں کے لیے ہی سہی، اُس کے دل کا بوجھ ہلکا ہو جاتا تھا۔ اِس بار بھی اُس نے کتاب کھولی، صفحے پلٹتے ہوئے وہ بھیا شفّو اور آپا عذرا کی محبت پر مسکرانے کی کوشش کرتا رہا مگر چہرے پر وہ مسکراہٹ ادھوری ہی رہی اور اس کی آنکھوں میں نمی اتر آئی، جیسے مسکراہٹ میں چھپا ہوا غم خود کو ظاہر کرنا چاہتا ہو۔ مطالعہ گاہ کی خاموشی میں صرف لیمپ کی مدھم روشنی اور ورق پلٹنے کی سرسراہٹ تھی، لیکن اُس کے دل میں شور برپا تھا۔ اُس کے کانوں میں اب بھی مریم کی زہریلی آواز گونج رہی تھی، "تمہاری حیثیت

ایک چوہے سے زیادہ نہیں۔" اُس نے کتاب میز پر رکھ کر آنکھیں بند کرلیں۔ یہ جملہ اُس کی رگ رگ میں تیر کی طرح چبھ رہا تھا۔ اُس کا سارا غرور، اُس کی ساری مردانگی چند لمحوں میں چور چور ہو گئی تھی۔ وہ جانتا تھا کہ وہ خود اپنی بے عزّتی کا ذمہ دار ہے، مگر پھر بھی بیوی کے منہ سے ایسے الفاظ سن کر دل کی تہہ میں ایک چبھن سی رہ گئی تھی۔

مریم پر جب اُداسی کا دورہ پڑتا تو وہ باورچی خانے کا رُخ کرتی تھی۔ چنانچہ اُس نے چنے کی دال کا حلوہ بنانے کے لیے ایک پتیلی میں چنے کی دال بھگودی۔ یہ اس کی محبوب مٹھائی تھی جسے بنانے کی ترکیب اُسے ازبر ہو گئی تھی۔ اسے معلوم تھا کہ وہ دال کو کم از کم تین گھنٹے بھگو کر اسے ابالے گی اور چھان کر پیس لے گی۔ پھر گھی میں سنہری ہونے تک بھون کر اس میں دودھ ڈال کر پکائے گی تاکہ دال گل جائے اور دودھ جذب ہو جائے، پھر چینی ڈال کر مسلسل ہلائے گی یہاں تک کہ گھی الگ ہونے لگے گا۔ آخر میں الائچی پاؤڈر، پستہ، کشمش اور باریک کٹے ہوئے بادام ڈال کر دم دے گی تو حلوہ تیار ہو جائے گا۔

باورچی خانے میں چولہے کے شعلے کی سرسراہٹ اور کف گیر کے کھڑکنے کی آواز مل کر ایک ایسا ماحول بنا رہی تھیں جو مریم کے اندر کی تنہائی کو اور گہرا کر رہا تھا۔ اُس کے ہاتھ کا چنے کی دال کا حلوہ اس کے ساس سسر کو بے حد پسند تھا۔ اُس کا ارادہ تھا کہ وہ گلوریا کو فون کر کے ڈرائیور کو بلوا لے گی اور اُس کے ہاتھ حلوہ بھیج دے گی۔ اگرچہ اُس نے عارف سے بول چال بند کر دی تھی، لیکن اُس کا اپنا ضمیر بھی اُسے کچوکے لگا رہا تھا۔ وہ اپنے آپ ہی سے بحث کر رہی تھی۔

"میں نے اُسے چوہا کیوں کہا؟ اُس کی کمزوری سے فائدہ اٹھانا زیادتی تھی۔۔"

"نہیں، میں نے کچھ غلط نہیں کہا، میں نے صرف سچ بات کہی۔۔"

"مگر سچ بھی کبھی کبھی زہر بن جاتا ہے۔۔"

"لیکن سچ سچ ہوتا ہے۔۔"

"پھر بھی، مجھے اُس کی عزت نفس پر حملہ نہیں کرنا چاہیے تھا۔"

دونوں ایک ہی گھر میں رہتے ہوئے اجنبیوں کی طرح تھے۔ دیوار کے اُس پار عارف کتابوں کی سطروں میں پناہ ڈھونڈ رہا تھا، اور دوسری طرف مریم اپنے ضمیر کی ملامت کے دائرے میں قید تھی۔ ایک کو ندامت تھی اور دوسری کو خلش۔ دونوں اپنی خاموشی توڑنا چاہتے تھے مگر دونوں کی انا آڑے آ رہی تھی۔ دونوں اپنی اپنی صلیبیں اٹھائے ہوئے خاموشی کا پیکر بنے ہوئے تھے۔

جب عارف کے لیے ندامت کا بوجھ برداشت کی سطح کو نیچے چھوڑ کر چھلکنے لگا تو اُس نے کتاب الماری میں اس کے مقام پر واپس رکھ دی۔ وہ وہاں سے چل دیا اور باورچی خانے کے دروازے پر پہنچ کر رک گیا۔ حال آنکہ وہ ہلکے سے کھانس دیا تھا مگر مریم نے مڑ کر نہیں دیکھا۔ وہ چولہے پر چڑھی ہوئی کڑھائی میں پسی ہوئی چنے کی دال کو بھوننے میں مصروف تھی، اور اگرچہ اُس نے عارف کو کھانستے ہوئے سُن لیا تھا مگر سنی ان سنی کر دی۔ باورچی خانے میں مٹی کے تیل کی بو بسی ہوئی تھی کیونکہ اُس زمانے میں مٹی کے تیل کے چولہے استعمال ہوتے تھے۔

"کیا پکا رہی ہو؟" عارف نے سرگوشی میں کہا۔

"چنے کی دال کا حلوہ،" کچھ توقف کے بعد مریم نے بھی سرگوشی کی۔

"اتنا سارا کون کھائے گا،" طویل خاموشی کے بعد عارف نے پوچھا۔

"آنٹی کو بھیجوں گی۔"

"اچھا۔"

عارف کی سمجھ میں نہیں آ رہا تھا کہ آگے کیا بات کرے۔ مریم بھی گفتگو کو آگے

بڑھانے میں مدد نہیں کر رہی تھی۔ آخر عارف نے ہی پہل کی، "چائے ملے گی؟"

مریم نے کوئی جواب نہیں دیا، مگر دوسرے چولہے کی بتّی میں ماچس کی تیلی سے آگ لگائی اور ہینڈ پمپ سے ہوا بھرنے لگی جس سے برنر پر شعلے کی بلندی میں اضافہ ہو گیا۔ پھر کیتلی میں پانی بھر کر اُسے چولہے پر رکھ دیا۔

دونوں کے درمیان جو برف جم گیا تھا اُسے عارف پگھلانا چاہتا تھا مگر مریم کو کوئی جلدی نہیں تھی۔ اسی دوران برآمدے میں رکھے فون کی گھنٹی بجنے لگی۔ گھنٹی کی آواز نے خاموشی کو چیر کر دونوں کو چونکا دیا۔ عارف نے اطمینان کا سانس لیا اور فون اٹھانے کے لیے چل دیا۔ دوسری جانب عادل تھا۔ اُس کی آواز سنتے ہی عارف گھبرا گیا۔ اسے معلوم تھا کہ باپ کی طرف سے اسے لیکچر ملنے والا تھا، مگر خلاف توقع عادل کی آواز دھیمی تھی، "کیوں بیٹے، اب طبیعت ٹھیک ہے؟"

"جی پاپا،" عارف نے اطمینان کا سانس لے کر جواب دیا۔

"اور مریم کیسی ہے؟"

"ٹھیک ہے، باورچی خانے میں مصروف ہے۔"

"تمہارا ہینگ اوور دور ہوا؟"

"جی پاپا،" عارف نے جھجکتے ہوئے کہا۔

اتنے میں مریم چائے کا کپ لے کر آئی اور عارف کے سامنے رکھ کر بغیر کچھ کہے چلی گئی۔

"بیٹے، بزنس میں ترقی صرف عقل اور محنت سے نہیں ہوتی، ساکھ سے بھی ہوتی ہے۔ اور جس کی پہچان یہ ہو کہ وہ محفلوں میں نشے میں جھومتا ہے، اس پر کون اعتماد کرے گا؟" عادل نے اپنے بیٹے کی دکھتی رگ پر ہاتھ رکھ دیا۔

"پاپا، سب پیتے ہیں۔ سوسائٹی میں یہی چلتا ہے۔"

"سب پیتے ہیں؟" عادل کے تیور میں سختی آ گئی، "مگر سب کے بارے میں کیا کہا جاتا ہے، یہ سوچو۔ تم میرے بیٹے ہو، اس لیے لوگوں کی نظر زیادہ تیز ہے۔ ایک شرابی کی شہرت بزنس کو دیمک کی طرح کھا جاتی ہے۔"

"کوشش کروں گا کہ۔۔"

"کوشش نہیں، فیصلہ کرو،" عادل نے بات کاٹ کر کہا، "یا تو بوتل پکڑو، یا قلم۔ دونوں ساتھ نہیں چلتے۔"

عارف نے کوئی جواب نہیں دیا۔ اُس کی پیشانی پر پسینے کے قطرے صاف نظر آ رہے تھے۔

"یاد رکھو بیٹے، عزت اور بزنس شیشے کی طرح ہیں۔ اگر ایک بار ٹوٹ گئے تو جوڑنے پر بھی دراڑ رہتی ہے۔ تمہیں فیصلہ خود کرنا ہو گا،" اِس بار عادل کی آواز دھیمی تھی۔

"جی پاپا،" عارف نے جواب دیا اور عادل نے خدا حافظ کہہ کر فون رکھ دیا۔

عارف کے سامنے رکھی ہوئی چائے ٹھنڈی ہو گئی تھی۔ وہ فون کا ریسیور ہاتھ میں لیے بیٹھا سوچتا رہا اور کچھ دیر تک ڈائل ٹون کی آواز آنے کے بعد خاموشی ہو گئی مگر اُس خاموشی میں اُس کے اندر کا شور بڑھ گیا۔

۵۴

"جس طرح ماں اپنے بیٹے کو دلاسا دیتی ہے اسی طرح میں بھی تم کو دلاسا دوں گا۔" یسعیاہ 66:13

عادل اور گلوریا کی پالیسی تھی کہ وہ اپنے بیٹے اور بہو کے معاملات میں دخل نہیں دیتے تھے تاکہ وہ خود ہی اپنے مسائل حل کریں۔ عارف کے ساتھ سب سے بڑا مسئلہ یہ تھا کہ وہ یار باش آدمی تھا اور اس کے دوستوں کا حلقہ کافی وسیع تھا۔ جب تک وہ کنوارا تھا تب تک وہ کام کے بعد سیدھا دوستوں کا رخ کرتا تھا اور اُن کے ساتھ کھانا کھا کر رات گئے گھر آتا تھا۔ شادی کے بعد بھی اُس نے یہی روِش برقرار رکھی۔ ہفتے میں تین چار دن دفتر سے ہی مریم کو فون کر دیتا کہ وہ رات کے کھانے پر اُس کا انتظار نہ کرے۔ گلوریا مستقل عارف کو سمجھاتی تھیں کہ شادی کے بعد بہترین دوست بیوی ہوتی ہے اور شادی اسی وقت برقرار رہتی ہے جب دونوں ایک دوسرے کو اپنے دوستوں کی فہرست میں پہلے نمبر پر رکھیں، مگر عارف اپنی عادت سے مجبور تھا۔

مریم کو شادی کے کچھ دن کے بعد ہی احساس ہو گیا تھا کہ عارف وہ شوہر نہیں تھا جس کے خواب اُس نے دیکھے تھے۔ اُس میں رومانوی حس تو سرے سے تھی ہی نہیں۔ مریم لاکھ بن سنور کر اُس کے سامنے آتی اور رومینٹک ہونے کی کوشش کرتی مگر اُس پر

جوں تک نہیں رینگتی تھی۔ گلوریا اکثر مریم سے پوچھتی تھیں کہ اُسے عارف سے کوئی شکایت تو نہیں ہے مگر اُس نے کبھی اپنے شوہر کی برائی نہیں کی۔ اُس کے تایا اور تائی بھی ہمیشہ اپنے خطوط میں پوچھتے کہ اسے کوئی تکلیف تو نہیں ہے اور اُس کا جواب ہمیشہ یہی ہوتا تھا کہ وہ بہت خوش ہے، مگر حقیقت یہ تھی کہ شوہر اور بیوی میں دوری بڑھتی جارہی تھی اور آپس کے اختلافات میں اضافہ ہوتا جارہا تھا۔

اسی دوران ایک نیا قضیہ کھڑا ہوگیا۔ مریم کے ماہانہ ایّام ایک ہفتہ پہلے شروع ہوجانے چاہیے تھے مگر ابھی تک کوئی آثار نہیں تھے۔ آخر اُس نے گھبراکر ڈاکٹر رضیہ کو فون کر دیا۔ اس نے اُن کے پوچھنے پر بتایا کہ وہ اپنی برتھ کنٹرول کی گولی پابندی سے کھارہی ہے۔ انہوں نے اسے اگلے دن چار بجے اپنی کلینک پر بلالیا اور کہا کہ اپنی گولیاں لیتی آئے۔

جب مریم اگلے روز ڈاکٹر رضیہ کے کلینک پہنچی تو وہ اس کا انتظار کررہی تھیں۔ اسے دیکھ کر بولیں، ”یہ تمہارے چہرے پر ہوائیاں کیوں اُڑرہی ہیں؟“

”میں سخت پریشان ہوں، اگر اِن گولیوں نے کام نہیں کیا ہوگا تو کیا ہوگا،“ مریم نے اپنے پرس سے نورِینل کا ایک پیکٹ نکال کر ڈاکٹر رضیہ کی طرف بڑھادیا اور انہوں نے اسے الٹ پلٹ کر دیکھا۔ اچانک اُن کی پیشانی پر سلوٹیں پڑگئیں اور نظریں ایک مقام پر رُک گئیں۔ انہوں نے پیکٹ میز پر رکھ دیا اور خالی نظروں سے مریم کو دیکھنے لگیں۔ مریم کی سمجھ میں نہیں آرہا تھا کہ وہ کیا سوچ رہی ہیں۔ کئی بار اُن کے ہونٹ کھُلے مگر وہ خاموش رہیں۔ معلوم ہوتا تھا کہ وہ مریم سے کچھ کہنا چاہتی ہیں مگر ہمت نہیں پڑرہی۔

”کیوں، خیریت تو ہے؟“ مریم نے پوچھا۔

انہوں نے کوئی جواب نہیں دیا بلکہ پیکٹ کو ایک بار پھر دیکھا اور ٹیلی فون کا ریسیور اٹھا کر کسی کے نمبر ڈائل کرنے لگیں۔

"محمود، ذرا یہاں آؤ،" انہوں نے کہا۔ دوسری جانب سے کچھ کہا گیا اور جواب میں انہوں نے کہا، "ہاں، ابھی!"

مریم کو اندازہ ہو گیا تھا کہ گولیوں کے ساتھ کوئی مسئلہ ہے مگر اُس نے کچھ کہا نہیں۔ ڈاکٹر رضیہ کی نظریں دروازے پر لگی ہوئی تھیں۔ آخر محمود کمرے میں داخل ہوا اور مریم کو دیکھ کر ٹھٹھک گیا۔ اس کے چہرے پر گھبراہٹ کے آثار نظر آ رہے تھے اور وہ اس طرح خاموش کھڑا تھا جیسے مجرموں کے کٹہرے میں کھڑا ہو۔ ڈاکٹر رضیہ نے کھڑے ہو کر مریم کی گولیوں کا پیکٹ اٹھایا اور محمود کی طرف اچھال کر چیخیں، "یہ کیا ہے؟" محمود نے کوئی جواب نہیں دیا، اور ڈاکٹر رضیہ سے نظریں چُرا کر اِدھر اُدھر دیکھنے لگا۔ اس کی پیشانی پر پسینے کے قطرے چمک رہے تھے۔

"اِن گولیوں کی میعاد ختم ہوئے تین سال گزر چکے ہیں، کیوں؟" اُن کے لہجے میں سرد مہری تھی۔ محمود نے کوئی جواب نہیں دیا۔

"محمود، مجھے تم سے امید نہیں تھی کہ اتنی ذلالت کرو گے،" اُن کے ہونٹ بھنچے ہوئے تھے، "بولو محمود، تم نے عارف کو بتا دیا تھا کہ مریم برتھ کنٹرول کی گولیاں لے رہی ہے؟"

محمود کی خاموشی نے اُسے مجرم قرار دے دیا۔ مریم سنّاٹے میں آ گئی۔ "تو یہ عارف کی سازش تھی،" اُس نے سوچا اور اُس کا جی مالش کرنے لگا۔ اُس نے خود کو سنبھالنے کے لیے گہرے گہرے سانس لینا شروع کر دیے۔ ڈاکٹر رضیہ کی نظریں محمود پر جمی ہوئی تھیں اور محمود کی نگاہیں جھکی ہوئی تھیں۔

"محمود، کاش تم میرے دوست نہ ہوتے،" آخر ڈاکٹر رضیہ نے خاموشی توڑی۔

"آئی ایم سوری، رضیہ،" محمود نے کہا اور کمرے سے نکل گیا۔

"مریم، اگر تم چاہو تو پولیس سے رجوع کر سکتی ہو۔"

مریم کے ہونٹ کچھ کہنے کے لیے کھلے، مگر اُس نے کچھ کہا نہیں۔

"ویسے ابھی گھبراؤ نہیں۔ تین چار ہفتے اور ٹھہر جاؤ پھر ہم اے زیڈ ٹیسٹ کروالیں گے۔"

"اے زیڈ ٹیسٹ؟" مریم نے پوچھا۔

"ہاں، تمہارا پیشاب ٹیسٹ ہو گا۔"

"تو ابھی کیوں نہ کرالیں۔"

"نہیں، کم از کم چار ہفتے کے بعد ہی وہ ٹیسٹ ہو سکتا ہے۔ تمہارا پیشاب ڈھاکہ میڈیکل کالج کے اسپتال میں بھیجنا پڑے گا اور وہاں سے رپورٹ آنے میں بھی ہفتہ بھر لگے گا۔"

"کیا آپ یہیں ٹیسٹ نہیں کرا سکتیں؟"

"نہیں، یہ ٹیسٹ صرف کراچی، لاہور یا ڈھاکہ میں ہو سکتا ہے۔"

"بہر حال، آپ ٹیسٹ کرائیں یا نہ کرائیں مگر مجھے یہ بچہ نہیں چاہیے،" مریم نے ڈاکٹر رضیہ کی آنکھوں میں دیکھتے ہوئے کہا۔

"مریم، کاش میں اس سلسلے میں تمہاری مدد کر سکتی،" ڈاکٹر رضیہ نے جواب دیا۔

"کیا آپ عارف کی ذلالت کی تائید کر رہی ہیں؟"

"ہر گز نہیں، مگر میں قانون کے سامنے مجبور ہوں۔ مجھے صرف اس صورت میں دخل دینے کی اجازت ہے جب ماں کی زندگی خطرے میں ہو۔"

"اس بات کا کیا امکان ہے کہ واقعی حمل ٹھہر گیا ہے۔"

"تمہیں اپنا پیریڈ مِس کیے ہوئے کتنے دن ہو گئے؟"

"آج دسواں دن ہے۔"

ڈاکٹر رضیہ سوچ میں پڑ گئیں، پھر بولیں، "جذباتی تناؤ کی بنا پر بھی پیریڈ آنے میں دیر ہو سکتی ہے یا پھر کوئی بیماری بھی سبب بن سکتی ہے۔ اس دوران تمہارا وزن تو کم نہیں ہوا؟"

"مجھے تو نہیں لگتا۔ پچھلے مہینے عارف نشے میں دھت گھر آیا تھا اور مجھے اُس پر غصہ تھا مگر میں نے اسے معاف کر دیا ہے، تو کوئی جذباتی تناؤ بھی نہیں ہے۔"

"اگر کوئی اور وجہ نہیں تو آج کی تاریخ میں تمہارے حمل ٹھہرنے کا امکان ساٹھ سے اسّی فی صد ہے،" ڈاکٹر رضیہ نے کہا اور خاموش ہو گئیں۔

مریم نے گہرا سانس لیا اور سوچ میں پڑ گئی۔

***

مریم نے ڈرائیور سے کہا کہ وہ پتنگا جانے کی بجائے اسے انکل عادل کی طرف ہی لے چلے۔ اس کے دل کے غبار نے اب گہرے بادلوں کا روپ دھار لیا تھا اور وہ برسنے کے لیے تُلے کھڑے تھے۔ جوں ہی کار دروازے کے سامنے پورچ میں رکی، مریم دروازہ کھول کر تیزی سے اتری اور گھر میں داخل ہو کر سیدھی بیت الخلا کی طرف دوڑی۔ گلوریا نے اسے دیکھا اور انہیں اندازہ ہو گیا کہ مریم جلدی میں تھی۔ وہ اس کے پیچھے پیچھے آئیں اور دیکھا کہ مریم ٹوائلیٹ سیٹ کے آگے جھکی ہوئی قے کر رہی ہے۔ وہ اپنی ہتھیلی اُس کی پیشانی پر رکھ کر دوسرے ہاتھ سے اس کی پیٹھ سہلانے لگیں۔ جب گلوریا کی ٹھنڈی ہتھیلی نے مریم کی تپتی ہوئی پیشانی کو چھوا تو اسے کچھ سکون محسوس ہوا۔ وہ فلش کر کے اٹھی اور ٹھنڈے پانی سے غرارے کر کے کھڑی ہو گئی۔ اس کے ہونٹوں پر خجالت آمیز مسکراہٹ تھی۔

گلوریا کو مریم کی اس کمزوری کا علم تھا کہ جب وہ انتہائی جذباتی دباؤ میں ہوتی تھی تو قے کر دیتی تھی۔ انہوں نے اس کی کمر کے گرد اپنا بازو ڈالا اور چمٹا کر اسے اپنے ساتھ ڈرائنگ روم میں لا کر بٹھا دیا اور خود اس کے برابر ہی بیٹھ گئیں۔

"اب بتاؤ بیٹی کہ کیا بات ہے،" انہوں نے مریم کے سر پر ہاتھ رکھ کر پوچھا۔

مریم کی سمجھ میں نہیں آ رہا تھا کہ وہ گلوریا کو کیسے بتائے کہ اُن کے بیٹے نے کیا حرکت

کی ہے۔ اس نے کئی بار ہونٹ کھولے مگر اس کے گلے میں ایک گولا سا پھنس گیا۔ جب اُس کا بس نہیں چلا تو اس نے رونا شروع کر دیا۔ گلوریا نے اُسے دلاسا دیا تو اُس کی سسکیوں نے چیخوں کی شکل اختیار کرلی۔ انہوں نے اس کے سر کو اپنے شانے پر رکھا اور خاموشی سے اُس کے سر پر ہاتھ پھیرتی رہیں یہاں تک کہ اُس کی چیخیں رک گئیں۔

''تھینک یو، آنٹی،'' آخر مریم نے اپنا سر ان کے شانے سے ہٹایا اور دوپٹے کے پلّو سے اپنے آنسو پونچھنے لگی۔ گلوریا اٹھیں اور گلاس میں ٹھنڈا پانی لا کر مریم کے ہونٹوں سے لگا دیا۔

''اب بتاؤ کہ کیا بات ہے،'' جب مریم بولنے کے قابل ہوئی تو گلوریا نے پوچھا۔

''آنٹی، عارف نے میرے خلاف وہ سازش کی ہے جس کے متعلق میں سوچ بھی نہیں سکتی تھی۔''

''آخر ہوا کیا؟'' انہوں نے مریم کے سر پر ہاتھ رکھ کر پوچھا۔

''آپ کو تو معلوم ہے کہ میں برتھ کنٹرول کی گولیاں استعمال کر رہی تھی۔''

''ہاں، تم نے بتایا تھا۔''

''میں نے عارف کو بتا دیا تھا کہ جب تک وہ شراب کی لت سے چھٹکارا نہیں پاتا، میں اس کے بچے کی ماں نہیں بن سکتی۔''

''یہ بھی معلوم ہے۔''

''اُس نے محمود سے مل کر سازش کی اور مجھے پرانی گولیاں دلوا دیں۔ ڈاکٹر رضیہ کا خیال ہے کہ میں پریگننٹ ہوں،'' مریم نے ہونٹ بسورتے ہوئے کہا اور رونا شروع کر دیا۔

گلوریا نے پھر بڑھ کر اسے چمٹا لیا۔ یہ اُن کے لیے لمحۂ فکریہ تھا کہ وہ اس خبر پر بلّیوں اچھلیں کہ وہ دادی بننے والی تھیں، یا اُس عورت کا ساتھ دیں جو اُن ہی کی طرح تنہا اور دُکھی تھی۔

۵۵

”چھ چیزیں ایسی ہیں جن سے خداوند کو نفرت ہے۔ سات ہیں جن سے اسے کراہیت ہے۔ مغرور آنکھیں، جھوٹی زبان، بے گناہوں کا خون بہانے والے ہاتھ، بُرے منصوبے باندھنے والا دل، شرارت کے لیے تیز رو پاؤں، جھوٹا گواہ جو دروغ گوئی کرتا ہے، اور جو بھائیوں میں نفاق ڈالتا ہے۔“

امثال 6:16-19

عادل نے اپنے انتظامی عملے کو کانفرنس روم میں ایک مختصر میٹنگ کے لیے جمع کر لیا تھا۔ لمبی میز کے گرد سب اپنی اپنی نشستوں پر بیٹھے تھے۔ ایک طرف انجینئرز، اور دوسری جانب فنانس اور لاجسٹکس کے ماہرین۔ میز کے سرے پر، صدر کی کرسی تھی جس پر عادل بیٹھے ہوئے مسکرا رہے تھے۔ اُن کی کرسی کی اونچی پشت قیادت کی علامت تھی۔ اُن کی دائیں جانب پہلی کرسی عارف کی تھی جس سے وہ اپنے اسٹاف کو یہ پیغام دیتے تھے کہ اُن کے بعد اُن کا بیٹا ہی کمپنی کو سنبھالے گا۔ کمرے کی روشنی مدھم رکھی گئی تھی تاکہ سامنے والی دیوار پر نصب دو بڑے بڑے اسکرین زیادہ نمایاں دکھائی دیں۔ ایک اسکرین پر ایک پرانا آئل ٹینکر نظر آ رہا تھا۔ زنگ آلود ڈھانچہ اور اُکھڑا ہوا پینٹ بتا رہا تھا کہ یہ جہاز اپنی آخری عمر گزار چکا ہے۔ دوسری اسکرین پر ایک دیو قامت کنٹینر شپ کی تصویر تھی جس کا وسیع ڈیک خالی پڑا تھا، جیسے کسی نے اس کی روح کھینچ لی ہو۔ جگہ جگہ پینٹ اکھڑ چکا تھا اور لوہے کی چادروں پر

وقت کے نشان نمایاں تھے۔ دونوں جہاز اپنی عظمت کے باوجود ایک زوال کی تصویر پیش کر رہے تھے، جیسے سمندر سے رخصتی کے لیے خاموشی سے تیار ہوں۔

کمرے میں بیٹھے ہوئے ماہرین کی نظریں بار بار ان تصویروں سے عادل کی طرف پلٹتی تھیں۔ وہ جانتے تھے کہ یہ صرف تصاویر نہیں، بلکہ ایک نیا چیلنج اور ایک نئی ذمہ داری ہے۔ کمرے میں ہلکی سی سنجیدہ خاموشی تھی، جیسے سب کسی بڑی خبر کے انتظار میں ہوں۔ یہ وہی جہاز تھے جن کا انجینئرنگ اسٹاف پہلے ہی معائنہ کر چکا تھا اور ان کے انہدام کا معاہدہ ان جہازوں کے مالکان کے زیرِ غور تھا۔ ہر ایک کے چہرے پر انتظار کی کیفیت تھی، گویا سب کو اندازہ تھا کہ آج کی میٹنگ کسی خوش خبری کے لیے بلائی گئی ہے۔

عادل نے مسکراتے ہوئے کہا، "دوستو، آخرکار وہ لمحہ آ ہی گیا جس کا ہم سب انتظار کر رہے تھے۔ اورین شپنگ لائنز نے معاہدے پر دستخط کر دیے ہیں۔ دونوں جہاز، آئل ٹینکر اور کنٹینر شپ، اب ہماری تحویل میں ہیں۔"

کمرے میں ایک ساتھ تالیوں کی گونج سنائی دی اور میز کے گرد بیٹھے ہوئے لوگ اپنے برابر والوں کو مبارک باد دیتے ہوئے اُن سے ہاتھ ملانے لگے۔

"مبارک ہو سر!" عبدالفتاح نے کہا۔ وہ وائس پریزیڈنٹ فائننس تھا اور فیصلہ سازی میں عادل کے بعد سب سے زیادہ اختیار اسی کے پاس تھا۔

"جی بالکل، معائنہ کے بعد سے ہم سب کو یقین تھا کہ یہ پروجیکٹ ہمارا ہی ہو گا،" انجینئر انور نے کہا۔

"اب اگلا مرحلہ کام کو بہترین معیار پر مکمل کرنا ہے، تاکہ اورین شپنگ کو اندازہ ہو کہ انہوں نے صحیح انتخاب کیا ہے۔" علی نے کہا۔ وہ آپریشنز ہیڈ تھا اور معیار کو برقرار رکھنا اُس کی ذمّہ داری تھی۔

عادل نے سر ہلاتے ہوئے کہا، "بالکل، یہی میرا پیغام ہے۔ آپ سب کی محنت رنگ لائی ہے۔ اب ہمیں یہ پروجیکٹ صرف پورا ہی نہیں کرنا، بلکہ ایسی مثال قائم کرنی ہے جس پر آنے والے برسوں میں ہماری پہچان قائم ہو۔"

عادل نے گھڑی دیکھی تو ساڑھے پانچ بج رہے تھے۔ اس نے میٹنگ ختم ہونے کا اعلان کیا اور سب اٹھ کھڑے ہوئے۔ کمرے میں خوشی اور جوش کی لہر دوڑ گئی تھی۔ سب ایک دوسرے سے ہاتھ ملا کر مبارکباد دے رہے تھے۔ کچھ نے ہلکی سی مسکراہٹ کے ساتھ ایک دوسرے کے کندھے تھپتھپائے۔ اسکرین پر جگمگاتے جہاز جیسے سب کو یاد دلا رہے تھے کہ اصل امتحان اب شروع ہونے والا ہے۔

عادل جوں ہی اپنی فائلیں اٹھانے لگے، میز پر رکھے ہوئے فون کی گھنٹی بجی۔ اُنہوں نے ریسیور اٹھا کر ہیلو کہا اور دوسری طرف کی بات سننے لگے۔ عارف اپنی کرسی سے اٹھ کر چلنے لگا تو عادل نے چٹکی بجا کر اسے اپنی طرف متوجہ کیا اور انگلی کے اشارے سے بیٹھنے کے لیے کہا۔ وہ فون پر صرف ہوں ہاں کہہ رہے تھے اور معلوم ہوتا تھا کہ اُنہیں کوئی لمبی کہانی سنائی جا رہی ہے۔

عارف سمجھ گیا کہ دوسری طرف اُس کی ماں تھی۔ اسے یہ بھی معلوم تھا کہ وہ اُس کے باپ کو کون سی کہانی سنا رہی ہے، کیونکہ گھنٹہ بھر پہلے محمود نے اسے فون کر کے بتا دیا تھا کہ مریم امید سے ہے اور سارا راز فاش ہو گیا ہے۔ محمود نے اُسے ڈاکٹر رضیہ سے اپنی ملاقات کا احوال بھی سنا دیا تھا۔ اب وہ اپنے باپ کے برابر بیٹھا ہوا جواب دہی کی تیاری کر رہا تھا۔ اس نے جیب سے رومال نکال کر چہرے سے پسینہ پونچھا اور سینے سے بوجھ ہٹانے کے لیے گہرا سانس لیا۔

عادل نے فون کا ریسیور رکھ دیا اور کچھ کہے بغیر عارف کی طرف دیکھنے لگے۔ اُس نے

اپنے باپ کی طرف دیکھا مگر اُن کی خاموشی کی تاب نہ لا کر نظریں جھکا لیں۔ انھوں نے اٹھتے ہوئے اُسے ہدایت کی کہ وہ اُن ہی کے گھر آئے کیونکہ مریم وہیں ہے۔

***

عارف نے راستے میں ہی فیصلہ کر لیا تھا کہ وہ مریم کے سامنے جارحانہ انداز اختیار کرے گا ورنہ وہ اُسے کچّا چبا جائے گی۔ اُس کا خیال تھا کہ مریم نے اُس کے والدین کو بھی اپنے قابو میں کر لیا ہے کیونکہ وہ ہمیشہ اُسی کا ساتھ دیتے تھے۔ اُس نے اپنی کار کی رفتار کم رکھی تاکہ اُس کے پاپا اُس کے پہنچنے سے پہلے آگ پر جتنا چھڑکاؤ کر سکیں کر دیں۔ اُس کا بس چلتا تو وہ مریم کا سامنا نہ کرتا، کیونکہ اُسے معلوم تھا کہ جب مریم غصے میں ہوتی ہے تو اُسے بھاگتے ہی بن پڑتی ہے، مگر بکرے کی ماں کب تک خیر مناتی۔

ڈرائنگ روم میں مریم دروازے کے سامنے ہی صوفے پر بیٹھی تھی۔ آنکھیں رو رو کر سوج گئی تھیں اور ناک سرخ ہو گئی تھی۔ عادل اور گلوریا ایک طرف خاموش بیٹھے تھے۔ عارف نے کمرے میں داخل ہوتے ہوئے کہا، "کیا بات ہے، مریم۔ آفس میں پاپا نے بتایا کہ تم یہاں ہو۔ آخر ماجرا کیا ہے؟"

"ماجرا؟ ماجرا یہ ہے کہ میں اپنی زندگی کو جہنم بنتا ہوا مزید برداشت نہیں کر سکتی،" مریم نے دانت پیس کر کہا اور اٹھ کر کھڑی ہو گئی۔ عادل نے گلوریا کو اشارہ کیا اور دونوں کمرے سے نکل گئے۔

"زندگی جہنم؟ خدا کے لیے، یہ ڈرامے بند کرو۔ تمہارے پاس سب کچھ ہے۔ پھر مسئلہ کیا ہے؟" عارف نے حیرانی کی ایکٹنگ کرتے ہوئے کہا۔

مریم نے اپنا پرس اٹھایا اور اس میں سے اپنی برتھ کنٹرول کی گولیوں کا پیکٹ نکال کر عارف کے منہ پر مار کر کہا، "یہ دیکھو! پرانی گولیاں، جن کی میعاد تین سال پہلے ختم ہو چکی

ہے۔ اب کہو کہ یہ تمہاری سازش نہیں ہے۔"

"سازش؟ مریم، یہ تہاری غلط فہمی ہے۔ میں نے کچھ نہیں کیا۔ شاید کیمسٹ کی غلطی ہو،" عارف نے جھینپ کر دفاعی انداز اختیار کر لیا۔

"کیمسٹ کی غلطی؟ مجھے تم دودھ پیتی بچی سمجھتے ہو؟ محمود نے ڈاکٹر رضیہ کے سامنے پوری سازش اگل دی ہے۔"

عارف نے گھبرا کر پینترا بدلا، "مریم، میں نے کچھ نہیں کہا۔ تم غلط سوچ رہی ہو۔ میں کیوں چاہوں گا کہ تمہیں دھوکا دوں؟"

"کیوں؟ اس لیے کہ تمہیں بیوی پر اختیار جتانا تھا! اس لیے کہ میں تمہاری شراب، کباب اور یاروں، دوستوں سے اپنے لیے کچھ وقت مانگ رہی تھی اور اوپر سے تم چاہتے تھے کہ میں تمہارے لیے بچہ بھی پیدا کروں۔ کیا تم نے میرے پیٹ کو کرائے کا مکان سمجھ لیا ہے؟" مریم نے دانت پیس کر کہا اور عارف کو انگلی دکھا کر دو قدم آگے بڑھ گئی۔

"بس بہت ہو گیا، مریم! تم مجھے قصوروار ٹھہرا رہی ہو بغیر ثبوت کے۔ میں نے کبھی نہیں چاہا کہ تم تکلیف میں پڑو۔"

"ثبوت؟ یہ پیکٹ ثبوت ہے!" مریم نے فرش سے پیکٹ اٹھاتے ہوئے کہا، "تمہارے اپنے دوست کا اعتراف ثبوت ہے! تم جھوٹ بول سکتے ہو لیکن میری آنکھیں بند نہیں۔"

"تو تم سمجھتی ہو کہ میں جان بوجھ کر تمہیں دھوکا دینا چاہتا ہوں؟ تم نے مجھے کبھی شوہر مانا ہی نہیں۔ تمہارے لیے ہمیشہ شرط یہی رہی کہ دوستوں کو چھوڑ دو۔ بیوی محبت دیتی ہے، حکم نہیں۔"

"محبت؟ تمہاری محبت تو کلب اور محفلوں میں بکتی ہے! میں نے سوچا تھا کہ تمہارے

ساتھ میرا ایک نیا جہان بسے گا۔ لیکن تم نے میرے ہر خواب کا خون کیا ہے۔ یہاں میری حیثیت ہی کیا ہے، سوائے تمہاری گھر والی کے؟"

"اور تم نے مجھے شوہر کے بجائے مجرم سمجھا ہے! تمہارے نزدیک میں شرابی، جھوٹا اور سازشی ہوں۔ اگر ایسا ہی ہے تو کیوں یہ رشتہ نبھا رہی ہو؟"

"بالکل ٹھیک کہا! اگر تم یہی سمجھتے ہو تو پھر یہ رشتہ زیادہ دیر نہیں چل سکتا۔"

عارف خاموش ہو گیا۔ وہ خالی نظروں سے مریم کو گھور رہا تھا۔

"میں تم سے آخری بار کہہ رہی ہوں، عارف، کہ مجھے یہ بچہ نہیں چاہیے، نہیں چاہیے، نہیں چاہیے!"

"میں اس سلسلے میں کچھ نہیں کر سکتا،" عارف نے بے رخی سے کہا۔

"تو پھر میں اپنے پیٹ میں چھرا گھونپ لوں گی،" مریم نے دانت پیس کر اپنی مٹھی پیٹ پر مارتے ہوئے کہا۔

اسی لمحے عادل اور گلوریا کمرے میں داخل ہوئے اور گلوریا نے مریم کو چمٹاتے ہوئے کہا، "نا بیٹی، ایسی بات زبان سے نہیں نکالتے۔ خدا نہ کرے کہ تُو اپنے آپ پر ہاتھ اُٹھائے۔"

"بس! دونوں یہ لڑائی بند کرو۔ یہ گھر ہے، عدالت نہیں کہ ایک دوسرے پر الزامات کی بارش کرو،" عادل نے ڈانٹا۔

"آنٹی، آپ ہی بتائیے۔ یہ کیسی شادی ہے جہاں شوہر بیوی کے جسم پر بھی سازش کرتا ہے؟ یہ محبت ہے یا قید؟" مریم نے روتے ہوئے، گلوریا کے کندھے پر سر رکھ کر کہا۔

"اور آپ یہ کیوں نہیں دیکھتیں کہ یہ بیوی شوہر کو ذرا سی عزت نہیں دیتی؟ ہر وقت طعنے، ہر وقت شراب، دوست، سازش، جیسے میں کوئی حیوان ہوں،" عارف نے جھنجلا کر کہا۔

"وہ شوہر حیوان ہی ہوتا ہے جو بیوی کی عزت کو روندتا ہے،" عادل نے کہا، "عارف،

کیا یہ سب سچ نہیں کہ تم نے محمود کے ساتھ مل کر یہ سازش کی تھی؟"

"آپ ہمیشہ مریم کا ساتھ دیتے ہیں، آپ کو میرا دکھ کیوں نہیں دکھائی دیتا؟ میں بھی آپ کا بیٹا ہوں!" عارف نے روہانسا ہو کر کہا۔

"بیٹے، ہم تمہارا دکھ بھی دیکھتے ہیں۔ لیکن جس دن تم نے اپنی بیوی کے اعتماد کو ٹھیس پہنچائی، اُس دن تمہارا دکھ چھوٹا اور اُس کا دکھ بڑا ہو گیا،" گلوریا نے کہا۔

کمرے میں خاموشی چھا گئی۔ گلوریا کی بانہیں مریم کو سنبھالے ہوئے تھیں، عادل کی نظریں سختی سے عارف پر جمی تھیں، اور عارف کے چہرے پر ضد اور تلخی واضح تھی۔

"یاد رکھو عارف، رشتے اعتماد سے قائم رہتے ہیں، ضد سے نہیں۔ اگر یہ ضد جاری رہی تو یہ رشتہ زیادہ دیر نہیں چلے گا،" عادل نے دھیمے لہجے میں کہا۔

عارف نے کندھے اُچکا کر لاپرواہی کا اظہار کیا۔ کمرہ بوجھل فضا میں ڈوب گیا۔ کوئی صلح نہیں، صرف تناؤ اور آنے والے طوفان کا سایہ اُن پر پڑ رہا تھا۔

۵۶

”ہر طرح کی تلخ مزاجی اور قہر اور غصہ اور شور و غل اور بد گوئی ہر قسم کی بد خواہی سمیت تم سے دُور کی جائیں۔ اور ایک دوسرے پر مہربان اور نرم دل ہو اور جس طرح خدا نے مسیح میں تمہارے قصور معاف کیے ہیں تم بھی ایک دوسرے کے قصور معاف کرو۔“

افسیوں 32-4:31

اگر عارف کا کوئی دوست رات کو اُس کے بنگلے میں رُک جاتا تو اُس کے لیے ایک چھوٹا سا بیڈ روم تھا جس میں ہمیشہ بستر لگا رہتا تھا۔ جب سے میاں بیوی میں بول چال بند ہوئی تھی، عارف رات کو وہیں جا کر بستر سنبھالتا اور دروازہ بند کر لیتا۔ ڈاکٹر رضیہ نے مریم کو فون کر کے بتا دیا تھا کہ ڈھاکہ سے اُس کے ٹیسٹ کی رپورٹ آ گئی ہے اور نتیجہ مثبت نکلا ہے۔ مریم کو معلوم تھا کہ ٹیسٹ کرانا فضول تھا، مگر ڈاکٹر رضیہ کے کہنے پر کرا لیا تھا۔ اُس کے باوجود خبر سن کر اُس کا دل بیٹھنے لگا۔ وہ ماں بننے کے احساس کے ساتھ ساتھ یہ سوچ کر تلملانے لگی کہ یہ بچہ دھوکے اور سازش کی پیداوار ہے۔

جیسے جیسے وقت گزرا، مریم کے جسم میں ہلکی ہلکی تھکن، کبھی متلی اور کبھی بے چینی ہونے لگی۔ اُس کی طبیعت میں چڑچڑاپن بھی پیدا ہو گیا، لہٰذا عارف اُس سے دور دور رہنے لگا، مگر کبھی کبھار اُس کی نظر بیوی کے زرد چہرے پر پڑتی تو دل میں ہلکی سی بے چینی محسوس

کرتا۔ ایک رات اُس نے دروازے کی اوٹ سے مریم کی سسکیاں سنیں۔ اُس نے ہلکے سے دروازہ کھولا تو دیکھا کہ وہ گھٹنوں میں سر دیے بستر پر بیٹھی رو رہی ہے۔ وہ اپنا دل مسوس کر رہ گیا۔ دستک دینا چاہی، مگر ہمت نہ کر سکا اور دروازہ بند کر کے اپنے بیڈ روم کی راہ لی۔

تیسرا مہینہ ختم ہوتے ہوتے مریم کا پیٹ نمایاں ہونے لگا۔ نیند کے دوران وہ کراہتی اور بار بار کروٹ بدلتی۔ عارف کبھی اپنے کمرے سے دبے پاؤں آتا اور کچھ دیر اُس کے بستر کے قریب کھڑا رہ کر واپس چلا جاتا۔ دل میں ایک احساس بڑھ رہا تھا، "یہ بچہ چاہے جیسے آیا ہو، ہے تو میرا خون۔" ڈاکٹر رضیہ ہر ماہ باقاعدگی سے مریم کا معائنہ کرتی تھیں۔ وہ اُس کا وزن اور بلڈ پریشر نوٹ کرتیں، اسٹیتھوسکوپ سے دل اور پھیپھڑوں کی آواز سنتیں، اور پیٹ کو ہلکا سا ٹٹولتیں۔

"تمہیں اپنی خوراک میں دودھ اور پھل بڑھانے چاہئیں، اور آئرن اور کیلشیم کی گولیاں لیتی رہنا" وہ اُسے سمجھاتیں، "زیادہ مصالحے دار کھانے سے پرہیز کرنا، الٹی کی صورت میں چھوٹے چھوٹے وقفوں سے تھوڑا تھوڑا کھالیا کرو۔"

اُس کے پیٹ میں ہلکی ہلکی جنبش شروع ہو گئی تھی۔ ابتدا میں اُسے ڈر لگتا تھا مگر کبھی کبھی اس جنبش پر ہاتھ رکھ کر سوچتی کہ وہ بچے کا نام "امید" رکھے گی خواہ وہ لڑکا ہو یا لڑکی ہو۔ ایک شام عارف نے پہلی بار اُس سے پوچھا، "طبیعت کیسی ہے؟"

مریم نے سرد لہجے میں کہا، "ٹھیک ہوں۔"

یہ دو الفاظ بھی عارف کے لیے کسی نعمت سے کم نہ تھے۔ جب سے مریم نے اس سے بول چال بند کی تھی، اس کے دماغ میں ہر وقت چکّی سی چلتی رہتی تھی۔ اسے مریم کی شکایات ایک ایک کر کے یاد آتیں اور کام کے دوران بھی مریم کے کہے ہوئے الفاظ اس کے ضمیر پر ہتھوڑے چلاتے رہتے۔

"عارف، تم نے مجھے شادی کی پیش کش کر کے مجھ پر ظلم کیا۔"

"تم مجھے کبھی اپنے دوستوں کی پارٹیوں میں نہیں لے جاتے۔ کیا تم مجھے اس قابل نہیں سمجھتے؟"

"کیا تم نے کبھی سوچا ہے کہ میری حیثیت اُس طوطے جیسی ہے جسے لا کر پنجرے میں بند کر دیا جائے اور کبھی کبھار اسے میاں مٹھو، میاں مٹھو کہہ کر اپنا دل بہلا لیا جائے۔"

عارف کے دل نے مریم کی ایک ایک شکایت کو تسلیم کر لیا تھا مگر وہ اُس انا کا کیا کرتا جو اُسے مریم سے سوری کہنے کی اجازت نہیں دے رہی تھی۔ دفتر میں سارا دن وہ محسوس کرتا جیسے اس نے کانٹوں کا لباس پہن لیا ہو۔ ایک چبھن جاتی تو دوسری اُبھر آتی۔ کاغذات، فائلیں، رپورٹیں سب اس کی آنکھوں کے سامنے دھندلا جاتیں۔ ہر لمحہ مریم کا یہ جملہ اس کے دل پر کیل کی طرح لگتا، "عارف، تم نے مجھے شادی کی پیش کش کر کے مجھ پر ظلم کیا۔" رات کو وہ بستر پر لیٹا کروٹیں بدلتا رہتا مگر نیند اس کی آنکھوں سے کوسوں دور رہتی۔ مریم کے پژمردہ چہرے کی جھلک بار بار اس کی آنکھوں کے سامنے آ جاتی۔ کبھی وہ سوچتا کہ دروازہ کھول کر مریم کے پاس جائے اور اس کا ہاتھ تھام کر کہے، "مریم، مجھے معاف کر دو،" مگر سوال یہ تھا کہ وہ اپنی انا کی دیوار کو کیسے پھلانگے۔

مریم کے دل پر ایک مسلسل بوجھ تھا۔ جب بچہ ہلکی سی جنبش کرتا تو دل کے ایک گوشے سے خوشی پھوٹتی، مگر فوراً ہی دوسری سوچ اسے کچل دیتی، "یہ بچہ میری مرضی کا نتیجہ نہیں، یہ مجھ پر تھوپا گیا ہے۔" وہ سوچتی، "کیا میں کبھی اس معصوم کو دل سے قبول کر پاؤں گی؟" یہ سوال اسے راتوں کو جگائے رکھتا تھا۔

گلوریا نے مریم کو مشورہ دیا کہ اُسے باورچی خانے میں نہیں جانا چاہیے، لہٰذا اگر وہ اُن کے گھر منتقل ہو جائے تو بہتر ہے، لیکن مریم نے انکار کر دیا۔ گلوریا کے اصرار پر اُس نے

وعدہ کر لیا کہ آخری مہینے میں وہ اُن کے یہاں منتقل ہو جائے گی۔ گلوریا نے کہا کہ وہ کھانا پکانے کے لیے مُزمل کو اُس کے پاس بھیج دیں گی۔ مریم نے اس شرط پر منظور کر لیا کہ وہ کھانا پکا کر وہاں رکے گا نہیں کیونکہ اُس نے مُزمل جیسا بک بکیا نہیں دیکھا تھا اور اُس کے دماغ میں اتنی طاقت نہیں تھی کہ دن بھر اُس کی بکواس سنے۔

جوں جوں وقت گزرا، ڈاکٹر رضیہ کا چیک اپ طویل ہوتا گیا۔ انہوں نے مریم کو پیش کش کی تھی کہ وہ کلینک کے بعد اُس کے گھر آ کر معائنہ کر لیں گی مگر مریم نے کہا کہ وہ کلینک آنا پسند کرے گی کیونکہ اِس بہانے اسے گھر سے باہر نکلنے کا موقع مل جاتا ہے۔ چنانچہ جس دن اسے اُن کی کلینک جانا ہوتا، وہ گلوریا کو فون کر کے کار منگوا لیتی تھی۔

اُس دن جب مریم کلینک پہنچی تو خالدہ نے اُس کا استقبال کیا، اور اُسے بتایا کہ ڈاکٹر رضیہ کسی مریضہ کا معائنہ کر رہی ہیں۔ اُس نے مریم کو دوسرے معائنے کے کمرے میں لے جا کر بٹھا دیا۔ یہ کمرہ مریم نے پہلی مرتبہ دیکھا تھا۔ اس کی دیواریں سفید چونے سے رنگی ہوئی تھیں اور ہوا میں فینائل کی ہلکی سی بو تھی۔ چھت پر لگا ہوا پنکھا آہستہ آہستہ گھوم رہا تھا اور ہلکی سی کھٹ کھٹ کی آواز سے ظاہر ہوتا تھا کہ پنکھے کا ایک پر کچھ ڈھیلا ہے۔ کھڑکی کے قریب ڈاکٹر کی میز رکھی تھی جس پر شیشے کی چادر بچھی ہوئی تھی۔ میز پر اسٹیتھوسکوپ، بلڈ پریشر ناپنے کا آلہ اور چند فاؤنٹین پین رکھے تھے۔ کونے پر ایک شیشی نما مرتبان تھا جس میں روئی کے چھوٹے چھوٹے گولے تھے اور اُس کے برابر ہی باریک پلاسٹک کے دستانوں کا ڈبہ رکھا تھا۔ خالدہ نے مریم کی فائل میز پر رکھ دی۔ میز کے ساتھ ہی ڈاکٹر کے لیے ایک گھومنے والی کرسی تھی۔ اس کے سامنے والی دیوار کے ساتھ مریض اور اُس کے ساتھی کے لیے دو سادہ بید کی کرسیاں رکھی تھیں، جن کی پشت کی دیوار پر ڈھاکہ یونیورسٹی کی ڈاکٹر رضیہ سلطانہ کی سند لگی ہوئی تھی۔ کمرے کے دوسرے کنارے پر ایک تنگ سا معائنے کا بستر لگا تھا جس پر

باریک گدّا بچھا کر اوپر سے سفید چادر تان دی گئی تھی۔ جوں ہی مریم کمرے کا جائزہ لے کر فارغ ہوئی، دروازہ کھلا اور ڈاکٹر رضیہ لمبے سفید کوٹ میں ملبوس داخل ہوئیں۔

"کیوں بھئی، زیادہ انتظار تو نہیں کرنا پڑا؟" انہوں نے مسکرا کر پوچھا۔

"نہیں، خالدہ ابھی چھوڑ کر گئی ہیں،" مریم نے جواب دیا۔

انہوں نے مریم سے ہاتھ ملانے کا اشارہ کرنے کے لیے حسب معمول اپنی ہتھیلی اسے دکھا دی۔ وہ کہتی تھیں کہ وہ ایک مریضہ کے جراثیم دوسری مریضہ کو منتقل کرنا نہیں چاہتیں۔ انہوں نے دستانوں کے ڈبّے سے ایک جوڑا نکال کر پہنا اور مریم کی فائل کھول کر پچھلے معائنے کے نتائج پڑھنے لگیں۔

"آؤ، پہلے وزن کیے لیتے ہیں،" انہوں نے میز کے برابر رکھی ہوئی پرانی طرز کی وزن کی مشین کی طرف اشارہ کیا جس کے اوپر ایک لوہے کی ڈنڈی پر دو وزنی ٹکڑے سلائیڈ ہوتے تھے۔ مریم پلیٹ فارم پر کھڑی ہو گئی۔ ڈاکٹر رضیہ نے بڑے وزنی ٹکڑے کو پیچھے کی طرف سرکایا، پھر چھوٹے والے کو آگے پیچھے کیا یہاں تک کہ لوہے کی ڈنڈی افقی حالت میں آ گئی۔

"ایک سو تیس پاؤنڈ،" انہوں نے فائل میں وزن درج کرتے ہوئے کہا، "وزن ٹھیک ہے، ذرا ہاتھ دکھاؤ۔"

انہوں نے مریم کے ہاتھوں کے ناخن دبا کر دیکھا، اور پھر اُس کے پلک اٹھا کر آنکھوں کا معائنہ کیا اور بولیں، "خون کی ہلکی سی کمی ہے اور آنکھوں میں بھی ہلکی سی پیلاہٹ ہے۔ تمہیں باقاعدگی سے آئرن لینا ہو گا۔ یہاں بستر پر لیٹ جاؤ، تمہارے بچے کو بھی دیکھے لیتے ہیں۔"

انہوں نے مریم کے دونوں ٹخنے دبا کر کہا، "تمہارے ٹخنوں پر ہلکی سی سوجن ہے۔ تمہیں پانچواں مہینہ چل رہا ہے اس حساب سے فکر کی بات نہیں، پھر بھی نمک کم رکھو، اور پاؤں اونچے رکھ کر سویا کرو۔"

ڈاکٹر رضیہ نے اسٹیتھوسکوپ سے مریم کے دل کی دھڑکن سنی، سانسوں کی رفتار گنی اور بازو پر کف باندھ کر بلڈ پریشر چیک کیا۔ وہ تمام نتائج کو مریم کی فائل میں درج کرتی گئیں اور دیر تک اُس کے پیٹ پر ہاتھ پھیرتی رہیں اور پھر لمبوترے گلاس کی طرح کا ایک آلہ اس کے پیٹ پر رکھا اور دوسرے سرے پر اپنا کان رکھ کر بچے کے دل کی دھڑکن گنتی رہیں۔

"تمہارے بے بی کے دل کی دھڑکن تقریباً ایک سو چالیس اور ایک سو پچاس فی منٹ کے درمیان ہے جو نارمل ہے۔ باقی نتائج بھی پانچویں مہینے کے مطابق ہیں۔"

"کبھی کبھی کمر میں کافی کھنچاؤ محسوس ہوتا ہے،" مریم نے کہا۔

"ہلکی گرم پوٹلی سے ٹکور کر سکتی ہو، اور دن میں دو تین بار دس منٹ کے لیے لیٹ لیا کرو۔"

"شکریہ۔"

"مجموعی طور پر سب ٹھیک جارہا ہے، مریم۔ تمہارا حوصلہ اسی طرح رہا تو سفر آسان گزرے گا۔ اگلی تاریخ میں یہ سب دوبارہ دیکھیں گے۔ اور ہاں، آئرن اور کیلشیم مت چھوڑنا،" ڈاکٹر رضیہ نے اُسے بستر سے اٹھنے میں مدد کرتے ہوئے کہا۔

"جی،" مریم نے کہا۔

"عارف سے صلح ہوئی؟" انہوں نے سرگوشی میں پوچھا۔

"عارف نے میرے ساتھ جو حرکت کی ہے، اُس کا انتقام تو اُسے بھگتنا ہی پڑے گا،" مریم نے تُرش لہجے میں جواب دیا اور اٹھ کر کھڑی ہوگئی۔

۵۷

"یسوع نے پھر اُن سے مخاطب ہو کر کہا، دنیا کا نور میں ہوں۔ جو میری پیروی
کرے گا وہ اندھیرے میں نہ چلے گا بلکہ زندگی کا نور پائے گا۔" یوحنا 8:12

رات بھر ہونے والی بارش سے صبح خاصی گیلی ہوگئی تھی۔ ہوا بھی گیلی تھی، بستر بھی گیلا تھا، اور مریم کو اپنی طبیعت بھی گیلی گیلی سی لگ رہی تھی۔ سر میں ہلکا ہلکا درد بھی تھا۔ جب وہ صبح کو اٹھتی تو یوں لگتا جیسے سوئی ہی نہیں۔ اُسے صبح کے ہونے میں بس دو ایک گھنٹہ نیند آتی تھی، ورنہ معلوم ہوتا تھا جیسے رات بھر دماغ جاگتا رہا ہو۔ اُس نے کمبل کا سرا اپنے اوپر سے ہٹایا تو کندھوں میں ہلکی سی اینٹھن، پیٹھ میں کھنچاؤ، اور پیٹ کے نچلے حصے میں ایک گانٹھ کا احساس ہوا جو ہر کروٹ پر اپنا وجود یاد دلاتی تھی۔ وہ آہستگی سے اُٹھی اور پاؤں لٹکا کر بیٹھ گئی۔ اسے معلوم تھا کہ عارف کام پر جا چکا ہو گا، اور مُزمل بھی اُسے ناشتہ کرا کے چلا گیا ہو گا۔

اُس نے بستر سے اُتر کر فرش پر رکھی ہوئی چپّل میں پاؤں ڈالے اور جب آئینے کے سامنے کھڑی ہوئی تو اُس کی نظر آنکھوں کے گرد سیاہ حلقوں، کنپٹی کے پاس بالوں کی چند بکھری لٹوں اور خشک ہونٹوں پر پڑی۔ اُس نے ہتھیلی سے آنکھیں سہلائیں اور غسل خانے کا رُخ کیا۔ اُس کی عادت تھی کہ وہ جب تک صبح اُٹھتے ہی غسل نہ کر لیتی تو اُس کی آنکھیں پوری طرح نہیں کھلتی تھیں۔ جب وہ نہا دھو کر غسل خانے سے نکلی تو بہتر محسوس کر رہی

تھی۔ اُس نے آئینے کے سامنے بال کاڑھے اور بستر تہہ کر کے باورچی خانے میں آ گئی۔ مُزمل اُس کے لیے کٹور دان میں ایک پراٹھا چھوڑ جاتا تھا اور اس کے ساتھ پلیٹ میں دو فرائی کیے ہوئے انڈے ہوتے تھے۔

مریم نے مٹی کے تیل کے چولہے کے پمپ کو دبایا تو اُس میں پہلے سے ہی ہوا بھری ہوئی تھی۔ مزمل چلتے وقت اُس میں ہوا بھر دیتا تھا تاکہ مریم کو نہ بھرنی پڑے۔ اس نے ماچس کی تیلی سے چولہا جلایا اور اُس پر چائے کی کیتلی رکھ دی۔ جب تک پانی ابلتا تب تک وہ کٹور دان سے انڈوں کی پلیٹ اور پراٹھا نکال کر ڈائننگ ٹیبل پر لے آئی۔

ناشتے سے فارغ ہونے کے بعد وہ چائے پینے کے لیے وہیں بیٹھی رہی۔ اُس نے پرس کھول کر چھوٹی سے دعاؤں کی کتاب نکالی اور جب اُسے کھولا تو اُس صفحے پر مزمور 34 تھی جس پر اُس نے سرخ پنسل سے لکیر کھینچی تھی۔ مزمور 34 حضرت داؤد کی کتاب زبور کا ایک نہایت خوبصورت اور ایمان افروز باب ہے جس میں اللہ کی حمد، شکر گزاری، اور اُس پر توکل کا اظہار ہے اور اِسے دعا کے طور پر پڑھا جاتا ہے۔ اُس نے کچھ سوچ کر کتاب بند کر کے واپس پرس میں رکھ دی اور اٹھ کر فون کا ریسیور اُٹھا کر عادل کے گھر کے نمبر ڈائل کیے۔ دوسری طرف سے گلوریا نے فون اٹھایا۔

"آنٹی، آپ خیریت سے ہیں؟" مریم نے کہا۔

"ہاں بیٹی، تم سناؤ، ٹھیک تو ہو نا؟"

"میں بالکل ٹھیک ہوں، آنٹی۔"

"میری مانو تو اپنی ضد چھوڑ کر ہمارے پاس آ جاؤ۔"

"میں ضرور آ جاؤں گی، آنٹی، لیکن کچھ دن ٹھہر کر۔"

"جیسی تمہاری مرضی۔"

"ابھی تو اپنی دیکھ بھال خود کر سکتی ہوں۔ جب مشکل پیش آنا شروع ہو گی تو میں خود آپ کے پاس آ جاؤں گی۔"

"ضرور۔ مجھے انتظار رہے گا۔"

"آنٹی، آج میں چرچ جانے کے متعلق سوچ رہی تھی۔"

"ضرور جاؤ، کس وقت گاڑی بھیج دوں۔"

"میں دو بجے جانے کا پروگرام بنا رہی تھی۔"

"ٹھیک ہے، دو بجے گاڑی پہنچ جائے گی، ہمارے لیے بھی دعا کرنا۔"

***

سینٹ پال چرچ کی عمارت کے سامنے ایک وسیع لان تھا جس کے درمیان سیمنٹ کی ایک گزر گاہ عبادت گزاروں کو چرچ کے مرکزی دروازے تک لے جاتی تھی۔ رات بھر ہونے والی بارش کی وجہ سے گھاس پر نمی کی تہہ چڑھی ہوئی تھی، مگر سورج کی تپش نے گزر گاہ کو خشک کر دیا تھا۔ چرچ کی چھت پر صلیب نما کلَس پر بیٹھا ہوا کوّا مستقل کائیں کائیں کر رہا تھا۔ مریم نے لان سے گزرتے ہوئے سر اٹھا کر دیکھا اور سوچا کہ کوّا چرچ میں مہمان کی آمد کا اعلان کر رہا ہے۔ اُس نے دروازہ کھول کر اندر جھانکا۔ پہلے تو اُسے اندھیرے کا احساس ہوا مگر چاروں طرف کھڑکیوں میں شیشوں پر بنی رنگ برنگی تصویروں سے چھَن کر آنے والی روشنی نے پورے ہال میں نیلے، ارغوانی اور سبز رنگ بکھیر دیے تھے۔ مریم کے لیے وہ روشنی کافی تھی۔

وہ آہستہ آہستہ چلتی ہوئی قربان گاہ کے سامنے پہنچی جس کے دونوں جانب شمع دانوں میں موم بتیوں کی لوئیں نیم تاریکی میں لرز رہی تھیں۔ اُس نے دعا کی کرسی پر گھٹنے ٹیک کر دونوں ہاتھ جوڑ لیے اور پیشانی کرسی کی پٹّی پر رکھ کر آنکھیں بند کر لیں۔ ایک نادیدہ ہاتھ

دل کے بے ہنگم شور میں آہستہ آہستہ سکون پیدا کرنے لگا۔ آہیں اور سسکیاں خاموش الفاظ میں ڈھلنے لگیں، ”خداوند، مجھے تھام لے، میں کمزور ہوں۔“ پھر الفاظ آنسو بن کر بہنے لگے اور گہرے ہوتے ہوئے سانسوں میں منظر بدلنے لگا۔ اسے احساس ہوا جیسے کسی نے اُس کے سامنے دو چراغ رکھ دیے ہوں۔

اُس نے دیکھا کہ وہ ایک بلند پُل پر ریلنگ تھامے کھڑی ہے جو آہستہ آہستہ اوپر اٹھ رہا ہے اور اس کے گرد دور دور تک ایک شفاف سفید دھند ہے جو آسمان کی سمت پھیل رہی ہے۔ وہ چاروں طرف نظر دوڑاتی ہے تو اس دھند سے ہر طرف، ہزاروں، لاکھوں کی تعداد میں، دودھ جیسے سفید، مسجدوں کے گنبد، گرجاؤں کے کلس اور مندروں کے شِکھر آہستہ آہستہ ابھرتے نظر آرہے ہیں۔ اُس کے کان اُس آواز کی طرف لگ جاتے ہیں جو ہر طرف سے آرہی ہے۔ وہ کوئی سریلا گیت ہے جس کے بول سمجھ میں نہیں آرہے۔ کوئی غیر مانوس زبان ہے مگر آہنگ یوں ہے جیسے کانوں میں سونے کی گھنٹیاں بج رہی ہوں۔ اُس نے محسوس کیا کہ اُس کے اندر کے شور پر سکینت کی چادر چڑھتی جارہی ہے۔

وہ سر اُٹھا کر اوپر دیکھتی ہے تو آسمان کے نیچے ہر طرف ننگ دھڑنگ، سفید پوتڑوں میں ملبوس، پروں والے ننھے ننھے بچے اُڑ رہے ہیں۔ معلوم ہوتا ہے کہ ان کے جسم بھی سفید سنگ مرمر کے بنے ہوئے ہیں۔ وہ سفید دھند سے نکلتے ہیں اور پھر اُسی میں غائب ہو جاتے ہیں۔ اُسے معلوم ہے کہ وہ فرشتے ہیں اور اُن کے پروں کی پھڑپھڑاہٹ صاف سنائی دے رہی ہے۔ وہ جوق در جوق آسمان سے اتر رہے ہیں اور انہوں نے ہر طرف سے اسے گھیر لیا ہے۔ ”خداوند، مجھے تھام لے، میں کمزور ہوں۔“ یہ آواز نہ جانے کہاں سے ابھری ہے۔ آواز تو اُسی کی ہے مگر اُس کے ہونٹ بند ہیں۔ جوں جوں فرشتے نیچے آرہے ہیں، گیت کی آواز اونچی ہوتی جارہی ہے مگر اب وہ صرف ایک گنگناہٹ میں تبدیل ہو گیا ہے:

ہُم م۔۔ ہوں ہوں، ہُم م۔۔

ہُم م۔۔ ہوں ہوں، ہُم م۔۔

اُس کی سمجھ میں نہیں آرہا کہ دن ہے یا رات، مگر پھر اُسے احساس ہوتا ہے کہ نہ دن ہے نہ رات، صرف ایک نور ہے جو ہر سمت بہہ رہا ہے، جیسے آسمان کے دروازے کھل گئے ہوں۔ وہ خود کو اس روشنی کے درمیان کھڑا پاتی ہے۔ اُس کے قدم پُل پر ہیں جو آہستہ آہستہ اوپر اٹھ رہا ہے، مگر اسے معلوم نہیں کہ وہ کس جہاں میں ہے۔ اچانک اُس کے سامنے آہستہ آہستہ واضح ہوتی ہوئی، سفید جامے میں ملبوس، ایک شبیہ ابھر رہی ہے۔ اُس کے کندھوں پر ایک ہلکی نیلگوں چادر پڑی ہے جو سبک رفتار ہوا میں لہرا رہی ہے، اُس کے بال کندھوں تک جھول رہے ہیں اور اُس کے گرد سنہری روشنی کا ہالہ ہے۔ مریم سر اٹھا کر اُسے دیکھتی ہے، اور محسوس کرتی ہے کہ وہ آسمان کو تک رہی ہے۔ وہ بے اختیار اپنے دونوں ہاتھ اوپر اٹھاتی ہے اور اس زور سے چیختی ہے کہ زمین و آسمان دہل جاتے ہیں، "یِسوع! یِسوع! میرے نجات دہندہ، میں کمزور ہوں۔ میں نے زندگی کو اپنی بانہوں میں سمیٹنے کی کوشش کی مگر میں ٹوٹ گئی۔"

وہ سراپا جو اُس کے سامنے زمین سے آسمان تک موجود ہے، جھکتا ہے اور اپنا ہاتھ اُس کے سر پر رکھ دیتا ہے۔ فرشتوں کے جھنڈ مریم کے گرد جمع ہونے لگتے ہیں۔ اُس کے جسم میں سر سے پاؤں تک ایک لطیف لرزش دوڑ رہی ہے، جیسے اچانک کسی یخ بستہ جھیل کی تہہ سے گرم چشمہ پھوٹ پڑا ہو۔ اُسے لگتا ہے کہ وہ روشنی کا ایک ذرّہ بن کر اس نور میں گھل گئی ہے جو اُس کے سامنے ایستادہ سراپے سے پھوٹ رہا ہے۔ اُس کے ہونٹوں پر ایک بے اختیار مسکراہٹ پھیل جاتی ہے۔ اُسے احساس ہوتا ہے کہ وہ اکیلی نہیں ہے، کبھی تھی ہی نہیں۔ یسوع کا ہاتھ اُس کے سر پر نہیں بلکہ اُس کے سارے وجود پر رکھا ہوا ہے، اور وہ پہلی بار خود

کو محفوظ محسوس کر رہی ہے۔

فضا میں تیرتے ہوئے نور کے ذرات آہستہ آہستہ تحلیل ہو رہے ہیں۔ روشنی کا وہ دریا جس میں مریم بہہ رہی تھی، دھیرے دھیرے سکڑ رہا ہے۔ اُس کے کانوں میں اب بھی وہی نغمہ گونج رہا ہے، مگر آواز مدھم ہوتی جا رہی ہے۔ فرشتوں کے سفید پَر دھند میں گھلنے لگے ہیں، اور یسوع کا سراپا بھی نور کی لہر بن کر آہستہ آہستہ آسمان میں تحلیل ہو رہا ہے۔

اُس نے آہستہ آہستہ آنکھیں کھولیں مگر اُس کی سمجھ میں نہیں آ رہا تھا کہ وہ کہاں ہے۔ رنگین روشنی کے دھبّے، موم بتیوں کی لرزتی ہوئی لَو، اور قربان گاہ کے گرد پھیلی نیم تاریکی۔ وہ خالی نظروں سے دیکھتی رہی، جیسے کسی اجنبی جگہ میں ہو۔ آخر کار آہستہ آہستہ اُسے احساس ہونے لگا کہ وہ چرچ میں ہے اور دعا کی کرسی پر گھٹنوں کے بل بیٹھی ہوئی ہے۔ اُس نے پیشانی اٹھا کر قربان گاہ کی پشت پر نصب صلیب کی طرف دیکھا۔ اُس کے ہونٹوں پر ایک مدھم مسکراہٹ اُبھری، اور دل کے اندر کسی نے آہستہ سے کہا، "وہ یہاں سے نہیں گیا، وہ میرے اندر رہی ہے۔"

۵۸

"اور وہ اُن کی آنکھوں کے سب آنسو پونچھ دے گا۔ اُس کے بعد نہ موت
رہے گی اور نہ ماتم رہے گا۔ نہ آہ و نالہ نہ درد۔" مکاشفہ 21:4

گلوریا کسی ہوٹل کے چیک اِن کاؤنٹر پر لائن میں لگی ہوئی ہیں۔ غالباً یہ کراچی کے میٹروپول ہوٹل کی لابی ہے۔ عادل باہر بس سے سامان اُتروا رہے ہیں۔ گلوریا کے آگے لائن میں بے شمار لوگ ہیں۔ اتنے میں کہیں ٹیلی فون کی گھنٹی بجنے لگی ہے۔ کئی گھنٹیوں کے بعد کاؤنٹر کلرک چیختا ہے، "بھئی، کوئی فون اٹھاؤ۔" گھنٹی بجے جا رہی ہے مگر کوئی فون نہیں اُٹھاتا۔

"یہ کوئی فون کیوں نہیں اُٹھاتا؟" کوئی چیخ کر کہتا ہے۔

"فون اٹھاؤ! فون اٹھاؤ!" ہر طرف سے آوازیں آ رہی ہیں۔ گلوریا بھی اُن میں شامل ہو جاتی ہیں۔

پوری لابی میں فون اٹھاؤ، فون اٹھاؤ کی صدائیں آ رہی ہیں۔

آہستہ آہستہ گلوریا کی آنکھ کھلتی ہے اور وہ منظر اُن کی نظروں کے سامنے تحلیل ہو جاتا ہے۔ اُن کے ہونٹوں پر دو ہی الفاظ تھے، "فون اٹھاؤ!" جوں ہی اُنہیں ہوش آیا، اُنہیں احساس ہوا کہ واقعی ٹیلی فون کی گھنٹی بج رہی ہے۔ انہوں نے مڑ کر دیکھا تو برابر میں عادل گہری نیند سو رہے تھے۔ گلوریا لپک کر اُٹھیں اور سامنے میز پر رکھے ہوئے ٹیلی فون کا

ریسیور اُٹھالیا۔

"ہیلو،" انہوں نے بھرّائی ہوئی آواز میں کہا۔

"آنٹی، مجھے سخت درد ہو رہا ہے،" دوسری طرف سے آواز آئی۔

"مریم؟"

"جی آنٹی، مجھے خون بھی آ رہا ہے۔ میرے کپڑے خون سے تر ہو گئے ہیں۔"

"بیٹی، تم لیٹی رہو، میں پہنچ رہی ہوں،" گلوریا پوری طرح جاگ گئی تھیں اور سخت گھبرائی ہوئی تھیں۔ انہوں نے پیچھے مڑ کر دیکھا تو عادل بستر پر بیٹھے ہوئے تھے۔

"کیوں خیریت؟" انہوں نے پوچھا۔

"مریم کو درد ہو رہا ہے اور اُسے خون آ رہا ہے۔"

عادل ایک جھٹکے سے بستر سے اٹھے اور کپڑے بدلنے کے لیے الماری کی طرف لپکے۔

اُدھر مریم کی ٹیلی فون پر گفتگو سُن کر عارف کی آنکھ بھی کھل گئی اور وہ گھبرا کر نکل آیا اور مریم کے پاس آ کر کھڑا ہو گیا۔ اس نے بر آمدے میں بیڈ روم سے ٹیلی فون تک خون کی بوندیں دیکھیں تو اپنا دل مسوس کر رہ گیا۔ مریم کے پیٹ میں درد کی لہریں اٹھ رہی تھیں۔ اُس کے پیٹ میں نیچے کی طرف بار بار ایک تیز کھنچاؤ اُٹھتا تھا اور گہرا درد بن جاتا تھا۔ اُس نے سانس روک کر ہاتھ پیٹ پر رکھا، پھر آہستگی سے بیٹھ گئی۔ درد کی دوسری موج آئی جو پہلے سے شدید تھی۔ اسی لمحے اُس کے اندر سے وہ سفید ٹھنڈی روشنی ابھری جو اس نے دوپہر کو چرچ میں دیکھی تھی۔ اس نے خود کو سنبھالا۔

عارف کی نظر سامنے لگے ہوئے کلاک پر پڑی۔ صبح کے ڈھائی بج رہے تھے۔ اُس نے ڈاکٹر رضیہ کے نمبر ڈائل کیے۔ گھنٹی بجتی رہی اور عارف گھبراہٹ میں دروازے کی چوکھٹ پر مکّے مارتا رہا۔ آخر کار ڈاکٹر رضیہ نے فون اُٹھالیا۔

"رضیہ، مریم کی طبیعت خراب ہے،" عارف نے چیخ کر کہا۔

"خیریت؟" ڈاکٹر رضیہ نے نند اسی آواز میں جواب دیا۔

"اُسے تھوڑی تھوڑی دیر کے بعد درد ہو رہا ہے۔"

"کتنی کتنی دیر کے بعد؟"

"یہ تو معلوم نہیں، اسے کافی خون بھی نکل رہا ہے۔"

"اوہ! میں آرہی ہوں۔ اسے آرام سے لٹا دینا،" معلوم ہوتا تھا جیسے وہ اچانک جاگ گئی ہوں۔

عارف نے مریم کی بغل کے نیچے ہاتھ لگا کر اُٹھایا اور بیڈ روم میں لے چلا۔ راستے میں خون کی بوندیں ٹپک رہی تھیں۔ اُس نے مریم کو لٹایا اور صحن میں جا کر باہر کے دروازے کی چٹخنی گرادی۔ وہ واپس بیڈ روم میں آکر مریم کے سرہانے بیٹھ گیا۔ کمرے میں عجیب سا سکوت پھیلا ہوا تھا۔ مریم چارپائی پر دراز تھی۔ چہرے کا رنگ زردی مائل سفید، جیسے کسی نے سارا خون نچوڑ لیا ہو۔ پیشانی پر پسینے کے ننھے ننھے قطرے تھے جو بالوں کی لٹوں میں الجھ کر چمک رہے تھے۔ اچانک عارف کے دماغ میں ایک جھماکا سا ہوا اور اس نے اپنے آپ سے کہا، "اگر مریم مر گئی تو کیا ہوگا؟" اس کے گلے میں ایک گولا سا پھنس گیا اور اُس نے بڑی مشکل سے تھوک نگلا۔

"رضیہ آرہی ہے،" اُس نے مریم کی پیشانی پر ہاتھ پھیرتے ہوئے کہا۔ مریم کی آنکھیں بند تھیں اور اس میں جواب دینے کی قوت نہیں تھی۔ وہ خاموشی سے اُس کی پیشانی پر ہاتھ پھیرتا رہا مگر اُس کے کان دروازے پر لگے ہوئے تھے۔ خدا خدا کر کے باہر کار رُکنے کی آواز آئی اور وہ باہر نکل کر صحن میں پہنچا ہی تھا کہ ڈاکٹر رضیہ سفید کوٹ پہنے اور ہاتھ میں اپنا بیگ لیے، دروازہ کھول کر داخل ہوئیں۔ اُن کے چہرے پر ایسی تازگی تھی جیسے پورے آٹھ گھنٹے سو کر اُٹھی ہوں۔

"کہاں ہے مریم؟" انہوں نے پوچھا۔

"بیڈ روم میں،" عارف نے جواب دیا۔

عارف کا بنگلہ اُن کا دیکھا بھالا تھا لہٰذا وہ سیدھی بیڈ روم میں گئیں اور مریم کی پیشانی پر ہاتھ رکھ کر کہا، "گہرے گہرے سانس لو۔ اِن۔۔ آؤٹ۔۔ اِن۔۔ آؤٹ!"

انہوں نے بیگ سے دستانے نکال کر پہنے، گھڑی دیکھی، دل کی دھڑکن سنی، بلڈ پریشر چیک کیا، اور عارف کو ہدایات دینے لگیں، "کیتلی بھر کر پانی گرم کرو، دو تین صاف چادریں اور تولیہ لا کر رکھ دو اور اُس لیمپ کو ذرا قریب لے آؤ۔"

عارف کسی روبوٹ کی طرح ڈاکٹر رضیہ کے احکام پر عمل کر رہا تھا۔ اُنہوں نے مریم کی ہتھیلی تھامی اور بولیں، "میں یہیں ہوں۔ جب درد کی لہر آئے تو سانس تھوڑا لمبا لینا اور ڈھیلا چھوڑنا ہے، ٹھیک؟" مریم نے اثبات میں سر ہلایا۔ اُس کی رنگت پیلی تھی اور لب خشک تھے۔ اُس کی آنکھیں بند مگر بھنویں سختی سے سمٹی ہوئی تھیں۔ ہر وقفے کے بعد ایک دبی سی سسکی لبوں سے نکلتی، جیسے وہ آواز کو خود سے روکنے کی کوشش کر رہی ہو۔

عارف کیتلی میں گرم پانی لے کر آیا اور ڈاکٹر رضیہ نے اس سے کہا کہ وہ ایک جگ میں ٹھنڈا پانی بھی لے آئے۔ وہ تھوڑی دیر کے بعد مریم کو ایک گھونٹ پانی پلا رہی تھیں۔ اُسی دوران عادل اور گلوریا کمرے میں داخل ہوئے۔ ڈاکٹر رضیہ نے عارف اور عادل سے کہا کہ وہ باہر برآمدے میں ہی بیٹھیں اور گلوریا کو روک لیا۔

مریم کے درد کی ہر موج سے پہلے ایک مختصر وقفے کی خاموشی ہوتی، پھر دھیرے دھیرے ایک لہر اٹھتی اور چوٹی پر پہنچتے پہنچتے سننے والوں کی آنکھوں کو بھگو دیتی۔ ڈاکٹر رضیہ کی آواز مریم کو سہارا دیتی، "شاباش۔۔ گہرا سانس لو۔۔ شاباش" وہ ہر وقفے میں ضروری معائنہ کرتیں۔

درد کی اگلی موج کچھ اور بلند تھی جیسے اندر کہیں بند دروازہ چرچراہٹ کے ساتھ کھل رہا ہو۔ چادر کا کونا مریم کی انگلیوں میں آیا تو اس نے اپنی مٹھی زور سے بند کر لی۔

اگلے چند لمحے خاموشی میں گزرے۔ ڈاکٹر رضیہ کی حرکات نپی تُلی تھیں اور ایک ایک قدم پہلے سے سوچا ہوا تھا۔ وہ ساتھ ساتھ مریم کو تسلّی دیتی جا رہی تھیں، ”گہرا سانس۔۔ شاباش۔“

چند لمحوں کے سکوت کے بعد اچانک مریم کے جسم میں ایک جھٹکا سا آیا۔ اس کی انگلیاں چادر کے کونے کو مٹھی میں دبائے رہیں۔ ڈاکٹر رضیہ نے تیزی سے اس کے پیٹ پر نرم ہاتھ رکھا، پھر ایک تولیہ بڑھائی اور پلک جھپکتے ہی ایک چھوٹی سی چیخ کے ساتھ سب کچھ جیسے تھم گیا۔ انہوں نے تولیہ کو لپیٹنے سے پہلے غور سے دیکھا تو ان کے چہرے کے تاثرات تیزی سے بدلے اور پیشانی پر سوچ کی لکیریں نمودار ہوئیں۔ پھر کچھ سوچ کر انہوں نے تولیہ کو لپیٹ کر ایک طرف رکھ دیا۔

مریم نے آنکھیں کھولیں۔ آنکھوں میں حیرت، درد اور کسی نامعلوم خلا کی جھلک تھی۔ جیسے وہ کسی ایسے بوجھ سے آزاد ہو گئی ہو جس سے چھٹکارا بڑا تکلیف دہ تھا۔

چند منٹ بعد کمرے میں ترتیب واپس آ گئی۔ گلوریا اور ڈاکٹر رضیہ نے مل کر چادریں تبدیل کیں اور مریم کو آرام سے لٹا دیا۔ ڈاکٹر رضیہ نے بلڈ پریشر چیک کیا اور اطمینان کا اظہار کیا۔ وہ کرسی کھینچ کر قریب آ بیٹھیں اور گلوریا کے لیے بھی برآمدے سے ایک کرسی کھینچ کر لے آئیں۔ ان کے لہجے میں وہی ملائمت تھی جو مشکل سچ بتانے سے پہلے درکار ہوتی ہے۔

”مریم، میں تمہیں حقیقت صاف صاف بتاؤں گی۔ بچے میں اسپائنا بِفِڈا تھا۔ یہ ریڑھ کی ہڈی کا پیدائشی نقص ہوتا ہے۔ اگر بچہ زندہ بھی رہتا تو اُس کے معذور ہونے کا قوی امکان تھا اور تمہاری زندگی دن رات اُس کی خدمت کرنے میں گزرتی،“ انہوں نے کہا۔

مریم نے کوئی جواب نہیں دیا۔

"قدرت نے تم پر بہت بڑا احسان کیا ہے کہ تمہیں اِس ذمّہ داری سے آزاد کر دیا ہے،" انہوں نے مریم کے سر پر ہاتھ رکھتے ہوئے کہا۔

مریم کے لب لرزے۔ آنکھیں بند ہوئیں اور دوپہر کا منظر پھر سے روشن ہو گیا۔ اُسے یوں لگا جیسے وہی ہتھیلی اس کے سر پر تھی۔ اُس کے آنسو نکلے مگر یوں جیسے ٹھنڈی بارش پیاسی مٹی پر پڑے۔

"مجھے کل چرچ میں ہی معلوم ہو گیا تھا،" اس نے دھیرے سے کہا، "کہ میری بیڑیاں کھول کر مجھے آزاد کر دیا گیا ہے۔"

گلوریا اور ڈاکٹر رضیہ نے ایک دوسرے کی طرف دیکھا مگر خاموش رہیں۔ وہ چاہتی تھیں کہ مریم آرام کرے۔

"میں نے جب دعا کے لیے ہاتھ جوڑے اور آنکھیں بند کیں تو وہ منظر دیکھا جس کے لیے لوگ پوری زندگی گزار دیتے ہیں مگر اُنہیں وہ نصیب نہیں ہوتا،" معلوم ہوتا تھا کہ مریم اپنے آپ سے باتیں کر رہی تھی، "میں نے اپنے سامنے مسیح کو کھڑا دیکھا۔ وہ زمین سے آسمان تک تھا اور اس کے گرد لاکھوں فرشتے خدا کی حمد گا رہے تھے۔ اُس نے جھک کو میرے سر پر ہاتھ رکھ دیا اور مجھے معلوم ہو گیا کہ میں آزاد ہو گئی ہوں۔"

مرِیم خاموش ہو گئی۔ غالباً وہ سو گئی تھی۔ گلوریا مریم کے خواب کو اپنے تصور میں دیکھ رہی تھیں اور ڈاکٹر رضیہ سوچ رہی تھیں کہ غالباً مریم کے اسقاط کا عمل چرچ میں ہی شروع ہو گیا تھا جس نے اُس کے خواب کا تانا بانا بُنا، مگر انہوں نے فیصلہ کر لیا کہ وہ مریم کے سامنے اس سلسلے میں کوئی رائے زنی نہیں کریں گی کیوں وہ اُس کے وجدانی کیف کے راستے میں رکاوٹ بننا نہیں چاہتی تھیں۔

۵۹

"مبارک ہوں وہ جو غمگین ہیں کیونکہ وہ تسلّی پائیں گے۔ مبارک ہیں وہ جو حلیم ہیں کیونکہ وہ زمین کے وارث ہوں گے۔" متی 5:4-5

مریم کی آنکھ کھلی تو صبح کی روشنی کھڑکی کے پردوں سے چھن کر فرش پر گر رہی تھی۔ کمرے کی خاموشی میں دُور کہیں سے اُن کرینوں کی ہلکی سی گڑگڑاہٹ سنائی دے رہی تھی جو سمندر کے کنارے دھات کے ڈھانچوں کو چیر رہی تھیں۔ برآمدے سے باتیں کرنے کی دھیمی آوازیں آ رہی تھیں۔ غالباً عارف اور مزمّل کچھ باتیں کر رہے تھے۔ اُس نے سوچا کہ اُٹھ بیٹھے مگر اتنی کم زوری محسوس کر رہی تھی کہ ہمت نہیں ہوئی۔ رات کے بھیانک مناظر اُس کے سامنے کھڑے تھے۔ اُس نے گھبرا کر کروٹ لینے کی کوشش کی مگر ناف کے نیچے سخت تکلیف کا احساس ہوا اور اُس نے کوشش ترک کر دی۔ اسے وہ ننھی سی جان یاد آ گئی جسے اِس دنیا میں سانس لینے اور آنکھ کھولنے کا موقع بھی نہیں ملا تھا۔ اسے ڈاکٹر رضیہ کی بات یاد آ گئی، "تمہاری زندگی دن رات اُس کی خدمت کرنے میں گزرتی۔"

"تو کیا فرق پڑتا؟ کر لیتی اُس کی خدمت،" اُس نے اپنے آپ سے کہا، "اگر خدا مجھے ایک معذور اور مجبور انسان کو زندہ رکھنے کا وسیلہ بناتا تو میں خندہ پیشانی سے اپنا فریضہ ادا کرتی۔

"اِس طرح مجھے عارف سے بھی کوئی شکایت نہ رہتی۔ میں اُسے آرام سے اپنی زندگی

کے مقاصد کا تعاقب کرنے کے لیے آزاد چھوڑ دیتی اور خود اُس کے معذور بچے کو پالنے میں زندگی گزار دیتی۔

"آخر میرے ماں باپ نے میرا نام ناصری رکھا تھا۔ یسوع بھی تو ناصری کہلاتا تھا۔ اُسے جو مصائب برداشت کرنے پڑے، میں بھی کرلوں گی۔"

لیکن پھر اُس کی انا آڑے آگئی، "مگر کیوں؟ مجھے بھی تو اپنی زندگی اپنی مرضی کے مطابق گزارنے کا حق ہے۔ اگر میں پروفیسر مجتبیٰ کی پیش کش قبول کرلیتی تو آج یونیورسٹی میں پڑھا رہی ہوتی اور اپنی ریسرچ بھی جاری رکھ سکتی۔"

اُسے بستر سے اٹھنے میں دشواری ہو رہی تھی مگر پھر بھی ہاتھوں کے سہارے آہستہ آہستہ سرہانے کی طرف کھسکی اور تختۂ سرہانہ سے ٹیک لگا کر بیٹھ گئی۔ وہ کچھ دیر کے لیے خالی الذہن ہو جانا چاہتی تھی مگر خیالات کا ٹھاٹھیں مارتا ہوا سمندر تھمنے کا نام نہیں لے رہا تھا۔ برآمدے میں خاموشی تھی۔ شاید مزمّل جا چکا تھا۔ اسے ہلکی سی آہٹ محسوس ہوئی اور اُس نے سر موڑ کر دیکھا تو دروازے میں عارف کھڑا تھا۔

"تم اٹھ گئیں؟" عارف نے اُس کی طرف بڑھتے ہوئے کہا اور بستر کے کنارے بیٹھ کر اپنے بازو اُس کے گرد حمائل کر کے اُس کے چہرے کو بوسوں سے بھر دیا۔

مریم نے پھیکی سی مسکراہٹ کے ساتھ نحیف آواز میں پوچھا، "کیا وقت ہوا ہے؟"

"ساڑھے بارہ بج رہے ہیں،" عارف نے جواب دیا۔

"خدایا، میں اتنی سوئی ہوں؟"

"اچھا ہوا نا، رات بھر تم جس تکلیف سے گزری ہو، اُس کے بعد تمہیں آرام کی ضرورت تو تھی۔"

"باقی لوگ کس وقت گئے؟"

"ماما اور رضیہ تو سات بجے چلی گئی تھیں،" عارف نے جواب دیا، "پاپا یہیں سے کام پر چلے گئے۔"

"تم کام پر نہیں گئے؟" مریم نے پوچھا۔

"نہیں، میں تمہاری خدمت کرنے کے لیے رُک گیا ہوں،" عارف نے اُس کے بکھرے ہوئے بالوں میں انگلیوں سے کنگھی کرتے ہوئے کہا۔ رات کو وہ جن کٹھن آزمائشی حالات سے گزری تھی انہوں نے تو اُس کے پورے وجود کو ہی بکھیر کر رکھ دیا تھا۔

"اب میں ٹھیک ہوں۔ تم بھی رات بھر نہیں سوئے تو کچھ دیر سو لو۔"

"میری فکر نہ کرو۔ میں تمہارے لیے زبردست ناشتہ لے کر آتا ہوں،" عارف نے اٹھتے ہوئے کہا۔

"نہیں، میں بھی اُٹھتی ہوں تاکہ کچھ ہاتھ پاؤں ہلیں۔"

مریم کو اٹھنے میں دشواری ہو رہی تھی۔ عارف نے اُس کی پشت پر ہاتھ رکھ کر اُسے آہستہ آہستہ اٹھایا اور آخر کار وہ بستر سے اٹھ کر کھڑی ہو گئی۔ وہ اس کی کمر پر ہاتھ رکھے اُس کے ساتھ چل رہا تھا۔ برآمدے میں اُس کیل پر مریم کی نظر پڑی جس پر عارف کی وہ تصویر ٹنگی رہتی تھی جسے اُس نے غصے میں اُتار کر زمین پر پھینک دیا تھا اور اُس کا شیشہ چور چور ہو گیا تھا۔ وہ جب بھی وہاں سے گزرتی، اُس خالی کیل پر ضرور نظر ڈالتی اور اُس کا ضمیر ملامت کرنے لگتا۔ برآمدے میں باورچی خانے کے سامنے ہی ایک چھوٹی سی گول میز تھی جس کے ساتھ آمنے سامنے دو کرسیاں تھیں۔ یہ ناشتے کی میز تھی۔ عارف نے کہا، "بس پانچ منٹ دو، میں تمہیں ایسا ناشتہ کراؤں گا کہ یاد رکھو گی۔"

مریم کے سر میں ہلکا ہلکا درد تھا اور غنودگی سے آنکھیں بند ہو رہی تھیں۔ اُس نے میز پر کہنیاں ٹیک دیں اور دونوں ہتھیلیوں پر پیشانی رکھ کر بیٹھے بیٹھے سو گئی۔ جب اُس کی آنکھ

کھلی تو اُس کے آگے ناشتے کی ٹرے رکھی ہوئی تھی اور سامنے عارف کھڑا مُسکرا رہا تھا۔ ٹرے میں ڈھیر سارے ٹوسٹ، جام کی شیشی، طشتری میں مکھن کی ٹکیاں اور چار اُبلے ہوئے انڈے تھے۔ اُن کے ساتھ ہی گرم دودھ کے دو گلاس تھے۔

"تم سمجھتے ہو کہ میں یہ سب کھا سکوں گی؟" مریم نے مسکرا کر کہا۔

"نہیں بھئی، میں نے بھی ابھی ناشتہ نہیں کیا،" عارف نے جواب دیا۔

ناشتے کے دوران خاموشی رہی۔ معلوم ہوتا تھا کہ عارف کچھ کہنا چاہ رہا ہے مگر بات زبان تک نہیں آ رہی۔ آخر اُس نے کہہ ہی دیا، "مریم، مجھے اتنی شرمندگی ہے کہ بیان نہیں کر سکتا۔ مجھے معلوم نہیں کہ تم مجھے معاف کر سکو گی یا نہیں۔"

"عارف، میں تمہاری دوست بچپن سے ہوں اور تمہاری بیوی بعد میں بنی ہوں۔ ایک دوست کی حیثیت سے تمہیں کبھی نہ کبھی معاف کر ہی دوں گی مگر بیوی کی حیثیت سے شاید کبھی معاف نہ کر سکوں،" مریم نے طویل خاموشی کے بعد کہا۔

"کیا میں اُس کا کوئی مداوا کر سکتا ہوں؟"

"ابھی زخم ہرا ہے۔ شاید وقت کے ساتھ ساتھ بھر جائے مگر شاید داغ چھوڑ جائے۔"

عارف نے کوئی جواب نہیں دیا۔ وہ خاموشی سے ٹوسٹ پر جام لگاتا رہا۔ مریم بڑے انہماک سے انڈا چھیلتی رہی۔

آخر مریم نے طویل خاموشی کو توڑتے ہوئے کہا، "میں سوچتی ہوں کہ جہاں تم نے مجھ پر ظلم کیا، وہیں میں نے بھی تم پر ظلم کیا ہے۔"

"تم نے؟" عارف کی آنکھوں میں سوالیہ نشان نظر آ رہا تھا۔

"ہاں، تم جس رفتار سے دوڑ رہے تھے، کانٹریکٹس، شپ بریکنگ، آپریشنز، میں اس رفتار میں رکاوٹ بن گئی۔ تم میرے بچپن کا خواب تھے، مگر میں تمہارے لیے ایک اضافی

بوجھ بن گئی۔"

"رشتے بوجھ نہیں ہوتے،" عارف نے سوچ کر جواب دیا، "بعض بوجھ کندھوں کو سیدھا بھی کرتے ہیں۔"

"اور بعض بوجھ گھٹنوں سے جان نکال دیتے ہیں،" مریم نے زیرِلب کہا، "عارف، تم ٹائپ اے شخصیت کے مالک ہو۔ تمھیں صرف کامیابیوں کے پیچھے دوڑنا اور انہیں بٹورنا آتا ہے۔ باقی سب کچھ تمہارے لیے ہیچ ہے۔"

"میں نے۔۔" عارف کے لب ہلے، "۔۔میں نے غلطی کی۔"

"مجھے تم پر غصہ آتا ہے،" مریم نے کہا، "مگر پھر پیار بھی آتا ہے، جیسے کسی ضدی بچے پر آتا ہے جو کھلونا توڑ کر خود ہی اس کے ٹکڑے جوڑنے بیٹھ جاتا ہے۔"

عارف کے ہونٹ ہلے۔ ذرا سی مسکراہٹ، ذرا سا ملال، "میں بچہ نہیں ہوں، مریم۔"

"ہوتے تو بہتر تھا،" اس نے دھیرے سے کہا، "بچوں کو معاف کرنا آسان ہوتا ہے۔"

عارف نے کوئی جواب نہ دیا۔ مریم بھی چپ رہی۔ دونوں کے درمیان خاموشی کی ایک دبیز چادر تنی ہوئی تھی، ایسی خاموشی جس میں ہر لمحہ اپنی دھڑکن رکھتا تھا۔ گزرتے ہوئے پل اُن کے دماغوں میں شور مچا رہے تھے۔ وہ بہت کچھ کہنا چاہتے تھے، مگر خلا میں گھومتے ہوئے الفاظ لبوں تک آ کر دم توڑ جاتے۔

"اچھا، ایک کام کرتے ہیں،" آخر عارف نے مسکرا کر خاموشی توڑی اور مریم اُس کی طرف متوجہ ہو گئی، "ہم، سب کچھ چھوڑ چھاڑ کر ایک پہاڑ کی چوٹی پر فرنٹیئر کے کسی گاؤں میں ایک گھر بنا لیتے ہیں۔ وہاں ہم پشتو سیکھ لیں گے اور گاؤں کے بچوں کو پڑھائیں گے۔"

مریم کو عارف کا بیان سمجھنے میں چند لمحے لگے اور اُس دوران وہ سوچتی رہی کہ اُس کا ردِّ عمل کیا ہونا چاہیے۔ آخر اُس نے ایک قہقہہ لگایا جو طول پکڑتا گیا۔

"عارف، تمہیں یاد ہے؟ ایک بار تم نے کہا تھا کہ پانچ سال میں تم ایک شپنگ کمپنی کے مالک ہو گے جس کے جہاز دنیا کے تمام سمندروں میں چلیں گے،" مریم نے اپنی ہنسی روک کر کہا، "اب تم مجھے یہ بتاؤ کہ وہ کمپنی تم فرنٹیئر میں پہاڑ کی چوٹی پر بیٹھ کر بناؤ گے؟"

عارف بے چارگی سے مریم کی طرف دیکھتا رہا۔ اُس نے تھوک نگلا مگر کچھ کہا نہیں۔

"عارف، مجھے دکھ یہ ہے کہ ہم دونوں نے ایک دوسرے کے خوابوں کے پَر کاٹ دیے ہیں،" مریم نے کہا۔

"تم نے میرے خوابوں کے پر نہیں کاٹے،" عارف نے جواب دیا، "صرف مجھے احساس دلا دیا ہے کہ آسمان کے علاوہ زمین کا وجود بھی ہے۔"

"مجھے تمہاری بے چارگی کا احساس ہے۔ میں تمہاری بیوی ہی نہیں تمہاری دوست بھی ہوں اور تمہیں ترقی کی منزلیں طے کرتے دیکھنا چاہتی ہوں۔"

"شکریہ۔"

"اور یہ سوچنے میں خود کو حق بجانب سمجھتی ہوں کہ تمہارے جذبات بھی میرے لیے وہی ہوں گے جو میرے جذبات تمہارے لیے ہیں۔"

"تم ٹھیک کہتی ہو۔"

"اسی لیے ہمیں اب ایک دوسرے کی بیڑیاں کھول کر آزاد کر دینا چاہیے۔"

عارف نے کوئی جواب نہیں دیا۔

"رشتے تب ہی تک پھلتے پھولتے ہیں جب تک وہ متحرک رہیں اور دونوں اپنی اپنی منزلوں کی طرف رواں دواں رہیں، مگر جب رشتے منجمد ہو جائیں تو انہیں میلے کپڑوں کی طرح اُتار پھینکنا ہی بہتر ہوتا ہے،" مریم نے خلا میں گھورتے ہوئے کہا۔

عارف نے پھر بھی کوئی جواب نہیں دیا۔ بس حلق میں رُکی ہوئی نمی نگل کر گہرا سانس لیا۔ دونوں خاموشی سے ایک دوسرے کو تکتے رہے۔

٦٠

”جو اپنے گناہوں کو چھپاتا ہے، کامیاب نہ ہو گا، لیکن جو اُن کا اقرار کر کے اُن کو ترک کرتا ہے، اُس پر رحمت ہو گی۔ مبارک ہے وہ آدمی جو سدا ڈرتا رہتا ہے۔ لیکن جو اپنے دل کو سخت کرتا ہے مصیبت میں پڑے گا۔“

امثال 28:13-14

عارف پچھلے دو دن سے کام پر نہیں گیا تھا کیونکہ وہ مریم کو اکیلا نہیں چھوڑنا چاہتا تھا۔ چنانچہ تیسرے روز اُس نے کام پر جانے سے پہلے اپنی ماں کو فون کر دیا کہ ڈرائیور کو بھیج کر مریم کو اپنے پاس بلا لے، اور وہ اُسے بتا کر شپ یارڈ روانہ ہو گیا۔ عادل کی کمپنی میں کام صبح سات بجے شروع ہوتا تھا اور تین بجے چھٹی ہو جاتی تھی تاکہ ملازمین دن کا بقیہ وقت اپنی فیملی کے ساتھ گزار سکیں۔ صبح سوا چھ بجے سے سوا سات بجے تک ملازمین کو ناشتہ مفت ملتا تھا جس کی بنا پر وہ وقت پر پہنچتے تھے۔ اگر کوئی ملازم سوا سات بجے کے بعد پہنچتا اُسے دوپہر تک بھوکا ہی رہنا پڑتا تھا کیونکہ اسے کھانے کا کمرہ بند ملتا تھا۔

چٹاگانگ شپ یارڈ میں عادل کے کئی ورک شیڈ تھے جن میں سے ہر شیڈ سمندر کے کنارے ایک وسیع ہال کی طرح پھیلا ہوا تھا جس میں پورے کارگو شپ کو کھینچ کر لے آتے تھے۔ ہر شیڈ کی چھت زنگ آلود کیلوں اور پرانے لوہے کے بیموں سے جڑی ٹین کی چادروں کی بنی ہوئی تھی، اور اتنی اونچی تھی کہ اوپر دیکھتے ہوئے سر سے ٹوپی گر جاتی تھی۔ ایک

جانب چوڑا سا پلیٹ فارم تھا جس کے فرش پر جا بجا تیل کے دھبے تھے۔ ایک طرف بڑے بڑے ڈرم رکھے تھے۔ کسی ڈرم میں پٹرول تھا اور کسی میں زنگ ہٹانے والا تیزاب۔

ایک بحری جہاز کو منہدم کرنے میں دو سے چھ ماہ لگ جاتے تھے۔ عموماً یہ مرچنٹ نیوی کے پرانے جہاز ہوتے تھے جو اپنی زندگی کے آخری دن پورے کر چکے تھے۔ جب کوئی جہاز انہدام کے لیے شیڈ میں آتا تو اُسے لکڑی کے تختوں کے ذریعے پلیٹ فارم سے جوڑ دیا جاتا۔ ڈنگریوں میں ملبوس، کام کرنے والوں کی پوری فوج کندھوں پر اوزاروں کے تھیلے لٹکائے پلیٹ فارم پر تیار کھڑی ہوتی۔ اُن کے تھیلوں میں ہتھوڑے، کٹر، مختلف سائز کے پانے اور ٹارچیں ہوتیں۔ اور وہ اُس پر یوں حملہ آور ہوتے جیسے دشمن کے قلعے پر چڑھائی کر رہے ہوں۔ کچھ ہی دیر میں کان پڑی آواز سنائی نہ دیتی۔ مشینوں کی گڑگڑاہٹ، ہتھوڑوں کی ٹھن ٹھناہٹ اور دھات کے ٹکرانے کی چھنکار کے دوران کسی مزدور کے گانے کی صدا اُبھرتی، ”آمار شونار بانگلا، آمی تومائے بھالو باشی۔“ آواز میں نہ کوئی ساز تھا، نہ تال۔ صرف نمکین ہوا، تیل کی بُو، اور سنہرے بنگال کا پیار تھا۔

عارف نیلی ڈنگری میں ملبوس مزدوروں کے ساتھ خود بھی کام میں لگا ہوا تھا۔ عادل نے اُسے اچھی ٹریننگ دی تھی اور سمجھایا تھا کہ اگر ایک دن اُسے اس کمپنی کو چلانا ہے تو مزدور کی حیثیت سے شروع کرنا ہو گا۔ اس طرح مزدوروں اور مالکوں کے درمیان قریبی رشتہ بن جاتا ہے۔ عادل خود بھی کبھی کبھار مزدوروں کے ساتھ لگ جاتا تھا۔ اُس دن عارف کا مشن کچھ اور تھا۔ جب وہ کسی منصوبے پر کام کرتا یا کوئی پلان تیار کرتا تو مزدوروں کے ساتھ خود بھی ٹھوکا پیٹی میں لگ جاتا۔ جوں جوں اسے پسینہ آتا اور سانس پھولنے لگتا، اس کی سوچنے سمجھنے کی صلاحیت میں اضافہ ہو جاتا۔ اسے معلوم تھا کہ اس کے جسم میں ڈوپامین اور سیروٹونن کا اخراج ہو رہا ہے جو اس کے دماغ کے لیے زیادہ صاف اور منظم طریقے سے

سوچنے میں مدد گار ہوں گی۔

دیکھنے والا پہلی نظر میں کہہ ہی نہیں سکتا تھا کہ وہ عارف تھا۔ میلی سی نیلی ڈنگری جس پر جگہ جگہ تیل کے سیاہ دھبے تھے اور پسینے میں شرابور چہرے پر بھی کئی جگہ کالونچ نظر آ رہی تھی۔ اُس کے ارد گرد مزدور اپنی اپنی جگہ مصروف تھے۔ کوئی ویلڈنگ مشعل سنبھالے بیٹھا تھا، کسی کے ہاتھ میں ہتھوڑا تھا اور کوئی ٹارچ کی روشنی میں نٹ بولٹ ڈھیلے کر رہا تھا۔

عارف کے ہاتھ میں ڈیڑھ فٹ کی ایک رنچ تھی جس سے وہ ایک ایک بولٹ کو نٹ سے نکال کر انجن کے ایک حصے کو علیحدہ کر رہا تھا۔ اُس کے دماغ میں خیالات کا طوفان اٹھ رہا تھا اور وہ اپنے آپ سے گفتگو میں مصروف تھا جس کا موضوع مریم کے سوا اور کیا ہوتا۔

”میں سوچ بھی نہیں سکتا کہ مریم مجھ سے علیحدہ ہو جائے گی۔

مگر یہ بھی حقیقت ہے کہ میں نے اس سے اس کی زندگی چھین لی۔

کاش میں نے محمود کے ساتھ مل کر اس کے خلاف سازش نہ کی ہوتی۔

مریم تو شاید مجھے معاف کر دے مگر میں اپنے آپ کو معاف نہیں کر سکوں گا۔“

اچانک اُسے احساس ہوا کہ تیز بارش ہو رہی تھی، بلکہ شاید اولے گر رہے تھے، جن کی ٹپاٹپ ٹین کی چھت پر گولیوں کی طرح لگ رہی تھی۔ اُس کے ساتھ بادلوں کی گرج اور بجلی کی چمک، ماحول کو مزید پُر شور بنا رہی تھی۔ جہاز پر کام کرنے والے درجنوں مزدوروں کے اوزاروں کی آواز بارش کے شور میں دب گئی تھی۔ عارف کے گرد جتنا شور ہوتا تھا وہ اتنا ہی اپنے کام میں محو ہو جاتا تھا اور اس کے دماغ میں چلنے والی چکّی اُتنی ہی تیز ہو جاتی تھی۔

***

گلوریا اور مریم صبح سے گول کمرے میں بیٹھی تھیں۔ گلوریا مریم کو عارف کے کام پر جانے کے بعد لے کر آگئی تھیں اور اُسے ایک آرام کرسی پر دونوں طرف گول تکیے لگا کر بٹھا دیا

تھا۔ مریم نے بہتیرا سمجھایا کہ وہ اب بالکل ٹھیک ہے، مگر گلوریا نے پھر بھی اُس کی پشت پر ایک تکیہ رکھ دیا۔ جب سے مریم نے انہیں بتایا تھا کہ اُس نے عارف سے علیحدگی کا فیصلہ کر لیا ہے، تب سے اُن کے آنسو تھمنے کا نام نہیں لے رہے تھے۔

"آنٹی، آپ یقین کریں کہ ہم دونوں کے لیے یہی بہتر ہو گا کہ ایک دوسرے کے راستے سے ہٹ جائیں،" مریم نے کہا۔

"بیٹی، شوہر اور بیوی کا رشتہ زندگی بھر کا ہوتا ہے۔"

"بشرطیکہ یہ رشتہ جہنم نہ بن جائے۔"

"بیٹی، اس کا انحصار تو اس بات پر ہے کہ دونوں میں سے کون کتنی قربانی دیتا ہے۔"

"مگر آنٹی، قربانی کی ضرورت کیا ہے؟" مریم نے اپنی پشت پر رکھے ہوئے تکیے کو ٹھیک کرتے ہوئے کہا، "یہ کیوں نہیں ہو سکتا کہ دونوں اپنے اپنے مقاصد کے حصول میں ایک دوسرے کی مدد کرتے رہیں۔"

گلوریا نے کوئی جواب نہیں دیا۔ ایک مرتبہ پھر اُن کے آنسو بہنا شروع ہو گئے۔ آخر انہوں نے سسکیوں کے دوران کہا، "بیٹی، میں نے تو تم کو کبھی بہو نہیں سمجھا۔ ہمیشہ بیٹی ہی سمجھا ہے۔"

"مجھے احساس ہے آنٹی، میں بھی کبھی آپ کو مایوس نہیں کروں گی اور میری طرف سے بھی آپ کو ہمیشہ بیٹی ہی جیسا پیار ملے گا۔"

"مگر تم مجھ سے دور تو ہو جاؤ گی،" گلوریا نے پھوٹ پھوٹ کر رونا شروع کر دیا۔ مریم اٹھی اور جُھک کر گلوریا کو گلے لگا لیا۔ ان کے رونے میں مزید شدّت آ گئی۔

"آنٹی، آپ فکر نہ کریں۔ آپ جب بھی بلائیں گی میں آ جاؤں گی اور آپ سے رابطہ رکھوں گی، اور میں عارف کو بھی کیسے چھوڑ سکتی ہوں۔ وہ میرا بچپن کا دوست ہے۔ بس یوں سمجھیں کہ شوہر اور بیوی کی حیثیت سے زندگی گزارنے کے لیے جس ہم آہنگی کی ضرورت

ہوتی ہے وہ ہم میں نہیں ہے۔"

"مجھے معلوم ہے کہ اُس نے تمہیں جو دھوکا دیا ہے، تم نے اسے معاف نہیں کیا۔"

"میں نے اُسے بتا دیا ہے کہ ایک دن میں اُسے معاف کر دوں گی، مگر دوست کی حیثیت سے، بیوی کی حیثیت سے نہیں۔" اُس نے اپنی کرسی پر بیٹھتے ہوئے کہا۔

"بیٹی، میری سمجھ میں تو نہیں آتا کہ کیا کہوں۔"

"آپ فکر نہ کریں آنٹی، یہ ہم دونوں کے لیے بہتر ہو گا کہ ایک دوسرے کو آزاد کر دیں۔"

گلوریا کے آنسو ٹپکتے رہے اور مریم انہیں خاموشی سے بیٹھی دیکھتی رہی۔

***

عارف کے دفتر میں پورا غسل خانہ تھا اور ایک الماری میں دو تین دھلے ہوئے جوڑے بھی ٹنگے رہتے تھے۔ چھٹی ہونے کے بعد وہ میلی ڈنگری اتار کر الماری میں لٹکا دیتا اور نہا دھو کر صاف جوڑا پہن لیتا۔ اُس دن کپڑے بدل کر اُس نے عادل کے آفس کا رخ کیا۔ دروازہ کھلا ہوا تھا اور وہ سامنے ہی میز پر کچھ بلیو پرنٹ پھیلائے اُن کے مطالعے میں مصروف تھے۔ عارف نے داخل ہوتے وقت دروازے کی کواڑ کو ہلکے سے اپنی انگشت شہادت کی پشت سے کھٹکھٹایا تو عادل نے سر اُٹھا کر دیکھا۔

"آؤ بیٹھو،" عادل نے کرسی کی طرف اشارہ کیا اور بلیو پرنٹ کو تہہ کر کے ایک طرف رکھ کر خود بھی بیٹھ گئے اور بولے، "کہو، شفٹ کیسی رہی۔"

"ٹھیک ہی رہی،" عارف نے کچھ توقف کے بعد جواب دیا۔

"کوئی غیر حاضر تو نہیں تھا؟"

"نہیں۔"

عادل نے اپنے بیٹے کو گھورتے ہوئے کہا، "کیا بات ہے، کچھ بجھے بجھے سے لگ رہے ہو۔"

"نہیں، ایسی بات نہیں،" عارف نے زیرلب مسکراتے ہوئے کہا۔

"تم سمجھتے ہو کہ میں یہ نہیں دیکھ سکتا کہ تم زبردستی مسکرانے کی کوشش کررہے ہو۔"

عارف نے کوئی جواب نہیں دیا۔ غالباً وہ سوچ رہا تھا کہ کیسے گفتگو کی ابتدا کرے۔ عادل خاموشی سے اسے گھورتے رہے۔

"مریم نے طلاق کا مطالبہ کردیا ہے،" آخر عارف نے زبان کھولی۔

"کیا؟ مگر کیوں؟" عادل نے تقریباً چیختے ہوئے پوچھا۔

"بس، وہ اس شادی سے خوش نہیں ہے۔"

"مجھے تعجب نہیں ہے۔ سارا دن گھر میں پڑی رہتی ہے۔ میں نے تمہاری ماما سے کہا تھا کہ اُسے اپنے ساتھ لگائے رکھیں۔"

"شروع میں تو ماما اُسے اپنے ساتھ رکھتی تھیں مگر پھر وہ خود ہی کہنے لگی کہ اسے سارا دن آنٹیوں کے ساتھ گزارنے میں کوئی دل چسپی نہیں ہے۔"

"تم ایسا کرو کہ اسے مہینے بھر کے لیے کہیں لے کر چلے جاؤ۔ یورپ گھما لاؤ۔"

"پاپا، بات اُس سے بہت آگے نکل گئی ہے۔ اس کا سب سے بڑا غصہ اس کی برتھ کنٹرول کی گولیوں پر ہے۔"

"تمہاری وہ حرکت تو بہت گھٹیا تھی، بلکہ جرم تھی۔ اگر وہ چاہے تو تمہیں عدالت میں گھسیٹ سکتی ہے۔"

"بس پاپا، جو ہوا سو ہوا، میں نے مریم سے بھی معافی مانگ لی۔"

"تو اُس نے معاف کردیا؟"

"کہتی ہے کہ بیوی کی حیثیت سے معاف نہیں کرسکتی۔"

"مجھے تعجب نہیں ہے۔"

عارف نے کوئی جواب نہیں دیا۔ وہ سوچ میں ڈوبا میز پر رکھے پیپر ویٹ سے کھیلتا رہا۔

''شاہد کو پتہ ہے؟'' عادل نے پوچھا۔

''نہیں، آپ جانتے ہیں کہ اُس نے اپنے امید سے ہونے کی اطلاع دینے کے لیے بھی ہمیں منع کر دیا تھا۔''

''ٹھیک ہے۔ گھر چل کر بات کریں گے۔ تم مریم کو لے کر وہیں آ جانا۔''

''مریم ماما کے پاس ہی ہے۔ صبح کو میں نے اُنہیں فون کر دیا تھا کہ اُسے اپنے پاس بلوا لیں۔''

''بہر حال، مجھے لگتا ہے کہ اُس نے فیصلہ کر لیا ہے،'' عادل نے کہا اور سوچ میں گم ہو گئے۔

٦١

"ہر طرح کی تلخ مزاجی اور قہر اور غصہ اور شور وغُل اور بد گوئی، ہر قسم کی بد خواہی سمیت تم سے دُور کی جائیں۔ اور ایک دوسرے پر مہربان اور نرم دل ہو اور جس طرح خدا نے مسیح میں تمہارے قصور معاف کیے ہیں، تم بھی ایک دوسرے کے قصور معاف کرو۔" افسیوں 32-4:31

ڈیئر شاہد

امید کہ تم اور بھابھی مع بچوں کے خیریت سے ہو گے۔ کئی روز سے تمہیں خط لکھنے کے متعلق سوچ رہا تھا لیکن ہمت نہیں پڑ رہی تھی، آخر کار آج میں نے فیصلہ کر لیا کہ تم سے مدد کی درخواست کروں گا۔ دراصل عارف اور مریم کے درمیان بڑھتے ہوئے تنازعات کے پیشِ نظر مریم نے علیحدگی کا فیصلہ کر لیا ہے۔

میں اس نتیجے پر پہنچا ہوں کہ دونوں نے شادی میں بہت جلدی کی۔ ہم نے مریم کو شادی سے پہلے اسی لیے اپنے پاس بلایا تھا کہ دونوں کو اکٹھے کچھ وقت گزارنے کا موقع مل جائے تاکہ دونوں ایک دوسرے کو سمجھ سکیں، مگر اُس دوران عارف کام میں اتنا مصروف رہا کہ وہ مریم کے ساتھ وقت نہیں گزار سکا۔ اپنے بزنس میں یہی ایک خامی ہے کہ یہ چوبیس گھنٹے کی غلامی ہے۔

مسئلہ اُس وقت شروع ہوا جب عارف نشے کی حالت میں گھر میں داخل ہوا۔ اُسے پرانی شرابیں جمع کرنے کا شوق ہے۔ چنانچہ اُس نے گھر میں ایک بار بنا رکھا تھا جس میں مہنگی مہنگی شرابیں جمع کر رکھی تھیں۔ مریم کو غصّہ آیا اور اُس نے ساری بوتلیں دیواروں پر مار کر توڑ ڈالیں۔ خیر وہ معاملہ رفع دفع ہو گیا، مگر اُس کے بعد عارف نے ایک ایسی حرکت کی جسے بیان کرتے ہوئے مجھے شرمندگی محسوس ہو رہی ہے، مگر تم سے کچھ چھپانا مناسب نہیں سمجھتا ۔ عارف نے مریم کی برتھ کنٹرول کی گولیاں دھوکے سے بدل دیں، جس کے نتیجے میں وہ حاملہ ہو گئی، اور بعد میں اُس کا بچہ ضائع ہو گیا۔ یہ واقعہ نہ صرف مریم کے جسم بلکہ اُس کی روح کو بھی زخمی کر گیا ہے۔ میں نے عارف سے پوچھا تو اُس نے مان لیا کہ اُس سے بہت بڑی غلطی ہوئی ہے، مگر یہ صرف غلطی نہیں، ایک ایسی حماقت تھی جس نے مریم کے دل سے اس پر اعتماد کا آخری سہارا بھی چھین لیا۔

مریم خاموش ہے، گلوریا دن رات رو رہی ہے، اور میں خود کو کسی ایسی چٹان پر محسوس کر رہا ہوں جو سمندر کے بیچوں بیچ ہے۔ میں چاہتا ہوں کہ تم مریم سے بات کرو۔ شاید وہ تمہاری بات سن لے۔ میں جانتا ہوں کہ مریم کے لیے عارف کو معاف کرنا آسان نہیں ہو گا، مگر شاید تمہارے الفاظ اُس کے دل میں تھوڑی نرمی پیدا کر دیں۔ میں خود اُسے مجبور نہیں کر سکتا، کیونکہ زبردستی سے کبھی رشتے نہیں جڑتے۔

شاہد، میں ایک باپ کی حیثیت سے تمہارے سامنے ہاتھ جوڑ رہا ہوں۔ اگر تم مریم کو کسی طرح قائل کر سکو کہ وہ ایک بار پھر سوچے، تو شاید یہ گھر بچ جائے۔ خدا تمہیں سلامت رکھے۔

تمہارا عادل پیٹر

***

ڈیئر عادل، سلام اور خداوند یسوع مسیح میں محبت کے ساتھ،

تمہارا خط ملا۔ یہ پڑھ کر دکھ ہوا کہ حالات اس سطح پر پہنچ گئے ہیں جو تم نے بیان کیے ہیں۔ مجھے حیرت ہے کہ مریم نے کبھی ہمیں بھنک تک نہیں ہونے دی کہ کوئی مسئلہ ہے۔ وہ تو ہمیشہ یہی لکھتی رہی کہ وہ بہت خوش ہے اور بڑے آرام سے ہے۔ اُس نے ہمیں نہ اپنے امید سے ہونے کی اطلاع دی اور نہ بچہ ضائع ہونے کی۔ غالباً وہ نہیں چاہتی تھی کہ ہم پریشان ہوں۔

تمہیں تو معلوم ہی ہے کہ مریم کا بچپن کتنا اذیت ناک تھا۔ وہ اپنے منشیات کے عادی باپ کے ہاتھوں ماں کو پٹتا دیکھتے ہوئے بڑی ہوئی، اور جب وہ سات سال کی تھی تو اس کا باپ گھر چھوڑ کر چلا گیا تھا۔ جب میں اُس کی ماں کے جنازے میں پہنچا تو وہ اکیلی تھی اور اُس کی آنکھوں سے خوف جھلک رہا تھا۔ میں نے اسے سینے سے لگایا تو دل چاہا کہ اسے اپنے اندر چھپا کر تحفظ کا احساس دوں۔ اُس کے زخمی بچپن کا نتیجہ ہے کہ خوف اُس کی شخصیت کا حصہ بن گیا ہے اور وہ ہمیشہ تحفظ ڈھونڈتی ہے۔ جو کوئی اُسے تحفظ فراہم کرتا ہے تو وہ شکر گزاری کی ہر حد کو پار کر جاتی ہے اور جب وہ اپنے تحفظ پر آنچ آتی دیکھتی ہے تو خوف اُسے دبوچ لیتا ہے۔ میرا خیال ہے کہ جب عارف اُس کے تحفظ کی چہار دیواری میں داخل ہوا تو اُس نے خوف کا شکار ہو کر طلاق کا مطالبہ کر دیا ہے۔

میں تمہارا خط ملتے ہی شکیل ایکسپریس جا کر ٹکٹ لے آیا۔ پیر کی فلائٹ ملی ہے۔ اگر میرا خط تمہیں وقت پر مل جائے تو مجھے لینے ایرپورٹ آ جانا، ورنہ تمہارا پتہ تو میرے پاس ہے، میں رکشا لے کر آ جاؤں گا۔

تمہارا دیرینہ دوست، شاہد

***

عادل نے پی آئی اے کو فون کیا تو معلوم ہوا کہ کراچی سے آنے والی پرواز ایک گھنٹہ لیٹ ہے اور ساڑھے تین بجے پہنچ رہی ہے، لہٰذا وہ ایک گھنٹہ ٹھہر کر دفتر سے نکلے۔ جس وقت اُن کی کار ایرپورٹ کے پارکنگ ایریا میں آکر رکی تو جہاز اتر چکا تھا اور ٹیکسی کرتا ہوا گیٹ کی طرف آرہا تھا۔ جب تک وہ ٹرمینل میں پہنچے تو سیڑھی لگ چکی تھی اور مسافروں نے اترنا شروع کر دیا تھا۔ خدا خدا کر کے انکل شاہد نظر آئے۔ ان کے ہاتھ میں ایک چھوٹا سا سوٹ کیس تھا۔ عادل نے بڑھ کر اُن کا استقبال کیا اور انہوں نے سوٹ کیس فرش پر رکھ کر عادل کو گلے لگالیا۔

" اچھا ہوا تم آ گئے، کم از کم کوئی حل نکال سکو گے،" عادل نے سوٹ کیس اٹھاتے ہوئے کہا۔

"میں نے اس مسئلے پر بہت سوچا اور اِس نتیجے پر پہنچا ہوں کہ دونوں کو سُنے بغیر کوئی رائے قائم نہ کی جائے،" انکل شاہد نے جواب دیا۔

"تم ٹھیک کہتے ہو۔ میرا خیال ہے کہ دونوں کو بٹھا کر تفصیل سے گفتگو کی جائے۔"

جب وہ پارکنگ ایریا میں پہنچے تو عادل کے ڈرائیور نے اُن کے ہاتھ سے سوٹ کیس لے کر ڈِکّی میں رکھ دیا اور وہ دونوں پیچھے کی سیٹ پر بیٹھ گئے۔

"میں نے مریم کو نہیں بتایا کہ تم آرہے ہو،" عادل نے کہا، "تمہیں دیکھ کر اُس کی خوشی قابلِ دید ہوگی۔"

انکل شاہد مسکرا کر رہ گئے۔ عادل نے کہا، "گلوریا اُسے گھر لے آئی تھی اور ضد کی تھی کہ جب تک وہ بالکل ٹھیک نہ ہو جائے، ہمارے ساتھ ہی رہے۔ اُس کا بس چلے تو وہ بچوں کو اپنے ساتھ ہی رکھے۔"

"میں گلوریا سے متفق ہوں۔ اگر ممکن ہو تو سب کو اکٹھا ہی رہنا چاہیے۔ اس میں

برکت ہے۔"

چٹاگانگ میں دسمبر کے مہینے میں سورج شام کے سوا پانچ بجے تک ڈوب جاتا ہے۔ جب عادل کی کار پورچ میں جاکر رکی تو سورج ڈھلنا شروع ہو گیا تھا اور ہوا میں خنکی آگئی تھی۔ مریم باہر لان میں ٹہل رہی تھی اور سر جھکائے خیالات میں گم تھی۔ جب اُس نے پورچ میں کار آتے ہوئے دیکھی تو وہیں رک کر دیکھنے لگی۔ کار سے اترنے والے کا ڈیل ڈول بالکل اُس کے تایا کی طرح تھا مگر اُس کی پیٹھ مریم کی طرف تھی۔ جب وہ سیدھا کھڑا ہوا تو وہ اُسے پہچان گئی۔

"پاپا!" وہ چیخ کر انکل شاہد کی طرف دوڑی۔ انہوں نے اپنے بازو پھیلائے اور اسے چمٹا لیا۔ مریم ایک بار پھر خود کو وہ ننھی بچی سمجھ رہی تھی جسے کبھی اپنے باپ کے ساتھ اس طرح چمٹنا یاد نہیں تھا۔

"بیٹی، اتنا کچھ ہو گیا اور تُو نے ہمیں کچھ نہیں بتایا،" ان کی آنکھوں میں نمی صاف نظر آ رہی تھی۔

"اگر مریم نے ہمیں کچھ نہیں بتایا تو کم از کم تم ہی لکھ دیتے،" انکل شاہد نے عادل کو مخاطب کر کے کہا۔

"یہ تو تم مریم سے ہی پوچھو۔ اس نے ہمیں سختی سے ہدایت کی تھی کہ تمہیں کچھ نہ لکھا جائے۔"

"پاپا، اب میں بڑی ہو گئی ہوں۔ اپنے مسائل خود ہی حل کروں تو بہتر ہے۔"

"بیٹی، ابھی تو ہم زندہ ہیں، جب چلے جائیں تب بڑی ہو جانا،" انکل شاہد نے مریم کی پیٹھ تھپکتے ہوئے کہا۔

گھر کا داخلی دروازہ پورچ سے تین سیڑھیاں چڑھ کر تھا اور گول کمرے میں کھلتا تھا جو

ایک بڑا سا ہال تھا۔ عادل نے انکل شاہد کو صوفے کی طرف اشارہ کرتے ہوئے مریم سے کہا، ”بیٹی، خورشیدہ سے کہو کہ اچھی سی چائے بنائے۔“

مریم نے بارچی خانے کا رخ کیا۔

”اِس پورے جھگڑے میں عارف کیا کہتا ہے،“ انکل شاہد نے بیٹھتے ہوئے کہا۔

”عارف کا رویّہ میری سمجھ میں نہیں آتا،“ عادل نے جواب دیا، ”وہ کھویا کھویا سا رہتا ہے۔ جب ہم اس سے پوچھتے ہیں تو کہتا ہے کہ اگر مریم اس کے ساتھ خوش نہیں ہے تو وہ مناسب نہیں سمجھتا کہ اسے زبردستی روکے۔“

”تمھیں مریم سے کوئی شکایت ہے؟“

”نہیں بھئی، جب اپنا سکّہ ہی کھوٹا ہو تو دوسرے سے کیا شکایت ہو سکتی ہے؟“

”تم اپنا دل چھوٹا نہ کرو۔ عارف اچھا لڑکا ہے۔ اگر دونوں ایک دوسرے کے ساتھ نہیں رہنا چاہتے تو ہمیں ان کی مدد کرنی چاہیے۔“

”اِس کے سوا اور چارہ بھی کیا ہے۔ میں نے اپنے وکیل سے کہا ہے کہ وہ ہمیں مشورہ دیں کہ طلاق کے سلسلے میں کیا کرنا ہے۔ وہ کل شام کو آئیں گے۔“

”گلوریا نظر نہیں آ رہی،“ انکل شاہد نے پوچھا۔

”وہ شاپنگ کے لیے گئی تھی۔ آتی ہی ہو گی،“ عادل نے جواب دیا۔

مریم چائے کی ٹرالی دھکیلتی ہوئی باورچی خانے سے نکلی۔ عادل نے کہا، ”ارے بیٹی، تم خود ہی چائے بنا لائیں۔ خورشیدہ کہاں چلی گئی؟“

”خورشیدہ آنٹی کے ساتھ گئی ہے،“ مریم نے جواب دیا۔

”تو ہم اُس کے آنے کا انتظار کر لیتے۔“

”نہیں انکل، اچھا ہوا کہ مجھے کچھ کرنے کے لیے مل گیا ورنہ میں تو بیٹھے بیٹھے بور

ہو جاتی ہوں۔"

انکل شاہد نے صوفے پر اپنے برابر خالی جگہ کو تھپتھپا کر مریم کو اشارہ کیا کہ وہ اُن کے برابر بیٹھ جائے۔

"بیٹی، یہ بتاؤ کہ کیا تم اس مسئلے پر بات کرنا پسند کرو گی جس کی وجہ سے تم عارف سے علیحدگی چاہتی ہو،" انہوں نے مریم کے کندھے پر ہاتھ رکھ کر کہا۔

"پاپا مجھے انکل اور آنٹی نے جو محبت دی ہے وہ میں بیان نہیں کر سکتی،" مریم نے جواب دیا، "اور عارف بھی میرا دوست ہے اور مجھے معلوم ہے کہ وہ بھی مجھ سے محبت کرتا ہے، مگر ہم ایک دوسرے کے ساتھ ازدواجی زندگی نہیں گزار سکتے۔ اُس کے پاس میرے لیے وقت نہیں ہے اور میرے پاس وقت کے سوا کچھ نہیں ہے، لہٰذا ہم ایک دوسرے کو آزاد کر کے بہت بڑا احسان کریں گے۔"

مریم خاموش ہو گئی، عادل پیالیوں میں چائے انڈیل رہے تھے اور انکل شاہد سوچ رہے تھے کہ وہ بات کو کیسے آگے بڑھائیں۔

۶۲

”اپنے منہ کو گونگوں کے حق میں کھول، اور سب بے سہارا لوگوں کی عدالت کر۔ اپنا منہ کھول، صداقت سے عدالت کر، اور محتاج اور غریب کا حق دلا۔“

امثال 9-31:8

عادل کی کوٹھی چٹاگانگ کے مغربی ساحل پر بلندی پر واقع تھی اور لان سے سمندر میں ڈوبتے ہوئے سورج کا نظارہ بڑا دلکش لگتا تھا۔ چنانچہ عادل اور گلوریا اکثر وہاں غروب آفتاب سے پہلے آ بیٹھتے اور چائے کی چسکیوں کے ساتھ سورج کو ڈوبتا ہوا دیکھتے۔ شام کو لان میں کئی گول میزیں لگا دی جاتیں اور ہر میز کے گرد بیت کے مونڈھے رکھ دیے جاتے۔ عموماً وہاں صرف عادل اور گلوریا ہی ہوتے تھے مگر عادل کو ہمیشہ امید ہوتی تھی کہ شاید کوئی بھولا بھٹکا دوست آ پہنچے۔ اُس دن لان میں ایک میز کے گرد عادل، گلوریا، مریم اور انکل شاہد بیٹھے تھے۔ عارف ابھی کام پر ہی تھا۔ بیرونی گیٹ سے بیرسٹر صاحب کی کار داخل ہوئی اور عادل اُٹھ کر پورچ کی جانب چل دیے۔

بیرسٹر صبغت اللہ عادل کی کمپنی کے وکیل تھے۔ اگر کوئی اُن سے اُن کا نام پوچھتا تو اپنا پورا نام، بیرسٹر صبغت اللہ ایم اے ایل ایل بی، بار ایٹ لا بتاتے تھے، مگر عام لوگ انہیں بیرسٹر صاحب کے نام سے ہی جانتے تھے۔ دیکھنے میں تو وہ کہیں سے وکیل نہیں لگتے تھے اور

کوئی نہیں کہہ سکتا تھا کہ وہ لندن سے پڑھ کر آئے ہیں مگر جب عدالت میں جرح کرتے تو فریق ثانی کے وکیل کے چھکّے چھڑادیتے، اور جج اُن کے دلائل کو منہ کھول کر سُنتا۔ ٹخنوں سے اوپر پاجامہ، گھٹنوں تک کا کرتا اور سر پر سفید جالی دار ٹوپی، جو سالہا سال پہلے اُن کی بیوی نے کروشیا سے بُنی تھی۔ یہ تھا اُن کا لباس۔ اُن کے رخسار ڈاڑھی سے آزاد تھے اور شیو کرنے کی ضرورت بھی نہیں پڑتی تھی، البتہ ٹھوڑی پر ایک بالشت اور چار اُنگل کی سیاہ و سفید کھچڑی ڈاڑھی لٹک رہی تھی۔ تبلیغی جماعت میں تھے اور مسلمانوں کو نماز کی تلقین کرتے تھے، لہٰذا ہر سال تبلیغ کے لیے چالیس دن کے چلّے پر جاتے تھے اور ملکوں ملکوں گھومتے تھے۔ اس بہانے انہوں نے سات میں سے چھ براعظموں پر قدم رکھے تھے۔ باقی رہا انٹارکٹیکا، تو اُس کے متعلق انہیں بتایا گیا تھا کہ وہاں کوئی مسلمان نہیں رہتا، لہٰذا کس کو تبلیغ کرتے؟

عادل نے انہیں بتا دیا تھا کہ مریم عارف کو طلاق دے رہی ہے، لہٰذا وہ ڈسٹرکٹ کورٹ سے تمام ضروری فارم لے آئے تھے۔ عادل نے اُن کے لیے کار کا دروازہ کھولا اور انہیں اپنے ساتھ لان میں لے آئے۔

"بیرسٹر صاحب، اِن سے ملیے۔ یہ میرے دوست ہیں شاہد۔ مریم کے والد ہیں،" عادل نے انکل شاہد کا تعارف کراتے ہوئے کہا۔ انہوں نے اٹھ کر ہاتھ ملایا۔

"گلوریا، آپ کے کیسے مزاج ہیں؟" بیرسٹر صاحب نے پوچھا۔

"خدا کا شکر ہے، بیرسٹر صاحب، آپ خیریت سے ہیں؟"

"جی، شکریہ،" انہوں نے جواب دیا۔

"مریم، میں آپ کے لیے کاغذات لے آیا ہوں،" بیرسٹر صاحب نے مریم کو مخاطب کرتے ہوئے کہا۔

''جی، بیرسٹر صاحب،'' مریم اٹھ کر کھڑی ہو گئی۔

''آپ یہیں بیٹھیں گی، یا اندر چلیں؟'' انہوں نے بقیہ لوگوں کی طرف دیکھ کر کہا۔ ان کے لہجے میں تردد تھا۔

''یہیں بیٹھ جاتے ہیں۔ ہماری فیملی میں کوئی بات چھپی ہوئی نہیں ہے۔''

''تو پھر اُدھر چل کر بیٹھتے ہیں تاکہ اِن کی گفتگو ہمارے کام میں مخل نہ ہو،'' انہوں نے ساتھ والی میز کی طرف اشارہ کرتے ہوئے کہا۔ وہ دونوں وہاں آکر بیٹھ گئے اور صبغت اللہ مریم سے پوچھ کر درخواست گزار کے کوائف فارم میں بھرنے لگے: نام، باپ کا نام، پتہ، پیشہ، موجودہ عمر اور شادی کے وقت عمر لکھی۔

''مریم، تمہارا بپتسمہ کا سرٹیفیکیٹ ہے؟''

''بیرسٹر صاحب، وہ تو حیدرآباد میں ہے۔''

''کوئی بات نہیں، لیکن تم نے یہاں اپنا نام مریم ناصری بتایا ہے۔ کیا سرٹیفیکیٹ پر بھی اسی طرح لکھا ہے۔''

''جی، بالکل۔''

''ٹھیک ہے۔ اب ہم فریق ثانی کے کوائف لکھیں گے۔''

انہوں نے عادل کو بلا کر عارف کی تفصیلات قلم بند کیں اور پھر انہیں واپس بھیج دیا۔

''اچھا، شادی کون سے چرچ میں ہوئی؟'' بیرسٹر صاحب نے پوچھا۔

''سینٹ تھامس چرچ، حیدرآباد۔''

''اور شادی کی رسومات کس نے ادا کیں؟''

''پاسٹر پال نے۔''

''آپ دونوں کب سے علیحدہ ہیں؟''

"مجھے یہاں رہتے ہوئے مہینہ بھر ہو گیا ہے۔"

بیرسٹر صاحب نے حساب لگا کر ایک مہینہ پہلے کی تاریخ لکھ دی۔

"اگلے دو سوالات بچوں کے متعلق ہیں، کُل کتنے بچے پیدا ہوئے؟"

مریم کے چہرے پر کچھ سخت سی آ گئی۔ وہ خاموش تھی اور ایسا لگتا تھا کہ وہ جواب نہیں دے گی۔

"ایک،" آخر اُس نے سرگوشی کے لہجے میں کہا۔ اس کے چہرے پر کوئی تاثر نہیں تھا۔

"اگلا سوال ہے کہ کتنے بچے زندہ ہیں؟" اس سوال کا جواب بھی بیرسٹر صاحب کو معلوم تھا مگر وہ قانون جانتے تھے اور جواب اُسی کی طرف سے آنا تھا جس کے فارم بھرے جا رہے تھے۔

"کوئی نہیں،" مریم نے دھیمی آواز میں کہا۔

"اب ہم آتے ہیں اگلے سیکشن پر جس میں طلاق کی بنیاد بیان کریں گے۔ آپ مجھے بتائیں کہ طلاق کیوں چاہتی ہیں۔ میں سادہ کاغذ پر لکھتا جاؤں گا اور جب آپ پڑھ کر توثیق کر دیں گی تو میں فارم پر منتقل کر دوں گا۔"

"ٹھیک ہے،" مریم نے کہا۔

"تو پہلی وجہ کیا ہے؟"

"دراصل یہ شادی میری توقع کے مطابق نہیں ہے۔ میری زندگی کا مقصد صرف یہ رہ گیا ہے کہ صبح کو اپنے شوہر کو ناشتہ کرا دوں اور سارا دن تنہائی میں گزارنے کے بعد رات کو اُسے کھانا کھلا کر سلا دوں۔ میری زندگی ایک اندھیری سرنگ بن گئی ہے جس کا دہانہ مجھے نظر نہیں آ رہا۔"

بیرسٹر صاحب کی پنسل تیزی سے کاغذ پر چل رہی تھی۔ جونہی مریم نے اپنا بیان

مکمل کیا، اُن کی پنسل بھی رُک گئی۔

”دوسری وجہ؟“ اُنھوں نے پوچھا۔

”دوسری وجہ یہ کہ عارف کو شراب پینے کی عادت ہے اور مجھے شرابیوں سے خوف محسوس ہوتا ہے۔ ایک روز اُس کا دوست اُسے نشے کی حالت میں گھر چھوڑ گیا اور میرے اوپر سخت خوف طاری ہو گیا۔“

”کوئی اور وجہ؟“

”عارف نے اپنے دوست کے ساتھ مل کر سازش کی اور میری برتھ کنٹرول کی گولیاں تبدیل کرا دیں جس سے مجھے حمل ٹھہر گیا۔“

”دوست کا نام؟“

”محمود۔ اس کا میڈیکل اسٹور ہے اور ڈاکٹر کی کلینک کے برابر ہے۔“

”آپ کو وہ گولیاں ڈاکٹر نے ہی لکھ کر دی تھیں؟“

”جی، ڈاکٹر رضیہ سلطانہ نے دی تھیں۔“

”کیا آپ چاہیں گی کہ وہ دونوں بطور گواہ پیش ہوں۔“

”جی، بالکل۔“

”اور کچھ؟“

”نہیں، بس اتنا ہی کافی ہے۔“

”تو میں آپ کو پڑھ کر سناتا ہوں کہ میں نے کیا لکھا ہے۔ اگر آپ کہیں ردّ و بدل کرنا چاہیں تو کر دیں۔“

بیرسٹر صاحب مریم کا بیان پڑھنے لگے۔ برابر کی میز پر گلوریا کی نظریں جھکی ہوئی تھیں۔ اس کے ہاتھ میں رومال تھا جس سے وہ گاہے گاہے اپنے نہ تھمنے والے آنسو پونچھ لیتی

تھیں۔ اُس کے باوجود اُن کے پلکوں کی نمی صاف نظر آ رہی تھی۔ عادل سر جھکائے کرسی کے کنارے پر بیٹھے تھے۔ معلوم ہوتا تھا کہ مریم کے ہر بیان کا وزن اُن کی ریڑھ کی ہڈی پر پڑ رہا ہو۔ اُن کے ہاتھ اُن کی گود میں رکھے تھے، دونوں ہاتھوں کی انگلیاں آپس میں گندھی ہوئی تھیں اور انگوٹھے ایک دوسرے کے گرد تیزی سے گردش کر رہے تھے۔ انکل شاہد گہری سوچ میں تھے۔ ان کے دماغ میں آنے والے مناظر کسی فلم کی طرح چل رہے تھے۔ عدالت، بیانات، فیصلے، مریم کی واپسی، اُس کا مستقبل اور بہت کچھ۔

"کورٹ یہ درخواست عارف کو بھیجے گا تاکہ وہ جوابِ دعویٰ تیار کر سکے۔ اگر آپ کی اجازت ہو تو میں یہ درخواست عارف کو دکھا دوں تاکہ ہمارا کچھ وقت بچ جائے،" بیرسٹر صاحب نے پوچھا۔

"نہیں، مجھے کوئی اعتراض نہیں ہو گا۔"

طلاق کی درخواست کے فارم مکمل کرنے کے بعد بیرسٹر صاحب نے مریم سے دستخط کروائے اور فائل کو بریف کیس میں رکھ کر کھڑے ہو گئے۔

"اب اگلا قدم کیا ہو گا، بیرسٹر صاحب؟" عادل نے ایک خالی کرسی کی طرف اشارہ کرتے ہوئے پوچھا۔

"نہیں، بیٹھنے کا وقت نہیں ہے کیونکہ آفس میں کوئی میرا انتظار کر رہا ہے،" بیرسٹر صاحب نے کہا، "یہ طلاق کی درخواست مکمل ہو گئی ہے۔ کل اسے کورٹ میں ریڈر کو پیش کر کے ڈائری نمبر لے لوں گا اور کیس رجسٹر ہو جائے گا۔ اُس کے بعد عارف کو سمن جاری ہو جائے گا کہ وہ جوابِ دعویٰ داخل کرے اور پھر سماعت کی تاریخ مل جائے گی،" بیرسٹر صاحب نے جواب دیا۔

"اس سب کارروائی میں کتنا وقت لگے گا؟" انکل شاہد نے پوچھا۔ وہ اور عادل اٹھ کر

کھڑے ہو گئے۔

"اگر عارف یہاں ہوتے تو ان سے جوابِ دعویٰ تیار کروالیتا اور اُن سے سمن وصول کرنے کا مختار نامہ بھی لے لیتا تو دو ایک روز میں تاریخ مل جاتی۔"

"میں صبح عارف کو آپ کے دفتر بھیج دوں گا۔"

"ٹھیک ہے، میں صبح سات بجے آفس پہنچ جاتا ہوں۔"

"تو آپ دونوں کی طرف سے وکالت کریں گے؟" گلوریا نے پوچھا۔

"نہیں، میں قانوناً دونوں کی طرف سے وکالت نہیں کر سکتا اور انہیں وکیل کی ضرورت بھی نہیں ہے کیونکہ یہ سیدھا سادا کیس ہے۔ دونوں طلاق پر متفق ہیں اور کوئی حل طلب مسئلہ بھی نہیں ہے۔"

بیرسٹر صاحب نے عادل اور انکل شاہد سے ہاتھ ملایا اور ان کے ڈرائیور نے کار اسٹارٹ کر دی۔

۶۳

”جو اپنے گناہوں کو چھپاتا ہے کامیاب نہ ہو گا، لیکن جو اُن کا اقرار کر کے اُن کو
ترک کر دیتا ہے اُس پر رحمت ہو گی۔ مبارک ہے وہ آدمی جو سدا ڈرتا رہتا ہے
لیکن جو اپنے دل کو سخت کرتا ہے، مصیبت میں پڑے گا“
امثال 14-13:28

پری کی پہاڑی پر 1890 کی دہائی میں تعمیر شدہ ڈسٹرکٹ کورٹ کی سرخ اینٹوں سے بنی ہوئی عمارت کی سیڑھیوں پر کھڑے ہو کر چٹاگانگ کا پورا شہر نظر آتا ہے۔ اِس عمارت کی تعمیر میں جہاں برطانوی طرز کے بلاک اور فریم استعمال کیے گئے ہیں، وہیں مغل طرز کے گنبد، محراب دار برآمدے اور لمبی قطار میں کھڑکیاں نظر آتی ہیں۔ عمارت کے ایک کونے سے دوسرے کونے تک لمبا برآمدہ ہے جس کی پشت پر عدالت کے کمرے ہیں۔

اُس زمانے میں عدالت ساڑھے نو بجے شروع ہوتی تھی مگر برآمدے میں آٹھ بجے سے ہی چہل پہل شروع ہو جاتی تھی اور عدالت کا وقت ہونے تک وہاں بازار کا سماں ہوتا تھا۔ تھوڑے تھوڑے فاصلے پر دیوار سے ٹیک لگائے عرضی نویس، اوتھ کمشنر، ٹائپسٹ اور اسٹامپ پیپر فروش اپنی اپنی دریاں بچھائے بیٹھے رہتے تھے۔ اُن کے ایجنٹ برآمدے میں اِدھر سے اُدھر ٹہلتے رہتے اور جوں ہی کوئی سیڑھیاں چڑھ کر اوپر آتا، اس سے کام کی نوعیت معلوم کر کے اُسے صحیح مقام تک پہنچا دیتے۔ دن بھر ٹائپ رائٹرز کی کلِک کلِک،

چائے فروش کے لڑکے کے آوازے اور اجرت پر بحثا بحثی میں وہاں سارا دن مچھلی بازار کی کیفیت رہتی تھی۔

عارف اور مریم کے طلاق کے کیس کی سماعت ڈسٹرکٹ کورٹ چٹا گانگ کی عدالت نمبر تین میں، جسٹس محمد اکرم، ڈسٹرکٹ اینڈ سیشن جج کی سربراہی میں مقرر کی گئی تھی۔ یہ ایک لمبا سا، اونچی چھت والا کمرہ تھا۔ دیواروں پر سفید چونے کی پُتائی کی گئی تھی جس پر جگہ جگہ نمی کے ہلکے ہلکے دھبّے دکھائی دیتے تھے۔ چھت پر دو پنکھے سست رفتاری سے گھوم رہے تھے۔ سامنے کی طرف جج کا اونچا ڈائس تھا جس پر گہری بھوری لکڑی کی میز اور اس کے پیچھے کرسی تھی اور پشت کی دیوار کے آگے نیم خم پاکستانی جھنڈا تھا۔ بائیں طرف کی دیوار پر ایک پرانے طرز کا کلاک آویزاں تھا جس کے پنڈولم کی ٹِک ٹِک کمرے کی خاموشی کو توڑ رہی تھی۔ جج کی دائیں جانب ڈائس کے نیچے گواہ کا کٹہرا تھا اور اس سے ذرا ہٹ کر ڈائس کے سامنے حاضرین کے لیے لکڑی کی بینچیں تھیں۔ ڈائس کی پشت پر دونوں جانب ایک ایک میز تھی جن میں سے ایک جانب کورٹ کلرک بیٹھتا تھا اور دوسری میز اسٹینو گرافر کی تھی۔ جج کی آمد سے پہلے کورٹ کلرک آچکا تھا اور فائلوں کو اُلٹ پلٹ کر ترتیب سے لگا رہا تھا۔ اسٹینو گرافر نے ریمنگٹن کے سیاہ ٹائپ رائٹر پر کاغذ کی نئی شیٹ چڑھالی تھی اور اس کے برابر شارٹ ہینڈ میں مقدمے کی کارروائی لکھنے کے لیے پیڈ اور پنسلیں تیار کر کے رکھ لی تھیں۔

بینچوں پر پہلی صف میں بائیں جانب گلوریا اور عادل بیٹھے تھے اور اُن کے درمیان مریم تھی۔ دائیں جانب عارف، محمود اور ڈاکٹر رضیہ بیٹھی تھیں اور دوسری صف میں انکل شاہد کے برابر بیرسٹر صبغت اللہ بیٹھے تھے۔ وہ وہاں وکیل کی حیثیت سے نہیں بلکہ ذاتی دل چسپی کی بنا پر مُبصّر کی حیثیت سے موجود تھے۔ دروازے میں ایک طرف اسٹول بچھائے چپڑاسی جج کی آمد کا منتظر تھا۔ وہ چند لمحوں بعد کھڑا ہوا اور ایک قدم آگے بڑھ کر گرج دار آواز میں

اعلان کیا، "عدالت! توجہ فرمائیں۔ جج صاحب تشریف لا رہے ہیں۔ سب حضرات کھڑے ہو جائیں۔"

کمرہ عدالت میں ہلکی سی ہلچل ہوئی، بینچوں کے چرچرانے کی آوازیں گونجیں، اور سب لوگ آہستہ آہستہ کھڑے ہو گئے۔ مریم کا دل زور زور سے دھڑک رہا تھا۔ عارف کا چہرہ جذبات سے عاری تھا۔ اُسے اپنے گرد کا منظر اجنبی لگ رہا تھا۔ چپڑاسی نے دروازہ کھولا اور جسٹس اکرم اپنے سیاہ عبائے میں ملبوس، باوقار انداز سے اندر داخل ہوئے۔ وہ کمرۂ عدالت پر ایک سرسری نظر ڈال کر اپنی اونچی کرسی پر بیٹھ گئے اور چپڑاسی نے حاضرین کو بیٹھنے کا اعلان کیا۔ سب لوگ آہستہ آہستہ بیٹھ گئے اور عدالت کی کارروائی شروع ہو گئی۔

کورٹ کلرک کھڑے ہو کر مقدمے کا خلاصہ پڑھنے لگا، "جناب عالی، مقدمہ نمبر X 37 / 196 بعنوان مریم ناصری بنت شاہد ایمانوئیل فریق اوّل، بنام یوحنا عارف ابن عادل پیٹر فریق ثانی، بابت درخواستِ تنسیخ نکاح، بہ طور سماعتِ بیانِ فریقین آج کے لیے مقرر ہے۔ دونوں فریق عدالت میں حاضر ہیں۔ گواہان کے نام، ڈاکٹر رضیہ سلطانہ اور محمود، فہرستِ گواہان میں درج ہیں اور دونوں حاضر ہیں۔ مقدمے کی کارروائی آپ کے حکم کی منتظر ہے۔"

اسی لمحے عارف نے جلدی سے کھڑے ہو کر ہاتھ اٹھایا۔

"آپ کچھ کہنا چاہتے ہیں؟" جسٹس اکرم نے پوچھا۔

"یور آنر، اگر ممکن ہو تو گواہوں کو بلانے سے پہلے میرا بیان سن لیا جائے اور اُس کے بعد اگر گواہوں کی ضرورت محسوس نہ ہو تو اُنہیں نہ بلایا جائے،" عارف نے کہا۔

ڈاکٹر رضیہ اور محمود دونوں چونک کر سیدھے ہوئے۔ مریم نے بے اختیار عارف کی طرف دیکھا، جیسے اسے اس درخواست کی توقع نہ ہو۔ جسٹس اکرم نے اپنے ہاتھ سے قلم ایک طرف رکھتے ہوئے کہا، "آپ نے اپنا نام نہیں بتایا۔"

"جنابِ عالی، میں یوحناّ عارف ہوں۔"

"آپ کس نام سے پکارے جاتے ہیں، یوحناّ یا عارف؟" جسٹس اکرم نے مسکرا کر کہا۔

"یور آنر، دوست مجھے عارف ہی کہتے ہیں،" اُس نے جواب دیا۔

جسٹس اکرم نے اسٹینو گرافر کی طرف دیکھتے ہوئے کہا، "فریقِ ثانی کی درخواست نوٹ کی جاتی ہے، لیکن پہلے فریقِ اول اپنا بیان دے گی۔"

عارف آہستہ سے بیٹھ گیا، مگر اب اس کے ہاتھ پہلے سے بھی زیادہ کانپ رہے تھے۔

جسٹس اکرم نے مریم کو کھڑے ہونے کا اشارہ کرتے ہوئے کہا، "مریم، آپ اپنا بیان اپنے الفاظ میں دیں۔"

مریم نے کھڑے ہوتے ہوئے اپنے ہاتھ دوپٹے میں بھینچ لیے۔ اُس کے دل کی دھڑکنیں تیز ہو کر پورے وجود میں گونجنے لگیں اور گلے میں اٹکا ہوا الفاظ کا گچھا سانس کی راہ روکنے لگا۔ اس نے دوپٹے کو سنبھالتے ہوئے ایک لحظے کو خود کو سنبھالنے کی کوشش کی، مگر لرزتے ہوئے ہاتھ اس کی اندرونی کشمکش کا راز فاش کر رہے تھے۔ اسے یوں محسوس ہوا جیسے زندگی کے سارے بوجھ، سارے دھوکے، سارے خوف اسی ایک لمحے میں اس پر دوبارہ لاد دیے گئے ہوں۔ عدالت کی خاموش فضا میں وہ سر جھکائے تنہا کھڑی تھی۔

اور پھر آہستہ آہستہ، سرگوشی میں بولی، "یور آنر، میری شادی کو ابھی دو سال بھی نہیں ہوئے، مگر میں اندر سے بالکل ٹوٹ پھوٹ گئی ہوں۔ میں دن بھر تنہائی میں رہتی ہوں اور میری زندگی ایک اندھیری سرنگ بن گئی ہے جس کا کوئی دہانہ نظر نہیں آتا۔"

مریم خاموش ہو گئی۔ وہ مزید بولنا چاہ رہی تھی مگر ہر بار ہونٹ لرز کر رہ جاتے۔ انکل شاہد کی نم آنکھوں میں چھت پر لگے ہوئے بلب کی روشنی جھلملا رہی تھی۔ وہ جیب سے رومال نکال کر آنکھوں کو خشک کرنے لگے۔

"یور آنر، مجھے عارف سے بے حد محبت ہے مگر اِس شادی نے ہم دونوں کے پاؤں میں بیڑیاں ڈال دی ہیں۔ میں عارف سے مطالبہ کرتی ہوں کہ اپنے وقت میں سے کچھ حصہ مجھے دے مگر اُس کے پاس وقت نہیں ہے۔ دوسری وجہ یہ ہے کہ مجھے اُن لوگوں سے بڑا ڈر لگتا ہے جو نشے کی حالت میں ہوں۔ ایک رات عارف کا ایک دوست اُسے نشے کی حالت میں گھر چھوڑ کر گیا۔ وہ رات میرے لیے بڑی خوف ناک تھی اور مجھے محسوس ہوا کہ میں عارف کے ساتھ محفوظ نہیں ہوں۔"

جسٹس اکرم نے کہا، "مریم، میرا مشورہ ہے کہ آپ دونوں پہلے اپنے چرچ سے رجوع کریں۔ ممکن ہے کہ آپ کے پادری صاحب کوئی ایسا حل نکال سکیں جو آپ دونوں کے لیے قابلِ قبول ہو، کیونکہ کرسچن ڈائیورس ایکٹ کی طلاق کے لیے بڑی سخت شرائط ہیں۔ صرف زنا ثابت ہونے پر طلاق آسانی سے ہو جاتی ہے۔"

مریم نے کوئی جواب نہیں دیا۔ وہ خاموش کھڑی آنسو بہاتی رہی۔ معلوم ہوتا تھا کہ جج صاحب کو بھی مریم کے جواب کی جلدی نہیں تھی۔ آخر اُس نے منہ کھولا مگر آواز سرگوشی سے زیادہ نہیں تھی، "اگر بیوی کو دھوکا دے کر اُس کے جسم کو اُس کی مرضی کے خلاف استعمال کیا جائے تو کیا یہ زنا کے زمرے میں آتا ہے یا نہیں؟"

کمرۂ عدالت پر ایک لمحے کے لیے سناٹا چھا گیا، جیسے کسی نے وقت کی رگ پکڑ کر تھام لی ہو۔ اسٹینو گرافر کا ہاتھ بھی رُک گیا۔ صرف کلاک کے پنڈولم نے اپنی ٹک ٹک سے وقت کے ٹھہراؤ کو تسلیم کرنے سے انکار کر دیا۔ جسٹس اکرم نے عینک کے پیچھے سے مریم کو غور سے دیکھا۔ انہوں نے کرسی کی پشت سے ذرا سا آگے ہو کر اپنی آواز کو نرم مگر باوقار رکھتے ہوئے پوچھا، "مریم، آپ اپنے آخری جملے کی وضاحت کرنا چاہتی ہیں؟"

"یور آنر،" وہ بولی، "اگر بیوی کی برتھ کنٹرول کی دوا بغیر اُسے بتائے بدل دی جائے،

اور اس کے نتیجے میں اسے حمل ٹھہر جائے تو کیا وہ زنا نہیں سمجھا جائے گا؟"

اس جملے نے جیسے پورے کمرے پر بجلی گرا دی۔ معلوم ہوتا تھا کہ عدالت کو سانپ سونگھ گیا ہو۔ جسٹس اکرم نظریں جھکائے اپنے فاؤنٹین پین کی پشت کو بار بار میز پر مار رہے تھے۔ مریم نے اپنا سوال دہرایا، "کیا یہ زنا نہیں ہے؟"

ڈاکٹر رضیہ نے گہرا سانس لے کر محمود کی طرف دیکھا۔ اُس کے چہرے پر ہوائیاں اُڑ رہی تھیں۔ عارف نے اپنی انگلیوں کی کپکپاہٹ پر قابو پانے کے لیے مٹھیاں بند کر لی تھیں۔

جسٹس اکرم کے چہرے پر پہلی بار گہری سنجیدگی اور قانونی احتیاط کا سایہ نمودار ہوا۔ انہوں نے قلم اٹھایا، نوٹ پیڈ پر چند الفاظ لکھے، پھر مریم کی طرف دیکھ کر کہا، "کیا آپ کے پاس اپنی بات کا کوئی ثبوت ہے؟"

مریم نے جواب دینے سے قبل گہرا سانس لیا اور کہا، "میرا میڈیکل ریکارڈ ڈاکٹر رضیہ کے کلینک کی رپورٹس میں موجود ہے۔"

جسٹس اکرم نے عارف کو مخاطب کر کے کہا، "اس سے پہلے کہ ڈاکٹر رضیہ کو بلایا جائے، آپ کچھ کہنا چاہیں گے؟"

"یور آنر،" عارف کھڑا ہوا۔ اس کے ہاتھ اب بھی کانپ رہے تھے اور وہ اپنی آواز کو قابو میں رکھنے کی کوشش کر رہا تھا، مگر اس کے اندر ایک شدید کشمکش جاری تھی۔

"یور آنر، میری گزارش یہ ہے کہ مریم نے جو کچھ کہا، میں اُس کی تائید کرتا ہوں۔ دراصل میرے کام کے اوقات بڑے طویل ہیں اور میں مریم کو وقت نہیں دے پاتا۔

"مریم نے میرے نشے میں گھر آنے کا ذکر کیا، مجھے اُس پر بے حد ندامت ہے۔ جب مجھے بستر میں قے کرنا یاد آتا ہے تو سخت کراہیت محسوس ہوتی ہے اور خود پر غصہ آنے لگتا ہے۔ میں حلفیہ بیان دیتا ہوں کہ اُس دن سے الکحل کا ایک قطرہ بھی میرے حلق سے نہیں

اُترا اور میں وعدہ کرتا ہوں کہ مریم مجھے کبھی نشے میں نہیں دیکھے گی۔

”یور آنر، رضیہ اور محمود میرے دوست ہیں اور میں نہیں چاہوں گا کہ اُنہیں گواہ کے کٹہرے میں لایا جائے۔ میں مریم کے بیان کی تائید کرتا ہوں۔ ڈاکٹر رضیہ نے مریم کو جو گولیاں دی تھیں وہ میں نے محمود سے کہہ کر تبدیل کر دیں۔ میں اپنے جرم کو تسلیم کرتا ہوں اور مریم کی درخواست کی مکمل حمایت کرتا ہوں۔“

عارف سر جھکائے ہوئے دھیمی آواز میں ایسے بول رہا تھا جیسے کوئی بھولی بسری کہانی یاد کر کے سنا رہا ہو۔

”میں نے غلطیاں کیں۔۔ میں نے مریم کو تکلیف دی۔۔ جو میں کبھی نہیں دینا چاہتا تھا۔۔ اگر اس کی خوشی میرے بغیر ہے تو میں۔۔ تو میں اس کے راستے میں نہیں آؤں گا۔“

وہ دونوں ہاتھوں سے اپنا چہرہ تھام کر رو پڑا۔

گلوریا کوشش کے باوجود اپنی سسکی نہ دبا سکی۔ عادل نے جلدی سے سر جھکا لیا؛ آنکھوں کے کنارے بھیگنے لگے۔ مریم کے چہرے پر حیرت، درد، محبت، صدمہ سب مل کر ایک لمحے میں پگھل گئے۔ اس نے اپنے دوپٹے کی گرفت ڈھیلی کی۔ آنکھیں بھر آئیں۔ دل جیسے کسی نے کھینچ لیا ہو۔ اچانک وہ اپنی نشست سے اٹھی۔

”عارف!“ اس کی آواز لرز رہی تھی۔

عارف نے چونک کر سر اٹھایا۔ آنسوؤں، شرمندگی اور محبت میں ڈوبا ہوا چہرہ۔

اور اسی لمحے۔۔ مریم اس کی طرف بڑھی اور پوری شدت سے اس کے ساتھ لپٹ گئی۔

کمرۂ عدالت میں مکمل خاموشی پھیل گئی۔ ایسی کہ کلاک کی ٹِک ٹِک بھی سنائی نہیں دے رہی تھی۔

عارف نے آہستگی سے اس کے کندھے پر ہاتھ رکھ دیا۔ دونوں رو رہے تھے۔۔

دو جسم۔۔دو کہانیاں۔

چند لمحوں تک عدالت خاموش رہی، پھر جسٹس اکرم نے اپنی عینک اتار کر میز پر رکھی اور ہتھیلوں سے دونوں آنکھیں مل کر دوبارہ عینک پہنتے ہوئے بولے، ''درخواست مسترد کی جاتی ہے۔۔عدالت برخواست،'' اور اٹھ کر تیزی سے کمرۂ عدالت سے نکل گئے۔

۶۴

"شادمان دل شفا بخشتا ہے، لیکن افسردہ دلی ہڈیوں کو خشک کر دیتی ہے۔"
امثال 17:22

کورٹ سے واپسی پر عارف اور مریم کو عادل نے مشورہ دیا کہ وہ اپنے گھر جائیں کیوں کہ انہیں اپنے مستقبل کے بارے میں سنجیدگی سے بات چیت کرنا ضروری ہے۔ انکل شاہد نے اُن کی تائید کی اور فیصلہ ہوا کہ وہ سیدھے پتنگا چلے جائیں اور اگلی صبح ناشتہ عادل کی کوٹھی پر آکر ان ہی کے ساتھ کریں اور ناشتے کے بعد سب انکل شاہد کو واپسی کے لیے ایئرپورٹ لے چلیں۔

عارف کی کار کورٹ کے پارکنگ لاٹ میں کھڑی تھی۔ اُس نے پسنجر کی طرف والے دروازے کے تالے میں چابی لگا کر مریم کے لیے دروازہ کھولا اور اسے بٹھا کر ڈرائیور کی طرف والے دروازے کو کھول کر آبیٹھا اور گاڑی کو سڑک پر نکل لیا۔ دونوں خاموش تھے۔ عارف کا دایاں ہاتھ اسٹیئرنگ پر تھا اور بائیں ہاتھ میں مریم کا ہاتھ تھا۔ دونوں ایک دوسرے سے بہت کچھ کہنا چاہ رہے تھے مگر دونوں جھجک رہے تھے۔

"انکل اور آنٹی صحیح کہہ رہے تھے،" آخر مریم نے پہل کر ہی دی، "ہمیں بات کرنی چاہیے، ورنہ سب کچھ اندر ہی اندر پکتا رہے گا۔"

"ہاں مگر ڈر لگتا ہے، مریم۔ کہیں ہم پھر وہی باتیں نہ دُہرائیں جو ہمیں ایک دوسرے سے

دُور لے گئیں۔

"آج عدالت میں جو ہوا، اُس کے بعد خاموش رہنا تو ممکن نہیں۔"

عارف نے ایک گہری سانس لی، پھر مریم کی طرف دیکھ کر کہا، "جب تم نے اپنا بیان دیا تھا تو میں نے پہلی بار محسوس کیا کہ تم نے میرے ساتھ رہ کر کتنا کچھ سہا ہے، مگر کبھی تم نے اپنے منہ سے کچھ نہیں کہا۔"

مریم کی آنکھیں بھر آئیں، لیکن وہ مسکرا دی۔ وہی پھیکی سی مسکراہٹ جس میں شُکر بھی تھا اور شکوہ بھی۔

"میں نے تمہیں بتانے کی کوشش کی تھی، عارف، مگر تم اُس وقت اور باتوں میں اُلجھے ہوئے تھے۔ کبھی بزنس، کبھی ذمہ داریاں، کبھی وہ سب کچھ جو مجھے توڑتا رہا۔"

"نہیں، مریم۔ میں بہانہ نہیں بنا رہا۔ میں واقعی اندھا ہو گیا تھا۔ میں نے تمہیں کھو دیا تھا، اور آج عدالت میں تمہیں روتے دیکھا تو لگا کہ شاید اب بھی دیر نہیں ہوئی۔"

مریم خاموش رہی۔ وہ کوشش کر رہی تھی کہ اُس کی آنکھوں پر تیرتے ہوئے آنسو نیچے نہ گریں۔

عارف نے اُس کا ہاتھ دباتے ہوئے کہا، "مریم، میں وقت چاہتا ہوں، اور تم سے اتنی سی درخواست ہے کہ تم مجھے وقت دو۔ پتنگا میں آج رات ہم دونوں عرصے کے بعد پہلی بار بغیر خوف کے، بغیر الزام کے، ایک چھت کے نیچے ہوں گے۔ میں تم سے وعدہ کرتا ہوں کہ اس بار میں تمہیں ٹوٹنے نہیں دوں گا۔"

گاڑی ایک اسپیڈ بریکر سے گزری اور ہلکے سے جھٹکے کے ساتھ مریم کے آنسو پلکوں سے ٹوٹ کر اُس کی گود میں آ گرے۔ اُس نے اپنا ہاتھ کھینچنے کے بجائے عارف کی انگلیاں مضبوطی سے تھام لیں۔

”ہم یہاں سے بھاگ چلیں گے،“ معلوم ہوتا تھا کہ عارف اپنے آپ ہی سے باتیں کر رہا تھا، ”ہم حیدرآباد میں ایک چھوٹا سا مکان خرید لیں گے۔ تم یونیورسٹی میں پڑھانا اور میں کوئی چھوٹی موٹی نوکری ڈھونڈ لوں گا۔“

***

اگلے روز عادل کی کوٹھی میں صبح کا منظر ہی بدلا ہوا تھا۔ کل تک جس کمرے میں گھٹن اور گھبراہٹ تھی، پیشانیوں پر اضطراب کی لکیریں تھیں اور طبیعتوں میں کھنچاؤ تھا، آج اُسی کمرے میں قہقہے گونج رہے تھے۔ انکل شاہد سرمئی رنگ کے سوٹ میں ملبوس صوفے کے ایک کنارے پر بیٹھے تھے۔ اُن کے برابر مریم تھی۔ عادل، گلوریا اُن کے سامنے والے صوفے پر بیٹھے تھے اور عارف اُن کے برابر ایک کرسی پر بیٹھا تھا۔ کمرے کے دوسرے کنارے پر خورشیدہ ناشتے کے لیے کھانے کی میز لگا رہی تھی۔ اُس نے عادل کو چائے کی پیالی دے دی تھی جو وہ ناشتے سے پہلے پیتے تھے۔ دروازے کے ساتھ ہی انکل شاہد کا سوٹ کیس سفر کے لیے تیار رکھا تھا۔

”تو میاں صاحب،“ انکل شاہد نے عارف کو مخاطب کر کے کہا، ”اب عدالتوں کے چکر تو ختم ہو گئے، مگر گھر کی عدالت شروع ہو گئی ہے۔ وہاں بھی اپیل کا دروازہ کھلا رکھنا۔“

عارف نے جھینپی سی مسکراہٹ کے ساتھ جواب دیا، ”انکل، اب اپیل بھی گھر ہی میں ہو گی اور فیصلہ کرنے کے لیے بھی، جج صاحبہ آپ کے برابر ہی بیٹھی ہیں۔“

مریم نے بھنویں چڑھا کر اسے گھورا، مگر آنکھوں میں مسکراہٹ تھی۔

انکل شاہد نے مریم کے سر پر ہاتھ رکھ کر دعا دی، ”خدا تم دونوں کو سمجھ دے۔ غصہ کم اور حوصلہ زیادہ، اور یاد رکھو کہ رشتے ٹوٹنے میں ایک لمحہ لگتا ہے اور جوڑنے میں پوری عمر۔ یہ بڑی اچھی بات ہے کہ تم دونوں نے جوڑنے کا راستہ چنا ہے، اب اس پر ڈٹے رہنا۔“

"یوحنّا، اب آگے کا کیا پروگرام ہے، تم لوگوں نے زندگی کا روڈ میپ طے کیا؟" عادل نے پوچھا۔

عارف نے گہرا سانس لے کر کہا، "پاپا، میں چاہتا ہوں کہ سب کچھ نئے سرے سے شروع کروں۔ یہ ورک شاپ، پارٹیاں اور سب کچھ چھوڑ چھاڑ کر کہیں چھوٹی موٹی نوکری کرلوں جہاں مریم بھی اپنے ماں باپ اور بھائی بہنوں کے نزدیک ہو۔"

"میں تم سے متفق ہوں،" عادل نے چائے کا خالی کپ میز پر رکھتے ہوئے کہا، "تم دونوں کراچی چلے جاؤ۔ کل رات میں نے کراچی میں اپنے پرانے دوست آدم جی کو فون کیا تھا۔"

"وہ آدم جی ٹیکسٹائل ملز والے؟" عارف نے پوچھا۔

"نہیں بھئی، یہ دوسرے آدم جی ہیں۔ کراچی میں بہت بڑی شپنگ کمپنی چلاتے ہیں۔"

"شپنگ کمپنی؟" عارف چونک کر سیدھا بیٹھ گیا۔

"ہاں،" عادل نے پیچھے ٹیک لگا کر کہا، "تم ہمیشہ کہتے تھے کہ کبھی نہ کبھی اپنی شپنگ کمپنی کھولوں گا، تو میں نے سوچا پہلے کسی تجربہ کار آدمی کے ساتھ کام کرلو۔ آدم جی نے کہا ہے کہ تمہاری ٹریننگ اپنی کمپنی میں کروادیں گے۔ بیلنگ، فریٹ، پورٹ ہینڈلنگ، سب کچھ۔"

"میں بھی وہاں کوئی چھوٹی موٹی نوکری ڈھونڈلوں گی؟" مریم نے آہستہ سے کہا۔

"بیٹی، کراچی کوئی چھوٹا موٹا شہر نہیں ہے۔ وہاں کالجوں کی بھرمار ہے۔ تم نے ماسٹرز کیا ہے، تمہارے جیسے لوگوں کے لیے وہاں ٹیچنگ جاب ڈھونڈنا زیادہ آسان ہوگا۔ میں نے آدم جی سے کہہ دیا ہے کہ تمہارے لیے بھی کسی کالج میں بات کروادیں گے۔"

عارف نے کہا، "تم نے کہا تھا کہ تمہارے پروفیسر نے ملازمت کی پیش کش کی تھی۔ ان سے معلوم کرلینا کہ اگر اب بھی وہ پیش کش موجود ہو تو تم حیدرآباد میں رہ لینا۔ کراچی سے حیدرآباد ٹرین صرف تین گھنٹے لیتی ہے تو میں چھٹی کے دن پہنچ جایا کروں گا،"

عارف نے کہا۔

"نہیں بھئی، اپنی بیوی کو اپنے پاس ہی رکھنا۔ مریم کو میرا مشورہ تو یہی ہو گا کہ کراچی میں ملازمت ڈھونڈے،" انکل شاہد نے ہنستے ہوئے کہا۔

"پتہ نہیں، انکل اور آنٹی کو چھوڑتے ہوئے عجیب سا لگ رہا ہے،" مریم نے کہا۔

گلوریا بولیں، "بیٹی، کبھی کبھی تلخیوں کو بھلانے کے لیے شہر بھی بدلنا پڑتا ہے۔ تم اور عارف کراچی میں ایک نئی شروعات کرنا۔ یہاں کے تو ہر در و دیوار کے ساتھ تمہاری تلخ یادیں جڑی ہیں، انہیں بھی تو کہیں پیچھے چھوڑنا ہے۔"

اپنی بات ختم کرتے کرتے ان کی آواز بھرّا گئی اور انہوں نے اپنا رومال آنکھوں سے لگا لیا۔

"لو بھئی، اِن کی گاڑی چھوٹ گئی،" عادل نے قہقہہ لگایا۔

مریم اٹھ کر ان کے برابر آ بیٹھی اور انہیں چمٹا لیا۔ انکی سسکیاں اب بھی جاری تھیں۔

اسی دوران خورشیدہ نے اعلان کیا کہ ناشتہ تیار تھا اور وہ سب اٹھ لیے۔

عارف نے دھیرے سے مریم کے ہاتھ پر ہاتھ رکھ دیا، "اگر تم کہو تو میں پاپا سے کہہ دیتا ہوں یہ سب رہنے دیں، ہم کہیں اور اپنا انتظام کر لیں گے۔"

مریم نے فوراً سر ہلا دیا، "نہیں، میں بھاگنا نہیں چاہتی، مگر شاید ہمیں واقعی نئے شہر، نئے لوگوں، اور نئے سفر کی ضرورت ہے۔ کم از کم تمہارے دوست وہاں روز رات کو دروازہ تو نہیں کھٹکھٹائیں گے" اس نے ہلکی سی چوٹ کی۔

۶۵

”جو لوگ جہازوں میں سمندر پر جاتے ہیں، اور سمندر پر کاروبار میں لگے رہتے ہیں، وہ سمندر میں خداوند کے کاموں کو اور اُس کے عجائب کو دیکھتے ہیں، کیونکہ وہ حکم دے کر طوفانی ہوا چلاتا ہے جو اُس میں لہریں اٹھاتی ہے۔ وہ آسمان تک چڑھتے اور گہراؤ میں اُترتے ہیں۔ پریشانی سے اُن کا دِل پانی پانی ہو جاتا ہے۔ وہ جھومتے اور متوالے کی طرح لڑکھڑاتے اور حواس باختہ ہو جاتے ہیں۔ تب وہ اپنی مصیبت میں خُداوند سے فریاد کرتے ہیں اور وہ اُن کو اُن کے دکھوں سے رہائی بخشتا ہے۔ وہ آندھی کو تھما دیتا ہے اور لہریں موقوف ہو جاتی ہیں۔“

زبور 107:23-29

اُس زمانے میں برنس روڈ کراچی کی سماجی، تجارتی اور تہذیبی شہ رگ سمجھی جاتی تھی۔ سڑک کی دونوں جانب چار چار پانچ پانچ منزلہ عمارتیں تھیں جن میں نچلی منزل پر دوکانیں اور اوپر کی منزلوں پر دفاتر یا فلیٹ تھے۔ کراچی کے بیشتر شپنگ ایجنٹوں، انشورنس بروکروں اور اکاؤنٹنگ فرموں کے دفاتر اسی سڑک پر تھے۔ ٹریفک کے شور سے ذرا ہٹ کر، ایک گلی کے نکّڑ پر پرانی طرز کی ایک کشادہ عمارت کی تیسری منزل پر آدم جی شپنگ کمپنی کا آفس واقع تھا۔ لکڑی کی بھاری سیڑھیاں، پیتل کی ریلنگ، اور دیواروں پر لگے فریم شدہ سمندری نقشے جن پر وہ بندرگاہیں سرخ لائنوں سے جوڑی گئی تھیں جہاں آدم جی کے جہاز لنگر انداز ہوتے

تھے۔ ایک نقشے میں بمبئی، کراچی، مدراس، کلکتہ اور چٹاگانگ کا روٹ دکھایا گیا تھا تو دوسرے نقشے میں دبئی، بصرہ، عدن، ممباسا، دارالسلام اور زنجبار کو سرخ لکیر سے جوڑا گیا تھا۔ یورپ اور مشرق بعید کی بندرگاہیں علیحدہ نقشوں میں دکھائی گئی تھیں۔ غرض آدم جی کے جہاز پوری دنیا کے سمندروں میں چکر لگاتے تھے۔

آدم جی کی عادت تھی کہ وہ ملازمت کے امیدواروں کو صبح سات بجے انٹرویو کے لیے بلاتے تھے تاکہ وہ اندازہ لگا سکیں کہ وہ وقت کا کتنا پابند ہے۔ عادل نے پہلے ہی عارف کو ہدایت کر دی تھی کہ وہ وقت پر پہنچے۔ جب اسے اندر بلایا گیا تو ٹھیک سات بجے تھے۔ کمرے میں خاموشی تھی اور چھت کا پنکھا سست رفتاری سے گھوم رہا تھا۔ سامنے ہی آدم جی میز کے پیچھے بیٹھے تھے۔ اُن کا تعلق داؤدی بوہرہ جماعت سے تھا اور وہ کافی مذہبی تھے۔ سرخ و سفید رنگ، تراشیدہ ڈاڑھی جس کے سفید رنگ میں کچھ ہلکے کتھئی بال بھی جھلک رہے تھے۔ سادہ مگر نفیس لباس اور سر پر گول سنہری ٹوپی۔ اُن کی نظریں سامنے کھلی ایک فائل پر تھیں اور ہاتھ میں پنسل تھی جس سے جگہ جگہ نشان لگا رہے تھے۔ عارف ان کے سامنے جا کر کھڑا ہو گیا۔ وہ شش و پنج میں تھا کہ انہیں سلام کرے یا انتظار کرے کہ وہ نظریں اٹھا کر اُس کی طرف دیکھیں، مگر وہ فائل کے مطالعے میں مصروف رہے، البتہ انہوں نے ہاتھ اٹھا کر کرسی کی طرف اشارہ کیا اور عارف خاموشی سے بیٹھ گیا۔ گزرتے ہوئے وقت کے ساتھ اس کی بے چینی جھنجلاہٹ میں بدلنے لگی۔

"سمندر نے کل رات پھر حساب مانگ لیا،" انہوں نے سر اٹھائے بغیر تقریباً سرگوشی میں کہا۔

عارف کی سمجھ میں نہیں آیا کہ انہوں نے یہ بات اُس سے کہی تھی یا اپنے آپ سے باتیں کر رہے تھے۔ آخر اُس نے فیصلہ کر لیا کہ وہ انہیں جواب دے گا۔

”حساب وہی دے سکتا ہے جو نقصان کو مان لے، مگر گھبراہٹ کو نہیں،“ اُس نے دھیمے لہجے میں کہا۔

کمرے میں چند لمحوں کے لیے خاموشی چھا گئی۔ پھر آدم جی نے فائل بند کی، پنسل ایک طرف رکھی اور نظر اٹھا کر عارف کو مخاطب کیا۔

”تم نے کیا دیکھا؟“ انہوں نے پوچھا۔

”میں نے دیکھا کہ ایک زنجیر ٹوٹتی ہے تو پورا نظام لرز جاتا ہے۔ شپنگ صرف جہاز نہیں، نظم وضبط بھی ہے۔“

وہ اٹھ کر عارف کے سامنے آکر کھڑے ہو گئے، اور دونوں بازو پھیلا دیے۔ عارف بھی اُٹھا اور انہوں نے اسے چمٹالیا۔

”تم نے بڑی اچھی بات کہی ہے۔ یاد رکھو، سمندر سے روزی لینے والے کو صبر بھی اسی سے لینا پڑتا ہے۔“

وہ دراصل اُس حادثے کے متعلق عارف کا امتحان لے رہے تھے جو پچھلی رات چٹاگانگ کی بندرگاہ پر ہوا تھا۔ عارف اور مریم اُس سے بے خبر تھے کیونکہ وہ اُس دوران کراچی کی پی آئی اے کی پرواز پر تھے اور کراچی پہنچ کر میٹروپول ہوٹل میں ٹھہر گئے تھے۔ صبح کو عارف پانچ بجے ہی اٹھ گیا تاکہ وقت پر انٹرویو کے لیے پہنچ سکے۔ اُسے معلوم تھا کہ میٹروپول ہوٹل میں صبح ہی صبح ہر کمرے کے دروازے کے آگے اُس دن کا ڈان ڈال دیا جاتا ہے۔ چنانچہ اس نے دروازہ کھول کر نیچے دیکھا تو حسب توقع اخبار موجود تھا اور اُس کی نظر سرخیٔ اوّل پر پڑی جو چٹاگانگ کے حادثے کے متعلق تھی۔ شدید موسمی طوفان نے بندرگاہ پر لنگر انداز جہازوں کو غیر متوقع دباؤ میں ڈال دیا تھا اور ہوا کے جھکڑوں سے آدم جی کے ایک کارگو ویسل کا لنگر کھسک گیا تھا کیونکہ زنگ آلود اینکر چین ہوا کا زور برداشت نہ کر سکی

اور کارگو ویسل ایک چھوٹے فیڈر جہاز سے رگڑ کھا گیا جس کی وجہ سے چند کنٹینر اور کپاس کے گٹھے سمندر میں گر گئے اور رات بھر انشورنس کمپنیوں کی ذمہ داری کا تنازع چلتا رہا۔ اصل جھگڑا یہ نہیں تھا کہ مال خراب ہوا ہے، بلکہ یہ تھا کہ یہ قدرتی آفت تھی اور سوال یہ تھا کہ کیا ذمہ داری جہاز کے مالک کی تھی جس کا تعلق یونان سے تھا، یا چارٹر کی تھی جو آدم جی کی کمپنی تھی، یا پھر چٹاگانگ پورٹ اتھارٹی کی تھی۔

عارف نے خدا کا شکر ادا کیا کہ اُس نے ڈان میں صبح ہی صبح یہ خبر پڑھ لی تھی، ورنہ وہ آدم جی کے امتحان میں بری طرح ناکام ہوتا۔

"تمہارے باپ نے اچھی تربیت کی ہے۔ تم سیکھ جاؤ گے،" انہوں نے عارف کا کندھا تھپتھپاتے ہوئے کہا، "تم کراچی آفس میں رہو گے، مگر ہفتے میں دو دن بندرگاہ جاؤ گے۔ جو آدمی نمک کی ہوا نہ سونگھے، وہ شپنگ نہیں سیکھ سکتا۔"

"جی!" عارف نے سر ہلا دیا۔

"صبح ہی صبح تمہارے باپ کا فون آیا تھا۔ اُس نے کہا کہ تم ابھی تو حیدرآباد بیوی کو چھوڑنے جا رہے ہو۔"

"جی، آج سنیچر ہے، اگر ممکن ہوا تو ہم شام کی کوئی ٹرین لے لیں گے ورنہ کل صبح روانہ ہوں گے،" عارف نے جواب دیا۔

"کام کب سے شروع کرو گے؟"

"میں اگلے پیر سے شروع کرنے کے متعلق سوچ رہا تھا لیکن اگر آپ چاہیں تو میں جلدی واپس آجاؤں گا۔"

"نہیں، تم آرام سے واپس آؤ، کوئی جلدی نہیں ہے"، انہوں نے مصافحے کے لیے عارف کی طرف ہاتھ بڑھا دیا اور وہ سمجھ گیا کہ انٹرویو ختم ہو گیا۔ چنانچہ وہ آدم جی کو خدا حافظ

کہہ کر اُن کے دفتر سے نکل آیا۔

عارف کراچی کے چپے چپے سے واقف تھا کیونکہ وہ اکثر بزنس کے سلسلے میں وہاں آتا رہتا تھا۔ اُس نے فیصلہ کیا کہ پیدل ہی ہوٹل جائے گا۔ آدم جی کے دفتر سے میٹروپول کا فاصلہ تقریباً ایک میل تھا جسے طے کرنے میں اسے زیادہ سے زیادہ آدھا گھنٹہ لگتا۔ برنس روڈ پر کچھ آگے چل کر وہ صدر کی طرف مڑا اور وہاں وکٹوریہ روڈ پر سامنے ہی ہوٹل تھا۔ ٹریفک کے ازدحام میں بسوں، کاروں، ہونڈا اور ویسپا اسکوٹروں، سائیکلوں اور کالی پیلی ٹیکسیوں کے علاوہ گدھا گاڑیاں اور اونٹ گاڑیاں بھی نظر آرہی تھیں۔ وہ سردیوں کی خوش گوار دھوپ میں سڑک کے کنارے چلتا ہوا ہوٹل پہنچ گیا۔ جب اُس نے کمرے کا دروازہ کھولا تو مریم باتھ روب پہنے اور گیلے بالوں کے گرد تولیہ لپیٹے ہوئے غسل خانے سے برآمد ہو رہی تھی۔

"لو یار، آدھا دن گزر گیا اور تمہارا دن اب شروع ہو رہا ہے،" عارف نے کہا۔

"میں تو اتنی تھکی ہوئی تھی کہ بستر سے اٹھنے کو دل ہی نہیں چاہا،" مریم نے جواب دیا۔

"اِس کا مطلب ہے کہ تم نے ناشتہ بھی نہیں کیا۔"

"کوئی خاص خواہش نہیں ہے۔"

"اچھا تو تم تیار ہو جاؤ، پھر گھومنے چلیں گے اور باہر ہی کچھ کھالیں گے۔"

"تمہارا انٹرویو کیسا رہا؟"

"زبردست۔ نوکری مل گئی ہے۔"

"مبارک ہو،" مریم نے اپنے بالوں کو تولیہ سے رگڑتے ہوئے کہا، "مجھے صرف دس منٹ دو، میں تیار ہو کر آتی ہوں۔"

مریم کپڑے بدلنے کے لیے چلی گئی اور عارف اخبار لے کر صوفے پر آ بیٹھا۔ صبح اُس نے سرسری طور پر ہی خبر پڑھی تھی مگر اب تفصیلات پڑھ کر معلوم ہوا کہ پچھلی رات کے

سمندری طوفان نے چٹاگانگ اور ملحقہ ساحلی علاقوں میں بڑی تباہی مچائی تھی۔ ابتدائی اطلاعات کے مطابق ہلاکتوں کی تعداد 850 تک پہنچ گئی تھی اور لگ بھگ 15 لاکھ افراد متاثر ہوئے تھے۔

"چلو بھئی میں تیار ہوں،" عارف اخبار پڑھنے میں محو تھا مگر مریم کی آواز سُن کر اٹھ گیا۔

"اچھا بھئی، پروگرام یہ ہے کہ اِس وقت گیارہ بجے ہیں۔ ہم نیچے اتر کر ٹیکسی لے لیتے ہیں اور تین بجے تک تمہیں شہر گھمائیں گے۔ پھر کینٹ اسٹیشن پہنچ کر حیدرآباد کے لیے تیز گام پکڑیں گے،" عارف نے اٹھتے ہوئے کہا۔

ہوٹل کے باہر سڑک پر کئی ٹیکسیاں کھڑی ہوئی تھیں۔ سب سے اگلی ٹیکسی کا ڈرائیور دروازہ کھول کر کھڑا ہو گیا اور عارف نے مریم کو اُسی کی طرف چلنے کا اشارہ کیا۔

"کیوں بھئی، تمہارا نام کیا ہے؟" عارف نے بیٹھتے ہوئے کہا۔

"مجھے عزیز میاں کہتے ہیں،" ٹیکسی ڈرائیور نے ہنس کر جواب دیا۔ وہ پڑھا لکھا، ہنس مکھ نوجوان تھا۔ غالباً اسٹوڈنٹ تھا۔

"اچھا، تو تم میاں بھی ہو،" عارف نے قہقہہ لگایا۔

"دراصل میرے والدین مجھے بہت محبت کرتے ہیں۔ وہ مجھے شروع سے ہی میاں کہہ کر مخاطب کرتے تھے۔ ان کی دیکھا دیکھی سب نے مجھے عزیز میاں کہنا شروع کر دیا اور اسکول میں بھی میرا نام یہی لکھا گیا۔"

"بہت خوب،" عارف نے کہا۔

"کہاں چلیے گا،" عزیز میاں نے میٹر گھماتے ہوئے کہا۔

"بس، تم ہمیں کراچی کی سیر کرا دو۔ ہمارے پاس تین بجے تک کا وقت ہے۔"

"میں تو آپ سے پوچھنے والا تھا کہ کراچی دیکھنے کے لیے آپ کے پاس کتنے دن ہیں۔"

"فی الحال ہمیں تین بجے تک واپس پہنچنا ہے۔"

"یہ تو آپ کراچی کے ساتھ زیادتی کر رہے ہیں۔ کم از کم اسے تین چار دن تو دیں،" عزیز میاں نے ہنس کر کہا۔

"پھر کبھی سہی، ابھی تو ہمارے پاس اتنا ہی وقت ہے۔"

عزیز میاں اچھا گائڈ ثابت ہوا۔ اس نے جو تاریخی عمارات دکھائیں ان کے متعلق پورا لیکچر دیا جس میں ان کی تعمیر کا سال تک بتایا۔ میٹروپول ہوٹل سے نکل کر فریئر ہال، موہٹا پیلیس، کلفٹن، میری ویدر ٹاور، برنس روڈ، ایم اے جناح روڈ کی تاریخی عمارتیں، کلفٹن، ایمپریس مارکیٹ ہوتا ہوا وہ سینٹ پیٹرک کیتھیڈرل پہنچا۔

"بھئی عزیز میاں، ڈھائی بج رہے ہیں،" عارف نے اپنی گھڑی دیکھ کر کہا، "ہمیں چار بجے کینٹ اسٹیشن کے لیے نکلنا ہوگا۔"

"بس، اب ہم واپس ہوٹل چل رہے ہیں۔ اگر آپ کہیں تو میں چار بجے آپ کو اسٹیشن لے جانے کے لیے پہنچ جاؤں۔"

"ضرور، ہم چار بجے چیک آؤٹ کر کے نکل آئیں گے۔"

"میں آپ کو وہیں ملوں گا جہاں آپ کو صبح ملا تھا۔"

ہوٹل پہنچ کر عارف نے میٹر دیکھا تو اڑتالیس روپے بنے تھے۔ اُس نے اترتے وقت عزیز میاں کو سو روپے کا نوٹ دے کر شکریہ ادا کیا اور اسے رخصت کر دیا۔

۶۶

"کسی بات کی فکر نہ کرو، بلکہ ہر بات میں دعا اور التجا کے ساتھ شکر گزاری کر کے اپنی درخواستیں خدا کے حضور پیش کرو، تب خدا کا اطمینان تمہارے دلوں اور خیالوں کی حفاظت کرے گا۔ آخر میں جو کچھ سچا، پاک، قابلِ تعریف ہے اسی پر غور کرو۔" فلپیوں 8-4:6

گارڈ نے پلیٹ فارم کے کنارے کھڑے ہو کر **ایک لمبی سیٹی** بجائی جو ٹرین چلنے سے پہلے آخری تنبیہ تھی۔ جو لوگ مسافروں کو خدا حافظ کہنے کے لیے ڈبّوں میں آ گئے تھے وہ جلدی جلدی اترنا شروع ہو گئے۔ سگنل مین اسٹیشن سے متصل اپنی کیبن میں سیڑھیاں چڑھ کر آ کھڑا ہوا اور کھڑکیوں سے دونوں طرف کا جائزہ لینے لگا۔ وہاں سے وہ تمام پٹریوں کو پلیٹ فارم کے دونوں جانب دیکھ سکتا تھا۔ اس کے سامنے ایک قطار میں متعدد لیور تھے جن کا تعلق مختلف پٹریوں سے تھا۔ اُس نے ان میں سے ایک لیور پر ہاتھ رکھا اور احتیاطاً آخری بار دونوں جانب دیکھ کر لیور کھینچ لیا جس سے پٹری کے کنارے سے ہٹ کر کھمبے پر لگی ہوئی سگنل کی تختی جھک گئی۔ جب گارڈ نے دیکھا کہ سگنل جھک گیا ہے تو اُس نے **دوسری بار سیٹی** دی، جس کے جواب میں انجن نے **دو چھوٹی چھوٹی سیٹیاں** دیں، اور تیز گام آہستہ سے جھٹکا کھا کر چل پڑی۔

عارف نے گھڑی دیکھی تو ٹھیک ساڑھے پانچ بج رہے تھے جو ٹائم ٹیبل کے مطابق

تیز گام کی کراچی کینٹ سے روانگی کا وقت تھا۔ فرسٹ کلاس کے اس ڈبّے میں متعدد پرائیویٹ کیبن تھے جن میں سے ہر ایک میں چار برتھ تھیں، دو اوپر اور دو نیچے۔ اُن پر طویل سفر کے دوران بستر بچھا کر سویا جا سکتا تھا۔ دن کے وقت اوپر کی برتھ کو اٹھا کر چٹخنیوں سے پشت کی دیوار سے لگا دیا جاتا اور نیچے کی برتھ کو گدّے دار سیٹوں کے طور پر استعمال کیا جاتا تھا۔ ہر کیبن ایک چھوٹے سے کمرے کی طرح تھا جس میں چار مسافروں کی جگہ تھی۔ عارف نے پورا کیبن ریزرو کروالیا تھا۔ اُن کے برابر والے کیبن میں ایک فیملی تھی جن کے دو چھوٹے چھوٹے بچے تھے۔ باقی کیبن خالی تھے۔

عارف اور مریم آمنے سامنے بیٹھے کھڑکیوں سے باہر جھانک رہے تھے۔ ٹرین نے رفتار پکڑی اور چند ہی منٹوں میں شہر کے مناظر بدلنے لگے۔ عمارتیں پیچھے رہ گئیں، دیواروں پر چسپے اشتہارات کم ہوتے گئے، پھر کھلے پلاٹ، پھر کہیں کہیں جھونپڑیاں، کہیں چھوٹے سے اسٹیشن کی جھلک جہاں صرف سست رفتار پسنجر ٹرینیں رُکتی تھیں۔

کہتے ہیں کہ جو ایک بار حیدرآباد کا پانی پی لے وہ پھر حیدرآباد کا ہی ہو رہتا ہے۔ وہ دنیا میں کہیں بھی جا کر رہائش اختیار کرلے مگر اُس کا دل حیدرآباد میں ہی رہ جاتا ہے۔ جوں جوں ٹرین حیدرآباد سے قریب ہوتی گئی، مریم کے جوش میں اضافہ ہوتا گیا۔ چونکہ باہر اندھیرا تھا لہٰذا اُسے کوئی اندازہ نہیں تھا کہ وہ کہاں تک پہنچے تھے۔ عارف سامنے کی سیٹ پر آنکھیں بند کیے پشت سے ٹیک لگائے سو رہا تھا۔

اچانک ٹرین کی رفتار میں کمی ہوگئی۔ مریم نے گھڑی دیکھی تو سوا سات بج رہے تھے۔ ٹائم ٹیبل کے مطابق حیدرآباد میں آمد کا وقت آٹھ بجنے میں پانچ منٹ تھا۔ معلوم ہوتا تھا کہ ٹرین کسی پُل پر سے گزر رہی ہے۔ جیسے ہی ٹرین پُل کے دہانے پر پہنچی، کھڑکی کے باہر ایک لمحے کو بڑی سی کالی محراب ابھری، پھر اس کے اندر جالی دار مثلثیں اور ترچھی لکیریں۔ مریم

کو یوں لگا جیسے وہ لوہے کی پسلیوں کے بیچ سے گزر رہے ہوں۔ پہیوں کی کھٹا کھٹ لوہے کی کھنکھناہٹ میں تبدیل ہو گئی۔

اسی دوران عارف کی آنکھ کھل گئی اور اُس نے دونوں بازو اوپر اٹھا کر انگڑائی لی۔

"ہم کسی پُل سے گزر رہے ہیں،" مریم نے کہا۔

"کوٹری کا پُل ہے،" عارف نے جماہی لیتے ہوئے کہا۔

"کوٹری کا پُل؟،" مریم کا جوش قابلِ دید تھا، "کوٹری تو حیدرآباد کا گیٹ ہے۔ اس کا مطلب ہے کہ ہم حیدرآباد پہنچ گئے۔"

"بس اگلے پندرہ منٹ میں ہم تمہارے حیدرآباد شریف میں ہوں گے،" عارف نے مسکرا کر کہا۔

***

دروازے کی چوکھٹ پر لٹکے ہوئے بلب کی پیلی پیلی روشنی آنگن میں ایک چھوٹا سا دائرہ بنائے کھڑی تھی۔ رات کے کھانے کی تیاری ہو رہی تھی۔ باورچی خانے سے دال کی سوندھی سوندھی خوشبو آ رہی تھی اور آنٹی تازہ چپاتیاں بنا رہی تھیں جن کی بھاپ، اور سالن کی دیگچی سے اٹھتی ہوئی مہک گھر کو "گھر" بنا رہی تھی۔ باورچی خانے سے آنٹی کی آواز کبھی ڈانٹ میں، کبھی پیار میں، بچوں کو "ہاتھ دھولو" کی آخری یاددہانی کروا رہی تھی۔

اسی اثنا میں دروازے کے باہر گلی میں کسی کے باتیں کرنے کی آواز آئی اور جینی نے پردہ ہٹا کر دیکھا تو دو تانگے کھڑے تھے۔ جینی کی نظر مریم اور عارف پر پڑی اور وہیں سے چیخی، "باجی آ گئیں! باجی آ گئیں!"

اچانک پورا گھر جیسے ایک ساتھ جاگ اٹھا۔

"کون آ گیا؟" باورچی خانے سے آنٹی کی آواز آئی۔ جب انہیں کوئی جواب نہیں ملا تو

خود ہی اٹھ کر چپل پہنے اور دروازے کی طرف چل دیں۔ انکل شاہد کا پاؤں جلدی میں آنگن کے کنارے پر رکھی ہوئی کرسی سے ٹکرایا مگر وہ پروا کیے بغیر آگے بڑھے۔ مریم تانگے سے اتری تو اُس نے محسوس کیا کہ اس کے قدم زمین کو نہیں بلکہ اُس کے ماضی کو چھو رہے ہیں۔ عارف دوسری طرف سے اتر کر تانگے والوں کا کرایہ ادا کر رہا تھا۔

آنٹی کو انکل شاہد نے مریم کے طلاق کے مقدمے کا حال سنا دیا تھا اور انہیں معلوم تھا کہ مریم آ رہی ہے لہٰذا انہوں نے خود اُس کے کمرے کی صفائی کی تھی۔ اُن کے چہرے پر وہ خوشی تھی جو خود بخود آنسو بن کر آنکھوں سے ٹپک پڑتی ہے۔

"مریم!" آنٹی کی آواز کانپ گئی، "آ گئی میری بچی!"

مریم نے کچھ کہنے کی کوشش کی مگر آواز رُندھ گئی۔ وہ آگے بڑھی اور آنٹی نے اسے سینے سے لگا لیا۔ وہ ہچکیاں لے کر ہنس بھی رہی تھیں اور رو بھی رہی تھیں۔ انکل شاہد کی آنکھیں بھی بھیگ گئیں، مگر وہ مردانہ انا کے ساتھ پلکوں میں آنسو روکتے رہے۔ پھر انہوں نے آگے بڑھ کر مریم کے سر پر ہاتھ رکھا، بالکل ویسے جیسے باپ دعا دیتا ہے، اور اپنے اندر کا سارا پیار اسی ایک لمس میں چھپا دیتا ہے۔ سب بچے دروازے پر اکٹھے ہو گئے تھے۔ کوئی مریم کے ہاتھ چومنے کو لپکا، کوئی اس کی شال پکڑ کر کھینچنے لگا، کوئی "باجی باجی" کرتا ہوا اس کے گرد چکر لگانے لگا۔ ننھی فیروزہ تو اُس کی ٹانگوں کے گرد لپٹ گئی، جیسے ڈر ہو کہ کہیں وہ دوبارہ چلی نہ جائے۔

"باجی آپ کراچی گئی تھیں نا؟"

"باجی آپ اتنے دن کے بعد کیوں آئیں؟"

"باجی یہ آپ کا سوٹ کیس ہے؟"

سوالوں کی بوچھاڑ تھی، اور مریم کے چہرے پر وہ مسکراہٹ تھی جو آنسوؤں سے

چھلکتی ہے۔ اس نے بچوں کے سروں پر ہاتھ پھیرا، انہیں ایک ایک کر کے سینے سے لگایا، کسی کا رخسار نوچا اور کسی کے گال پر تھپکی دی۔

عارف نے تانگوں سے سامان اُتروایا اور انہیں کرایہ دے کر فارغ کر دیا۔ وہ ایک طرف خاموش کھڑا بچوں کے سوال سنتا رہا۔ وہ جانتا تھا کہ اس وقت گھر پر پہلا حق مریم کا ہے، مگر انکل شاہد نے خود آگے بڑھ کر اسے بھی اپنے بازوؤں میں لے کر گلے لگا لیا۔ آنٹی نے آنسو پونچھتے ہوئے عارف کی طرف دیکھا اور بولیں، "ارے بیٹا، باہر کیوں کھڑے ہو! سردی لگے گی۔ اندر آ جاؤ۔"

انکل شاہد کے گھر کا دستور تھا کہ رات کا کھانا سب اکٹھے کھاتے تھے۔ ان کا قول تھا کہ جو فیملی ایک ساتھ کھانا کھاتی ہے اُس میں ہمیشہ اتفاق رہتا ہے۔ اُن کی کھانے کی میز کے ساتھ صرف آٹھ کرسیاں تھیں لہٰذا ناشتہ پہلے اسکول جانے والے بچے کرتے تھے اور پھر دوسرے لوگ۔ اسی طرح دوپہر کے وقت بھی اسکول جانے والے بچے اپنا دوپہر کا کھانا ساتھ لے جاتے تھے۔ البتہ رات کے کھانے کے وقت سب ساتھ ہوتے تھے اور کھانے کی میز سب کے لیے ناکافی تھی، لہٰذا برآمدے میں فرش پر دستر خوان بچھ جاتا تھا اور اس پر پلیٹیں لگ جاتی تھیں۔ آنٹی کی ضد ہوتی تھی کہ کوئی بچہ ہاتھ دھوئے بغیر دستر خوان پر نہیں بیٹھے گا، لہٰذا غسل خانے پر بچوں کی قطار لگ جاتی تھی۔

"ارے بھئی، کھانا ٹھنڈا ہو رہا ہے،" آنٹی کو اچانک یاد آیا، "عارف اور مریم، تم لوگ جب تک منہ ہاتھ دھو لو، پھر کھانے پر آ جاؤ۔"

دستر خوان بچھانے او پلیٹیں لگانے کی ڈیوٹی پنکی اور بالے کی تھی۔ عارف دل چسپی سے بچوں کو کام میں مصروف ہوتے اور ہاتھ دھونے کے لیے غسل خانے کے سامنے قطار لگاتے مسکرا کر دیکھ رہا تھا۔

"کاش، میں بھی اِن بچوں میں سے ایک ہوتا اور اِن کے ساتھ قطار میں کھڑا ہوتا،" اُس نے سوچا۔ وہ اپنے ماں باپ کی اکلوتی اولاد تھا اور ہمیشہ بہن بھائیوں کی کمی محسوس کرتا تھا۔

آنٹی باورچی خانے میں مصروف تھیں اور بڑے بچے سالن کے ڈونگے لا کر دستر خوان پر رکھ رہے تھے۔ کھانے کی مہک نے پورے گھر کو اس طرح بھر دیا کہ بھوک خود بخود جاگ اٹھی اور دستر خوان کی طرف قدم کھنچتے چلے گئے۔ جب سب بچے اور بڑے آ کر بیٹھ گئے تو انکل شاہد نے نرمی سے کہا، "چلو، اب دعا کرتے ہیں۔"

سب خاموش ہو گئے۔ بچوں نے بھی سر جھکا دیے۔ انکل شاہد نے ہاتھ جوڑ کر کھانے سے پہلے کی دعا کی،

"اے آسمانی باپ، ہم تیرا شکر ادا کرتے ہیں کہ تُو نے آج ہمیں اپنے حضور میں سلامتی کے ساتھ اکٹھا کیا، اور تو نے چٹاگانگ سے یہاں تک سفر میں مریم اور عارف کی حفاظت کی۔ خداوند، تُو ہمارے گھر پر اپنا فضل قائم رکھ، ہمارے دلوں میں ایک دوسرے کے لیے محبت رکھ، اور ہماری راہوں کو سیدھا کر۔ اس کھانے کو ہمارے لیے برکت بنا۔ یہ سب ہم اپنے نجات دہندہ یسوع مسیح کے نام میں مانگتے ہیں، آمین۔"

"آمین،" سب کی زبان سے ایک ساتھ نکلا، اور اس "آمین" میں وہ ساری راتیں تھیں جو آنٹی نے جاگ کر گزاری تھیں، اور وہ سب دعائیں بھی جو انکل شاہد نے خاموشی سے کی تھیں۔

٦٧

"میں تمہیں اطمینان دیے جاتا ہوں۔ اپنا اطمینان تمہیں دیتا ہوں۔ جس طرح دنیا دیتی ہے میں تمہیں اس طرح نہیں دیتا۔ تمہارا دل نہ گھبرائے اور نہ ڈرے۔" یوحنّا 14:27

اتوار کی صبح شہر کے شور پر ایک ہلکا سا پردہ ڈال دیتی ہے۔ گلیوں میں چائے کے کپوں کی کھنک، کسی نانبائی کی بھٹی سے اٹھتی ہوئی روٹی کی خوشبو، دور کہیں سائیکل کی گھنٹی۔ سب کچھ ہوتا ہے، مگر آوازیں دھیمی ہوتی ہیں اور اور قدم بھی آہستہ آہستہ اٹھتے ہیں۔ آخر اتوار ہے، جلدی کس بات کی ہے؟ اسی اتوار کی صبح مریم نے قد آدم آئینے کے سامنے کھڑے ہو کر اپنے بال سنوارے، لباس درست کیا، اور ایک لمحے کے لیے انگلی میں پڑی انگوٹھی کو گھما کر اُس کی چمک کو دیکھا اور مطمئن ہو گئی۔

اُدھر عارف کمرے کے دوسرے کونے میں ٹائی کے ساتھ الجھ رہا تھا۔ گرہ لگانے کے بعد جب وہ اسے اوپر کھینچتا تو کبھی ٹائی لمبی ہو کر اُس کی پتلون کی بیلٹ سے نیچے چلی جاتی اور کبھی ناف سے اوپر رہ جاتی۔ وہ جھنجلا کر گرہ کھول دیتا اور دوبارہ قسمت آزمائی کرتا۔ مریم نے اُسے کئی بار ٹائی باندھنے کی پریکٹس کرائی تھی مگر جو جہازوں کے نٹ بولٹ کھولتا تھا اُسے ٹائی کی گرہ لگانا نہیں آیا۔ ویسے بھی ڈھیلی ڈھالی جینز یا ڈنگری اُسے آرام دہ لگتی تھیں مگر وہ ڈنگری

پہن کر چرچ تو نہیں جا سکتا تھا۔ مریم نے آہستہ سے ہاتھ بڑھا کر اُس کی ٹائی درست کی تو اُس نے اطمینان کا سانس لیا۔

انکل شاہد، آنٹی اور بچوں کو لے کر چرچ جا چکے تھے۔ وہ پیدل سینٹ فلپس چرچ جاتے تھے جو تلک چاڑھی پر تھا۔ عارف کے چہرے پر ایک لمحے کے لیے اطمینان کے آثار نظر آئے، مگر پھر وہی خاموش سی جھجک، جو چرچ کا نام آتے ہی اس کے اندر جاگ اٹھتی تھی۔ اُس کے والدین کو مذہب سے کوئی دل چسپی نہیں تھی لہٰذا وہ چرچ سے کسی قسم کا تعلق پیدا نہیں کر سکا، سوائے اس کے کہ شادیوں یا رسومات میں شامل ہو جاتا تھا۔

''ہم سینٹ تھامس چرچ چلیں گے،'' مریم نے کہا۔

''سینٹ تھامس، جہاں ہماری شادی ہوئی تھی؟'' عارف نے پوچھا۔

''بالکل، وہاں ریورنڈ پال سے بھی ملاقات ہو گی۔''

گھر سے نکلے تو ہوا میں ہلکی سی خنکی تھی۔ دھوپ ابھی تیز نہیں ہوئی تھی، اور سڑکوں پر اتوار کی سُستی چھائی ہوئی تھی۔ کبھی کبھار کوئی اسکوٹر گزر جاتی، کہیں کوئی بوڑھا دروازے کے باہر کرسی ڈال کر بیٹھا اخبار پڑھتا نظر آتا۔ ایک گھر کے سامنے مرغیاں دانہ چُگ رہی تھیں اور وہیں دیوار کے ساتھ اُن کے لیے ایک تھالی میں پانی بھر کر رکھ دیا گیا تھا۔ وہ کچھ دور ہی چلے تھے کہ سامنے سے ایک خالی رکشا آیا اور عارف نے اسے ہاتھ دے کر روک لیا۔

***

چرچ تقریباً بھر چکا تھا۔ پھر بھی اگلی بنچ پر جگہ مل گئی جو منبر کے بالکل سامنے تھی۔ کونے پر ہی دو جگہیں خالی تھیں۔

قربان گاہ کی بائیں جانب گرانڈ پیانو کے سامنے بیٹھی ایک خاتون نے جب باخ کی ایک دھن چھیڑی تو یوں لگا جیسے اس کے نرم سروں کی پہلی لے نے بے چین سانسوں پر ہلکے سے

اپنا ہاتھ رکھ دیا ہو۔ مریم کو یاد آیا کہ دانی ایل اکثر باخ کی یہ دھن Sheep May Safely Graze سروس شروع ہونے سے بجاتا تھا۔ اُس نے مریم کو بتایا تھا کہ یہ دھن اُن چند دھنوں میں سے ایک ہے جو چرچ میں پیانو یا آرگن پر اُس دوران بجاتے ہیں جب لوگ چرچ میں داخل ہو رہے ہوتے ہیں۔ اس دھن کی سادگی میں ایک عجیب سا سکون تھا، جیسے چراگاہ میں بھیڑیں بے خوف چرتی ہوں اور دور کہیں چرواہا ایک پیڑ سے کمر ٹیک کر بیٹھا اونگھ رہا ہو۔ ہر آہنگ کے ساتھ کلیسا کی فضا میں سکون کی ایک نئی پرت چڑھتی گئی، ایک ایسی شکر گزاری کی کیفیت جو الفاظ کی محتاج نہ تھی۔ اُس کے اندر کا شور آہستہ آہستہ دب گیا۔

اُس نے بائیں جانب دروازے کی طرف دیکھا تو فرخندہ چرچ میں داخل ہو رہی تھی۔ وہ دونوں اسکول کے زمانے سے ہی ایک ساتھ تھیں۔ اُس زمانے میں مریم سیدھی سادی، کم گو اور تنہائی پسند تھی جب کہ فرخندہ تیز طرّار تھی۔ اگر کبھی کوئی لڑکی مریم کو تنگ کرتی تو فرخندہ اس پر چڑھ دوڑتی تھی۔ اسی لیے مریم نے اُس کا نام دادا گیر رکھ دیا تھا۔

جب مریم کو فرخندہ کے پیچھے دانی ایل کا چہرہ نظر آیا تو اچانک اُسے یوں لگا جیسے سانس حلق میں اٹک گئی ہو۔ آنکھوں کے آگے پل بھر کو روشنی دھندلا گئی اور دل کی دھڑکن نے ایک چھلانگ ماری۔ اُس کے ہاتھ بے اختیار بھنچ گئے اور اُس نے تیزی سے گردن موڑ کر عارف کو دیکھا مگر وہ دوسری جانب مسز ڈی سوزا سے محو گفتگو تھا۔ وہ اُس پرچ کی جانی پہچانی شخصیت تھیں۔

حال آنکہ پادری پال مریم کے برابر سے ہی گزر کر منبر تک گئے مگر دونوں نے ایک دوسرے کو نہیں دیکھا۔ جب مریم نے سر اٹھا کر دیکھا تو وہ منبر پر کھڑے ہوئے مسکرا رہے تھے۔ اُنہیں معلوم تھا کہ لوگ اُنہیں دیکھ کر آہستہ آہستہ خاموش ہو کر اپنی اپنی نشستوں پر بیٹھ جائیں گے۔ جب ہال میں مکمل خاموشی ہو گئی تو اُنہوں نے کھنکار کر دھیمی آواز میں ابتدا کی۔

"محبوب بہنوں اور بھائیو، آیئے ہم اپنے دل خداوند کے حضور جھکائیں،" حاضرین کے سر دعا کے لیے جھک گئے۔

مریم نے تقریباً دو برس بعد پادری پال کو دیکھا تو دل ایک لمحے کو ٹھٹک گیا۔ موٹے شیشوں کی عینک کے پیچھے آنکھیں دھندلی سی لگ رہی تھیں اور چہرے پر بڑھاپے کی گہری سلوٹیں ابھر آئی تھیں۔ انہوں نے اپنی نحیف آواز میں دعا کی ابتدا کی۔

"اے آسمانی باپ! ہم تیرے حضور شکر گزاری کے ساتھ حاضر ہیں۔ تو نے ہمیں آج کی صبح دی، یہ سانس، یہ روشنی، یہ کلیسیا کی چھت اور اپنے لوگوں کی رفاقت عطا کی۔ ہم اپنے دلوں کو تیرے سامنے کھولتے ہیں۔۔"

مریم کے اندر ایک ہلکی سی اداسی اتر آئی۔ پاسٹر کی آواز کہیں دور سے آتی ہوئی معلوم ہوئی اور وہ آہستہ آہستہ بھنبھناہٹ لگنے لگی۔ اب سے پہلے جب بھی دانی ایل کا نام اُس کے شعور کا دروازہ کھٹکھٹاتا تھا تو وہ اسے ماضی کی آواز کہہ کر کُنڈی لگا دیتی تھی، مگر اب وہ اُس کے حال میں در آیا تھا۔ اُس نے سر کو جھٹک کر سامنے نظریں گاڑ دیں۔

"اے خداوند! ہم تیری محبت کے لیے شکر ادا کرتے ہیں۔ اس محبت کے لیے جو ہمارے بدلنے سے نہیں بدلتی۔ ہم اُس صلیب کے لیے شکر کرتے ہیں جس پر ہمارے نجات دہندہ نے ہمارے گناہوں کا بوجھ اٹھایا، اور اُس خالی قبر کے لیے جس نے موت کی شکست کا اعلان کیا۔ ہم شکر کرتے ہیں کہ تُو نے ہمیں اپنا خاندان بنایا۔۔" مریم نے اپنی پوری توجہ پادری پال پر مرکوز کر دی مگر دماغ کہیں اور تھا۔

"دانی ایل، تمہیں شاید نہیں معلوم کہ کسی لڑکی کو تحفے میں انگوٹھی دینے کا کیا مطلب ہوتا ہے۔"

"مجھے معلوم ہے۔"

اُس نے گہرا سانس لیا اور سر اوپر اٹھا کر چھت کی طرف دیکھا کیونکہ وہ الفاظ اسی چرچ میں، اسی بینچ پر بیٹھ کر کہے گئے تھے اور شاید وہ اُن ہی کی بازگشت سُن رہی تھی۔

گرانڈ پیانو کی آواز بلند ہوئی، لوگ کھڑے ہوئے، حمدیہ گیتوں کے کتابچے کھلے، کچھ آوازیں بلند تھیں، کچھ دبی دبی، مگر سب آوازوں میں ایک ہی سمت تھی۔ مریم نے بھی ایک روبوٹ کی طرح آوازوں میں آواز ملائی، مگر اس کی آواز کے نیچے دل کی دھڑکن کہیں اور تھی۔ وہ چاہتے ہوئے بھی خود کو دانی ایل سے بے نیاز نہیں کر پا رہی تھی۔

وعظ شروع ہوا اور پادری پال کی آواز گونجی۔

"ہم خدا سے راستہ مانگتے ہیں، پھر راستہ ملتا ہے تو ہم ڈر جاتے ہیں۔ ہم دعا کرتے ہیں کہ خدا ہماری زندگی درست کرے، مگر جب درستگی کے لیے ہمیں کچھ چھوڑنا پڑتا ہے تو ہم چپک جاتے ہیں۔ اور کبھی کبھی ہم اپنے فیصلے دوسروں پر ڈال دیتے ہیں۔ وقت پر، حالات پر، یا کسی اور انسان پر، کہ وہ ہمارے لیے فیصلہ کر دے۔"

مریم نے یکدم محسوس کیا کہ یہ الفاظ اس کے دل کے اندر اتر رہے ہیں۔ اسے یاد آیا کہ وہ کتنی بار خود کو "وقت" پر چھوڑ دیتی تھی کہ وقت خود فیصلہ کر دے گا، حال آنکہ وقت کبھی فیصلہ نہیں کرتا۔ وقت صرف فیصلے کے نتائج لے آتا ہے۔

اُس نے بے اختیار اپنی انگلی پر انگوٹھی کو چھوا۔ دھات کی ٹھنڈک نے اسے ایک لمحے کو حال میں واپس کھینچ لیا۔ وہ عارف کو اپنی زندگی کے ساتھی کی حیثیت سے چُن چکی تھی، اور یہ حقیقت اس کے اندر ایک مضبوط ستون کی طرح کھڑی تھی، مگر اُس ستون کے پہلو میں کہیں ایک کمزور دیوار بھی تھی جس پر دانی ایل کا نام لکھا ہوا تھا۔ اُس نے دونوں ہاتھوں سے اُس دیوار کو دھکا دیا اور اسے حیرت ہوئی کہ وہ کتنی آسانی سے ڈھے گئی۔

وعظ کے بعد عقیدہ پڑھا گیا۔ پھر دعاؤں کا سلسلہ، بیماروں کے لیے، شہر کے لیے،

خاندانوں کے لیے، ان لوگوں کے لیے جو دل کے بوجھ کے ساتھ جیتے ہیں۔ پھر گناہ کا اعتراف اور معافی کی دعا ہوئی۔ مریم نے الفاظ دہرائے، مگر اُن کے اندر معافی کا مطلب صرف گناہ نہیں تھا بلکہ ایک پرانی کشمکش سے چھٹکارا بھی تھا۔

سروس کے اختتام پر پادری پال نے کتاب بند کی، دونوں ہاتھ منبر کے کنارے پر رکھ کر ذرا سا سانس کو سنبھالا۔ پھر عینک کے پیچھے سے نگاہ اٹھائی اور دھیمی آواز میں کہا، ”امن سے جاؤ اور خداوند کی محبت میں خدمت کرو۔“

لوگ آہستہ آہستہ اٹھنے لگے اور کوٹوں کے دامن سنبھلنے لگے، بیگ کندھوں پر رکھے جانے لگے، بچوں کو گود میں لیا گیا۔ چند قدموں پر سرگوشیاں پھیلیں۔ کسی نے پوچھا، ”بھئی کیسی ہو؟“ کسی نے جواب دیا، ”خدا کا شکر ہے۔“ مصافحے ہوئے، کندھوں پر ہلکی سی تھپکی پڑی، کہیں ہنسی کی ایک دبتی ہوئی لہر اٹھی۔ دروازے کی طرف بڑھتے ہوئے ہجوم میں گہما گہمی تھی۔

مریم نے عارف کا ہاتھ پکڑا اور اُسے لے کر منبر کی طرف بڑھی۔ پادری پال نے اُسے پہچان لیا۔ ”وہ مریم ہی تو تھی۔“ انہوں نے منبر کے پیچھے سے نکل کر دونوں بازو پھیلا دیے۔ مریم آگے بڑھ کر ان سے چمٹ گئی۔ انہوں نے اپنا دوسرا بازو پھیلا کر عارف کو اپنی طرف بلایا اور دونوں کو اپنے بازوؤں میں بھینچ لیا۔

”کب آئے تم لوگ؟“ پادری پال نے پوچھا۔

”کل رات کو ہی پہنچے،“ مریم نے کہا۔

”تم سے مفصل گفتگو ہو گی،“ انہوں نے مصافحے کے لیے ہاتھ بڑھاتے ہوئے کہا۔

مریم کو معلوم تھا کہ انہیں دروازے تک پہنچنے کی جلدی تھی تاکہ لوگوں کو خدا حافظ کہیں اور اُن کا حال پوچھیں۔ وہ اور عارف جوں ہی مڑے تو پیچھے فرخندہ اور دانی ایل کھڑے

تھے۔ فرخندہ نے قہقہہ لگایا اور بولی، "ہم نے تو تمہیں اُس وقت دیکھا جب تم ریورنڈ سے مل رہی تھیں۔"

دانی ایل نے آگے بڑھ کر عارف کو گلے لگالیا۔

"تم لوگ کب آئے؟" فرخندہ نے پوچھا۔

"کل رات ہی پہنچے ہیں،" مریم نے جواب دیا۔

"تمہیں کارڈ مل گیا؟"

"کیسا کارڈ؟"

"بھئی ہماری شادی کا دعوت نامہ۔"

"شادی کا دعوت نامہ؟ مبارک ہو،" مریم نے فرخندہ کو اپنے بازوؤں میں بھینچ لیا۔

"پچھلے ہفتے ہم تمہارے گھر آئے تھے اور آنٹی کو کارڈ دے آئے تھے۔"

"مبارک ہو،" عارف نے دانی ایل سے ہاتھ ملاتے ہوئے کہا۔

"مریم، تم ٹھیک تو ہونا؟" دانی ایل نے پوچھا۔ اس کے لہجے میں جھجک یا جذباتیت کا کوئی شائبہ نہیں تھا۔

"ہاں، میں ٹھیک ہوں،" مریم نے جواب دیا۔

"یہ شخص تنگ تو نہیں کرتا؟" اُس نے عارف کے کندھے پر ہاتھ رکھ کر کہا۔

"اِس کی کیا مجال کہ مجھے تنگ کرے؟"

"اگر تنگ کرے تو مجھے بتا دینا۔"

"اور اگر یہ مجھے تنگ کرے تو میں کس کو بتاؤں گا،" عارف نے منہ بنا کر کہا۔

"میں ہوں نا!" فرخندہ نے قہقہہ لگایا۔

"اچھا بھئی اب کیوں نہ سنجیدہ ہو جائیں،" دانی ایل نے کہا، "ہم چلتے ہیں رٹز ہوٹل۔

وہاں لنچ میری طرف سے۔"

"خیال اچھا ہے،" فرخندہ نے جواب دیا۔

وہ چاروں چرچ سے باہر نکلے تو پارکنگ ایریا کے کنارے ایک پرانی مورِس مائنر کھڑی تھی، جیسے برسوں کی تھکن نے اسے وہیں جما دیا ہو۔ فینڈروں اور دروازوں پر جگہ جگہ چوٹوں کے گڑھے تھے، کہیں ہلکی سی دھنسی ہوئی چوٹ، کہیں لمبی سی خراش۔ پینٹ کئی جگہ سے ادھڑ چکا تھا اور ننگی دھات پر زنگ جم گیا تھا، جیسے زخم پر پرانی پپڑی۔ بمپر کی چمک مدھم پڑ گئی تھی، ونڈ شیلڈ پر وائپر کی پرانی لکیریں رہ گئی تھیں، اور مڈ گارڈ کے پاس مٹی کی پتلی سی تہہ جم گئی تھی۔ ٹائر بھی عمر رسیدہ تھے، مگر گاڑی کی ساری شکستگی کے باوجود اس میں وفاداری تھی، اُس ملازم کی وفاداری جو روز مرہ کا بوجھ اٹھاتے اٹھاتے بوڑھا ہو جاتا ہے۔

"یہ میری بیوی نمبر ایک ہے،" دانی ایل نے دروازہ کھولتے ہوئے کہا۔

"بھئی فرخندہ، یہ خطرے کی گھنٹی ہے،" عارف نے کہا، "معلوم ہوتا ہے کہ تم بیوی نمبر دو ہو گی۔"

"نہیں، نہیں،" دانی ایل نے ہنس کر کہا، "ہمارا معاہدہ ہو گیا ہے کہ شادی کے بعد یہ میری بیوی نمبر ایک ہو گی۔"

"ابھی تو یہ مجھے اپنی کار میں صرف اس لیے بٹھاتا ہے کہ جب کھڑی ہو جاتی ہے تو میں ہی دھکا لگاتی ہوں،" فرخندہ نے کہا۔

چاروں کار میں بیٹھ چکے تھے۔ دانی ایل نے اگنیشن میں چابی گھمائی اور انجن ہلکے سے ٹرر کی آواز نکال کر خاموش ہو گیا۔ کئی بار کی کوشش کے بعد بھی انجن نہ جاگا تو کار کے اندر سے قہقہوں کی آواز آئی، "چلو بھئی دھکا لگاؤ۔"

اگر دانی ایل کی کار دھکّے سے بھی اسٹارٹ نہ ہوتی تو فکر کی کوئی بات نہیں تھی کیونکہ

رٹز ہوٹل وہاں سے پیدل دس منٹ کے فاصلے پر تھا۔ وہ وفادار کار جس کی باڈی پر برسوں کی خراشیں تھیں اور انجن جسے جاگنے کے لیے چند دھکّوں کی ضرورت پڑتی تھی، مریم کو یکایک اپنی ہی زندگی کی تمثیل لگی۔ رشتے بھی ایسی ہی وفاداری کے ساتھ بوڑھے ہوتے ہیں۔ زخموں پر پٹّی نہ بھی باندھی جائے تب بھی مندمل ہو ہی جاتے ہیں، یا پھر اُن کے ساتھ جینے کی عادت پڑ جاتی ہے۔

اُس نے سوچا کہ صلیبیں واقعی اپنی اپنی ہی ہوتی ہیں۔ کوئی کسی کی صلیب نہیں اٹھا سکتا۔ مگر اُس کے ساتھ چل تو سکتا ہے۔ محبت کا تقاضہ بس اتنا سا ہے کہ ایک دوسرے کو گرنے نہ دیں، اور اگر دونوں میں سے ایک گر بھی جائے تو دوسرا فوراً جھک کر اُسے اٹھا لے۔ ہوٹل دس منٹ پیدل ہی سہی، اصل سفر تو ساتھ چلنے کا نام ہے اور سفر کے لیے منزل کا وجود بھی ضروری نہیں، بلکہ اگر دیکھا جائے تو منزل کا سرے سے وجود ہی نہیں۔ جسے ہم منزل سمجھتے ہیں وہ صرف ایک سنگ میل ہوتا ہے جہاں ہم کچھ دیر ستانے کے لیے پڑاؤ کرتے ہیں اور پھر اپنی صلیب کندھے پر رکھ کر آگے بڑھ جاتے ہیں۔

مصنف

ڈاکٹر رفیع مصطفیٰ کے کیریئر کی ابتدا تعلیمی شعبے سے ہوئی اور وہ پاکستان، سوڈان، برطانیہ اور کینیڈا کی مختلف جامعات میں تدریس و تحقیق میں مصروف رہے۔ انہوں نے یونیورسٹی آف برٹش کولمبیا سے 1969 میں کیمسٹری میں پی ایچ ڈی کیا۔

1978 میں انہوں نے اکیڈمیا چھوڑ کر انفارمیشن ٹیکنالوجی کے میدان میں کام شروع کیا۔ 1992 میں انہوں نے Indusflow Systems کی بنیاد رکھی جس کے وہ چیف ایگزیکٹو آفیسر ہیں۔

کمیونٹی سطح پر 1985 سے اُن کی وابستگی انٹرنیشنل ڈیویلپمنٹ اینڈ ریلیف فاؤنڈیشن (IDRF) کے ساتھ رہی ہے جو کینیڈا کی چوٹی کی 100 رفاہی تنظیموں میں سے ایک ہے۔ وہ IDRF کے بورڈ آف ڈائریکٹرز اور ایگزیکٹو ذمہ داریوں کے علاوہ دو مرتبہ صدر منتخب ہوئے، اور اب گورنر کاؤنسل کے ممبر ہیں۔ علاوہ ازیں یونیورسٹی آف ٹورانٹو کے ایمینوئیل کالج کے مسلم اسٹڈیز پروگرام سے مشاورتی حیثیت سے وابستہ رہے ہیں۔

رفیع مصطفیٰ کی دیگر کتابیں

Tales From Birehra (Novel)

Birehra was a timeless globe. Nights followed days and days followed nights, but time stood still. There was no past and no future. There were births and deaths, love and betrayal, fights and reconciliations, but every event occurred in the eternal present.

اے تحیرِ عشق (ناول)

اُن کا ذوق، اُن کا کلچر، اُن کا لب و لہجہ، سب کچھ بدل چُکا تھا۔ اب تو وہ اردو بھی سندھی لہجے میں بولتے تھے۔ کوشش کے باوجود میں اپنی آنکھوں کو خُشک نہ رکھ سکا۔ سوچا کہ اُٹھ کر اُنہیں جھنجھوڑوں اور پوچھوں کہ ماموں جان، آخر آپ کو ہو کیا گیا ہے؟ آپ کیوں اتنے بدل گئے ہیں؟ ہمارے پُرانے ماموں جان کو آپ نے کہاں چھوڑ دیا؟

اِک راستہ ہے زندگی (ناول)

یہ ناول بظاہر ایک خاندان کی چار پشتوں کی سادہ سی کہانی ہے جو برطانوی دور کے متحدہ ہندوستان سے شروع ہوتی ہے اور سقوط مشرقی پاکستان کے بعد ختم ہوتی ہے۔ لیکن یہ محض ایک سادہ قصہ نہیں ہے۔ یہ اس پورے دور کی کہانی ہے جس سے ہمارے ماضی، ہماری اقدار، ہماری تہذیب، ہماری سیاست، ہمارے حصے میں آنے والی کامیابیوں اور مایوسیوں، ہمارے سماج میں رونما ہونے والی تبدیلیوں کے تعلق کی ڈور آج تک بندھی چلی آتی ہے۔

پوشیدہ کائنات (سائنس، فلسفہ اور مذہب)

کائنات کب اور کیسے وجود میں آئی؟ تخلیق کے بعد کائنات نے کون کون سے ادوار طے کیے؟ وہ بنیادی قوتیں کون سی ہیں جن پر پوری کائنات قائم ہے؟ یہ کتاب ان سوالات کو جدید سائنس کی روشنی میں عام فہم انداز میں کھنگالتی ہے، اور ساتھ ہی فلسفہ و مذہب کے زاویوں سے بھی قاری کو سوچنے کی نئی جہتیں دیتی ہے۔ پوشیدہ کائنات آپ کے تجسس کو جگاتی ہے، ذہن میں سوالات پیدا کرتی ہے، اور پھر اُن کے ممکنہ جوابات کی طرف رہنمائی کرتی ہے۔